J.R. Ward vit dans le sud des États-Unis avec son mari. Diplômée de droit, elle a travaillé dans le milieu de la santé à Boston et a été chef de service dans un des plus grands centres médicaux du pays. Elle a toujours été passionnée d'écriture et son idée du paradis ressemble à une journée passée devant son ordinateur en compagnie de son chien avec une cafetière pleine toujours à portée de main. Sa série *La Confrérie de la dague noire* connaît un succès phénoménal dans le monde entier.

Du même auteur,
chez Milady, en poche :

La Confrérie de la dague noire :
1. *L'Amant ténébreux*
2. *L'Amant éternel*
3. *L'Amant furieux*
4. *L'Amant révélé*
5. *L'Amant délivré*
6. *L'Amant consacré*
7. *L'Amant vengeur*
8. *L'Amant réincarné*
9. *L'Amant déchaîné*
10. *L'Amant ressuscité*
11. *L'Amant désiré*
12. *L'Amant souverain*
13. *L'Amant des ombres*

L'Héritage de la dague noire :
1. *Baiser de sang*

Anges déchus :
1. *Convoitise*
2. *Addiction*
3. *Jalousie*
4. *Extase*
5. *Possession*
6. *Immortalité*

Aux éditions Bragelonne,
en grand format :

La Confrérie de la dague noire :
Le Guide de la Confrérie de la dague noire
7. *L'Amant vengeur*
8. *L'Amant réincarné*
9. *L'Amant déchaîné*
10. *L'Amant ressuscité*
11. *L'Amant désiré*
12. *L'Amant souverain*
13. *L'Amant des ombres*

J.R. Ward

L'Amant déchaîné

La Confrérie de la dague noire – 9

Traduit de l'anglais (États-Unis) par Éléonore Kempler

Bragelonne

Milady est un label des éditions Bragelonne

Cet ouvrage a été originellement publié en France par Bragelonne

ISBN : 978-2-8112-0957-5

Bragelonne – Milady
60-62, rue d'Hauteville – 75010 Paris

E-mail : info@milady.fr
Site Internet : www.milady.fr

À la mémoire de Margaret Bird.

Ce livre est dédié à Toi : Toi, un « frère », à tout point de vue.
J'ai le sentiment que tu te trouves exactement
où tu devrais être, et je ne suis pas la seule à le croire.

Remerciements

Avec mon immense gratitude aux lecteurs de *La Confrérie de la dague noire* et une ovation aux Cellies !

Merci infiniment de votre soutien et de vos conseils : Steven Axelrod, Kara Welsh, Claire Zion et Leslie Gelbman.

Merci également à tout le monde chez NAL : ces livres sont vraiment le résultat d'un travail d'équipe.

Merci à Lu et Opal, ainsi qu'à nos modérateurs, pour tout ce que vous faites par pure gentillesse ! Et merci à Ken, qui me supporte, et à Cheryle, la reine des dédicaces virtuelles.

À D. avec mon affection et mon éternelle gratitude pour, oh, tellement… et surtout Kezzy. Les Skittles n'ont jamais été aussi sexy.

Et mon affection à Nath, qui est avec moi à chaque pas, avec patience et gentillesse.

Merci, tante LeE ! Tout le monde t'adore ici, et maintenant la liste s'est allongée, pas vrai ?

Merci également à doc Jess qui est, et restera, l'une des personnes les plus intelligentes que j'aie jamais connues… J'ai tellement de chance que tu me supportes. Et à Sue Grafton et Betsey Vaughan, qui grossissent les rangs de mon comité exécutif.

Rien de tout cela ne serait possible sans mon mari aimant, qui est mon conseiller, mon gardien et mon voyant, ma formidable mère qui m'a donné tellement d'amour que je ne pourrai jamais lui en rendre assez, ma famille (de sang comme d'adoption) et mes très chers amis.

Oh, et la meilleure moitié de WriterDog, bien entendu.

Prologue

Ancienne Contrée, 1761

Xcor assista à l'assassinat de son père alors qu'il n'avait passé la transition que depuis cinq ans.

Cela se produisit sous ses yeux et, malgré cette proximité, il fut incapable de comprendre ce qui se passa.

La nuit avait débuté comme n'importe quelle autre : l'obscurité tombait sur un paysage de forêts et de grottes que les nuages qui voilaient le clair de lune dérobaient à la vue, ainsi que les cavaliers qui voyageaient avec le jeune homme. Son groupe se composait de six robustes soldats : Affhres, Zypher, les trois cousins et lui-même. Puis venait son père.

Le Saigneur.

Autrefois membre de la Confrérie de la dague noire.

Ce qui les avait poussés à sortir cette nuit-là était le même devoir qui les appelait au service à chaque coucher de soleil : ils étaient à la recherche d'éradiqueurs, ces armes sans âme de l'Oméga qui jugeaient bon de massacrer l'espèce vampire. Et ils les trouvaient. Souvent.

Mais ces sept-là n'appartenaient pas à la Confrérie.

Contrairement à ce groupe de guerriers secret et glorifié, ce ramassis de salopards menés par le Saigneur n'étaient rien d'autre que des soldats : pour eux, il n'était pas question de cérémonies. Ils ne faisaient l'objet d'aucun culte de la part de la population civile. Aucune tradition, aucun éloge ne leur étaient dévolus. Ils avaient beau être de souche aristocratique, ils avaient tous été abandonnés par leurs familles, parce qu'ils étaient nés avec des tares physiques ou avaient été engendrés hors des liens d'une union sanctifiée.

Ils ne seraient jamais que de la chair à canon au sein de la grande guerre pour la survie.

Cependant, ils constituaient l'élite en matière de soldats : c'étaient les plus brutaux, les plus forts, ceux qui, avec le temps, avaient fait leurs preuves aux yeux du guerrier le plus exigeant de l'espèce : le père de Xcor. Triés sur le volet et sélectionnés avec sagesse, ces mâles faisaient preuve d'un acharnement mortel envers leur ennemi et se révélaient sans foi ni loi dès qu'on s'en prenait à la société vampire. Ils se révélaient également sans foi ni loi dès qu'il s'agissait d'assassiner : peu importait alors que la proie soit un tueur, un humain ou un loup. Le sang coulait.

Ils avaient prêté un unique serment : le père de Xcor était la seule autorité qu'ils reconnaissaient et ils n'accepteraient celle de personne d'autre. Où qu'il aille, ils l'accompagnaient, et voilà tout. C'était bien plus simple que la merde compliquée de la Confrérie ; même si Xcor aurait fait un candidat acceptable en raison de sa lignée, il ne voyait aucun intérêt à devenir un frère. Il se moquait de la gloire, car elle était loin de valoir le sentiment de douce libération que le meurtre procurait. Mieux valait abandonner ce genre de traditions et de rituels inutiles à ceux qui refusaient de brandir autre chose qu'une dague noire.

Il faisait usage de n'importe quelle arme.

Et son père faisait de même.

Le claquement des sabots ralentit avant de cesser complètement quand les guerriers sortirent de la forêt et débouchèrent dans une clairière bordée de chênes et de broussailles. Ils aperçurent des volutes de fumée domestique dérivant au gré du vent, mais un autre signe leur confirma que le village qu'ils cherchaient se trouvait sous leurs yeux : au sommet d'une falaise à pic, un château fortifié était perché comme un aigle, ses fondations semblables à des serres enfoncées dans la pierre.

Des humains. Qui se faisaient la guerre.

Quel ennui.

Et pourtant il fallait respecter l'édifice. Peut-être que, si Xcor s'installait un jour, il massacrerait la dynastie qui l'occupait et s'approprierait cette forteresse. Il serait bien plus efficace d'en voler une que d'en bâtir une nouvelle.

— Au village, ordonna son père. Allons nous divertir.

La rumeur prétendait que des éradiqueurs, ces fauves blafards, se trouvaient là, étroitement mêlés aux villageois qui avaient défriché des parcelles de terrain et bâti des maisons de pierres à l'ombre du château. C'était typique de la stratégie de recrutement de la Société : infiltrer un village, s'emparer des mâles l'un après l'autre, massacrer ou vendre les femmes et les enfants, puis s'enfuir avec les armes et les chevaux, pour se diriger vers le bourg suivant avec un nombre accru de nouveaux membres.

À cet égard, Xcor partageait la même façon de voir que l'ennemi : une fois le combat fini, il emportait toujours ce qu'il pouvait en guise de butin avant de se diriger vers la prochaine bataille. Nuit après nuit, le Saigneur et ses soldats se frayaient un chemin dans ce que les humains nommaient l'Angleterre, et quand ils atteignaient la limite du territoire des Écossais, ils rebroussaient chemin et se dépêchaient de redescendre vers le sud, loin au sud, jusqu'à ce que le talon de l'Italie les contraigne encore une fois à faire demi-tour. Puis il s'agissait de franchir de nouveau ces nombreuses lieues.

— Nous laisserons nos provisions ici, annonça Xcor en désignant un arbre au tronc épais qui était tombé en travers d'un ruisseau.

Pendant le déchargement de leurs maigres vivres, on n'entendit que le craquement du cuir et l'ébrouement occasionnel d'un des étalons. Quand tout fut entassé sous le chêne abattu, ils remontèrent en selle et rassemblèrent leurs pur-sang, leurs seules possessions de valeur hormis leurs armes. Xcor ne voyait aucune utilité à détenir des objets beaux ou de confort : ce n'était qu'un poids supplémentaire qui alourdissait le paquetage. Un cheval résistant et une dague bien équilibrée ? Voilà ce qui était inestimable.

Tandis que les sept compagnons se dirigeaient vers le village, ils ne firent aucun effort pour étouffer le bruit des sabots de leurs montures. Mais ils ne poussèrent pas non plus de cri de guerre. Cela aurait été de l'énergie gâchée, vu que leurs ennemis n'avaient guère besoin qu'on les invite à s'approcher pour les saluer.

En guise de bienvenue, un humain ou deux pointèrent la tête à leur porte, avant de s'enfermer rapidement dans leur demeure. Xcor fit mine de ne pas les voir. Au lieu de cela, il scruta les maisons de pierre trapues, la place centrale et les échoppes fortifiées à la recherche d'une forme bipède aussi blafarde qu'un fantôme et puante comme un cadavre recouvert de mélasse.

Son père fit avancer sa monture à son niveau, un méchant sourire aux lèvres.

— Peut-être qu'après nous profiterons des fruits de ces jardins.

— Peut-être, murmura Xcor tandis que son cheval rejetait la tête en arrière.

En vérité, l'idée de forniquer avec des femelles ou de forcer des mâles à se soumettre ne l'intéressait guère, mais son géniteur n'était pas vampire à contrarier, même en matière de plaisirs.

D'un geste, Xcor dirigea trois membres de leur groupe vers la gauche, où se trouvait une petite bâtisse au toit pointu surmontée d'une croix. Lui et les autres prendraient à droite. Son père ferait comme il lui plairait. Comme toujours.

Forcer les étalons à rester au pas était une tâche qui mettait à l'épreuve même les bras les plus robustes, mais il était habitué à cet exercice et demeura solidement en selle. Avec une détermination sinistre, son regard pénétra les ombres que projetait la lune, cherchant, fouillant…

Le groupe de tueurs qui sortit du couvert de la forge était lourdement armé.

— Cinq, grogna Zypher. Bénie soit cette nuit.

— Trois, l'interrompit Xcor. Deux ne sont qu'humains pour l'instant, même si les tuer… sera un plaisir égal.

— Lequel prendrez-vous, seigneur ? demanda son frère d'armes avec une déférence qui était le fruit d'un long apprentissage, et non celui d'une haute naissance.

— Les humains, répondit Xcor, qui se pencha en avant et se prépara à lâcher la bride à son étalon. Si d'autres éradiqueurs sont dans les parages, cela les fera sortir.

Il éperonna sa monture et, bien calé sur sa selle, sourit en voyant que les éradiqueurs armés et en cotte de mailles ne bougeaient pas d'un pouce. En revanche, les deux humains à leurs côtés n'allaient pas rester aussi fermes. Même s'ils étaient pareillement équipés pour le combat, ils s'enfuiraient dès qu'ils apercevraient ses crocs, comme des chevaux de labour effrayés par la détonation d'un canon.

Voilà pourquoi il se déporta brusquement sur la droite après seulement quelques enjambées au galop. Derrière la maison d'un fermier, il tira sur les rênes et sauta de son cheval. Son étalon n'était qu'un bâtard, mais il obéissait quand il s'agissait de démonter, et il attendrait…

Une humaine surgit d'une porte à l'arrière de la ferme, et sa chemise de nuit forma un éclair brillant dans l'obscurité tandis qu'elle s'efforçait péniblement d'avancer dans la boue. À l'instant où elle l'aperçut, elle se figea de terreur.

C'était une réaction logique : il faisait deux fois sa taille, si ce n'était pas trois, et n'était pas vêtu pour dormir, comme elle, mais pour faire la guerre. Quand elle porta la main à sa gorge, il inspira l'air et huma son odeur. Hum, peut-être son père avait-il raison de vouloir profiter des fruits du jardin…

Alors qu'il se faisait cette réflexion, il laissa échapper un grondement sourd qui galvanisa l'humaine et la fit détaler, paniquée, ce qui réveilla le prédateur en lui. La soif de sang qui lui tordait les entrailles lui rappela que cela faisait des semaines qu'il ne s'était pas nourri sur un membre de son espèce et, même si cette fille n'était qu'une humaine, elle ferait l'affaire pour cette nuit.

Malheureusement, ce n'était pas le moment de se laisser distraire… même si son père la rattraperait sans doute plus tard. Si Xcor avait besoin de sang de dépannage, il en prendrait sur cette femme, ou sur une autre.

Tournant le dos à l'humaine qui s'échappait, il se mit en position et dégaina son arme de prédilection : si les dagues avaient leur utilité, il préférait un fauchon au long manche, modifié pour se glisser dans un fourreau attaché à son dos. Il était expert dans le maniement de cette arme lourde, et il se mit à sourire tout en faisant tourner la méchante lame incurvée dans l'air, attendant de prendre dans ses filets les deux poissons qui à coup sûr allaient nager…

Ah, oui, qu'il était bon d'avoir raison.

Juste après une explosion de lumière et de bruit en provenance de la rue principale, les deux humains contournèrent en hurlant la forge, comme s'ils étaient poursuivis par des maraudeurs.

Mais ils se trompaient. Leur maraudeur les attendait ici.

Xcor ne cria pas, ni ne les maudit. Il n'émit pas même un grognement. Il se mit à courir, le fauchon bien en main, tandis qu'il couvrait la distance qui le séparait d'eux de ses jambes puissantes. Lorsqu'ils l'aperçurent, les humains se mirent à déraper en agitant les bras pour conserver leur équilibre, comme des canards battant des ailes pour se poser sur l'eau.

Le temps ralentit quand il leur tomba dessus. Son arme favorite s'abattit sur eux selon un large arc de cercle et les atteignit tous les deux au niveau du cou.

Leurs têtes furent tranchées net et leurs visages surpris volèrent dans les airs à la vitesse de l'éclair avant de disparaître, tandis que les crânes roulaient librement sur le sol, faces contre terre, en se vidant de leur sang et en éclaboussant la poitrine de Xcor. En l'absence de leurs couronnes crâniennes, les corps s'effondrèrent par terre avec une grâce étrange et liquide, pour former un tas de membres entremêlés et inanimés.

Alors il cria.

Se retournant, il planta ses bottes en cuir dans la boue, prit une profonde inspiration et poussa un hurlement tout en faisant tournoyer son fauchon devant lui, l'acier rougi réclamant davantage de sang. Même si ses proies n'étaient qu'humaines, la jouissance du meurtre surpassait celle d'un orgasme : la conscience d'avoir ôté la vie et d'abandonner des cadavres derrière lui le galvanisait comme un verre d'hydromel.

Sifflant entre ses dents, il appela son étalon, qui se précipita vers lui à cet ordre. Il bondit en selle, le fauchon dans sa main droite tandis qu'il tenait les rênes de la gauche. Éperonnant durement sa monture, il la lança au galop, s'engouffra dans une ruelle étroite et boueuse et émergea au cœur de la bataille.

Les salopards qui l'accompagnaient s'adonnaient pleinement au combat. Le fracas des épées faisait rage et des cris retentissaient parfois dans la nuit tandis que les démons affrontaient leurs ennemis. Et ainsi que Xcor l'avait prédit, une demi-douzaine d'éradiqueurs montés sur des étalons déboulèrent, tels des lions enragés défendant leur territoire.

Xcor fondit sur les nouveaux venus. Il attacha les rênes au pommeau de sa selle et brandit le fauchon alors que son étalon se ruait vers les autres chevaux en montrant les dents. Du sang noir et des membres volèrent en tous sens quand il trancha dans la masse de ses adversaires, sa monture et lui agissant comme une seule entité dans l'attaque.

Quand il frappa un autre tueur de son fer et le coupa en deux au niveau de la poitrine, il sut qu'il était né pour accomplir cette tâche : c'était le meilleur et le plus noble usage qu'il pouvait faire de son temps sur terre. C'était un tueur, pas un défenseur.

Il se battait non pour son espèce… mais pour lui-même.

Tout s'acheva trop vite, et la brume nocturne enveloppa bientôt les éradiqueurs tombés, recroquevillés sur eux-mêmes dans les mares de leur sang noir et huileux. Dans son groupe, on ne comptait que quelques blessures. Affhres avait une entaille à l'épaule, infligée à sa chair par une lame quelconque. Et Zypher boitait, du sang imprégnait le tissu de son pantalon et détrempait sa botte. Ces désagréments ne semblaient ni ralentir ni inquiéter aucun des deux vampires.

Xcor arrêta son cheval, descendit et remit le fauchon dans son fourreau. Quand il tira sa dague d'acier et commença à poignarder les tueurs à la ronde, il regretta de renvoyer l'ennemi à son créateur. Il voulait se battre plus, pas moins…

Un cri retentissant lui fit tourner la tête. L'humaine en chemise de nuit descendait en courant la rue en terre battue du village, son corps pâle complètement tendu, comme si on l'avait débusquée de sa cachette. Le père de Xcor la talonnait de près sur son cheval lancé au galop, et le Saigneur avait déjà penché son corps massif sur le côté pour attraper la fugitive. En vérité, ce n'était pas là une course et, quand il arriva à sa hauteur, il saisit la jeune femme et la jeta en travers de sa selle.

Il ne s'arrêta pas, ne ralentit même pas après la capture, mais il marqua sa proie : son étalon lancé au grand galop, l'humaine affalée devant lui, le père de Xcor parvint tout de même à planter ses crocs dans la gorge frêle, s'accrochant au cou de la jeune femme comme pour la maintenir en place avec ses canines.

Et elle serait morte. Elle serait morte sans le moindre doute.

Si le Saigneur n'était pas mort avant elle.

Surgie du brouillard tourbillonnant, une silhouette fantomatique apparut, comme si elle était constituée par les filaments d'humidité qui saturaient l'air. Dès que Xcor aperçut le spectre, il plissa les yeux et se fia à son odorat surdéveloppé.

On aurait dit une femelle. De son espèce. Vêtue d'une robe blanche.

Et son odeur lui rappelait quelque chose qu'il ne parvenait pas à définir.

Elle se positionna en plein sur la trajectoire de son père, comme si elle était parfaitement indifférente au cheval et au guerrier sadique qui fonçaient sur elle. Toutefois, le géniteur de Xcor parut hypnotisé par cette apparition. À l'instant où il remarqua sa présence, il lâcha l'humaine comme si elle n'était qu'un os dont il aurait déjà rongé la viande.

Quelque chose n'allait pas, se dit Xcor. C'était un mâle d'action et de pouvoir, et certainement pas du genre à se dérober devant un membre du sexe faible… mais chaque fibre de son corps l'avertissait que cette entité éthérée était dangereuse. Mortelle.

—Holà, père, faites demi-tour ! s'exclama-t-il.

Xcor siffla pour faire venir son étalon, qui répondit à son ordre. Sautant en selle, il enfonça les talons dans les flancs de sa monture et se rua en avant pour intercepter la trajectoire de son père, éperonné par une étrange panique.

Il arriva trop tard. Le Saigneur avait presque rejoint la femelle, qui s'était lentement accroupie.

Par l'enfer, elle allait sauter sur le…

D'un mouvement coordonné, elle s'éleva dans les airs et saisit la jambe de son père, dont elle se servit comme appui pour se hisser sur le cheval. Puis, s'agrippant à la poitrine du Saigneur, elle bascula de l'autre côté en entraînant le mâle au sol avec elle, ce bond puissant défiant à la fois son sexe et sa nature spectrale.

Ce n'était donc pas un fantôme, mais un être de chair et de sang.

Ce qui signifiait qu'on pouvait la tuer.

Alors que Xcor se préparait à jeter son étalon sur eux, la femelle poussa un cri qui n'était absolument pas féminin ; plutôt semblable à son propre cri de guerre, le hurlement couvrit un instant le fracas des sabots sous lui et le bruit de sa bande de salopards qui se rassemblaient pour contrer cette attaque inattendue.

Mais leur intervention n'était pas nécessaire pour le moment.

Son père, une fois passé le choc d'avoir été jeté au bas de sa monture, roula sur le dos et dégaina sa dague, un rictus bestial sur le visage. Avec un juron, Xcor tira sur les rênes et interrompit son sauvetage, car son géniteur allait certainement reprendre le contrôle de la situation : le Saigneur n'était pas le genre de mâle qu'on aidait ; il avait autrefois battu Xcor pour cette raison, et la leçon avait été douloureuse à apprendre, mais bien retenue.

Il démonta cependant et resta à proximité, prêt à agir dans l'éventualité où d'autres Valkyries du même genre se trouveraient dans la forêt.

Ce fut la raison pour laquelle il entendit distinctement la femelle prononcer un nom.

— Viszs.

À la rage de son père succéda une brève confusion. Et avant qu'il puisse recommencer à se défendre, elle se mit à briller d'une lumière sans nul doute impie.

— Père ! hurla Xcor en se précipitant vers lui.

Mais il arriva trop tard. Elle l'avait déjà touché.

Des flammes jaillirent autour du visage dur et barbu de son géniteur et embrasèrent son corps comme du foin sec. Usant de la même grâce que pour le jeter à terre, la femelle sauta en arrière et observa sa victime tenter frénétiquement d'étouffer le feu, en vain. Dans la nuit, le vampire hurla alors qu'il brûlait vif, ses vêtements de cuir n'offrant aucune protection à sa peau et ses muscles.

Il n'y avait aucun moyen de s'approcher du brasier, et Xcor s'arrêta en dérapant, puis il leva les bras devant lui et détourna la tête pour se protéger de la chaleur : la température était bien plus élevée qu'elle aurait dû l'être.

Durant tout ce temps, la femelle se tint au-dessus du corps qui se tordait et se contorsionnait… la lueur tremblotante des flammes orangées illuminant son beau visage cruel.

Cette salope souriait.

Et ce fut alors qu'elle leva la tête vers lui. Quand Xcor put observer son visage en détail, il refusa d'abord d'en croire ses yeux. Et pourtant la lueur des flammes ne mentait pas.

Il regardait une version femelle du Saigneur. C'étaient les mêmes cheveux noirs, la même peau pâle, les mêmes yeux clairs. La même structure osseuse. En outre, il retrouvait cette même étincelle vengeresse dans ces yeux presque violets, ce ravissement et cette satisfaction d'infliger la mort… Une combinaison que Xcor ne connaissait que trop bien.

Un instant plus tard, elle avait disparu, en se fondant dans le brouillard d'une façon différente de celle dont les siens se dématérialisaient, et qui ressemblait plutôt à la manière dont la fumée se désagrège petit à petit avant de se dissiper complètement.

Dès qu'il en fut capable, Xcor se précipita vers son père, mais il ne restait rien à sauver… et quasiment rien à enterrer. Tombant à genoux devant les os fumants au-dessus desquels flottait encore la puanteur de la chair brûlée, il eut un déplorable moment de faiblesse : des larmes lui montèrent aux yeux. Le Saigneur était certes une brute, mais étant son seul rejeton mâle reconnu, Xcor et lui avaient été proches… Ils étaient de la même trempe.

— Par tous les saints, dit Zypher d'une voix rauque. Qu'était-ce que cela ?

Xcor cligna des yeux avec force avant de lui adresser un regard furieux par-dessus son épaule.

— Elle l'a tué.

— Oui. Et pas qu'un peu.

Quand les salopards vinrent l'entourer, un à un, Xcor dut réfléchir à ce qu'il dirait à ses compagnons et à ce qu'il ferait dans l'avenir.

Se relevant d'un mouvement raide, il voulut appeler son étalon, mais il avait la bouche trop sèche pour siffler. Son père… qui avait longtemps été à la fois son châtiment et son roc, était mort. Mort. Et c'était arrivé si vite, trop vite.

À cause d'une femelle.

Son père, disparu.

Dès qu'il s'en sentit capable, il regarda chacun des mâles droit dans les yeux : les deux à cheval, puis les deux à pied, enfin celui à sa droite. Avec une soudaine prise de conscience, il sut que, quoi que le destin leur réserve, il serait façonné par ce qu'il allait faire en cet instant précis, ici et maintenant.

Il n'y avait pas été préparé, mais il ne se détournerait pas de son devoir :

— Écoutez-moi bien, car je ne le répéterai pas. Personne ne parlera jamais de ce qui s'est passé aujourd'hui. Mon père est mort en combattant contre l'ennemi. Je l'ai incinéré afin de lui rendre hommage et le garder toujours avec moi. Jurez-le-moi maintenant.

Les salopards avec lesquels il avait longtemps vécu et combattu jurèrent et, une fois que leurs voix graves se furent éteintes dans la nuit, Xcor se pencha et s'enduisit les doigts de cendres. Portant les mains à son visage, il traça une marque de suie depuis ses joues jusqu'aux épaisses veines de chaque côté de son cou, puis il empoigna le crâne qui était tout ce qui subsistait de son père. Soulevant devant lui les restes fumants et carbonisés, il revendiqua comme siens les soldats qui se tenaient devant lui.

— Je suis votre seul et unique suzerain, à présent. Liez-vous à moi ou vous serez mes ennemis. Quelle est votre réponse ?

Il n'y eut pas la moindre hésitation. Les mâles mirent un genou au sol, sortirent leurs dagues et laissèrent éclater un cri de guerre avant d'enfoncer les lames dans la terre à leurs pieds.

Xcor observa leurs têtes inclinées et eut l'impression qu'un poids lui tombait sur les épaules.

Le Saigneur était mort. Désormais, il devenait une légende qui commençait cette nuit.

Et comme il est juste et convenable, le fils suivait les traces de son géniteur, dirigeant ces soldats qui ne serviraient pas Kolher, le roi qui ne voulait pas régner, ni la Confrérie, qui ne daignait pas s'abaisser à ce niveau… mais serviraient Xcor, et lui seul.

—Nous repartons dans la direction d'où est venue la femelle, annonça-t-il. Nous la trouverons, même si cela prend des siècles, et elle paiera pour ce qu'elle a détruit cette nuit. (Xcor émit alors un sifflement clair et aigu pour appeler son étalon.) Je la débusquerai et la tuerai de mes propres mains.

Sautant en selle, il saisit les rênes et éperonna la large bête dans la nuit, sa bande de salopards se mettant en formation derrière lui, prêts à mourir pour lui.

Tandis qu'ils quittaient le village dans un grondement de tonnerre, il glissa le crâne de son père dans son pourpoint de cuir, juste au-dessus de son cœur.

La vengeance serait sienne. Même si cela devait le tuer.

Chapitre premier

Champ de course de l'Aqueduc,
Queens, New York, de nos jours

— J'ai envie de te sucer.

Le docteur Manny Manello tourna la tête à droite et observa la femme qui venait de lui parler. Ce n'était vraiment pas la première fois qu'il entendait ces mots, et la bouche qui les avait prononcés était certainement assez siliconée pour faire un bon coussin, mais c'était quand même une surprise.

Candace Hanson lui sourit et rajusta son chapeau à la Jackie Kennedy de sa main manucurée. Apparemment, elle avait décidé qu'associer un air distingué à des propos salaces était séduisant… et c'était peut-être le cas pour certains mecs.

Merde, à une autre époque de sa vie, il l'aurait probablement prise au mot, en appliquant sa théorie du « après tout, pourquoi pas ». Mais aujourd'hui, il la rangeait plutôt dans le dossier « non, pas vraiment ».

Nullement découragée par son manque d'enthousiasme, elle se pencha en avant, lui dévoilant des seins qui défiaient à ce point la gravité que cela en était insultant pour cette dernière.

— Je sais où on pourrait aller.

Il l'aurait parié.

— La course va commencer.

Elle fit la moue. À moins que ce soit simplement l'impression que donnait le gonflement de ses lèvres après l'injection. Mon Dieu, une décennie plus tôt elle avait probablement été mignonne ; à présent les années lui avaient ajouté une couche de désespoir, en plus du processus normal de vieillissement à base de rides qu'elle combattait comme une boxeuse.

—Après, alors ?

Manny se détourna sans répondre, ne sachant pas avec certitude comment elle avait atterri dans la zone réservée aux propriétaires. Cela avait dû se faire durant la bousculade de retour du paddock où les chevaux avaient été sellés et, à n'en pas douter, elle devait avoir l'habitude d'entrer dans des endroits où elle n'était techniquement pas autorisée à mettre les pieds : Candace était une de ces mondaines de Manhattan auxquelles il ne manquait qu'un maquereau pour être une prostituée et, à bien des égards, elle était comme n'importe quelle guêpe : lorsque l'on ignore cet insecte nuisible, il va se poser ailleurs.

Ou sur quelqu'un d'autre, en l'occurrence.

Levant le bras pour l'empêcher d'approcher, Manny se pencha sur la rambarde de sa tribune de propriétaire et attendit qu'on amène sa belle sur la piste. Elle avait été placée dans le couloir extérieur, et ce n'était pas plus mal : elle préférait ne pas être dans le peloton, et parcourir une distance légèrement supérieure ne l'avait jamais handicapée.

Le champ de course de l'Aqueduc, dans le Queens, sis dans l'État de New York, n'était pas aussi prestigieux que Belmont, Pimlico ou ce vénérable ancêtre de tous les hippodromes, Churchill Downs. Mais ce n'était pas rien non plus. L'installation disposait de trois bons kilomètres de terre battue, ainsi que d'un turf et d'une piste courte. La capacité d'accueil totale avoisinait les quatre-vingt-dix mille personnes. La bouffe était passable, mais personne ne venait vraiment ici pour manger, et il y avait quelques grosses courses, comme ce jour-là : la Wood Memorial Stakes offrait un prix de 750 000 dollars et, comme elle avait lieu en avril, c'était un bon test de référence pour les candidats à la Triple Couronne…

Oh oui, elle était là. Sa pouliche arrivait.

Quand le regard de Manny se posa sur GloryGloryHallelujah, le vacarme de la foule, l'éclatante lumière du jour et la ligne mouvante des autres chevaux disparurent instantanément. Il n'eut plus d'yeux que pour sa magnifique pouliche noire dont la robe étincelait sous le soleil, ses jambes souples extra-minces, ses délicats sabots qui se soulevaient avec grâce du sol de la piste avant de s'y planter de nouveau. Comme elle faisait près d'un mètre soixante-dix au garrot, le jockey sur son dos avait l'air d'un petit gnome recroquevillé, et cette différence de taille représentait bien la séparation des pouvoirs. Elle l'avait fait comprendre dès le premier jour d'entraînement : elle devrait peut-être tolérer ces petits humains embêtants, mais ils n'étaient là que pour la monter. C'était elle qui dirigeait.

Son tempérament dominateur avait déjà coûté deux entraîneurs à Manny. Quant au troisième, aux services duquel il recourait en ce moment ? Le type paraissait un peu frustré, mais ce n'était pas seulement parce que son sentiment de contrôle était piétiné : Glory faisait des temps remarquables et cela n'avait rien à voir avec lui. Et Manny se fichait franchement des ego gonflés d'hommes dont le métier était de faire travailler des chevaux. Sa pouliche était une guerrière et savait ce qu'elle faisait, et cela ne lui posait aucun problème de la laisser aller à sa guise et de profiter du spectacle quand elle réduisait à néant la compétition.

Les yeux toujours rivés sur elle, il se souvint de l'enfoiré auquel il l'avait achetée, un peu plus d'un an auparavant. Ces 20 000 dollars, c'était donné vu sa lignée, mais c'était du vol compte tenu de son tempérament et du fait qu'il n'était pas certain qu'elle soit en mesure d'obtenir son ticket d'entrée pour la course. C'était un yearling indiscipliné sur le point d'être mis en retraite… ou pire, d'être transformé en pâtée pour chien.

Mais il avait eu raison. Si on la laissait faire et diriger les opérations, elle était spectaculaire.

Quand le line-up approcha des portillons, certains chevaux se mirent à piaffer, mais sa pouliche resta immobile, comme si elle savait qu'il ne servait à rien de gaspiller son énergie en bêtises avant la course. Et il aimait vraiment leur cote en dépit de leur première place sur la grille, parce que ce jockey sur son dos était une star : il savait précisément comment la manier et, à cet égard, il avait plus de responsabilité dans son succès que les entraîneurs. Sa philosophie avec elle était de s'assurer qu'elle voie toutes les meilleures trajectoires possibles pour sortir du peloton, puis de la laisser en choisir une et foncer.

Manny se mit debout et agrippa la rambarde en métal peint devant lui, se joignant à la foule des spectateurs qui se levaient de leur siège et sortaient d'innombrables paires de jumelles. Quand son cœur s'accéléra, il en fut heureux, car en dehors de la salle de sport, son rythme cardiaque manquait d'amplitude ces derniers temps. Sa vie avait subi un terrible engourdissement au cours de l'année écoulée, et c'était peut-être la raison pour laquelle cette pouliche était si importante à ses yeux.

Peut-être était-elle tout ce qu'il avait.

Mais il refusait d'y penser.

Derrière la ligne de départ, il n'était question que de s'activer le plus vite possible. Quand on essayait de coincer quinze chevaux étroitement bridés, avec des jambes tendues comme des bâtons et des glandes à adrénaline prêtes à décharger comme des canons, dans dè minuscules box en métal, on ne perdait pas de temps. En une minute, la piste fut close et les mains se crispèrent sur les rambardes.

Pulsation.

Cloche.

Bang!

Les portillons s'ouvrirent, la foule rugit et les chevaux jaillirent comme s'ils avaient été éjectés par un canon. Les conditions étaient idéales, il faisait sec et frais. Le sol de la piste était ferme.

Non que sa pouliche se soucie de cela. Elle courrait dans des sables mouvants s'il le fallait.

Les pur-sang passèrent dans un bruit de tonnerre, le fracas de leurs sabots et le rythme pressant de la voix du commentateur galvanisant l'énergie des spectateurs dans les tribunes jusqu'à atteindre des sommets extatiques. Manny demeura néanmoins calme, mais il n'ôta pas ses mains de la rambarde devant lui et conserva les yeux rivés sur le champ de course tandis que le peloton effectuait le premier virage dans un enchevêtrement de dos et de queues.

Le grand écran lui montrait tout ce qu'il avait besoin de voir. Sa pouliche était en avant-avant-dernière position, avançant à grandes enjambées tandis que les autres allaient ventre à terre… Merde, elle n'avait même pas encore complètement tendu le cou. Mais le jockey faisait son boulot, l'éloignant doucement de la bordure et lui donnant le choix entre contourner le peloton par le côté le plus long ou le traverser quand elle se sentirait prête.

Manny savait exactement ce qu'elle allait faire. Elle allait plonger pile entre les autres chevaux comme un boulet de démolition.

C'était son style.

Et forcément, tandis qu'ils entamaient la dernière ligne droite, elle mit les gaz. Elle baissa la tête, tendit le cou et commença à allonger sa foulée.

— Bordel, murmura Manny. Tu vas le faire, ma belle.

Quand Glory pénétra sur la piste encombrée, elle se transforma en un éclair dépassant les autres concurrents. Son explosion de vitesse fut si extraordinaire qu'on savait forcément qu'elle le faisait sciemment : il ne lui suffisait pas de tous les battre, elle devait le faire dans les huit cents derniers mètres, arrachant de leurs selles ces salauds au tout dernier moment.

Manny eut un rire rauque. C'était vraiment son genre de fille.

— Seigneur, Manello, regarde-la courir.

Manny hocha la tête sans jeter un regard au type qui lui avait parlé à l'oreille, parce que quelque chose en tête du peloton changea la donne : le poulain qui menait perdit soudain de la vitesse et se laissa distancer, alors que ses jambes semblaient privées d'énergie. En réaction, son jockey lui cravacha la croupe, ce qui eut autant d'effet que de jurer contre une voiture dont le réservoir est vide. Le poulain en deuxième position, un grand alezan arrogant doté d'une foulée longue comme un terrain de foot, tira immédiatement avantage de ce ralentissement lorsque son jockey lui lâcha la bride.

Tous deux furent au coude à coude pendant à peine une seconde avant que l'alezan prenne la tête de la course. Mais cela n'allait pas durer. La pouliche de Manny avait choisi son moment pour se glisser au milieu de trois chevaux et lui coller au train plus sûrement qu'un autocollant.

Oui, Glory était dans son élément : elle avait les oreilles rabattues et montrait les dents.

Elle n'allait faire qu'une bouchée de son triomphe, à celui-là. Et il était impossible de ne pas songer déjà à la course du Premier Samedi de Mai et au Derby du Kentucky…

Tout se passa si vite.

Tout fut fini… en un clin d'œil.

Le poulain heurta volontairement Glory sur le côté, et l'impact brutal envoya celle-ci contre la rambarde. Sa pouliche était grande et forte, mais elle n'était pas de taille dans une confrontation pareille, pas à 60 kilomètres-heure.

L'espace d'une seconde, Manny fut persuadé qu'elle allait récupérer. En dépit de la façon dont elle oscillait et piétinait, il s'attendait à ce qu'elle retrouve sa foulée et apprenne les bonnes manières à ce salaud indiscipliné.

Sauf qu'elle s'effondra. Juste devant les trois chevaux qu'elle venait de dépasser.

Le carnage fut immédiat : les chevaux firent un large détour pour éviter l'obstacle sur leur chemin tandis que leurs jockeys brisaient leurs boucles de course dans l'espoir de rester en selle.

Tout le monde s'en sortit. Sauf Glory.

Comme la foule retenait son souffle, Manny se précipita et sauta par-dessus les palissades du box avant d'enjamber des gens, des chaises et des barrières jusqu'à ce qu'il atteigne la piste elle-même.

Il franchit la rambarde et atterrit sur la terre battue.

Il courut vers elle, ses années d'athlétisme le portant à une vitesse folle vers ce spectacle déchirant.

Elle tentait de se relever. Béni soit son grand cœur farouche, elle luttait pour se redresser, le regard toujours rivé sur le peloton comme si elle se foutait complètement d'être blessée ; elle voulait simplement rattraper ceux qui l'avaient abandonnée dans la poussière.

Tragiquement, sa jambe avant avait d'autres projets pour elle : alors qu'elle se démenait pour se relever, son antérieur droit lâcha sous le genou, et Manny n'eut pas besoin de faire appel à ses années d'expérience en tant que chirurgien orthopédique pour savoir qu'elle avait des problèmes.

De sérieux problèmes.

Quand il arriva à sa hauteur, son jockey était en larmes.

— Docteur Manello, j'ai essayé… Oh, mon Dieu…

Manny dérapa et attrapa les rênes tandis que les vétérinaires s'approchaient et qu'on érigeait un écran autour du drame.

Au moment où les trois hommes en uniforme s'approchèrent d'elle, les yeux de Glory s'affolèrent sous l'effet de la douleur et de la confusion. Manny fit son possible pour la calmer, la laissant remuer la tête tout son soûl pendant qu'il lui caressait le cou. Et elle se détendit quand ils lui firent une injection de tranquillisant.

Au moins ses tentatives désespérées pour se redresser cessèrent.

Le vétérinaire en chef jeta un coup d'œil à la jambe et secoua la tête. Ce qui, dans l'univers des courses de chevaux, était le signe universel pour dire : « Il faut l'euthanasier. »

Manny se redressa à hauteur du type.

— N'y pensez même pas. Réduisez la fracture et faites-la transporter à Tricounty tout de suite. C'est clair ?

— Elle ne courra plus jamais ; cela ressemble à une fracture multi…

— Sortez mon cheval de cette piste et envoyez-la à Tricounty…

— Elle n'en vaut pas la peine…

Manny empoigna le devant de la veste du véto et attira à lui Monsieur Solution de Facilité jusqu'à ce que leurs nez se touchent.

— Faites-le. Tout de suite !

Il y eut un moment d'incompréhension totale, comme si ce petit prétentieux se faisait malmener pour la première fois.

Et afin de s'assurer que tous deux soient parfaitement d'accord, Manny gronda :

— Je ne vais pas la perdre, mais j'ai bien envie de vous laisser tomber. Ici et maintenant.

Le véto eut un mouvement de recul, comme s'il savait qu'il courait le risque de s'en prendre une.

— OK… OK.

Manny n'allait pas perdre son cheval. Au cours des douze derniers mois, il avait pleuré la seule femme qu'il ait jamais aimée, avait douté de sa santé mentale et s'était mis à boire du scotch alors même qu'il avait toujours détesté cela.

Si Glory y restait à présent… il ne lui resterait vraiment plus grand-chose dans la vie.

Chapitre 2

Centre d'entraînement de la Confrérie,
Caldwell, État de New York

Saloperie… de Bic… de merde…

Viszs se tenait dans le couloir de la clinique de la Confrérie, une cigarette entre les lèvres et un pouce qui s'acharnait salement sur son briquet. Mais aucune flamme n'en jaillissait, peu importe le nombre de fois où il masturbait la petite molette.

Clic. Clic. Clic…

Profondément dégoûté, il jeta cette saleté dans une poubelle et saisit le gant doublé de plomb qui lui recouvrait la main. Ôtant le cuir, il contempla sa paume lumineuse, avant de plier les doigts et de fléchir le poignet.

Cette chose, à moitié lance-flammes et à moitié bombe nucléaire, était capable de faire fondre n'importe quel métal, de changer la pierre en verre et de transformer en kebab l'avion, le train ou l'automobile de son choix. Mais c'était aussi la raison pour laquelle il pouvait faire l'amour à sa *shellane*, et c'était l'un des deux pouvoirs qu'il avait hérités de sa mère.

Et sans conteste, cette connerie de double vue était tout aussi marrante que sa main-de-la-mort.

Levant l'arme létale à hauteur de son visage, il en approcha l'extrémité de la cigarette, mais pas trop près, ou il cramerait son système de livraison de nicotine et devrait perdre son temps à s'en rouler un autre. Ce pour quoi il n'avait déjà pas de patience dans les bons jours, et encore moins dans un moment pareil…

Ah, quelle bouffée délicieuse.

Adossé contre le mur, les rangers bien à plat sur le linoléum, il se mit à fumer. La clope n'eut guère d'action sur sa sinistrose, mais cela lui donna une occupation qui valait mieux que l'autre option qui lui trottait dans la tête depuis deux heures. Alors qu'il remettait le gant en place, il songea qu'il aurait bien aimé employer son « don » pour aller foutre le feu à quelque chose, n'importe quoi…

Sa sœur jumelle était-elle vraiment de l'autre côté de ce mur ? Étendue sur un lit d'hôpital… paralysée ?

Seigneur… Avoir trois cents ans et découvrir qu'on avait une sœur.

Bien joué, m'man. Super sympa, putain.

Et dire qu'il avait cru avoir réglé tous ses problèmes avec ses parents. Mais bon, un seul des deux était mort. Si la Vierge scribe pouvait seulement suivre l'exemple du Saigneur et casser sa pipe, peut-être arriverait-il à retrouver un équilibre.

Mais telles que les choses se présentaient, ce dernier scoop en date, ajouté à « l'expédition de la dernière chance » de sa chère Jane, seule dans le monde humain, le rendait…

Ouais, il n'avait pas de mot pour cela.

Il sortit son téléphone portable. Vérifia les messages. Le replaça dans la poche de son pantalon en cuir.

Bon sang, c'était tellement caractéristique. Jane accordait toute son attention à quelque chose, et voilà. Plus rien n'avait d'importance.

Certes il était exactement comme elle, mais, dans de tels moments, il aurait apprécié d'être tenu au courant.

Foutu soleil qui le coinçait à l'intérieur. Au moins, s'il avait pu accompagner sa *shellane*, il n'y aurait eu aucune possibilité que le « grand » docteur Manello leur réponde : « Non, je ne crois pas. » En cas de refus, V. se serait contenté d'assommer le salopard, de balancer le corps dans l'Escalade et de ramener ces mains talentueuses jusqu'ici pour opérer Souffhrance.

Dans son esprit, le libre arbitre était un privilège, pas un droit.

Quand il eut fini sa cigarette, il l'écrasa sous la semelle de sa ranger et jeta le mégot dans la poubelle. Il avait une sévère envie de boire… mais ni du soda ni de l'eau. Une demi-caisse de Grey Goose le calmerait à peine, mais avec un peu de chance il lui faudrait donner un coup de main au bloc opératoire rapidement et il devait rester sobre.

En poussant la porte de la salle d'examen, il contracta les épaules, serra les molaires et, pendant une fraction de seconde, fut incapable de savoir s'il pourrait en supporter davantage. S'il existait un moyen garanti de lui mettre les nerfs à vif, c'était bien quand sa mère le roulait dans la farine, et il était difficile de faire pire que ce mensonge entre tous les mensonges.

Mais le problème était que, dans la vie, il n'y avait pas d'option « tilt » pour arrêter la fête quand le flipper était trop secoué.

— Viszs ?

Il ferma brièvement les yeux au son de cette voix douce et faible.

— Oui, Souffhrance.

Passant à la langue ancienne, il poursuivit :

— *C'est moi.*

Avançant jusqu'au centre de la pièce, il reprit sa place sur le tabouret à roulettes à côté du brancard. Allongée sous une multitude de couvertures, Souffhrance était immobilisée par un appareillage au niveau de la tête et portait une minerve. Une intraveineuse reliait son bras à une poche transparente suspendue à un pied en acier inoxydable via un long tuyau souple.

Même si la pièce carrelée était propre, nette et luisante et que les équipements et les fournitures médicaux étaient aussi menaçants que des tasses et des soucoupes dans une cuisine, il avait l'impression que tous deux se trouvaient dans une caverne crasseuse encerclée par des grizzlis.

Cela aurait été tellement mieux s'il avait pu aller massacrer l'enfoiré qui avait mis sa sœur dans cet état. Mais le problème était que... cela signifierait qu'il devrait buter Kolher, et cela casserait l'ambiance. Ce grand con n'était pas seulement le roi, c'était également un frère... et il fallait aussi tenir compte d'un petit détail : Souffhrance avait consenti à ce qui l'avait mise dans cet état. Les séances d'entraînement que ces deux-là avaient pratiquées ces derniers mois les avaient tous les deux gardés en forme et, bien entendu, Kolher n'avait pas la moindre idée de l'identité de son adversaire, puisqu'il était aveugle. Qu'il s'agisse d'une femelle ? Pff. Cela se passait de l'autre côté et il n'y avait aucun mâle là-bas. Mais la cécité du roi faisait qu'il n'avait pas remarqué ce que V. et tous les autres regardaient fixement chaque fois qu'ils entraient dans cette pièce : la longue tresse noire de Souffhrance était exactement de la même couleur que les cheveux de V., sa peau avait la même carnation que la sienne et elle était bâtie comme lui, grande, mince et forte. Mais les yeux... Merde, les yeux...

V. se passa la main sur le visage. Leur père, le Saigneur, avait engendré d'innombrables filles bâtardes avant d'être tué dans une escarmouche contre les éradiqueurs dans l'Ancienne Contrée. Mais V. ne tenait compte d'aucun de ces rejetons issus de ces relations de hasard avec des femelles.

Souffhrance était différente. Tous deux avaient la même mère, et ce n'était pas une simple *mahmen* chérie. Il s'agissait de la Vierge scribe. La mère absolue de l'espèce.

Quelle salope.

Souffhrance tourna son regard vers lui et V. retint son souffle. Les iris qui croisèrent les siens étaient d'un blanc de glace, tout comme chez lui, et le cercle bleu marine qui les entourait était celui qu'il voyait chaque nuit dans le miroir. Et cette intelligence… Le génie niché dans ces profondeurs arctiques était exactement le même que celui abrité par sa propre boîte crânienne.

— *Je ne sens plus rien*, dit Souffhrance.

— Je sais.

Secouant la tête, il répéta :

— *Je sais.*

Elle tordit la bouche comme pour montrer qu'elle aurait souri dans d'autres circonstances.

— Tu peux parler la langue de ton choix, dit-elle dans un anglais parfait. J'en parle… beaucoup couramment.

Tout comme lui. Ce qui signifiait qu'il était incapable de formuler une réponse dans seize langues différentes. C'était lui tout craché.

— As-tu reçu des nouvelles… de ta *shellane* ? demanda-t-elle d'une voix hésitante.

— Non. Veux-tu une dose d'antalgique supplémentaire ?

Elle semblait plus faible que quand il l'avait quittée.

— Non, merci. Je me sens… bizarre quand j'en prends.

Cette phrase fut suivie d'un long silence.

Qui ne fit que s'allonger.

Et encore.

Seigneur, peut-être devrait-il lui tenir la main… ? Après tout, elle avait conservé des sensations au-dessus de la taille. Oui, mais qu'avait-il à offrir dans cette catégorie ? Sa main gauche tremblait et la droite était mortelle.

— Viszs, le temps n'est pas…

Comme sa jumelle laissait la phrase en suspens, il la termina dans sa tête : « de notre côté ».

Merde, il aurait aimé qu'elle se trompe. Mais quand la colonne vertébrale était touchée, c'était comme les crises cardiaques et les attaques cérébrales, chaque minute passée sans traitement impliquait des chances de récupération en moins pour le patient.

Cet humain avait intérêt à être aussi brillant que le disait Jane.

— Viszs ?

— Oui ?

— Aurais-tu préféré que je ne vienne pas ici ?

Il se renfrogna.

— De quoi tu parles, bon sang ? Bien sûr que je veux que tu sois avec moi.

Tandis que la nervosité commençait à le faire battre du pied, il se demanda combien de temps il devrait attendre avant de pouvoir sortir s'en griller une. Il n'arrivait tout simplement plus à respirer quand il était assis là, incapable de faire quoi que ce soit alors que sa sœur souffrait et que son propre cerveau menaçait de s'asphyxier sous une avalanche de questions. Dix mille « pourquoi » et « comment » tournoyaient dans sa tête, mais il ne pouvait pas les exprimer. Souffhrance donnait l'impression qu'elle allait tomber dans le coma à cause de la douleur d'une seconde à l'autre, ce n'était donc pas le moment d'entamer une petite causerie.

Merde, les vampires avaient beau guérir à la vitesse de l'éclair, ils n'étaient cependant pas immortels, loin de là.

Il risquait bien de perdre sa jumelle avant même de l'avoir connue.

Sur ce, il examina ses fonctions vitales sur l'écran de contrôle. Pour commencer, l'espèce avait une pression sanguine basse, mais celle de sa sœur était proche de zéro. Son pouls était aussi lent et irrégulier qu'un morceau de batterie interprété par des Blancs. Et on avait dû éteindre le capteur d'oxygène parce que son alarme sonnait sans discontinuer.

Quand elle ferma les yeux, il craignit que ce ne soit la dernière fois, et qu'avait-il fait pour elle ? Rien d'autre que lui crier dessus quand elle lui avait posé une question.

Il se pencha vers elle, se sentant comme un con.

— Il faut que tu tiennes le coup, Souffhrance. Je vais te donner ce dont tu as besoin, mais tu dois t'accrocher.

Sa jumelle souleva les paupières et le regarda, la tête immobilisée.

— Je t'ai imposé trop de choses.

— Ne t'inquiète pas pour moi.

— C'est ce que j'ai toujours fait.

V. fronça de nouveau les sourcils. À l'évidence, toute cette histoire de frère et sœur n'était un scoop que de son côté, et il ne put s'empêcher de se demander comment diable elle avait appris son existence.

Et ce qu'elle savait.

Merde, encore une raison pour lui de souhaiter être normal.

— Tu es sûr de ce guérisseur que tu as fait quérir ? marmonna-t-elle.

Euh, pas vraiment. La seule chose dont il était sûr, c'était que si ce salopard la tuait, il y aurait un double enterrement ce soir, à supposer qu'il reste assez de l'humain pour l'enterrer ou le brûler.

— Viszs ?

— Ma *shellane* a confiance en lui.

Souffhrance tourna les yeux vers le haut et ne les bougea plus. Regardait-elle le plafond ? se demanda-t-il. La lampe d'examen suspendue au-dessus d'elle ? Quelque chose qu'il ne voyait pas ?

Elle finit par dire :

— Demande-moi combien de temps j'ai passé sous la coupe de notre mère.

— Tu es certaine d'avoir la force de répondre ? (Comme elle le fusillait du regard, il eut envie de sourire.) Combien de temps ?

— Quelle est l'année sur Terre ? (Quand il le lui apprit, elle écarquilla les yeux.) En effet. Eh bien, cela fait des centaines d'années. J'ai été emprisonnée par notre *mahmen* pendant… des centaines d'années de vie.

Viszs sentit l'extrémité de ses canines le démanger de rage. Leur mère… Il aurait dû savoir que la paix qu'il avait trouvée avec cette femelle ne durerait pas.

— Tu es libre, à présent.

— Le suis-je ? (Elle jeta un coup d'œil à ses jambes.) Je ne peux pas vivre dans une autre prison.

— Ce ne sera pas le cas.

Son regard glacial se fit plus pénétrant.

— Je ne peux pas vivre ainsi. Comprends-tu ce que je dis ?

Il se glaça de l'intérieur.

— Écoute, je vais faire venir le médecin ici et…

— Viszs, coupa-t-elle d'une voix rauque. En vérité, je le ferais si je le pouvais, mais j'en suis physiquement incapable, et je n'ai personne d'autre vers qui me tourner. Me comprends-tu ?

Quand il croisa de nouveau son regard, il eut envie de crier, ses entrailles se nouèrent et la sueur coula sur son front. Il était un tueur par nature et par entraînement, mais ce n'était pas un talent qu'il avait jamais envisagé d'exercer un jour contre son propre sang. Enfin, hormis contre leur mère, bien sûr. Peut-être contre leur père également, sauf que celui-ci était mort tout seul.

OK, rectification : ce n'était pas quelque chose qu'il ferait à sa sœur.

— Viszs. Est-ce que…

— Oui. (Il baissa les yeux sur sa main maudite et remua cette saloperie.) J'ai compris.

Au plus profond de lui, dans son cœur, sa fibre intérieure se mit à vibrer. C'était le genre de requête dont il avait été intimement familier pendant l'essentiel de son existence, mais c'était aussi un véritable choc. Il n'avait pas ressenti un tel sentiment de malaise depuis que Jane et Butch avaient surgi dans sa vie, et ce retour était… une autre tranche de « putain de merde ».

Par le passé, cela l'avait sévèrement fait dérailler et il était tombé dans l'univers du sexe *hardcore* et des conneries dangereuses et limite.

À la vitesse de la lumière.

Souffhrance n'avait plus qu'un filet de voix.

— Et quelle est ta réponse ?

Merde, il venait tout juste de la rencontrer.

— D'accord. (Il fit jouer sa main mortelle.) Je m'occuperai de toi. Si on doit en arriver là.

Quand Souffhrance regarda de nouveau au-delà de la cage de son corps paralysé, elle n'aperçut que le triste profil de son jumeau, et se méprisa de l'avoir placé dans cette terrible position. Depuis son arrivée de ce côté-ci du monde, elle avait passé son temps à tenter de trouver un autre chemin, une autre option, n'importe quoi d'autre.

Mais le service dont elle avait besoin était quelque chose qu'elle pouvait difficilement demander à un étranger.

Pourtant, c'était un étranger.

— Merci, dit-elle. Mon frère.

Viszs se contenta de hocher la tête et recommença à regarder droit devant lui. En tant que personne, il était tellement plus que la somme de ses traits et de sa carrure massive. Avant son emprisonnement par leur *mahmen*, elle l'avait longuement observé dans les bols de vision des Élues sacrées et avait su, dès l'instant où il lui était apparu la première fois dans l'eau peu profonde, qui il était : elle n'avait eu qu'à le regarder et elle s'était vue elle-même.

Il avait vécu une telle vie. À commencer par le campement et la brutalité de leur père… et aujourd'hui cela.

Et derrière son calme apparent, il enrageait. Elle le ressentait dans son propre corps, comme si un lien invisible entre eux lui permettait de voir au-delà de ce que ses yeux lui apprenaient : en surface, il donnait l'impression d'être un mur compact dont les briques seraient toutes bien alignées et scellées par du mortier. À l'intérieur, en revanche, il bouillonnait… et sa main droite gantée en était l'indice visible. Sous le cuir, une lumière étincelante brillait… de plus en plus fort. Surtout depuis qu'elle lui avait formulé sa demande.

C'était peut-être le seul moment qu'ils passeraient jamais ensemble, comprit-elle en tournant de nouveau le regard vers lui.

— Tu es uni à la guérisseuse femelle ? murmura-t-elle.

— Oui.

Quand il retomba dans le silence, elle se mit à souhaiter être capable de le faire poursuivre, mais il était évident qu'il ne lui avait répondu que par courtoisie. Et pourtant, elle le croyait quand il disait qu'il était heureux de sa venue dans ce monde. Il ne lui apparaissait pas du genre à mentir – non parce qu'il se souciait de moralité ou de politesse, mais plutôt parce qu'il estimait qu'un tel effort était une perte de temps et aussi parce qu'il n'en avait pas le goût.

Souffhrance reporta son attention sur l'anneau de feu étincelant suspendu au-dessus d'elle. Elle aurait aimé qu'il lui tienne la main ou la touche d'une façon ou d'une autre, mais elle lui avait déjà beaucoup trop demandé.

Étendu sur la table roulante, son corps était bizarre, à la fois lourd et sans poids, et son unique espoir résidait dans les spasmes qui descendaient le long de ses jambes et lui chatouillaient les pieds, les faisant tressauter. Tout n'était sûrement pas perdu si cela se produisait.

Sauf que, même quand elle s'abritait derrière cette pensée, la minuscule partie calme de son esprit lui disait que le toit cognitif qu'elle tentait d'ériger ne résisterait pas à la pluie qui menaçait les lambeaux de sa vie. Quand elle bougeait les mains, même si elle ne pouvait pas les voir, elle sentait le drap froid et doux ainsi que la fraîcheur lisse de la table sur laquelle elle reposait. Mais quand elle ordonnait à ses pieds de faire de même… c'était comme si elle se trouvait dans l'eau tiède et calme des bassins de l'autre côté, enveloppée dans une étreinte invisible: elle ne sentait rien sur sa peau.

Où était ce guérisseur?

Le temps… s'écoulait.

Alors que l'attente passait d'intolérable à carrément atroce, il était difficile de savoir si la sensation d'étouffement dans sa gorge était due à son état ou au silence de la pièce. En vérité, son jumeau et elle étaient pareillement raidis dans l'immobilité, mais pour des raisons très différentes: elle n'irait nulle part, tandis qu'il était au bord de l'explosion.

Prête à tout pour obtenir une stimulation, quelque chose, n'importe quoi, elle murmura:

—Parle-moi du guérisseur qui va venir.

Le souffle frais qui lui passa sur le visage et l'odeur d'épices exotiques qui s'engouffra dans ses narines lui apprirent qu'il s'agissait d'un mâle. Forcément.

—C'est le meilleur, marmonna Viszs. Jane a toujours parlé de lui comme d'un dieu.

Le ton était loin d'être flatteur, mais il était vrai que les vampires mâles n'appréciaient pas les autres de ce genre à proximité de leurs femelles.

De qui pouvait-il s'agir au sein de l'espèce? se demanda-t-elle. Le seul guérisseur que Souffhrance avait aperçu dans les bols était Havers. Et il n'y aurait certainement pas eu la moindre raison de partir à sa recherche.

Peut-être y en avait-il un autre qu'elle n'avait pas vu. Après tout, elle n'avait pas passé beaucoup de temps à rattraper son retard de ce côté-ci du monde et, d'après son jumeau, il s'était manifestement écoulé beaucoup, beaucoup d'années entre son emprisonnement et sa liberté...

Dans un brusque ressac, l'épuisement interrompit ses pensées, s'infiltrant dans sa moelle et la clouant plus durement sur la table métallique.

Pourtant, quand elle ferma les yeux, elle ne put supporter l'obscurité que pendant un bref instant avant que la panique lui fasse rouvrir les paupières. Lorsque sa mère l'avait maintenue en animation suspendue, elle n'avait eu que trop conscience de son environnement vide et sans limite, ainsi que de l'écrasante lenteur du passage des secondes et des minutes. Sa paralysie actuelle ressemblait beaucoup trop à ce qu'elle avait enduré pendant des centaines d'années.

Et c'était la raison de sa terrible requête à Viszs. Elle ne pouvait pas venir de ce côté-ci du monde et reproduire ce qu'elle avait cherché si désespérément à fuir.

Les larmes coulèrent sur ses joues, lui brouillant la vue au point de lui donner l'impression que la source de lumière étincelante vacillait.

Comme elle avait envie que son frère lui tienne la main !

— Je t'en prie, ne pleure pas, murmura Viszs. Ne... pleure pas.

À dire vrai, elle fut surprise qu'il l'ait remarqué.

— Tu as raison. Pleurer ne résout rien.

Affermissant sa décision, elle s'obligea à être forte, mais ce fut au prix d'une véritable bataille. Même si sa connaissance des arts médicinaux était limitée, la simple logique expliquait ce qu'elle affrontait : vu qu'elle venait d'une lignée extraordinairement puissante, son corps avait commencé à se réparer au moment où elle avait été blessée en s'entraînant avec le Roi aveugle. Mais le problème était que le processus régénérateur qui en temps normal lui aurait sauvé la vie ne faisait qu'empirer son état et le rendrait probablement permanent.

Les colonnes vertébrales brisées qui se guérissaient d'elles-mêmes avaient peu de chances de parvenir à un résultat parfait, et la paralysie de ses jambes en témoignait.

— Pourquoi regardes-tu sans cesse ta main ? demanda-t-elle, les yeux toujours rivés sur la lumière.

Il y eut un moment de silence. Suivi par d'autres.

— Pourquoi penses-tu que je le fasse ?

Souffhrance poussa un soupir.

— Parce que je te connais, mon frère. Je sais tout de toi.

Quand il se tut de nouveau, le silence fut à peu près aussi agréable que les inquisitions de l'Ancienne Contrée.

Oh, quel genre de chose avait-elle mis en branle ?

Et que deviendraient-ils tous quand cela toucherait à sa fin ?

Chapitre 3

Parfois, le seul moyen de savoir jusqu'où on est allé est de revenir à l'endroit où l'on était autrefois.

Quand le docteur Jane Whitcomb pénétra dans le complexe de l'hôpital St. Francis, elle eut l'impression d'avoir été aspirée dans le temps pour se retrouver à l'époque de son ancienne existence. En un sens, c'était un bref voyage, car à peine un an auparavant elle était encore la chef du service de traumatologie ici. Elle vivait dans un appartement rempli d'affaires de ses parents et passait vingt-quatre heures par jour à courir entre les urgences et le bloc opératoire.

Plus maintenant.

Un indice évident qu'un changement avait eu lieu fut la manière dont elle entra dans le bâtiment de chirurgie. Elle n'avait désormais aucune raison de s'embêter avec les portes à tambour. Ni avec celles qu'on poussait pour atteindre l'accueil.

Elle traversa directement les murs de verre et dépassa les agents de sécurité à l'entrée sans qu'ils la voient.

Les fantômes étaient comme cela.

Depuis qu'elle avait été transformée, elle pouvait entrer partout sans que personne se doute qu'elle était dans les parages. Mais elle pouvait également devenir aussi matérielle que n'importe qui, en se solidifiant à volonté. Sous une forme, elle n'était que pur éther ; sous l'autre, elle était aussi humaine qu'autrefois, capable de manger, d'aimer et de vivre.

C'était un avantage considérable dans son travail de chirurgien particulier de la Confrérie.

Comme en ce moment, par exemple. Comment diable aurait-elle été en mesure d'infiltrer de nouveau le monde humain avec un minimum de problèmes autrement ?

Passant en vitesse sur le sol de pierre polie de l'accueil, elle traversa le mur de marbre sur lequel étaient gravés les noms des bienfaiteurs de l'hôpital et chemina parmi la foule. Dans la cohue, elle croisa de nombreux visages familiers, appartenant au personnel administratif, aux médecins et aux infirmières avec lesquels elle avait travaillé pendant des années. Même les patients angoissés et leur famille qui n'étaient pourtant que des anonymes lui semblaient de vieilles connaissances, car, à un certain niveau, les masques de chagrin et d'inquiétude sont les mêmes quelle que soit la figure qui les exprime.

Elle se dirigea vers l'escalier du fond, à la recherche de son ancien chef. Et, Seigneur, elle eut presque envie de rire. Pendant toutes les années où ils avaient travaillé ensemble, elle avait consulté Manny Manello sur une grande variété de cas surprenants, mais celui d'aujourd'hui allait surpasser n'importe quel survivant de carambolage, d'accident d'avion ou d'effondrement d'immeuble.

Être une addition de tout cela.

Se faufilant au travers d'une sortie de secours en métal, elle monta l'escalier arrière sans que ses pieds ne touchent les marches, se contentant de flotter au-dessus pendant qu'elle effectuait son ascension à la manière d'un courant d'air, sans le moindre effort.

Il fallait que cela marche. Elle devait faire venir Manny pour traiter cette blessure à la colonne vertébrale. Point barre. Il n'y avait pas d'autre option, aucune possibilité d'emprunter une autre voie, ni à gauche ni à droite. C'était la passe de la dernière chance… et elle priait simplement pour que le receveur au bout de la zone de but attrape ce foutu ballon.

C'était une bonne chose qu'elle soit efficace même sous pression. Et qu'elle connaisse comme sa poche l'homme qu'elle cherchait.

Manny relèverait le défi. Même si cela n'aurait aucun sens pour lui à bien des niveaux et qu'il serait probablement furax de découvrir qu'elle était toujours « en vie », il était incapable de laisser tomber un patient nécessitant des soins. Ce n'était tout simplement pas dans sa nature.

Au neuvième étage, elle traversa une autre porte coupe-feu et entra dans les bureaux administratifs du département de chirurgie. L'endroit était décoré comme un cabinet d'avocats, avec du mobilier foncé d'allure coûteuse. Cela avait un sens. La chirurgie générait de gros revenus dans n'importe quel hôpital universitaire et on dépensait toujours beaucoup d'argent pour recruter, retenir et héberger les fleurs de serre brillantes et arrogantes dont le métier consistait à découper les gens.

Parmi les manieurs de scalpel de St. Francis, Manny Manello était au sommet de la pile. Il dirigeait non pas une sous-spécialité, comme elle autrefois, mais tout le bazar. Cela signifiait que c'était une star, un sergent d'exercice et le président des États-Unis réunis en un seul enfoiré d'un mètre quatre-vingts bien tassé. Il avait un caractère atroce, une intelligence stupéfiante et un fusible d'environ un millimètre de long.

Les bons jours.

Et c'était une vraie perle.

Ce type avait toujours fait son beurre grâce aux sportifs de haut niveau et il s'occupait de nombreux genoux, hanches et épaules qui autrement auraient mis un coup d'arrêt à la carrière de joueurs de football, de base-ball et de hockey. Mais il avait également beaucoup d'expérience concernant la colonne vertébrale et, même si un neurochirurgien aurait été appréciable en renfort vu ce que montraient les scans de Souffhrance, c'était un problème orthopédique : si la moelle épinière était sectionnée, aucun neuro-truc ne l'aiderait. La science n'avait tout simplement pas assez progressé pour le moment.

Quand elle contourna le comptoir de l'accueil, elle ne put s'empêcher de s'arrêter. Là-bas, à gauche, se trouvait son ancien bureau, l'endroit où elle avait passé des heures innombrables à remplir de la paperasse et à faire des consultations avec Manny et le reste de l'équipe. Le panneau sur la porte indiquait désormais « Docteur Thomas Goldberg, chef du service de traumatologie ».

Goldberg était un excellent choix.

Mais bizarrement cela lui fit quand même mal de voir cette nouvelle plaque.

Mais allons. Comme si elle s'attendait à ce que Manny ait préservé son bureau comme un monument à son souvenir…

La vie continuait.

La sienne. Celle de Manny. Celle de l'hôpital.

Se reprenant, elle descendit le couloir moquetté en triturant sa blouse blanche, le stylo dans sa poche et le téléphone portable qu'elle n'avait pas encore utilisé pour l'instant. Elle n'aurait pas le temps d'expliquer son retour d'entre les morts, de cajoler Manny ou de l'aider à traverser la prise de tête dans laquelle il plongerait dès qu'elle l'aurait informé du motif de sa visite. Et elle n'aurait pas d'autre choix que de l'emmener avec elle, d'une façon ou d'une autre.

Devant la porte fermée de son bureau, elle se prépara mentalement, puis la traversa…

Il n'était pas à son bureau. Ni à la table de réunion dans l'alcôve.

Elle jeta un rapide coup d'œil dans la salle de bains personnelle… Il n'était pas là non plus, et il n'y avait ni buée sur les portes vitrées, ni serviette humide dans le lavabo.

De retour dans le bureau proprement dit, elle prit une profonde inspiration… et l'odeur ténue de son après-rasage qui flottait encore dans l'air la fit déglutir douloureusement.

Mon Dieu, il lui manquait.

Secouant la tête, elle contourna le bureau et examina le désordre qui l'encombrait. Des dossiers médicaux, des piles de mémos administratifs, des rapports du Comité d'appréciation de la qualité du soin. Vu qu'il était à peine 17 heures un samedi, elle se serait attendue à le trouver là : il n'y avait pas cours le week-end et, à moins qu'il soit de garde et occupé à soigner un patient, il aurait dû être derrière ce bureau à faire sa paperasse.

En tant que « drogué du boulot », Manny travaillait « vingt-quatre heures sur vingt-quatre, sept jours sur sept ».

Sortant du bureau, elle examina la table de son assistante administrative. Là non plus, elle ne découvrit aucun indice du lieu où il se trouvait, étant donné que son emploi du temps était conservé dans l'ordinateur.

Le prochain arrêt serait en bas, aux blocs opératoires. St. Francis disposait de plusieurs salles d'opération et elle se dirigea vers celle où il travaillait d'ordinaire. En regardant à travers les fenêtres vitrées des doubles portes, elle vit que deux opérations étaient en cours : celle d'un poignet et celle d'une vilaine fracture complexe. Et même si les chirurgiens portaient des masques et des charlottes, elle sut immédiatement qu'aucun d'eux n'était Manny. Il avait les épaules assez larges pour tendre même les blouses les plus grandes et, en outre, la musique qui filtrait sous les portes n'allait pas dans les deux cas. Mozart ? Pas la moindre chance. De la pop ? Lui vivant, jamais.

Manny écoutait de l'acid rock et du heavy metal. Au point que, si cela n'avait pas été interdit, les infirmières auraient mis des bouchons d'oreille depuis des années.

Bon sang… où diable était-il ? Il n'y avait pas de conférence à cette époque de l'année et il n'avait pas de vie en dehors de l'hôpital. Les seules autres possibilités étaient qu'il se trouve au Commodore, soit écroulé de fatigue sur le canapé de son appartement, soit dans la salle de sport de la tour.

Alors qu'elle ressortait, elle alluma son téléphone portable et composa le numéro du standard de l'hôpital.

— Oui, bonjour, dit-elle quand on lui répondit. Je souhaiterais biper le docteur Manuel Manello. Mon nom ? (*Merde.*) Euh… Hannah. Hannah Whit. Et voici le numéro auquel on peut me joindre.

En raccrochant, elle n'avait aucune idée de ce qu'elle dirait s'il la rappelait, mais elle était douée pour l'improvisation, et elle se mit à prier pour que cette compétence vitale marque vraiment des points cette fois-ci. Si le soleil avait été sous la ligne d'horizon, l'un des frères aurait pu sortir et effectuer un peu de manipulation mentale sur Manny afin de faciliter tout le processus consistant à le faire venir au complexe.

Mais pas Viszs. Quelqu'un d'autre. N'importe qui d'autre.

Son instinct lui disait de tenir ces deux-là aussi éloignés l'un de l'autre que possible. Ils avaient déjà une urgence médicale sur le feu. La dernière chose dont elle avait besoin était que son ancien chef se fasse étendre parce que son mari était devenu territorial et avait décidé lui aussi de faire craquer des colonnes vertébrales : juste avant qu'elle ne meure, Manny lui avait montré un intérêt plus que professionnel. Donc, à moins qu'il se soit résolu à épouser l'une de ces poupées Barbie avec lesquelles il s'entêtait à sortir, il était probablement toujours célibataire… Et si le vieil adage « loin des yeux, près du cœur » était fondé, ses sentiments avaient pu persister.

Mais bon, il était tout aussi probable qu'il lui dise d'aller se faire foutre pour lui avoir menti au sujet de sa « mort ».

L'avantage était qu'il ne se souviendrait de rien.

Mais, de son côté, elle craignait de ne jamais oublier les prochaines vingt-quatre heures.

L'hôpital équin de Tricounty était un chef-d'œuvre absolu. Situé à environ un quart d'heure de l'Aqueduc, il avait tout, depuis les salles d'opération et les chambres du service de convalescence jusqu'aux piscines d'hydrothérapie et au système avancé d'imagerie. Et son personnel voyait dans les chevaux beaucoup plus qu'une simple déclaration de pertes et profits sur sabots.

Au bloc opératoire, Manny étudia les radios de la jambe antérieure de sa pouliche et souhaita être celui qui allait entrer et s'occuper de la fracture : il voyait clairement les fissures sur le radius, mais ce n'était pas ce qui l'inquiétait. Une poignée de fragments s'étaient brisés et les flocons acérés gravitaient autour de l'extrémité bombée de l'os long comme des lunes autour d'une planète.

Le simple fait qu'elle soit d'une autre espèce ne voulait pas dire qu'il ne serait pas capable de diriger l'opération. Tant que l'anesthésiste la maintiendrait endormie, il serait capable de gérer le reste. De l'os restait de l'os.

Mais il n'allait pas se comporter en crétin.

— Qu'en pensez-vous ? demanda-t-il.

— Mon point de vue professionnel est plutôt pessimiste, répondit le vétérinaire en chef. C'est une fracture multiple déplacée. La convalescence sera longue, et il n'y a aucune garantie qu'elle se remette correctement.

C'était ça, l'emmerde : les chevaux étaient censés se tenir debout et répartir uniformément leur poids sur quatre points. Quand une jambe était cassée, le problème n'était pas tant la blessure que le fait qu'ils devaient redistribuer leur poids et se reposer de manière disproportionnée sur leur bon côté pour rester debout. Et c'était ainsi que les ennuis arrivaient.

D'après ce qu'il avait observé, la plupart des propriétaires auraient choisi l'euthanasie. Sa pouliche était née pour courir et cette blessure catastrophique allait rendre cela impossible, même en simple récréation… si elle survivait. Et en tant que médecin, il avait l'habitude de la cruauté de ces boulots de « sauveur » médical qui laissaient un patient dans un état pire que la mort, ou ne faisaient rien excepté retarder douloureusement l'inévitable.

— Docteur Manello ? Avez-vous entendu ce que je viens de dire ?

— Oui.

Mais au moins ce type, contrairement à la chochotte sur la piste, avait l'air aussi désolé que Manny l'était.

Il tourna les talons pour se diriger vers l'endroit où ils l'avaient allongée et posa la main sur l'arrondi de sa joue. Sa robe noire luisait sous les lumières éclatantes et, au milieu de tout ce carrelage blanc et cet acier inoxydable, elle avait l'air d'une ombre projetée et oubliée au centre de la pièce.

Pendant un long moment, il observa sa large cage thoracique se soulever et se contracter au rythme de sa respiration. Le simple fait de la voir sur la table, avec ses magnifiques jambes étendues comme des bâtons et sa queue pendant jusqu'au sol, lui fit comprendre une nouvelle fois que les animaux comme elle étaient nés pour être debout : cette position allongée était profondément contre nature. Et injuste.

La garder en vie simplement pour ne pas avoir à affronter sa mort n'était pas la bonne réponse.

S'armant de courage, Manny ouvrit la bouche…

La vibration dans la poche de poitrine de sa veste l'empêcha de parler. Avec un juron bien senti, il sortit le téléphone et consulta l'écran, au cas où ce serait l'hôpital. Hannah Whit ? Avec un numéro inconnu ?

Personne de sa connaissance, et il n'était pas de garde.

Probablement une erreur de l'opérateur.

— Je veux que vous opériez, s'entendit-il dire tandis qu'il rangeait le téléphone.

Le court silence qui suivit lui donna largement le temps de comprendre que refuser de la laisser partir puait la lâcheté. Mais il ne pouvait s'attarder sur ce blabla de psy, ou il perdrait les pédales.

— Je ne peux rien garantir. (Le vétérinaire retourna étudier les radios.) Je ne peux pas vous assurer du résultat, mais je vous jure que je ferai de mon mieux.

Mon Dieu, à présent il savait ce que ressentaient les familles quand il leur parlait.

— Merci. Puis-je regarder d'ici ?

— Absolument. Je vais vous trouver quelque chose à enfiler, et vous connaissez la rengaine sur le nettoyage des mains, docteur.

Vingt minutes plus tard, l'opération commença et Manny l'observa depuis la tête du cheval, lui caressant le toupet de sa main gantée de latex même si elle était dans les vapes. Alors que le vétérinaire travaillait, Manny ne put qu'approuver la méthode et les compétences du type, ce qui était à peu près la seule chose positive depuis la chute de Glory. L'opération fut achevée en moins d'une heure, les fragments d'os retirés ou remis en place avec une vis. Puis ils bandèrent la jambe et sortirent Glory du bloc pour la plonger dans une piscine afin qu'elle ne se brise pas un autre membre en sortant du sommeil.

Il resta à son côté jusqu'à ce qu'elle se réveille, puis suivit le vétérinaire dans le couloir.

— Ses fonctions vitales sont bonnes et l'opération s'est bien déroulée, dit-il. Mais ce premier point peut rapidement évoluer. Et il faudra du temps avant de connaître l'issue définitive.

Merde. Ce petit discours était exactement celui qu'il servait aux proches et aux membres de la famille quand il était temps que les gens rentrent chez eux pour se reposer et attendre de voir comment évoluerait le suivi postopératoire du patient.

— Nous vous appellerons, reprit le vétérinaire. Pour vous donner des nouvelles.

Manny ôta ses gants et sortit sa carte de visite.

— Au cas où vous ne l'auriez pas dans son dossier.

— Nous l'avons. (Le type prit tout de même la carte.) Si quelque chose se produit, vous serez le premier au courant et je vous tiendrai personnellement informé toutes les douze heures quand je ferai mes visites.

Manny hocha la tête et tendit la main.

— Merci. De prendre soin d'elle.

— Je vous en prie.

Quand ils se furent serré la main, Manny désigna les doubles portes d'un signe de tête.

— Ça vous ennuie si je lui dis au revoir ?

— Allez-y.

De retour dans la salle de la piscine, il passa un moment avec sa pouliche. Mon Dieu, comme c'était douloureux.

— Tu vas t'accrocher, hein, ma belle.

Il dut chuchoter parce qu'apparemment il n'arrivait pas à prendre une véritable inspiration.

Quand il se redressa, le personnel le dévisageait avec une tristesse qui n'allait pas le lâcher, il en était sûr.

— Nous prendrons grand soin d'elle, assura gravement le véto.

Il voulait bien le croire, et ce fut la seule chose qui le ramena dans le couloir.

Les bâtiments de l'hôpital étaient étendus et il lui fallut un moment pour se changer puis retrouver son chemin jusqu'à la sortie afin de récupérer sa voiture, car il s'était garé devant la porte principale. Le soleil s'était couché et une lueur orangée qui s'estompait à vue d'œil illuminait le ciel comme si Manhattan brûlait. L'air était frais, mais également imprégné des senteurs du printemps précoce qui s'efforçait d'insuffler de la vie dans le paysage dénudé de l'hiver, et il prit tellement de grandes inspirations que sa tête se mit à tourner.

Mon Dieu, le temps avait filé à la vitesse de l'éclair, mais à présent que les minutes avaient repris leur écoulement normal, il était clair que ce rythme frénétique avait épuisé sa source d'énergie. Ou alors, le temps avait percuté un mur et s'était évanoui.

Quand il mit la main sur ses clés de voiture, il se sentit plus vieux que Dieu. Sa tête l'élançait et sa hanche arthritique lui faisait un mal de chien, car la course ventre à terre sur la piste pour atteindre Glory était bien plus que cette saleté pouvait supporter.

C'était tellement différent de la manière dont il avait envisagé de finir la journée. Il avait supposé qu'il serait en train de payer des verres aux propriétaires de chevaux que sa pouliche aurait battus… et peut-être que, dans la chaleur de la victoire, il aurait pris au mot la généreuse suggestion orale de Mlle Hanson.

Montant dans sa Porsche, il démarra. Caldwell se trouvait à environ quarante-cinq minutes au nord du Queens, et sa voiture pouvait pratiquement se conduire toute seule jusqu'au Commodore. C'était une bonne chose, parce qu'il était zombifié.

Pas de radio. Ni de musique. Ni d'appels, non plus.

En arrivant sur l'autoroute du Nord, il se contenta de regarder fixement la route devant lui et lutta contre l'envie de faire demi-tour et… Ouais, et faire quoi ? Dormir à côté de son cheval ?

Mais en fait, s'il réussissait à rentrer à la maison en un seul morceau, le réconfort était assuré. Il avait une bouteille neuve de Lagavulin qui l'attendait et il la descendrait plus ou moins rapidement selon qu'il se servirait ou non d'un verre : en ce qui concernait l'hôpital, il était en congé jusqu'à lundi matin 6 heures, et il avait pour projet de s'enivrer et de rester dans cet état tout le week-end.

Tenant le volant gainé de cuir d'une main, il palpa sa chemise en soie pour retrouver son petit Jésus. Agrippant la croix en or, il formula une prière.

Mon Dieu… laissez-la se remettre, s'il vous plaît.

Il ne supporterait pas de perdre une autre de ses beautés. Pas si tôt. Jane Whitcomb était morte un an auparavant, mais ce n'était que ce que racontait le calendrier. À l'aune de son chagrin, c'était arrivé à peine une minute et demie plus tôt.

Il ne voulait pas revivre cela.

Chapitre 4

Le centre-ville de Caldwell comptait de nombreux gratte-ciel en verre, mais peu ressemblaient au Commodore. Avec une bonne trentaine d'étages, il faisait partie des plus hauts de cette forêt de béton, et la soixantaine d'appartements qu'il abritait étaient dignes d'une résidence de Donald Trump, tout en marbre, chrome nickelé et créations de designer.

Au vingt-sixième étage, Jane arpentait l'appartement de Manny, cherchant un signe de vie et… ne trouvant rien. Au sens propre. L'endroit ressemblait autant à une course d'obstacles qu'une piste de danse, son ameublement consistant en trois objets dans le salon et un lit *king size* dans la chambre principale.

Point final.

Enfin, cela et quelques tabourets dont l'assise était en cuir au comptoir de la cuisine. Quant aux murs ? La seule chose qu'il avait accrochée était un écran plasma de la taille d'un panneau d'affichage. Et les sols en parquet étaient dépourvus de tapis : on n'y voyait que des sacs de sport et… d'autres sacs de sport… et des baskets.

Ce qui ne voulait pas dire qu'il était oisif. Car il était loin d'être rentier.

Sentant la panique monter en elle, Jane entra dans la chambre et aperçut une demi-douzaine de blouses d'hôpital bleues abandonnées en piles par terre, comme des flaques après un orage, et… rien d'autre.

Mais la porte du placard était ouverte et elle regarda à l'intérieur.

— Nom… de Dieu.

La série de valises alignées sur le sol comprenait une petite, une moyenne et une grande… et celle du milieu avait disparu. De même qu'un costume, à en juger par le cintre nu suspendu entre les autres assortiments de vestes et de pantalons.

Il était parti en voyage. Peut-être pour le week-end.

Sans beaucoup d'espoir, elle rappela l'accueil de l'hôpital et le bipa une nouvelle fois…

Le message « appel entrant » s'afficha et, quand elle vit le numéro, elle jura encore.

Inspirant profondément, elle répondit :

— Oui, V. ?

— Toujours rien ?

— Il n'est ni à l'hôpital ni ici, chez lui. (Le grognement sourd qui lui parvint amplifia son impression de n'aller nulle part.) Et je suis aussi passée à la salle de sport en montant.

— J'ai piraté le système informatique de St. Francis et récupéré son agenda.

— Où est-il ?

— Tout ce que ça dit, c'est que Goldberg est de garde, c'est bien ça ? Écoute, le soleil est couché. Je serai là dans, disons, une…

— Non, non… Tu restes avec Souffhrance. Ehlena est géniale, mais je pense que tu devrais être là-bas.

Il y eut un long silence, comme s'il avait compris qu'elle le tenait à l'écart.

— Quelle est ta prochaine étape ?

Elle serra le téléphone et se demanda qui elle devait prier. Dieu ? La mère de Viszs ?

— Je ne sais pas encore. Mais je l'ai bipé. Deux fois.

— Quand tu l'auras trouvé, appelle-moi et je viendrai vous chercher.

— Je peux nous ramener à la maison…

— Je ne lui ferai pas de mal, Jane. Je ne suis pas d'humeur à le mettre en pièces.

Oui, mais d'après la froideur de son ton, elle ne put s'empêcher de songer que le risque de dérapage était grand, malgré ces belles paroles… Elle était quasiment persuadée que Manny vivrait le temps de soigner la jumelle de V. Mais après ? Elle émettait des réserves, surtout si les choses se déroulaient mal en salle d'opération.

— Je vais attendre ici encore un peu. Peut-être qu'il rentrera. Ou qu'il appellera. Si ce n'est pas le cas, je vais réfléchir à autre chose.

Un long silence s'ensuivit et elle sentit presque un courant d'air glacial passer à travers le téléphone. Son compagnon excellait dans beaucoup de choses : se battre, faire l'amour, gérer tout ce qui avait un lien avec l'informatique. Mais être contraint à l'immobilité n'était pas une de ses compétences principales. En réalité, c'était même le meilleur moyen de le rendre dingue.

Pourtant, le fait qu'il ne lui fasse pas confiance suscitait en elle un sentiment d'éloignement.

— Reste avec ta sœur, Viszs, dit-elle d'une voix égale. Je te tiens au courant.

Silence.

— Viszs. Raccroche et retourne à son chevet.

Il n'ajouta rien et se contenta de couper la connexion.

Quand elle appuya sur « raccrocher », elle poussa un juron

Une fraction de seconde plus tard, elle passait un autre appel et, à l'instant où elle entendit une voix grave lui répondre, elle dut essuyer une larme qui, malgré sa transparence, était très, très réelle.

— Butch, dit-elle d'une voix rauque. J'ai besoin de ton aide.

Quand ce qu'il restait du soleil eut disparu et que la nuit prit son service, la voiture de Manny était censée être de retour à la maison. Elle était censée s'être conduite toute seule jusqu'au cœur de Caldwell.

Au lieu de cela, Manny avait atterri à l'extrémité sud de la ville, là où les arbres étaient hauts et les étendues d'herbes battaient l'asphalte à dix contre un.

Ce qui avait un sens. Les cimetières devaient posséder d'importantes surfaces de terre meuble, dans la mesure où il était impossible d'enfouir un cercueil dans le béton.

Enfin, il supposait que c'était possible : on appelait cela un mausolée.

Le cimetière de la Pineraie était ouvert jusqu'à 22 heures : son imposant portail en fer était grand ouvert et ses innombrables lampadaires en fer forgé dispensaient une lueur jaunâtre le long du labyrinthe des allées. Quand le médecin en eut franchi l'entrée, il tourna à droite et les phares au xénon de sa Porsche éclairèrent au passage les étendues de pierres tombales et de gazon.

La tombe qui l'attirait était un endroit qui, au bout du compte, ne signifiait rien. Il n'y avait pas de corps enterré au pied de la pierre en granit vers laquelle il se dirigeait ; il n'y avait rien eu à enterrer, ni de cendres non plus à mettre dans une urne… ou, tout du moins, pas de cendres dont on soit certain qu'elles n'aient pas appartenu à l'Audi qui avait pris feu.

Après un demi-kilomètre de lacets, il ralentit jusqu'à ce que la voiture s'arrête complètement. Pour ce qu'il pouvait en dire, il était le seul visiteur de tout le cimetière, et cela lui convenait parfaitement. Il n'avait aucun besoin d'un public.

Quand il sortit de la voiture, l'air frais ne fit rien pour lui éclaircir les idées, mais nettoya ses poumons tandis qu'il inhalait profondément et marchait sur l'herbe printanière rêche. Il veilla cependant à ne marcher sur aucune tombe en avançant ; bien sûr, ce n'était pas comme si les morts savaient qu'il se trouvait au-dessus d'eux, mais cela lui semblait plus respectueux.

La tombe de Jane était plus loin devant lui, et il ralentit quand il approcha de ce qui ne restait pas d'elle, en l'occurrence. Au loin, le sifflement d'un train brisa le calme environnant, et ce bruit grave et mélancolique lui parut tellement « cliché » qu'il eut l'impression de se trouver dans un de ces films qu'il n'avait jamais envie de regarder en entier chez lui et encore moins de payer pour voir au cinéma.

— Merde, Jane.

Il se pencha pour caresser des doigts le bord rugueux de la pierre. Il avait choisi cette pierre noire de jais parce qu'elle n'aurait jamais voulu un truc pastel ou délavé. Et l'inscription était à l'avenant, simple et sans chichis, seulement son nom, sa date de naissance, celle de son décès et une phrase en bas : « Repose en paix ».

Oui. Il s'était octroyé un 20/20 pour son originalité sur ce coup-là.

Il se rappelait exactement où il se trouvait quand il avait découvert qu'elle était morte : à l'hôpital, bien entendu. C'était la fin d'une très longue journée et d'une très longue nuit qui avait débuté avec l'opération du genou d'un joueur de hockey et fini par une spectaculaire reconstruction de l'épaule, grâce à un drogué qui avait décidé de tenter de voler comme un oiseau.

Il était sorti du bloc et avait découvert Goldberg qui l'attendait près des lavabos. Un regard au visage terreux de son collègue et Manny, qui avait à moitié ôté son masque chirurgical, avait interrompu son geste. Le truc pendait encore sous son menton comme un bavoir quand il avait demandé quel était le putain de problème, supposant pendant tout ce temps qu'il s'agissait soit d'un carambolage d'une quarantaine de voitures sur l'autoroute, soit d'un incendie dans un hôtel… le genre de tragédie qui frappait toute une communauté.

Sauf qu'alors, il avait regardé par-dessus l'épaule de Goldberg et aperçu cinq infirmières et trois autres médecins. Tous étaient dans le même état que le chirurgien… et aucun d'entre eux ne se précipitait pour faire venir du personnel supplémentaire ou préparer les salles d'opération.

Bon. C'était bien un événement qui frappait toute une communauté. La leur.

— Qui ? avait-il demandé.

Goldberg avait jeté un coup d'œil à ses renforts et c'était alors que Manny avait deviné. Et pourtant, même si ses tripes s'étaient glacées, il s'était accroché à l'espoir irrationnel que le nom qui sortirait de la bouche de son chirurgien serait n'importe lequel sauf…

— Jane. Un accident de la route.

Manny n'avait pas perdu les pédales.

— Quand doit-elle arriver ?

— Ce n'est pas prévu.

Sur ce, Manny n'avait rien ajouté. Il avait simplement arraché son masque, l'avait roulé en boule et jeté dans la poubelle la plus proche.

Quand il l'avait dépassé, Goldberg avait de nouveau ouvert la bouche.

— Pas un mot, avait aboyé Manny. Pas un mot !

Le reste de l'équipe avait dégagé le chemin dans une légère bousculade, s'écartant aussi sûrement et proprement qu'un tissu déchiré en deux.

Aujourd'hui, Manny était incapable de se rappeler où il était allé, ni ce qu'il avait fait après. Quel que soit le nombre de fois où il s'était rejoué cette nuit, cette partie-là était un trou noir. Mais à un moment il avait réussi à rentrer chez lui, puisque deux jours plus tard il s'était réveillé dans son appartement, toujours vêtu de la blouse tachée de sang dans laquelle il avait opéré la dernière fois.

Le plus irritant dans cette mort était que Jane avait sauvé un très grand nombre d'accidentés de la route. L'idée qu'elle soit partie précisément de cette manière donnait l'impression que la Grande Faucheuse s'était vengée de toutes les âmes que la jeune femme avait arrachées à ses mains osseuses.

Le sifflement d'un autre train lui donna envie de hurler.

Cela, et cette saloperie de bipeur qui sonnait.

Hannah Whit. Encore ?

Qui diable…

Manny fronça les sourcils et jeta un coup d'œil à la pierre tombale. La sœur cadette de Jane s'appelait Hannah, si sa mémoire était bonne. Whit. Whitcomb ?

Sauf qu'elle était morte prématurément.

Non ?

Elle faisait les cent pas comme une folle.

Mon Dieu, elle aurait dû apporter ses chaussures de course, se dit-elle tandis qu'elle arpentait l'appartement de Manny. Encore.

Elle aurait quitté les lieux si elle avait eu la moindre idée d'où aller, mais même son cerveau, si affûté soit-il, semblait incapable de trouver une autre idée…

Elle n'accueillit pas vraiment la sonnerie de son téléphone comme une bonne nouvelle. Elle ne voulait pas dire à Viszs qu'elle n'avait toujours rien à lui annoncer quarante-cinq minutes plus tard.

Elle sortit son portable.

— Oh… mon Dieu.

Ce numéro. Ces dix chiffres qu'elle avait eus en raccourci sur chaque téléphone en sa possession avant celui-ci. Manny.

Quand elle appuya sur « décrocher », son esprit était vide et ses yeux pleins de larmes. Son cher ami et collègue…

— Allô ? dit-il. Madame Whit ?

En arrière-plan sonore, elle entendit un sifflement étouffé.

— Allô ? Hanna ? (Cette voix… C'était exactement la même qu'un an plus tôt : basse, impérieuse.) Il y a quelqu'un ?

Encore ce léger sifflement.

Seigneur…, se dit-elle. Elle savait où il se trouvait.

Jane raccrocha et se propulsa hors de l'appartement, hors du centre-ville, au-delà des banlieues. Voyageant dans un brouillard à la vitesse de la lumière, ses molécules traversèrent la nuit dans un flux tourbillonnant qui couvrit les kilomètres comme s'il ne s'agissait que de centimètres.

Le cimetière de la Pineraie était le genre d'endroit qui nécessitait une carte pour se repérer, mais quand on n'était qu'éther dans l'air, on pouvait passer au peigne fin une centaine d'hectares en une seconde et demie.

Quand elle émergea des ténèbres, elle prit une inspiration hésitante et manqua de sangloter. Il était là, en chair et en os. Son chef. Son collègue. Celui qu'elle avait abandonné. Et il se tenait au-dessus d'une pierre tombale noire qui portait son nom.

OK, à présent elle savait qu'elle avait pris la bonne décision en choisissant de ne pas venir à son enterrement. Ce qui s'en rapprochait le plus avait été d'en lire le compte-rendu dans le *Caldwell Courier Journal*, et la vue de la photo qui illustrait l'article et montrait tous ces chirurgiens, personnels de l'hôpital et patients rassemblés l'avait tout simplement brisée.

Le spectacle qui s'offrait maintenant à elle était bien pire.

Et Manny paraissait être exactement comme elle se sentait elle-même : détruit à l'intérieur.

Seigneur, sa lotion après-rasage sentait toujours aussi bon… et même s'il avait perdu du poids, il était toujours terriblement beau, avec ses cheveux noirs et son visage dur. Son costume à fines rayures était parfaitement coupé, mais le bas de son pantalon bien repassé était maculé de boue. Et ses mocassins étaient également souillés de terre, ce qui la poussa à se demander où diable il avait bien pu aller. Il n'avait certainement pas ramassé cela sur sa tombe. Au bout d'un an, la terre s'était tassée et couverte d'herbe...

Oh, attendez. Sa parcelle avait probablement cet aspect-là depuis le premier jour, puisqu'elle n'avait rien laissé à enterrer.

À le voir ainsi, les doigts posés sur la pierre tombale, elle comprit que c'était lui qui avait dû choisir cet ornement. Personne d'autre n'aurait eu le bon sens de lui commander exactement ce qu'elle aurait voulu. Rien de chichiteux ni de verbeux. Quelque chose de concis, gentil, direct.

Jane se racla la gorge.

— Manny.

Il leva la tête, mais ne la regarda pas, comme s'il était convaincu qu'il ne l'avait entendue parler que dans sa tête.

Se solidifiant complètement, elle parla plus fort.

— Manny.

Dans n'importe quelle autre circonstance, la réponse aurait été digne d'un fou rire. Il fit volte-face, puis hurla, trébucha sur la pierre tombale et atterrit sur les fesses.

— Qu'est-ce que... tu fais ici... bordel ? demanda-t-il d'une voix saccadée.

Son visage avait commencé par afficher une expression d'horreur, mais qui s'était muée rapidement en une profonde incrédulité.

— Je suis désolée.

C'était vraiment faible, mais ce fut la seule chose qui lui vint à l'esprit.

Et tant pis pour la repartie. En croisant son regard brun, elle n'eut soudain plus rien à dire.

Manny se releva d'un bond et l'examina des pieds à la tête, plusieurs fois, avant de s'arrêter sur son visage.

Ce fut alors que la colère survint. Accompagnée d'un mal de crâne, visiblement, vu la manière dont il plissa les yeux et se frotta les tempes.

— C'est une blague ?

— Non. (Elle aurait préféré que ce soit le cas.) Je suis tellement désolée.

Son expression renfrognée lui fut douloureusement familière. Quelle ironie d'éprouver de la nostalgie devant un tel regard noir.

— Tu es désolée !

— Manny, je…

— Je t'ai enterrée ! Et tu es désolée ? Qu'est-ce que c'est que ce bordel ?

— Manny, je n'ai pas le temps de t'expliquer. J'ai besoin de toi.

Il la dévisagea d'un air furieux pendant un long moment.

— Tu te pointes un an après être morte et tu as besoin de moi ?

La réalité du temps écoulé pesa sur les épaules de Jane. Plus que tout le reste.

— Manny… J'ignore quoi te dire.

— Oh, vraiment ? En dehors de « Au fait, je suis en vie » ?

Il la regarda dans les yeux. Il se contenta de la regarder dans les yeux.

Puis, d'une voix rauque, il demanda :

— As-tu la moindre idée de ce que j'ai ressenti à l'idée de t'avoir perdue ? (Il passa rapidement une main sur ses yeux.) En as-tu la moindre idée ?

La douleur dans la poitrine de Jane lui rendait la respiration difficile.

— Oui. Parce que moi aussi je t'ai perdu… J'ai perdu ma vie avec toi et tous ceux de l'hôpital.

Manny se mit à faire les cent pas, allant et venant devant sa pierre tombale. Et alors même qu'elle en avait envie, elle sut qu'elle ne devait pas l'approcher.

— Manny… S'il y avait eu un moyen de revenir te voir, je l'aurais fait.

— Tu l'as fait. Une fois. J'ai cru que c'était un rêve, mais non. Pas vrai ?

— En effet.

— Comment es-tu entrée dans mon appart ?

— Je suis entrée, c'est tout.

Il s'arrêta et la regarda, sa pierre tombale se dressant entre eux.

— Pourquoi as-tu fait cela, Jane ? Pourquoi avoir simulé ta mort ?

Eh bien, en fait, elle ne l'avait pas simulée.

— Je n'ai pas le temps de t'expliquer maintenant.

— Alors qu'est-ce que tu fous là ? Pourquoi tu ne m'expliquerais pas cela ?

Elle s'éclaircit la voix.

— J'ai un cas qui dépasse mes compétences et je voudrais que tu viennes jeter un coup d'œil dessus. Je ne peux pas te dire où je dois t'emmener, je ne peux pas te donner beaucoup de détails et je sais que ce n'est pas juste… mais j'ai besoin de toi.

Elle avait envie de s'arracher les cheveux. De s'effondrer en larmes. De l'étreindre. Mais elle se contenta de poursuivre, simplement parce qu'elle le devait.

— Cela fait plus d'une heure que je te cherche, donc je n'ai plus le temps. Je sais que tu es énervé et troublé, et je ne te le reproche pas. Mais sois fou de rage contre moi plus tard ; pour le moment, viens avec moi. Je t'en prie.

Elle ne pouvait plus rien faire que patienter. Manny n'était pas quelqu'un qu'on raisonnait avec des paroles et on ne pouvait pas le persuader de force. Il ferait le choix de l'accompagner... ou pas.

Et s'il choisissait la seconde option, elle devrait malheureusement appeler les frères. Elle avait beau aimer son ancien chef et il avait beau lui manquer, Viszs était son compagnon et elle se damnerait plutôt que de laisser quelque chose arriver à sa sœur.

D'une manière ou d'une autre, Manny allait opérer ce soir.

Chapitre 5

Butch O'Neal n'était pas le genre de type à abandonner une dame en détresse.

C'était à la fois le traditionaliste… le flic… mais aussi le catholique dévot et pratiquant qui parlaient en lui. Cela dit, dans le cas de la conversation téléphonique qu'il venait d'avoir avec l'adorable et talentueuse docteur Jane Whitcomb, l'esprit chevaleresque ne jouait aucun rôle dans sa promptitude à agir. Absolument aucun.

Quand il sortit de la Fosse et se mit carrément à courir dans le tunnel souterrain qui menait au centre d'entraînement de la Confrérie, son intérêt et celui de Jane étaient totalement alignés, indépendamment de sa volonté de se conduire en gentleman. Tous deux étaient morts de trouille à l'idée que V. pète les plombs une nouvelle fois.

Les signes caractéristiques étaient déjà là : il suffisait de le regarder pour comprendre que le couvercle de la marmite avait du mal à contenir la colère et le chaos qui bouillaient à l'intérieur de lui. Toute cette pression devrait sortir d'une façon ou d'une autre et, par le passé, cela s'était produit de la manière la plus violente qui soit.

Franchissant la porte dissimulée pour déboucher dans le bureau, Butch prit à gauche et fonça dans le long couloir conduisant au centre médical. Un subtil effluve de tabac turc dans l'air lui apprit où se trouvait exactement sa cible, mais ce n'était pas comme s'il avait eu un doute.

Parvenu devant la porte de la salle d'examen, il tira sur les manchettes de sa chemise Gucci pour les remettre en place et remonta sa ceinture.

Il toqua doucement contre le battant. Son cœur battait à tout rompre.

Viszs ne répondit pas par un « Entrez ». Au lieu de cela, le frère se glissa hors de la pièce et referma la porte derrière lui.

Merde, il avait mauvaise mine. Et ses mains tremblèrent très légèrement quand il se roula une clope. Alors qu'il léchait le papier pour fermer sa cigarette, Butch fouilla dans sa poche et en sortit un briquet. Il l'alluma et le lui présenta.

Quand son meilleur ami se pencha vers la flamme orangée, il reconnut tous les indices sur son visage cruel et impassible.

Jane avait parfaitement raison. Le pauvre vieux bouillonnait et retenait tout à l'intérieur.

Viszs prit une profonde inspiration, puis s'adossa contre le mur de parpaings, les pieds solidement plantés au sol et le regard dirigé droit devant lui.

Finalement, il murmura :

— Tu ne me demandes pas comment je vais.

Butch affecta la même pose juste à côté de son pote.

— Pas besoin.

— Tu lis dans les pensées ?

— Oui, parfaitement.

V. se pencha sur le côté et tapota sa cigarette pour faire tomber la cendre dans la poubelle.

— Alors dis-moi à quoi je pense, d'accord ?

— Tu es certain de vouloir m'entendre jurer si près de ta sœur ?

Comme un rire bref fusait, Butch examina attentivement le profil de V. Les tatouages autour de son œil étaient particulièrement sinistres, étant donné le nuage de self-control qui l'entourait comme un hiver nucléaire.

— Tu ne veux pas que je fasse une suggestion à voix haute, V. ? dit-il doucement.

— Si. Essaie.

Cela signifiait que V. avait besoin de parler mais, de façon caractéristique, était trop empêtré dans le chaos de ses émotions pour cracher le morceau : le mâle l'avait toujours fermée sur ce qui le concernait, mais au moins, il était mieux qu'autrefois. Auparavant, il n'aurait même pas entrebâillé la porte.

— Elle t'a demandé de t'occuper d'elle si jamais ça ne marchait pas, pas vrai ? dit Butch, exprimant à voix haute ce qu'il redoutait le plus. Et elle ne parlait pas de soins palliatifs.

La réponse de V. prit la forme d'une exhalaison de fumée qui dura environ l'infini plus quinze minutes.

— Qu'est-ce que tu vas faire ? demanda Butch, même s'il connaissait la réponse.

— Je n'hésiterai pas.

Il ne prononça pas le « même si cela me tuera ».

Chienne de vie. Parfois elle mettait les gens dans des situations bien trop cruelles.

Butch ferma les yeux et appuya l'arrière de sa tête contre le mur. La famille représentait tout pour les vampires. Votre compagne, les frères avec lesquels vous vous battiez, votre sang… c'était tout votre univers.

Et en vertu de cette théorie, puisque V. souffrait, alors lui aussi. Et Jane. Et le reste de la Confrérie.

— J'espère qu'on n'en arrivera pas là. (Butch jeta un coup d'œil à la porte fermée.) Doc Jane va trouver ce type. C'est un bouledogue…

— Tu sais ce que j'ai compris il y a dix minutes ?

— Quoi ?

— Même s'il n'avait pas fait jour, elle aurait voulu aller chercher ce mec toute seule.

Quand l'odeur d'union du mâle se mit à flotter dans l'air, Butch pensa *Ah, ben ça*… Jane et le chirurgien avaient été proches pendant des années, donc s'il fallait user de persuasion, elle avait de meilleures chances toute seule… en partant du principe qu'elle surmonte toute cette histoire de retour d'entre les morts. En outre, V. était un vampire. Youhou. Comme si on avait besoin d'en rajouter une couche dans ce bordel…

Et à ce sujet, tout bien considéré, ce serait une bonne chose que ce chirurgien fasse un mètre soixante, louche et ait le dos poilu. La laideur serait leur seule amie, si le mâle lié en V. se manifestait.

— Le prends pas mal, murmura Butch, mais peux-tu l'en blâmer ?

— C'est ma jumelle ! (Il se passa une main dans les cheveux.) Bon sang de bonsoir, Butch… ma sœur !

Butch savait très bien ce que cela faisait de perdre un proche, donc oui, il comprenait le mâle sur ce point. Et merde, il n'allait certainement pas abandonner le frère : Jane et lui étaient les deux seuls à se faire entendre de Viszs quand il déraillait comme cela. Et Jane allait être occupée entre ce chirurgien et sa patiente…

La sonnerie du portable de V. les fit tous les deux sursauter, mais le frère se reprit rapidement et le téléphone n'eut pas le temps de sonner une seconde fois avant qu'il le mette à l'oreille.

— Oui ? Tu as réussi ? Merci… putain… ouais. Ouais. Je te retrouve au garage ici. OK.

Il y eut un léger silence et V. jeta un coup d'œil à Butch comme s'il désirait être seul.

Souhaitant désespérément devenir aussi invisible que l'air, Butch baissa les yeux sur ses mocassins Dior. Le frère n'était vraiment pas du genre à donner des marques d'affection en public ou à parler de choses personnelles avec Jane s'il y avait du monde. Mais étant donné que Butch était métis, il ne pouvait pas se dématérialiser – et où diable aurait-il pu s'enfuir ?

Une fois que V. eut murmuré un rapide « au revoir », il tira une grosse bouffée de sa clope et marmonna en soufflant la fumée :

— Tu peux arrêter de faire semblant de ne pas être là.

— Quel soulagement. Je suis nul à ce jeu-là.

— C'est pas ta faute si tu prends de la place.

— Alors, elle l'a trouvé ? (Comme Viszs hochait la tête, Butch devint mortellement sérieux.) Promets-moi une chose.

— Quoi ?

— Tu ne vas pas tuer ce chirurgien.

Butch savait exactement ce que cela faisait de basculer du monde extérieur pour atterrir dans ce terrier à vampires. Dans son cas, les choses s'étaient arrangées, mais pour Manello ?

— Ce n'est pas la faute de ce type et ce n'est pas son problème.

V. jeta son mégot dans la poubelle et se retourna pour le gratifier d'un regard étincelant aussi glacé qu'une nuit arctique.

— On verra comment ça se passe, flic.

Sur ce, il fit demi-tour et repassa dans la pièce où se trouvait sa sœur.

Eh bien, au moins ce fils de pute était honnête, se dit Butch en jurant.

Manny détestait que d'autres que lui conduisent sa Porsche 911 Turbo. En fait, en dehors de son garagiste, personne ne le faisait jamais.

Pourtant, ce soir, il avait autorisé Jane à prendre le volant parce que : un, elle était compétente et savait embrayer sans faire grincer le levier de changement de vitesse ; deux, elle lui avait assuré que la seule façon de l'emmener là où ils allaient était qu'elle conduise ; et trois, il ne s'était pas encore remis d'avoir vu quelqu'un qu'il avait enterré surgir des buissons pour lui demander de ses nouvelles.

Donc peut-être que faire fonctionner une mécanique lourde à 110 kilomètres-heure n'était pas une bonne idée pour lui.

Il n'arrivait pas à croire qu'il était assis à côté d'elle, en direction du nord, dans sa propre voiture.

Mais bien entendu, il avait répondu à sa requête par l'affirmative. Il se comportait toujours comme un parfait crétin dès lors qu'il était question d'aider une femme en détresse… et c'était également un chirurgien drogué aux urgences.

Pff.

Mais beaucoup de questions restaient en suspens. Et beaucoup d'agacement. Oui, bien sûr, il espérait un jour gagner un lieu de paix, de lumière et de soleil, pourvu de toute l'imagerie à l'eau de rose habituelle, mais il ne retenait pas non plus son souffle dans l'attente de ce paradis de chanson. Ce qui était ironique. Combien de fois avait-il contemplé son plafond, la nuit, blotti dans son lit douillet avec sa nouvelle habitude de boire du Lagavulin, en priant que, par l'action d'un miracle quelconque, son ancienne responsable du service de traumatologie revienne ?

Manny jeta un coup d'œil au profil de Jane. Illuminée par les voyants du tableau de bord, elle lui apparut toujours aussi intelligente. Toujours aussi forte.

Toujours autant son genre de femme.

Mais cela n'arriverait jamais, désormais. Si on mettait de côté toute cette histoire de « ouh la menteuse » concernant sa mort, elle arborait à présent un anneau vert-de-gris à la main gauche.

— Tu t'es mariée, dit-il.

Elle ne quitta pas la route des yeux.

— Oui. En effet.

Le mal de tête qui s'était réveillé au moment où elle avait fait son apparition passa instantanément de léger à épouvantable, tandis que des souvenirs flous affleuraient à la surface de son esprit conscient, le tourmentant et lui donnant envie d'obtenir la révélation complète de ce qui s'était passé.

Il devait interrompre cette opération de recherche cognitive avant de se provoquer une rupture d'anévrisme à cause de l'élévation de sa tension. En outre, cela ne le mènerait nulle part ; peu importe à quel point il essayait, il n'arrivait pas à atteindre ce qu'il sentait être là et il avait l'impression qu'il pourrait s'infliger des dégâts permanents s'il continuait à lutter.

Quand il regarda par la fenêtre de la voiture, il vit des pins touffus et des chênes bourgeonnants se dresser sous la lune, car la forêt entourant les limites de Caldwell s'épaississait à mesure qu'ils s'éloignaient de la ville et de sa concentration étouffante de gens et de bâtiments.

— Tu es morte ici, dit-il d'une voix morne. Ou en tout cas c'est ce que tu as fait croire.

Un motard avait découvert son Audi au milieu des arbres sur une portion de route peu éloignée de là, la voiture ayant quitté le bas-côté. Mais on n'avait pas retrouvé de corps… et pas parce qu'il avait brûlé dans l'incendie du véhicule, visiblement.

Jane s'éclaircit la voix.

— J'ai l'impression de n'avoir que des « Je suis désolée » à t'offrir. Et ça craint.

— C'est pas non plus la fête de mon côté.

Puis le silence retomba dans l'habitacle. Un de plus, après les nombreux autres qui l'avaient précédé. Mais il n'était pas du genre à s'obstiner à questionner quand il n'obtenait qu'un « Je suis désolée ».

— J'aurais aimé pouvoir te le dire, dit-elle brusquement. Tu as été le plus difficile à abandonner.

— Mais tu n'as pas lâché ton boulot, pas vrai ? Parce que tu travailles toujours comme chirurgienne.

— Oui, c'est vrai.

— À quoi ressemble ton mari ?

Voilà qu'elle grimaçait.

— Tu vas le rencontrer.

Super. Quelle joie.

Elle ralentit et tourna à droite pour emprunter… un chemin de terre ? Bon sang !

— Pour info, marmonna-t-il, cette voiture a été conçue pour les circuits de course, pas pour être salopée.

— C'est la seule voie d'accès.

Vers où ? se demanda-t-il.

— Tu vas vraiment m'être redevable pour cela.

— Je sais. Et tu es le seul à pouvoir la sauver.

Manny tourna aussitôt les yeux vers Jane.

— Tu n'as jamais précisé qu'il s'agissait d'une femme.

— Est-ce que c'est important ?

— Vu le nombre de choses qui m'échappent dans cette histoire, tout est important.

À peine dix mètres plus loin, ils traversèrent la première des innombrables mares de boue qui étaient aussi profondes qu'un foutu lac. Quand la Porsche passa en soulevant une gerbe d'éclaboussures, il sentit quelque chose érafler le bas de caisse et il dit entre ses dents :

— Au diable cette patiente. Je veux que tu me rembourses ce que tu infliges à ma voiture.

Jane laissa échapper un rire bref, qui provoqua une douleur on ne peut plus réelle au centre de la poitrine de Manello. Ce n'était pas comme s'ils n'étaient jamais sortis ensemble. Bien entendu, il avait été attiré par elle. Très attiré, même. Et ils avaient échangé un baiser. Mais c'était tout.

Et voilà qu'elle était devenue la femme d'un autre.

En plus d'être revenue d'entre les morts.

Seigneur, dans quel monde vivait-il ? Mais après tout c'était peut-être un rêve… ce qui lui remonterait plutôt le moral, parce qu'il se pourrait alors que Glory n'ait pas chuté.

— Tu ne m'as pas dit de quel genre de blessure il s'agissait.

— Fracture des vertèbres. Entre les T6 et T7. Aucune sensation sous la taille.

— Merde, Jane… c'est un véritable défi.

— À présent tu sais pourquoi j'ai autant besoin de toi.

Environ cinq minutes plus tard, ils arrivèrent devant un portail qui semblait dater de l'époque des guerres puniques : la chose pendait selon un angle digne d'*Alice au pays des merveilles*, la chaîne était mangée de rouille et brisée par endroits. Quant à la clôture qu'elle coupait en deux ? Ce n'était rien qu'un mètre quatre-vingts de fil de fer barbelé qui avait connu des jours meilleurs.

Pourtant ce satané machin s'ouvrit sans heurt. Et quand ils le franchirent, il aperçut la première caméra de surveillance.

Tandis qu'ils progressaient au rythme d'un escargot, un étrange brouillard se leva, comme surgi de nulle part, et le paysage devint flou jusqu'à ce qu'il soit incapable de voir à plus de trente centimètres de la calandre. Bon sang de bonsoir, c'était comme s'ils venaient de débarquer dans un épisode de *Scooby-Doo*.

Et puis leur progression révéla une bizarrerie : la porte suivante s'avéra être en légèrement meilleur état que la première, celle d'après paraissait même assez récente, et la quatrième semblait avoir un an au grand maximum.

La dernière porte devant laquelle ils arrivèrent rutilait à force d'astiquage et n'était pas sans évoquer Alcatraz : cette saloperie s'élevait à plus de sept mètres du sol et était couverte d'alarmes à haute tension. Quant au mur dans lequel elle s'insérait ? Il n'était pas prévu pour contenir du bétail, mais plutôt des vélociraptors ; et Manny aurait été prêt à parier que sa façade en béton recouvrait trente à soixante centimètres de solides moellons.

Manny tourna la tête vers Jane quand ils franchirent le portail, puis entamèrent une descente dans un tunnel qui aurait pu arborer un panneau « Fort Holland » ou « Fort Lincoln » compte tenu de ses fortifications. Plus ils s'enfonçaient, plus la question qui le taraudait depuis qu'il avait revu Jane prenait d'importance : pourquoi avait-elle simulé sa mort ? Pourquoi avait-elle volontairement provoqué un tel chaos dans sa vie à lui et dans celles des autres personnes avec lesquelles elle travaillait à St. Francis ? Elle ne s'était jamais montrée cruelle, ni du genre à mentir, et n'avait pas de problèmes financiers ni d'ennuis à fuir.

Désormais, il savait, sans qu'elle ait prononcé un mot : le gouvernement fédéral.

Ce genre d'installation, avec ce type de système de sécurité… dissimulé à la lisière d'une ville assez grande, mais beaucoup moins que New York, Los Angeles ou Chicago… C'était forcément le gouvernement. Qui d'autre pouvait se payer un truc pareil ?

Et qui diable était cette femme qu'il allait soigner ?

Le tunnel s'achevait sur un parking souterrain d'apparence normale, avec ses pylônes et ses emplacements délimités en jaune… et pourtant, si grand qu'il paraisse, l'endroit était vide, à l'exception de deux monospaces banals aux vitres fumées et d'un minibus qui avait également des vitres teintées.

Avant même qu'elle ait garé la Porsche, une porte en métal s'ouvrit à la volée et…

Un simple coup d'œil au mec immense qui en émergea et la tête de Manny explosa. La souffrance derrière ses yeux devint si intense qu'il s'affala dans le siège baquet, les bras le long du corps et le visage tordu de douleur.

Jane lui dit quelque chose. On ouvrit une portière. Puis la sienne.

L'air qu'il respira était sec et sentait vaguement la terre… mais il y avait autre chose. Du parfum. Un parfum épicé et boisé qui était à la fois coûteux et agréable, mais qui lui donna également la curieuse envie de s'éloigner.

Manny se força à rouvrir les paupières. Sa vision était atrocement déformée, mais il est toujours étonnant de constater les choses qu'on peut faire quand on y est obligé ; il réussit à se focaliser sur le visage de l'homme en face de lui et se retrouva à dévisager l'enfoiré au bouc qui avait…

Dans une nouvelle vague de « Putain, ça douille », ses yeux se révulsèrent et il faillit vomir.

— Tu dois libérer ses souvenirs, entendit-il Jane dire.

À ce moment-là, il y eut un échange verbal, la voix de son ancienne collègue se mêlant aux accents graves de cet homme avec des tatouages sur la tempe.

— Cela le tue…

— Il y a trop de risques…

— Comment diable va-t-il opérer dans cet état ?

Il y eut un long silence. Et puis, brusquement, la douleur s'envola comme un voile qu'on aurait retiré, toute la pression disparut en un clin d'œil. À la place, les souvenirs submergèrent son esprit.

La patiente de Jane. St. Francis. L'homme avec le bouc et… le cœur à six chambres. Qui s'était pointé dans le bureau de Manny et avait pris le dossier concernant son anomalie cardiaque.

Manny ouvrit les paupières d'un coup et regarda ce visage à l'air méchant.

— Je vous connais.

— Sors-le de la voiture, fut la seule réponse de Monsieur Bouc. Je n'ai pas assez confiance en moi pour le toucher.

Tu parles d'un comité d'accueil.

Et quelqu'un d'autre se tenait derrière le grand salopard. Un homme que Manny était sûr à cent pour cent d'avoir déjà vu… Mais cela n'avait dû être que de manière fugitive, parce qu'il n'arrivait pas à souvenir de son nom, ni de l'endroit où ils s'étaient rencontrés.

—Allons-y, dit Jane.

Oui. Super idée. En l'état actuel des choses, il avait besoin de se concentrer sur quelque chose d'autre que tous ces « Répète un peu pour voir ? ».

Pendant que le cerveau de Manny luttait pour analyser les événements, ses pieds et ses jambes comprirent au moins le programme. Une fois que Jane l'eut aidé à sortir de la voiture et à se redresser, il la suivit ainsi que Monsieur le Grand Méchant Bouc dans un complexe aussi neutre et propre que n'importe quel hôpital : les couloirs étaient dégagés et éclairés par des néons encastrés dans les panneaux du plafond et tout sentait le désinfectant.

Des caméras de surveillance étaient fixées aux murs à intervalles réguliers, comme si le bâtiment était un monstre doté d'innombrables yeux.

Tandis qu'ils marchaient, il comprit qu'il valait mieux s'abstenir de poser la moindre question. Il était également conscient du fait que son esprit était si confus qu'il était foutrement certain qu'enjamber une marche constituerait le summum de ces capacités à cet instant précis. Et puis il y avait Monsieur Bouc et son regard de la mort : pas exactement une invitation à bavarder.

Des portes. Ils franchirent de nombreuses portes. Qui toutes étaient fermées et sans nul doute verrouillées.

De sympathiques petits mots tels que « lieu tenu secret » et « secret défense » se bousculaient sous son crâne et cela l'aida beaucoup, car il se dit qu'il pourrait peut-être pardonner à Jane d'avoir disparu du jour au lendemain… au bout du compte.

Lorsqu'elle finit par s'arrêter devant une double porte battante, elle tritura nerveusement le col de sa blouse blanche, puis le stéthoscope dans sa poche. Ce geste donna à Manny l'impression d'avoir un flingue pointé sur la tête : en salle d'opération, au milieu d'une infinité de fractures complexes, elle avait toujours gardé son calme. C'était sa marque de fabrique.

Mais là, c'était personnel, se dit-il. D'une certaine manière, ce qui se trouvait de l'autre côté de ces portes se rapprochait d'un foyer à ses yeux.

— J'ai un bon équipement là-dedans, dit-elle, mais pas tout. Il n'y a pas d'IRM. Juste un scanner et un appareil de radiographie. Mais la salle d'op' devrait te convenir, et non seulement je peux t'assister, mais j'ai également une excellente infirmière.

Manny prit une inspiration qui descendit profondément dans ses poumons et lui permit de se reprendre. Avec un gros effort de volonté, il mit de côté toutes les questions, la douleur lancinante dans sa tête et l'étrangeté de cette descente dans l'univers de 007.

Première chose à faire ? Dégager le public énervé.

Il regarda Monsieur Bouc par-dessus son épaule.

— Il faut que vous dégagiez, mon vieux. Je veux que vous restiez dans le couloir.

La réponse qu'il reçut fut… ac-croc-cheuse. Ce salaud montra une paire de canines aussi longues que son bras et gronda, bien entendu, comme un chien.

— D'accord, dit Jane en s'intercalant entre eux. C'est bon. Viszs attendra dehors.

Viszs ? Avait-il bien entendu ?

Mais bon, sa maman avait été bien inspirée de le baptiser ainsi, si l'on en jugeait par cette petite démonstration dentaire. Mais peu importe. Manny avait un boulot à faire et, pendant ce temps, cet enfoiré pouvait peut-être aller mâcher un os ou autre chose.

Il poussa la porte de la salle d'examen et…

Oh… mon Dieu.

Oh… Seigneur tout-puissant.

La patiente était étendue sur la table, aussi immobile que l'eau d'un lac… et c'était probablement la plus belle créature qu'il ait jamais vue : ses cheveux, d'un noir de jais, étaient noués en une épaisse natte qui pendait dans le vide. Sa peau était brun doré, comme si elle était d'ascendance italienne et avait récemment pris le soleil. Ses yeux… ses yeux ressemblaient à des diamants : ils étaient à la fois incolores et brillants, simplement entourés d'un cercle sombre autour de l'iris.

— Manny ?

Jane avait parlé juste derrière lui, mais il eut l'impression qu'elle se trouvait à des kilomètres. En réalité, le monde entier lui semblait s'être transporté ailleurs, rien d'autre n'existait plus hormis le regard de sa patiente quand elle tourna les yeux vers lui, puisqu'elle avait la tête immobilisée.

C'est enfin arrivé, songea-t-il en passant les doigts sous sa chemise et en saisissant sa croix. Toute sa vie il s'était demandé pourquoi il n'était jamais tombé amoureux, et il le savait à présent : il avait attendu ce moment, cette femme, cet instant.

Cette femme est à moi.

Et même si cela n'avait aucun sens, cette conviction était si forte qu'il ne pouvait pas la remettre en question.

— Êtes-vous le guérisseur ? demanda-t-elle d'une voix faible qui fit s'arrêter le cœur de Manny. Êtes-vous… là pour moi ?

Elle s'était exprimée avec un fort mais somptueux accent, et avait également laissé poindre une certaine surprise.

— Oui. C'est moi. (Il ôta sa veste de costume et la jeta dans un coin, se fichant comme d'une guigne de l'endroit où elle atterrissait.) Je suis là pour vous.

Quand il approcha, ses extraordinaires yeux de glace se mouillèrent de larmes.

— Mes jambes… On dirait qu'elles bougent, mais je soupçonne que ce n'est pas le cas.

— Vous font-elles mal ?

— Oui.

Des douleurs fantômes. Pas surprenant.

Manny s'approcha d'elle et jeta un regard à son corps qui était recouvert d'un drap. Elle était grande. Elle devait faire au moins un mètre quatre-vingts. Et elle était bâtie avec une élégante puissance.

Il s'agit d'un soldat, se dit-il en évaluant la force de ses avant-bras dénudés. *C'est une guerrière.*

Et, mon Dieu, la pensée qu'une personne comme elle risquait de finir paralysée lui coupa le souffle. Même lorsqu'on n'était qu'une larve de canapé, la vie en fauteuil roulant était plus que pénible, mais pour une femme de sa trempe, cela équivaudrait à une peine de mort.

Manny tendit le bras et prit sa main dans la sienne… et à l'instant où il établit le contact, son corps tout entier se réveilla, comme si elle était l'interrupteur de sa prise interne.

— Je vais prendre soin de vous, dit-il en la regardant droit dans les yeux. Je veux que vous me fassiez confiance.

Elle déglutit avec difficulté, alors qu'une unique larme cristalline lui échappait pour couler le long de sa tempe. D'instinct, il se pencha et l'essuya de son index…

Le grondement qui s'éleva depuis le seuil de la porte lui évoqua un compte à rebours avant démolition comme il n'en avait jamais entendu. Sauf que, quand il regarda Monsieur Bouc, il eut lui aussi envie de répondre en grognant à ce fils de pute. Ce qui, là encore, n'avait aucun sens.

Tenant toujours la main de sa patiente, il cria à Jane :

— Fais sortir ce misérable connard de ma salle d'opération. Et je veux voir ces satanés scans et ces radios. Tout de suite !

Il allait sauver cette femme, même si cela devait le tuer.

Et quand les yeux de Monsieur Bouc étincelèrent de pure haine, Manny se dit que la situation entre eux risquait bien de dégénérer…

Chapitre 6

Vhif était tout seul dans Caldwell.

Pour la première fois de sa foutue vie.

Ce qui, quand il y réfléchissait, était presque une impossibilité statistique. Il avait passé tant de soirées à combattre, boire et baiser dans et autour des clubs du centre-ville qu'il y en avait certainement eu une ou deux en solo. Mais non. Quand il pénétra à l'intérieur du *Masque de Fer*, ce fut pour la toute première fois sans ses deux acolytes.

Mais les choses étaient différentes à présent. Les temps avaient changé. Les gens aussi.

John Matthew vivait désormais en ménage, et quand il n'était pas de service, comme ce soir, il restait à la maison avec sa *shellane*, Xhex, avec laquelle il s'activait furieusement au lit. Et bon, d'accord, Vhif était son *ahstrux nohtrum* et tout, mais Xhex était un assassin *symphathe* parfaitement capable de veiller sur son mâle, et le complexe de la Confrérie était une forteresse dans laquelle même l'armée ne réussirait pas à s'introduire. Donc lui et John étaient parvenus à un accord… qu'ils gardaient secret.

Quand à Blay…

Vhif ne voulait pas penser à son meilleur ami. Non. Certainement pas.

Parcourant du regard l'intérieur du club, il mit son « filtre à baise » en action et commença à circuler entre les femmes, les hommes et les couples. Il n'était venu ici que pour une seule raison, et c'était la même que pour les goths des lieux.

Ce n'était pas pour une relation amoureuse. Ce n'était même pas pour avoir de la compagnie. C'était exclusivement pour le va-et-vient et, quand ce serait terminé, ce serait un « Merci, madame – ou monsieur, en fonction de son humeur –, je me casse ». Parce qu'il lui en faudrait un ou une autre. Voire plusieurs.

Il était hors de question de ne se taper qu'une seule personne ce soir. Il avait envie de s'arracher la peau, son corps tremblait du besoin de se soulager. Merde, il avait toujours aimé baiser, mais ces derniers jours sa libido était devenue monstrueuse…

Blay était-il même encore son meilleur ami ?

Vhif s'arrêta et chercha brièvement une vitrine en verre feuilleté pour s'y cogner la tête : putain, il n'avait plus cinq ans. Les mâles adultes n'avaient pas de meilleur ami. Ils n'en avaient pas besoin.

Surtout si le mâle en question s'envoyait quelqu'un d'autre. Toute la journée. Chaque jour.

Vhif s'avança vers le bar.

— Une Herradura. Double. Et préparez-la avec une Selección Suprema.

Le regard de la barmaid s'alluma derrière l'épaisse couche de Rimmel et les faux cils.

— Je mets cela sur votre note ?

— Oui.

Et à en juger par la manière dont elle fit glisser sa main le long de son ventre plat et de sa hanche, il aurait visiblement pu commander aussi un coup avec elle.

Quand il lui tendit sa carte bancaire, elle frétilla du buste pour la prendre, et se pencha tant qu'elle aurait tout aussi bien pu essayer de ramasser une cuillère à cocktail par terre avec sa poitrine.

— Je reviens tout de suite avec votre boisson.

Quelle surprise.

— Génial.

Elle s'éloigna en ondulant des hanches, mais elle perdait totalement son temps : ce n'était pas du tout le genre d'individu qu'il recherchait ce soir, et de loin. Pour commencer, elle n'était pas du bon sexe. Et il ne choisirait personne avec des cheveux foncés. En fait, il était lui-même surpris de ce qu'il voulait.

Être daltonien présentait quelques inconvénients, mais quand on ne portait que du noir et qu'on travaillait la nuit, ce n'était pas un gros souci la plupart du temps. En outre, ses yeux vairons étaient si aiguisés et sensibles aux nuances de gris qu'il percevait réellement les « couleurs » : tout n'était qu'une question d'échelle de gradation. Par exemple, il savait reconnaître les blonds du club. Il faisait la différence entre les châtains et les bruns. Et oui, il lui arrivait peut-être de se tromper parce qu'un de ces crétins s'était fait faire une affreuse coloration mais, même ainsi, il parvenait généralement à comprendre que cela cachait quelque chose, parce que leur carnation jurait alors avec leurs cheveux.

— Et voilà, dit la barmaid.

Vhif tendit la main, prit la boisson, descendit la tequila et reposa le verre vide sur le bar.

— Et si on recommençait une ou deux fois ?

— Tout de suite. (Elle lui montra une nouvelle fois son 95C, sans doute dans l'espoir qu'il y mette la main.) Visiblement, vous tenez bien la route.

Ouais, ouais. Absolument. Comme si la capacité à avaler jusqu'à cent millilitres d'alcool fort en une seule fois était hyper importante. Mon Dieu, l'idée que quelqu'un avec un système de valeurs pareil ait le droit de vote lui donna de nouveau envie de chercher une vitre contre laquelle se cogner la tête.

Les humains étaient pathétiques.

Même si, quand il se retourna pour observer la foule, il se dit que ce serait peut-être une bonne chose de la mettre en veilleuse. Lui-même était sacrément pathétique ce soir. Surtout quand il aperçut deux hommes dans un coin, séparés uniquement par leurs pantalons en cuir. Naturellement, l'un d'entre eux était blond. Tout comme son cousin. Donc naturellement, il s'imagina Blay et Saxton jouant sur son terrain de polo intérieur et marquant sa pelouse de traces de sabot et de crottin.

Sauf qu'il ne s'agissait pas d'imagination, après tout : à la fin de chaque nuit, quand on quittait la table de la demeure de la Confrérie après le Dernier Repas et que tout le monde vaquait à ses affaires, Blay et Saxton se dirigeaient toujours discrètement vers le grand escalier et disparaissaient dans le couloir qui menait à leurs chambres.

Ils ne se tenaient jamais la main. Ne s'embrassaient jamais en public. Et ils ne se jetaient pas non plus de furtifs regards brûlants. Mais, après tout, Blay était un gentleman. Et Saxton la Pétasse Classe faisait bonne figure.

Son cousin était un vrai dévergondé…

Non, c'est faux, fit remarquer une petite voix. *C'est seulement que tu le détestes parce qu'il se tape ton mec.*

— Ce n'est pas mon mec.

— Qu'avez-vous dit ?

Vhif fusilla du regard l'emmerdeur… et arrêta de jouer les durs. *Bingo*, pensa-t-il.

À côté de lui se trouvait un humain d'environ un mètre quatre-vingts, avec des cheveux superbes, un beau visage et de très jolies lèvres. Ses vêtements n'étaient pas complètement goths, mais il avait des chaînes à la hanche et quelques anneaux à une oreille. Mais ce fut la couleur de ses cheveux qui retint vraiment l'attention de Vhif.

— Je me parlais tout seul, murmura-t-il.

— Oh. Je fais souvent cela, moi aussi.

Après l'avoir gratifié d'un petit sourire, le type recommença à biberonner son…

— Qu'est-ce que vous buvez ? demanda Vhif.

Le type lui montra son verre à moitié vide.

— De la vodka-tonic. Je ne supporte pas les trucs fruités.

— Moi non plus. Je ne bois que de la tequila. Pure.

— De la Patron ?

— Jamais. Je préfère la Herradura.

— Ah. (Le type se retourna et regarda la foule.) Vous aimez les vrais trucs.

— Oui.

Vhif aurait voulu demander si Monsieur Vodka-Tonic examinait les mecs ou les filles, mais il garda sa question au frais. Merde, sa chevelure était incroyable. Épaisse. Bouclée aux pointes.

— Vous cherchez quelqu'un en particulier ? demanda Vhif à voix basse.

— Peut-être. Et vous ?

— Totalement.

Le type éclata de rire.

— Y a beaucoup de filles, ici. Vous n'avez qu'à choisir.

L'enfoiré. C'était bien sa chance : un hétéro. Mais bon, peut-être qu'ils pourraient partager quelque chose et partir de là.

L'homme se pencha et lui tendit la main.

— Je m'appelle…

Quand leurs regards se croisèrent, le type ne termina pas sa phrase, mais cela n'avait pas d'importance. Vhif se foutait de son prénom.

— Est-ce que vous avez les yeux de deux couleurs différentes ? demanda doucement le type.

— Oui.

— C'est vraiment… cool.

Eh bien, oui. Sauf si on était un vampire né au sein de la *glymera*. Dans ce cas, il s'agissait d'un défaut physique qui signifiait qu'on était génétiquement déficient et donc un embarras pour sa lignée parce que parfaitement incasable.

— Merci, répondit Vhif. De quelle couleur sont les vôtres ?

— Vous ne le voyez pas ?

Vhif tapota la larme tatouée sous son œil.

— Je suis daltonien.

— Oh. Mes yeux sont bleus.

— Et vous êtes roux, non ?

— Comment vous savez ça ?

— À votre carnation. En outre, vous êtes pâle et avez des taches de rousseur.

— C'est incroyable. (Le type jeta un coup d'œil autour de lui.) Il fait sombre ici, je n'aurais pas pensé que vous puissiez vous en apercevoir.

— J'en suis pourtant capable.

En lui-même, il ajouta : *Et si je te montrais mes autres talents ?*

Le nouveau pote de Vhif eut un petit sourire et reprit son examen de la foule. Au bout d'une minute, il dit :

— Pourquoi me regardez-vous ainsi ?

Parce que j'ai envie de te baiser.

— Vous me rappelez quelqu'un.

— Qui ?

— Quelqu'un que j'ai perdu.

— Oh, merde, désolé.

— Ça va. C'était ma faute.

Un petit silence s'ensuivit.

— Donc vous êtes gay, hein ?

— Non.

Le mec éclata de rire.

— Désolé, j'ai seulement cru… Je suppose que c'était un bon ami, alors.

Pas de commentaire.

— Je vais me reprendre un verre. Et si je vous en offrais un aussi ?

— Merci, mec.

Vhif se retourna et fit signe à la barmaid. En attendant qu'elle arrive en se dandinant, il planifia son approche. Encore un peu d'alcool. Puis ajouter quelques filles au mélange. La troisième étape consisterait à se rendre dans l'un des cabinets de toilette et à baiser la ou les filles.

Ensuite… augmenter les contacts visuels. De préférence quand l'un d'eux ou tous les deux seraient enfoncés dans une femme. Parce que si ce rouquin semblait bien être à fond sur les filles, le fils de pute avait senti le lien quand leurs regards s'étaient croisés… et « hétéro » était un terme relatif.

Un peu comme « vierge ».

Ce qui voulait dire qu'ils seraient deux à tenter une nouvelle expérience. Après tout, Vhif ne s'envoyait jamais, au grand jamais de rouquins.

Mais ce soir serait l'exception.

Chapitre 7

Étendue sur sa couche en métal sous l'étrange lustre, Souffhrance n'arrivait pas à croire que son guérisseur soit un humain.

— Est-ce que vous comprenez ce que je dis ?

Sa voix était plutôt grave et son accent lui semblait étrange, mais ce n'en était pas un qu'elle n'avait jamais entendu : la compagne de son jumeau avait le même genre d'intonations et d'inflexions.

— Je vais ouvrir et…

Pendant qu'il lui parlait, il se penchait pour être dans son champ de vision, et elle appréciait qu'il fasse cela. Ses yeux étaient d'une couleur brune, différente de celle du tronc d'un chêne, du cuir tanné ou de la robe d'un cerf. Ils avaient une ravissante nuance rousse, comme de l'acajou tout juste lustré… et étaient tout aussi lumineux, se serait-elle risquée à ajouter.

Son arrivée avait provoqué un tel tourbillon d'activités qu'une chose était devenue évidente : il était versé dans l'art de donner des ordres et avait pleinement confiance en ses talents. En réalité, il y avait autre chose… Il se fichait que son frère se soit pris immédiatement de haine pour lui.

Si l'odeur d'union de Viszs s'intensifiait encore, elle deviendrait visible dans l'air.

— Est-ce que vous comprenez ?

— Ses oreilles fonctionnent parfaitement, merde.

Souffhrance jeta un regard en direction de la porte, autant que son immobilité le lui permettait. Viszs était de retour et montrait les crocs comme s'il comptait vaguement attaquer. Heureusement, à côté de lui, un mâle aux jambes robustes jouait un peu le rôle d'une laisse : si son jumeau se jetait sur l'homme, ce mâle aux cheveux foncés était visiblement prêt à maîtriser Viszs et à le tirer hors de la pièce.

C'était une bonne chose.

Souffhrance reporta son attention sur le guérisseur.

— Je comprends.

L'humain plissa les yeux.

— Alors répétez-moi ce que je viens de dire.

— Pourquoi donc ?

— Il s'agit de votre corps. Je veux m'assurer que vous savez ce que je vais lui faire et la barrière de la langue m'inquiète.

— Elle comprend parfaitement ce que tu d…

Le guérisseur lança un regard furieux par-dessus son épaule.

— T'es toujours là, toi ?

Le mâle brun à côté de son jumeau passa un bras autour de la poitrine de Viszs et marmonna quelque chose d'un ton pressant. Puis il s'adressa au guérisseur avec un accent légèrement différent.

— Il faut vous détendre, mon vieux. Ou je vais le laisser vous transformer en pâtée pour chien pour avoir parlé sur ce ton. *Capisce ?*

Elle ne put qu'approuver la manière dont le guérisseur répondit frontalement à la menace :

— Vous voulez que j'opère, alors ce sera à mes conditions et à ma manière. Donc, soit il sort dans le couloir, soit vous vous trouvez un autre bistouri. Voilà comment les choses vont se passer.

À partir de là, une discussion des plus consternantes s'ensuivit, Jane revenant précipitamment de l'endroit où elle se tenait, près d'une fenêtre lumineuse sur laquelle des images défilaient. Elle parla doucement d'abord, puis finit par crier aussi fort que les autres.

Souffhrance s'éclaircit la voix.

— Viszs. *Viszs*. Viszs !

Ne parvenant pas à se faire entendre, elle siffla alors assez fort pour briser du verre.

Tous se turent aussitôt, comme une flamme qu'on aurait soufflée, même si l'énergie dégagée par la colère s'attarda dans l'air comme de la fumée sur une mèche.

— Il va me soigner, à présent, dit-elle faiblement tandis que la tension dans la pièce agissait sur elle comme une fièvre s'emparant de son corps et la rendant encore plus léthargique. Il va… me soigner. Tel est mon souhait.

Puis elle posa les yeux sur son guérisseur.

— Vous avez dit que vous alliez trouver un moyen de recasser mes vertèbres ressoudées et que votre espoir était que ma moelle épinière n'ait pas été tranchée, mais simplement endommagée. Vous avez ensuite établi que vous ne pouviez pas prédire l'issue, mais que lorsque vous seriez « à l'intérieur » vous seriez en mesure d'évaluer les dégâts plus clairement. C'est bien cela ?

Le guérisseur la regarda avec intensité. Profondément. Gravement. Avec une nuance qui la plongea dans une certaine confusion… mais qu'elle n'interpréta pas non plus comme une menace. Grands dieux, ce n'était pas cela ; en réalité, quelque chose dans son regard la fit… se détendre intérieurement.

— Me suis-je correctement souvenue de tout ? lui demanda-t-elle.

Le guérisseur se racla la gorge.

— Oui. Parfaitement.

— Alors opérez… comme vous dites.

Du côté de la porte, elle entendit le mâle brun dire quelque chose à son jumeau, puis Viszs leva le bras et pointa l'humain de son doigt ganté.

— Tu ne survivras pas si elle y reste.

Poussant un juron, Souffhrance ferma les yeux et regretta encore une fois d'avoir obtenu ce qu'elle avait si longtemps désiré. Il aurait mieux valu qu'elle rejoigne l'Estompe plutôt que de causer la mort d'un humain innocent…

— Marché conclu.

Souffhrance ouvrit les yeux. Sans flancher un instant, son guérisseur tenait tête à son jumeau, malgré la taille et la force de ce dernier, et acceptait le fardeau que l'on avait placé sur ses épaules.

— Mais tu sors, ajouta l'humain. Il faut que tu dégages d'ici et que tu restes en dehors de cela. Je ne veux pas être distrait par tes conneries.

Le corps massif de son jumeau se contracta au niveau des épaules et de la poitrine, mais il finit par incliner la tête.

— Marché conclu.

Elle se retrouva alors seule avec son guérisseur, à l'exception de Jane et de l'autre infirmière.

— Un dernier test. (Le guérisseur se pencha sur le côté et prit un bâtonnet sur l'un des meubles.) Je vais passer ce stylo sous votre pied. Je veux que vous me disiez si vous sentez quelque chose.

Quand elle hocha la tête, il sortit de son champ de vision et elle ferma les yeux pour se concentrer, guettant la moindre sensation. N'importe laquelle.

Très certainement, s'il y avait une réponse, si faible soit-elle, ce serait bon signe…

— Je sens quelque chose, dit-elle avec énergie. Du côté gauche.

Il y eut un silence.

— Et maintenant ?

Elle supplia ses jambes de réagir de la même façon que son pied et dut respirer profondément avant de pouvoir répondre.

— Non. Rien.

Le bruit des draps soyeux que l'on replaçait fut la seule confirmation qu'elle était de nouveau couverte. Mais au moins, elle avait senti quelque chose.

Sauf qu'au lieu de s'adresser à elle, le guérisseur et la compagne de son jumeau conversèrent à voix basse, juste hors de portée de son oreille.

— En vérité, dit Souffhrance, se pourrait-il que vous m'intégriez à la conversation ? (Tous deux s'approchèrent d'elle et aucun n'avait l'air heureux, ce qui était étrange.) C'est une bonne chose que j'aie ressenti quelque chose, non ?

Le guérisseur se rapprocha de sa tête et elle sentit la force tiède de sa main qui prenait la sienne. Comme il la regardait fixement, elle fut de nouveau captivée : ses cils étaient très longs. Et sur sa mâchoire volontaire et ses joues, on distinguait une ombre de barbe. Ses cheveux sombres et épais brillaient.

Et elle aimait vraiment son odeur.

Mais il ne lui avait pas répondu, si ?

— N'est-ce pas, guérisseur ?

— Je ne touchais pas votre pied gauche à ce moment-là.

Souffhrance cligna des yeux sous le coup de ce bouleversement inattendu. Et pourtant, après une si longue immobilité, elle aurait dû être prête à recevoir une telle information.

— Allez-vous commencer, alors ? demanda-t-elle.

— Pas tout de suite. (Le guérisseur jeta un coup d'œil à Jane, puis la regarda.) Nous allons devoir vous transporter ailleurs pour l'opération.

— Ce couloir n'est pas assez éloigné, mon pote.

Quand il entendit la voix raisonnable de Butch, V. eut envie de lui arracher la tête avec ses dents. Et cette envie ne fit que s'amplifier alors que le salaud poursuivait :

— Et si on allait à la Fosse ?

C'était un conseil logique, certes. Et pourtant…

— Tu commences à m'emmerder, flic.

— Parce que c'est un scoop ? Et P.-S. : je m'en fous.

La porte de la salle d'examen s'ouvrit et Jane se glissa dehors. Quand elle leva les yeux vers lui, son regard vert n'était pas joyeux.

— Quoi encore ? hurla-t-il, ne sachant pas s'il pourrait supporter d'autres mauvaises nouvelles.

— Il veut la déplacer.

Au bout d'un moment passé à cligner des yeux comme une vache, V. secoua la tête, convaincu qu'il avait mal compris.

— Pardon ?

— À St. Francis.

— Hors de question.

— Viszs…

— C'est un hôpital humain !

— V…

— As-tu perdu la tête… ?

À ce moment, ce satané chirurgien humain sortit et, à son honneur, ou sa bêtise, rentra directement dans le lard de V.

— Je ne peux pas l'opérer ici. Vous voulez que je tente le coup et qu'elle reste paralysée pour de bon ? Servez-vous de votre tête, bon sang ! J'ai besoin d'une IRM, de microscopes, d'un équipement et d'un personnel dont vous ne disposez pas ici. Nous manquons de temps et on ne peut pas la transporter loin d'ici ; en outre, si vous appartenez au gouvernement, vous pourrez supprimer son dossier et vous assurer qu'il ne sera pas déterré par la presse, ainsi l'exposition médiatique sera minimale avec mon aide.

Appartenir au gouvernement ? Qu'est-ce que… Ouais, rien à foutre.

— Elle n'ira pas dans un hôpital humain. Point barre.

Le type fronça les sourcils au mot « humain », mais sembla ne plus s'en soucier.

— Alors je n'opérerai pas…

V. se jeta sur le mec.

Cela se produisit en un clin d'œil. Une minute avant, il tenait bien droit sur ses rangers ; la suivante, il était en vol plané… du moins jusqu'à ce qu'il percute le bon docteur et écrase cet enfoiré contre le mur en béton du couloir.

— Entre là-dedans et mets-toi au boulot.

L'humain pouvait à peine respirer, mais l'hypoxie ne l'empêcha pas de garder son sang-froid. Il regarda V. droit dans les yeux. Incapable de parler, il articula « *Je ne le ferai pas* ».

— Lâche-le, V. Et laisse-le l'emmener là où il veut.

Quand la voix de Kolher interrompit la scène, l'envie d'exploser de V. devint quasiment irrésistible. Comme s'il avait besoin d'un autre emmerdeur ! Que cet ordre aille se faire foutre.

V. serra encore plus le collet du chirurgien.

— Tu ne l'emmèneras nulle part…

La main sur l'épaule de V. était lourde et la voix de Kolher tranchante comme une dague.

— Ce n'est pas toi qui décides ici. Elle est sous ma responsabilité, pas la tienne.

Ce n'était pas la chose à dire. À bien des niveaux.

— Elle est de mon sang, grogna-t-il.

— Et c'est moi qui l'ai envoyée sur ce lit. Et accessoirement, je suis également ton putain de roi, donc tu feras ce que j'ordonne, Viszs.

Juste au moment où il était sur le point de dire quelque chose qu'il regretterait plus tard, le bon sens de Jane l'atteignit.

— V., en cet instant, c'est toi le problème et non l'état de ta jumelle ou la décision de Manny. Tu as besoin de prendre du recul, de t'éclaircir les idées et de réfléchir, pas de réagir. Je resterai à ses côtés tout le temps et Butch nous accompagnera, n'est-ce pas ?

— Absolument, répondit le flic. Et j'emmènerai Rhage, aussi. On ne la laissera pas seule un instant.

Un silence de mort s'ensuivit. Pendant lequel le côté rationnel de V. lutta pour prendre le contrôle. Et cet humain qui refusait de reculer ! En dépit du fait qu'il n'était qu'à un coup de couteau du cœur de la tombe, ce fils de pute se contentait de soutenir son regard.

Seigneur, on aurait presque pu le respecter pour cela.

La main de Jane posée sur le biceps de V. ne ressemblait pas du tout à celle de Kolher. Son contact était léger, apaisant, prévenant.

— J'ai passé des années dans cet hôpital. Toutes les salles, tout le personnel, tous les équipements me sont familiers. Il n'est pas un centimètre carré de cet établissement que je ne connaisse comme ma poche. Manny et moi travaillerons ensemble et nous nous assurerons qu'elle entre et sorte rapidement, et qu'elle soit protégée. Il détient le pouvoir ultime là-bas en tant que chirurgien en chef, et je serai là tout le temps...

Jane continua de parler, mais il n'entendit plus rien, car une vision soudaine venait de lui tomber dessus, comme un signal reçu depuis un transmetteur externe : avec une grande netteté, il vit sa sœur montée sur un cheval, galopant à la lisière d'une forêt. Il n'y avait pas de selle ni de bride et ses cheveux étaient dénoués et flottaient derrière elle sous la lune.

Elle riait, avec une joie pure et parfaite.

Elle était libre.

Au cours de sa vie, il avait souvent eu des visions de l'avenir, il savait donc que celle-ci n'en était pas une. Ses visions portaient exclusivement sur les décès : ceux de ses frères, de Kolher, de leurs *shellane* et de leurs enfants. Savoir comment ceux qui l'entouraient allaient disparaître expliquait en partie sa réserve et en totalité sa folie : il n'était au courant que du moyen, jamais du moment et, par conséquent, ne pouvait pas les sauver.

Donc ce qu'il voyait en ce moment n'était pas le futur. C'était ce qu'il souhaitait pour la jumelle qu'il avait découverte bien trop tard et qu'il risquait de perdre bien trop tôt.

« V., en cet instant, c'est toi le problème. »

Ne se faisant pas assez confiance pour parler à quiconque, il lâcha le médecin comme une vieille chaussette et recula. Alors que l'humain reprenait son souffle, V. ne regarda personne hormis Jane.

— Je ne peux pas la perdre, dit-il d'une voix faible alors même qu'il y avait des témoins.

— Je sais. Je ne la quitterai pas un instant. Fais-moi confiance.

V. ferma brièvement les yeux. L'une des choses que sa *shellane* et lui avaient en commun était qu'ils étaient tous les deux très, très doués dans ce qu'ils faisaient. Dévoués à leurs boulots, ils existaient dans des univers parallèles nés de leurs création et concentration : le combat pour lui, le soin pour elle.

Donc c'était comme s'il lui avait juré de tuer quelqu'un pour elle.

— OK, dit-il d'une voix enrouée. Très bien. Mais laisse-moi une minute avec elle.

Passant la double porte, il s'approcha du lit de sa jumelle en ayant parfaitement conscience que cela pourrait bien être les derniers mots qu'il lui adresserait : les vampires, tout comme les humains, pouvaient mourir durant une opération. Ils mouraient vraiment.

Elle avait l'air encore plus mal qu'auparavant, étendue bien trop immobile, les paupières non pas simplement fermées, mais également plissées sous l'effet de la douleur. Nom de Dieu, sa *shellane* avait raison. C'était lui qui ralentissait les choses. Pas ce foutu chirurgien.

— Souffhrance.

Elle souleva lentement les paupières, comme si elles pesaient aussi lourd que des poutrelles.

— Mon frère.

— Tu vas aller dans un hôpital humain. OK ? (Quand elle hocha la tête, il détesta se rendre compte que sa peau était aussi pâle que le drap blanc.) Il va t'opérer là-bas.

Quand elle hocha de nouveau la tête, ses lèvres s'entrouvrirent et son souffle se fit saccadé comme si elle avait des difficultés à respirer.

— C'est pour le mieux.

Mon Dieu… et maintenant, quoi ? Lui avait-il dit qu'il l'aimait ? Il supposait que oui, à sa manière tordue.

— Écoute… Prends soin de toi, marmonna-t-il.

Trouillard. Putain de mauviette trouillarde. Mais ce fut tout ce qu'il parvint à dire.

— Toi… aussi, grogna-t-elle.

Comme si elle obéissait à sa propre volonté, sa bonne main s'approcha et glissa lentement contre celle de Souffhrance. Quand il resserra légèrement sa prise, elle ne bougea pas, ni ne répondit, et il paniqua brusquement à l'idée d'avoir raté l'occasion et qu'elle soit déjà morte.

— Souffhrance !

Elle battit des paupières.

— Oui ?

La porte s'ouvrit et Jane passa la tête.

— Il faut qu'on y aille.

— Ouais. OK.

V. pressa une dernière fois la main de sa sœur, puis quitta la pièce en vitesse.

Quand il arriva dans le couloir, Rhage était déjà là, de même que Fhurie et Z. Ce qui était une bonne chose. Fhurie était particulièrement efficace pour hypnotiser les humains, et il l'avait déjà fait à St. Francis.

V. s'approcha de Kolher.

— Tu vas la nourrir, n'est-ce pas ? Quand elle sortira de l'opération, elle aura besoin de se nourrir et ton sang est le plus fort que nous ayons.

Avant d'imposer cette exigence, cela aurait été bien de sa part qu'il se soucie de savoir si Beth, la reine, ne verrait pas comme un problème l'idée de partager son compagnon de cette façon. Mais, en bon connard égoïste qu'il était, il s'en foutait.

Sauf que Kolher se contenta d'acquiescer.

— Ma *shellane* a été la première à le suggérer.

V. ferma les yeux. Mince, c'était bien là une femelle de valeur. Franchement.

Avant de partir, il jeta un dernier regard à sa *shellane*. Jane était aussi stable qu'une maison bâtie sur un sol solide, et son visage et son regard étaient forts et assurés.

— Les mots me manquent, dit-il d'une voix rauque.

— Et je sais exactement ce que tu veux me dire.

V. se tenait à un mètre d'elle, collé au plancher, souhaitant être un mâle d'un autre genre. Souhaitant… que tant de choses soient différentes.

— File, chuchota-t-elle. Je m'en occupe.

V. regarda une dernière fois Butch et, quand le flic eut hoché la tête, sa décision fut prise. Viszs répondit d'un signe à son pote puis s'en alla, sortit du centre d'entraînement, emprunta le tunnel souterrain et remonta dans la Fosse.

Où il découvrit bientôt que l'éloignement physique n'arrangeait rien pour lui. Il avait toujours l'impression d'être au beau milieu du drame… et n'avait pas vraiment confiance dans le fait qu'il n'allait pas retourner là-bas « pour aider ».

Dehors. Il fallait qu'il sorte et s'éloigne d'eux tous.

Franchissant l'imposante porte principale, il marcha dans la cour… et s'arrêta là, sans aller nulle part, exactement comme les voitures alignées côte à côte derrière la fontaine.

Tandis qu'il restait planté comme un piquet, un étrange petit tapotement attira son attention. Tout d'abord il ne parvint pas à l'identifier, mais ensuite il baissa la tête. Sa main gantée tremblait et frappait sa cuisse.

Sous le cuir plombé, la lueur était suffisamment forte pour qu'il plisse les yeux.

Bon sang de bonsoir. Il était si près de perdre les pédales qu'il aurait très bien pu avoir déjà perdu en partie sa substance.

Avec un juron, il se dématérialisa et se rendit à l'endroit où il allait toujours quand il se mettait dans cet état. Il ne voulait pas de la destination ou de l'impulsion qui l'envoyait dans la nuit… mais, comme Souffhrance, il n'avait pas son destin en main.

Chapitre 8

Ancienne Contrée,
de nos jours

Le rêve était ancien. Vieux de plusieurs siècles. Et pourtant ses images étaient aussi nettes et distinctes que la nuit où tout avait changé, il y avait de cela une éternité.

Au plus profond de son sommeil, Xcor vit apparaître devant lui une femelle rageuse, la brume s'enroulant autour de sa robe blanche gonflée par l'air froid. Dès qu'elle apparut, il sut aussitôt pourquoi elle était sortie de la forêt dense, mais sa cible n'avait pour l'instant pas conscience de sa présence ni de son but.

Son père était trop occupé à diriger sa monture vers une humaine.

Sauf qu'alors le Saigneur vit le fantôme.

Par la suite, la succession des événements était aussi immuable que les rides sur le front de Xcor : il poussa un cri d'alarme et éperonna son étalon, alors que son géniteur lâchait l'humaine qu'il avait capturée et se précipitait vers l'esprit. Xcor n'arrivait jamais à temps. Chaque fois, il observait avec horreur la femelle bondir sur son père et le faire basculer au sol.

Puis venait le feu… Le feu que la femelle projetait sur le corps du Saigneur était éclatant, blanc et instantané, et il consumait le géniteur de Xcor en quelques instants. La puanteur de la chair brûlée imprégnait rapidement l'air…

Xcor se redressa d'un bond, une main crispée sur la poitrine, les poumons se contractant sans pour autant inspirer d'air.

Posant les mains à plat sur la pile de couvertures qui lui servait de matelas, il se redressa et fut sacrément soulagé d'être seul dans ses quartiers. Il n'était pas nécessaire que quelqu'un le voie ainsi.

Pendant qu'il cherchait à reprendre pied dans la réalité, le bruit saccadé de sa respiration résonnait dans la chambre, se répercutant sur les murs nus et s'amplifiant jusqu'à ressembler à des cris. Précipitamment, il alluma d'un ordre mental une bougie posée à côté de lui sur le sol. Cela l'aida à se calmer. Puis il se leva pour détendre son corps, et le fait de tirer sur ses os et ses muscles et de les réaligner aida également son cerveau à s'apaiser.

Il avait besoin de nourriture. Et de sang. Et d'un combat.

Alors, il serait totalement lui-même.

Après s'être vêtu de cuir usé et avoir passé sa dague à sa ceinture, il sortit de sa chambre et déboucha dans le couloir plein de courants d'air. Au loin, des voix graves et le tintement des assiettes en étain lui apprirent qu'on avait servi le Premier Repas en bas dans la grande salle.

Le château dans lequel lui et sa bande de salopards vivaient était celui qu'il avait découvert la nuit où son père avait été tué, celui qui surplombait le hameau médiéval endormi qui avait évolué en un village de l'époque préindustrielle, puis s'était développé en une petite ville des temps modernes d'environ cinquante mille habitants.

Ce qui, étant donné la prédominance de l'*Homo sapiens* dans le monde, n'était qu'une fougère au milieu d'une forêt de chênes.

Le bastion lui convenait parfaitement, pour les raisons qui l'avaient dès le début attiré vers l'endroit. Les épais murs de pierre et les douves surmontées d'un pont-levis étaient toujours en place et fonctionnaient très bien pour tenir les gens à distance. À cela s'ajoutaient les nombreuses légendes sanglantes mêlées à d'autres histoires parfaitement réelles qui jetaient un linceul de rumeurs sur ses terres, sa demeure et ses mâles. En effet, au cours des siècles derniers, ses soldats et lui s'étaient fait un devoir de propager ces conneries de mythes vampires en « hantant » les routes de la région de temps à autre.

Ce qui était facile à faire quand on était un tueur et qu'on pouvait se dématérialiser à volonté.

« Bouh ! » n'avait jamais été aussi efficace.

Et pourtant, il existait des problèmes. Ayant sans assistance décimé la population d'éradiqueurs de l'Ancien Monde, ils avaient dû trouver des moyens d'entretenir leurs talents de tueurs. Heureusement, des humains leur avaient permis de combler ce vide, même si, bien entendu, ses frères et lui devaient vivre clandestinement et conserver leurs véritables identités secrètes.

Vive le besoin des humains de se venger.

Ces derniers n'avaient qu'une caractéristique louable, et il s'agissait de leur fureur contre ceux qui, parmi eux, commettaient des atrocités. Puisque les vampires ne traquaient que les violeurs, les pédophiles et les meurtriers, leurs « crimes » étaient bien mieux tolérés. Les dieux savaient que si l'on s'attaquait aux gens moraux, les humains devenaient semblables à des abeilles sortant d'une ruche pour protéger leur territoire ; mais lorsqu'on s'en prenait aux criminels ?

« Œil pour œil », disait leur Bible.

Et grâce à cela, sa bande de salopards s'entraînait au tir.

Il en était ainsi depuis deux décennies, toujours dans l'espoir que leur véritable ennemi, la Société des éradiqueurs, leur envoie un jour des adversaires plus à leur hauteur. Mais aucun n'était venu et Xcor en avait tiré la conclusion qu'il ne restait plus d'éradiqueurs en Europe et qu'aucun nouveau n'était censé arriver. Après tout, ses mâles et lui avaient parcouru des centaines de milliers de kilomètres dans toutes les directions chaque nuit où ils traquaient les criminels humains, ils auraient donc dû tomber sur des tueurs quelque part, d'une façon ou d'une autre.

Hélas, il n'y en avait pas.

Mais cette absence était logique. La guerre avait changé de continent depuis longtemps : à l'époque où la Confrérie de la dague noire était partie pour le Nouveau Monde, la Société des éradiqueurs l'avait suivie comme un chien, laissant sa lie derrière elle afin que Xcor et ses salopards fassent le ménage. Pendant longtemps, cela avait représenté un défi suffisant : les tueurs étaient toujours disponibles, les batailles se déroulaient rapidement et les combats étaient bons. Mais cette époque était révolue, et les humains n'étaient pas vraiment à la hauteur.

Au moins, les éradiqueurs pouvaient représenter un défi amusant.

Un sentiment de profonde insatisfaction l'étouffa tandis qu'il descendait l'escalier en pierre grossièrement taillé, ses bottes écrasant un tapis ancien usé jusqu'à la corde qui aurait dû être remplacé depuis des lustres. En bas, il déboucha dans une immense grotte, elle aussi taillée dans le roc et seulement meublée d'une formidable table en chêne installée devant un âtre aussi grand qu'une montagne. Les humains qui avaient bâti cette forteresse avaient couvert ses murs épais de tapisseries, mais les scènes représentant des guerriers chevauchant des montures de prix n'avaient pas mieux vieilli que les tapis : les œuvres aux fibres déchirées et décolorées pendaient désormais d'un air désolé à leurs crochets, leurs ourlets ne cessant de s'effilocher au fil des années – ils finiraient sans doute un jour par couvrir le sol.

Devant la cheminée où flambait un bon feu, sa bande de salopards étaient assis sur des chaises en bois. Ils mangeaient du cerf, de la gélinotte et du pigeon qui avaient été abattus sur les terres du domaine, vidés dans les champs et cuits dans l'âtre. Ils buvaient une bière qu'ils fabriquaient et faisaient fermenter eux-mêmes dans les caves et ils mangeaient dans des assiettes en étain avec des couteaux de chasse et des pics à viande.

La demeure n'était que partiellement électrifiée ; on n'avait absolument pas besoin de courant selon Xcor, mais Affhres ne partageait pas son opinion. Le mâle avait insisté pour qu'une pièce au moins en soit équipée afin d'alimenter ses ordinateurs et cela avait abouti à cette fichue installation électrique, qui n'était ni très intéressante ni franchement acceptable. Mais il y avait un point positif à cette modernisation. Même si Xcor ne savait pas lire, c'était le cas d'Affhres, et les humains ne propageaient pas seulement à l'infini des histoires horribles et atroces ; elles les fascinaient également, et c'était ainsi que Xcor et les siens localisaient leurs proies partout en Europe.

Le siège au bout de la table était à sa disposition et, à la seconde où il s'assit, les autres cessèrent de manger et baissèrent leurs mains.

Affhres se trouvait à sa droite, à la place d'honneur, et les yeux pâles du vampire étincelaient.

— Comment te portes-tu ?

Ce rêve, ce satané rêve. En vérité, il se sentait brisé intérieurement, même si les autres ne le sauraient jamais.

— Plutôt bien. (Xcor s'empara de sa fourchette et embrocha une cuisse.) À en juger par ton expression, je me risquerais à dire que tu as une proie en vue.

— Oui.

Affhres lui tendit une épaisse liasse qui semblait être une compilation d'articles de journaux, au sommet de laquelle se trouvait une grande photographie en noir et blanc qu'il montra du doigt.

— Je le veux, lui.

Le mâle humain représenté était un dur aux cheveux bruns avec le nez cassé et le front bas et proéminent d'un primate. Les inscriptions sous la photo et dans les colonnes imprimées n'étaient qu'une décoration aux yeux de Xcor ; néanmoins, il percevait parfaitement la malveillance dans ce visage.

— Pourquoi cet homme en particulier, *trahyner* ?

Même s'il le savait.

— Il a tué des femmes à Londres.

— Combien ?

— Onze.

— Pas une véritable dizaine, donc.

Affhres se renfrogna, marquant sa désapprobation. Ce qui était vraiment un plaisir.

— Il les a découpées alors qu'elles étaient encore en vie et a attendu qu'elles meurent pour… les prendre.

— Les baiser, tu veux dire ? (Xcor arracha la chair de l'os avec ses crocs et, comme il n'obtenait pas de réponse, haussa un sourcil.) Veux-tu dire qu'il les a baisées, Affhres ?

— Oui.

— Ah. (Xcor eut un sourire acéré.) Quel sale petit crétin.

— Il en a tué onze. Des femmes.

— Oui, tu l'as déjà dit. C'est donc un petit crétin pervers plutôt excité.

Affhres reprit les papiers et les compulsa, regardant fixement les visages de ces humaines sans valeur. Sans doute était-il en train de prier la Vierge scribe en ce moment même, dans l'espoir qu'on lui accorde l'opportunité de rendre service à une espèce que seule une cérémonie d'initiation séparait de leur ennemi.

C'était pathétique.

Et il était hors de question qu'il voyage seul, ce qui était la raison pour laquelle il paraissait aussi contrarié : hélas, le serment que ces cinq mâles avaient prêté la nuit de l'incinération du Saigneur les liait à Xcor aussi fortement que le feraient des câbles en acier. Ils n'iraient nulle part sans son approbation ni son autorisation.

Même si, en ce qui concernait Affhres, ce mâle était lié à lui depuis bien plus longtemps que cela.

Dans le silence, des lambeaux du rêve de Xcor resurgirent dans son esprit, tout comme la brûlure de savoir qu'il n'avait jamais retrouvé cette femelle spectrale. Ce qui n'allait pas. Même s'il était tout disposé à servir de base aux mythes créés par les esprits humains, il ne croyait pas aux fantômes, aux maisons hantées, aux sorts ou aux malédictions. Son père avait été abattu par un être de chair et de sang et le chasseur en lui voulait le retrouver et le tuer.

— Qu'en dis-tu ? demanda Affhres.

Cela lui ressemblait tellement. Il était si héroïque.

— Rien. Ou j'aurais parlé, non ?

Affhres se mit à tapoter des doigts le vieux bois taché de la table et Xcor fut heureux de le laisser là à jouer du tambour. Les autres mangeaient tout simplement, se bornant à attendre que cette bataille soit résolue d'une façon ou d'une autre. Contrairement à Affhres, le reste de la bande se fichait des cibles sélectionnées ; du moment qu'on leur fournissait nourriture, boisson et satisfaction sexuelle, ils étaient contents de se battre où et quand leur chef choisissait de le faire.

Xcor embrocha une autre cuisse, s'adossa à son siège en chêne massif et observa les tapisseries décrépites. Dans ces plis défraîchis, les images d'humains partant à la guerre sur des étalons dont il approuvait le choix et équipés d'armes qu'il pouvait apprécier l'irritaient grandement.

L'impression d'être au mauvais endroit lui picotait entre les épaules, le rendant aussi nerveux que son numéro deux.

Vingt années sans le moindre éradiqueur, passées à éliminer de simples humains pour conserver leur habileté, ce n'était pas là un genre d'existence acceptable pour sa bande ou pour lui. Et pourtant quelques vampires étaient restés dans l'Ancienne Contrée, et il s'était attardé sur ce continent dans l'espoir de trouver parmi eux ce qu'il ne voyait que dans ses rêves.

Cette femelle. Qui avait abattu son père.

Mais que lui avait rapporté le fait de traîner autant ?

La décision qu'il avait longtemps caressée se cristallisa une nouvelle fois dans son esprit, prenant forme et structure, angles et arcades. Et tandis qu'auparavant son impulsion s'était toujours éteinte, le cauchemar de cette nuit lui donnait désormais le genre de puissance qui changeait une simple idée en passage à l'acte.

— Nous irons à Londres, annonça-t-il.

Les doigts d'Affhres s'arrêtèrent immédiatement.

— Merci, mon seigneur.

Xcor inclina la tête et sourit en lui-même, se disant qu'Affhres aurait peut-être une chance de buter cet humain. Ou… peut-être pas.

Mais des projets de voyage étaient vraiment dans l'air.

Chapitre 9

Hôpital St. Francis,
Caldwell, État de New York

Les centres médicaux ressemblaient à des puzzles. Sauf que leurs pièces ne s'emboîtaient pas aussi bien. Mais ce n'était pas une mauvaise chose par une nuit pareille, se dit Manny tout en se nettoyant méticuleusement les mains.

Quelque part, il était stupéfait que tout se soit déroulé aussi facilement. Les voyous qui les avaient conduits lui et sa patiente ici s'étaient garés dans l'un des coins sombres autour de St. Francis, puis Manny avait appelé le chef de la sécurité, lui indiquant qu'il avait une patiente VIP qui arrivait par-derrière et exigeait une discrétion totale. L'appel suivant avait été pour son équipe d'infirmiers et le message avait été le même : une patiente particulière arrivait. Qu'on prépare le bloc opératoire tout au bout du deuxième étage et que les techniciens IRM se tiennent prêts pour un examen rapide. Le dernier coup de fil avait été pour les brancardiers et, ça alors, ils s'étaient pointés à toute allure avec un brancard.

Quinze minutes après avoir fini l'IRM, on préparait la patiente ici, dans la salle d'opération VII.

— Alors, qui est-ce ?

La question venait de l'infirmière en chef, et il s'y attendait.

— Une cavalière olympique. Venue d'Europe.

— Bon, ceci explique cela. Elle a marmonné quelque chose et aucun d'entre nous n'a réussi à comprendre sa langue. (La femme passa en revue des papiers qu'il allait s'assurer de faire disparaître quand tout cela serait terminé.) Pourquoi tous ces secrets ?

— Elle vient d'une famille royale.

Si ce n'était pas là la vérité. Pendant qu'il faisait le trajet avec elle, il avait passé tout son temps à contempler ses traits majestueux.

C'était triste et pathétique. Il était un crétin triste et pathétique.

Son infirmière en chef jeta un coup d'œil dans le couloir d'un air méfiant.

— Ça explique le dispositif de sécurité : mon Dieu, on croirait que nous sommes des braqueurs de banque.

Manny se pencha en arrière pour regarder à son tour tandis qu'il se frottait les ongles avec une brosse rigide. Les trois balaises qui l'avaient accompagné se tenaient dans le couloir à quelques mètres de là. Ils étaient vêtus tout en noir et laissaient voir pas mal de renflements sous leurs vestes.

Des flingues, sans nul doute. Ou bien des couteaux. Peut-être un lance-flammes ou deux, pour ce qu'il en savait.

C'était du genre à vous guérir de l'idée que les fonctionnaires du gouvernement n'étaient qu'un ramassis de gratte-papier.

— Où sont les formulaires de consentement ? demanda l'infirmière. Il n'y a rien dans l'ordinateur.

— Je les ai, mentit-il. Tu as mes IRM ?

— Oui, sur l'écran… mais le technicien dit qu'il y a des erreurs. Il voudrait vraiment les recommencer.

— Laisse-moi d'abord y jeter un coup d'œil.

— Vous êtes certain de vouloir prendre en charge tous les frais d'hospitalisation ? Elle n'a pas d'argent ?

— Il faut qu'elle reste anonyme et on me remboursera.

Tout du moins, il supposait qu'on le rembourserait – non qu'il y attache vraiment d'importance.

Manny rinça la coloration brune de la Bétadine sur ses mains et ses avant-bras et les secoua. Gardant les bras levés, il poussa la porte battante avec l'épaule et entra dans la salle d'opération.

Deux infirmières et un anesthésiste se trouvaient déjà là, les deux premières vérifiant les plateaux d'instruments posés sur les draps chirurgicaux bleus, le dernier effectuant les ultimes réglages de la machine à gaz et des appareils qu'on utiliserait pour maintenir la patiente endormie. L'air était frais pour limiter le risque d'hémorragie et sentait le désinfectant, et les installations électroniques bourdonnaient doucement avec les plafonniers et les néons éclairant la table.

Manny se dirigea vers les écrans de contrôle et, à l'instant où il vit les IRM, son cœur manqua un battement. Procédant avec lenteur, il passa scrupuleusement les images numériques en revue jusqu'à ce qu'il n'y tienne plus.

Regardant à travers la vitre des portes battantes, il réévalua les trois hommes aux visages durs et aux regards froids qui se trouvaient juste à la sortie de la salle.

Ils n'étaient pas humains.

Son regard glissa vers sa patiente. *Elle non plus.*

Manny retourna étudier les IRM et se pencha plus près de l'écran, comme si cela allait résoudre les anomalies qu'il avait sous les yeux d'un coup de baguette magique.

Merde, et il avait cru que le cœur à six chambres de Monsieur le Grand Méchant Bouc était bizarre ?

Quand la double porte s'ouvrit et se referma, Manny ferma les paupières et prit une profonde inspiration. Puis il se retourna et affronta le second médecin qui venait d'entrer.

Jane avait revêtu une tenue de chirurgien et on ne distinguait que ses yeux vert foncé derrière son masque en Plexiglas. Il avait expliqué sa présence à l'équipe en disant qu'elle était le médecin personnel de la patiente, ce qui n'était pas un mensonge. Le petit truc, c'est qu'elle connaissait tout le monde ici aussi bien que lui, mais il avait passé cela sous silence. Elle aussi.

Quand elle croisa son regard et le soutint sans s'excuser, il eut envie de crier, mais il avait un foutu boulot à faire. Reprenant ses esprits, il repoussa toutes les choses qui ne lui étaient pas d'une aide immédiate et passa en revue les dommages vertébraux pour préparer son approche.

Il voyait la zone où elles s'étaient ressoudées après la fracture : sa colonne vertébrale formait un ravissant motif de nœuds osseux parfaitement disposés, entrecoupés de disques sombres… à l'exception des T6 et T7. Ce qui expliquait la paralysie.

Il n'arrivait pas à voir si la moelle épinière était compressée ou entièrement sectionnée, et il ne connaîtrait l'ampleur exacte des dégâts qu'une fois qu'il aurait ouvert. Mais cela ne se présentait pas bien. Les compressions de la moelle étaient mortelles pour ce délicat tunnel de nerfs, et des dégâts irréparables pouvaient être infligés en à peine quelques minutes ou au mieux quelques heures.

Pourquoi alors s'être précipités pour aller le chercher ? se demanda-t-il.

Il regarda Jane.

— Depuis combien de semaines est-elle blessée ?

— Depuis… quatre heures, répondit-elle si doucement que personne d'autre ne put entendre.

Manny eut un mouvement de recul.

— Quoi ?

— Quatre heures.

— Alors il y avait une blessure antérieure ?

— Non.

— Il faut que je te parle. En privé.

Alors qu'il l'entraînait dans un coin de la salle, il dit à l'anesthésiste :

— Une seconde, Max.

— Pas de problème, docteur Manello.

Acculant Jane, Manny souffla :

— Qu'est-ce que c'est que ce bordel ?

— L'IRM est explicite.

— Elle n'est pas humaine. N'est-ce pas ?

Elle se contenta de le regarder fixement, les yeux rivés aux siens, sans ciller.

— Dans quoi diable t'es-tu fourrée, Jane ? demanda-t-il à voix basse. Qu'est-ce que tu es en train de me faire ?

— Écoute-moi attentivement, Manny, et crois chaque mot que je prononcerai. Tu vas lui sauver la vie et, par extension, la mienne. C'est la sœur de mon mari et s'il… (sa voix se brisa) s'il la perd avant d'avoir eu une chance de seulement la connaître, cela le tuera. Je t'en prie, cesse de poser des questions auxquelles je ne peux pas répondre et fais ce que tu fais de mieux. Je sais que c'est injuste et je ferais n'importe quoi pour changer cela… hormis la perdre.

Tout à coup, il repensa à ces migraines atroces dont il avait souffert au cours de l'année écoulée : elles s'étaient déclenchées chaque fois qu'il avait songé aux jours précédant l'accident de voiture de Jane. Cette satanée douleur lancinante était revenue à l'instant précis où il l'avait aperçue… simplement pour disparaître et révéler les couches de souvenirs qu'il avait senties, mais avait été incapable de retrouver.

— Tu vas faire en sorte que je ne me rappelle rien, dit-il. Et eux non plus. Pas vrai ?

Il secoua la tête, bien conscient que cette affaire dépassait largement toutes les histoires d'agents spéciaux et d'espions du gouvernement américain. Une autre espèce ? Cohabitant avec les humains ?

Mais elle n'allait pas cracher le morceau sur ce point, pas vrai ?

— Tu fais chier, Jane. Sérieusement.

Comme il se détournait, elle le saisit par le bras.

— Je te suis redevable. Tu fais cela pour moi, je t'en suis redevable.

— Très bien. Alors ne reviens plus jamais me chercher.

Il l'abandonna dans le coin et se dirigea vers sa patiente, qu'on avait positionnée à plat ventre.

Se penchant à côté d'elle, il dit :

— C'est…

Bizarrement, il aurait préféré employer son prénom avec elle, mais compte tenu de la présence du personnel, il demeura professionnel.

— C'est le docteur Manello. Nous allons commencer, à présent, d'accord ? Vous ne sentirez rien, je vous le promets.

Au bout d'un moment, elle répondit d'une voix faible :

— Merci, guérisseur.

Il ferma les yeux au son de sa voix. Dieu, l'effet que seuls deux mots de sa bouche avaient sur lui était épique. Mais pour quoi exactement ressentait-il de l'attirance ? Qu'était-elle ?

L'image des canines de son frère lui traversa l'esprit ; il dut la mettre de côté. Il serait temps de se jouer un film d'horreur plus tard.

Poussant un juron à voix basse, il caressa l'épaule de Souffhrance et fit un signe de tête à l'anesthésiste.

Que le spectacle commence.

Les infirmières avaient enduit son dos de Bétadine, et il palpa sa colonne vertébrale, trouvant son chemin de ses doigts, tandis que les médicaments agissaient et l'endormaient.

— Pas d'allergie ? demanda-t-il à Jane, même s'il avait déjà posé la question.

— Aucune.

— Pas de problème particulier dont nous devrions être mis au courant pendant qu'elle est sous anesthésie ?

— Non.

— Très bien, dans ce cas…

Il tendit la main et rapprocha le microscope, sans le mettre directement au-dessus d'elle.

Il devait d'abord inciser.

— Désirez-vous de la musique ? demanda l'infirmière.

— Non. Aucune distraction sur ce cas.

Il opéra comme si sa vie en dépendait, et pas seulement parce que le frère de cette femme l'avait menacé.

Même si cela n'avait aucun sens, la perdre… quelle que soit sa nature… serait une tragédie sans nom.

Chapitre 10

La première chose que Souffhrance aperçut quand elle se réveilla fut deux mains masculines. Elle était à l'évidence assise et une sorte de mécanisme lui maintenait fixes la tête et le cou. Et les mains en question se trouvaient au bord du lit, à côté d'elle. Belles et déliées, avec des ongles coupés court, elles feuilletaient calmement les nombreuses pages d'un dossier.

L'humain auquel elles appartenaient fronçait les sourcils pendant sa lecture et se servait d'un outil d'écriture pour prendre des notes à l'occasion. Sa barbe était plus visible que la dernière fois qu'elle l'avait vu, et ce fut ainsi qu'elle comprit que plusieurs heures s'étaient écoulées.

Son guérisseur avait l'air aussi épuisé qu'elle.

À mesure qu'elle émergeait de l'inconscience, elle remarqua un léger « bip » à proximité de sa tête… et ressentit une douleur sourde dans son dos. Elle avait l'impression qu'on lui avait donné des drogues pour endormir ses sensations, mais elle aurait préféré que ce ne soit pas le cas. Mieux valait être en pleine possession de ses esprits ; en l'occurrence, elle avait l'impression d'être enveloppée dans de la ouate, et c'était bizarrement terrifiant.

Incapable de parler pour le moment, elle regarda autour d'elle. Elle était seule avec l'humain et ils n'étaient plus dans la salle d'opération. Dehors, de nombreuses voix avec cet étrange accent humain rivalisaient avec un flot constant de bruits de pas pour dominer l'environnement sonore.

Où était Jane ? La Confrérie…

— Aidez… moi…

Le guérisseur releva brusquement la tête, puis se débarrassa de ses papiers en les jetant sur une table à roulettes. Bondissant sur ses pieds, il se pencha vers elle et son odeur lui chatouilla délicieusement les narines.

— Bonjour, dit-il.

— Je ne sens… rien…

Il lui prit la main et, comme elle ne sentit ni sa chaleur ni son contact, elle fut carrément à bout de nerfs. Mais il était là pour elle :

— Chut… Non, non, vous allez bien. Ce n'est que l'effet des médicaments contre la douleur. Vous allez bien et je suis là. Chut…

Sa voix la calma aussi sûrement qu'une main caressante.

— Dites-moi, demanda-t-elle d'une voix flûtée. Que… qu'est-il apparu ?

— Les choses se sont déroulées de manière satisfaisante pendant l'opération, dit-il doucement. J'ai remis les vertèbres en place et la moelle épinière n'était pas complètement sectionnée.

Souffhrance souleva les épaules et tenta de repositionner sa tête lourde et douloureuse, mais le mécanisme autour d'elle l'en empêcha et elle dut rester comme elle était.

— Votre ton… est plus parlant que vos mots.

Elle n'obtint pas de réponse immédiate. Il se contenta de la caresser pour l'apaiser, de ses mains qu'elle ne sentait pas. Son regard dialoguait néanmoins avec le sien, et les nouvelles n'étaient pas bonnes.

— Dites-moi la vérité ! s'exclama-t-elle. Je mérite au moins cela.

— L'opération a réussi, mais j'ignore encore si vous finirez par récupérer l'usage de vos jambes. Seul le temps nous l'apprendra.

Elle ferma les yeux un moment, mais l'obscurité la terrifia. Rouvrant les paupières, elle s'accrocha à la vision de son guérisseur… èt détesta l'air de reproche dirigé contre lui-même qu'affichait désormais son beau visage sombre.

— Ce n'est pas votre faute, dit-elle d'une voix rauque. C'est ce qui devait arriver.

De cela, au moins, elle était sûre. Il avait tenté de la sauver et avait fait de son mieux ; la frustration qu'il ressentait était si évidente.

— Quel est votre nom ? demanda-t-il. Je ne connais pas votre nom.

— Souffhrance. Je m'appelle Souffhrance.

Comme il fronçait de nouveau les sourcils, elle fut pratiquement certaine que son prénom ne lui plaisait pas, et elle se surprit à souhaiter qu'on l'ait baptisée autrement. Mais son mécontentement avait une autre raison. Il avait vu son corps de l'intérieur et devait savoir qu'elle était différente de lui.

Il devait savoir qu'elle était « autre ».

— Ce que vous supposez n'est pas faux, murmura-t-elle. (Le guérisseur prit une profonde inspiration et parut la retenir un temps infini.) Qu'avez-vous à l'esprit ? Parlez-moi.

Il sourit légèrement et, oh, que ce fut beau à voir. Si beau. Mais cela n'était pas dû à la bonne humeur, et c'était une honte.

— En ce moment précis… (Il se passa une main dans les cheveux.) Je me demande si je dois laisser les choses suivre leur cours et jouer les idiots comme si j'ignorais ce qui se passe. Ou revenir dans le monde réel.

— Choisissez la réalité, dit-elle. Je n'ai pas le luxe ne serait-ce que d'un instant de fausseté.

— Très bien. (Il la regarda droit dans les yeux.) Je pense que vous…

La porte de la chambre s'entrouvrit et une silhouette entièrement recouverte de bleu passa la tête. À en juger par l'odeur délicate et plaisante, il s'agissait de Jane, dissimulée sous un uniforme et un masque de chirurgien.

— Il est presque l'heure, dit-elle.

Le visage du guérisseur de Souffhrance devint véritablement volcanique.

— Je ne suis pas d'accord avec cela.

Jane entra et referma la porte derrière elle.

— Souffhrance, tu es réveillée.

— En effet. (Elle tenta de sourire et espéra que ses lèvres remuaient.) Je le suis.

Le guérisseur s'interposa entre elles, comme s'il cherchait à la protéger.

— Tu ne peux pas la déplacer. C'est trop tôt d'une bonne semaine.

Souffhrance jeta un regard aux rideaux qui pendaient du plafond jusqu'au sol. Elle était pratiquement sûre qu'il y avait des fenêtres en verre de l'autre côté des pâles écrans de tissu, et parfaitement certaine que, si c'était le cas, les rayons du soleil les traverseraient quand l'aube viendrait.

Son cœur battait désormais la chamade et elle le sentit derrière ses côtes.

— Je dois m'en aller d'ici. Combien de temps reste-t-il ?

Jane consulta la montre à son poignet.

— Environ une heure. Et Kolher est déjà en route pour ici. Cela t'aidera.

Peut-être était-ce là la raison de sa faiblesse. Elle avait besoin de se nourrir.

Alors que son guérisseur paraissait sur le point de parler, elle l'en empêcha en s'adressant à la *shellane* de son jumeau.

— Je vais gérer la situation. Laisse-nous, s'il te plaît.

Jane hocha la tête et ressortit. Mais elle resta sans nul doute à proximité.

L'humain de Souffhrance se frotta les yeux comme s'il espérait que cela changerait ses perceptions… ou peut-être cette réalité dans laquelle ils étaient coincés.

—Quel nom aimeriez-vous me voir porter ? demanda-t-elle calmement.

Il laissa ses mains retomber le long de son corps et l'examina un moment.

—Au diable ces histoires de nom. Pouvez-vous simplement être honnête avec moi ?

À dire vrai, elle doutait de pouvoir lui faire cette promesse. Même si la technique d'enfouissement des souvenirs était relativement facile, elle n'était pas très familière des répercussions que cela entraînait et elle craignait que, plus il en sache, plus il ait de choses à oublier et plus le risque de lui infliger des dommages soit élevé.

—Que souhaitez-vous savoir ?

—Qu'êtes-vous ?

Elle reporta son regard sur les rideaux fermés. Même si elle avait longtemps été tenue à l'écart de ce monde, elle était au courant des mythes que l'espèce humaine avait élaborés au sujet de sa propre espèce. Des morts-vivants. Tuant les innocents. Sans âme ni morale.

Il n'y avait pas de quoi exulter. Ni de quoi gâcher leurs derniers instants si précieux.

—Je ne peux pas être exposée à la lumière du soleil. (Elle tourna les yeux vers lui.) Je guéris beaucoup, beaucoup plus vite que vous. Et je dois me nourrir avant qu'on me déplace, après quoi je serai suffisamment stable pour voyager.

Alors qu'il baissait la tête pour regarder ses mains, elle se demanda s'il aurait préféré ne pas l'avoir opérée.

Et le silence qui s'étirait entre eux devint aussi traître qu'un champ de bataille et tout aussi dangereux à traverser. Pourtant elle s'entendit ajouter :

—Il existe un nom pour ce que je suis.

—Oui. Et je n'ai pas envie de le prononcer à voix haute.

Une curieuse douleur prit naissance dans sa poitrine et, au prix d'un suprême effort, elle réussit à soulever l'avant-bras pour que sa main étreigne son thorax. Qu'il était étrange que son corps tout entier soit engourdi mais qu'elle ressente…

Brusquement, sa vue se brouilla.

Immédiatement, l'expression du guérisseur se radoucit et il tendit la main pour caresser sa joue.

— Pourquoi pleurez-vous ?

— Je pleure ?

Il opina du chef et lui montra son index afin qu'elle voie par elle-même. Sur le doigt, une unique goutte cristalline luisait.

— Avez-vous mal ?

— Oui. (Battant des paupières, elle tenta, sans y parvenir, de le voir plus nettement.) Ces larmes sont plutôt agaçantes.

Le son de son rire et la vue de ses dents blanches et alignées la soulevèrent, alors même qu'elle était soudée au lit.

— Vous n'êtes pas du genre à pleurer, vous, hein ? murmura-t-il.

— Jamais.

Il se pencha sur le côté et approcha un mouchoir carré qu'il utilisa pour tamponner ce qui coulait sur son visage.

— Pourquoi ces larmes ?

Il lui fallut un moment pour le dire. Puis elle dut le faire :

— Vampire.

Il s'adossa de nouveau à la chaise située à côté d'elle et prit un soin particulier à plier le carré de papier, puis à le jeter dans une petite poubelle.

— Je suppose que c'est pour cela que Jane a disparu il y a un an ? dit-il.

— Vous ne semblez pas choqué.

— Je savais que c'était quelque chose d'extraordinaire. (Il haussa les épaules.) J'ai vu vos IRM. Je suis allé en vous.

Étrangement, cette tournure de phrase la réchauffa.

— Oui, en effet.

— Mais vous êtes assez semblables aux humains. Votre colonne n'était pas différente au point que j'ignore quoi faire. Nous avons eu de la chance.

En vérité, elle ne partageait pas son opinion : après des années passées sans se soucier des mâles, elle se sentait poussée par une attirance mystique vers celui-ci et c'était le genre de chose qu'elle aurait aimé approfondir, s'ils ne s'étaient pas trouvés là.

Mais, ainsi qu'elle l'avait appris il y avait très longtemps, le destin se souciait rarement de ce qu'elle voulait.

— Bon, déclara-t-il, vous allez vous occuper de moi, non ? Vous allez faire disparaître tous mes souvenirs liés à votre existence. (Il eut un geste vague.) Je ne me rappellerai rien du tout. Exactement comme quand votre frère est passé ici il y a un an.

— Vous ferez peut-être des rêves. Rien de plus.

— Est-ce ainsi que les vôtres sont restés cachés ?

— Oui.

Il hocha la tête et regarda autour de lui.

— Vous allez le faire tout de suite ?

Elle aurait voulu passer davantage de temps avec lui, mais il n'y avait aucune raison qu'il la voie se nourrir sur Kolher.

— Bien assez tôt.

Il jeta un coup d'œil à la porte puis la regarda droit dans les yeux.

— M'accorderez-vous une faveur ?

— Mais bien entendu. Ce sera un plaisir de vous rendre service.

Il haussa un sourcil et elle aurait juré que son corps venait de libérer une nouvelle bouffée de sa délicieuse odeur. Mais il devint parfaitement sérieux.

— Dites à Jane… que je comprends. Je comprends ce qu'elle a fait.

— Elle est amoureuse de mon frère.

— Oui, je l'ai vu. Là… où nous étions. Dites-lui que c'est bon. Entre elle et moi. Après tout, on n'y peut rien si on tombe amoureux.

Oui, songea Souffhrance. Oui, c'était tellement vrai.

— Avez-vous déjà été amoureuse ? demanda-t-il.

Vu que les humains ne lisaient pas dans les pensées, elle comprit qu'elle avait parlé à voix haute.

— Euh… non. Je… non. Pas du tout.

Même si ce court moment passé avec son guérisseur se révélait des plus instructifs. Tout en lui la fascinait, la façon dont il se déplaçait, celle dont il remplissait sa blouse blanche et ses vêtements bleus, son odeur et sa voix.

— Êtes-vous uni à quelqu'un ? demanda-t-elle, redoutant sa réponse.

Il éclata d'un rire dur.

— Seigneur, non.

Elle laissa échapper un soupir de soulagement, même s'il était bizarre de se dire que son statut de célibataire lui importait autant. Puis le silence retomba entre eux.

Oh, ce temps qui s'écoulait. Que c'était déplorable. Et que devait-elle lui dire pendant ces ultimes minutes qui leur restaient ?

— Merci. De vous être occupé de moi.

— Je vous en prie. J'espère que vous vous rétablirez bien. (Il la dévisagea comme s'il tentait de la graver pour toujours dans sa mémoire, et elle voulut lui dire de cesser d'essayer.) Je serai toujours là pour vous, d'accord ? Si vous avez besoin de mon aide… venez me chercher. (Le guérisseur sortit une petite carte rigide et inscrivit quelque chose dessus.) C'est mon numéro de portable. Appelez-moi.

Il tendit le bras et la glissa dans la main affaiblie qu'elle avait posée sur son cœur. Comme elle serrait la carte entre ses doigts, elle songea à toutes les répercussions de cette offre. Ainsi qu'aux implications.

Et aux complications.

Avec un grognement, elle tenta de se retourner.

Le guérisseur se leva instantanément.

—Vous voulez changer de position ?

—Mes cheveux.

—Ils vous tirent ?

—Non... S'il vous plaît, dénouez ma tresse.

Manny se figea et se contenta de dévisager sa patiente. Bizarrement, l'idée de dénouer cette épaisse natte lui paraissait sacrément proche de la déshabiller et, ça alors, sa libido approuvait totalement.

Seigneur... Il avait une érection, putain. Juste sous sa tenue chirurgicale.

Voilà, se dit-il, c'était l'imprévisible loi de l'attraction qui fonctionnait, en ce moment même : Candace Hanson lui avait proposé de le sucer et il avait été à peu près aussi intéressé qu'à l'idée de porter une robe. Mais cette... femelle ? Cette femme ?... lui demandait de dévoiler ses cheveux et il était haletant.

Un vampire.

Dans sa tête, il entendit le mot tel qu'elle l'avait prononcé, avec le même accent... et ce qui le choquait le plus était son absence de réaction à cette nouvelle. Oui, s'il considérait les implications, sa carte mère commençait à faire des étincelles et à crépiter : les crocs n'étaient donc plus réservés à Halloween et aux films d'horreur ?

Et pourtant le truc flippant était que ce n'était pas flippant.

Cela, et cette attraction sexuelle qu'il ressentait.

—Mes cheveux ? demanda-t-elle.

—Oui... chuchota-t-il. Je vais m'en occuper.

Ses mains ne frémirent absolument pas. Non. Pas du tout.

Elles tremblaient atrocement.

L'extrémité de la tresse était nouée par une bande du tissu le plus doux qu'il ait jamais touché. Ce n'était pas du coton, ni de la soie… C'était quelque chose qu'il n'avait jamais vu, et ses habiles doigts de chirurgien lui parurent mous et trop rêches en comparaison, tandis qu'il s'affairait sur le nœud tortueux. Puis ses cheveux… Bon Dieu, ses cheveux noirs et ondulés firent ressembler ce tissu à des orties.

Centimètre par centimètre, il sépara les trois torons de cheveux entrelacés, dont les mèches luisantes ainsi libérées s'accrochaient à ses doigts. Et parce qu'il était un salaud, il imagina cette chevelure tombant sur sa poitrine… ses abdos… son pénis…

— Cela suffit, dit-elle.

Oh que oui. Renvoyant son côté chaud lapin en territoire « conversation polie », il força ses mains à s'arrêter. Même si la tresse n'était qu'à moitié défaite, la révélation était stupéfiante. Si elle était déjà belle avec les cheveux attachés, elle était carrément resplendissante avec ces mèches ondulant autour de sa taille.

— Refaites ma tresse en cachant cela à l'intérieur, s'il vous plaît, dit-elle en lui tendant sa carte d'une main molle. Ainsi personne ne la trouvera.

Il cligna des yeux et se dit : *Eh ben merde.* À aucun prix Monsieur le Grand Méchant Bouc n'accepterait que sa sœur tende la main et touche son chirurgien…

Pas « toucher », se corrigea-t-il.

Enfin, peut-être toucher un peu. Il pouvait peut-être seulement la caresser. Euh… la toucher.

Il est temps de la fermer, Manello, même si tu ne parles pas à voix haute.

— Vous êtes intelligente, dit-il. Très rusée.

Cela la fit sourire. Bordel de merde : ses incisives étaient pointues, blanches, longues… et conçues par l'évolution pour perforer les gorges.

Un orgasme démangea l'extrémité de son érection…

Et à ce moment-là, elle fronça les sourcils.

Oh merde.

— Euh… Pouvez-vous lire dans les pensées des gens ?

— Quand je suis plus en forme, oui. Mais votre odeur vient juste de s'intensifier.

Donc elle le faisait transpirer et en avait conscience. Sauf que… il avait l'impression qu'elle n'avait pas la moindre idée du pourquoi de la chose : elle était parfaitement candide quand elle avait levé les yeux vers lui, ce qu'il trouvait tout aussi excitant que le reste de sa personne.

Mais bon, il était fort possible qu'elle ne pense pas à lui d'un point de vue sexuel parce qu'il était humain. Et, au fait, elle venait à peine de sortir d'opération, par conséquent ce n'était pas vraiment la fiesta.

Manny fit taire son double intérieur et plia sa carte de visite en deux. La bonne nouvelle, avec cette épaisse chevelure, fut qu'il ne fallut qu'un instant pour camoufler ses coordonnées dans la tresse. Quand il eut fini, il enroula de nouveau le tissu et fit un nœud ; puis il reposa avec soin la longue natte à côté d'elle sur le lit.

— J'espère que vous vous en servirez, dit-il. Vraiment.

Le sourire qu'elle lui fit était si triste qu'il comprit que ses chances étaient très faibles, mais bon. Établir le contact entre les deux espèces n'était clairement pas inscrit sur leur liste de priorités, sinon le terme « banque du sang » aurait une signification totalement différente.

Mais au moins elle avait son numéro.

— Que croyez-vous qu'il va se passer ? demanda-t-elle en désignant ses jambes de la tête.

Il suivit son regard.

— Je l'ignore. Les règles sont visiblement différentes pour vous… donc tout est possible.

— Regardez-moi, dit-elle. Je vous en prie.

Il sourit brièvement.

— Je n'aurais jamais cru dire cela… mais je n'en ai pas envie. (Il rassembla son courage car il se sentait incapable de relever la tête pour l'instant.) Promettez-moi juste une chose.

— Que puis-je faire pour vous ?

— Appelez-moi si vous en avez la possibilité.

— Je le ferai.

Elle ne le pensait pas vraiment. Il ne savait pas exactement pourquoi, mais il en était persuadé. Pourquoi avait-elle gardé la carte, alors ? Il n'en avait pas la moindre idée.

Il jeta un coup d'œil à la porte et pensa à Jane. Merde, il devrait s'excuser en personne pour s'être comporté comme un connard à propos de toute cette histoire.

— Avant que vous n'effaciez mes souvenirs, je dois aller…

— J'aimerais laisser quelque chose de moi. Pour vous.

Manny tourna la tête et soutint son regard.

— Tout. Je veux tout ce que vous pourrez me donner.

Ses mots ne furent qu'un grondement rauque et il eut tout à fait conscience de leur connotation sexuelle… et à quel point cela faisait de lui un porc.

— Excepté quelque chose de matériel… (Elle secoua la tête.) Cela vous serait nuisible.

Il observa son beau visage plein de force… et s'attarda sur ses lèvres.

— J'ai une idée.

— Que souhaiteriez-vous ?

L'innocence de son regard le fit hésiter. Et enflamma sa libido comme un bûcher.

Non qu'il ait besoin d'aide pour cela.

— Quel âge avez-vous ? demanda-t-il brusquement.

C'était peut-être un obsédé sexuel, mais il ne faisait rien avec les mineures. Elle était certainement formée comme une adulte, mais qui connaissait leur degré de maturité…

— J'ai trois cent cinq ans.

Il cligna des yeux. Encore. Et encore une fois pour faire bonne mesure. Pour sûr, elle devait être majeure, se dit-il.

— Alors vous êtes en âge de vous marier ?

— Oui. Mais je n'ai pas de mâle.

Ainsi Dieu existait.

— Je sais ce que je veux, dans ce cas.

Elle, nue. Sur lui. Mais il choisit beaucoup moins.

— Quoi donc ?

— Un baiser. (Il leva les mains pour prévenir ses protestations.) Pas besoin que ce soit torride. Juste… un baiser.

Comme elle ne répondait pas, il eut envie de se donner un coup de pied au cul. Et songea sérieusement à se dénoncer auprès de son frère pour recevoir la raclée qu'il méritait.

— Montrez-moi comment, murmura-t-elle.

— Est-ce que les vôtres… ne s'embrassent pas ?

Dieu seul savait ce qu'ils faisaient. Mais si une partie de la légende était vraie, le sexe entrait dans la catégorie « grandiose ».

— Ils s'embrassent. C'est juste que je n'ai jamais… Êtes-vous malade ? (Elle tendit la main.) Guérisseur ?

Il ouvrit les yeux… qui s'étaient visiblement fermés d'un coup.

— Laissez-moi vous poser une question. Avez-vous déjà couché avec un homme ?

— Jamais avec un humain. Et… pas non plus avec un mâle.

Le pénis de Manny explosa presque. Ce qui était dingue. Cela ne l'avait jamais préoccupé auparavant qu'une femme ait déjà couché avec quelqu'un… ou pas. En fait, les filles qu'il visait d'habitude avaient perdu leur virginité très tôt, sans le moindre regret.

Souffhrance leva ses yeux clairs vers lui.

— Votre odeur est encore plus forte.

Probablement parce qu'il avait transpiré en essayant de ne pas jouir.

— Cela me plaît, ajouta-t-elle d'une voix plus grave.

Il y eut un moment électrique entre eux, un moment dont il refusa de croire qu'il serait effacé par un quelconque tour de magie où l'esprit supplanterait la matière grise. Puis elle entrouvrit les lèvres et sa langue rose sortit pour humecter sa bouche… comme si elle imaginait quelque chose qui lui donnait soif.

— Je crois que j'ai envie de vous goûter, dit-elle.

Très bien. Au diable le baiser. Si elle voulait le manger tout cru, il était partant. Et cela, ce fut avant qu'il aperçoive les extrémités de ses incisives blanches s'allonger encore un peu plus.

Manny se sentit haleter, mais il n'entendait rien car le sang rugissait à ses oreilles. Bon sang, il était sur le point de perdre contrôle, et pas au sens métaphorique du terme. Il était littéralement à un battement de cœur de lui arracher ses couvertures et de la monter. Alors même qu'elle était immobilisée. Et n'avait jamais couché avec quiconque. Et n'était pas de son espèce.

Il lui fallut rassembler toute son énergie pour se lever et reculer.

Manny s'éclaircit la voix. À deux reprises.

— Je crois que je vais remettre ça.

— Remettre ?

— À plus tard.

Instantanément, le visage de Souffhrance changea : ses contours adorables se crispèrent pour dissimuler la déception qui s'était répandue sur ses traits.

— Mais… bien entendu. Oui.

Il détestait l'idée de lui faire du mal, mais il était hors de question de lui expliquer à quel point il la désirait sans tomber dans la pornographie. Et c'était une vierge, nom de Dieu. Qui méritait bien mieux que lui.

Il contempla son visage une dernière fois et ordonna à son esprit de s'en souvenir. Bizarrement, il avait besoin de ne pas la perdre.

— Faites ce que vous avez à faire. Tout de suite.

Elle parcourut son corps du regard et s'attarda au niveau de ses hanches. Quand il comprit qu'elle regardait son sexe qui se tenait au garde-à-vous et même plus, il dissimula discrètement ce qui se passait sous sa tenue avec ses mains.

Sa voix s'enroua.

— Vous me tuez. On ne peut pas se fier à moi en votre présence, pour l'instant. Donc il faut que vous le fassiez. Je vous en prie. Mon Dieu, faites…

Chapitre 11

Ravasz. Sbarduno. Grilletto. Trekker.

Le mot « gâchette » résonnait dans le crâne de V. dans toutes les langues qu'il connaissait, son cerveau épiçant son vocabulaire juste pour se marrer – parce que soit c'était cela, soit celui-ci allait se cannibaliser.

Pendant qu'il jouait avec son Google Traduction personnel, ses pieds lui faisaient arpenter son appartement terrasse du Commodore à n'en plus finir, ses allers et retours incessants transformant les lieux en l'équivalent d'une roue de hamster à plusieurs millions de dollars.

Murs noirs. Plafond noir. Sol noir. Panorama nocturne de Caldwell qui n'était jamais la raison de sa venue ici.

Traverser la cuisine, traverser le salon, traverser la chambre, puis recommencer dans l'autre sens.

Encore. Et encore.

À la lueur des bougies noires.

Il avait acheté l'appartement environ cinq années plus tôt, quand le bâtiment était encore en construction. Dès que la structure était sortie de terre près de la rivière, il avait résolu de posséder une moitié du sommet du gratte-ciel. Mais pas pour s'en servir de résidence : il avait toujours disposé d'un lieu loin de l'endroit où il dormait. Avant même que Kolher ait réuni la Confrérie dans l'ancienne demeure d'Audaszs, V. avait l'habitude de séparer l'endroit où il pionçait et stockait ses armes de ses… autres activités.

Cette nuit, étant donné l'état d'esprit dans lequel il se trouvait, le fait qu'il soit venu ici était à la fois logique et absurde.

Au cours des décennies et des siècles passés, il s'était fabriqué non seulement une réputation au sein de l'espèce, mais également un vivier de mâles et de femelles qui avaient besoin de ce qu'il avait à donner. Et dès qu'il avait pris possession de cet appart, il les avait amenés ici, dans ce trou noir, pour un genre de relations sexuelles très particulier.

Ici, il répandait leur sang.

Et il les faisait hurler et crier.

Et il les baisait ou les faisait baiser.

V. s'arrêta à côté de sa table de travail, dont le vieux bois était abîmé et marqué non seulement par les outils de son commerce, mais aussi par le sang, le sperme et la cire. Seigneur, parfois le seul moyen de savoir jusqu'où l'on était allé était de revenir là où l'on avait commencé.

Tendant sa main gantée, il saisit les épais liens de cuir qu'il utilisait pour maintenir ses soumis à l'endroit désiré.

Avait utilisés, se corrigea-t-il. Au passé. À présent qu'il avait Jane, il ne faisait plus ces choses-là ; il n'avait plus cette pulsion.

Jetant un coup d'œil au mur, il examina sa collection de jouets : des fouets, des chaînes et du fil barbelé. Des pinces, des bâillons-boules et des lames de rasoir. Des disciplines. Encore des chaînes.

Les jeux auxquels il jouait – avait joué – n'étaient ni pour les timorés, ni pour les débutants, ni pour les simples curieux. Pour les soumis les plus endurcis, il existait une limite tellement mince entre la jouissance sexuelle et la mort : les deux vous faisaient décoller, mais la seconde était votre dernier coup. Littéralement. Et il était le maître ultime, capable d'emmener les autres jusqu'où ils avaient besoin d'aller… voire un cheveu plus loin.

Ils venaient tous pour lui.

Étaient venus pour lui…

À lui, se corrigea-t-il.

Merde.

Et c'était pour cela que sa relation avec Jane avait constitué une révélation. Avec elle dans sa vie, il n'avait plus éprouvé le besoin brûlant de poursuivre ces pratiques. Ni pour cet anonymat relatif, ni pour le contrôle qu'il exerçait sur ses soumis, ni pour la douleur qu'il aimait s'infliger, ni pour ce sentiment de pouvoir ou pour les orgasmes palpitants que cela lui procurait.

Après tout ce temps, il s'était cru transformé.

Erreur.

Cet interrupteur interne était toujours en lui et avait été basculé sur « marche ».

Il fallait dire que l'envie de commettre un matricide était terriblement stressante, quand on ne pouvait pas la mettre à exécution.

V. se pencha et caressa une discipline en cuir aux extrémités de laquelle étaient attachées des boules en acier inoxydable. Tandis qu'il passait les doigts de sa main sans gant entre les lanières, il fut pris d'une envie de vomir… parce que, dans l'état où il se trouvait à présent, il aurait donné n'importe quoi pour une fraction de ce qu'il avait eu autrefois…

Non, attendez. Regardant fixement sa table, il révisa cette pensée. Il voulait *être* ce qu'il avait eu autrefois. Avant Jane, il avait eu des relations sexuelles en tant que dominateur, parce que c'était la seule façon qu'il avait de se sentir assez en sécurité pour achever l'acte… et une partie de lui se demandait toujours, surtout quand il tapait du poing sur la table, au sens propre, pourquoi ses soumis avaient désiré ce qu'il leur avait donné.

Il en avait désormais une idée relativement claire : ce qui bouillait dans son corps était si toxique et violent qu'il avait besoin d'une soupape de sécurité de la même étoffe…

Il marcha jusqu'à l'une de ses bougies noires sans avoir conscience que ses rangers se déplaçaient.

Puis l'objet fut dans sa main avant même qu'il sache qu'il l'avait saisi.

Son envie le poussa à lever la flamme… puis il inclina la mèche allumée vers sa poitrine : de la cire noire brûlante s'écrasa sur sa clavicule et dégoulina sous son débardeur.

Fermant les yeux, il rejeta la tête en arrière en laissant échapper un sifflement entre ses crocs.

Il lui fallait davantage de cire sur sa peau nue. Davantage de douleur.

Quand il se mit à bander, une moitié de lui était d'accord et l'autre avait l'impression qu'il était une véritable ordure. Sa double personnalité ne posa néanmoins pas de problème à sa main gantée. Celle-ci ouvrit la braguette de son pantalon en cuir et fit jaillir son pénis.

À la lueur des flambeaux, il s'observa tandis qu'il abaissait la bougie et la tenait au-dessus de son érection… avant d'incliner la mèche vers le sol.

Une larme de cire noire glissa de la source de chaleur et chuta…

— Merde…

Quand ses paupières se détendirent assez pour qu'il puisse les rouvrir, il baissa les yeux pour regarder la cire durcie à l'extrémité de son gland ainsi que la mince traînée noire qu'elle avait laissée sur la peau en coulant.

Cette fois-ci il poussa un gémissement rauque quand il inclina de nouveau la bougie… parce qu'il savait ce qui allait arriver.

Encore des gémissements. Encore de la cire. Puis un juron sonore suivi d'un autre sifflement.

Pas besoin de se pomper. La douleur suffisait, le goutte-à-goutte rythmique sur son pénis envoyant des décharges électriques dans ses couilles, les muscles de ses cuisses et de ses fesses. De temps à autre, il passait la flamme le long de sa queue pour nettoyer la chair, son érection bondissant chaque fois qu'elle était touchée... jusqu'à ce qu'il ait eu assez de préliminaires.

Glissant sa main libre sous ses testicules, il redressa son sexe à la verticale.

La cire tomba pile sur le point sensible et la douleur aiguë fut si intense qu'il faillit presque tomber par terre, mais ce fut l'orgasme qui empêcha ses jambes de flancher, la puissance de la jouissance le faisant se raidir des pieds à la tête quand il éjacula.

Il y avait de la cire noire répandue partout.

Et du sperme plein ses mains et ses vêtements.

C'était comme au bon vieux temps... à une exception près : c'était vraiment creux. Oh, attendez. Ça aussi, c'était comme au bon vieux temps. La différence étant qu'à l'époque, il ignorait qu'il existait autre chose, ailleurs. Quelque chose comme Jane...

La sonnerie de son téléphone lui donna l'impression de s'être pris une balle dans la tête et, même si celle-ci n'était pas forte, le silence se brisa comme un miroir, les éclats lui montrant un reflet de lui-même qu'il ne voulait pas voir : heureux en union, il n'en était pas moins ici, dans sa chambre de perversion, à prendre son pied.

Il recula et balança la bougie à travers la pièce comme un joueur de base-ball, la flamme s'éteignant en vol, ce qui fut l'unique raison pour laquelle l'endroit ne fut pas ravagé par le feu.

Et ce fut avant de voir de qui provenait l'appel.

Sa Jane. Sans doute pour lui faire un compte-rendu de ce qui s'était passé à l'hôpital humain. Bordel de merde, un mâle de valeur se serait trouvé à la sortie de la salle d'opération, attendant que sa sœur reprenne connaissance, soutenant sa compagne. Au lieu de quoi il s'était fait virer parce qu'il était hors de contrôle et était venu ici prendre du bon temps avec sa cire noire et son érection.

Il appuya sur « décrocher » tout en remettant son pénis encore dur dans son pantalon.

— Oui.

Silence. Au cours duquel il dut se rappeler qu'elle ne lisait pas dans les pensées, et heureusement, putain. Seigneur, que venait-il de faire ?

— Tu vas bien ? demanda-t-elle.

Absolument pas.

— Oui. Comment va Souffhrance ?

Par pitié, faites que les nouvelles soient bonnes.

— Euh… Elle s'en est tirée. Nous sommes en chemin pour rentrer au complexe. Elle s'en est bien sortie et Kolher l'a nourrie. Ses fonctions vitales sont stables et elle semble ne pas trop souffrir, même s'il est impossible de dire quel sera le résultat à long terme.

Viszs ferma les yeux.

— Au moins elle est toujours en vie.

Puis s'ensuivit un long silence, uniquement interrompu par le léger ronronnement du véhicule dans lequel elle se déplaçait.

Finalement, Jane dit :

— Au moins nous avons franchi la première haie, et l'opération s'est déroulée aussi bien que possible… Manny a été remarquable.

V. ignora judicieusement cette remarque.

— Des problèmes avec le personnel hospitalier ?

— Aucun. Fhurie a fait usage de ses talents. Mais au cas où nous aurions raté quelqu'un ou quelque chose, ce sera probablement une bonne idée de surveiller les archives vidéo pendant un temps.

— Je m'en occuperai.

— Quand rentres-tu ?

Viszs dut serrer les dents tandis qu'il se reboutonnait. D'ici environ une demi-heure, il aurait les couilles si bleues qu'elles ressembleraient à un supporteur de Chelsea : une seule fois ne lui suffisait jamais. Il lui fallait cinq ou six orgasmes pour obtenir ce dont il avait besoin les nuits ordinaires – et rien n'était ordinaire à l'instant même.

— Es-tu à l'appartement ? demanda Jane calmement.

— Oui.

Il y eut un silence tendu.

— Seul ?

Eh bien, la bougie était un objet inanimé.

— Oui.

— C'est bon, V., murmura-t-elle. Tu as le droit de penser ainsi en ce moment.

— Comment sais-tu à quoi je pense ?

— Pourquoi penserais-tu à autre chose ?

Seigneur… C'était bien une femelle de valeur.

— Je t'aime.

— Je sais. Et pareil pour toi. (Silence.) Est-ce que tu aimerais… être là-bas avec quelqu'un d'autre ?

La douleur dans sa voix fut presque imperceptible grâce à sa parfaite maîtrise d'elle-même, mais pour lui ce fut aussi évident que si elle avait utilisé un haut-parleur.

— C'est du passé, Jane. Fais-moi confiance.

— C'est le cas. Implicitement. Tu préférerais trancher ta main valide.

Alors pourquoi as-tu posé la question ? se dit-il en fermant les yeux et en baissant la tête. Gros con. Elle le connaissait si bien.

— Mon Dieu… Je ne te mérite pas.

— Bien sûr que si. Rentre à la maison. Viens voir ta sœur…

— Tu as eu raison de me dire de partir. Je suis désolé de m'être comporté comme un crétin.

— Tu en as le droit. La situation est angoissante…

— Jane ?

— Oui ?

Il tenta de former des mots sans y arriver et le silence s'étira de nouveau entre eux. Par l'enfer, il avait beau essayer de mettre des phrases ensemble, il se rendait compte qu'il n'existait aucune combinaison magique de syllabes pour énoncer correctement ce qu'il ressentait.

Mais bon, c'était peut-être moins une question de vocabulaire qu'un problème lié à ce qu'il venait tout juste de se faire. Il avait l'impression d'avoir quelque chose à lui confesser et il n'y parvenait pas.

— Rentre à la maison, trancha Jane. Viens la voir et, si je ne suis pas à la clinique, viens me retrouver.

— Très bien. Je vais faire ça.

— Ça va aller, Viszs. Et tu dois te rappeler d'une chose.

— Quoi donc ?

— Je sais ce que j'ai épousé. Je sais qui tu es. Rien ne me choquera ; à présent raccroche ce téléphone et rentre à la maison.

Quand il lui dit « Au revoir » et appuya sur « raccrocher », il n'était pas certain qu'elle ne soit pas choquée. Il s'était surpris lui-même ce soir, et pas dans le bon sens du terme.

Il rangea le téléphone, puis se roula une cigarette et fouilla ses poches à la recherche d'un briquet, avant de se souvenir qu'il avait jeté cette saloperie de Bic au centre d'entraînement.

Il tourna la tête et avisa l'une de ces satanées bougies noires. N'ayant pas d'autre possibilité, il s'approcha et se pencha pour allumer sa clope.

Rentrer au complexe était une bonne idée. Un excellent projet, sérieux.

Dommage que cela lui donne envie de hurler jusqu'à en perdre la voix.

Quand il eut fini de fumer, il voulut éteindre les bougies et rentrer directement à la maison. Honnêtement.

Mais il n'y parvint pas.

Manny était en train de rêver. Il était forcément en train de rêver.

Il avait vaguement conscience d'être dans son bureau, étendu sur le ventre sur le canapé en cuir où il pionçait régulièrement pour rattraper son retard de sommeil. Comme toujours, une tenue chirurgicale était roulée en boule sous sa tête en guise d'oreiller et il s'était débarrassé de ses baskets.

Tout était normal, la routine.

Sauf qu'alors sa petite sieste se modifia… et brusquement il ne fut plus seul. Il était sur une femme…

Quand il se redressa de surprise, elle leva vers lui un regard de glace brûlant.

— Comment êtes-vous entrée ici ? demanda-t-il d'une voix enrouée.

— Je suis dans votre esprit. (Elle avait un accent étranger diablement sexy.) Je suis en vous.

Et ce fut alors qu'il se rendit compte que, sous son corps, elle était parfaitement nue et tiède… et que, Seigneur, même dans son état de confusion, il la désirait.

C'était la seule chose logique dans toute cette histoire.

— Apprenez-moi, dit-elle d'une voix grave en entrouvrant les lèvres et en ondulant des hanches sous lui. Prenez-moi.

Elle passa la main entre eux et trouva son érection, la caressa et le fit gémir.

— Je suis vide sans vous, dit-elle. Remplissez-moi. Tout de suite !

Avec une telle invitation, il n'y réfléchit pas à deux fois. À tâtons, il baissa son pantalon sur ses cuisses et…

— Oh, putain, grogna-t-il quand son pénis durci glissa sur le sexe humide.

Un seul mouvement et il serait profondément enfoncé, mais il se contraignit à ne pas forcer son sexe. Il allait commencer par l'embrasser et, pour être plus précis, il allait faire bien les choses parce que… elle n'avait jamais été embrassée…

Comment savait-il cela ?

On s'en foutait.

Et sa bouche ne serait pas le seul endroit où il poserait les lèvres.

S'écartant un peu, il la parcourut du regard, du cou à la clavicule… et descendit plus bas ; tout du moins, il essaya.

Ce fut la première indication que quelque chose clochait. Même s'il voyait chaque détail de son beau visage aux traits pleins de force et sa longue chevelure noire tressée, ses seins étaient flous et le demeuraient : quels que soient ses efforts pour plisser les yeux, rien n'était net. Mais peu importait, elle était parfaite à ses yeux, quelle que soit son apparence.

Parfaite pour lui.

— Embrassez-moi, souffla-t-elle.

Il eut un mouvement du bassin en entendant sa voix et, quand son érection glissa contre le sexe de la femme, le frottement le fit grogner. Mon Dieu, la sentir pressée contre lui, l'extrémité de son pénis l'ayant écartée et s'étant enfoncée, cherchant ce point très sensible…

— Guérisseur, murmura-t-elle entre ses dents tandis qu'elle cambrait les reins, sortait la langue et la passait sur sa lèvre inférieure…

Des crocs.

Ces deux pointes blanches étaient des crocs et il se figea : ce qui se trouvait sous lui et prêt pour lui n'était pas humain.

— Apprenez-moi… Prenez-moi…

Un vampire.

Il aurait dû être choqué et terrifié. Mais ce n'était pas le cas. Tout au contraire, sa nature fantastique lui donnait envie de la pénétrer avec un désespoir qui le mettait en nage. Et il y avait autre chose… Cela lui donnait envie de la marquer.

Quelle que soit la signification de ce mot.

—Embrassez-moi, guérisseur… et n'arrêtez pas.

—Je n'arrêterai pas, gémit-il. Je n'arrêterai surtout pas.

Quand il baissa la tête pour poser les lèvres sur les siennes, son pénis explosa, l'orgasme le traversant et se répandant partout sur elle…

Manny se réveilla avec un halètement assez sonore pour réveiller un mort.

Et, oh merde, il jouissait puissamment et ses hanches s'enfonçaient dans le canapé tandis que le souvenir délicieux et vague de son amante vierge lui donnait l'impression qu'elle posait les mains partout sur sa peau. Bordel de merde. Même si le rêve était clairement fini, l'orgasme continua jusqu'à ce qu'il doive serrer les dents et lever bien haut un genou, les sursauts de son pénis contractant les muscles épais de ses cuisses et de sa poitrine jusqu'à ce qu'il n'arrive plus à respirer.

Quand tout fut fini, il retomba tête la première sur les coussins et fit de son mieux pour inspirer un peu d'oxygène parce qu'il avait l'impression que le deuxième round allait bientôt arriver. Des lambeaux de rêve le torturaient et lui donnaient envie de retourner à cet instant qui n'avait pas existé et qui pourtant lui paraissait aussi réel que le moment actuel. Fouillant dans sa mémoire, il tira sur les filaments de son rêve, faisant revenir la femelle à…

Le mal de tête qui lui laboura les tempes manqua de l'assommer ; à coup sûr, s'il n'avait pas déjà été à l'horizontale, il aurait atterri par terre.

—Putain…

La douleur était effroyable, comme si on lui avait enfoncé un tuyau de plomb dans le crâne, et cela, ce fut avant qu'il ait la force de se redresser pour tenter de s'asseoir.

Le premier essai pour se tenir à la verticale ne se passa pas bien. Le second ne réussit que parce qu'il raidit les bras de chaque côté de son torse pour s'empêcher de retomber. La tête pendant de son cou comme un ballon dégonflé, il regarda fixement le tapis persan et attendit jusqu'à ce qu'il se sente capable de se précipiter dans la salle de bains pour avaler de l'ibuprofène.

Il avait eu pas de mal de migraines de ce genre. Juste avant que Jane meure…

Penser à son ancienne collègue déclencha une nouvelle vague de « par pitié, que quelqu'un me tire une balle entre les deux yeux ».

Prendre de petites inspirations et ne penser résolument à absolument, strictement, foutrement rien lui fit traverser la crise. Lorsque le plus fort de la douleur fut passé, il fit une tentative pour relever la tête… juste au cas où un changement d'altitude mineur entraînerait une nouvelle migraine.

La pendule ancienne derrière son bureau affichait 4 h 16.

Quatre heures du matin ? Qu'est-ce qu'il avait bien pu fabriquer toute cette nuit depuis qu'il était parti de l'hôpital équin ?

En y repensant, il se rappelait avoir quitté le Queens en voiture, après que Glory eut repris conscience, avec l'intention de rentrer chez lui. Visiblement, les choses ne s'étaient pas passées ainsi. Et il ignorait totalement combien de temps il était resté endormi dans son bureau. En examinant sa tenue, il découvrit des taches de sang çà et là… et les baskets qu'il avait retirées étaient recouvertes des chaussons de protection bleus avec lesquels il opérait toujours. Apparemment il avait procédé à une intervention sur un patient…

Une nouvelle explosion de douleur surgit dans son esprit, le forçant à contracter chaque muscle de son corps et à lutter pour reprendre pied. Sachant que la réaction spontanée de son corps était sa seule alliée, il relâcha tous ses processus cognitifs tout en respirant lentement et calmement.

Concentrant son attention sur l'horloge, il regarda les aiguilles passer sur dix-sept… puis dix-huit… puis dix-neuf…

Vingt minutes plus tard, il était enfin capable de se lever et de tituber jusqu'à sa salle de bains. À l'intérieur, la pièce était digne des *Mille et Une Nuits*, ornée d'assez de marbre, de cristal et de laiton pour figurer dans un château… ou, dans le cas de ce soir, le faire jurer à cause de toutes ces lumières éblouissantes.

Passant la main de l'autre côté du panneau de verre de la douche, il tourna les robinets, puis se dirigea vers le lavabo pour ouvrir le miroir et prendre le flacon d'ibuprofène. Cinq cachets d'un coup, c'était plus que la dose conseillée, mais il était médecin, bon sang, et il s'ordonna à lui-même d'en prendre plus que deux.

L'eau chaude fut une bénédiction, en faisant disparaître non seulement les traces de cet incroyable orgasme, mais également la tension des douze dernières heures. Mon Dieu… Glory. Il espérait de toutes ses forces qu'elle allait bien. Et cette femme qu'il avait op…

Quand il sentit venir un autre mal de tête, il abandonna la pensée qu'il avait été sur le point de formuler comme s'il s'agissait d'un poison et se concentra uniquement sur la manière dont le jet d'eau lui martelait la nuque, puis se séparait au niveau de ses épaules, avant de ruisseler sur son dos et sa poitrine.

Son pénis était toujours dur.

Dur comme du bois.

L'ironie était que cette saleté demeurait au garde-à-vous alors même que son autre tête était complètement brouillée, et ce n'était pas drôle. La dernière chose qu'il avait envie de faire était des exercices de la main, mais il avait le sentiment que cette érection ressemblait à une sculpture paysagère : elle était là pour durer, à moins qu'il s'en occupe.

Quand le savon glissa du porte-savon en laiton et atterrit sur son pied comme une enclume, il poussa un juron et sautilla… puis se pencha et ramassa la chose.

Il était glissant. Oh, tellement glissant.

Après avoir reposé le savon à sa place, il laissa sa main descendre et agripper sa queue. Alors qu'il effectuait des va-et-vient, l'eau chaude et le petit numéro de savonnage s'avérèrent efficaces, tout en demeurant un pauvre substitut de ce qu'il avait ressenti contre cette femme…

La migraine éclata. Aiguë. Juste dans son lobe frontal.

Seigneur, c'était comme si une garde armée encerclait toutes les pensées qu'il avait d'elle.

Avec un juron, il mit son cerveau sur « arrêt », car il savait qu'il devait finir ce qu'il avait commencé. S'appuyant d'un bras contre la paroi de marbre, il laissa sa tête retomber tandis qu'il se masturbait. Il avait toujours eu une libido formidable, mais là c'était entièrement différent – une faim qui pulvérisait tout vernis de civilité et plongeait au plus profond de son être, ce qui était une véritable nouveauté.

— Merde…

Lorsque l'orgasme éclata, il serra les dents et se libéra sur les murs humides de la douche. La jouissance fut aussi puissante que sur le canapé, foudroyant son corps jusqu'à ce que son pénis ne soit pas la seule chose à trembler de façon incontrôlable : chacun de ses muscles semblait participer à l'orgasme, et il dut se mordre la lèvre pour s'empêcher de crier.

Quand il refit enfin surface après son passage sur le ring, son visage était écrasé contre le marbre et il respirait comme s'il avait piqué un sprint d'un bout à l'autre de Caldwell.

Ou peut-être jusqu'au Canada.

Se tournant vers le jet, il se rinça de nouveau, puis sortit de la douche et attrapa une serviette et…

Manny regarda ses hanches.

— C'est une blague.

Son pénis était aussi raide qu'au début : imperturbable. Fier et vif comme seul un manche pouvait l'être.

Bref. Il en avait marre de s'en occuper.

Si la situation empirait encore, il arriverait à peine à dissimuler cette saleté dans son pantalon. À l'évidence, la méthode de « soulagement » ne fonctionnait pas et il n'avait plus d'énergie. Merde, peut-être qu'il couvait une grippe ou une saloperie du même genre ? Dieu sait qu'en travaillant dans un hôpital on pouvait attraper beaucoup de choses.

Y compris une amnésie, visiblement.

Manny se noua une serviette autour de la taille et entra dans son bureau… pour s'arrêter net. Une odeur étrange flottait dans l'air… Quelque chose ressemblant à des épices exotiques ?

Ce n'était pas son parfum, ça, c'était sûr.

Traversant le tapis pieds nus, il ouvrit la porte et passa la tête dans l'entrebâillement. Les bureaux de l'administration étaient noirs et vides, et l'odeur n'était nulle part.

Fronçant les sourcils, il regarda son canapé. Mais il savait bien qu'il ne pouvait pas se permettre de penser à ce qui venait tout juste de s'y passer.

Dix minutes plus tard, il était vêtu d'une tenue chirurgicale propre et s'était rasé. Monsieur Heureux, qui s'efforçait toujours de ressembler à un obélisque, était coincé dans l'élastique de sa ceinture et maintenu en laisse comme l'animal qu'il était. Quand il ramassa sa mallette et le costume qu'il avait porté à l'hippodrome, il était plus que prêt à laisser le rêve, le mal de tête et toute cette foutue soirée derrière lui.

Traversant les bureaux du département de chirurgie, il prit l'ascenseur pour descendre au deuxième étage, où se trouvaient les salles d'opération. Les membres de son équipe vaquaient à leurs affaires, gérant les urgences, s'occupant de l'installation ou du transfert de patients, nettoyant, préparant. Il salua de la tête quelques personnes, mais échangea peu de paroles ; donc, pour ce qu'ils en savaient, c'était une soirée ordinaire. Ce qui était un soulagement.

Et il parvint presque au parking sans perdre les pédales.

Sa stratégie de sortie s'arrêta soudain dans un crissement de semelles quand il arriva au niveau des salles de réveil. Il avait l'intention de passer sans ralentir, mais ses pieds s'arrêtèrent et son esprit se mit à tourbillonner… et brusquement, il se sentit forcé d'entrer dans l'une des salles. Alors qu'il suivait son impulsion, son mal de tête se réveilla, mais il le laissa s'installer tandis qu'il se dirigeait jusqu'à la chambre située tout au bout, à côté de la sortie de secours.

Le lit contre le mur était propre comme un sou neuf, les draps si bien tirés qu'ils semblaient carrément avoir été repassés à même le matelas. Le tableau effaçable était vierge de toute inscription, aucun « bip » ne s'élevait de l'électrocardiographe, et l'ordinateur n'était pas allumé.

Mais l'odeur de désinfectant persistait. Ainsi qu'une sorte de parfum… ?

Quelqu'un s'était trouvé là. Quelqu'un qu'il avait opéré. Ce soir.

Et elle avait…

La souffrance le submergea et Manny chancela de nouveau, s'accrochant au cadre de la porte et s'y appuyant pour rester debout. Quand sa migraine, ou quel que soit ce truc, empira, il dut se pencher en avant…

C'est ainsi qu'il la vit.

Fronçant les sourcils sous le coup de la douleur, il tituba jusqu'à la table de nuit et s'accroupit. Passant la main en dessous, il tâtonna jusqu'à trouver la carte de visite pliée en deux.

Il comprit de quoi il s'agissait avant même de l'examiner. Et bizarrement, tandis qu'il la serrait dans sa paume, son cœur se brisa.

Aplatissant le pli, il regarda fixement son nom, son titre, ainsi que l'adresse, suivie du numéro de téléphone et de fax de l'hôpital qui y étaient imprimés. Dans l'espace vide à droite du logo de St. Francis, il avait rajouté à la main son numéro de portable.

Des cheveux. Des cheveux noirs tressés. Ses mains qui défaisaient…

—Nom… de Dieu.

Il posa une paume sur le sol, mais s'effondra quand même, heurtant durement le linoléum avant de rouler sur le dos. Prenant sa tête entre ses mains et se raidissant face à la douleur, il savait que ses paupières étaient ouvertes mais il n'y voyait plus rien.

—Chef?

En entendant la voix de Goldberg, le marteau-piqueur dans ses tempes s'estompa légèrement, comme si son cerveau avait cherché de l'aide auprès de ce sauveteur auditif et avait été tiré hors de danger. Au moins temporairement.

—Salut, gémit-il.

—Est-ce que ça va?

—Oui.

—Mal de tête?

—Pas du tout.

Goldberg eut un rire bref.

—Écoute, il se passe quelque chose. J'ai vu quatre infirmières et deux administratifs tomber par terre exactement comme toi. J'ai appelé des renforts et j'ai renvoyé les six autres dans leur lit.

—Sage décision.

—Devine quoi?

—Inutile de le dire. J'y vais, j'y vais.

Manny se força à s'asseoir puis, quand il fut prêt, se hissa sur ses pieds en s'aidant de la rampe du lit d'hôpital.

—T'étais pas censé être parti pour le week-end, chef?

—Je suis revenu.

Heureusement, Goldberg ne lui demanda pas quels étaient les résultats de la course. Mais bon, il n'était pas au courant de sa passion pour les chevaux. Tout le monde ignorait ce que faisait Manny de son temps libre, essentiellement parce qu'il n'avait jamais estimé que c'était important, comparé au travail qu'ils accomplissaient ici.

Pourquoi sa vie lui paraissait-elle si vide tout à coup ?

— Tu veux que je te ramène chez toi ? demanda le chef du service de traumatologie.

Mon Dieu, que Jane lui manquait.

— Euh…

Quelle était la question déjà ? Ah oui.

— J'ai pris de l'ibuprofène, ça va aller. Bipe-moi si tu as besoin de moi. (En sortant, il donna une tape sur l'épaule de Goldberg.) C'est toi le responsable jusqu'à demain matin, 7 heures.

Il ne prêta aucune attention à la réponse du médecin.

Il s'avéra que c'était le thème de la soirée. Manny aurait été incapable de dire comment il arriva aux ascenseurs côté nord et en prit un pour descendre au garage ; c'était presque comme si le dernier round avait tout mis KO, en dehors de son tronc cérébral. Sortant de l'ascenseur, il posa un pied devant l'autre jusqu'à ce qu'il se retrouve devant sa place réservée…

Où était sa voiture, putain ?

Il regarda autour de lui. Les chefs de service avaient tous des emplacements de parking réservés et sa Porsche ne se trouvait pas à sa place.

Ses clés n'étaient pas non plus dans la poche de son costume.

Et la seule bonne nouvelle fut que, tandis qu'il se scandalisait, son mal de tête disparut totalement, même si c'était à l'évidence un effet de l'ibuprofène.

Où diable était sa satanée bagnole ?

Putain de merde, on ne pouvait pas simplement briser une vitre, démarrer avec les fils et sortir. Il fallait le passe qu'il gardait dans son…

Son portefeuille avait disparu, lui aussi.

Génial. Exactement ce dont il avait besoin : une liasse de billets volée, une Porsche en route vers une casse clandestine et un petit tour chez les flics.

Le poste de sécurité était situé à la sortie du garage, il s'y rendit donc à pied au lieu d'appeler parce que, merde alors, on avait aussi embarqué son portable, natur…

Il ralentit. Puis s'arrêta. À mi-chemin de la sortie, dans la partie réservée aux patients et à leurs familles, se trouvait une Porsche 911 Turbo grise. De la même année que la sienne. Avec le même autocollant « Automobile Club de New York » sur le pare-brise arrière.

Et la même plaque d'immatriculation.

Il s'en approcha comme si elle était piégée. Les portières n'étaient pas verrouillées et il ouvrit le côté conducteur avec prudence.

Son portefeuille, ses clés et son téléphone portable se trouvaient sous le siège avant.

— Doc ? Ça va ?

OK. Visiblement, deux thèmes caractérisaient cette nuit : l'absence de souvenirs et l'obstination des gens à lui poser la seule question à laquelle il était garanti qu'il ne répondrait pas sincèrement.

Levant les yeux, il se demanda que répondre à l'agent de sécurité : « Eh, est-ce que quelqu'un aurait déposé mes cellules grises aux objets trouvés ? »

— Qu'est-ce que vous faites garé là ? demanda le type en uniforme.

Je n'en ai pas la moindre idée.

— Quelqu'un était garé à ma place.

— Merde, vous auriez dû le signaler, mon vieux. On aurait vite arrangé ça.

— Vous êtes les meilleurs.

Au moins, ce n'était pas un mensonge.

— Bon, prenez soin de vous, et reposez-vous. Vous avez mauvaise mine.

— Excellent conseil.

— J'aurais dû être toubib. (L'agent agita sa lampe torche en guise de salut.) Bonne nuit.

— 'Nuit.

Manny s'installa dans sa Porsche fantôme, démarra le moteur et enclencha la marche arrière. Tandis qu'il roulait vers la sortie, il prit son passe et s'en servit sans le moindre problème pour ouvrir la porte. Puis, sur St. Francis Avenue, il bifurqua et se dirigea vers le centre-ville et le Commodore.

Tandis qu'il conduisait, il était sûr d'une seule et unique chose.

Il était en train de perdre la boule.

Chapitre 12

V*. devrait être rentré*, songea Butch en contemplant le vide devant lui, à la Fosse.

— Il devrait être là, dit Jane derrière lui. Je lui ai parlé il y a près d'une heure.

— Les grands esprits se rencontrent, marmonna Butch en regardant sa montre une nouvelle fois.

Quittant le canapé en cuir et contournant la table basse, il se dirigea vers l'installation informatique de son meilleur ami. Les quatre jouets, comme on appelait ces saloperies high-tech, valaient bien 50 000 dollars, et c'était à peu près tout ce que Butch en savait.

Enfin, cela et comment se servir de la souris pour localiser le GPS du portable de V.

Pas besoin de zoomer. L'adresse lui apprit tout ce qu'il avait besoin de savoir… et lui tordit également les entrailles.

— Il est toujours au Commodore.

Comme Jane ne disait rien, il jeta un coup d'œil par-dessus les écrans. La *shellane* de Viszs se tenait à côté du baby-foot, les bras croisés sur la poitrine et le corps translucide, si bien qu'il distinguait la cuisine derrière elle. Au bout d'un an, il était plus qu'habitué à ses changements de forme, et cela signifiait en général qu'elle réfléchissait profondément et que sa concentration l'empêchait de conserver sa matérialité.

Butch était prêt à parier qu'ils pensaient à la même chose : le fait que V. soit resté au Commodore, alors qu'il savait que sa sœur avait été opérée et était de retour à la maison, était bizarre, surtout compte tenu de l'humeur du frère.

Et de son extrémisme.

Butch se dirigea vers le placard et en sortit sa veste en daim.

— Y aurait-il moyen que tu… (Jane s'interrompit et eut un rire bref.) Tu lis dans mes pensées.

— Je vais le ramener. Ne t'inquiète pas.

— OK. Très… bien. Je crois que je vais aller au chevet de Souffhrance.

— Bonne idée.

Sa réponse immédiate n'avait pas seulement à voir avec les bénéfices cliniques que la sœur de V. pourrait retirer de la présence du médecin auprès d'elle, et il se demanda si Jane en était consciente. Mais bon, elle n'était pas idiote.

Et Dieu seul savait ce qu'il allait découvrir chez V. Il détestait l'idée qu'il puisse tromper Jane avec une pute, mais les gens commettaient des erreurs, surtout quand ils craquaient sous l'effet du stress. Et mieux valait qu'un autre que Jane découvre ce qu'il faisait.

En sortant, il l'étreignit brièvement ; elle lui rendit la pareille immédiatement, en se solidifiant et en le serrant à son tour.

— J'espère…

Elle n'acheva pas sa phrase.

— Ne t'inquiète pas, lui dit-il.

Une minute et demie plus tard, il était au volant de l'Escalade et roulait à tombeau ouvert. Même si les vampires pouvaient se dématérialiser, en tant que métis, ce petit tour de magie ne faisait pas partie de son répertoire.

Heureusement que dépasser les limitations de vitesse ne lui posait aucun problème.

Quel que soit le nombre de fois où il le faisait.

Le centre-ville de Caldwell était encore endormi quand il y parvint et, contrairement à un jour de semaine, où les camions de livraison et les banlieusards lève-tôt entamaient leurs pérégrinations bien avant le lever du soleil, l'endroit resterait une ville fantôme. Dimanche était jour de repos, ou d'effondrement, selon le degré d'acharnement des gens à travailler dur. Ou à boire.

À l'époque où il était inspecteur de la criminelle au sein de la police de Caldwell, il était parfaitement accoutumé au rythme diurne – et nocturne – de ce labyrinthe de ruelles et d'immeubles. Il connaissait les endroits où l'on avait tendance à balancer ou dissimuler des corps. Et les criminels qui faisaient jeu ou profession de tuer les autres.

Il avait effectué tellement d'excursions comme celle-ci en ville, à toute blinde, sans savoir dans quoi il allait mettre les pieds. Sauf que… son nouveau boulot consistait à aspirer des éradiqueurs avec la Confrérie. Vu sous cet angle, son job de flic était complètement dépassé par le flot d'adrénaline et la certitude sinistre que la mort l'attendait.

Et à ce sujet, il se trouvait à seulement deux pâtés de maisons du Commodore quand son sentiment que quelque chose se tramait s'intensifia et se fit plus spécifique…

Des éradiqueurs.

L'ennemi était proche. Et il était en nombre.

Ce n'était pas de l'instinct. C'était une certitude. Depuis que l'Oméga avait fait son truc sur lui, il était le bâton de sourcier désignant l'ennemi, et même s'il détestait ce mal en lui et était déterminé à ne pas ronger cet os trop souvent, c'était un sacré atout dans cette guerre.

Il était la prophétie du Dhestructeur incarné.

Les poils de sa nuque le mettant au supplice, il était pris en tenaille entre deux extrêmes : la guerre et son frère. Après une longue période où la Société des éradiqueurs s'était calmée, des tueurs faisaient depuis quelque temps leur apparition partout en ville. L'ennemi avait joué les Lazare et s'était ressuscité avec de nouveaux membres. Il était donc tout à fait possible que certains de ses frères se soient prévu un programme spécial fin de nuit avec leur ennemi, auquel cas on allait vite l'appeler pour qu'il fasse son truc.

Zut, peut-être s'agissait-il de V. ? Ce qui expliquerait son retard.

Merde, il était possible que les choses ne soient pas aussi terribles qu'ils l'avaient cru. C'était certainement assez près du Commodore pour justifier les coordonnées GPS et, quand on était au corps-à-corps, on n'était pas franchement en mesure d'appuyer sur « pause » et d'envoyer un texto pour dire à quelle heure on rentrait.

Quand Butch tourna au coin de la rue, les phares de l'Escalade éclairèrent une longue ruelle étroite qui était l'équivalent urbain d'un côlon : les immeubles en briques qui formaient ses parois étaient crades et poisseux, et l'asphalte recouvert par endroits de mares répugnantes…

— Qu'est-ce que c'est, bordel ? souffla-t-il.

Levant le pied de l'accélérateur, il se pencha sur le volant… comme si cela pouvait changer ce qu'il voyait.

Tout au bout, un combat avait lieu : trois éradiqueurs affrontaient au corps-à-corps un seul adversaire.

Qui ne répondait pas à leurs coups.

Butch arrêta le 4 × 4 et jaillit de la voiture, dévalant la ruelle à toute vitesse. Les tueurs avaient acculé Viszs et ce putain d'idiot tournait lentement dans leur cercle, mais pas pour frapper ou surveiller ses arrières. Il laissait chacun d'eux le cogner… et ils avaient des chaînes.

Dans la lueur persistante de la ville, le sang rouge coulait sur le cuir noir tandis que le corps massif de V. recevait la dégelée de coups de maillons qui volaient autour de lui. S'il l'avait voulu, il aurait pu attraper les extrémités des chaînes, faire tomber les tueurs et dominer ses assaillants : ce n'étaient que des nouvelles recrues qui avaient encore des yeux et des cheveux de couleurs différentes, des rats qu'on avait initiés une heure dix plus tôt.

Seigneur, compte tenu du self-control de V., il aurait très bien pu aussi se concentrer et se dématérialiser hors du ring s'il en avait eu envie.

Au lieu de quoi il restait debout, les bras ballants, si bien qu'il n'existait aucune barrière entre les impacts et son torse.

Ce salaud allait ressembler à une victime d'accident de la route s'il continuait. Ou pire.

S'approchant de la baston, Butch prit son élan, sauta et aplatit le tueur le plus proche comme une crêpe. Au moment où tous deux touchèrent le bitume, il empoigna des cheveux sombres, tira en arrière et trancha profondément la gorge. Du sang noir jaillit de la jugulaire et le tueur s'écroula, mais ce n'était pas le moment de le retourner sur le dos et d'aspirer son essence dans ses poumons.

Il nettoierait plus tard.

Butch bondit sur ses pieds et saisit l'extrémité d'une chaîne qui volait. Tirant un bon coup, il se cambra en arrière et donna une impulsion qui arracha l'éradiqueur à la zone de flagellation de V. et le propulsa contre une poubelle.

Quand le mort-vivant vit des étoiles et se transforma en carpette pour les prochains dépôts d'ordures, Butch se retourna, prêt à finir le boulot… sauf que, surprise, surprise, V. avait décidé de se réveiller et de prendre les choses en main. Même si le frère était visiblement blessé, c'était une force avec laquelle il fallait compter, tandis qu'il balançait un coup de pied et attaquait tous crocs dehors. Rattrapant l'éradiqueur de ses incisives, il le mordit à l'épaule et, pareil à un bouledogue, ne lâcha pas sa proie ; puis il éventra l'enfoiré de sa dague noire.

Alors que les intestins de la créature se répandaient en tas sur le sol, V. mit fin à sa prise Colgate et laissa le tueur s'affaler et s'étaler par terre.

On n'entendit plus que des halètements.

— Que diable… étais-tu… en train de faire ? aboya Butch.

V. se plia en deux et appuya les mains sur ses genoux, mais visiblement cela ne suffit pas à soulager sa douleur : l'instant d'après, le frère était à genoux à côté du tueur qu'il avait éventré et… se contentait de reprendre son souffle.

— Réponds-moi, trouduc. (Butch était tellement énervé qu'il envisageait à moitié de frapper ce fils de pute à la tête.) Qu'est-ce que tu foutais ?

Quand une pluie froide se mit à tomber, du sang rouge dégoulina de la bouche de V., qui toussa à plusieurs reprises. Point final.

Butch passa une main dans ses cheveux humides et leva le visage vers le ciel. Les gouttes roulèrent sur son front et ses joues, et cette bénédiction rafraîchissante le calma un peu. Mais ne fit absolument rien pour soulager le nœud qu'il avait au ventre.

— T'allais laisser dégénérer les choses jusqu'où, V. ?

Il ne voulait pas de réponse. Il ne parlait même pas à son meilleur ami. Il se contentait de contempler le ciel nocturne avec ses étoiles délavées et son espace vaste et sans réponse, espérant y puiser de la force. Ce fut alors qu'il comprit. Les étincelles faiblardes au-dessus d'eux ne contribuaient pas seulement à l'ambiance lumineuse de la ville : elles avaient pâli parce que le soleil était sur point de contracter son biceps resplendissant et de repeindre cette partie du monde.

Il devait faire vite.

Quand Viszs cracha une nouvelle fois sur l'asphalte, Butch revint à la réalité et sortit sa dague. Il n'avait plus le temps d'aspirer les tueurs, mais ce n'était pas le problème : quand il en avait fini avec son petit numéro de Dhestructeur, il fallait que V. le guérisse, ou il se vautrait dans l'univers des haut-le-cœur, les restes noirs de l'Oméga le dévorant. En ce moment même, il se faisait à peine confiance pour rester assis à côté du frère pendant le retour à la maison.

Bordel de merde, V. voulait une bonne raclée ?

Eh bien, il était d'humeur à lui en coller une.

Butch poignarda l'éradiqueur à la fuite intestinale pour le renvoyer à l'Oméga ; Viszs ne cligna pas des yeux sous l'effet de l'explosion de lumière qui se produisit à côté de lui. Et il ne parut rien remarquer quand Butch fit disparaître celui qui avait la gorge tranchée.

Le dernier tueur était Monsieur Poubelle, à qui il était resté juste assez de force pour se hisser contre la benne de la taille d'une voiture et rester appuyé au rebord comme un zombie.

Au pas de course, Butch leva la garde de sa dague au-dessus de son épaule, plus que prêt à…

Au moment où il allait frapper, une odeur s'insinua dans ses narines, une odeur qui n'était pas seulement celle de l'ennemi… mais autre chose. Quelque chose qu'il ne connaissait que trop bien.

Butch assena son coup et, quand la lumière se fut dissipée, il regarda le dessus de la benne à ordures. L'une des moitiés du couvercle était fermée. L'autre partie pendait de travers, comme si elle avait été arrachée au passage par un camion, et la faible lumière qui brillait à l'intérieur lui suffit à se faire une opinion. Visiblement, l'immeuble dont dépendait la poubelle subissait des travaux de métallurgie parce qu'on y trouvait d'innombrables volutes de métal mince, ressemblant à ces stupides perruques de Halloween…

Et au beau milieu d'entre elles se trouvait une main sale et pâle avec de petits doigts minces…

— Merde, murmura-t-il.

Des années d'entraînement et d'expérience le firent passer instantanément en mode inspecteur, mais il dut se rappeler qu'il n'avait plus le temps de rester dans cette ruelle.

L'aube arrivait et, s'il ne se magnait pas de rentrer au complexe, il partirait en fumée.

En outre, ses jours en tant que flic étaient terminés depuis longtemps.

C'était une affaire humaine. Cela ne le regardait plus.

En proie à une humeur massacrante, il courut jusqu'au 4 × 4, mit cette saloperie de moteur en route et enfonça l'accélérateur, alors même qu'il n'avait qu'une vingtaine de mètres à parcourir. Quand il écrasa la pédale de frein, les pneus crissèrent et la voiture fit un tête-à-queue sur le revêtement mouillé, avant de s'arrêter à seulement trente centimètres de la silhouette recroquevillée de V.

Tandis que les essuie-glaces automatiques du véhicule se mettaient en marche, Butch baissa la vitre côté passager.

— Grimpe dans la voiture, ordonna-t-il en regardant droit devant lui.

Pas de réponse.

— Grimpe dans la voiture, bordel !

À son retour dans l'espace de soins de la Confrérie, Souffhrance avait été placée dans une pièce différente de celle où elle avait d'abord séjourné. Cependant, tout lui semblait identique : elle était étendue immobile sur un lit qui n'était pas le sien, dans un état d'agitation impuissante.

La seule différence était qu'elle avait désormais les cheveux détachés.

Tandis que les souvenirs des derniers moments passés avec son guérisseur se bousculaient dans sa tête, elle les laissa s'emballer, trop fatiguée pour lutter contre l'assaut. Dans quel état l'avait-elle laissé là-bas ? En effaçant ses souvenirs elle avait eu l'impression de commettre un acte de pillage et son regard vide a posteriori l'avait terrifiée. Et si elle lui avait fait du mal… ?

Il était parfaitement innocent : ils s'étaient servis de lui, puis l'avaient abandonné purement et simplement, et il méritait tellement mieux. Même s'il ne l'avait pas guérie, il avait fait tout son possible, de cela elle était certaine.

Après l'avoir renvoyé à l'endroit où il était le plus probable qu'il se rendrait à cette heure de la nuit, elle avait été rongée de regret, et très consciente qu'elle ne serait plus fiable tant qu'elle serait en possession d'informations sur les moyens de le contacter. Ces moments électriques entre eux étaient trop tentants pour qu'elle s'en détourne, et la dernière chose qu'elle souhaitait était d'avoir à lui voler d'autres souvenirs.

Avec une force de volonté née de la peur, elle avait dénoué ce qu'il avait tressé pour elle… jusqu'à ce que sa petite carte tombe par terre.

Et à présent elle était là.

En vérité, la seule issue pour eux deux était de couper net toute communication. Si elle survivait… s'il l'avait vraiment reconstituée… elle le chercherait… et dans quel but ?

Oh, qui cherchait-elle à tromper ? Le baiser qui n'avait jamais eu lieu. C'était pour cela qu'elle le chercherait. Et ils ne s'arrêteraient pas là.

Des souvenirs de l'Élue Layla surgirent dans son esprit et elle se prit à souhaiter pouvoir revenir à cette conversation qu'elles avaient eue au bassin des reflets à peine quelques jours plus tôt. La femelle avait trouvé un mâle auquel elle désirait s'unir et Souffhrance avait cru qu'elle était devenue idiote – une attitude forgée par l'ignorance, en définitive. En moins de temps qu'il n'en fallait pour prendre un repas, son guérisseur humain lui avait appris qu'elle pouvait éprouver des sentiments pour le sexe opposé.

Dieux, elle n'oublierait jamais à quoi il ressemblait, penché au-dessus de son lit, avec son corps au comble de l'excitation prêt à prendre le sien. Les mâles étaient magnifiques ainsi, et quelle surprise d'apprendre une chose pareille.

Enfin, son guérisseur était magnifique. Elle n'imaginait pas ressentir la même chose avec quelqu'un d'autre. Elle se demanda quelles sensations aurait provoquées sa bouche sur la sienne. Son corps contre le sien…

Ah, quels rêves on entretenait quand on était seule et d'humeur morose…

En vérité, quel avenir avaient-ils ? C'était une femelle qui n'avait sa place nulle part, une guerrière coincée dans la peau tiède d'un corps d'Élue… sans parler de ce problème de paralysie. Pendant ce temps, lui était un mâle plein de vie et d'énergie sexuelle issu d'une espèce différente de la sienne.

Le destin ne jugerait jamais bon de les réunir et peut-être cela était-il une bonne chose. Ce serait trop cruel pour tous deux, parce qu'il ne pourrait jamais y avoir d'union, de nature cérémonielle ou physique : elle était bien à l'abri ici, dans l'enclave secrète de la Confrérie et, si le protocole royal ne les tenait pas éloignés l'un de l'autre, la violence de son frère le ferait certainement.

Ils n'étaient pas censés être ensemble.

Quand la porte s'ouvrit et que Jane entra, ce fut un soulagement de concentrer son attention sur quelque chose, n'importe quoi d'autre, et Souffhrance tenta de sourire pour la compagne fantomatique de son jumeau.

— Tu es réveillée, dit Jane en s'approchant.

Souffhrance fronça les sourcils devant l'expression préoccupée de la jeune femme.

— Comment te portes-tu ?

— Plus important, comment vas-tu, toi ? (Jane appuya une hanche contre le lit et regarda les machines qui enregistraient les battements cardiaques et les mouvements pulmonaires.) Es-tu installée confortablement ?

Pas du tout.

— Parfaitement. Et merci pour tout ce qui a été fait pour moi. Mais dis-moi, où est donc mon frère ?

— Il n'est… pas encore rentré. Mais il sera bientôt là. Il voudra te voir.

— Et moi donc.

La *shellane* de V. parut être à court de mots à ce point de la discussion. Et le silence en dit trop.

— Tu ignores où il se trouve, n'est-ce pas ? murmura Souffhrance.

— Oh… Je connais l'endroit. Trop bien.

— Donc ses prédilections t'inquiètent. (Souffhrance grimaça un peu.) Pardonne-moi. Je suis toujours trop franche.

— C'est bon. En fait, je gère mieux la franchise que la politesse. (Jane ferma brièvement les yeux.) Donc tu sais… pour lui ?

— Tout. Tout ce qu'il y a à savoir. Et je l'ai aimé avant même de le rencontrer.

— Comment est-ce que tu… as-tu…

— Su ? C'est l'affaire d'un instant quand on est une Élue. Les bols de vision m'ont permis de l'observer à toutes les époques de sa vie. Et j'oserais dire que ce moment, avec toi, est de loin le meilleur.

Jane émit un grognement que Souffhrance ne put interpréter.

— Sais-tu ce qui arrivera ensuite ?

Ah, toujours cette question et, quand Souffhrance pensa à ses jambes, elle se surprit à s'interroger dans le même sens.

— Hélas, je ne puis le dire, car seul le passé est révélé, ou le présent le plus proche, au fur et à mesure.

Il y eut un long silence. Puis Jane dit :

— Je trouve que Viszs est parfois trop difficile à atteindre. Il est juste en face de moi… mais je ne peux pas le rejoindre. (Elle leva vers elle ses yeux vert foncé.) Il a horreur des émotions. Et il est très indépendant. Enfin, je suis pareille. Malheureusement, dans des situations telles que celle-ci, j'ai l'impression que nous ne sommes pas tant ensemble que côte à côte, si ce que je dis a un sens ? Mon Dieu, écoute-moi. Je rumine… et on dirait que j'ai des problèmes avec lui.

— Au contraire. Je sais à quel point tu l'adores. Et je ne suis pas complètement ignorante de sa nature. (Souffhrance songea aux abus infligés à son jumeau.) T'a-t-il jamais parlé de notre père ?

— Pas vraiment.

— Je n'en suis pas surprise.

Jane soutint son regard.

— À quoi ressemblait le Saigneur ?

Que répondre à cela ?

— Disons seulement… que je l'ai tué à cause de ce qu'il a fait à mon frère, et que nous devrions en rester là.

— Mon Dieu…

— Plutôt le diable, si l'on se réfère aux traditions humaines.

Jane fronça suffisamment les sourcils pour creuser des rides sur son front.

— V. ne parle jamais du passé. Jamais. Et il n'a mentionné qu'une seule fois ce qui est arrivé à son…

Elle s'arrêta là. Mais à dire vrai, il n'y avait pas de raison de poursuivre puisque Souffhrance savait trop bien à quoi la femelle faisait référence.

— Peut-être que j'aurais dû le presser de questions, mais je ne l'ai pas fait. Parler de choses importantes le bouleverse, alors j'ai laissé courir.

— Tu le connais bien.

— Oui. Et parce que c'est le cas, je m'inquiète de ce qu'il a fait ce soir.

Ah, oui. Les amants ensanglantés qui avaient sa préférence.

Souffhrance tendit la main et effleura le bras translucide de la guérisseuse… et fut surprise de voir que l'endroit qu'elle touchait devenait solide. Quand Jane sursauta, elle s'excusa, mais la compagne de son jumeau secoua la tête.

— Je t'en prie, non. C'est étrange… Seul V. a cet effet sur moi. Tous les autres passent simplement à travers moi.

Et il ne fallait voir aucune métaphore là-dedans.

Souffhrance se fit explicite.

— Tu es la *shellane* qu'il faut pour mon jumeau. Et il n'aime que toi.

La voix de Jane se brisa :

— Mais si je ne peux pas lui donner ce dont il a besoin ?

Souffhrance n'avait pas de réponse simple à cette question. Et avant qu'elle puisse en formuler une, Jane reprit :

— Je ne devrais pas te parler ainsi. Je ne veux pas que tu t'inquiètes à notre sujet, ni te mettre dans une position gênante.

— Nous l'aimons toutes les deux et nous savons qui il est, il n'y a donc pas à être gêné. Et avant que tu le demandes, je ne lui dirai rien. Nous sommes devenues sœurs de sang à l'instant où tu t'es unie à lui, et je garderai toujours tes confidences dans le secret de mon cœur.

— Merci, dit Jane d'une voix étouffée. Mille fois merci.

À ce moment-là, elles parvinrent à un accord, le genre de lien tacite qui était la force et la base de toute famille, qu'elle soit unie par le sang ou d'autres circonstances.

Quelle femelle de valeur ! songea Souffhrance.

Ce qui lui rappela quelque chose.

— Mon guérisseur. Comment l'appelles-tu ?

— Ton chirurgien ? Tu veux dire Manny… le docteur Manello ?

— Ah oui. Il m'a donné un message pour toi. (Jane parut se raidir.) Il a dit qu'il te pardonnait. Pour tout. Je ne peux que supposer que tu sais à quoi il faisait référence ?

La compagne de Viszs poussa un soupir et ses épaules se détendirent.

—Mon Dieu… Manny. (Elle secoua la tête.) Oui, je vois de quoi il parle. J'espère vraiment qu'il s'en sortira sans problème. On lui a effacé beaucoup de souvenirs.

Souffhrance n'aurait pu être plus d'accord.

—Puis-je te demander… comment tu le connais ?

—Manny ? Il a été mon chef pendant des années. C'est le meilleur chirurgien avec lequel j'aie jamais travaillé.

—Est-il uni ? demanda Souffhrance d'une voix qu'elle espérait vraiment désinvolte.

Jane riait à présent.

—Absolument pas, même si Dieu sait qu'il y a toujours des femmes qui lui tournent autour.

Quand un léger grondement résonna, le bon docteur cligna des yeux de surprise et Souffhrance fit immédiatement taire cette possessivité qu'elle n'avait pas le droit de ressentir.

—Quel genre de femelle a ses faveurs ?

Jane leva les yeux au ciel.

—Les blondes, avec de longues jambes et une forte poitrine. Je ne sais pas si Barbie t'évoque quelque chose, mais cela a toujours été son genre.

Souffhrance se renfrogna. Elle n'était pas blonde et n'avait pas spécialement de poitrine… mais les jambes ? Elle était bien dotée de ce côté…

Pourquoi pensait-elle ainsi ?

Fermant les yeux, elle se surprit à prier que le mâle ne rencontre jamais, au grand jamais l'Élue Layla. Mais que c'était ridicule…

La compagne de son jumeau lui tapota doucement le bras.

—Je sais que tu es épuisée, donc je vais te laisser te reposer. Si tu as besoin de moi, appuie sur le bouton rouge sur le montant du lit et je viendrai immédiatement.

Souffhrance se força à soulever les paupières.

—Merci, guérisseuse. Et ne t'inquiète pas au sujet de mon jumeau. Il te reviendra avant l'appel resplendissant de l'aube.

— Je l'espère, répondit Jane. Je l'espère vraiment… Écoute, repose-toi et plus tard dans l'après-midi nous commencerons la rééducation.

Souffhrance souhaita une bonne journée à la femelle et ferma de nouveau les yeux.

Laissée à elle-même, elle découvrit qu'elle comprenait ce que ressentait Jane à l'idée que Viszs soit avec une autre. Des images de son guérisseur en compagnie de femelles semblables à l'Élue Layla la rendaient nauséeuse, même si elle n'avait aucune raison d'avoir une indigestion.

Dans quel état de confusion se trouvait-elle ! Clouée à ce lit d'hôpital, son esprit agité de pensées au sujet d'un mâle sur lequel elle n'avait aucun droit…

Et pourtant l'idée qu'il partage cette énergie sexuelle avec une autre qu'elle la rendait carrément violente. Penser que d'autres femelles gravitaient autour de son guérisseur en cherchant ce qu'il avait semblé être prêt à lui donner, en désirant cette longueur tendue à ses hanches et cette pression de ses lèvres sur leurs bouches…

Comme elle grognait de nouveau, elle comprit qu'elle avait agi pour le mieux en abandonnant cette carte avec ses coordonnées. Autrement, elle aurait massacré ses maîtresses.

Après tout, elle n'avait pas le moindre problème pour tuer.

Comme le passé l'avait prouvé.

Chapitre 13

Vhif rentra à la demeure en passant par le hall d'entrée. Ce qui fut une erreur.

Il aurait dû passer par le garage mais, en vérité, les cercueils stockés dans un coin lui foutaient les jetons. Il s'attendait toujours à voir leurs couvercles se soulever, comme dans un genre de *Nuit des morts-vivants*, pour lui flanquer la trouille.

Mais il devait vraiment arrêter d'être une mauviette.

À cause de sa frousse, il vit clairement Blaylock et Saxton descendre le grand escalier pour le Dernier Repas pile au moment où il pénétrait dans le vestibule. Tous deux avaient l'air de sortir d'un magazine de mode : ils portaient des pantalons de costume, et non des jeans, des pulls au lieu de sweat-shirt et des mocassins au lieu de rangers. Ils étaient rasés de près, parfumés et coiffés, mais n'avaient absolument pas l'air de tapettes.

Franchement, cela aurait grandement facilité les choses.

Putain, il aurait aimé que l'un de ces enfoirés soit une grande folle et sorte le boa en plumes et le vernis à ongles. Mais non. Ils avaient simplement l'air de deux mâles hyper sexy qui savaient comment dépenser leur argent dans les boutiques de luxe… pendant que lui, à l'inverse, se cramponnait à son pantalon en cuir et à ses débardeurs et, dans le cas de cette nuit, était coiffé par la marque « séance de sexe échevelée » et parfumé, si l'on peut dire, avec la même ligne de produits sexuels.

Mais bon, il était prêt à parier que tout ce qui les séparait de son apparence actuelle était une douche chaude et savonneuse, suivie d'une visite dans le placard : il aurait mis sa main au feu qu'ils s'étaient enlacés toute la nuit. Ils avaient l'air bien trop satisfaits en allant prendre un repas dont ils étaient sans doute affamés.

Quand ils atteignirent la représentation en mosaïque d'un pommier en fleur, le regard bleu de Blay se tourna et examina Vhif des pieds à la tête. Mais son visage ne montra pas la moindre réaction. Plus maintenant.

L'ancienne lueur de douleur n'apparaissait plus, et pas parce que les divertissements de Vhif étaient invisibles.

Saxton dit quelque chose et Blay se détourna… et voilà. Une rougeur colora cette belle peau pâle quand les yeux bleus croisèrent les yeux gris.

Je ne peux pas faire ça, se dit Vhif. *Pas ce soir.*

Afin d'éviter toute la scène de la salle à manger, il se dirigea vers la porte située sous l'escalier et en fit bon usage. À l'instant où celle-ci se referma derrière lui, le brouhaha des discussions disparut et l'obscurité silencieuse se précipita pour l'accueillir. C'était mieux.

Il descendit les marches basses, franchit une autre porte à code et pénétra dans le tunnel souterrain qui reliait la maison principale au centre d'entraînement. Mais à présent qu'il était seul, il se sentait à court d'énergie, et avança d'à peine cinquante centimètres avant que ses jambes cessent de fonctionner et qu'il doive s'appuyer contre le mur lisse. Rejetant la tête en arrière, il ferma les yeux… et eut envie de se coller un flingue sur la tempe.

Il s'était tapé ce rouquin au *Masque de Fer*.

Il s'était bien tapé cet hétéro.

Et c'était arrivé exactement comme il l'avait prédit. Pour commencer, ils avaient bavardé au bar et maté les filles. Peu après, un 95C s'était pointé sur des bottes noires à talons compensés. Ils lui avaient parlé. Ils avaient bu un verre avec elle… et sa copine. Une heure plus tard ? Ils étaient tous les quatre enfermés à l'étroit dans les toilettes.

Ce qui constituait la deuxième partie de son plan. Dans un espace exigu, des mains étaient des mains et, quand on remuait et tripotait beaucoup, on ne savait jamais avec certitude qui vous touchait. Vous caressait. Vous pelotait.

Pendant tout le temps qu'ils avaient passé avec les filles, Vhif avait élaboré des stratégies pour se débarrasser d'elles et cela avait pris bien plus longtemps qu'il aurait voulu. Après le sexe, elles avaient voulu traîner un peu : échanger leurs numéros avec eux, dire des conneries, demander s'ils voulaient aller manger un morceau quelque part.

Ouais, bien sûr. Il n'avait pas besoin de leurs numéros, parce qu'il ne les rappellerait jamais ; il ne disait pas de conneries, même avec les gens qu'il appréciait ; et le morceau qu'il mordrait n'aurait rien à voir avec la bouffe grasse de fast-food.

Après avoir intérieurement rangé leurs demandes dans la catégorie « putain, ça suffit », il leur avait lavé le cerveau pour qu'elles partent, ce qui l'avait conduit à éprouver l'un de ses rares accès de pitié envers les mâles humains qui n'avaient pas ce luxe.

Puis lui et sa proie s'étaient retrouvés seuls, l'humain reprenant ses esprits appuyé au lavabo, Vhif prétendant faire de même contre la porte. Finalement, ils avaient échangé des regards, décontractés pour l'humain, très sérieux pour Vhif.

— Quoi ? avait demandé l'homme.

Mais il avait compris… parce que ses paupières s'étaient faites lourdes.

Vhif avait passé la main dans son dos et mis le verrou pour qu'on ne les dérange pas.

— J'ai encore faim.

Brusquement, le rouquin avait regardé la porte comme s'il voulait s'enfuir… mais son pénis avait raconté une autre histoire. Derrière la braguette de son jean… il bandait.

— Personne n'en saura jamais rien, avait dit Vhif d'une voix grave.

Merde, il aurait pu faire en sorte que le rouquin ne se rappelle rien, même si, tant que le gars ne captait pas qu'il avait affaire à un vampire, il n'y avait aucune raison de sortir le chiffon à cerveau pour tout nettoyer.

— Je croyais que vous aviez dit que vous n'étiez pas gay…

Le ton était du genre plaintif, comme si l'homme n'était pas vraiment à l'aise avec les désirs de son corps.

Vhif avait réduit la distance entre eux et pressé sa poitrine contre celle du rouquin. Puis il avait attrapé le mec par la nuque et l'avait attiré contre sa bouche. Le baiser avait eu l'effet escompté : il avait dégagé toute pensée de la pièce pour ne laisser place qu'aux sensations.

Les choses étaient parties en vrille à ce moment-là. Deux fois.

Quand cela avait été fini, le type ne lui avait pas proposé son numéro. Il avait pris son pied de façon spectaculaire, mais il était évident qu'il s'était agi d'une première et unique expérience pour lui, ce qui convenait parfaitement à Vhif. Ils s'étaient séparés sans un mot, chacun reprenant le cours de sa vie, le rouquin retournant au bar… et Vhif s'en allant errer tout seul dans les rues de Caldwell.

Seule l'arrivée imminente de l'aube l'avait fait rentrer ici.

— Putain de merde… se dit-il à lui-même.

Toute cette foutue nuit lui avait enseigné qu'il ne fallait pas gratter ses plaies ; oui, il existait des moments dans la vie où agir par procuration fonctionnait : lors d'une assemblée générale, par exemple, quand on mandatait quelqu'un pour voter à sa place. Ou quand on avait besoin de quelque chose au supermarché et qu'on donnait sa liste de courses à un *doggen*.

Ou quand on avait promis de jouer au billard mais qu'on était trop soûl pour tenir la queue, on trouvait quelqu'un d'autre pour taper dans les boules.

Malheureusement, cette histoire de procuration ne fonctionnait certainement pas quand on aurait aimé être celui qui avait pris la virginité de quelqu'un, et que votre meilleure idée de remplacement était d'aller dans un club, pour trouver un partenaire possédant les mêmes caractéristiques physiques, comme… disons… la couleur des cheveux… et se le taper.

Dans ce cas-là, on finissait avec un sentiment de vide intérieur qui n'avait rien à voir avec le fait qu'on avait débranché son cerveau et qu'on flottait sur un petit nuage de bonheur postcoïtal.

Debout dans le tunnel, seul avec lui-même, Vhif se sentait profondément vide. Il était une ville fantôme à l'intérieur.

Dommage que sa libido ne soit pas à court de bonnes idées. Dans cette solitude silencieuse, il se mit à imaginer ce que cela ferait si c'était lui et non son cousin qui descendait avec Blay pour le dîner. Si c'était lui qui partageait non seulement son lit mais aussi sa chambre avec lui. S'il affrontait le regard de tous et disait : « Eh, voici mon compagnon »…

Le verrouillage mental qui suivit cette petite fantaisie fut si complet qu'il eut l'impression d'avoir pris un coup sur la tête.

Et c'était bien cela, le problème.

Tout en frottant ses yeux vairons, il repensa à quel point sa famille l'avait haï : on l'avait élevé dans la croyance que son défaut génétique, avoir un œil bleu et un œil vert, signifiait qu'il était un monstre anormal, et ils l'avaient traité comme une source d'embarras pour la lignée.

Enfin, cela avait été pire en réalité. Ils avaient fini par le virer de la maison et lui envoyer une garde d'honneur pour lui faire la leçon. Et c'était comme cela qu'il était devenu un *mharcheur*.

Et dire qu'ils n'avaient jamais connu les autres « anomalies » qu'il recelait.

Comme le fait de vouloir être en couple avec son meilleur ami.

Seigneur, il n'avait vraiment pas besoin d'un miroir pour voir le lâche et l'imposteur qu'il était… mais il ne pouvait rien y faire. Il était prisonnier d'une cage dont il ne parvenait pas à trouver la clé, les années de moqueries familiales l'enfermant et l'entravant : la vérité derrière son caractère sauvage était qu'il était une véritable mauviette. Blay, à l'inverse, était fort. Fatigué d'attendre, il avait annoncé son homosexualité et s'était trouvé quelqu'un.

Bordel de merde, c'était si douloureux…

Avec un juron, Vhif mit fin à son monologue prémenstruel et se força à avancer. À chaque pas, il s'endurcissait, recollant les morceaux de son chaos intérieur et colmatant ses tuyaux qui fuyaient.

La vie était changement. Blay avait changé. John avait changé.

Et il était le prochain sur la liste, visiblement, parce qu'il ne pouvait pas continuer ainsi.

Quand il accéda au centre d'entraînement en passant par le bureau, il décida que si Blay pouvait tourner la page, alors lui aussi en était capable. La vie était ce qu'on résolvait d'en faire : sans se soucier de la place que le destin assignait à chacun, la logique et le libre arbitre signifiaient qu'on pouvait faire tout ce qu'on voulait de son jardin.

Et il ne voulait plus être à la place qu'il occupait : il ne voulait plus du sexe anonyme, de la stupidité désespérée, de la jalousie brûlante et des regrets mortifiants qui l'empêchaient d'avancer.

Le vestiaire était vide, puisque aucun cours n'avait lieu, et il se changea, se déshabillant avant d'enfiler un short noir et des baskets assorties. D'après l'absence d'écho, personne ne s'entraînait dans la salle de musculation, et c'était tout aussi bien.

Allumant la musique, il passa d'une piste à l'autre à l'aide de la télécommande. Quand *Clint Eastwood* de Gorillaz retentit, il se dirigea vers un tapis de course et grimpa dessus. Il détestait faire de l'exercice en salle… car cela lui donnait l'impression dérangeante d'être un hamster abruti tournant dans sa roue. Mieux valait baiser ou se battre, il l'avait toujours dit.

Cependant, quand on était coincé à l'intérieur à cause de l'aube et qu'on était déterminé à essayer le célibat, courir pour n'aller nulle part semblait une façon sacrément viable d'épuiser son énergie.

Mettant la machine en route, il se mit à courir en chantant.

Les yeux rivés sur le mur de béton peint en blanc qui lui faisait face, il martela le tapis de course, un pied après l'autre, encore et encore, jusqu'à ce qu'il n'y ait plus rien d'autre dans son esprit ou son corps hormis ses foulées, les battements de son cœur et la sueur qui coulait sur sa poitrine, son ventre et son dos nus.

Pour une fois dans sa vie, il ne courait pas à toute allure : la vitesse était calibrée pour que son rythme soit régulier, de façon qu'il puisse tenir pendant des heures.

Quand on essayait de s'éloigner de soi-même, on était attiré par ce qui était bruyant et détestable, par les choses extrêmes, par l'imprudence, parce que cela nous forçait à lutter et à s'accrocher aux falaises de son auto-invention avec les ongles.

Tout comme Blay était qui il était, Vhif était lui-même : il aurait aimé se dévoiler et être avec le… mâle… qu'il aimait, mais il n'arrivait pas à prendre cette direction.

Mais, par Dieu, il allait cesser de fuir sa lâcheté. Il devait reconnaître ses conneries, même si cela le faisait se haïr au plus profond de lui-même. Parce que peut-être que s'il le faisait, il cesserait d'essayer de se divertir avec le sexe et l'alcool, et déterminerait ce qu'il désirait vraiment.

En dehors de Blay, bien entendu.

Chapitre 14

Assis dans l'Escalade à côté de Butch, V. était une ecchymose d'un mètre quatre-vingt-dix-sept et de cent vingt kilos.

Tandis qu'ils se dépêchaient de rentrer au complexe, chaque centimètre de son corps palpitait de douleur, la souffrance formant un brouillard qui apaisait les hurlements à l'intérieur de lui.

Il avait donc obtenu une partie de ce dont il avait besoin.

Mais le problème était que le soulagement commençait déjà à disparaître, et cela le mettait en rogne contre le bon Samaritain au volant. Non que le flic ait l'air d'en avoir quelque chose à foutre. Il composait un numéro sur son portable et raccrochait, puis recommençait encore et encore, comme si les doigts de sa main droite étaient atteints du syndrome de Tourette.

Il était probablement en train d'appeler Jane puis de se raviser. Merci, putain…

— Oui, j'aimerais signaler un cadavre, entendit-il. Non, je ne vous donnerai pas mon nom. Il est dans une benne à ordures, dans une ruelle partant de la 10e Rue, à deux pâtés de maisons du Commodore. Ça ressemble à une femme de type caucasien, dans les dix-huit, vingt ans… Non, je ne vous donnerai pas mon nom… Eh, et si vous notiez l'adresse et arrêtiez de vous occuper de moi…

Pendant que Butch poursuivait avec la standardiste, V. changea de position dans son siège et sentit les côtes cassées de son flanc droit protester. Pas mal. S'il avait besoin de douleur supplémentaire pour se détendre, il pouvait simplement se redresser et se retourner sur son manège de souffrance…

Butch balança son portable sur le tableau de bord. Jura. Jura encore.

Puis il décida de partager sa mauvaise humeur avec son passager :

— Jusqu'où comptais-tu aller, V. ? Jusqu'à ce qu'ils te poignardent ? T'abandonnent au soleil ? Qu'est-ce qui serait allé assez loin pour toi ?

— Oh, arrête un peu, marmonna V. entre ses dents cassées.

— Que j'arrête ? (Butch tourna la tête, le regard véritablement meurtrier.) Pardon ?

— Ne fais pas semblant… de ne pas savoir ce que c'est. Je t'ai vu cuité… J'ai vu… (Il toussa.) Je t'ai vu ivre mort, un verre dans chaque main. Alors ne va pas te prendre pour un saint devant moi.

Butch reporta son attention sur la route.

— T'es qu'un misérable fils de pute.

— On s'en fout.

La conversation s'arrêta là.

Lorsque Butch stoppa la voiture devant la demeure, tous deux grimaçaient et clignaient des yeux comme si on les avait aspergés de gaz lacrymogène : le soleil était toujours sous la ligne d'horizon, mais assez près néanmoins pour donner au ciel un éclairage qui n'était qu'à quelques mégawatts de la limite mortelle des vampires.

Ils n'entrèrent pas dans la grande maison. Certainement pas. Le Dernier Repas était sur le point de commencer et, vu leur humeur à tous deux, il était inutile de donner de l'eau au moulin des ragots.

Sans ajouter un mot, V. entra dans la Fosse et se rendit directement dans sa chambre. Il était hors de question qu'il voie Jane ou sa sœur dans cet état, vraiment. Merde, vu à quel point il avait mal au visage, il ne serait peut-être même pas envisageable de les voir après une douche.

Dans la salle de bains, il fit couler l'eau et ôta ses armes dans le noir, ce qui impliqua en tout et pour tout de tirer sa dague de sa ceinture et de la poser sur le comptoir. Ses vêtements étaient crasseux, couverts de sang, de cire et d'autres saletés, et il les laissa tomber sur le sol, ne sachant pas s'il n'allait pas les accompagner dans leur chute.

Puis il se mit sous le jet avant qu'il soit chaud. Quand l'eau froide toucha son visage et ses pectoraux, il se crispa sous l'effet du choc thermique, qui le traversa jusqu'au pénis et le fit bander, même s'il ne ressentit pas le moindre intérêt à faire quelque chose pour son érection. Il se contenta de fermer les yeux tandis que son sang et celui de ses ennemis dégoulinait de son corps et disparaissait dans la bouche d'évacuation.

Quand il se serait nettoyé, il enfilerait un col roulé. Son visage était dans un sale état, mais on pourrait peut-être l'expliquer par le fait qu'il s'était battu avec des éradiqueurs. Mais s'il se changeait en tableau noir et bleu des pieds à la tête ?

L'explication ne conviendrait plus trop.

Baissant la tête et laissant l'eau couler le long de son nez et de son menton, il tenta désespérément de retourner à cet état de flottement engourdi qu'il avait ressenti dans la voiture mais, à mesure que la douleur s'atténuait, sa drogue de prédilection le lâchait et le monde redevenait bien trop net.

Mon Dieu, l'impression d'être hors de contrôle et énervé l'étouffait aussi sûrement que si des mains l'étranglaient.

Connard de Butch. Fils de pute de bon Samaritain, fouineur et envahissant.

Dix minutes plus tard, il sortit de la douche et attrapa une serviette noire dont il se ceignit la taille en entrant dans la chambre. Ouvrant son placard, il alluma mentalement une bougie noire et… aperçut un grand nombre de débardeurs. Et de pantalons en cuir. Ce qui arrive à sa garde-robe quand on se bat pour vivre et qu'on dort à poil.

Pas le moindre col roulé en vue.

Enfin, les dégâts n'étaient peut-être pas si atroces…

Se tournant vers le miroir accroché au dos de la porte, il dut marquer un temps d'arrêt. On aurait dit qu'il s'était fait griffer par la bête de Rhage : de larges zébrures rouges infligées par les coups de chaîne couvraient son torse et ses épaules. Son visage ressemblait à une mauvaise blague, l'un des yeux était si gonflé que la paupière supérieure pouvait à peine se soulever… Sa lèvre inférieure était profondément entaillée… Et vu l'état de sa mâchoire, il donnait l'impression d'être un écureuil faisant provision de noisettes.

Génial. Il ressemblait à un lutteur professionnel.

Après avoir ramassé ses vêtements sales et les avoir fourrés au fond du placard, il passa sa tête gonflée comme un ballon dans le couloir et écouta. La chaîne sportive déblatérait au fond à gauche. À droite, on versait un liquide.

Il se dirigea vers la chambre de Butch et Marissa, nu comme un ver. Il n'avait aucune raison de cacher ses bleus à Butch : le fils de pute avait assisté à la baston.

Quand il franchit le seuil, il découvrit le flic assis au bout du lit, les coudes sur les genoux, un verre de Lagavulin dans les mains et la bouteille entre ses mocassins.

— Tu sais à quoi je pense en ce moment ? demanda-t-il sans lever les yeux.

V. avait une sacrée liste en tête.

— Dis-moi.

— À la nuit où je t'ai vu te jeter du balcon du Commodore. La nuit où j'ai cru que tu étais mort. (Butch avala une gorgée.) J'avais cru que tout cela était derrière nous.

— Si ça peut te consoler… moi aussi.

— Pourquoi tu n'irais pas voir ta mère ? Pour discuter du problème avec elle.

Comme si cette femelle pouvait dire quoi que ce soit au point où les choses en étaient rendues.

— Je la tuerais, flic. J'ignore comment je ferais… mais je tuerais cette salope pour cela. Elle m'abandonne à mon sociopathe de père, en ayant parfaitement conscience de ce qu'il est parce que, allô, elle voit tout. Puis elle garde son identité secrète à mes yeux pendant trois siècles, avant de se pointer le jour de mon anniversaire, et elle veut me mettre à la reproduction au nom de sa connerie de religion. J'aurais pu passer l'éponge sur ces conneries, pas vrai ? Mais ma sœur, ma jumelle ? Elle a éloigné Souffhrance, flic. Elle l'a retenue contre sa volonté. Pendant des siècles. Et elle ne m'a jamais dit que j'avais une sœur ! C'est trop, putain. J'en ai marre. (V. regarda fixement le whisky.) Il te reste à boire là-dedans ?

Butch reboucha la bouteille et la lui lança. Quand V. la rattrapa, le flic répondit :

— Se retrouver mort n'est pourtant pas la bonne réponse. Pas plus que de se faire botter le cul de cette manière.

— Tu te portes volontaire pour le faire à ma place, alors ? Parce que je deviens dingue et il faut que ça sorte, Butch. Pour de bon. Je suis dangereux ici…

V. avala une gorgée d'alcool et poussa un juron quand l'entaille à sa lèvre lui donna l'impression qu'il avait fumé une clope par le mauvais bout.

— Et je ne trouve aucun moyen de faire sortir cela de moi, parce qu'il est hors de question que je retombe dans mes anciennes habitudes.

— Tu n'es pas du tout tenté ?

V. se prépara mentalement, puis but une nouvelle gorgée. Avec un rictus, il répondit :

— Je veux le soulagement, mais je ne coucherai avec personne hormis Jane. Pas question que je revienne dans notre lit conjugal avec ma queue puant la pute ; ça foutrait tout en l'air, non seulement pour elle mais aussi pour moi. En outre, ce dont j'ai besoin en ce moment, c'est d'un dominateur, pas d'un soumis, et je ne peux faire confiance à personne. (*Sauf peut-être à toi, mais ce serait franchir trop de limites.*) Alors je suis pris au piège. J'ai une harpie hurlante dans la tête et nulle part où m'en débarrasser… et ça me rend complètement malade.

Seigneur… il l'avait dit. Il avait tout dit.

Bravo.

Et il se récompensa en avalant une autre gorgée.

— Putain, ma lèvre me fait mal.

— Le prends pas mal, mais tant mieux, tu le mérites. (Butch leva son regard noisette et, au bout d'un moment, se mit à sourire légèrement, dévoilant son incisive fêlée de même que ses crocs.) Tu sais, je t'ai vraiment haï pendant une minute, je te le jure. Et avant que tu poses la question, les cols roulés sont tout au bout de cette étagère. Prends aussi un pantalon de jogging. On dirait qu'on t'a frappé les jambes avec un marteau et ton testicule est clairement sur le point d'exploser.

— Merci, mon vieux.

V. se dirigea vers l'alignement de vêtements suspendus à d'élégants cintres en cèdre. S'il y avait bien une chose à dire au sujet de Butch, c'était que sa garde-robe était pleine de possibilités.

— Je n'aurais jamais cru être heureux que tu sois une vraie gonzesse en matière de fringues.

— Je crois que le terme est « s'habiller avec goût ».

Son accent de Boston donnait toujours l'impression qu'il parlait du nez, et V. se surprit à se demander s'il avait jamais existé une époque où il n'avait pas entendu ce nasillement.

— Qu'est-ce que tu vas faire au sujet de Jane ?

V. posa la bouteille par terre, enfila un col roulé en cachemire et se mit en rogne quand il découvrit qu'il lui couvrait à peine le nombril.

— Elle a assez de pain sur la planche comme cela. Aucune *shellane* n'a besoin d'entendre que son mâle est allé se faire tabasser, et je ne veux pas que tu lui en parles.

— Comment tu vas expliquer ta tronche, gros crétin ?

— Les ecchymoses vont disparaître.

— Pas assez vite ; si tu vas voir Souffhrance dans cet état...

— Elle n'a pas besoin de me voir ainsi, elle non plus. Je vais simplement me faire discret pour la journée. Souffhrance est en convalescence et son état est stable... du moins c'est ce que Jane m'a dit, donc je vais aller dans ma forge.

Butch tendit son verre.

— Ça t'ennuierait ?

— Compris.

V. versa à boire à son pote, but une nouvelle lampée de whisky, puis enfila un bas de jogging. Écartant les bras, il tourna sur lui-même.

— C'est mieux ?

— Je ne vois que des chevilles et des poignets... et, pour info, tu ressembles à Miley Cirus quand tu montres ton nombril comme cela. C'est pas très séduisant.

— Va te faire foutre. (Comme V. avalait une autre gorgée, il décida que s'enivrer était son nouveau projet.) J'y peux rien si t'es un nabot.

Butch éclata de rire avant de redevenir sérieux.

— Si tu fais encore une connerie de ce genre...

— C'est toi qui m'as demandé de mettre tes vêtements.

— Je ne parle pas de ça.

V. tira sur les manches du col roulé, sans améliorer cependant son allure.

— Tu n'auras pas à intervenir, flic, et je ne vais pas me faire tuer. C'est pas le but. Je sais où est la limite.

Butch poussa un juron et son visage se fit soucieux.

—Tu dis cela, et je pense que tu crois que c'est vrai. Mais les situations peuvent partir en vrille, surtout celles de ce genre. Tu peux chevaucher cette vague… ce truc dont tu as besoin… et la marée peut se retourner contre toi.

V. fit jouer les doigts de sa main gantée.

—Impossible. Pas avec ça ; et je n'ai vraiment pas envie que tu en parles à ma nana, c'est vrai. Promets-le-moi. Tu dois rester en dehors de cela.

—Alors il faudra que toi, tu lui parles.

—Comment puis-je lui dire… (Sa voix se brisa et il dut se racler la gorge.) Comment est-ce que je peux lui expliquer, putain ?

—Comment ne peux-tu pas le faire ? Elle t'aime.

V. se contenta de secouer la tête. Il n'arrivait pas à s'imaginer avouer à sa *shellane* qu'il voulait qu'on lui fasse du mal physiquement. Cela la tuerait. Et il ne voulait absolument pas qu'elle le voie dans cet état.

—Écoute, je vais m'en occuper tout seul. De tout ça.

—C'est bien ce que je crains, V. (Butch avala le reste de son scotch d'une seule gorgée.) C'est… notre plus gros problème.

Jane regardait sa patiente dormir quand son téléphone portable sonna dans sa poche. Il ne s'agissait pas d'un appel mais d'un texto de V. : « Je suis rentré, je vais travailler à la forge. Comment va S. ? Et toi ?

Elle poussa un soupir, mais pas de soulagement. Il était rentré environ dix minutes avant que le soleil soit levé et il ne venait les voir ni elle ni sa sœur ?

Quelle connerie, se dit-elle en se levant et en sortant de la salle de réveil.

Après avoir passé le relais à Ehlena, qui se trouvait dans la salle d'examen de la clinique, où elle mettait à jour les dossiers des frères, Jane descendit le couloir, tourna à gauche dans le bureau et sortit par le fond du placard. Elle ne voyait aucune raison de s'embarrasser avec les serrures à code ; elle se contenta de passer à travers les murs…

Et il était là, une vingtaine de mètres plus loin dans le tunnel, s'éloignant d'elle… Il avait déjà dépassé le centre d'entraînement et s'enfonçait plus avant dans la montagne.

Les néons du plafond éclairaient sa tête, la lumière se déversant sur ses larges épaules et le bas de son corps massif. À en juger par leurs reflets, ses cheveux étaient humides, et la légère odeur du savon qu'il utilisait toujours confirma qu'il venait de prendre une douche.

— Viszs.

Elle ne prononça son nom qu'une seule fois, mais le tunnel fit écho et répercuta son appel à plusieurs reprises.

Il s'arrêta.

Ce fut la seule réaction qu'elle obtint.

Après avoir attendu qu'il parle, qu'il se retourne… qu'il lui réponde, elle découvrit un nouvel aspect de son état fantomatique : même si, techniquement, elle n'était plus vivante, ses poumons pouvaient toujours lui brûler aussi sûrement que si elle suffoquait vraiment.

— Où es-tu allé cette nuit ? demanda-t-elle sans s'attendre à recevoir de réponse.

Et elle n'en eut pas. Mais il s'était immobilisé pile sous un plafonnier et elle vit donc ses épaules se contracter malgré la distance qui les séparait l'un de l'autre.

— Pourquoi est-ce que tu ne te retournes pas, Viszs ?

Dieu tout-puissant… Qu'avait-il fait au Commodore ? Oh, Seigneur…

Bizarrement, il existait une raison pour laquelle les gens « construisaient » leur vie ensemble. Même si les choix que l'on faisait en tant que mari et femme n'étaient pas des briques et le temps du mortier, on construisait tout de même quelque chose de tangible et de réel. Et à ce moment précis, alors que son *hellren* refusait de s'approcher d'elle – voire de lui montrer son visage –, elle eut l'impression qu'un tremblement de terre grondait sous ce qu'elle avait cru être un terrain solide.

— Qu'as-tu fait cette nuit ? dit-elle d'une voix étouffée.

À ces mots, il pivota sur lui-même et fit deux grandes enjambées dans sa direction. Mais ce ne fut pas pour se rapprocher d'elle. Ce fut pour s'écarter de l'éclairage direct. Cependant, même ainsi…

— Ton visage ! s'exclama-t-elle, le souffle court.

— Je me suis battu avec des éradiqueurs. (Quand elle voulut s'avancer vers lui, il l'arrêta d'un geste de la main.) Je vais bien. J'ai seulement besoin d'espace pour le moment.

Quelque chose clochait dans cette histoire, se dit-elle. Et elle détesta la question qui avait surgi dans son esprit, au point de refuser de la poser.

Sauf que, dans ce cas, il ne leur restait plus que le silence.

— Comment va ma sœur ? demanda-t-il brusquement.

La gorge serrée, elle répondit :

— Elle se repose confortablement. Ehlena est avec elle.

— Tu devrais faire une pause et te reposer, toi aussi.

— C'est ce que je vais faire.

Mais oui, bien sûr. Vu comment les choses se passaient entre eux, elle ne dormirait plus jamais.

V. passa sa main gantée dans ses cheveux.

— J'ignore quoi dire en ce moment.

— Étais-tu avec quelqu'un d'autre ?

Il n'hésita même pas :

— Non.

Jane le dévisagea… puis poussa un lent soupir. Une chose était vraie au sujet de son *hellren*, une chose sur laquelle on pouvait toujours compter, c'était que Viszs ne mentait jamais. En dépit de tous ses défauts, il n'avait pas celui-ci.

— Très bien, dit-elle. Tu sais où me trouver. Je serai dans notre lit.

Ce fut elle qui se détourna et se mit à marcher dans la direction opposée. Même si la distance entre eux lui brisait le cœur, elle n'allait pas le harceler pour qu'il fasse quelque chose qu'il était incapable de faire, et s'il avait besoin d'espace… eh bien, elle lui en donnerait.

Mais pas pour toujours, cela, c'était certain.

Tôt ou tard, ce mâle allait parler avec elle. Il devait le faire ou elle… Dieu, elle ne savait pas ce qu'elle ferait.

Mais son amour pour lui ne survivrait pas éternellement dans ce vide. C'était impossible.

Chapitre 15

Le fait que José De La Cruz s'arrête pour acheter des *donuts* dans un *drive-in* sur le chemin du centre-ville était un sacré cliché. Tous les gens croient que les inspecteurs de la criminelle boivent du café et mangent des *donuts*, mais ce n'est pas toujours la vérité.

Parfois, on n'avait pas le temps de s'arrêter.

Et merde, au diable les séries télé et les polars, en réalité il fonctionnait mieux avec de la caféine et du sucre dans le sang.

En outre, il vivait pour les beignets au miel. Alors qu'on lui foute la paix.

L'appel qui les avait réveillés sa femme et lui était arrivé juste avant 6 heures, ce qui, étant donné le nombre de coups de fil qu'il recevait la nuit, était presque civilisé : les cadavres, tout comme les malades, ne connaissaient pas la règle du 9 heures-17 heures ; l'horaire quasiment décent lui était donc apparu comme une nouvelle bénédiction.

Car ce n'était pas la seule chose à aller dans ce sens. Puisqu'on était dimanche matin, les rues et les autoroutes étaient aussi vides que des pistes de bowling, et sa voiture banalisée réalisa un excellent temps depuis la banlieue, si bien que son café était encore brûlant quand il se faufila dans le quartier des entrepôts, puis s'arrêta en avisant les gyrophares.

L'alignement de voitures de patrouille informait de l'endroit où on avait découvert le cadavre plus efficacement que le ruban jaune qu'on avait déployé partout comme du bolduc sur un cadeau de Noël foireux. Avec un juron, il se gara parallèlement au mur de briques de la ruelle et sortit. Tout en sirotant son café, il s'avança jusqu'au groupe d'agents en uniforme bleu et à la mine soucieuse.

— Salut, inspecteur.

— Comment va, inspecteur ?

— Yo, inspecteur.

Il fit un signe de tête aux garçons.

— Bonjour à tous. Qu'est-ce qu'on a ?

— On ne l'a pas touchée. (Rodriguez désigna du menton la benne à ordures.) Elle est là-dedans et Jones a pris les premières photos. Le légiste et la scientifique sont en route. De même que cette antimecs.

Ah, oui, leur dévouée photographe.

— Merci.

— Où est votre nouveau partenaire ?

— Il arrive.

— Il est prêt à affronter ça ?

— On verra bien.

Il était évident que cette ruelle crasseuse était bien connue des gens qui gerbaient. Donc si le pied-tendre vomissait son petit déjeuner, ce ne serait pas grave.

José passa sous le ruban jaune et marcha jusqu'à la benne. Comme chaque fois qu'il s'approchait d'un cadavre, il découvrit que son ouïe s'exacerbait au point d'en devenir presque insupportable : les conversations à voix basse des hommes derrière lui, le bruit de ses semelles sur l'asphalte, la brise sifflante venue du fleuve… tout était trop fort, comme si on avait augmenté le volume du monde entier jusqu'à la zone rouge.

Et bien entendu, l'ironie était que la raison de sa présence ici, ce matin, dans cette ruelle… la raison de la présence de toutes ces voitures, ces hommes et ce ruban… était parfaitement silencieuse.

José serra son gobelet en carton quand il jeta un coup d'œil par-dessus le rebord de la poubelle. La première chose qu'il vit fut sa main, un alignement pâle de doigts aux ongles ébréchés, sous lesquels était coincé quelque chose de brun.

Elle s'était défendue, quel que soit son nom.

Debout là, à côté d'un nouveau cadavre féminin, il se prit à souhaiter de toutes ses forces que son boulot se calme ne serait-ce qu'un mois ou une semaine… ou, bordel de merde, simplement une nuit. Putain, une fin de carrière, c'était vraiment ce qu'il allait chercher à obtenir : quand on exerçait son métier, il était difficile de retirer une satisfaction de ce que l'on faisait. Même quand on résolvait une affaire, quelqu'un enterrait souvent un être aimé.

La voix du flic à côté de lui parut transmise par un haut-parleur :

— Vous voulez que j'ouvre l'autre battant ?

José faillit lui dire de la mettre en sourdine, mais il parlait sans doute comme s'il se trouvait dans une bibliothèque.

— Oui. Merci.

À l'aide d'une matraque, le policier souleva le couvercle, suffisamment pour que la lumière éclaire l'intérieur, mais il ne regarda pas dans le conteneur. Il se contenta de rester là, comme l'un de ces plantons devant Buckingham Palace, à observer l'autre côté de la ruelle sans se concentrer sur rien de précis.

Quand José se mit sur la pointe des pieds et examina l'intérieur de la poubelle, il fut incapable de reprocher sa réticence au type en uniforme.

Étendue sur un lit de volutes métalliques, la femme était nue, sa peau grise et marbrée semblant bizarrement phosphorescente à la lueur diffuse de l'aube. À en juger par son visage et son corps, elle devait avoir dix-huit, vingt ans. Elle était de type caucasien. Ses cheveux avaient été coupés à la racine, si près qu'à certains endroits le cuir chevelu avait été lacéré. Ses yeux… avaient été retirés de leurs orbites.

José sortit un stylo de sa poche, se pencha en avant et lui écarta les lèvres avec précaution. Il n'y avait plus de dents, plus une seule dans ses gencives déchiquetées.

Se déplaçant vers la droite, il souleva une de ses mains pour voir le dessous de ses doigts. Nettoyés à la cisaille.

Et les dommages ne s'arrêtaient pas à la tête et aux mains… Elle avait des trous dans la chair, un en haut de la cuisse, un autre au bas du biceps, et deux à l'intérieur des poignets.

Jurant à voix basse, il eut la certitude qu'on l'avait seulement déposée ici. L'endroit n'était pas assez tranquille pour accomplir ce genre de besogne : ce merdier réclamait du temps et des outils… et des liens pour la maintenir immobile.

— Qu'est-ce qu'on a, inspecteur ? demanda son nouveau partenaire derrière lui.

José regarda Thomas DelVecchio junior par-dessus son épaule.

— Vous avez pris votre petit déjeuner ?

— Non.

— Tant mieux.

Il recula afin que Veck puisse jeter un coup d'œil. Comme ce dernier le dépassait d'une quinzaine de centimètres, il n'eut pas besoin de se pencher pour voir à l'intérieur ; il se contenta d'incliner légèrement le buste. Puis il resta là, à contempler la scène. Il ne recula pas en titubant vers le mur pour vomir. Il ne se mit pas à haleter. Il ne changea pas vraiment d'expression non plus.

— Le cadavre a été balancé ici, dit Veck. C'est obligé.

— Elle.

Veck releva la tête et posa sur lui son regard bleu foncé intelligent et impassible.

— Pardon ?

— Elle a été balancée ici. C'est une personne, pas une chose, DelVecchio.

— Oui. Désolé. Elle. (Il s'inclina de nouveau pour regarder.) Je pense que nous avons affaire à un collectionneur de trophées.

— Peut-être.

Veck haussa les sourcils.

— Il manque beaucoup de choses… sur elle.

— Vous avez regardé CNN ces derniers temps ?

José essuya son stylo avec un mouchoir en papier.

— Je n'ai pas le temps de regarder la télé.

— On a retrouvé onze femmes dans cet état au cours de l'année. À Chicago, Cleveland et Philadelphie.

— Merde. (Veck fit sauter un chewing-gum dans sa bouche et commença à le mâcher.) Alors vous vous demandez si cela ne commence pas chez nous ?

Tandis que le type mastiquait énergiquement, José se frotta les yeux pour lutter contre les souvenirs qui remontaient à la surface.

— Quand est-ce que vous avez arrêté ?

Veck se racla la gorge.

— De fumer ? Y a environ un mois.

— Comment ça se passe ?

— Ça craint.

— Je veux bien le croire.

José posa les mains sur ses hanches et retrouva sa concentration. Comment diable allaient-ils découvrir l'identité de cette fille ? Il y avait d'innombrables jeunes femmes disparues dans l'État de New York, et cela, c'était en partant du principe que le tueur ne l'ait pas tuée dans le Vermont, le Massachusetts ou le Connecticut avant de l'amener ici.

Une chose était certaine : plutôt crever que de voir un enfoiré se mettre à éliminer les filles de Caldwell. Cela n'arriverait pas tant qu'il serait là.

En se retournant, il donna une claque sur l'épaule de son partenaire.

— Je te donne dix jours, mon pote.

— Avant quoi ?

— Avant que tu remontes en selle avec le cow-boy Marlboro.

— Ne sous-estimez pas ma volonté, inspecteur.

— Ne sous-estime pas ce que tu vas ressentir quand tu rentreras chez toi et que tu essaieras de dormir ce soir.

— Je ne dors pas beaucoup, de toute façon.

— Ce boulot ne va pas t'aider.

À ce moment, la photographe arriva avec son appareil et son mauvais caractère.

José désigna de la tête la direction opposée.

— Reculons et laissons-la faire son boulot.

Veck jeta un coup d'œil à la nouvelle arrivante et écarquilla les yeux quand il obtint en retour un regard hostile. Cette fin de non-recevoir était certainement une nouveauté pour lui : Veck était le genre de type autour duquel les femmes tournaient, comme l'avaient prouvé les deux dernières semaines. Au quartier général, les filles en pinçaient toutes pour lui.

— Allons, DelVecchio, on va commencer les repérages.

— Compris, inspecteur.

D'ordinaire, José lui aurait peut-être dit de l'appeler De La Cruz, mais aucun de ses « nouveaux » partenaires ne tenait plus d'un mois, alors quelle importance. « José » était bien évidemment hors de question ; une seule personne l'avait appelé comme cela au boulot, et cet enfoiré avait disparu trois ans plus tôt.

Il leur fallut environ une heure pour fouiner sans rien apprendre de substantiel. Il n'y avait pas de caméra de sécurité à l'extérieur du bâtiment et aucun témoin ne s'était présenté, mais les types de la scientifique allaient ratisser le coin avec leurs casques, leurs petits sachets plastique et leurs pinces. Peut-être qu'on apprendrait quelque chose.

Le légiste se pointa à 9 heures et effectua un premier relevé d'indices, puis le cadavre fut préparé pour être emporté une heure plus tard. Et quand les types eurent besoin d'un coup de main pour soulever le corps, José fut surpris de découvrir que Veck avait enfilé une paire de gants en latex et sauté dans la benne.

Juste avant que le légiste s'en aille avec elle, José demanda quelle était l'heure de la mort et on lui répondit aux alentours de midi la veille.

Génial, songea-t-il tandis que les voitures et les fourgons de police commençaient à partir. Elle était morte depuis près de vingt-quatre heures quand on l'avait trouvée. On avait très bien pu l'amener d'un autre État.

— Il est temps de consulter les bases de données, dit-il à Veck.

— Je m'en occupe.

Alors qu'il faisait demi-tour et se dirigeait vers une moto, José s'exclama :

— Le chewing-gum, ce n'est pas un aliment !

Veck s'arrêta et jeta un coup d'œil par-dessus son épaule.

— Est-ce que vous me proposez d'aller prendre mon petit déjeuner, inspecteur ?

— Je n'ai pas envie que tu tombes dans les pommes en bossant, c'est tout. Cela t'embarrasserait et me donnerait un autre corps à enjamber.

— Quelle prévenance, inspecteur.

Peut-être autrefois. Désormais, il avait seulement faim et n'avait pas envie de manger seul.

— Je te retrouve au *Vingt-quatre* dans cinq minutes.

— Le *Vingt-quatre* ?

Ah oui ; il n'était pas du coin.

— Le *Riverside Diner*, sur la 8e Rue. Ouvert vingt-quatre heures sur vingt-quatre.

— Compris. (Il enfila un casque noir et enjamba un engin constitué essentiellement d'un moteur.) C'est moi qui invite.

— Fais-toi plaisir.

Veck abaissa le kick et démarra le moteur.

— Toujours, inspecteur. Toujours.

Quand il s'éloigna, il laissa un sillon de testostérone dans la ruelle et José se sentit comme un père de famille d'âge mûr en comparaison quand il se trimballa jusqu'à sa voiture banalisée beige. S'installant au volant, il posa son café presque vide et complètement froid dans le porte-gobelet et regarda la benne à ordures de l'autre côté du ruban jaune.

Sortant son téléphone portable de la poche de sa veste, il appela le central.

— Salut, c'est De La Cruz. Est-ce que tu peux me mettre en relation avec Mary Ellen ? (Il attendit moins d'une minute.) M.E., comment vas-tu ? Bien… bien. Voilà, j'aimerais écouter l'appel qu'on a reçu pour le cadavre à côté du Commodore. Oui, bien sûr… Repasse-le, c'est tout. Merci, et prends ton temps.

José enfonça la clé dans le contact sous le volant.

— Super, merci, M.E.

« Oui, j'aimerais signaler un cadavre », entendit-il. « Non, je ne vous donnerai pas mon nom. Il est dans une benne à ordures, dans une ruelle partant de la 10e Rue, à deux pâtés de maisons du Commodore. Ça ressemble à une femme de type caucasien, dans les dix-huit, vingt ans… Non, je ne vous donnerai pas mon nom… Eh, et si vous notiez l'adresse et arrêtiez de vous occuper de moi… »

José serra son téléphone et se mit à trembler des pieds à la tête.

L'accent de Boston était si net et si familier qu'on aurait dit que le temps avait été pris dans un carambolage et avait fait un tête-à-queue.

— Inspecteur ? Vous voulez réécouter ? entendit-il Mary Ellen lui demander.

Fermant les yeux, il répondit d'une voix enrouée :

— Oui, s'il te plaît…

À la fin de l'enregistrement, il s'entendit remercier Mary Ellen et sentit que son pouce appuyait sur « raccrocher » pour mettre fin à l'appel.

Aussi sûrement que l'eau s'écoule dans un évier, il se sentait aspiré dans un cauchemar vieux d'environ trois ans… quand il avait débarqué dans un appartement miteux et délabré rempli de bouteilles de Lagavulin et de boîtes de pizza vides. Il se souvenait d'avoir tendu la main vers la porte close d'une salle de bains ; cette saleté tremblait de la paume jusqu'au bout des doigts.

Il avait été persuadé qu'il allait découvrir un cadavre de l'autre côté. Pendu au pommeau de douche avec une ceinture… ou peut-être étendu dans la baignoire, trempant dans du sang et non du bain moussant.

Butch O'Neal avait vécu à la dure avec autant de détermination qu'il en mettait dans son boulot à la criminelle. Il buvait jusque tard dans la nuit et n'était pas seulement allergique aux relations amoureuses, mais carrément incapable de nouer la moindre forme de lien.

Sauf que José et lui avaient été potes. Aussi potes que Butch l'avait jamais été avec quelqu'un.

Mais il n'y avait pas eu de suicide. Ni de corps. Rien. Une nuit il était là ; la suivante… il avait disparu.

Pendant un mois ou deux, José s'était attendu à avoir des nouvelles : soit du type en personne, soit parce qu'un cadavre au nez cassé avec une incisive fêlée serait apparu quelque part.

Mais les jours s'étaient changés en semaines, qui elles-mêmes s'étaient muées en saisons. Et il supposait qu'il était devenu comme un médecin atteint d'une maladie en phase terminale : il savait enfin ce que ressentaient les familles des personnes disparues. Et mon Dieu, il n'aurait jamais cru atteindre un jour ce pays froid et redouté de Ne Pas Savoir… Mais avec la disparition de son ancien partenaire, il n'avait pas fait que le traverser ; il y avait acheté un terrain, bâti une maison et s'y était installé.

À présent qu'il avait abandonné tout espoir, qu'il ne se réveillait plus en pleine nuit avec ses interrogations… voilà qu'apparaissait cet enregistrement.

Bien sûr, des millions de personnes avaient l'accent de Boston. Mais Butch O'Neal avait un accent nasillard inimitable.

Brusquement, José n'eut plus envie d'aller au *Vingt-quatre* ni de manger quoi que ce soit. Pourtant, il mit le moteur en route et démarra.

À l'instant où il avait regardé dans cette benne à ordures et découvert les yeux manquants et le travail de dentiste, il avait su qu'il partait à la recherche d'un tueur en série. Mais il n'aurait pas imaginé qu'il irait également à la recherche de quelqu'un d'autre.

Il était temps de retrouver Butch O'Neal.

S'il y arrivait.

Chapitre 16

Une semaine plus tard, Manny se réveilla dans son lit avec une gueule de bois carabinée. La bonne nouvelle était qu'il pouvait au moins expliquer ce mal de crâne-ci : quand il était rentré chez lui la veille, il avait descendu la bouteille de Lagavulin comme une piste noire de ski et celle-ci avait eu le même effet, en le faisant tomber et atterrir sur les fesses.

Son premier mouvement fut de tendre la main et d'attraper son téléphone. La vue encore brouillée, il appela le portable de son vétérinaire. Tous deux avaient un petit rituel matutinal, et il remerciait Dieu que ce type soit aussi insomniaque que lui.

Le véto répondit dès la deuxième sonnerie.

— Allô ?

— Comment va ma pouliche ? (Le silence qui suivit lui apprit tout ce qu'il y avait à savoir.) Si mal que cela ?

— Eh bien, ses fonctions vitales sont toujours bonnes et elle est aussi à l'aise que possible dans sa position suspendue, mais la fourbure m'inquiète. Nous verrons bien.

— Tenez-moi au courant.

— Toujours.

À ce moment-là, raccrocher était la seule chose à faire. La conversation était terminée et il n'était pas du genre à tailler le bout de gras mais, même si cela avait été le cas, bavarder ne lui aurait pas donné ce qu'il voulait, à savoir un cheval en bonne santé.

Avant que son radio-réveil ne sonne à 6 h 30 et ne lui donne l'impression d'avoir pris une balle dans la tête, il réduisit l'appareil au silence d'une tape et pensa : muscu, café, retour à l'hôpital.

Attendez. Café, muscu, hôpital.

Il avait vraiment besoin de caféine avant tout. Il n'était pas en état de courir ou de soulever des poids, et il ne devrait pas non plus faire fonctionner des machineries lourdes telles que des ascenseurs.

Quand il posa les pieds sur le sol et se mit en position verticale, sa tête pulsait à son propre rythme, mais il se révolta contre l'idée que peut-être, seulement peut-être, la douleur n'était pas due à l'alcool : il n'était pas malade et il ne couvait pas une tumeur cérébrale, et même si c'était le cas, il irait toujours à St. Francis. C'était dans sa nature. Merde, quand il était jeune, il s'était battu pour aller à l'école alors qu'il était malade ; même quand il avait eu la varicelle et ressemblait à un jeu de « relier les points entre eux », il avait insisté pour prendre le bus.

Sa mère avait gagné cette fois-là. Et pesté en disant qu'il était bien comme son père.

Ce n'était pas un compliment, et il l'avait entendu toute sa vie, même si cela n'avait pas le moindre sens, puisqu'il n'avait jamais rencontré ce mec. Tout ce qu'il avait, c'était une photo jaunie, qui était bien la seule chose qu'il ait jamais encadrée...

Pourquoi diable pensait-il à cela ce matin ?

Le café était un *Starbucks Breakfast Blend*. Il enfila sa tenue de sport pendant que le café passait, et descendit deux tasses au-dessus de l'évier tandis qu'il observait la circulation matinale serpenter sur l'autoroute du Nord dans la lumière diffuse de l'aube. Pour finir, il attrapa son iPod et inséra les écouteurs dans ses oreilles. Il n'était déjà pas causant, mais que Dieu lui épargne aujourd'hui une fille qui soit un moulin à paroles.

La salle de sport quelques étages plus bas était quasiment vide, ce qui fut un gros soulagement, mais cela n'allait pas durer. Sautant sur le tapis de course le plus proche de la porte, il éteignit les informations de CNBC diffusées sur la télé fixée au-dessus de sa tête et commença à transpirer.

Tandis que Judas Priest portait ses foulées, son esprit déconnecté et son corps raide et douloureux obtenaient ce qu'il leur fallait. Tout bien considéré, il était en meilleure forme qu'à la fin du week-end précédent. Il avait toujours des migraines, mais il arrivait à gérer son travail et ses patients et tout fonctionnait bien.

Mais il s'interrogeait. Juste avant que Jane percute cet arbre, elle avait eu des migraines, elle aussi. Donc s'il avait été possible d'autopsier son corps, aurait-on découvert un anévrisme ? Bon, quelles étaient les chances que tous deux en aient un en l'espace de…

« Pourquoi as-tu fait cela, Jane ? Pourquoi avoir simulé ta mort ?

— Je n'ai pas le temps de t'expliquer maintenant. S'il te plaît. Je sais que je t'en demande beaucoup. Mais j'ai un patient qui a désespérément besoin de toi, et cela fait plus d'une heure que je te cherche, donc je n'ai plus le temps… »

— Putain…

Manny se dépêcha de sauter hors du tapis et serra les dents pour lutter contre la douleur. S'appuyant au panneau de contrôle de la machine, il prit des inspirations lentes et régulières… enfin autant qu'il était possible pour quelqu'un qui venait de courir à douze kilomètres-heure.

Au cours des sept derniers jours, l'expérience lui avait enseigné que, quand la douleur frappait, la meilleure chose était de faire le vide dans son esprit et de ne penser à rien. Et le fait que ce simple exercice cognitif fonctionne était rassurant si l'on envisageait l'hypothèse qu'il ait un anévrisme : si quelque chose devait faire exploser une de ses artères cérébrales, ce ne serait pas un exercice de yoga pour débutant qui ferait la différence.

Mais il y avait un schéma récurrent. L'assaut semblait suivre les moments où il pensait soit à Jane… soit à ce rêve excitant qu'il faisait toujours.

Bordel de merde, il avait eu assez d'orgasmes dans son sommeil pour épuiser sa libido elle-même. Et, en gros obsédé qu'il était, la quasi-certitude de retrouver cette femme dans ses fantasmes lui faisait attendre avec impatience le moment de poser la tête sur l'oreiller pour la première fois de sa vie.

Même s'il n'arrivait pas à expliquer pourquoi certaines connaissances faisaient naître les migraines, la bonne nouvelle était qu'il allait mieux. Chaque jour qui suivait cet étrange trou noir du week-end, il se sentait redevenir un peu plus lui-même.

Quand il ne subsista plus qu'une douleur sourde, Manny remonta sur le tapis de course et termina son entraînement. En se dirigeant vers la sortie, il salua d'un signe de tête les retardataires matinaux qui étaient arrivés, mais partit avant que quiconque puisse lui demander « Oh, mon Dieu, vous allez bien ? » si on l'avait vu reprendre sa respiration près du tapis de course.

De retour chez lui, il prit une douche et enfila une tenue médicale propre et sa blouse blanche, puis attrapa sa mallette et prit l'ascenseur. Afin d'échapper à la circulation, il emprunta les routes de surface qui traversaient la ville. L'autoroute était systématiquement bouchée à cette heure-ci, et il réalisa un excellent temps tout en écoutant un vieux tube de My Chemical Romance.

I'm Not Okay était une chanson dont il ne se lassait bizarrement pas.

Quand il tourna pour entrer dans le complexe de l'hôpital St. Francis, les premières lueurs de l'aube ne pointaient pas encore tout à fait, ce qui suggérait que le temps serait nuageux.

Non que cela ait de l'importance pour lui. Une fois qu'il était dans le ventre de la bête, à l'exception d'une tornade, ce qui n'était jamais arrivé à Caldwell, la météo ne l'affectait absolument pas. Merde, bien souvent il arrivait au boulot alors que le jour n'était pas encore levé et repartait à la nuit tombée, mais il n'avait jamais eu le sentiment de passer à côté de sa vie simplement parce qu'il ne parlait jamais de la pluie et du beau temps…

Étrangement, il se sentait déphasé, désormais.

Il était venu ici à sa sortie de la fac de médecine de Yale après son internat en chirurgie, et il avait eu l'intention d'aller à Boston, Manhattan ou Chicago. Au lieu de cela, il avait fait son trou et à présent, dix ans plus tard, il travaillait toujours dans l'hôpital où il avait commencé. Certes, il était en haut de l'affiche, pour ainsi dire, il avait sauvé et reconstruit des vies et il avait formé la nouvelle génération de chirurgiens.

Mais le problème, se dit-il, tandis qu'il descendait la rampe d'accès au parking, était que tout cela paraissait bizarrement creux.

Il avait quarante-cinq ans, avec au moins la moitié de sa vie « utile » derrière lui, et qu'avait-il pour le prouver ? Un appartement plein de matériel de sport et un boulot qui avait pris toute la place. Pas de femme. Pas d'enfants. Il passait Noël, le réveillon et le 4 Juillet à l'hôpital, sa mère se débrouillant seule pour les vacances et se languissant certainement de petits-enfants qu'elle ferait mieux de ne pas attendre.

Seigneur, combien de femmes rencontrées au hasard avait-il baisées au cours des années ? Des centaines, sans doute.

La voix de sa mère retentit dans sa tête : *Tu es bien comme ton père.*

Ce n'était que trop vrai. Son père aussi était chirurgien. Avec une tendance à l'errance.

C'était en fait la raison pour laquelle Manny avait choisi Caldwell. Sa mère avait travaillé dur à St. Francis en tant qu'infirmière aux soins intensifs, afin de lui faire traverser ses nombreuses années d'études. Et quand il avait obtenu son diplôme de médecine ? Au lieu de fierté, le visage maternel avait pris une expression distante et réservée… Plus il avait ressemblé à ce que son père avait été, plus elle avait eu cet air distant dans le regard. Il avait cru que si son père et lui se trouvaient dans la même ville, ils se rencontreraient, ou quelque chose du genre. Mais cela ne s'était pas déroulé ainsi.

Mais elle allait bien. Elle vivait en Floride à présent, dans une maison près d'un terrain de golf qu'il avait payée, occupant son temps à jouer au Scrabble avec des dames de son âge, à participer à des dîners avec les membres du club de bridge et à se disputer pour savoir qui avait ignoré qui lors de ces réjouissances. Il était plus qu'heureux de subvenir à ses besoins, et leurs relations se bornaient à cela.

Son père reposait dans une tombe, au cimetière de la Pineraie. Il était mort en 1983 dans un accident de voiture.

C'était dangereux, les voitures.

Garant sa Porsche, il sortit et emprunta l'escalier plutôt que l'ascenseur pour faire de l'exercice ; puis il prit la voie piétonne pour entrer directement au deuxième étage de l'hôpital. Chaque fois qu'il croisait des médecins, des infirmières ou du personnel administratif, il se contentait de hocher la tête et de poursuivre sa route. D'habitude, il commençait par se rendre dans son bureau, mais quoi qu'il ordonne à ses pieds, ce n'était pas là qu'il atterrirait ce jour-là.

Il se dirigeait vers les salles de réveil.

Il se dit que c'était pour voir comment allaient ses patients, mais c'était un mensonge. Son esprit était de plus en plus confus, mais de façon délibérée il ignora soigneusement ce brouillard intérieur. Merde, c'était mieux que la douleur…

et il souffrait probablement d'un peu d'hypoglycémie parce qu'il avait fait du sport sans manger ensuite.

Son patient… Il cherchait son patient… Pas de nom. Il n'avait pas de nom, mais il connaissait la chambre.

Quand il atteignit la plus proche de la sortie de secours au bout du couloir, une vague de chaleur le traversa et il se surprit à s'assurer que sa blouse n'était pas de travers, puis à passer une main dans ses cheveux pour les recoiffer.

Se raclant la gorge, il se prépara mentalement, entra et…

L'homme de quatre-vingts ans dans le lit dormait, mais pas en paix, car des tubes entraient et sortaient de son corps comme s'il était une voiture en réparation.

Une douleur sourde martela la tête de Manny tandis qu'il restait là à dévisager le vieil homme.

— Manny ?

La voix de Goldberg derrière lui fut un soulagement, parce qu'elle lui donna un objet concret auquel se raccrocher… le rebord de la piscine, pour ainsi dire.

Il se retourna.

— Bonjour. Ça va, ce matin ?

Le médecin haussa les sourcils, puis se renfrogna.

— Euh… que fais-tu ici ?

— À ton avis. Je vérifie que ce patient va bien.

Seigneur, peut-être que tout le monde perdait la tête.

— Je croyais que tu avais pris une semaine de congé.

— Pardon ?

— C'est… euh… c'est ce que tu m'as dit quand tu es parti ce matin. Après que nous… nous sommes retrouvés ici.

— De quoi est-ce que tu parles ? (Mais Manny fit un geste de la main pour l'arrêter.) Écoute, laisse-moi prendre un petit déjeuner pour commencer…

— C'est l'heure du dîner, Manny. Il est 18 heures. Tu es parti il y a douze heures.

L'onde de chaleur se retira de lui et fut immédiatement remplacée par la vague froide d'une chose qu'il n'avait jamais, au grand jamais ressentie.

Une peur glacée le renversa et envoya rouler ses quilles.

Le silence gêné qui suivit fut rompu par la grande activité qui régnait dans le couloir : divers membres du personnel passaient en coup de vent sur leurs chaussures à semelles de crêpe, se précipitant auprès de patients, faisant rouler des corbeilles de linge sale ou distribuant des repas… des dîners, bien entendu… d'une chambre à l'autre.

— Je vais… rentrer à la maison, dit Manny.

Sa voix fut aussi puissante qu'à l'accoutumée, mais l'expression sur le visage de son collègue dévoila la vérité dans et autour de lui : peu importe ce qu'il se racontait à lui-même sur le fait qu'il allait mieux, il n'était plus celui qu'il avait été autrefois. Il avait la même apparence, parlait et marchait de la même façon. Il avait même tenté de se convaincre qu'il était le même. Mais quelque chose avait changé ce week-end-là, et il craignait de ne pouvoir faire machine arrière.

— Veux-tu que quelqu'un te raccompagne ? demanda Goldberg d'une voix hésitante.

— Non. Je vais bien.

Il lui fallut toute sa fierté pour ne pas se mettre à courir quand il fit demi-tour pour partir : par la seule force de sa volonté, il se redressa et posa calmement un pied devant l'autre.

Étrangement, au moment où il sortit en empruntant le même chemin qu'à l'aller, il songea à son ancien professeur de chirurgie… Celui qui avait été « mis à la retraite » par l'administration de l'université quand il avait eu soixante-dix ans. Manny était alors en deuxième année.

Le docteur Theodore Benedict Standford, troisième du nom.

Ce type avait été un véritable connard en cours, le genre d'enfoiré qui préférait que les étudiants donnent la mauvaise réponse parce que cela lui fournissait l'occasion de passer un savon à quelqu'un. Quand l'université avait annoncé son départ à la fin de l'année, Manny et ses camarades avaient organisé un pot pour ce pauvre vieux, durant lequel ils s'étaient tous soûlés pour célébrer le fait qu'ils étaient la dernière génération à avoir subi ses conneries.

Manny travaillait comme gardien à la fac pendant l'été pour se faire de l'argent et il était en train de nettoyer le couloir quand les déménageurs avaient emporté les derniers cartons du bureau de Standford… Puis le vieil homme lui-même avait tourné au coin du couloir et avait disparu sur la pointe des pieds.

Il était parti la tête haute, descendant l'escalier de marbre et sortant par le majestueux hall d'entrée le menton levé.

Manny avait ri de l'arrogance de cet homme, immortelle même face à l'âge et à l'obsolescence.

À présent qu'il marchait dans ses pas, il se demanda si cela avait été vrai.

Il était plus probable que Standford se soit senti comme lui en ce moment.

Rejeté.

Chapitre 17

Jane entendit le bruit jusque dans le bureau du centre d'entraînement. Réveillée en sursaut, elle releva la tête de son avant-bras qui lui servait d'oreiller de fortune et redressa le buste de la table sur laquelle elle s'était affalée.

Un bruit de déchirement… et de battement…

Tout d'abord, elle crut qu'il s'agissait d'une rafale de vent, mais son cerveau se mit alors en marche. Il n'y avait pas de fenêtres ici, au sous-sol. Et il faudrait un sacré orage pour créer un tel boucan.

Bondissant de sa chaise et contournant le bureau, elle déboula dans le couloir pour se précipiter vers la chambre de Souffhrance. Toutes les portes étaient ouvertes, précisément pour cette raison : elle n'avait qu'une seule patiente et, même si Souffhrance était généralement silencieuse, s'il arrivait quelque chose…

Que diable était ce bruit ? On entendait des grognements également…

Jane dérapa en s'agrippant au chambranle de la salle de réveil et poussa un hurlement. Oh, mon Dieu… le sang !

— Souffhrance !

Elle se rua vers le lit.

La jumelle de V. s'affolait, agitant les bras, griffant les draps mais aussi son propre corps, ses ongles pointus mordant la peau de ses biceps, de ses épaules et de sa clavicule.

— Je ne le sens pas ! criait la femelle, dévoilant ses crocs, les yeux si écarquillés qu'on voyait le blanc tout autour. Je ne sens rien !

Jane plongea vers elle et lui attrapa un bras couvert d'éraflures poisseuses, mais sa prise lui échappa au moment même où elle établissait le contact.

— Souffhrance ! Arrête !

Tandis que Jane s'efforçait de calmer sa patiente, le sang rouge et brillant éclaboussait son visage et sa blouse blanche.

— Souffhrance ! (Si elle continuait, ces blessures seraient assez profondes pour qu'on voie l'os.) Arrête…

— Je ne le sens pas !

Le stylo apparut dans la main de Souffhrance, comme surgi de nulle part… Sauf que, non, ce n'était pas de la magie… L'objet appartenait à Jane, c'était celui qu'elle conservait dans la poche de poitrine de sa blouse. À l'instant où elle l'aperçut, toute cette agitation furieuse lui sembla se dérouler dans un ralenti irréel, alors que Souffhrance levait la main.

Le coup qu'elle s'infligea était si puissant et assuré qu'il était impossible de l'arrêter.

La pointe aiguisée du stylo transperça le cœur de la femelle, qui mourut sur le coup : son torse tressauta et un râle s'échappa de sa bouche ouverte.

Jane hurla.

— Non… !

— Jane, réveille-toi !

Entendre la voix de Viszs n'avait aucun sens. Sauf qu'elle ouvrit alors les yeux… dans l'obscurité la plus totale. La clinique, le sang et la respiration rauque de Souffhrance furent remplacés par un voile noir qui…

Des bougies s'allumèrent et la première chose qu'elle vit distinctement fut le visage aux traits durs de Viszs. Il était allongé à côté d'elle, même s'ils ne s'étaient pas mis au lit en même temps.

— Jane, ce n'était qu'un rêve…

— Je vais bien, dit-elle précipitamment en écartant les cheveux de son visage. Je vais…

Alors qu'elle se redressait en s'appuyant sur ses avant-bras et haletait, elle ne distinguait pas encore avec certitude le rêve de la réalité. Surtout parce que Viszs était à côté d'elle. Non seulement ils ne s'étaient pas couchés ensemble, mais ils ne s'étaient pas levés ensemble non plus. Elle supposait qu'il dormait dans sa forge, mais peut-être n'était-ce pas le cas.

Elle espérait que ce ne soit pas le cas.

— Jane…

Dans le silence feutré, elle entendit dans ce mot toute la tristesse que V. n'aurait jamais laissé transparaître dans n'importe quelle autre situation. Et elle ressentait la même chose. Les journées passées sans se parler vraiment, la tension liée à la convalescence de Souffhrance, la distance… Cette satanée distance… C'était tellement triste.

Mais ici, à la lueur des bougies, dans leur lit d'union, tout cela s'estompait en partie.

Avec un soupir, elle se tourna vers son corps tiède et musclé, et ce contact la changea : sans avoir besoin de se solidifier, elle reprit sa forme corporelle, la chaleur s'écoulant entre eux, la magnifiant et la rendant aussi réelle que lui l'était. Levant les yeux, elle contempla son visage farouche et magnifique, le tatouage à la tempe, les cheveux noirs qu'il repoussait toujours en arrière, les sourcils froncés et ces yeux pâles comme de la glace.

Au cours de la semaine passée, elle avait joué et rejoué cette nuit où les choses étaient devenues si violentes. Et même si tout cela était décevant et angoissant, un détail n'avait tout simplement aucun sens.

Quand ils s'étaient vus dans le tunnel, Viszs portait un col roulé. Et il n'en mettait jamais. Il en avait horreur parce que cela lui donnait l'impression d'être entravé… ce qui était ironique, vu que cela l'excitait parfois. En général, il portait un débardeur ou se promenait torse nu, et elle n'était pas stupide. Il avait beau être un dur à cuir au crâne épais, sa peau se couvrait de bleus aussi facilement que n'importe qui.

Il avait dit qu'il s'était battu, mais c'était un as du corps-à-corps. Donc, s'il était couvert d'ecchymoses, c'était pour une seule et unique raison : il l'avait permis.

Et elle ne pouvait s'empêcher de se demander qui les lui avait infligées.

— Ça va ? demanda V.

Elle leva la main et la posa sur sa joue.

— Et toi ?

Et eux ?

Il ne cilla pas.

— De quoi rêvais-tu ?

— Il faut qu'on discute, V.

Il pinça les lèvres. Et le fit encore plus tandis qu'elle attendait qu'il prenne la parole. Finalement, il répondit :

— Souffhrance est là où elle est. Cela ne fait qu'une semaine et…

— Je ne parlais pas de discuter d'elle, mais de ce qui s'est passé la nuit où tu es sorti tout seul.

Il se positionna plus confortablement sur le dos en s'enfonçant dans l'oreiller et joignit les mains sur ses abdos sculptés. Dans la faible lumière, les muscles tendus de son cou et les veines apparentes de ses carotides jetaient des ombres contrastées.

— Tu m'accuses d'avoir couché avec quelqu'un d'autre ? Je croyais qu'on était passés à autre chose.

— Arrête de détourner la conversation. (Elle le regarda fixement sans sourciller.) Et si tu veux te battre, va chercher quelques éradiqueurs.

Avec n'importe quel autre mâle, une réponse pareille aurait sans doute déclenché une dispute immédiate, avec tout le cirque afférent.

Au lieu de cela, Viszs se tourna vers elle et sourit.

— Écoute-toi.

— Je préférerais que tu me parles.

La lueur sexuelle qui lui était si familière mais qu'elle n'avait pas vue depuis une semaine s'alluma dans son regard quand il roula vers elle. Puis il baissa les paupières et observa ses seins à travers le simple tee-shirt dans lequel elle s'était endormie.

Elle mit son visage dans son champ de vision, mais elle aussi souriait. La situation avait été tendue entre eux. Mais cela, c'était normal.

— Je ne veux pas être distraite.

Alors que des vagues de chaleur émanaient du solide corps de son compagnon, celui-ci traça un chemin du bout du doigt le long de son épaule. Puis il ouvrit la bouche, découvrant les pointes blanches de ses crocs, qui s'allongèrent quand il se lécha les lèvres.

Sans qu'elle sache comment, le drap qui le recouvrait fut tiré pour dévoiler son abdomen musclé, de plus en plus bas. C'était sa main gantée qui remplissait cet office et, à chaque centimètre supplémentaire de peau exposée, elle avait plus de mal à détourner le regard. Il s'arrêta juste avant de dévoiler son énorme érection, mais il s'exhiba devant elle, les tatouages de son entrejambe s'étirant puis reprenant leur forme initiale au rythme des ondulations de son bassin.

— Viszs…

— Quoi ?

Sa main gantée disparut sous le satin noir, et elle n'eut pas besoin de voir où elle allait pour savoir parfaitement qu'il s'était empoigné : le fait qu'il cambre le dos lui apprit tout ce qu'elle avait besoin de savoir. Cela et la façon dont il se mordit la lèvre inférieure.

— Jane…

— Quoi ?

— Est-ce que tu vas te contenter de regarder ?

Mon Dieu, elle se rappelait la première fois qu'elle l'avait vu ainsi, étendu sur un lit, en érection, prêt à l'action. Elle était en train de le laver à l'éponge et il avait lu en elle comme dans un livre ouvert : elle avait eu beau ne pas vouloir le reconnaître, elle avait désespérément eu envie de le voir prendre son pied.

Et elle s'était assurée qu'il le prenne.

Sentant la chaleur l'envahir à son tour, elle se pencha vers lui et approcha la bouche de sorte qu'elle touche presque celle de Viszs.

— Tu détournes encore la conversation…

En un éclair, il lui empoigna la nuque de sa main libre, la faisant prisonnière. Et cette puissance qu'il dégageait lui communiqua un frisson qui la parcourut jusqu'entre les cuisses.

— Oui. Absolument. (Il sortit la langue et lui lécha la lèvre.) Mais nous pourrons toujours parler après. Tu sais que je ne mens jamais.

— Je croyais que ta réplique allait plutôt être… que tu n'as jamais tort.

— Eh bien, c'est vrai aussi. (Un grondement saccadé lui échappa.) Et là, tout de suite… toi et moi avons besoin de cela.

La dernière partie de sa phrase fut prononcée sans passion et avec tout le sérieux qu'elle avait besoin d'entendre. Et, ça alors, il avait raison. Tous deux se tournaient autour depuis sept jours, marchant avec précaution, évitant le terrain miné au centre de leur relation. Communiquer ainsi, peau contre peau, allait les aider à atteindre les mots qu'ils devaient prononcer.

— Alors, qu'en dis-tu ? murmura-t-il.

— Qu'est-ce que tu attends ?

Le rire qu'il laissa échapper était grave et satisfait, et son avant-bras se contracta et se détendit alors qu'il commençait à se caresser.

— Retire le drap, Jane.

L'ordre avait été donné d'une voix enrouée, mais ferme, et cela l'excita. Comme toujours.

— Fais-le, Jane. Regarde-moi.

Elle posa une main sur son torse et descendit, sentant au passage les côtes et les lignes dures de ses abdominaux, et entendant le sifflement quand il prit une inspiration entre ses dents. Soulevant le drap, elle dut déglutir quand l'extrémité de son pénis apparut au sommet de son poing, libérée, s'offrant avec une unique larme cristalline.

Quand elle tendit la main pour le caresser, il lui attrapa le poignet et la retint.

— Regarde-moi, Jane... grogna-t-il. Mais ne me touche pas.

Enfoiré. Elle détestait qu'il fasse cela. Mais elle adorait cela aussi.

Viszs ne la lâcha pas pendant qu'il se masturbait de sa main gantée et son corps était magnifique alors que sa paume allait et venait en rythme. La lueur des bougies conférait à toute la scène une aura de mystère, mais après tout... c'était toujours ainsi avec V. Avec lui, elle ne savait jamais à quoi s'attendre, et pas seulement parce que c'était le fils d'une déesse. Il était tout le temps à prendre des risques, dur et ingénieux, retors et exigeant.

Et elle savait qu'elle n'avait accès qu'à une version édulcorée de lui. Il existait des cavernes plus profondes dans son labyrinthe intérieur, qu'elle n'avait jamais visitées et où elle ne pourrait jamais aller.

— Jane, dit-il d'une voix rauque. Quel que soit ce à quoi tu penses, arrête… Reste avec moi ici et maintenant et ne va pas là-bas.

Elle ferma les yeux. Elle avait toujours su à quoi elle s'unissait et ce qu'elle aimait. À l'époque où elle s'était engagée envers lui pour l'éternité, elle avait bien eu conscience du nombre d'amants, hommes ou femmes, qu'il avait eus avant elle, ainsi que du type de relations qu'il avait entretenues avec eux. Elle n'aurait simplement jamais cru que ce passé se mettrait un jour entre eux…

— Je n'étais avec personne. (Sa voix était forte et assurée.) Cette nuit-là. Je le jure.

Elle leva les paupières. Il avait cessé de se masturber et restait allongé, immobile.

Brusquement, la vision qu'elle avait de lui fut brouillée par les larmes.

— Je suis tellement désolée, dit-elle d'une voix éraillée. J'avais seulement besoin d'entendre cela. Je te fais confiance, honnêtement, mais je…

— Chut… C'est bon. (Il tendit sa main gantée et essuya une larme sur sa joue.) Tout va bien. Pourquoi ne te poserais-tu pas des questions sur ce qui se passe dans ma tête ?

— C'est mal.

— Non, c'est moi qui suis mauvais. (Il prit une profonde inspiration.) J'ai passé toute la semaine à essayer de faire sortir les choses de ma bouche. La situation me faisait horreur, mais j'ignorais quoi te dire qui n'empire pas les choses.

À un certain niveau, elle fut surprise de sa compassion et de sa compréhension. Tous deux étaient si indépendants, et c'était la raison pour laquelle leur union fonctionnait : il était réservé et elle n'avait guère besoin de soutien émotionnel, et en général cette équation donnait un résultat magnifique.

Mais pas cette semaine.

— Je suis également désolé, murmura-t-il. Et j'aimerais être un mâle d'un genre différent.

Bizarrement, elle comprit qu'il parlait de bien plus que de sa réserve naturelle.

— Il n'y a rien dont tu ne puisses me parler, V.

Comme elle obtenait un « Hum » pour toute réponse, elle ajouta :

— Tu subis un énorme stress en ce moment. Je le sais. Et je ferais n'importe quoi pour t'aider.

— Je t'aime.

— Alors tu dois me parler. La seule chose qui ne fonctionne pas de manière certaine, c'est le silence.

— Je sais. Mais c'est comme regarder dans une pièce obscure. Je veux te dire des trucs, mais je n'y arrive pas… Je ne vois rien de ce que je ressens.

Elle le croyait, et reconnaissait que c'était là une chose contre laquelle les victimes de maltraitance dans leur enfance avaient tendance à lutter à l'âge adulte. Le mécanisme de survie mis en place très tôt, qui leur permettait de traverser les pires épreuves, consistait à compartimenter : quand les choses devenaient trop difficiles à supporter, ils scindaient leur moi intérieur en deux et repoussaient leurs émotions très, très loin.

Le danger, bien entendu, était la pression qui augmentait invariablement.

Mais au moins la glace était rompue entre eux. Et ils se trouvaient dans cet espace calme et à demi paisible désormais.

Comme s'ils étaient animés d'une volonté propre, les yeux de Jane se posèrent sur l'érection de Viszs, qui pointait sur son ventre et dépassait même le nombril. Brusquement, elle eut tellement envie de lui qu'elle fut incapable de parler.

— Prends-moi, Jane, gronda-t-il. Fais ce que tu veux de moi.

Elle voulait le sucer et c'est ce qu'elle fit : elle se pencha sur ses hanches, le prit dans sa bouche et l'attira jusqu'au fond de sa gorge. Il émit un grognement purement animal et ses hanches tressautèrent de plaisir, poussant la tige brûlante plus loin en elle. Puis il bascula subitement un genou sur le côté, si bien qu'il ne fut plus simplement étendu, mais complètement affalé, tandis qu'il s'abandonnait totalement à elle, posant la main sur l'arrière de sa tête pendant qu'elle trouvait un rythme qui le rendait…

Le déplacement de son corps fut à la fois fluide et rapide.

Grâce à sa force remarquable, V. la repositionna en un clin d'œil : il la fit pivoter sur elle-même et repoussa les draps pour pouvoir lui relever les hanches et les placer au-dessus de son torse. Ses cuisses s'écartèrent devant son visage et…

— Viszs, dit-elle sur son érection.

Sa bouche était humide, chaude et en plein sur la cible. Les lèvres soudées à son sexe, il la suça et l'embrassa, avant que sa langue s'infiltre pour la lécher à l'intérieur. Le cerveau de Jane ne s'éteignit pas, il explosa carrément et, n'ayant plus rien à quoi penser, elle se perdit avec bonheur dans ce qui était en train de se dérouler et non dans ce qui avait eu lieu auparavant. Elle avait l'impression que V. était dans le même état… Il ne faisait que la caresser, la laper et la sucer, enfonçant les doigts dans ses cuisses tout en gémissant son nom contre son sexe. Et il était très difficile de se concentrer sur ce qu'il lui faisait en même temps que sur ce qu'elle lui faisait, mais quel problème ? Son érection dans sa bouche était dure et brûlante, mais il était tout de velours entre ses jambes, et les sensations prouvaient que, même si c'était un fantôme, ses réactions physiques étaient exactement pareilles qu'à l'époque où elle était « vivante »…

— Merde, j'ai besoin de toi, jura-t-il.

D'une nouvelle poussée d'énergie, Viszs la souleva comme si elle ne pesait pas plus lourd que le drap et le mouvement ne la surprit pas. Il préférait toujours jouir en elle, au plus profond d'elle, et il lui écarta les jambes avant de l'installer sur ses hanches, puis son gland la frôla… et s'enfonça en elle.

L'invasion n'avait pas seulement à voir avec le sexe, mais avec le fait qu'il la revendiquait, et elle adorait cela. C'était ainsi que les choses devaient être.

Basculant en avant et s'appuyant à ses épaules, elle le regarda dans les yeux tandis qu'ils bougeaient ensemble, allant et venant en rythme jusqu'à ce qu'ils jouissent au même moment, tous deux se raidissant quand il se crispa en elle et qu'elle l'enserra de son sexe. Puis V. l'allongea de nouveau sur le dos et se jeta sur son corps, reprenant sa place, la bouche soudée à elle, lui pétrissant les cuisses de ses mains alors qu'il la dévorait.

Après un violent orgasme, elle n'eut aucun répit. Il se redressa, écarta ses jambes et la pénétra d'une seule poussée, prenant le dessus. Son corps s'activa comme une énorme machine à piston sur elle et son odeur d'union satura l'air de la chambre quand il jouit puissamment, pulvérisant la semaine d'abstinence en une seule glorieuse session.

Pendant que l'orgasme le traversait, elle l'observa jouir, aimant tout de lui, même les aspects qu'elle luttait parfois pour comprendre.

Et il continua. Encore du sexe. Et encore.

Presque une heure plus tard, ils étaient enfin rassasiés, étendus immobiles et respirant profondément dans la lumière des bougies.

Viszs les fit rouler sur le lit, encore unis, et contempla son visage pendant un long moment.

— Je n'ai pas de mots. Seize langues étrangères, mais pas de mots.

Il y avait à la fois de l'amour et du désespoir dans sa voix. Il était véritablement handicapé lorsqu'il s'agissait d'exprimer ses émotions, et tomber amoureux n'y avait rien changé…

tout du moins, pas quand les choses étaient aussi angoissantes qu'elles l'étaient en ce moment. Mais ça allait… Après ce moment passé ensemble, ça allait.

— Tout va bien. (Elle l'embrassa sur le torse.) Je te comprends.

— J'aimerais seulement que tu n'y sois pas obligée.

— Tu sais très bien ce que je veux dire.

— Oui, mais c'est facile.

Jane se redressa.

— Je suis un fantôme, merde. Au cas où tu n'aurais pas remarqué. C'est un truc qui déstabiliserait la plupart des mecs.

V. l'attira contre sa bouche pour un bref et vif baiser.

— Mais moi je t'ai pour le reste de ma vie.

— Ça, c'est vrai.

Après tout, les humains ne possédaient même pas un dixième de la longévité des vampires.

Quand le radio-réveil se mit à sonner à côté d'eux, V. fusilla l'appareil du regard.

— Maintenant je sais pourquoi je dors avec un flingue sous mon oreiller.

Alors qu'il tendait le bras pour réduire l'appareil au silence, elle ne put qu'acquiescer.

— Tu sais, tu pourrais simplement tirer dessus.

— Non, Butch ramènerait ses fesses ici et je ne veux pas avoir d'arme à la main si jamais il t'aperçoit nue.

Jane sourit puis se rallongea sur le dos tandis qu'il se levait et se dirigeait vers la salle de bains.

— Je suis venu te voir, Jane. Chaque nuit cette semaine, je suis venu te voir. Je ne voulais pas que tu sois seule. Et je ne voulais pas dormir sans toi.

Sur ce, il disparut dans la pièce et, un instant plus tard, elle entendit l'eau couler dans la douche.

Il était plus doué avec les mots qu'il le croyait.

S'étirant avec satisfaction, elle sut qu'elle devait se lever et se préparer, elle aussi : il était l'heure de relever Ehlena de sa garde diurne à la clinique. Mais mince, elle aurait adoré rester allongée ici toute la nuit. Peut-être juste un petit peu plus longtemps…

Viszs partit dix minutes plus tard pour voir Kolher et la Confrérie, et il l'embrassa en la quittant. Deux fois.

Sortant du lit, elle resta un moment dans la salle de bains, puis se dirigea vers leur placard et en ouvrit les deux portes. On y trouvait, suspendus à des cintres, des pantalons en cuir, à lui ; des tee-shirts blancs tout simples, à elle ; des blouses blanches, à elle ; des vestes de motard, à lui. Les armes étaient toutes enfermées dans un coffre-fort ignifugé ; les chaussures étaient alignées sur le sol.

Sa vie était incompréhensible à bien des égards. Un fantôme marié à un vampire ? Allons.

Mais en regardant dans ce placard si bien rangé, avec leurs vies insensées qui semblaient momentanément au repos dans ces vêtements et ces chaussures disposés avec soin, l'idée du couple qu'ils formaient la rendit enthousiaste. « Normal » n'était pas une mauvaise chose dans ce monde lunatique – vraiment pas.

Quelle que soit la définition qu'on lui donnait.

Chapitre 18

En bas, dans la clinique du centre d'entraînement, Souffhrance faisait ses exercices, ainsi qu'elle en était venue à les considérer.

Étendue sur son lit d'hôpital, dont les oreillers avaient été poussés sur le côté, elle croisa les bras sur sa poitrine et contracta le ventre avant de redresser le torse d'un mouvement lent. Quand elle fut perpendiculaire au matelas, elle tendit les bras devant elle et demeura ainsi alors qu'elle se rallongeait. Même après une seule série, son cœur battait à tout rompre et son souffle était court, mais elle ne s'accorda qu'un bref instant de répit et recommença. Encore et encore.

Chaque fois, l'effort devenait progressivement plus ardu, jusqu'à ce que la sueur perle sur son front et que les muscles de son ventre se contractent de douleur. Jane lui avait montré comment faire, et elle supposait que c'était une bonne chose… même si, comparé à ce dont elle avait été capable, ce n'était qu'une étincelle à côté d'un brasier.

En effet, Jane avait tenté de lui faire accomplir tellement plus… Elle avait même roulé une chaise pour qu'elle s'y assoie et puisse se déplacer, mais Souffhrance n'avait pas supporté la vue de l'objet, ou plutôt l'idée de passer sa vie à rouler d'un endroit à un autre.

Au cours de la semaine écoulée, elle avait sommairement coupé court à toutes les possibilités d'adaptation dans l'espoir d'un seul et unique miracle… qui ne s'était jamais concrétisé.

On aurait dit qu'il y avait des siècles qu'elle avait combattu Kolher… qu'elle avait su comment coordonner et utiliser la force de ses membres. Elle avait tenu tant de choses pour acquises, et voilà que la disparition de celle qu'elle avait été autrefois lui faisait ressentir un chagrin qu'elle avait cru n'éprouver que pour les morts.

Mais bon, elle supposait qu'elle était morte. Son corps n'était tout simplement pas assez malin pour cesser de fonctionner.

Poussant un juron en langue ancienne, elle s'effondra sur le lit et s'autorisa à demeurer allongée là. Quand elle en fut capable, elle trouva la lanière de cuir qu'elle avait attachée autour de ses cuisses. Celle-ci était si serrée qu'elle savait que cela lui coupait la circulation sanguine, mais elle ne sentait ni la compression du lien ni l'agréable soulagement quand elle défit la boucle et que le cuir se relâcha.

Il en était ainsi depuis la nuit où on l'avait ramenée en ces lieux.

Aucun changement.

Fermant les yeux, elle entra dans une guerre intérieure où ses peurs tiraient l'épée contre son esprit, et où les résultats étaient toujours plus tragiques. Au bout de sept cycles de jour et de nuit, son armée de rationalité souffrait d'un manque de munitions désolant et d'une profonde fatigue au sein des troupes. Par conséquent, le vent tournait. Au début, elle avait été soutenue par l'optimisme, mais celui-ci avait disparu, puis une période de patience opiniâtre s'en était suivie, qui n'avait pas duré longtemps. Depuis lors, elle s'attardait sur cette route désolée d'espoir infondé.

Seule.

En vérité, la solitude constituait le pire aspect de son épreuve : elle se sentait totalement isolée par rapport à tous ceux qui étaient libres d'aller et venir, d'entrer et sortir de sa chambre, même quand ils s'asseyaient et lui parlaient, ou s'occupait de ses besoins les plus basiques. Confinée dans son lit, elle se trouvait dans un autre plan de réalité qu'eux, séparée par un vaste désert invisible au-delà duquel elle ne voyait pas distinctement, mais qu'elle était incapable de traverser.

Et c'était étrange. Tout ce qu'elle avait perdu devenait plus aigu chaque fois qu'elle songeait à son guérisseur humain… ce qui avait lieu si souvent qu'elle ne pouvait en faire le compte.

Oh, que cet homme lui manquait. Nombreuses étaient les heures qu'elle avait passées à se remémorer sa voix, son visage et ce dernier moment entre eux… jusqu'à ce que ses souvenirs deviennent une couverture avec laquelle elle se réchauffait pendant ses longs moments froids d'inquiétude et d'angoisse.

Mais malheureusement, tout comme son esprit rationnel, cette couverture s'effilochait à force d'usage et il était impossible de la raccommoder.

Son guérisseur ne faisait pas partie de son univers et n'y reviendrait jamais ; il n'était qu'un rêve bref et frappant qui s'était désintégré en filaments et fragments à présent qu'elle était réveillée.

—Arrête, s'intima-t-elle à haute voix.

Grâce à la puissance de son buste, qu'elle s'efforçait de maintenir, elle se tourna sur le côté pour attraper les deux oreillers, luttant contre le poids mort de ses jambes alors qu'elle se tendait pour…

Elle perdit l'équilibre en un éclair, ce qui la fit tanguer même dans sa position allongée, et son bras heurta le verre d'eau sur la table de nuit à côté d'elle et le fit tomber par terre.

Et hélas, ce n'était pas un objet bien adapté aux chutes.

Au moment où il se brisa, Souffhrance ferma la bouche, car c'était la seule façon, à sa connaissance, d'empêcher ses cris de quitter ses poumons. Autrement, ils auraient franchi le seuil de ses lèvres et ne se seraient jamais arrêtés.

Quand elle estima s'être suffisamment maîtrisée, elle regarda le désordre par terre. D'ordinaire, c'était tellement simple : un liquide s'était répandu et on allait le nettoyer.

Auparavant, elle n'aurait eu qu'à se pencher et à essuyer.

À présent ? Elle avait deux options : soit rester allongée ici et appeler à l'aide comme une invalide. Soit réfléchir, établir une stratégie et faire une tentative pour rester indépendante.

Il lui fallut un moment pour trouver les points d'appui pour ses mains, puis évaluer la distance séparant le lit du sol. Heureusement, elle n'était plus reliée à tous ces tubes qu'on avait posés dans son bras, mais il restait un cathéter… Il était donc possible que tenter de faire cela toute seule soit une mauvaise idée.

Pourtant, elle ne tolérait plus l'indignité de rester simplement allongée là. Elle n'était plus un soldat ; à présent, c'était une enfant incapable de prendre soin d'elle-même.

Ce n'était plus supportable.

Tirant des carrés de « Kleenex », ainsi que les gens disaient, elle abaissa la rambarde de son lit, s'y agrippa d'une main et roula sur le flanc. Le mouvement de torsion fit bouger ses jambes comme celles d'une marionnette, sans la moindre grâce, mais au moins elle pouvait désormais se pencher jusqu'au sol et toucher les carreaux doux et blancs qui le recouvraient.

Alors qu'elle s'étirait, tout en essayant de maintenir son équilibre précaire au bord du lit, elle songea qu'elle était fatiguée qu'on fasse les choses à sa place, qu'on s'occupe d'elle, qu'on la lave et qu'on l'enveloppe comme un nouveau-né…

Son corps suivit le chemin du verre.

Sans prévenir, sa prise glissa de la rampe lisse et, avec les hanches aussi loin du matelas, elle tomba tête la première par terre, la poigne de la gravité s'avérant trop forte pour qu'elle la surmonte. Plaçant ses mains en avant, elle amortit sa chute sur le sol mouillé, mais ses deux mains cédèrent sous son poids et elle reçut l'impact sur le côté du visage, tandis que ses poumons se vidaient de leur air sous le choc.

Puis elle ne bougea plus.

Elle était prise au piège, le lit soutenant toujours ses membres inutiles si bien qu'ils demeuraient pile au-dessus de sa tête et de son torse, la clouant au sol.

Faisant descendre l'air dans sa gorge, elle appela :

— À l'aide… À l'aide…

Alors que son visage était pressé contre le carrelage, que ses bras commençaient à s'engourdir et que ses poumons la brûlaient sous l'effet de la suffocation, la rage l'envahit jusqu'à ce que son corps en tremble…

Cela commença avec un grincement. Puis le bruit se changea en mouvement quand sa joue commença à déraper sur le carrelage, la peau s'étirant tellement qu'elle eut l'impression qu'on la lui arrachait du crâne. Puis la pression augmenta sur sa nuque, son épaisse natte tirant sa tête en arrière en même temps que son étrange position l'attirait en avant.

Rassemblant toutes ses forces, elle concentra sa rage et manœuvra les bras pour que ses paumes soient de nouveau à plat sur le sol. Après une grande inspiration, elle poussa violemment dessus pour se redresser et se retourna sur le dos…

Son épaisse natte retomba et se coinça dans les supports de la rampe, maintenant Souffhrance à sa place tout en tirant violemment son cou vers son épaule. Bloquée et incapable de bouger, elle ne voyait plus que ses jambes depuis sa position, ses longues jambes fines auxquelles elle n'avait jamais accordé la moindre pensée particulière auparavant.

Tandis que le sang s'accumulait graduellement dans son torse, elle observa la peau de ses mollets blanchir comme du papier.

Serrant les poings, elle ordonna à ses orteils de remuer.

— Bon sang… Bougez…

Elle aurait préféré fermer les yeux pour se concentrer, mais elle ne voulait pas rater le miracle, s'il arrivait.

Il n'arriva pas.

Il n'était pas arrivé.

Et elle était en train de comprendre… qu'il n'arriverait pas.

Alors que les ongles de ses orteils passaient du rose au gris, elle sut qu'elle devait se résigner à accepter l'idée qu'elle resterait telle qu'elle était. Et qu'il ne fallait pas voir là-dedans simplement une conséquence de sa posture physique du moment.

Elle était cassée. Inutile. Un poids mort.

La dépression qui s'ensuivit enfin n'apporta ni larmes ni sanglots. Au lieu de cela, sa prise de conscience fut marquée par une sinistre détermination.

— Souffhrance !

Au son de la voix de Jane, elle ferma les yeux. Ce n'était pas là le sauveur qu'elle espérait. Son jumeau… Elle avait besoin que son jumeau fasse ce qu'il lui avait promis.

— Je t'en prie, va chercher Viszs, dit-elle d'une voix enrouée. Je t'en prie.

La voix de Jane se fit très proche.

— On va te sortir de là.

— Viszs.

Il y eut un cliquetis et elle sut qu'on avait sonné l'alarme qu'elle n'avait pas été en mesure d'atteindre.

— Je t'en prie, grogna-t-elle. Va chercher Viszs.

— On va te…

— Viszs !

Le silence retomba, jusqu'à ce qu'on ouvre la porte à la volée.

— Aide-moi, Ehlena, entendit-elle Jane dire.

Souffhrance avait conscience que ses lèvres remuaient, mais elle devint sourde quand les deux femelles la soulevèrent pour la reposer sur le lit et remirent ses jambes en place, les alignant parallèlement l'une à l'autre, avant de les recouvrir avec le drap blanc.

Alors qu'on réalisait des tâches diverses et variées de nettoyage tant sur le lit que sur le sol, elle s'absorba dans la contemplation du mur blanc en face du lit, qu'elle avait regardé pendant une éternité depuis qu'on l'avait installée dans cet espace.

— Souffhrance ?

Comme elle ne répondait pas, Jane répéta :

— Souffhrance. Regarde-moi.

Elle tourna les yeux et ne ressentit rien quand elle examina le visage inquiet de la *shellane* de son jumeau.

— J'ai besoin de mon frère.

— Je vais aller le chercher, bien sûr. Il est en réunion pour l'instant, mais je le ferai venir avant qu'il sorte pour la nuit.

Puis elle se tut un long moment avant de reprendre :

— Puis-je te demander pourquoi tu le réclames ?

Les mots calmes et mesurés apprirent clairement à Souffhrance que la guérisseuse n'était pas idiote.

— Souffhrance ?

Celle-ci ferma les yeux et s'entendit répondre :

— Il m'a fait une promesse quand tout ceci a commencé. Et j'ai besoin qu'il la tienne.

En dépit du fait qu'elle était un fantôme, le cœur de Jane était encore capable de cesser de battre dans sa poitrine.

Et quand elle s'assit au bord du lit d'hôpital, plus rien ne palpitait sous ses côtes.

— De quelle promesse s'agit-il ? demanda-t-elle à sa patiente.

— Cela ne concerne que lui et moi.

Certainement pas, se dit Jane. En supposant qu'elle ait deviné juste.

— Souffhrance, nous pourrions essayer autre chose.

Même si elle n'avait pas la moindre idée à proposer. Les radios montraient que toutes les vertèbres avaient été parfaitement réalignées, et cela grâce aux talents de Manny. Mais la moelle épinière… c'était l'inconnue. Elle avait eu l'espoir qu'une régénération nerveuse soit possible : elle en apprenait encore sur les capacités du corps vampire, et la plupart semblaient de la magie pure comparées à ce dont les humains étaient capables en termes de guérison.

Mais raté. Pas dans ce cas précis.

Et il n'était pas besoin de faire une extrapolation digne d'Einstein pour comprendre ce que recherchait Souffhrance.

— Sois honnête avec moi, *shellane* de mon jumeau. (Le regard cristallin de Souffhrance se riva au sien.) Sois honnête avec toi-même.

S'il y avait bien une chose que Jane détestait en tant que médecin, c'était qu'on en appelle à son jugement personnel. Dans de nombreux cas, les décisions étaient évidentes : un type se présentait aux urgences avec la main dans une glacière et un garrot autour du bras ? Il fallait rattacher l'appendice et raccorder les nerfs. Une femme en travail avec une procidence du cordon ombilical ? Cela nécessitait une césarienne. Une fracture complexe ? On devait ouvrir et réduire.

Mais rien n'était aussi simple. Régulièrement, la brume grise du « peut-être ci, peut-être ça » débarquait et elle devait décider dans le brouillard et le flou…

Oh, qui voulait-elle tromper ?

L'aspect clinique de l'équation avait abouti au bon résultat. Elle ne voulait simplement pas croire à cette réponse.

— Souffhrance, laisse-moi aller chercher Mary…

— Je n'ai pas souhaité parler avec la femelle thérapeute il y a deux nuits et je ne lui parlerai pas maintenant. C'en est fini pour moi, guérisseuse. Et quoi qu'il m'en coûte de faire ainsi appel à mon jumeau, je t'en prie, va le chercher. Tu es une bonne femelle et tu ne peux te charger de cela.

Jane regarda ses mains. Elle ne les avait pas une seule fois utilisées pour tuer. Jamais. Ce n'était pas seulement antithétique de sa vocation et de son engagement envers sa profession, mais aussi d'elle-même en tant que personne.

Et pourtant, quand elle pensa à son *hellren* et au moment qu'ils avaient partagé quand elle s'était réveillée avec lui, elle sut qu'elle ne pourrait pas le laisser venir ici et faire ce que Souffhrance désirait : il venait à peine de reculer d'un petit pas du précipice dans lequel il était sur le point de se jeter, et Jane était prête à tout faire pour le retenir loin du bord.

— Je ne peux pas aller le chercher, dit-elle. Je suis désolée. Je refuse de le mettre dans cette position, tout simplement.

Le gémissement qui s'éleva de la gorge de Souffhrance ressemblait au désespoir de l'âme à l'idée de ne pouvoir être libérée et s'envoler.

— Guérisseuse, c'est mon choix, ma vie ! Pas la tienne. Si tu veux te comporter en véritable sauveuse, fais en sorte que cela ressemble à un accident, ou procure-moi une arme et je le ferai. Mais ne me laisse pas dans cet état. Je ne le supporte plus et tu n'auras fait aucun bien à ta patiente si je continue à vivre ainsi.

Quelque part, Jane avait toujours su que cela arriverait. Elle l'avait clairement vu dans les ombres pâles sur les radios, celles qui lui disaient que tout devrait fonctionner correctement et que, si ce n'était pas le cas, c'est que la moelle épinière avait été endommagée trop sévèrement pour être réparée.

Elle regarda fixement les jambes étendues sous le drap, si immobiles, et repensa au serment d'Hippocrate qu'elle avait prêté des années auparavant : « Ne blesse pas » en était le premier commandement.

Il était difficile de ne pas considérer Souffhrance comme blessée si on la laissait dans cet état, surtout parce qu'elle avait tout d'abord refusé l'opération. C'était Jane qui avait incité au sauvetage, poussant la femelle à accepter pour des raisons qui lui étaient propres… et V. avait fait de même.

— Je trouverai un moyen, dit Souffhrance. D'une façon ou d'une autre, je trouverai un moyen.

Difficile de ne pas la croire.

Et il y avait de meilleures chances de réussir en toute sécurité si Jane lui apportait son aide ; Souffhrance était affaiblie, et une arme entre ses mains serait comme un désastre en puissance.

— Je ne sais pas si je peux le faire. (Les mots quittèrent lentement la bouche de Jane.) Tu es sa sœur. J'ignore s'il pourrait me pardonner un jour.

— Il ne faut jamais qu'il l'apprenne.

Mon Dieu, quel poids. Si elle était coincée dans ce lit, elle se sentirait exactement dans le même état que Souffhrance, et elle voudrait que quelqu'un l'aide à accomplir sa dernière volonté. Mais le fardeau de cacher tout cela à V. ? Comment pourrait-elle faire ?

Sauf que… la seule chose pire serait qu'il ne revienne pas de cette partie obscure de son être. Et s'il tuait sa sœur ? Eh bien, ce serait la voie royale pour rejoindre ce recoin de son esprit.

La main de sa patiente trouva la sienne et l'agrippa.

— Aide-moi, Jane. Aide-moi…

Quand Viszs quitta la réunion nocturne de la Confrérie et se dirigea vers la clinique du centre d'entraînement, il se sentait plus lui-même, et pas dans le mauvais sens. Le sexe avec sa *shellane* avait été d'une importance cruciale pour tous les deux, et avait entraîné une sorte de réinitialisation qui n'avait pas été seulement d'ordre physique.

Mon Dieu, c'était tellement agréable d'être de nouveau avec sa femelle. Oui, bien entendu, des problèmes subsistaient toujours… et bon, merde, plus il approchait de la clinique, plus il sentait un manteau d'angoisse le recouvrir, pesant sur ses épaules autant qu'une voiture : il avait rendu visite à sa sœur chaque soir, puis une nouvelle fois à l'aube. Durant les premiers jours, il y avait eu beaucoup d'espoir, mais à présent… celui-ci avait quasiment disparu.

Mais on s'en foutait. Elle devait sortir de cette chambre et c'était ce qu'il allait faire ce soir. Il était de repos, il allait l'emmener à la demeure et lui montrer qu'il existait d'autres lieux pour vivre que cette cage blanche en forme de salle de réveil.

Son état physique ne s'améliorait pas.

Il faudrait donc que le mental la soutienne pour traverser cette épreuve. Il le fallait.

Le problème ? Il n'était pas prêt à la perdre pour le moment. Certes, il la côtoyait depuis une semaine, mais cela ne voulait pas dire qu'il la connaissait mieux que quand toute cette histoire avait débuté… et il estimait qu'ils avaient tous les deux besoin l'un de l'autre. Personne d'autre n'était la progéniture de cette satanée déité qui était leur mère, et peut-être qu'ensemble ils arriveraient à comprendre les conneries liées à leur naissance. Putain de merde, ce n'était pas comme s'il existait des réunions anonymes pour être l'enfant de la Vierge scribe :

—Salut, je m'appelle Viszs. Je suis son fils, et ce depuis trois cents ans.

—Salut, Viszs.

—Elle m'a encore rendu dingue et j'essaie de ne pas aller de l'autre côté pour ne pas hurler au meurtre contre elle.

—Nous comprenons, Viszs.

—Et à ce sujet, j'aimerais déterrer mon père et le tuer une seconde fois, mais c'est impossible. Donc je vais seulement essayer de garder ma sœur en vie, alors qu'elle est paralysée, et tenter de lutter contre ce besoin de rechercher la souffrance pour pouvoir m'occuper de cette Souffhrance-ci.

— Tu n'es qu'une petite mauviette, Viszs, mais nous te soutenons.

Poussant la porte du tunnel qui débouchait dans le bureau, il le traversa pour franchir la porte vitrée et descendit le couloir. Dans la salle de musculation, quelqu'un courait comme si ses baskets étaient en feu, mais autrement il n'y avait strictement personne dans les parages... et il avait le sentiment que Jane se trouvait peut-être encore dans leur lit, à paresser après qu'il s'était bien occupé d'elle.

Ce qui procurait une intense satisfaction au mâle lié en lui. Pour de bon.

En arrivant devant la chambre, il ne toqua pas, mais...

Quand il entra dans la pièce, la première chose qu'il aperçut fut la seringue hypodermique. La suivante fut qu'elle était sur le point de changer de mains, passant de celles de sa *shellane* à celles de sa sœur.

Il n'y avait aucune explication thérapeutique à cela.

— Qu'est-ce que vous fabriquez ? souffla-t-il, soudain terrifié.

Jane tourna brusquement la tête vers lui, mais Souffhrance ne le regarda pas. Elle avait les yeux rivés sur cette seringue comme s'il s'agissait de la clé de sa cellule.

Et à n'en pas douter, cela allait l'aider à quitter ce lit... pour rejoindre directement un cercueil.

— Qu'est-ce que vous foutez, putain ?

Ce n'était pas une question. Il savait déjà.

— C'est mon choix, dit Souffhrance d'un air résolu.

Sa *shellane* croisa son regard.

— Je suis désolée, V.

Un voile blanc l'aveugla momentanément, mais ne ralentit en rien son corps quand il bondit en avant. Juste au moment où il atteignait le lit, sa vision s'éclaircit et il vit sa main gantée s'emparer du poignet de sa *shellane*.

Sa poigne d'acier était la seule chose qui séparait sa jumelle de la mort. Et il s'adressa à elle, non à sa compagne.

— Je te l'interdis, putain !

Le regard de Souffhrance était meurtrier quand il croisa le sien.

— Et moi, je te l'interdis !

V. eut un bref mouvement de recul. Il avait dévisagé des ennemis vaincus, des soumis abandonnés et des amants oubliés, mâles et femelles, mais il n'avait jamais vu une haine aussi profonde.

Jamais.

— Tu n'es pas mon dieu ! hurla-t-elle. Tu n'es que mon frère ! Et tu ne m'enchaîneras pas à ce corps, pas plus que notre *mahmen* !

Leur fureur était si bien assortie que, pour la première fois de sa vie, il fut perdu. Après tout, cela n'avait aucun sens d'entrer dans un conflit si l'adversaire était votre égal.

Mais le problème était que, s'il partait maintenant, il reviendrait pour des funérailles.

V. avait envie de faire les cent pas pour calmer son énervement, mais qu'il soit damné s'il détournait le regard ne serait-ce qu'une fraction de seconde.

— Donne-moi deux heures, dit-il. Je ne peux pas t'arrêter mais je peux te demander de m'accorder cent vingt minutes.

Souffhrance plissa les yeux.

— Pourquoi cela ?

Parce qu'il allait faire quelque chose qui aurait été inconcevable quand toute cette histoire avait commencé. Mais c'était un genre de guerre et, par conséquent, il n'avait pas le luxe de choisir ses armes : il devait utiliser ce qu'il avait à disposition, même s'il avait horreur de cela.

— Je vais t'expliquer précisément pourquoi. (V. prit la seringue des mains de Jane.) Tu vas le faire pour que cela ne me hante pas pour le restant de mes jours. Est-ce que ça te va comme raison ? C'est bon ?

Souffhrance baissa les paupières et il y eut un long silence. Sauf qu'alors elle répondit :

— Je t'accorderai ce que tu demandes, mais je ne changerai pas d'avis, si je demeure dans ce lit. Assure-toi de tes attentes avant ton départ et sois averti si tu comptes persuader notre *mahmen* d'intervenir là-dedans. Je n'échangerai pas cette prison contre une autre de son côté, dans son monde.

Viszs fourra la seringue dans sa poche et dégaina son couteau de chasse qui était en permanence attaché à la ceinture de son pantalon en cuir.

— Donne-moi ta main.

Quand elle la lui présenta, il incisa sa paume avec la lame et fit de même dans sa propre chair. Puis il joignit les deux blessures.

— Jure-le. Sur le sang que nous partageons, jure-le-moi.

Souffhrance tordit la bouche comme si, encore une fois, elle aurait souri dans d'autres circonstances.

— Tu ne me fais pas confiance ?

— Non, dit-il d'un ton brusque. Absolument pas, ma chère.

Un instant plus tard, la main de Souffhrance saisit la sienne et des larmes embuèrent ses yeux.

— Je le jure.

Les poumons de Viszs se détendirent et il inspira profondément.

— C'est bon.

Il lui lâcha la main, fit demi-tour et se dirigea à grands pas vers la porte. Dès qu'il fut dans le couloir, il ne perdit pas de temps pour rejoindre le tunnel.

— Viszs.

Au son de la voix de Jane, il se retourna et voulut pousser un juron. Secouant la tête, il dit :

— Ne me suis pas. Ne m'appelle pas. Rien de bon ne sortira de moi si je reste à portée de ta voix pour l'instant.

Jane croisa les bras sur sa poitrine.

— C'est ma patiente, V.

— C'est mon sang. (De frustration, il leva les bras au ciel.) Je n'ai pas le temps pour cela. Je me casse.

Sur ce, il partit en courant. La laissant derrière lui.

Chapitre 19

Quand Manny revint chez lui, il ferma la porte, la verrouilla… et resta planté là. Comme un meuble. Avec sa mallette à la main.
C'était incroyable à quel point, quand on perdait la tête, on était perdu quant à l'étape suivante. Sa volonté n'avait pas changé ; il désirait toujours reprendre le contrôle de lui-même et de ce… truc qui se passait dans sa vie. Mais il n'y avait rien à quoi se raccrocher, pas de rênes pour arrêter cette bête.

Merde, ce devait être ainsi que se sentaient les patients atteints d'Alzheimer : leur personnalité était intacte, de même que leur intellect… mais ils étaient entourés par un univers qui n'avait plus aucun sens, parce qu'ils n'arrivaient plus à retenir leurs souvenirs, leurs associations d'idées et leurs extrapolations.

Tout était lié à ce fameux week-end… ou, tout du moins, les choses avaient commencé à ce moment-là. Mais qu'est-ce qui avait changé, exactement ? Il avait perdu la mémoire d'au moins une partie de la nuit, pour autant qu'il puisse en juger. Il se souvenait du champ de course, de la chute de Glory et ensuite du vétérinaire. Puis du retour à Caldwell, où il était allé…

Les prémices d'une autre migraine virulente le firent jurer et abandonner la partie.

Se dirigeant vers la cuisine, il lâcha sa mallette et finit par regarder fixement la cafetière. Il l'avait laissée allumée quand il était parti à l'hôpital. Génial. Donc son café du matin s'était transformé en jus de chaussettes nocturne et c'était un miracle qu'il n'ait pas fait cramer l'appartement.

Assis sur l'un des tabourets hauts alignés devant le comptoir de granit, il regarda de l'autre côté du mur en verre qui lui faisait face. Tout au bout de sa terrasse, la ville resplendissait comme une dame sortant au théâtre parée de tous ses bijoux, les lumières des gratte-ciel scintillaient et lui donnaient véritablement le sentiment qu'il était désespérément seul.

Il n'y avait que le silence et le vide autour de lui.

L'appartement ressemblait plutôt à un cercueil.

Mon Dieu, s'il ne pouvait plus opérer, qu'allait-il…

L'ombre surgit de nulle part sur la terrasse. Sauf que ce n'était pas une ombre… Il n'y avait rien de translucide chez cette chose. C'était comme si les lumières, les ponts et les gratte-ciel formaient un tableau au centre duquel on aurait découpé un trou.

Un trou de la forme d'un homme de haute stature.

Manny se leva de son tabouret, les yeux rivés sur la silhouette. Au fin fond de son esprit, à la base de son tronc cérébral, il savait qu'il s'agissait de l'origine de tout : sa « tumeur » se tenait là, debout, marchant… et s'avançant vers lui.

Comme si on le lui avait ordonné, il s'approcha et ouvrit la porte-fenêtre coulissante. Il reçut une rafale de vent en plein visage, qui lui plaqua les cheveux en arrière.

Il faisait froid. Oh, si froid… Mais le choc thermique n'était pas seulement dû à la fraîche nuit d'avril. Un froid glacial émanait de la silhouette si immobile et menaçante à quelques mètres de lui ; il avait la très nette impression que ce souffle arctique existait parce que cet enfoiré en cuir noir le détestait. Mais Manny n'avait pas peur. La réponse à ce qui lui arrivait était liée à cet homme immense qui avait surgi de nulle part, à une vingtaine d'étages du trottoir…

Une femelle… avec des cheveux noirs tressés… Elle était sa…

La migraine éclata, le cueillant sur la nuque et se répandant dans son crâne jusqu'à lui marteler le lobe frontal.

Comme il titubait, il se rattrapa à la rambarde et perdit patience.

— Putain de merde, ne restez pas planté là. Parlez-moi ou tuez-moi, mais faites quelque chose.

Il reçut une autre rafale en pleine figure.

Puis une voix grave s'éleva.

— Je n'aurais pas dû venir ici.

— Oui, en effet, grogna Manny au travers de la douleur. Parce que je perds la tête et que vous le savez, pas vrai ? Qu'est-ce que vous m'avez fait, putain ?

Ce rêve… au sujet de la femme qu'il désirait mais ne pouvait avoir…

Les genoux de Manny commencèrent à fléchir, mais tant pis.

— Emmenez-moi la voir, et ne vous foutez pas de ma gueule. Je sais qu'elle existe… Je la vois chaque nuit en rêve.

— Rien de tout cela ne me plaît.

— Oui, et moi je prends mon pied.

Il ne prononça pas le « espèce d'enfoiré » qui lui brûlait les lèvres. Pas plus qu'il n'affirma que si ce sombre salaud décidait de laisser libre cours à l'agressivité qui émanait de lui, Manny allait sortir les poings et lui infliger quelques dégâts de son côté. Il allait évidemment se faire réduire en miettes mais, taré ou pas, il ne tomberait pas sans combattre.

— Allez, cracha Manny. Faites-le.

Il y eut un rire sec.

— Tu me rappelles un pote.

— Vous voulez dire qu'il existe un autre fils de pute perdu dans sa propre vie à cause de vous ? Super. On va ouvrir un groupe de parole.

— Bordel de merde…

Le type leva la main et alors… les souvenirs explosèrent dans la tête de Manny et submergèrent son corps, les images et les sons de son week-end disparu lui revenant à un rythme d'enfer.

Reculant d'une démarche mal assurée, il se prit la tête dans les mains.

Jane. Le bâtiment secret. L'opération.

La vampire.

Une poigne de fer refermée sur son biceps fut tout ce qui l'empêcha de s'effondrer sur le sol, car le frère de sa patiente le tenait fermement.

— Il faut que tu viennes voir ma sœur. Elle mourra si tu ne viens pas.

Manny respira par la bouche et déglutit à plusieurs reprises. La patiente… sa patiente…

— Est-elle toujours paralysée ? gémit-il.

— Oui.

— Emmène-moi, ordonna-t-il. Tout de suite.

Si sa moelle épinière était endommagée de façon permanente, il ne pourrait rien faire pour elle d'un point de vue clinique, mais cela n'avait pas d'importance. Il devait la voir.

— Où est ta voiture ? demanda l'enfoiré au bouc.

— Au sous-sol.

Manny s'arracha à sa prise et se rua sur sa mallette et les clés qu'il avait laissées sur le comptoir de la cuisine. Tandis qu'il s'affairait dans son appartement, son esprit était confus au point que cela le terrifia. Si sa carte mère devait supporter d'autres conneries de ce genre, il serait irrémédiablement atteint. Mais cette discussion serait pour plus tard.

Il devait retrouver sa femelle.

Quand il atteignit la porte d'entrée, le vampire était sur ses talons, et Manny transféra ses affaires dans sa main gauche.

Un rapide demi-tour et il balança son poing droit, le levant d'un coup sec en un arc de cercle parfaitement calculé pour frapper la mâchoire du type.

Crac. L'impact fut brutal et la tête de ce salaud bascula en arrière sous le choc.

Le vampire redressa la tête et grimaça en grognant, mais Manny ne voulait rien savoir.

— Ça, c'est pour t'être foutu de ma gueule.

Le mâle passa le dos de sa main sur sa bouche ensanglantée.

— Joli crochet.

— Je t'en prie, répondit Manny en sortant de son appart.

— J'aurais pu l'arrêter à tout moment. Juste histoire de mettre les choses au point.

Sans le moindre doute, c'était vrai.

— Oui, mais tu ne l'as pas fait, hein ? (Manny avança jusqu'à l'ascenseur, appuya sur le bouton pour descendre et jeta un regard furieux par-dessus son épaule.) Donc ça fait de toi un cinglé ou un masochiste. Je te laisse choisir.

Le vampire se rapprocha.

— Fais attention, humain, tu ne vis que parce que tu m'es utile.

— C'est ta sœur ?

— Ne l'oublie pas.

Manny sourit de toutes ses dents.

— Alors il y a quelque chose que tu dois savoir.

— Quoi ?

Manny se mit sur la pointe des pieds et regarda l'enfoiré les yeux dans les yeux.

— Si tu crois que tu as envie de me tuer en ce moment, ce n'est rien comparé à ce que tu vas ressentir quand je la reverrai.

Il bandait presque rien qu'en songeant à la femelle.

Avec un tintement, les doubles portes s'ouvrirent et il s'écarta, entra dans la cabine et se retourna. Le regard du vampire était semblable à un harpon cherchant sa cible, mais Manny ignora la provocation.

— Juste histoire que tu connaisses mon état d'esprit. Maintenant viens ou descends dans la rue comme un fantôme et je te prendrai au passage.

— Tu dois croire que je suis un idiot, pas vrai ? gronda le vampire.

— En fait, pas du tout.

Le silence retomba entre eux.

Au bout d'un moment, le vampire marmonna dans sa barbe et se glissa dans l'ascenseur juste au moment où les portes se refermaient. Alors tous deux demeurèrent côte à côte, regardant les chiffres des étages décroître au-dessus des portes.

Cinq… quatre… trois… deux…

Comme le compte à rebours d'une explosion.

— Attention, humain. Je ne suis pas le genre de personne que tu as intérêt à pousser dans ses retranchements.

— Et moi, je n'ai rien à perdre. (En dehors de la sœur de ce grand con.) Je suppose qu'on n'aura qu'à voir jusqu'où cela nous mène.

— T'as pigé.

Souffhrance était semblable à un bloc de glace sinistre, tandis qu'elle regardait fixement l'horloge accrochée près de la porte de sa chambre. Le visage circulaire était aussi simple que le mur blanc derrière lui, uniquement marqué par les douze chiffres séparés par des lignes noires. Les mains de l'objet, deux noires, une rouge, se traînaient autour du cadran comme si elles étaient aussi lasses de leur boulot qu'elle l'était de les regarder tourner.

Viszs avait dû aller voir leur mère. Où serait-il allé, sinon ?

C'était donc une perte de temps, car il reviendrait certainement les mains vides. Ce n'était que pure arrogance de croire que Celle Qu'On Ne Pouvait Influencer serait affectée même légèrement par les dangers qui guettaient ses enfants de sang.

Mère de l'espèce. Quelle sottise…

Souffhrance fronça les sourcils. Le bruit commença par un rythme assourdi, mais il devint rapidement plus fort. Des pas. Des pas lourds qui claquaient sur le sol dur à toute vitesse, et il y en avait de deux sortes. Peut-être ne s'agissait-il que des frères de son jumeau, venus pour vérifier si…

Quand la porte s'ouvrit à la volée, elle ne vit d'abord que Viszs, si grand et si intransigeant.

— Je t'ai apporté quelque chose.

Il fut poussé plus qu'il ne s'écarta…

— *Douce Vierge scribe…* articula Souffhrance tandis que les larmes lui montaient aux yeux.

Son guérisseur bondit dans la pièce et, oh, il était exactement comme dans son souvenir… la poitrine si large et les membres si déliés, avec un ventre plat et une mâchoire carrée. Ses cheveux noirs étaient ébouriffés comme si de nombreux doigts les avaient décoiffés, et il respirait bruyamment, la bouche légèrement entrouverte.

— Je savais que tu étais réelle, laissa-t-il échapper. Bon sang, je le savais !

Le voir la transcenda : l'énergie l'illumina de l'intérieur et ses émotions firent des montagnes russes.

— Guérisseur, dit-elle d'une voix rauque. Mon guérisseur…

— Bordel de merde, entendit-elle son frère dire.

Son cher humain se tourna vers Viszs.

— Laisse-nous seuls. Tout de suite…

— Surveille ton langage, putain…

— Je suis son médecin. Tu m'as amené ici pour une évaluation clinique…

— Ne sois pas ridicule.

Il y eut un silence.

— Alors pourquoi suis-je ici, bordel ?

— Précisément pour la raison qui fait que je te déteste !

Cela marqua le début d'un long silence, qui s'accompagna d'un sanglot de la part de la femelle. Elle était tout simplement si heureuse de voir son guérisseur en chair et en force. Son unique reniflement leur fit tourner la tête à tous deux, et le visage de son guérisseur passa instantanément de la fureur absolue à l'inquiétude.

— Ferme la porte derrière toi, cria-t-il par-dessus son épaule tandis qu'il s'approchait d'elle.

Passant les mains sur ses yeux, Souffhrance essuya ses larmes et regarda derrière son guérisseur, qui s'était assis sur le bord du lit. Viszs s'était détourné et se dirigeait vers la sortie.

Il savait, se dit-elle. Plus que ce que leur mère aurait pu faire pour elle, il lui avait apporté la seule chose garantissant de lui donner envie de vivre.

— Merci, mon frère, dit-elle, les yeux rivés sur lui.

Viszs s'arrêta. Sa tension était si forte que ses deux poings étaient serrés fermement et, quand il tourna lentement la tête, son regard glacial était brûlant.

— Je ferais n'importe quoi pour toi. N'importe quoi.

Sur ce, il poussa la porte pour sortir… et quand celle-ci se referma, elle comprit qu'on pouvait effectivement dire « Je t'aime » sans prononcer la phrase.

Les actions avaient véritablement plus de sens que les mots.

Chapitre 20

À présent qu'on les avait laissés seuls tous les deux, Manny ne se lassait pas de contempler sa patiente. Son regard parcourait son visage, sa gorge et ses belles mains longues. Seigneur, elle avait la même odeur, et ce parfum qui n'appartenait qu'à elle s'infiltrait dans ses narines et descendait directement jusqu'à son pénis.

— Je savais que tu étais réelle, répéta-t-il.

Mince, il aurait probablement mieux valu dire autre chose, n'importe quoi, mais c'était apparemment tout ce qu'il avait en rayon : le soulagement de savoir qu'il n'était pas en train de devenir fou le submergeait.

Tout du moins jusqu'à ce qu'il perçoive l'éclat brillant des larmes dans ses yeux… de même que le désespoir sans fond dans son regard.

Il avait fait tout son possible pour elle, et pourtant il avait échoué. Complètement.

Même s'il ne pouvait pas dire qu'il n'avait pas soupçonné son état auparavant. Son frère n'était pas revenu dans le monde humain parce que tout fonctionnait comme sur des roulettes de ce côté-ci.

— Comment vas-tu ? demanda-t-il.

Il plongea son regard dans le sien, et elle secoua lentement la tête.

— Hélas… je suis…

Elle n'acheva pas, alors il lui prit la main et la serra. Mon Dieu, que sa peau était douce.

— Parle-moi.

— Mes jambes… ne vont pas mieux.

Il jura à voix basse. Il voulait l'examiner et analyser ses dernières radios… Peut-être prendre des dispositions afin de la faire revenir à St. Francis pour une nouvelle IRM.

Mais, si cruciale que soit son évaluation, cela pouvait attendre. Pour l'instant, elle était fragile sur le plan émotionnel et il devait l'aider à gérer cela en premier.

— Toujours aucune sensation ? demanda-t-il.

Quand elle secoua la tête, une larme lui échappa et roula sur sa joue. Il détestait la voir pleurer mais, Dieu lui en soit témoin, il n'avait jamais rien vu d'aussi beau que ses yeux.

— Je vais… demeurer ainsi à jamais, dit-elle en frémissant.

— Et par « ainsi », qu'est-ce que tu entends précisément ?

— Ici. Sur ce lit. Coincée. (Son regard se contentait de soutenir le sien, mais pourtant il l'attrapait et le retenait.) Je ne peux plus supporter cette torture. Pas une nuit de plus.

Elle était mortellement sérieuse et, pendant une fraction de seconde, il ressentit une terreur qui lui déchira l'âme. Peut-être que chez une autre femelle… ou un autre mâle, pour ce que cela importait… une affirmation pareille n'aurait constitué qu'un soulagement émotionnel à son désespoir. Mais pour elle ? C'était un véritable projet.

— Vous avez Internet par ici ? demanda-t-il.

— Internet ?

— Un ordinateur avec un accès au Web.

— Euh… Je crois qu'il y en a un dans la grande pièce derrière. Il faut passer par cette autre porte.

— Je reviens tout de suite. Reste ici.

Cela la fit légèrement sourire.

— Où irais-je, guérisseur ?

— C'est ce que je vais te montrer.

Au moment de se lever, il dut résister à l'envie de l'embrasser et il se dépêcha de sortir pour s'assurer qu'il ne le ferait pas. Il trouva l'ordinateur en question en un rien de temps, et ouvrit une session avec l'aide d'une infirmière blonde assez attirante qui s'était présentée sous le nom d'Ehlena. Dix minutes plus tard, il revint dans la chambre de Souffhrance et s'arrêta sur le seuil.

Elle se recoiffait, et ses mains tremblaient tandis qu'elle lissait le dessus de sa tête et descendait jusqu'à l'extrémité de sa tresse comme si elle y cherchait des défauts.

— Tu n'as pas besoin de faire cela, murmura-t-il. Tu es parfaite à mes yeux.

Au lieu de répondre, elle rougit et s'agita… ce qui était à peu près la meilleure chose à faire quand on ne pouvait parler.

— En vérité, tu me lies la langue.

Eh bien, voilà, cela fit partir son esprit dans des endroits où il n'aurait pas dû aller.

La dévisageant, il se força à penser à autre chose.

— Souffhrance, je suis ton médecin, non ?

— Oui, guérisseur.

— Et cela signifie que je vais te dire la vérité. Je ne vais rien déformer, rien cacher. Je vais te dire exactement ce que je pense et je te laisserai prendre ta décision… Il faut que tu me comprennes sur ce point, OK ? La vérité est tout ce que j'ai à t'offrir, ni plus ni moins.

— Alors tu n'as pas besoin de dire la moindre chose, car je ne sais que trop bien où je me trouve.

Il examina la pièce.

— Es-tu sortie d'ici depuis ton retour d'opération ?

— Non.

— Alors tu observes ces quatre murs vides depuis une semaine, coincée sur un lit, pendant que d'autres personnes te nourrissent, te baignent et s'occupent de tes fonctions corporelles.

— Je n'ai pas besoin qu'on me le rappelle, dit-elle sèchement. Merci bien…

— Comment sais-tu où tu te trouves, dans ce cas ?

Son expression quand elle fronça les sourcils était concentrée et soucieuse… et diablement sexy.

— C'est ridicule. Je suis là, c'est tout. (Elle désigna le matelas sous son corps.) Je suis ici depuis le début.

— Exactement. (Comme elle lui adressait un regard furieux, il réduisit la distance entre eux.) Je vais te prendre dans mes bras et te porter, si cela ne t'ennuie pas.

Voilà qu'elle haussait les sourcils.

— Pour aller où ?

— Hors de cette satanée cage.

— Mais… je ne peux pas. J'ai un…

— Je sais. (Bien entendu, elle s'inquiétait au sujet de son cathéter et, pour lui éviter toute gêne, il s'empara d'une serviette blanche et propre sur la table de nuit.) Je vais m'en occuper.

Après s'être assuré que le petit tube était bien en place, il tira le drap qui la recouvrait et la prit dans ses bras. Elle était pleine et ferme contre son torse et il goûta un instant le plaisir de simplement la tenir, tandis que la tête de Souffhrance reposait sur son épaule, et ses longues, très longues jambes sur son bras. Son parfum, son savon ou quoi que ce soit lui rappelait le santal et autre chose également.

Oh, oui… les orgasmes.

Ceux qu'il avait eus en rêvant d'elle.

Génial, voilà qu'il rougissait.

Souffhrance s'éclaircit la voix.

— Je ne pèse pas trop lourd ? Je suis grande pour une femelle.

— Tu es parfaite pour une femelle.

— Pas là d'où je viens, marmonna-t-elle.

— Alors ils n'ont pas les bons critères.

Manny fit passer à son précieux fardeau la porte qui menait à la salle d'examen. L'endroit était vide, ainsi qu'il l'avait désiré : il avait demandé à l'infirmière – Elina ? Elaina ? – de leur accorder un peu d'intimité.

Impossible de savoir comment cela allait se passer.

La gardant dans ses bras, il s'assit devant l'ordinateur et s'installa de sorte qu'elle puisse voir l'écran. Quand elle parut plus intéressée par l'idée de le dévisager, cela ne lui posa pas le moindre problème… mais ce n'était pas vraiment propice à la concentration. Ou à la raison pour laquelle il l'avait tirée de ce lit.

— Souffhrance, dit-il.

— Quoi ?

Seigneur, cette voix rauque. Cette fichue voix était capable de le transpercer comme un couteau et de lui faire aimer la morsure de la douleur qui accompagnait la blessure : car la désirer comme il le faisait et se contenir était un plaisir déchirant, étrangement meilleur que sa meilleure partie de jambes en l'air.

C'était un orgasme anticipé dans toute sa splendeur.

— Tu es censée regarder l'écran, dit-il en lui effleurant la joue.

— Je préfère te contempler.

— Ah oui… ?

Comme la voix de Manello se faisait aussi rauque que celle de Souffhrance, il sut que le moment était arrivé d'avoir un petit dialogue intérieur sur le thème de « oh non, mon grand, n'essaie pas ».

Mais merde.

— Tu me fais ressentir quelque chose partout dans mon corps. Même dans mes jambes.

Eh bien, c'est ce que ferait l'attirance sexuelle à une personne. Ses propres circuits étaient très certainement illuminés comme Manhattan à minuit.

Sauf qu'il avait un but plus sérieux que celui de jouer les Père Noël, quelque chose de bien plus important qu'un petit coup rapide… ou même qu'une session de sexe qui aurait duré une semaine, un mois ou, Dieu les préserve tous deux, une année entière. Il était question d'une vie. Celle de Souffhrance.

— Et si tu regardais un peu l'ordinateur, avant de me dévisager tout ton soûl ?

— Très bien.

Comme elle ne détournait pas le regard de son visage, il se racla la gorge.

— L'ordinateur, *bambina*.

— Italien ?

— Du côté de ma mère.

— Et du côté de ton père ?

Il haussa les épaules.

— Je ne l'ai jamais rencontré, alors je suis incapable de te dire.

— Ton géniteur est inconnu ?

— Oui, on peut dire cela. (Manny lui posa l'index sous le menton et lui orienta la tête vers l'ordinateur.) Regarde.

Il tapota l'écran et sut qu'elle se concentrait convenablement parce qu'elle fronça les sourcils au-dessus de ses yeux de diamant.

— Voici un de mes amis : Paul. (Manny ne fit rien pour dissimuler la fierté dans sa voix.) C'est aussi l'un de mes patients. Il casse la baraque… et il est dans cette chaise roulante depuis des années.

Tout d'abord, Souffhrance ne comprit pas exactement quelle était la nature de cette image… Elle bougeait ; c'était certain. Et on aurait dit que… attendez. C'était un humain et il était assis sur une sorte d'engin qui roulait sur le sol. Pour se déplacer, il activait vigoureusement ses larges bras. Il avait le visage tordu par un rictus d'effort et affichait une concentration aussi farouche qu'un guerrier au cœur d'une bataille.

Derrière lui venaient trois autres hommes assis dans des engins similaires, et tous le regardaient comme s'ils essayaient de réduire la distance qui s'allongeait inéluctablement entre eux et leur meneur.

— Est-ce… une course ? demanda-t-elle.

— C'est le Marathon de Boston, l'équipe paralympique. Paul arrive au sommet de Heartbreak Hill, ce qui est la partie la plus difficile.

— Il est devant les autres.

— Attends de voir : il ne fait que s'échauffer. Il n'a pas seulement gagné la course… Il l'a court-circuitée et y a mis le feu.

Ils regardèrent l'homme gagner avec une marge énorme. Ses bras musclés semblaient aussi rapides que le vent et sa poitrine se soulevait au rythme de ses efforts tandis que la foule des deux côtés de la route lui criait son soutien. Quand il déchira un ruban, une femme superbe courut vers lui et tous deux s'enlacèrent.

Et dans les bras de la femelle humaine ? Il y avait un bébé dont les yeux étaient de la même couleur que ceux de l'homme.

Le guérisseur de Souffhrance s'avança et déplaça un petit instrument noir sur le bureau pour changer l'affichage sur l'écran. L'image en mouvement disparut… et fut remplacée par un portrait statique de cet homme en train de sourire. Il était très beau et resplendissait de santé. À son côté, se tenaient la même femme rousse avec cet enfant aux yeux bleus.

L'homme était toujours assis, et son fauteuil était bien plus large que celui avec lequel il avait participé à la compétition ; en réalité, il ressemblait beaucoup à celui que Jane avait apporté. Ses jambes étaient disproportionnées par rapport au reste de son corps, maigres et dissimulées sous l'assise, mais on ne le remarquait pas, ni même l'appareil pour rouler. On ne voyait que sa force farouche et son intelligence.

Souffhrance tendit la main vers l'écran et toucha le visage de l'homme.

— Depuis combien de temps… ? demanda-t-elle d'une voix rauque.

— Il est paralysé ? Une dizaine d'années. Il était sur son vélo quand un chauffeur ivre l'a percuté. J'ai opéré son dos à sept reprises.

— Il est toujours dans le… fauteuil.

— Tu vois la femme à côté de lui ?

— Oui.

— Elle est tombée amoureuse de lui après l'accident.

Souffhrance tourna la tête brusquement et dévisagea son guérisseur.

— Il… a engendré ?

— Oui. Il peut conduire une voiture… avoir des relations sexuelles, à l'évidence… et il a une vie bien plus remplie que beaucoup de gens avec deux jambes fonctionnelles. C'est un entrepreneur, un athlète et un sacré type, et je suis fier de dire qu'il est mon ami.

Tout en parlant, son guérisseur déplaça l'objet noir et les images changèrent encore. C'étaient des images de l'homme dans d'autres compétitions sportives. Sur d'autres encore on le voyait qui souriait à côté d'une sorte de grand bâtiment en construction, puis on le découvrait assis devant un ruban rouge, une paire de ciseaux dorés à la main.

— Paul est le maire de Caldwell. (Son guérisseur lui tourna doucement la tête pour qu'elle le regarde.) Écoute-moi… et je veux que tu te rappelles ceci : tes jambes font partie de toi, mais elles ne sont pas toi tout entière, ni ce que tu es. Donc, où que nous allions ce soir, j'ai besoin que tu saches qu'à mes yeux, tu n'es pas diminuée par cette blessure. Même si tu es dans un fauteuil, tu es toujours aussi grande qu'auparavant. La taille n'est qu'un chiffre vertical, cela ne signifie strictement rien quand il s'agit de ton caractère ou du genre de vie que tu mènes.

Il était mortellement sérieux et, pour être honnête avec elle-même, elle tomba un peu amoureuse de lui à cet instant-là.

— Peux-tu bouger ce… cette chose ? murmura-t-elle. Que je puisse en voir plus ?

— Voilà ; on déplace la souris. (Il lui prit la main et la déposa sur l'objet tiède et oblong.) Gauche et droite… Haut et bas… Tu vois ? On déplace la flèche sur l'écran. Clique ici quand tu veux voir quelque chose.

Il lui fallut quelques essais, mais elle prit le coup… et, c'était absurde, mais le simple fait de se déplacer dans différentes parties de l'écran et de choisir ce qu'elle voulait voir lui donna un vertigineux sentiment d'euphorie.

— Je peux le faire, dit-elle.

Sauf que l'embarras la prit alors. Vu comme cela était simple, c'était une victoire bien trop petite pour exulter.

— C'est l'idée, lui dit son guérisseur à l'oreille. Tu peux tout faire.

Elle frissonna à ces paroles. Ou alors était-ce parce qu'il y avait plus que ses simples mots ?

Elle reporta son attention sur l'ordinateur : les images de l'homme lors des courses étaient ses préférées. Son expression d'effort douloureux et de volonté indomptable ressemblait à ce qu'elle avait longtemps senti brûler dans sa propre poitrine. Mais ensuite, celle de la famille réunie comptait aussi parmi ses favorites. Ils étaient humains, mais les liens semblaient si forts entre eux. Il y avait de l'amour, tellement d'amour.

— Qu'en dis-tu ? murmura son guérisseur.

— Je pense que tu es arrivé pile au bon moment. Voilà ce que j'en dis.

Elle changea de position entre ses bras puissants et leva les yeux vers lui. Assise sur ses genoux, elle aurait aimé sentir davantage son corps. Tout son corps. Mais sous la taille, elle ne ressentait qu'une chaleur générale, ce qui était mieux que le froid persistant depuis son opération, certes… mais il y avait tellement plus à sentir.

— Guérisseur…, murmura-t-elle, posant le regard sur sa bouche.

Il baissa les paupières et parut cesser de respirer.

— Oui… ?

— Puis-je… (Elle se lécha les lèvres.) Puis-je t'embrasser ?

Il sembla grimacer, comme sous l'effet d'une douleur, mais son odeur s'intensifia, et elle sut donc qu'il désirait la même chose qu'elle.

— Seigneur… Dieu, articula-t-il.

— Ton corps le désire, dit-elle, posant la main sur les cheveux doux de sa nuque.

— Et c'est bien là le problème. (Comme elle le regardait d'un air confus, il eut un regard enflammé pour sa poitrine.) Il désire bien plus qu'un simple baiser.

Brusquement, quelque chose remua en elle, un mouvement si subtil qu'il était difficile à déceler. Mais elle ressentait quelque chose de différent dans son torse et dans tous ses membres. Un picotement ? Elle était trop enveloppée par l'énergie sexuelle entre eux pour se soucier de le définir.

Passant l'autre bras autour du cou de Manello, elle demanda :

— Que désire-t-il d'autre ?

Son guérisseur poussa un grondement guttural et ce son provoqua en elle la même décharge d'énergie que quand elle avait une arme à la main. Ressentir de nouveau cela ? C'était comme une drogue.

— Dis-moi, guérisseur, exigea-t-elle. Que désire-t-il d'autre ?

Son regard acajou s'enflamma tandis qu'il la dévorait des yeux.

— Tout. Il désire chaque centimètre carré de toi : dehors… et dedans. Au point que je ne suis pas certain que tu sois prête pour tout ce que je recherche.

— Je décide, rétorqua-t-elle, alors qu'un désir étrange et palpitant prenait racine dans ses entrailles. Je décide de ce que je peux et ne peux pas supporter, non ?

Son demi-sourire se fit diabolique. Dans le bon sens du terme.

— Oui, madame.

Au moment où un bruit grave et rythmé emplit l'air, elle fut surprise de découvrir qu'il s'agissait d'elle. Qui ronronnait.

— Dois-je reposer la question, guérisseur ?

Il y eut un silence. Puis il secoua lentement la tête.

— Non ? Je vais te donner… exactement ce que tu désires.

Chapitre 21

Quand Viszs ouvrit la porte de la salle d'examen, il eut un aperçu du genre de position assise qui lui faisait envisager avec bonheur la castration.

Ce qui, étant donné sa propre expérience avec un couteau sur les gonades, en disait long.

Mais bon, sa sœur était quasiment à cheval sur le Monsieur Jovial de cet enfoiré d'humain, lui la serrant dans ses bras, leurs têtes blotties l'une contre l'autre. Sauf qu'ils ne se dévisageaient pas, et ce fut l'unique raison pour laquelle il ne les interrompit pas : ils regardaient l'écran de l'ordinateur… sur lequel on voyait un homme dans un fauteuil roulant courir contre d'autres types.

— … La taille n'est qu'un chiffre vertical, cela ne signifie strictement rien quand il s'agit de ton caractère ou du genre de vie que tu mènes.

— Peux-tu bouger ce… cette chose ?

Bizarrement, le cœur de V. se mit à palpiter quand l'humain montra à sa sœur comment se servir de la souris. Puis il entendit quelque chose qui lui donna une raison d'espérer :

— Je peux le faire, dit-elle.

— C'est l'idée, dit doucement Manello. Tu peux tout faire.

Eh bien merde… En pariant, il avait tiré les as : V. avait eu l'intention de remettre l'humain dans le jeu brièvement, simplement pour que Souffhrance surmonte son envie de suicide. Sauf qu'il n'avait jamais pensé une seule fois que ce type lui offrirait bien plus qu'une simple amourette.

Et pourtant, cet enfoiré était là… à lui apprendre tellement plus que la technique du baiser.

V. avait souhaité être celui qui la sauverait et il supposait que, en faisant entrer en jeu Manello, c'était peut-être le cas, mais pourquoi n'avait-il rien fait de plus pour elle auparavant ? Pourquoi Jane n'avait-elle rien fait non plus ? Ils auraient dû la faire sortir de cet endroit, l'emmener à la demeure… Manger et parler avec elle.

Lui montrer que son avenir était différent, mais qu'il n'avait pas disparu.

V. se passa la main sur le visage tandis que la colère le plaquait au sol. Satanée Jane… Comment pouvait-elle ignorer que ses patients requéraient plus que des antalgiques et des toilettes à l'éponge ? Sa jumelle avait eu besoin d'un putain d'horizon… N'importe qui serait devenu dingue dans cette chambre.

Bordel de merde.

Il jeta un nouveau coup d'œil à sa sœur et à l'humain. Tous deux se dévoraient du regard et on aurait dit que seul un pied-de-biche pourrait les séparer.

Cela lui redonna envie de tuer ce salopard.

Quand sa main gantée plongea dans sa poche pour en tirer une cigarette, il eut vaguement l'intention de se racler la gorge bruyamment. Soit cela, soit de tirer sa dague et la lancer dans la tête de l'humain. Mais le problème était que ce chirurgien était un outil qu'il fallait utiliser jusqu'à ce qu'on n'ait plus besoin de lui, et ils n'étaient pas encore arrivés à ce point.

V. se força à s'éloigner du seuil…

— Comment vont-ils ?

En se retournant, il fit tomber sa putain de cigarette.

Butch la ramassa.

— Tu veux du feu ?

— Plutôt un couteau.

Il reprit la clope et sortit son nouveau briquet, qui marchait sacrément bien. Après avoir tiré une bouffée, il laissa la fumée s'échapper de sa bouche.

— On sort boire un verre ?

— Pas encore. Je pense que tu devrais aller parler à ta femelle.

— Crois-moi, non. Pas pour l'instant.

— Elle fait ses valises, Viszs.

Le mâle lié en lui devint complètement dingue, mais il se contraignit néanmoins à rester là dans le couloir et à continuer de fumer. Dieu soit loué pour son addiction à la nicotine : tirer sur sa clope fut la seule raison qui l'empêcha de jurer.

— V., mon pote. Que diable se passe-t-il ?

Il entendait à peine Butch à cause du hurlement dans sa tête. Et ne parvenait pas à trouver une explication satisfaisante.

— Ma *shellane* et moi avons eu une divergence d'opinion.

— Alors parlez-en.

— Pas maintenant.

Il posa l'extrémité de sa clope sous la semelle de sa ranger et écrasa le mégot.

— Allons-y.

Sauf que… Eh bien, maintenant qu'on en parlait, il était incapable de s'éloigner en direction du parking où on avait vidangé l'Escalade. Il était littéralement incapable de partir, ses pieds étaient collés au sol.

Quand il jeta un coup d'œil vers le bureau, il déplora que, à peine une heure plus tôt, on ait pu croire que les choses étaient rentrées dans l'ordre. Mais non. C'était presque comme si le merdier précédent n'avait été qu'un échauffement pour ce qu'ils affrontaient à présent.

— Je n'ai rien à lui dire, vraiment.

Comme toujours.

— Peut-être que cela te viendra.

J'en doute, pensa-t-il.

Butch lui posa une main sur l'épaule.

— Écoute-moi. Tu as autant le sens de la mode qu'un banc public et des capacités à interagir avec les gens dignes d'un couteau à viande…

— C'est censé m'aider ?

— Laisse-moi finir…

— C'est quoi, la suite ? La taille de ma bite ?

— Allez, on peut y arriver même avec un crayon : la preuve, j'ai entendu les gémissements dans votre chambre. (Butch le secoua.) Je te dis simplement que tu as besoin de cette femelle dans ta vie. Ne fous pas ça en l'air. Ni maintenant ni jamais, tu me suis ?

— Elle était sur le point d'aider Souffhrance à se tuer. (Comme Butch grimaçait, V. hocha la tête.) Ouais. Alors ce n'est pas vraiment une dispute « il a dit, elle a dit » au sujet du bouchon de dentifrice.

Au bout d'un moment, Butch murmura :

— Il devait y avoir une putain de bonne raison.

— Il n'y a pas de raison. Souffhrance est la seule personne de mon sang et elle allait me l'enlever.

La situation étant ainsi réduite à sa plus simple expression, le bourdonnement à la base du cerveau de V. se fit plus fort et plus violent, et il ne put s'empêcher de se demander s'il n'allait pas avoir une attaque… Et à ce moment précis, pour la première fois de sa vie, il eut peur de lui-même et de ce dont il était capable. Pas de blesser Jane, bien entendu : peu importe à quel point il était remonté, il ne la toucherait jamais sous le coup de la colère…

Butch recula d'un pas et leva les mains en un geste d'apaisement.

— Eh ! Du calme, mon pote.

V. baissa les yeux. Il avait ses deux dagues en main… et les serrait si fort qu'il se demanda si on n'allait pas devoir lui retirer les poignées des paumes par voie chirurgicale.

— Prends-les, dit-il d'un air engourdi, et emporte-les loin de moi.

À toute vitesse, il confia tout son arsenal à son meilleur ami, se désarmant entièrement. Et Butch accepta le tout avec une efficacité grave.

— Ouais… Tu as peut-être raison, marmonna ce dernier. Parle-lui plus tard.

— Ce n'est pas pour elle qu'il faut t'inquiéter, flic.

Car apparemment les pulsions suicidaires s'en prenaient à toute la famille, ce soir.

Butch le prit par le bras quand il fit demi-tour.

— Que puis-je faire pour t'aider ?

Une image brutale et choquante s'immisça dans le cerveau de V.

— Rien que tu puisses supporter. Malheureusement.

— Ne pense pas à ma place, espèce d'enfoiré.

V. se rapprocha, et leurs visages ne furent plus qu'à quelques centimètres l'un de l'autre.

— Tu n'as pas l'estomac assez accroché pour cela. Crois-moi.

Le regard noisette soutint le sien sans broncher.

— Tu serais stupéfait de ce que je ferais pour te garder en vie.

D'un seul coup, la bouche de V. s'entrouvrit, car sa respiration se faisait difficile. Et alors que tous deux se tenaient poitrine contre poitrine, il prit conscience de chaque centimètre de son corps comme s'il les ressentait tous en même temps.

— Qu'est-ce que tu dis, flic ?

— Est-ce que tu crois sincèrement que les éradiqueurs sont une meilleure option ? marmonna Butch d'une voix rauque. Au moins, je pourrais m'assurer que tu ne seras pas mort à la fin.

Des images aux graphismes détaillés et d'une perversion épouvantable clignotèrent dans son esprit. Et dans toutes, il tenait le rôle principal.

Après un moment passé sans que ni l'un ni l'autre ne profère un mot, Butch s'écarta.

— Va voir ta femelle. Je t'attendrai à l'Escalade.

— Butch. Tu n'es pas sérieux. C'est impossible.

Son meilleur ami le regarda calmement.

— Du diable si je ne suis pas sérieux.

Puis il se détourna et s'éloigna dans le couloir.

— Viens me chercher. Quand tu seras prêt.

Tandis que V. l'observait s'éloigner, il se demanda s'il était question qu'ils aillent boire un verre ce soir… ou qu'ils franchissent cette porte dangereuse que le flic venait juste d'ouvrir.

Tout au fond de son cœur, il savait qu'il s'agissait des deux.

Nom de Dieu.

Dans la salle d'examen, pendant que Manny plongeait son regard dans celui de Souffhrance, il avait vaguement conscience que quelqu'un fumait quelque part à proximité. Connaissant sa chance, il s'agissait de ce connard de frère, et le grand salaud s'imbibait de nicotine juste avant de débarquer ici pour balayer le sol avec la gueule de Manny.

Mais il s'en foutait. La bouche de la femelle n'était qu'à quelques centimètres de la sienne, son corps était tiède contre le sien, et sa verge menaçait de rompre les coutures de son pantalon. C'était un homme volontaire et déterminé, mais arrêter ce qui était sur le point d'arriver était bien au-delà de ses capacités.

Levant la main, il la posa sur le visage de Souffhrance. Au moment où il la toucha, elle entrouvrit les lèvres et il sut qu'il aurait dû dire quelque chose, mais sa voix avait fait ses valises et avait quitté la ville, à l'évidence… ainsi que son cerveau.

Plus près. Il l'attira plus près de lui et leurs bouches se soudèrent l'une à l'autre. Et même si son corps avait autant de patience qu'un tigre affamé, il fit attention à ses mouvements. Mon Dieu, qu'elle était douce… Oh, si douce… D'une façon qui lui donnait envie de l'écarter largement et de la pénétrer avec tout ce qu'il avait, ses doigts, sa langue, son sexe.

Mais rien de tout cela n'allait arriver tout de suite. Ni ce soir. Ni même le jour suivant. Il n'avait pas beaucoup d'expérience avec les vierges mais il était bien certain que, même si elle répondait sexuellement, la façon dont on s'occuperait d'elle pourrait la submerger…

— Encore, exigea-t-elle d'une voix rauque. Encore…

Pendant une fraction de seconde, le cœur de Manello cessa de battre, et il repensa à son idée d'y aller lentement : ce ton de voix n'avait rien de celui d'une petite fille perdue. Mais tout de la femme prête pour un amant.

Et ça alors, en vertu de la théorie « pas besoin qu'elle demande deux fois », il s'empara d'elle, caressant sa bouche de la sienne, avant de lui suçoter la lèvre inférieure. Quand il lui enserra la nuque, il eut envie de défaire cette tresse et de plonger le visage dans sa chevelure… mais cela aurait été comme la déshabiller et c'était bien trop intime.

Et il était déjà suffisamment sur le point de jouir, merci bien.

Il glissa sa langue contre la sienne et grogna, resserrant les bras autour d'elle… avant de s'ordonner de les desserrer, ou il allait les briser juste au-dessous de l'épaule. Mince, elle agissait comme un carburant dans son sang, qui entraînait son corps à la vitesse supérieure et le faisait rugir. Et il avait cru que ses rêves étaient brûlants ? La réalité donnait l'impression que ceux-ci étaient à température ambiante comparés à la surface de Mercure.

Il désirait plus de coups de langue, plus de va-et-vient en elle, plus de tout, jusqu'à ce qu'il doive se forcer à se calmer.

Ses hanches étaient écrasées contre les fesses musclées de Souffhrance sur ses genoux... et cela lui parut injuste, puisqu'elle ne pouvait pas le sentir.

Prenant une profonde inspiration, il ne tint pas longtemps avant d'enfouir la tête dans son cou pour passer les lèvres le long de sa gorge...

Elle lui enfonça si profondément les ongles dans les épaules qu'il sut que, s'il avait été nu, elle aurait fait couler le sang; et cela l'excita carrément. Merde, l'idée qu'il pourrait y avoir encore plus que le sexe, qu'elle pourrait s'arrimer à son cou et le prendre en elle d'une autre façon...

Avec un sifflement aigu, Manny s'écarta de la peau de Souffhrance et laissa sa tête retomber en arrière tandis que son souffle lui déchirait les poumons.

— Je crois qu'on devrait ralentir.

— Pourquoi? demanda-t-elle en le dévisageant intensément.

Se penchant en avant, elle gronda:

— Tu le désires.

— Oh, putain... oui.

Elle posa les mains sur le devant de sa chemise.

— Alors continuons à...

Il s'empara de ses poignets alors qu'un orgasme démangeait l'extrémité de son érection.

— Il faut que tu arrêtes. Tout de suite.

Seigneur, il arrivait à peine à respirer.

Brusquement, elle s'arracha à sa prise et baissa la tête. S'éclaircissant la voix, elle dit d'un ton mal assuré:

— Je suis vraiment désolée.

La honte qu'elle manifesta mit la poitrine de Manny à vif.

— Non, non... ce n'est pas toi.

Comme elle ne répondait pas, il lui releva le menton et ne put s'empêcher de se demander si elle avait la moindre idée de ce que faisait le corps masculin quand celui-ci était excité. Seigneur, savait-elle même ce qu'était une érection?

— Écoute attentivement, grogna-t-il. Je te désire. Ici. Dans ta chambre. Sur le sol du couloir. Contre le mur. De toutes les manières, partout, n'importe quand. Compris ?

Elle écarquilla les yeux.

— Mais alors pourquoi ne pas…

— Je crois que ton frère est dehors dans le couloir, d'une part. D'autre part, tu m'as dit que tu n'avais jamais couché avec quiconque auparavant. De mon côté, je sais exactement où cela pourrait nous mener, et la dernière chose dont j'ai envie, c'est de t'angoisser en allant trop vite.

Ils demeurèrent un moment les yeux dans les yeux. Puis Souffhrance étira les lèvres en un sourire si large qu'une fossette apparut sur un côté et que ses magnifiques dents blanches se mirent à luire…

Seigneur… ses crocs étaient plus longs. Beaucoup plus longs. Et, oh, si pointus.

Manny ne put s'en empêcher : il ne put qu'imaginer ce qu'il ressentirait si l'un de ses crocs frôlait le dessous de son pénis.

L'orgasme dans sa verge fit une nouvelle tentative pour exploser.

Et cela, ce fut avant que Souffhrance sorte sa langue rose et la passe lentement sur les pointes aiguës.

— Tu aimes ?

Le cœur de Manny se mit à palpiter.

— Oui. Putain, oui…

Tout d'un coup, les lumières s'éteignirent, plongeant la pièce dans l'obscurité. Puis il y eut deux cliquetis… des serrures ? Se pouvait-il qu'il s'agisse des serrures des portes ?

À la lueur de l'écran, il vit le visage de Souffhrance changer. Son expression de passion timide et innocente avait disparu… pour laisser place à une faim crue et sauvage qui lui rappela qu'elle n'était pas humaine. C'était un magnifique prédateur, un superbe animal puissant, juste assez humain pour qu'il oublie qui et ce qu'elle était vraiment.

Sans réfléchir, Manny porta une main au col de sa blouse blanche. Quand il s'était assis avec elle, les revers amidonnés s'étaient relevés, et à présent il les baissait, exposant son cou.

Il était haletant. Carrément haletant.

— Prends-moi, lâcha-t-il. Fais-le… Je veux savoir ce que cela fait.

C'était désormais elle qui avait le contrôle : ses mains puissantes se posèrent sur son visage, puis descendirent vers son cou et sa clavicule. Elle n'eut pas besoin de lui incliner la tête. Il le fit sans attendre son ordre, offrant sa gorge dénudée comme un objet de tentation.

— Es-tu certain ? demanda-t-elle en roulant les « r ».

Il respirait si fort qu'il n'était pas sûr de pouvoir donner une réponse vocale, aussi hocha-t-il la tête. Puis, craignant que ce ne soit pas suffisant, il posa les mains sur les siennes, la pressant de s'agripper à lui.

Elle prit le relais à partir de là et se concentra sur sa jugulaire : ses yeux semblèrent s'enflammer comme des étoiles en pleine nuit. Quand elle s'approcha, elle le fit lentement, faisant disparaître les centimètres entre ses crocs et la chair de Manny dans une attente douloureuse.

Le frôlement de ses lèvres n'était que velours, mais l'anticipation de ce qui allait arriver le rendait hyper vigilant, si bien que tout était magnifié. Il savait avec précision où elle était…

L'éraflure fut insidieusement douce quand elle le mordilla.

Puis elle enroula la main autour de sa nuque et s'y agrippa, le maintenant en place si fortement qu'il comprit qu'elle pourrait lui arracher la tête si elle le souhaitait.

— Oh, mon Dieu, gémit-il, s'abandonnant complètement. Oh… putain !

Le coup fut puissant et assuré, les deux pointes s'enfonçant profondément dans sa gorge. La délicieuse douleur le priva aussitôt de la vue et de l'ouïe, au point qu'il ne sentit plus que la succion sur sa veine.

Cela, et l'énorme orgasme qui traversa ses testicules et jaillit de son gland. Ses hanches se soulevèrent contre elle alors que sa verge était secouée de spasmes… sans qu'il cesse de bander pour autant.

Il n'aurait pu dire avec certitude combien de temps dura sa jouissance. Dix secondes ? Dix minutes ? Ou étaient-ce des heures ? Il savait seulement qu'à chaque gorgée qu'elle aspirait de lui, il jouissait encore, et le plaisir était si intense qu'il en perdit la tête…

Parce qu'il savait qu'il ne retrouverait ces sensations avec personne d'autre qu'elle. Vampire ou humaine.

Posant la main derrière sa tête, il la poussa plus près, la tenant contre lui, se foutant qu'elle le boive jusqu'à la dernière goutte. Quelle façon de mourir…

Trop tôt, elle fit mine de s'écarter, mais il souhaitait désespérément qu'elle continue, et il tenta de la forcer à rester contre sa gorge. Mais ce fut en vain. Elle était si forte physiquement que ce fut comme s'il n'avait pas émis la moindre protestation. Et cela le fit jouir une nouvelle fois.

Si dépassé que soit son système nerveux, il sentit quand même les crocs se rétracter et sut exactement à quel moment elle se retira de lui. Puis la douleur de la morsure fut remplacée par la douce caresse de sa langue, comme si elle refermait sa plaie.

Tombant dans une semi-transe, Manny baissa à moitié les paupières et laissa sa tête dodeliner sur son cou comme un ballon dégonflé. Du coin de l'œil, il contempla le profil parfait de Souffhrance, tandis que l'écran lui fournissait assez de lumière pour la voir se lécher la lèvre inférieure…

Sauf que l'éclairage ne provenait pas de l'ordinateur.

L'écran de veille s'était mis en route et il n'affichait plus qu'un fond noir avec un logo Windows.

C'était Souffhrance qui émettait de la lumière. De partout. Des pieds à la tête.

Il supposa que les vampires fonctionnaient ainsi et… trouva cela extraordinaire.

Sauf qu'elle fronçait les sourcils.

— Tu vas bien ? Peut-être en ai-je pris trop…

— Je suis…

Il déglutit. Puis une seconde fois. Sa langue lui paraissait engourdie dans sa bouche.

— Je suis…

La panique se peignit sur le magnifique visage de Souffhrance.

— Oh, dieux, qu'ai-je donc fait… ?

Il se força à relever la tête.

— Souffhrance… La seule façon qui aurait pu être meilleure aurait été que je jouisse en toi.

Elle fut momentanément soulagée. Puis demanda :

— Qu'est-ce que ça veut dire, « jouir » ?

Chapitre 22

À la Fosse, Jane traversa rapidement sa chambre. Ouvrant les portes du placard, elle se mit à en sortir des chemises blanches et à les jeter par-dessus son épaule sur le lit. Dans sa hâte, les cintres glissaient du rail et tombaient par terre, ou bien se retournaient et se retrouvaient coincés dans le fond; elle s'en fichait complètement.

Elle ne pleurait pas. Ce dont elle était fière.

D'un autre côté, son corps tout entier tremblait tellement qu'elle n'arrivait à solidifier que ses mains.

Quand son stéthoscope glissa de son cou et atterrit sur la moquette, elle ne s'arrêta que pour ne pas marcher dessus.

—Nom de… Dieu…

En se redressant après avoir ramassé l'objet, elle jeta un coup d'œil au lit et se dit que, bon, il était peut-être temps d'arrêter avec les chemisiers blancs. Ils formaient une montagne sur les draps de satin noir.

Elle retraversa la chambre pour s'asseoir près de son mont Rushmore de vêtements et, de là, contempla le placard. Les débardeurs et les pantalons en cuir de V. étaient toujours bien rangés, mais son propre côté de penderie était un vrai désastre.

Si ce n'était pas là une parfaite métaphore de ce qu'elle ressentait.

Sauf que… V. aussi était dans un état catastrophique.

Mon Dieu… que diable fabriquait-elle? S'installer à la clinique, même de façon temporaire, ne résoudrait pas son problème. Quand on était marié, on restait et on trouvait une solution. C'était ainsi que les couples survivaient.

Si elle partait aujourd'hui ? Il était impossible de savoir où cela les mènerait.

Mon Dieu, ils avaient eu… quoi ? Deux heures de retour à la normale ? Génial. Franchement génial.

Sortant son téléphone, elle fit apparaître un nouveau message vide et regarda l'écran. Deux minutes plus tard, elle referma le portable. Il était difficile de résumer tout ce qu'elle avait à dire en cent soixante caractères. Ou même en six pages de cent soixante caractères.

Souffhrance était sa patiente, et Jane avait un devoir envers elle. Viszs était son compagnon et il n'était rien qu'elle ne fasse pour lui. Et la jumelle de V. n'avait pas semblé prête à lui accorder le moindre répit.

Même si, apparemment, elle avait accepté d'en accorder un à son frère. Et à l'évidence Viszs était allé voir leur mère.

Dieu seul savait ce qui ressortirait de tout cela.

Tout en observant le bazar qu'elle avait mis dans le placard, Jane ne cessait de réfléchir à la situation encore et encore, et arrivait toujours à la même conclusion : le droit de Souffhrance à choisir son destin supplantait le droit de n'importe qui d'autre à la piéger dans sa propre vie. Était-ce dur ? Oui. Était-ce juste pour ceux qui l'aimaient ? Absolument pas.

La femelle se serait-elle fait plus de mal, s'il n'avait pas existé une façon humaine de le faire ? À cent pour cent oui.

Jane n'était pas d'accord avec la façon de penser de Souffhrance, ni avec son choix. Mais son éthique était claire, si tragiques que soient les choses.

Et elle était déterminée à ce que Viszs entende sa propre version.

Au lieu de fuir, elle allait rester afin que, quand il rentrerait à la maison, elle soit là à l'attendre et qu'ils voient s'ils avaient encore un avenir ensemble. Elle ne se berçait pas d'illusions. Il était parfaitement possible qu'ils n'arrivent pas à surmonter cette épreuve, et elle ne lui en voudrait pas si c'était le cas. La famille était la famille, après tout. Mais elle avait agi comme la situation l'exigeait : en vertu de ses devoirs envers sa patiente. C'était ce que les médecins faisaient, même quand cela leur en coûtait… même quand cela impliquait de perdre tout ce qu'ils avaient.

Elle se releva et ramassa les cintres éparpillés par terre jusqu'à ce qu'elle arrive au placard. Beaucoup d'entre eux étaient tombés sur les bottes et les chaussures, aussi se baissa-t-elle et tendit-elle la main vers le fond…

Elle heurta quelque chose de doux. Du cuir… mais il ne s'agissait pas d'une ranger.

S'accroupissant, elle tira l'objet vers elle.

— Qu'est-ce que… ?

Le pantalon de combat de V. n'était pas à sa place, ainsi roulé en boule derrière les chaussures…

Il y avait quelque chose sur le cuir… Une minute. C'était de la cire. De la cire noire. Et…

Jane posa la main sur sa bouche et laissa échapper le vêtement.

Elle lui avait procuré assez d'orgasmes pour savoir en reconnaître les traces sur son pantalon en cuir. Et ce n'étaient pas les seules taches. Il y avait du sang. Du sang rouge.

Avec une épouvantable sensation d'inéluctabilité, elle fouilla de nouveau dans le placard et tâtonna jusqu'à trouver un débardeur. Elle le sortit et découvrit d'autres taches de sang et de cire.

La nuit où il était allé au Commodore. C'était la seule explication : il ne s'agissait pas de vestiges anciens et oubliés, les restes poussiéreux d'une vie qu'il avait autrefois menée. Merde, l'odeur de la cire était encore perceptible sur les fibres et le cuir.

Elle sut précisément quand Viszs franchit le seuil derrière elle.

Sans lever les yeux, elle dit :

— Je croyais que tu n'étais avec personne.

Sa réponse fut longue à venir.

— Je n'étais avec personne.

— Alors peux-tu m'expliquer cela ?

Elle brandit le pantalon mais, voyons, comme s'il y avait eu autre chose dans cette pièce.

— Je n'étais avec personne d'autre.

Elle balança le pantalon dans le placard, ainsi que le débardeur.

— Pour reprendre ta propre phrase, je n'ai rien à dire pour le moment. Vraiment rien.

— Tu crois sincèrement que je pourrais me taper quelqu'un à côté ?

— Comment expliques-tu l'état de ces vêtements, alors ?

Il ne répondit pas. Il se contenta de rester là, au-dessus d'elle, si grand et si fort… et bizarrement étranger, même si elle connaissait son corps et son visage aussi bien que les siens.

Elle attendit qu'il parle. Attendit encore. Et, pour faire passer le temps, elle se rappela qu'il avait reçu une éducation atroce et que demeurer stoïque et inflexible avait été son unique moyen de survivre.

Sauf que rationaliser les choses ne suffisait tout simplement plus. À un moment donné, l'amour qu'ils éprouvaient l'un pour l'autre méritait mieux qu'un silence englué dans le passé.

— S'agissait-il de Butch ? demanda-t-elle, dans l'espoir que ce soit le cas.

Au moins, s'il s'agissait du meilleur ami de V., elle savait que l'orgasme n'avait été qu'accessoire. Butch était un type tout dévoué à son compagnon et il n'aurait accepté de jouer les dominateurs que parce qu'il s'agissait du remède étrange et malfaisant dont V. avait besoin pour rester calme. Si bizarre que cela paraisse, elle pouvait comprendre cela et passer l'éponge.

— C'était lui ? demanda-t-elle. Parce que cela, je pourrais le supporter.

Viszs parut momentanément surpris, mais il secoua alors la tête.

— Il ne s'est rien passé.

— Alors tu es en train de me dire que je suis aveugle ? dit-elle d'une voix éraillée. Parce qu'à moins que tu me donnes une meilleure explication, je n'ai que ce pantalon en cuir… et des images dans mon cerveau qui me rendent malade.

Mais il resta silencieux.

— Oh, mon Dieu… Comment as-tu pu ? murmura-t-elle.

V. se contenta de secouer la tête et répondit sur le même ton :

— Je te retourne la question.

Eh bien, elle au moins avait une raison pour expliquer ce qui s'était produit avec Souffhrance. Et elle n'avait pas menti à ce sujet.

Au bout d'un moment, V. entra dans la chambre et ramassa un sac de voyage vide.

— Tiens. Tu vas en avoir besoin.

Sur ce, il le lui lança… et s'en alla.

Chapitre 23

Dans la salle d'examen, le guérisseur de Souffhrance paraissait à demi mort, mais parfaitement heureux de son décès partiel.

En attendant qu'il réponde à sa question, elle s'inquiétait plus de son état que lui. Son sang avait eu une saveur étonnamment riche sur sa langue. Ce vin foncé avait coulé dans le fond de sa gorge et s'était répandu à l'intérieur d'elle, en ne submergeant pas seulement ses entrailles, mais son corps tout entier.

C'était la première fois qu'elle buvait dans une veine du cou. Les Élues, quand elles étaient au sanctuaire, n'avaient pas besoin de se nourrir de sang, pas plus qu'elles n'avaient leurs chaleurs. Et encore, c'était quand on ne se trouvait pas en état d'animation suspendue, comme cela avait été son cas.

Elle se rappelait à peine s'être nourrie au poignet de Kolher.

Étrange… Les deux sangs avaient eu à peu près la même saveur, même si celui du roi avait été plus vif.

— Qu'est-ce que ça veut dire, « jouir » ? répéta-t-elle.

Son guérisseur se racla la gorge.

— C'est… euh, ce qui arrive quand tu apprécies quelqu'un et que tu es avec cette personne.

— Montre-moi.

Il laissa échapper un rire grave et velouté.

— J'adorerais. Crois-moi.

— S'agit-il d'une chose que… je puisse te faire faire ?

Il eut une petite quinte de toux.

— Tu l'as déjà fait.

— Vraiment ?

Le guérisseur hocha lentement la tête et baissa les paupières.

— J'en suis tout à fait certain. J'ai donc besoin d'une douche.

— Et ensuite tu me montreras.

Ce n'était pas une demande ; c'était un ordre. Et quand il resserra les bras autour d'elle, elle eut l'impression qu'il était excité.

— Oui, gronda-t-elle. Tu me montreras tout.

— Je vais vraiment le faire, dit-il d'une voix grave. Tout.

Lorsqu'il la dévisagea comme s'il connaissait des secrets qu'elle ne pouvait seulement pas imaginer, elle comprit que, même avec sa paralysie, cela valait la peine de vivre. Ce lien et cet émoi avaient bien plus de valeur que ses jambes, et elle ressentit une brusque et âpre terreur à l'idée qu'elle ait failli passer à côté.

Elle devait remercier convenablement son jumeau. Mais comment pourrait-elle lui rendre la pareille ?

— Laisse-moi te ramener dans ta chambre. (Son guérisseur se leva d'un mouvement fluide, en dépit de son poids.) Une fois que je serai propre, nous commencerons par te laver à l'éponge.

Elle plissa le nez d'un air de dégoût.

— C'est tellement clinique.

Il lui sourit de nouveau comme s'il allait lui révéler un secret.

— Pas de la façon dont je vais le faire. Crois-moi. (Il marqua un temps d'arrêt.) Eh, y aurait-il la moindre possibilité que tu rallumes les lumières à ma place pour éviter que je nous cogne dans quelque chose ? Tu luis, mais je ne suis pas certain que cela suffira.

Souffhrance eut un instant de confusion… jusqu'à ce qu'elle lève le bras. Le guérisseur avec raison. Elle luisait, sa peau émettait une phosphorescence sourde… Peut-être était-ce une réaction sexuelle ?

Logique, se dit-elle. Car ce qu'il lui faisait ressentir à l'intérieur était aussi impossible à contenir que le bonheur et aussi lumineux que l'espoir.

Quand elle ralluma les lumières d'un ordre mental et déverrouilla les portes, il secoua la tête et se mit en route.

— Bon sang. Tu as de sacrés tours dans ta poche, femme.

Peut-être, mais pas ceux qu'elle désirait. Elle adorerait lui rendre ce qu'il avait partagé avec elle… mais elle n'avait aucun secret à lui enseigner et pas de sang à lui offrir, car non seulement les humains n'avaient pas besoin d'une telle chose, mais cela pouvait également les tuer.

— J'aimerais pouvoir te payer de retour, murmura-t-elle.

— Pour quoi ?

— Pour être venu ici et m'avoir montré…

— Mon pote ? Oui, c'est un exemple à suivre.

À dire vrai, elle parlait plutôt de l'homme de chair que de celui sur l'écran.

— En effet, rétorqua-t-elle.

De retour dans la salle de réveil, il la déposa sur le lit et l'y installa avec beaucoup de soin : il disposa les draps et les couvertures de façon qu'aucune partie de son corps ne soit dénudée… prit le temps de réinstaller les équipements qui contrôlaient ses fonctions vitales… et redonna du gonflant aux oreillers derrière sa tête.

Tout le temps qu'il œuvra, il fit en sorte de se couvrir systématiquement les hanches avec quelque chose. Une partie de la literie. Les deux pans de sa blouse. Puis il se plaça derrière la table à roulettes.

— Tu es à l'aise ?

Comme elle hochait la tête, il dit :

— Je reviens tout de suite. Crie si tu as besoin de moi, OK ?

Son guérisseur disparut dans la salle de bains et la porte se referma presque entièrement… mais pas complètement. Un rai de lumière traversait la cabine où l'eau tombait et elle vit clairement son bras couvert de la blouse blanche passer à l'intérieur, tourner une poignée et faire tomber la pluie tiède.

Il enleva ses vêtements. Tous ses vêtements.

Puis elle eut un bref aperçu de chair magnifique quand il s'installa sous le jet et referma la cloison de verre. Quand le rythme de l'eau changea, elle sut que sa silhouette nue s'était glissée sous la cascade.

À quoi ressemblait-il, dégoulinant d'eau, luisant, tiède et tellement mâle ?

Se redressant sur ses oreillers, elle se pencha sur le côté… et un peu plus… et encore plus jusqu'à être presque sur le point de basculer dans le vide.

Ah oui. Son corps était de profil mais elle avait une belle vue : il avait des muscles sculptés, un torse et des bras robustes au-dessus de hanches étroites et de longues jambes puissantes. Un fin duvet noir ornait ses pectoraux et formait une ligne qui descendait jusqu'à son abdomen et plus bas, plus bas encore… si bas…

Mince, elle n'en voyait pas assez, et sa curiosité était trop désespérée et pressante pour qu'elle l'ignore.

À quoi ressemblait son sexe ? Quelle était la sensation…

Avec un juron, elle changea maladroitement de position pour se retrouver au pied du lit. Tournant la tête, elle tira le meilleur parti de ce que dévoilait la porte entrebâillée. Mais quand elle s'était déplacée, lui aussi avait bougé et s'était retourné, lui montrant désormais son dos et… la partie inférieure de son corps…

Elle déglutit avec difficulté et se redressa pour en voir encore plus. Quand il déballa le pain de savon, l'eau giclait sur ses omoplates et ruisselait le long de sa colonne vertébrale, coulant sur ses fesses et l'arrière de ses cuisses. Puis sa main apparut sur sa nuque, la mousse qu'il générait avec ses paumes suivant le chemin de l'eau alors qu'il lavait son corps.

— Retourne-toi… chuchota-t-elle. Laisse-moi te voir tout entier…

Son désir d'avoir une meilleure vue ne fit que croître quand les soins savonneux passèrent sous la ceinture. Il leva une jambe puis l'autre, et ses mains firent preuve d'une efficacité spectaculaire quand il les passa sur ses cuisses et ses mollets.

Elle sut quand il s'occupa de son sexe. Parce qu'il rejeta la tête en arrière et incurva le bassin.

Il pensait à elle. Elle en était certaine.

Ce fut alors qu'il se retourna.

Cela arriva si vite que, quand leurs regards se croisèrent, tous deux sursautèrent.

Prise la main dans le sac, elle se traîna sur ses oreillers et reprit sa position initiale, lissant les couvertures qu'il avait si soigneusement placées. Le visage enflammé, elle aurait voulu pouvoir se cacher…

Un grincement aigu retentit dans la pièce et elle leva les yeux. Il avait surgi de la salle de bains, laissant la douche ouverte et en train de couler. De la mousse adhérait toujours à ses abdominaux et dégoulinait sur…

Son sexe fut un choc magnifique. Se détachant de son corps, sa tige de chair était dure, épaisse et fière.

— Tu…

Il dit quelque chose d'autre, mais elle était trop captivée pour s'en soucier, trop fascinée pour le remarquer. Tout au fond d'elle, une source avait jailli, son sexe palpitait et s'apprêtait à l'accueillir.

— Souffhrance ! s'exclama-t-il en se couvrant de ses mains.

Immédiatement, elle se sentit honteuse et posa les paumes sur ses joues brûlantes.

— Vraiment, je suis désolée de t'avoir espionné.

Son humain s'agrippa au chambranle.

— Ce n'est pas cela… (Il secoua la tête comme pour s'éclaircir les idées.) As-tu conscience de ce que tu étais en train de faire ?

Elle ne put s'empêcher de rire.

— Oui. Crois-le, mon cher guérisseur, j'avais parfaitement conscience de ce que je regardais si attentivement.

— Tu étais à quatre pattes, Souffhrance. Tu étais à genoux à l'extrémité du lit.

Son cœur cessa de battre. Elle ne l'avait sûrement pas bien compris.

Sûrement.

Alors que Souffhrance fronçait les sourcils, Manny s'approcha… puis découvrit qu'il était vraiment à poil. Mais il n'avait pas seulement le cul à l'air : tandis qu'il était en tenue d'Adam, il était en érection, totalement, au point de ne plus sentir ses testicules. Tendant le bras dans la salle de bains, il attrapa une serviette, s'en ceignit les hanches, puis se dirigea vers le lit.

— Je… Non, tu dois te tromper, répondit Souffhrance. Je n'ai pas pu…

— Si, tu as…

— Je n'ai fait que m'étirer…

— Comment es-tu arrivée au pied du lit, dans ce cas ? Et comment es-tu revenue à l'endroit où tu étais ?

Son regard se posa sur l'étroite extrémité, les sourcils froncés.

— Je l'ignore. J'étais… en train de t'observer et je ne voyais rien d'autre.

L'homme en lui fut abasourdi et… étonnamment transformé. Être à ce point désiré par quelqu'un comme elle ?

Mais alors le médecin en lui prit le relais.

— Attends, laisse-moi voir ce qui se passe, d'accord ?

Il tira les draps et les couvertures et découvrit ses jambes jusqu'en haut des cuisses. Puis il passa un doigt sur la plante d'un de ses pieds.

Il s'attendait à ce qu'elle ait un soubresaut. Il n'y en eut pas.

— Rien ? demanda-t-il.

Quand elle secoua la tête, il répéta l'opération de l'autre côté. Puis il remonta, et palpa ses chevilles minces.

— Rien ?

Elle plongea un regard désespéré dans le sien.

— Je ne sens rien. Et je ne comprends pas ce que tu crois avoir vu.

Il remonta plus haut, jusqu'à ses mollets.

— Tu étais agenouillée. Je te le jure.

Toujours plus haut, sur ses cuisses fermes.

Rien.

Seigneur, se dit-il. Elle contrôlait forcément un peu ses jambes. Il n'y avait pas d'autre explication. À moins… qu'il ait des hallucinations.

— Je ne comprends pas, répéta-t-elle.

Lui non plus, mais il allait tirer cela au clair.

— Je vais revoir tes scans. Je reviens tout de suite.

Dans la salle d'examen, il obtint l'aide de l'infirmière et eut accès au dossier médical de Souffhrance sur l'ordinateur. Avec une efficacité née de la pratique, il parcourut l'ensemble : les fonctions vitales, les notes d'examen, les radios… Il découvrit même le compte-rendu de son opération à St. Francis, ce qui était une surprise. Il ignorait parfaitement comment ils avaient eu accès à l'IRM originale, car il avait effacé le dossier presque aussitôt qu'il était entré dans le système du centre médical. Mais il fut heureux de le revoir, c'était certain.

Quand il eut fini, il s'adossa à la chaise et le froid qu'il ressentit entre les omoplates lui rappela qu'il ne portait rien excepté une serviette.

Ce qui expliquait pourquoi l'infirmière avait détourné les yeux quand il lui avait parlé.

— Qu'est-ce que… marmonna-t-il en observant la dernière radio.

La colonne vertébrale était parfaitement en place, les vertèbres alignées bien droit, et leur lueur fantomatique sur le fond noir lui donnait un parfait cliché de ce qui se passait dans le dos de Souffhrance.

Tout, depuis le dossier médical jusqu'à l'examen qu'il venait de pratiquer sur le lit, suggérait que sa conclusion originelle quand il l'avait revue était correcte : il avait accompli le plus bel ouvrage technique de sa vie, mais la moelle épinière avait été endommagée de façon irréparable, point barre.

Et brusquement, il se souvint de l'expression sur le visage de Goldberg quand il était devenu évident qu'il n'avait pas remarqué la différence entre le jour et la nuit.

Se frottant les yeux, il se demanda s'il n'était pas de nouveau en train de devenir dingue. Mais il savait bien ce qu'il avait vu… non ?

Alors il comprit.

Il scruta la pièce et s'arrêta sur le plafond. Sans surprise, tout en haut dans un coin, il avisa une caméra de surveillance fixée à un panneau. Ce qui signifiait que chaque centimètre de la pièce était filmé.

Il y en avait forcément une dans la salle de réveil. Forcément.

Il se leva, se dirigea vers la porte et regarda dans le couloir, dans l'espoir de trouver quelque part cette charmante infirmière blonde.

— Youhou ?

Sa voix se répercuta en écho le long du couloir, mais il n'obtint pas de réponse, aussi n'eut-il pas d'autre choix que de sortir pieds nus. Sans savoir d'instinct quelle direction emprunter, il choisit d'aller à droite et marcha à toute vitesse. Il frappa à toutes les portes et tenta de les ouvrir. La plupart d'entre elles étaient verrouillées, mais celles qui ne l'étaient pas révélèrent… des salles de classe. Et d'autres salles de classe. Et un énorme gymnase digne d'un club de sport professionnel.

Quand il arriva devant la porte sur laquelle était écrit « Salle de musculation », il entendit le bruit de quelqu'un qui tentait de battre un record sur le tapis de course avec ses baskets et décida de poursuivre. Il était un humain à moitié nu dans un univers de vampires et, bizarrement, il lui semblait peu probable que l'infirmière soit en train de courir un marathon si elle était de service.

En outre, à en juger par le bruit lourd et rude des pas, il risquait de débarquer en terrain miné au lieu d'une simple salle de sport ; et alors qu'il était assez suicidaire pour affronter tout ce qui pourrait lui foncer dessus, il était pour l'instant question d'aider Souffhrance, pas son ego ou son niveau de boxe.

Faisant demi-tour, il se dirigea dans la direction opposée. Frappa aux portes. Les ouvrit quand c'était possible. Plus il avançait, moins les pièces ressemblaient à des salles de classe. Elles avaient beaucoup plus l'air de salles d'interrogatoire de commissariat. À l'extrémité du couloir se trouvait une porte massive qui semblait tout droit sortie d'un film, avec des panneaux renforcés et blindés.

Il songea qu'elle devait s'ouvrir sur le monde extérieur.

Il s'en approcha, se jeta de tout son poids contre le battant et… surprise ! Il débarqua dans le parking où sa Porsche était garée le long d'un trottoir.

— Qu'est-ce que tu fous là ?

Son regard se porta vers une Escalade entièrement noire : les vitres, les jantes, la calandre, tout était teinté. À côté se trouvait le type qu'il avait vu la première nuit, celui qu'il avait cru reconnaître…

— Je vous ai déjà vu quelque part, dit Manny tandis que la porte se refermait derrière lui.

Le vampire sortit une casquette de base-ball de sa poche et s'en coiffa. Les Red Sox. C'était évident, vu son accent de Boston.

Sauf que la vraie question était : comment diable un vampire se retrouvait-il à parler avec l'accent des quartiers sud ?

— Sympa, le crucifix, marmonna le type en jetant un regard à la croix de Manny. Tu cherches tes fringues ?

Manny leva les yeux au ciel.

— Ouais. Quelqu'un me les a piquées.

— Pour jouer au docteur ?

— Peut-être que c'est Halloween, chez vous… Comment je peux le savoir, bordel ?

Sous la visière bleu foncé, un sourire prit place, dévoilant une dent de devant fêlée… ainsi que des crocs.

Alors que le cerveau de Manny s'embrouillait, la conclusion à laquelle il parvint était irréfutable : ce mec avait été humain. Comment une chose pareille s'était-elle produite ?

— Rends-toi service, dit le mâle. Arrête de réfléchir, retourne à la clinique et rhabille-toi avant que V. se pointe.

— Je sais que je t'ai déjà vu et je vais finir par remettre les pièces du puzzle en place. Mais on s'en fout ; pour l'instant, j'ai besoin d'accéder aux enregistrements des caméras de sécurité d'ici.

Le sourire à moitié narquois disparut.

— Et pourquoi cela ?

— Parce que ma patiente vient de s'asseoir, et je ne parle pas de se soulever le torse des oreillers. Je n'étais pas là quand elle l'a fait et je dois voir comment c'est arrivé.

Red Sox parut cesser de respirer.

— Quoi… ? Je suis désolé. Qu'est-ce que tu dis, putain ?

— Est-ce que je dois te le mimer ou quoi ?

— Je vais faire comme si je n'avais rien entendu : j'ai vraiment pas besoin de te voir à genoux devant moi alors que tu ne portes qu'une serviette.

— Alors on est deux.

— Attends, tu es sérieux ?

— Oui. Moi non plus, je n'ai pas envie de te tailler une pipe.

Il y eut un silence. Puis cet enfoiré éclata de rire.

— Tu as le sens de la repartie, je te l'accorde ; et oui, je peux t'aider, mais tu vas devoir enfiler tes vêtements, mec. Si V. te chope dans cette tenue en compagnie de sa sœur, tu devras opérer tes propres jambes.

Pendant que le type se dirigeait vers la porte, Manny comprit. Ce n'était pas à l'hôpital qu'il l'avait vu.

— St. Patrick. C'est là que je t'ai vu. Tu t'assieds tout seul sur le banc du fond pendant la messe de minuit, et tu portes toujours cette casquette.

Le mec ouvrit la porte et s'écarta. Impossible de distinguer ses yeux à cause de sa visière, mais Manny était prêt à parier que le type évitait son regard.

— Je ne sais pas de quoi tu parles, mon pote.

Arrête tes conneries, pensa Manny.

Chapitre 24

Bienvenue dans le Nouveau Monde.

Quand Xcor sortit dans la nuit, tout était différent : l'odeur n'était pas celle des bois autour de son château, mais un musc urbain à base de pollution et de relents d'égouts, et on n'entendait pas le bruit lointain des cerfs arpentant les sous-bois, mais celui des voitures, des sirènes et des conversations humaines.

— Eh bien, Affhres, tu nous as trouvé là un logement remarquable, dit-il d'une voix traînante.

— Le domaine devrait être prêt demain.

— Et dois-je croire que cela constituera une amélioration ? (Il jeta un coup d'œil derrière lui à la maison mitoyenne dans laquelle ils étaient restés planqués toute la journée.) Ou nous feras-tu la surprise d'une grandeur encore moindre ?

— Tu le trouveras plus qu'à ta convenance. Je te le garantis.

À dire vrai, considérant tous les bouleversements que représentait leur venue ici, le vampire avait réalisé un superbe travail. Ils avaient dû prendre deux vols de nuit pour s'assurer qu'aucun problème dû à la lumière ne surviendrait, et une fois enfin arrivés à ce fameux Caldwell, Affhres avait tout arrangé : cette maison décrépite n'en possédait pas moins un sous-sol solide, et un *doggen* se trouvait là pour servir leurs repas. La solution définitive en matière de résidence restait encore à venir, mais il était probable que celle-ci répondrait à leurs attentes.

— Tu as intérêt à ce qu'il se trouve à l'écart de cette crasse urbaine.

— Ne t'inquiète pas. Je connais tes préférences.

Xcor détestait être en ville. Les humains étaient des bovins stupides, mais un troupeau sans cervelle était plus dangereux qu'un seul individu intelligent : on ne pouvait jamais prédire les actions des paumés. Néanmoins, cette planque avait un avantage : il voulait repérer la ville avant d'annoncer son arrivée à la Confrérie et à son « roi », et il leur était impossible d'être plus proches qu'ils ne l'étaient déjà.

La maison se trouvait en plein centre-ville.

— Allons dans cette direction, dit-il en s'éloignant, tandis que sa bande de salopards se mettait en formation derrière lui.

Caldwell, dans l'État de New York, ne manquerait pas d'offrir quelques découvertes. Ainsi qu'il l'avait appris dans les temps anciens et dans ce présent bien éclairé, les villes la nuit étaient toutes les mêmes, peu importait leur topographie : les gens dehors n'étaient pas les supporters les plus acharnés de la loi, mais les truands, les marginaux et les mécontents. Et sans surprise, à mesure qu'ils progressaient de rue en rue, il aperçut des humains assis sur le trottoir dans leurs propres excréments, des bandes de racailles déambulant d'un air agressif, ou de pitoyables femelles cherchant des mâles plus pitoyables encore.

Mais personne ne songea à s'en prendre à son groupe de six gros bras… et il aurait presque souhaité que ce ne soit pas le cas. Un combat les viderait de leur énergie mais, avec un peu de chance, ils tomberaient sur leurs ennemis et affronteraient un adversaire de valeur pour la première fois depuis deux décennies.

Quand lui et ses mâles tournèrent au coin d'une rue, ils tombèrent sur une infestation humaine : plusieurs établissements de type « bar » établis de chaque côté de la route étaient brillamment éclairés, et des rangées de personnes à demi vêtues s'alignaient au-devant, attendant d'entrer dans leurs enceintes. Il ne savait pas lire les panneaux suspendus au-dessus des entrées, mais à la façon dont les hommes et les femmes tapaient des pieds, se dandinaient et parlaient, il était évident que l'oubli temporaire les attendait de l'autre côté de cette patience malheureuse.

Il était d'humeur à tous les massacrer et sentait son fauchon lui démanger : l'arme reposait dans son dos, pliée en deux, nichée dans son harnais et dissimulée sous son manteau de cuir qui touchait le sol.

Pour s'assurer qu'il reste en place, il apaisa la lame en lui promettant des éradiqueurs.

— J'ai faim, déclara Zypher.

Le mâle ne parlait pas de nourriture, et il ne s'était pas trompé de moment : la ligne de femelles humaines qu'ils dépassaient envoyait un signal sexuel. Oui, les femmes exhibaient leurs appas pour qu'on s'en serve et leurs yeux peints s'attardaient sur les mâles qu'elles croyaient par erreur appartenir à leur espèce.

Enfin, elles s'attardaient sur les visages des autres mâles que Xcor. À lui, elles ne jetaient qu'un regard et s'empressaient de détourner la tête.

— Plus tard, dit-il. Je veillerai à ce que tu obtiennes ce qu'il te faut.

Même s'il doutait fort de participer, il avait parfaitement conscience que ses soldats avaient besoin d'une nourriture de type baise, et il était plus que désireux de la leur accorder : les guerriers se battaient mieux si on les entretenait ; il avait appris cela longtemps auparavant. Et, qui sait, il prendrait peut-être quelque chose pour lui-même si son regard était attiré, à supposer qu'elle puisse passer outre à son apparence. Mais bon, c'était à cela que servait l'argent. Bien des fois, il avait payé des femelles pour qu'elles le tolèrent dans leur sexe. C'était bien mieux que de les forcer à se soumettre, ce qu'il n'avait pas le cœur de faire, même s'il n'aurait jamais reconnu une telle faiblesse devant quiconque.

Mais de tels amusements n'auraient pas lieu avant la fin de la nuit. Tout d'abord, ils devaient étudier leur environnement.

Après avoir traversé les fourrés engorgés du quartier des clubs, ils débouchèrent exactement dans ce qu'il avait espéré trouver… Un désert urbain : des pâtés de maisons entiers inoccupés pour la soirée, ou peut-être même pour plus longtemps ; des routes dépourvues de circulation ; des ruelles sombres et isolées avec un espace suffisant pour s'y battre.

L'ennemi se trouverait là. Il le savait, tout simplement : l'unique point commun entre les deux camps était le secret. Et ici, des combats pouvaient avoir lieu sans crainte d'être interrompus.

Le corps fourmillant d'excitation à l'idée d'un affrontement tandis que le bruit des talons de sa bande de salopards résonnait derrière lui, Xcor sourit dans la nuit. Cela allait être…

En tournant au coin d'une autre ruelle, il s'arrêta net. À un pâté de maisons sur la gauche se trouvait un essaim de voitures noire et blanche vaguement garées en cercle autour de l'entrée d'une ruelle… un peu comme un collier sur la gorge d'une femelle. Il ne savait pas lire les motifs sur les portières, mais les lumières bleues sur les toits des voitures lui apprirent qu'il s'agissait de la police humaine.

Prenant une inspiration, il sentit l'odeur de la mort.

Un meurtre assez récent, décida-t-il, mais pas aussi juteux que s'il venait tout juste d'être commis.

— Les humains, railla-t-il. Si seulement ils étaient plus efficaces et s'entre-tuaient jusqu'au dernier.

— Oui, opina quelqu'un.

— En avant, ordonna-t-il, et il se remit en marche.

Alors qu'ils passaient à proximité de la scène de crime, Xcor regarda dans la ruelle. Des humains à l'air nauséeux et aux mains tremblantes entouraient une grande boîte, comme s'ils s'attendaient à ce que quelque chose en jaillisse à tout moment et leur empoigne les couilles avec des serres.

Que c'était caractéristique. Des vampires inspecteraient déjà tous les recoins et contrôleraient les lieux… du moins des vampires dignes de ce nom. En revanche, les humains ne semblaient capables de retrouver leurs nerfs que quand l'Oméga intercédait.

Penché au-dessus d'un carton maculé de taches et assez grand pour contenir un réfrigérateur, José De La Cruz alluma sa lampe de poche et en fit courir le faisceau sur un autre corps mutilé. Il était difficile d'en tirer plus qu'une impression de cadavre, étant donné que la gravité avait fait son œuvre et réduit la victime à un enchevêtrement de membres, mais les cheveux sauvagement rasés et le trou dans le haut du bras suggéraient qu'il s'agissait de la victime numéro deux pour son équipe.

Il se redressa et jeta un coup d'œil à la ruelle vide. Même mode opératoire que pour la première affaire, il était prêt à le parier : on avait réalisé le boulot ailleurs, balancé les restes dans le centre-ville de Caldwell, avant de repartir en quête d'une nouvelle victime.

Ils devaient attraper cet enfoiré.

Il éteignit sa lampe et consulta sa montre. La police scientifique avait effectué son travail de précision et la photographe avait pris ses clichés, il était donc temps d'observer attentivement le corps.

— Le légiste est prêt à l'examiner, dit Veck derrière lui. Et il apprécierait un peu d'aide.

José pivota sur ses talons.

— Est-ce que tu as des gants… ?

Il s'arrêta et regarda derrière les larges épaules de son partenaire. Dans la rue au fond, un groupe d'hommes passait en formation triangulaire, un en tête, deux derrière lui et trois à leur suite. La disposition était si précise et leurs pas si synchrones qu'au début, José ne remarqua que le rythme quasi militaire et le fait qu'ils étaient tous vêtus de cuir noir.

Puis il prit conscience de leur taille. Ils étaient immenses et il ne put s'empêcher de se demander quel genre d'armes ils planquaient sous leurs longs manteaux identiques ; mais la loi interdisait aux officiers de police de fouiller des civils juste parce qu'ils avaient l'air mauvais.

Le meneur tourna la tête et José prit une photo mentale de ce visage que seule une mère pourrait aimer : maigre et anguleux, avec des joues creuses et la lèvre supérieure déformée par un bec-de-lièvre qui n'avait pas été opéré.

L'homme regarda de nouveau droit devant lui et l'unité poursuivit sa route.

— Inspecteur ?

José se secoua.

— Pardon. J'ai été distrait. Tu as des gants ?

— Je suis en train de vous les tendre.

— C'est vrai. Merci. (José prit les doigts de latex et les enfila.) Tu as le…

— Sac ? Oui.

Veck était sérieux et concentré, ce qui, José l'avait découvert, était la vitesse de croisière de ce type : il était jeune, pas encore trente ans, mais il gérait les choses comme un vétéran.

Verdict pour l'instant : il n'était pas nul, comme partenaire.

Mais cela ne faisait qu'une semaine et demie qu'ils avaient véritablement commencé à travailler ensemble.

Sur une scène de crime, la personne qui déplaçait le corps dépendait d'une foule de variables. Parfois, les secouristes s'en chargeaient. Dans d'autres cas, comme ici, c'était celui qui se trouvait dans le coin et avait l'estomac le mieux accroché.

— Découpons le devant du carton, dit Veck. Tout a été examiné et photographié, et ce sera mieux que de tenter de le pencher en avant et risquer que le fond se déchire.

José jeta un coup d'œil au type de la scientifique.

— Vous êtes sûr d'avoir collecté tout ce qu'il faut ?

— Compris, inspecteur. Et c'était ce que j'étais en train de me dire, moi aussi.

Les trois hommes travaillèrent ensemble, Veck et José tenant le panneau de devant tandis que l'autre se servait d'un cutter, bien entendu. Puis José et son partenaire baissèrent le panneau avec précaution.

Encore une jeune femme.

— Malédiction, marmonna le légiste.

Ce serait plutôt « maudite », se dit José. On avait infligé exactement la même chose qu'aux autres à cette pauvre fille, ce qui signifiait qu'on avait commencé par la torturer.

— Enfer et damnation, souffla Veck à voix basse.

Tous trois la manipulèrent avec douceur comme si, malgré son décès, son corps exsangue sentait qu'on bougeait ses membres. Ils la déplacèrent d'à peine cinquante centimètres, puis la déposèrent dans le sac noir ouvert afin que le légiste et la photographe fassent leur travail.

Veck resta accroupi à son côté. Son visage était parfaitement calme, mais il donnait toutefois l'impression d'éprouver une colère rentrée face à ce spectacle…

La lumière éblouissante d'un flash d'appareil photo éclata dans la ruelle sombre, aussi sûrement qu'un cri dans une église. Avant même que cette saleté se soit estompée, José tourna la tête pour voir qui diable prenait des clichés, et il ne fut pas le seul. Tous les autres inspecteurs présents sur les lieux se redressèrent également.

Mais ce fut Veck qui réagit le premier et partit en trombe.

Le type à l'appareil photo n'avait pas la moindre chance. Avec une parfaite impudence, le salaud s'était glissé sous le ruban de la police et avait profité du fait que tous les regards convergeaient sur la victime. Et dans sa course pour s'échapper, il se retrouva pris au piège dans ce qu'il avait violé, trébuchant et tombant avant de se reprendre et de se ruer vers la portière ouverte de sa voiture.

Veck, de son côté, avait les jambes d'un sprinteur et bien plus de détente qu'un Blanc ordinaire : il ne se glissa pas sous le ruban jaune mais bondit par-dessus, et se jeta sur le capot de la berline sur lequel il se hissa en s'accrochant au rebord du toit. Puis tout se passa comme au ralenti. Tandis que les autres policiers se précipitaient à la rescousse, le photographe mit le pied au plancher et fit crisser ses pneus, alors qu'il paniquait et tentait de s'enfuir…

En plein dans la scène de crime.

— Putain ! hurla José en se demandant comme diable ils allaient protéger le corps.

Les jambes de Veck ballottèrent tandis que la voiture défonçait le ruban jaune et arrivait comme une flèche droit sur la boîte en carton. Mais cet enfoiré de DelVecchio ne resta pas seulement accroché comme de la colle ; il parvint à passer la main par la fenêtre ouverte, à s'emparer du volant et à écraser la berline dans une benne à ordures, un mètre seulement avant la fichue victime.

Comme les Airbag se déployaient et que le moteur laissait échapper un méchant sifflement, Veck fut projeté par-dessus la poubelle… et José sut qu'il allait se souvenir du vol plané de cet homme pour le restant de ses jours : la veste de costume du mec était ouverte, dévoilant son flingue d'un côté et sa plaque de l'autre alors qu'il volait sans ailes.

Il atterrit sur le dos. Durement.

— Un homme à terre ! s'écria José en se précipitant vers son partenaire.

Mais inutile de dire à ce fils de pute de demeurer immobile, ni même espérer avoir la moindre chance de l'aider à se relever.

Veck bondit sur ses pieds comme le foutu lapin Duracell et tituba jusqu'au groupe d'agents qui avaient dégainé leurs armes et cernaient le conducteur. Écartant les autres de son passage, il ouvrit brutalement la portière côté conducteur et tira à lui un braconnier photo partiellement conscient, qui n'était qu'à un sandwich jambon-beurre de la crise cardiaque : ce salopard était aussi gras que le Père Noël et avait le teint vermeil d'un alcoolique.

Il avait également du mal à respirer : était-ce dû au fait d'avoir inhalé la poudre dégagée par l'Airbag ou d'avoir croisé le regard de Veck et de savoir précisément qu'il allait se faire cogner ? Cela n'était pas clair.

Sauf que Veck se contenta de le lâcher et plongea dans la voiture, se frayant un chemin au milieu des Airbag dégonflés pour récupérer l'appareil photo. José s'interposa pour l'empêcher de le réduire en miettes.

— On en a besoin comme preuve, aboya-t-il quand son coéquipier se sortit de là et leva le bras au-dessus de sa tête comme s'il allait balancer le Nikon sur la chaussée.

— Eh !

José saisit le poignet du type à deux mains et se jeta de tout son poids contre la poitrine de son partenaire. Seigneur, cet enfoiré était costaud – il n'était pas seulement grand, mais également baraqué –, et pendant une fraction de seconde il ne put s'empêcher de se demander s'il allait obtenir quelque chose en le malmenant.

Mais le vent tourna, et Veck se cogna le dos dans l'aile de la voiture.

José garda une voix calme en dépit du fait qu'il devait faire usage de toute sa force pour maintenir le mec en place.

— Réfléchis. Si tu détruis l'appareil photo, on ne pourra pas utiliser les clichés contre lui. Tu m'entends ? Réfléchis, bon sang... Réfléchis !

Veck dévisagea l'auteur des faits et, honnêtement, l'absence de folie dans ses yeux était un peu dérangeante. Même au beau milieu d'un effort frénétique et physique, DelVecchio était bizarrement détendu, parfaitement concentré… et incontestablement dangereux : José avait l'impression que s'il lâchait l'inspecteur, l'appareil photo ne serait pas la seule chose qui serait endommagée de façon irréparable.

Il avait parfaitement l'air capable de tuer de manière très calme et compétente.

— Veck, mon pote, arrête ça.

Il y eut une seconde ou deux où rien ne se passa, et José savait très bien que tout le monde dans la ruelle ignorait autant que lui l'issue de cette histoire. Y compris le photographe.

— Eh. Regarde-moi, mon grand.

Veck bougea lentement ses yeux bleus et battit des paupières. Progressivement, la tension se relâcha dans son bras et José accompagna le mouvement lorsqu'il le baissa, jusqu'à ce qu'il puisse prendre le Nikon ; impossible de savoir si l'orage était véritablement passé.

— Ça va ?

Veck opina du chef et remit sa veste en place. Quand il hocha la tête une seconde fois, José s'écarta.

Grosse erreur.

Son partenaire alla si vite qu'il fut impossible de l'arrêter. Et il cogna le photographe tellement fort qu'il cassa sans doute la mâchoire de cet enfoiré.

Quand le suspect tomba en titubant dans les bras des autres policiers, tout le monde se tut. Ils avaient tous eu envie de protester mais, compte tenu du petit rodéo en voiture de l'inspecteur, celui-ci en avait gagné le droit.

Malheureusement, ce geste vaudrait probablement une suspension à l'inspecteur, voire peut-être un procès à la police de Caldwell.

Secouant la main avec laquelle il avait frappé, Veck murmura :

— Que quelqu'un me donne une cigarette.

Merde, se dit José. Il n'y avait aucune raison de continuer à chercher Butch O'Neal. C'était comme si son ancien partenaire se trouvait devant lui.

Il devrait donc peut-être arrêter d'essayer de tracer cet appel d'urgence de la semaine dernière. Malgré tous les moyens disponibles au commissariat, il n'avait rien obtenu, et cette piste refroidie était probablement une bonne chose.

Un élément imprévisible aux tendances autodestructrices, c'était bien plus qu'il ne pouvait en supporter dans ce boulot, merci bien.

Chapitre 25

Au centre d'entraînement du complexe, Butch avait bien envie de haïr ce chirurgien par loyauté envers V. Surtout après son petit numéro de Chippendale à moitié nu avec sa serviette.

Mon Dieu, la simple idée que ce gros balèze soit à proximité de Souffhrance entièrement dévêtu ? C'était une putain de mauvaise idée à bien des niveaux.

Les choses auraient été différentes s'il avait été taillé comme un joueur d'échecs, par exemple. En l'occurrence, Butch avait l'impression que le catcheur John Cena était en train de draguer la petite sœur de V. Comment diable un chirurgien pouvait-il être bâti comme cela ?

Néanmoins, deux choses sauvaient ce type : le salopard avait enfilé la tenue chirurgicale propre que Butch lui avait donnée ; on n'était donc plus dans une soirée « réservée aux filles ». Et, quand ils s'étaient assis devant l'ordinateur dans la salle d'examen, le mec avait paru sincèrement inquiet au sujet de Souffhrance et de son bien-être.

Non qu'il y ait la moindre avancée sur ce front-là. Tous deux observaient l'écran d'ordinateur comme le feraient deux chiens très concentrés, mais incapables de monter le volume ou de zapper devant la chaîne animalière.

En temps normal, Butch aurait appelé ou envoyé un message à Viszs. Mais ce n'était pas près d'arriver, vu la confrontation qui se déroulait à la Fosse.

Seigneur, il espérait que V. et Jane allaient se reprendre en main.

—Alors, on fait quoi maintenant ? demanda le chirurgien.

Butch reprit ses esprits et posa la main sur la souris.

—On prie pour que je sorte les dossiers de la sécurité de mon cul. Voilà ce qu'on fait.

—Et dire que tu déblatérais sur ma serviette.

Butch eut un demi-sourire.

—Petit malin.

Comme mus par un signal, tous deux se penchèrent pour se rapprocher de l'écran, comme si cela allait aider la souris à trouver ce qu'ils cherchaient d'un coup de baguette magique.

—Je suis nul avec ces conneries, marmonna le chirurgien d'un air dégoûté. Je suis plus doué avec mes mains.

—Moi aussi.

—Va dans le menu « démarrer ».

—J'y vais, j'y vais…

—Merde, s'exclamèrent-ils ensemble quand ils virent s'afficher tout un tas de dossiers, de programmes, ou quoi que ce soit d'autre.

Naturellement, aucun n'était intitulé « Sécurité », « Caméras » ou « Cliquez ici, bande d'idiots, pour trouver ce que vous cherchez ».

—Attends, est-ce que ce ne serait pas rangé dans « Vidéos » ? suggéra le chirurgien.

—Bonne idée.

Tous deux se rapprochèrent encore, jusqu'à effleurer ce satané écran du bout de leur nez.

—Je peux vous aider, les gars ?

Butch tourna la tête.

—Dieu merci, Jane. Écoute, il faut qu'on trouve les dossiers numériques de la caméra de surveillance… (Il s'arrêta.) Est-ce que ça va ?

—Ça va, oui.

Mais oui, bien sûr… Debout sur le seuil, elle n'avait pas l'air d'aller bien. Elle semblait même très loin d'aller bien. Au point qu'il comprit qu'il ne devait pas demander où se trouvait V., ni s'attendre à ce que le frère pointe le bout de son nez prochainement.

— Eh, doc, dit Butch en se levant de son siège avec désinvolture. Je peux te parler une seconde ?

— Euh…

Il interrompit la protestation qu'elle allait émettre.

— Merci. On va dehors, dans le couloir. Manello, essaie de trouver ton chemin dans l'ordi.

— C'est ce que je vais faire, répondit sèchement le type.

Une fois que Jane et lui furent sortis, Butch baissa la voix.

— Qu'est-ce qui se passe ? Et oui, ce ne sont pas mes oignons. Mais je veux savoir quand même.

Au bout d'un moment, Jane croisa les bras sur sa blouse blanche et se contenta de regarder dans le vide. Mais pas pour le faire taire, apparemment. Plutôt comme si elle se repassait quelque chose dans sa tête.

— Parle-moi, murmura-t-il.

— Tu sais pourquoi il est allé chercher Manny, pas vrai ?

— Pas en détail. Mais… je peux le deviner.

La femelle avait franchement eu l'air suicidaire.

— En tant que médecin, je suis tiraillée entre plusieurs options. Si tu peux extrapoler…

Oh, mon Dieu, c'était pire qu'il l'avait cru.

— Je peux. Merde.

— Ce n'est pas tout, poursuivit-elle. Quand je suis rentrée pour emballer mes affaires, j'ai découvert un de ses pantalons en cuir au fond du placard. Il était couvert de cire noire, ainsi que de sang et de… (Elle prit une inspiration tremblante.) Autre chose.

— Seigneur, grogna Butch.

Quand Jane se tut, il comprit qu'elle ne voulait pas le mettre en porte-à-faux et ne lui poserait donc pas la question à voix haute. Mais il la trouva vraiment douée.

Bordel de merde… Au diable sa promesse d'honorer la demande que V. lui avait faite de rester en dehors de cela. Il ne pouvait pas se contenter de les regarder se séparer.

— Il ne t'a pas trompée, dit-il. Cette nuit-là, il y a une semaine, il s'est laissé frapper, Jane. Par des éradiqueurs. Je l'ai découvert acculé par trois d'entre eux et ils étaient en train de le flageller avec des chaînes.

Elle laissa échapper un faible cri, qu'elle couvrit de ses mains.

— Oh… mon Dieu…

— Je ne sais pas ce que tu as découvert qui lui appartenait, mais il n'était avec personne. Il me l'a dit lui-même.

— Mais que fais-tu de la cire ? Et du…

— T'est-il seulement venu à l'idée qu'il ait pu s'infliger cela lui-même ?

Jane en fut momentanément sans voix.

— Non. Mais pourquoi ne pas l'avoir dit ?

Si ce n'était pas là le thème de la soirée !

— Aucun mec ne veut reconnaître devant sa femme qu'il a pris son pied tout seul. C'est trop pathétique… et il a probablement cru que, d'une certaine façon, c'était te tromper. Il t'est à ce point fidèle.

Quand des larmes jaillirent des yeux verts de Jane, Butch fut un instant déconcerté. Le bon docteur était aussi renfermé que son *hellren*, et cette force intérieure était la raison pour laquelle elle était un médecin aussi doué. Cela ne voulait cependant pas dire qu'elle n'avait pas de sentiments, et voilà qu'ils se pointaient.

— Jane… Ne pleure pas.

— Je ne sais tout simplement pas comment nous allons nous en sortir. Vraiment pas. Il est en colère. Je le suis aussi.

Et puis il y a Souffhrance. (Brusquement, elle lui posa une main sur le bras et le pressa.) Peux-tu s'il te plaît… peux-tu l'aider ? Avec ce dont il a besoin pour briser sa carapace.

Alors qu'ils se dévisageaient mutuellement, il se demanda s'ils pensaient vraiment à la même chose. Mais comment mettre le sujet sur la table de manière judicieuse : « Donc tu veux que je le tabasse à la place des éradiqueurs ? »

Et s'ils n'étaient pas sur la même longueur d'ondes ? Elle était déjà en larmes.

— Je ne peux pas le faire, dit Jane d'une voix rauque. Et pas seulement parce que nous avons des problèmes en ce moment. Je n'ai pas cette ressource en moi. Il te fait confiance, je te fais confiance… et il en a besoin. Je crains que s'il ne brise pas ce mur qu'il est en train de se construire, lui et moi ne nous en sortions pas… ou pire. Emmène-le au Commodore, je t'en prie.

Eh bien, voilà qui réglait un problème.

Il se racla la gorge.

— Pour être franc, je réfléchissais à la même chose. Et, en fait, je viens… de le lui proposer.

— Merci. (Elle poussa un juron et s'essuya les yeux.) Tu le connais aussi bien que moi. Il a besoin qu'on le débloque, d'une manière ou d'une autre.

— Oui. (Butch tendit la main et lui caressa la joue.) Et je prendrai soin de lui. Ne t'inquiète pas pour cela.

Elle posa la main sur la sienne.

— Merci.

Ils s'étreignirent un moment et, pendant cet intervalle de temps, il songea qu'il n'était rien qu'il ne ferait pour que Jane et V. restent ensemble.

— Où est-il en ce moment ? demanda-t-il.

— Je n'en ai pas la moindre idée. Il m'a donné un sac, je l'ai rempli et je suis partie. Je ne l'ai pas vu à la Fosse, mais après tout je ne le cherchais pas.

— Je m'en occupe. Tu aideras Manello ?

Comme elle hochait la tête, il lui pressa une dernière fois la main puis partit, empruntant le tunnel souterrain pour le dévaler jusqu'à son dernier arrêt : la Fosse.

Ignorant parfaitement dans quoi il allait mettre les pieds, il tapa le code et passa la tête par la porte blindée. Pas de fumée, donc rien ne brûlait. Pas de cri. Pas d'odeur hormis celle du pain que sa chère Marissa avait fait cuire plus tôt.

— V. ? Tu es là ?

Pas de réponse.

Seigneur, c'était bien trop silencieux.

Au bout du couloir, il découvrit la chambre de V. et Jane vide et en bordel. La porte du placard était ouverte et des vêtements avaient disparu des cintres, mais ce ne fut pas ce qui retint son attention.

Il s'approcha du pantalon en cuir et le ramassa. Un gentil garçon catholique comme lui ne savait pas grand-chose du BDSM, mais visiblement il allait avoir un excellent professeur.

Sortant son téléphone portable, il appela V., mais sans s'attendre à ce qu'il réponde. Il supposa que le GPS allait se révéler utile une fois de plus.

— On se croirait revenus au bon vieux temps.

Manny consacrait toute son attention à l'écran d'ordinateur tandis qu'il parlait. Difficile de dire ce qu'il y avait de plus gênant à être assis à côté de son ancienne collègue. Avec autant de choix possibles, le silence entre eux ressemblait à une chasse aux œufs de Pâques pour enfant de trois ans, car tout était mal dissimulé, prêt à être découvert et ramassé.

— Pourquoi veux-tu passer en revue les fichiers numériques ? demanda-t-elle.

— Tu verras quand nous y serons.

Jane n'eut pas le moindre problème à localiser le bon programme et, un instant plus tard, l'image de la chambre de Souffhrance apparut en direct sur l'écran. Attendez, le lit était vide… à l'exception d'un sac marin.

— Ce n'est pas la bonne. Voilà, murmura Jane.

Et elle fut là. Sa Souffhrance. Allongée sur les oreillers, l'extrémité de sa tresse dans les mains, les yeux rivés sur la salle de bains comme si elle imaginait que Manny était toujours sous la douche.

Mince… Elle est magnifique.

— Tu trouves ? demanda doucement Jane.

OK, il serait grand temps que sa bouche cesse de fonctionner indépendamment de sa volonté.

Il s'éclaircit la voix.

— Est-ce qu'on peut reculer d'une demi-heure ?

— Sans problème.

L'image se rembobina, le petit compteur en bas à droite s'écoulant à l'envers en millisecondes.

Quand il se vit lui-même, vêtu de sa seule serviette, en train de vérifier qu'elle allait bien, il se rendit compte que leur attirance mutuelle était bien trop évidente. Oh, mon Dieu… Cette satanée érection lui donnait vraiment une autre raison de ne pas regarder Jane.

— Attends… (Il se pencha en avant.) Ralentis. Voilà, c'est là.

Il se regarda reculer dans la salle de bains à toute allure…

— Putain… de merde, souffla Jane.

Tout était là : Souffhrance à genoux à l'extrémité du lit, son long corps mince parfaitement équilibré, alors que son regard était concentré sur la porte de la salle de bains.

— Est-ce qu'elle luit ?

— Oui, murmura-t-il.

— Attends… (Jane appuya sur « avance rapide », faisant défiler les images dans le bon sens.) Tu vérifies ses réflexes sensitifs, là ?

— Cela n'a rien donné. Elle ne sentait rien. Et pourtant… retourne en arrière… merci. (Il désigna les jambes de Souffhrance.) Pourtant, là, elle contrôle visiblement ses muscles.

— Ce n'est pas logique. (Jane passa et repassa la vidéo.) Mais elle l'a fait… Oh, mon Dieu… elle le fait. C'est un miracle.

Cela y ressemblait foutrement. Sauf que…

— D'où vient l'impulsion ? marmonna-t-il.

— Peut-être de toi.

— Impossible. Mon opération n'a clairement pas été le déclencheur, ou elle se serait mise à genoux avant ce soir. Tes propres examens ont montré qu'elle demeurait paralysée.

— Je ne parlais pas de ton scalpel.

Jane rembobina jusqu'au moment où Souffhrance se redressait et fit un arrêt sur image.

— C'est toi.

Manny regarda fixement la scène et tenta de voir autre chose que l'évidence : c'était certain, on aurait dit que, tandis que Souffhrance l'espionnait, la lueur de son corps s'intensifiait et qu'elle était capable de bouger.

Jane fit défiler la vidéo image par image. Dès qu'il sortait de la salle de bains et qu'elle se rallongeait, la lueur disparaissait… et elle ne ressentait rien.

— Cela n'a aucun sens, chuchota-t-il.

— En fait, je pense que si. C'est sa mère.

— Qui ?

— Mon Dieu, par où commencer… (Jane désigna son propre corps.) Je suis ce que je suis grâce à la Vierge scribe.

— Qui donc ? (Manny secoua la tête.) Je n'y comprends rien.

Jane eut un petit sourire.

— Tu n'as pas besoin de comprendre. C'est en train d'arriver. Il faut juste que tu restes avec Souffhrance et… que tu voies comment elle change.

Manny recommença à examiner l'écran. Eh bien merde, apparemment Monsieur le Grand Méchant Bouc avait tiré le bon numéro. D'une façon ou d'une autre, l'enfoiré avait su que cela allait arriver. Ou peut-être s'était-il contenté de l'espérer. Dans tous les cas, il semblait que Manny soit une sorte de médicament pour cette créature extraordinaire étendue sur ce lit.

À tel point qu'il allait s'accrocher.

Mais il ne se faisait pas d'illusion. Il ne serait pas question d'amour, ni même de sexe ; il serait question de la faire se lever et avancer afin qu'elle reprenne sa vie… quel que soit le prix à payer. Et il savait qu'il n'aurait pas l'autorisation de rester avec elle à la fin de cette histoire. Ils allaient se débarrasser de lui comme un flacon vide de pharmacie… Et oui, bien entendu, elle s'attacherait peut-être à lui, mais elle était vierge et ne connaissait rien de mieux.

Et elle avait un frère qui la forcerait à faire les bons choix.

Quant à lui ? Il n'aurait aucun souvenir de tout cela, non ?

Petit à petit, il prit conscience que Jane le dévisageait.

— Quoi ? demanda-t-il sans détourner les yeux de l'écran.

— Je ne t'ai jamais vu dans cet état pour une femme.

— Je n'avais jamais rencontré quelqu'un comme elle auparavant. (Il leva la main pour faire cesser la conversation.) Et tu peux m'épargner les « Ne t'emballe pas ». Je sais ce qui m'attend à la fin de cette histoire.

Merde, peut-être que ces salauds allaient le tuer et le jeter dans le fleuve, en s'arrangeant pour que cela ressemble à un accident.

— En fait, ce n'est pas ce que j'allais dire. (Jane remua dans son siège.) Et crois-moi… Je sais comment tu te sens.

Il leva les yeux vers elle.

— Ah oui ?

— C'est ce que j'ai ressenti la première fois que j'ai rencontré Viszs. (Ses yeux s'embuèrent de larmes, mais elle se racla la gorge.) Revenons à toi et Souffhrance…

— Que se passe-t-il, Jane ? Parle-moi.

— Il ne se passe rien…

— Arrête tes conneries… et je te retourne le compliment. Je ne t'ai jamais vue dans cet état. Tu as l'air abattue.

Elle prit une grande inspiration.

— J'ai des problèmes de couple. Élémentaires, mais pas si simples.

Visiblement, elle ne voulait pas s'étendre sur le sujet.

— OK. Eh bien, je suis là pour toi… aussi longtemps que j'en aurai l'autorisation.

Il se frotta le visage. Il perdait totalement son temps à s'inquiéter de la durée de cet épisode et de combien de temps il disposait. Mais il ne pouvait s'en empêcher. Perdre Souffhrance le tuerait, même s'il la connaissait à peine.

Une minute. Jane avait été humaine. Et elle était ici. Peut-être y avait-il…

Qu'est-ce que c'était que ce bordel ?

— Jane… ? dit-il d'une voix faible en regardant sa vieille amie. Que…

Les mots lui manquèrent alors. Elle était assise sur la même chaise, dans la même position, portait les mêmes vêtements… mais il voyait le mur derrière elle… et les rangements métalliques… et la porte de l'autre côté. Et ce n'était pas un abus de langage pour dire « il apercevait ces choses derrière la ligne de ses épaules ». Non, il voyait réellement à travers elle.

— Oh. Pardon.

Juste devant ses yeux, elle cessa d'être translucide et… redevint normale.

Manny bondit de sa chaise et marcha à reculons jusqu'à ce que la table d'examen lui rentre dans le postérieur et l'arrête.

— Il faut que tu me parles, dit-il d'une voix rauque. Seigneur... Dieu...

Alors qu'il s'emparait de la croix suspendue à son cou, Jane baissa la tête et remit une mèche de ses cheveux courts derrière son oreille.

— Oh, Manny... Tu ignores beaucoup de choses.

— Alors... raconte-moi. (Comme elle ne répondait pas, le hurlement dans la tête de Manny se fit bien trop sonore.) Tu ferais mieux de me le dire, parce que j'en ai vraiment ras le bol d'avoir l'impression d'être fou !

Il y eut un long silence.

— Je suis morte, Manny, mais pas dans l'accident de voiture. C'était une mise en scène.

Manny sentit ses poumons se contracter.

— Comment ?

— Par balle. On m'a tiré dessus. Je... suis morte dans les bras de Viszs.

OK, il n'arrivait vraiment plus à respirer par ici.

— Qui a tiré ?

— Ses ennemis.

Manny passa la main sur son crucifix et le catholique en lui se mit soudain à croire que les saints étaient bien plus que des exemples de bon comportement.

— Je ne suis plus celle que tu as connue autrefois, Manny. À tellement de niveaux. (Il y avait tant de tristesse dans sa voix.) Je ne suis même pas vivante, en fait. C'est pour cela que je ne suis pas revenue te voir. Ce n'était pas à cause de cette histoire de vampires et d'humains... et c'est pour cela que je ne suis plus vraiment là.

Manny cligna des yeux comme une vache. À de nombreuses reprises.

Eh bien… la bonne nouvelle dans tout cela, supposa-t-il, était que découvrir que son ancienne chef du service de traumatologie était un fantôme déclenchait à peine un « bip » sur son radar. Son esprit avait été frappé trop souvent pour faire le compte et, comme une articulation déboîtée, il jouissait désormais d'une totale liberté de mouvement.

Bien entendu, ses fonctionnalités étaient mortes.

Mais qui s'en souciait.

Chapitre 26

Seul dans Caldwell, Viszs déambulait dans la nuit et il avait atteint la zone dangereuse sous les ponts de la ville. Il avait commencé dans son appartement, mais cela n'avait pas duré plus de dix minutes, et quelle ironie que tous ces panneaux de verre lui aient donné une telle sensation de confinement. Après s'être jeté du haut de sa terrasse, il avait repris forme près du fleuve. Les autres frères devaient être dans les ruelles à la recherche d'éradiqueurs, mais il ne voulait pas être vu. Il voulait se battre. En solo.

Tout du moins était-ce ce qu'il se répétait.

Mais il lui apparut, après environ une heure passée à errer sans but, qu'il ne cherchait pas vraiment une confrontation au corps-à-corps. En fait, il ne cherchait rien.

Il se sentait profondément vide, au point de se demander d'où lui venait ce besoin de marcher, parce qu'il était certain de ne rien faire consciemment.

S'arrêtant pour observer les eaux stagnantes et puantes de l'Hudson, il eut un rire froid et dur.

Tout au long de sa vie, il avait accumulé un corpus de connaissances capable de rivaliser avec la bibliothèque du Congrès. Une partie était utile, par exemple savoir comment se battre, fabriquer des armes, obtenir des renseignements et les tenir secrets. Puis il y avait les informations relativement inutiles dans la vie quotidienne, telles que la masse moléculaire du carbone, la théorie de la relativité d'Einstein ou les trucs politiques de Platon. Il y avait aussi les pensées qu'il ruminait une fois pour toutes et leurs exacts opposés, les idées qu'il sortait à intervalles réguliers et avec lesquelles il s'amusait comme il le ferait de jouets quand il s'ennuyait. Il y avait également des choses auxquelles il ne s'autorisait jamais, au grand jamais à réfléchir.

Au beau milieu de ces avant-postes cognitifs variés se trouvait une large zone de cerveau qui n'était qu'une décharge où entreposer les conneries auxquelles il ne croyait pas. Et compte tenu du fait qu'il était cynique, cela représentait des kilomètres et des kilomètres de sacs-poubelle remplis d'ordures, parmi lesquelles les pères étaient censés aimer leurs fils, et les mères étaient des dons incommensurables, etc.

S'il avait existé un équivalent mental du ministère de l'Environnement, cette partie de son cerveau aurait été traduite en justice, mise à l'amende et fermée.

Mais c'était étrange. La petite promenade de ce soir dans cet atroce passage souterrain près du fleuve le forçait à fouiller dans cette décharge et à en extraire quelque chose : les mâles liés n'étaient rien sans leur femelle.

C'était tellement bizarre. Il avait toujours su qu'il aimait Jane, mais coincé comme il l'était, il avait cousu ses sentiments sans se rendre compte que l'aiguille et le fil se trouvaient dans sa propre main. Merde, même quand elle lui était revenue après sa mort et qu'il avait compris l'espace de ce bref instant, non seulement la signification, mais aussi la sensation du terme « fou de joie »… il ne s'était pas véritablement laissé aller.

Bien entendu, sa nature glaciale avait fondu en surface grâce à la chaleur qu'elle lui avait apportée mais, au fond de lui, tout au fond de son être, il était demeuré le même. Bon Dieu, ils n'avaient même jamais été correctement unis. Il l'avait seulement installée dans sa chambre et avait adoré chaque minute qu'elle passait là, tandis qu'ils vaquaient à leurs occupations nocturnes chacun de leur côté.

Il avait gâché ces heures, putain.

De façon criminelle.

Et voilà où ils en étaient, séparés par des fossés que, en dépit de son intelligence, il ignorait parfaitement comment franchir.

Seigneur, quand elle avait tenu ce pantalon en cuir en attendant qu'il se mette à parler, il avait eu l'impression qu'on lui avait agrafé les lèvres... probablement parce qu'il se sentait coupable de ce qu'il avait fait chez lui, tout en sachant à quel point c'était idiot. Difficile de croire qu'il avait trompé Jane avec sa propre main.

Néanmoins, le problème était que le fait même d'être attiré par le genre d'orgasme qu'il avait autrefois tellement aimé lui semblait mal. Mais c'était parce qu'à l'époque, il baisait toujours quelqu'un.

Naturellement, cela lui fit penser à Butch. La solution que celui-ci avait suggérée était si évidente que V. était surpris de ne pas l'avoir lui-même envisagée plus tôt de façon réaliste – mais, après tout, demander à son meilleur ami de le battre comme plâtre n'était pas tout à fait une idée comme une autre.

Il aurait aimé avoir cette possibilité une semaine plus tôt. Peut-être cela aurait-il simplifié les choses... Sauf que cette scène dans la chambre n'était pas leur seul problème, à lui et Jane, non ? Elle aurait dû commencer par aller le chercher au sujet de sa sœur. Il aurait dû être mis au courant et décider que faire avec elles deux.

Alors que la colère montait en lui comme une puanteur, il redoutait ce qui se trouvait de l'autre côté de ce vide. Il n'était pas comme les autres mâles, ne l'avait jamais été, et pas seulement à cause de ces conneries de petite maman divine : connaissant sa chance, il serait le seul mâle lié sur terre à traverser ce désert stérile en perdant sa *shellane*... pour aller dans un endroit bien plus sombre.

La folie, par exemple.

Attendez, il ne serait pas le premier, après tout. Mheurtre était devenu fou. De façon absolue et irrévocable.

Peut-être pourraient-ils créer un club dont la façon de saluer impliquerait des dagues.

En bons enfoirés qu'ils étaient…

Avec un grognement, V. pivota en direction du vent dominant et aurait prononcé une prière d'action de grâces s'il ne haïssait pas autant sa mère : au milieu des volutes de brouillard, chevauchant les vapeurs d'humidité grises et blanches, l'odeur douceâtre de son ennemi lui donna un but et une clarté que son état d'engourdissement n'avait pas seulement perdu, mais avait paru rejeter.

Il commença par marcher, puis allongea le pas et se mit à courir. Plus il accélérait, mieux il se sentait : être un tueur sans âme valait beaucoup, beaucoup mieux qu'être une créature vide. Il voulait estropier et tuer ; il voulait déchiqueter avec ses crocs et ses mains ; il voulait le sang des ennemis sur lui et en lui.

Il désirait que les cris de ceux qu'il massacrerait résonnent à ses oreilles.

Suivant la puanteur écœurante, il entra dans les rues et se faufila dans les ruelles et les impasses, traquant l'odeur à mesure qu'elle s'intensifiait. Et plus il approchait, plus il était soulagé. Ils devaient être nombreux, et mieux encore : il ne voyait aucun signe de ses frères, ce qui signifiait premier arrivé… premier servi.

Il se les garderait pour lui.

Tournant au coin de la dernière rue de sa quête, il déboula dans une petite zone de décrépitude urbaine et s'arrêta en dérapant. La ruelle n'avait pas d'issue de l'autre côté mais, comme un goulet d'étranglement pour guider le bétail, les bâtiments de chaque côté dirigeaient le vent en provenance du fleuve, le troupeau de molécules tout imprégnées de l'odeur de l'ennemi galopant droit dans ses sinus.

Qu'est-ce… que… ?

La puanteur était si forte que son nez réclamait d'être relogé, mais aucun de ces crétins blafards n'était dans le secteur, en train de caresser mutuellement leurs couteaux. L'endroit était vide.

Sauf qu'il remarqua alors le bruit d'égouttement. Comme si on avait mal fermé un robinet.

Après avoir lancé une *bhrume*, il ôta le gant de sa main lumineuse et se servit de sa paume pour éclairer le chemin. Il avança tandis que la lumière formait un étroit faisceau de clarté devant lui, et la première chose qu'il vit fut une botte… attachée à un mollet vêtu d'un pantalon de camouflage… suivi d'une cuisse et d'une hanche.

C'était cela.

Le corps du tueur avait été coupé en deux, aussi sûrement que s'il n'avait été qu'une simple tranche de jambon : la lésion laissait échapper des portions d'intestins et le moignon de la colonne vertébrale apparaissait en blanc au milieu de tout ce noir huileux.

Un grincement retentissant lui fit tourner la tête vers la droite.

Cette fois-ci, il aperçut d'abord une main… une main pâle dont les doigts grattaient l'asphalte comme si elle tentait de biner le sol.

L'éradiqueur n'était plus qu'un torse mais il était toujours en vie, même s'il ne s'agissait pas d'un miracle ; c'était ainsi qu'ils fonctionnaient : tant qu'on ne les avait pas poignardés dans le cœur avec un objet en acier, ils restaient en vie, quel que soit l'état de leur corps.

Quand V. leva sa main lumineuse, il découvrit le visage de la chose. Sa bouche était largement ouverte, la langue claquant comme si elle essayait de parler. Typique de l'actuelle moisson de tueurs, celui-ci était une nouvelle recrue, sa peau sombre et ses cheveux n'étant pas encore blancs comme de la farine.

V. enjamba le salaud et poursuivit. À quelques mètres de là, il découvrit les deux moitiés d'un autre.

Au moment où il eut l'impression que des fourmis lui chatouillaient la nuque en guise d'avertissement, il fit tourner sa main, s'écartant des corps en un cercle concentrique.

Eh bien, eh bien, eh bien… C'était là un retour en force du passé.

Et vraiment pas dans le bon sens.

Au complexe de la Confrérie, Souffhrance était allongée sur son lit, dans l'attente.

Elle n'était pas douée pour la patience dans le meilleur des cas et elle avait l'impression qu'il s'était écoulé dix ans avant que son guérisseur revienne enfin la voir. Quand il le fit, il apporta avec lui un mince panneau semblable à un livre.

Au moment où il s'assit sur le lit, son beau visage aux traits marqués était tendu.

— Désolé d'avoir été aussi long. Jane et moi mettions l'ordinateur en route.

Elle ignorait totalement ce que cela signifiait.

— Dis-moi seulement le nécessaire.

De ses mains rapides et agiles, il ouvrit la partie supérieure de l'engin.

— En fait, il faut que tu voies cela par toi-même.

Ayant envie de jurer à voix haute et à plusieurs reprises, elle posa les yeux sur l'écran. Immédiatement, elle reconnut l'image de la chambre dans laquelle elle se trouvait. Mais c'était une image passée, parce qu'elle était étendue sur le lit, regardant fixement en direction de la salle de bain. Le cadre était figé comme une photo, mais alors une petite flèche blanche remua quand il toucha quelque chose et l'image s'anima.

Fronçant les sourcils, elle concentra son attention sur elle-même. Elle luisait : chaque parcelle de sa peau dénudée était illuminée de l'intérieur. Pourquoi donc était-ce…

D'abord elle se redressa de l'oreiller, le cou tordu pour espionner son guérisseur. Elle se pencha encore plus sur le côté. Puis, manœuvrant vers le pied du lit…

— Je me suis mise à quatre pattes, souffla-t-elle. Sur mes genoux !

En effet, sa silhouette luminescente s'était bien redressée et se maintenait en parfait équilibre, alors qu'elle l'épiait sous la douche.

— C'est tout à fait cela, dit-il.

— Je luis également. Mais pourquoi donc ?

— Nous espérions que tu pourrais nous le dire. Tu as déjà fait cela auparavant ?

— Pas à ma connaissance. Mais j'ai été emprisonnée si longtemps que j'ai l'impression de ne pas me connaître. (Le fichier s'arrêta.) Peux-tu le repasser ?

Comme son guérisseur ne répondait pas et que les images ne recommençaient pas à défiler, elle lui jeta un coup d'œil, mais eut un mouvement de recul. Son visage affichait une fureur enragée, une colère si profonde que ses yeux étaient presque noirs.

— Emprisonnée comment ? demanda-t-il. Et par qui ?

Bizarre, songea-t-elle vaguement. On lui avait toujours répété que les humains étaient des créatures bien plus douces que les vampires. Mais la réaction protectrice de son guérisseur était tout aussi mortelle que celle d'un membre de sa propre espèce.

À moins, bien entendu, qu'il ne s'agisse pas de protection. Il était parfaitement possible que son emprisonnement ne le séduise pas.

Et qui pouvait l'en blâmer ?

— Souffhrance ?

— Euh… Pardonne-moi, guérisseur ; peut-être mon choix de mots est-il incorrect, vu que l'anglais est une seconde langue pour moi. J'étais aux soins de ma mère.

Il était presque impossible d'empêcher le dégoût de percer dans sa voix, mais le camouflage avait dû fonctionner, parce que la tension l'abandonna complètement quand il relâcha son souffle.

— Oh, très bien. Oui, ce mot n'a pas la signification que tu crois.

En effet, les humains aussi avaient des normes en matière de comportements, n'est-ce pas ? Il était aussi soulagé qu'il avait été tendu. Mais après tout, il n'était pas mauvais de rechercher la moralité et la décence chez une femelle… ou chez un mâle.

Tandis qu'il lui repassait les images, elle reporta son attention sur le miracle qui avait eu lieu… et se retrouva à secouer la tête devant ce qu'elle voyait.

— Vraiment, je n'en avais pas conscience. Comment… est-ce possible ?

Son guérisseur se racla la gorge.

— J'en ai parlé avec Jane… et elle – enfin, nous – a une théorie. (Il se leva pour inspecter une installation au plafond.) C'est fou, mais… Marvin Gaye savait peut-être de quoi il parlait.

— Marvin ?

D'un mouvement fluide, il prit une chaise et la plaça sous la caméra.

— C'était un chanteur. Peut-être que je te ferai écouter une de ses chansons un jour.

Son guérisseur grimpa sur le siège et déconnecta quelque chose au plafond d'un geste sec, avant de redescendre.

— C'est agréable pour danser.

— Je ne sais pas danser.

Il lui jeta un regard par-dessus son épaule et baissa les paupières.

— Encore quelque chose que je t'apprendrai. (Alors que le corps de Souffhrance s'échauffait, il s'approcha du lit.) Et cela me plairait de te montrer comment faire.

Quand il se pencha, elle posa le regard sur ses lèvres et se trouva à bout de souffle. Il allait l'embrasser… Dieux, il allait…

— Tu voulais savoir ce que signifie « jouir », gronda-t-il, leurs bouches séparées d'à peine quelques centimètres. Et si je te montrais plutôt que de t'expliquer ?

Sur ce, il appuya sur un interrupteur et éteignit les lumières, plongeant la pièce dans une obscurité seulement atténuée par l'éclairage de la salle de bains et la ligne sous la porte menant au couloir.

— Veux-tu que je te montre ? demanda-t-il à voix basse.

À cet instant, elle ne connut plus qu'un seul et unique mot de vocabulaire :

— Oui…

Sauf qu'il recula.

Juste au moment où une protestation allait jaillir de sa gorge, elle découvrit qu'il se tenait dans la lumière émanant de la salle de bains.

— Souffhrance…

L'entendre prononcer son nom la fit lutter encore plus pour respirer.

— Oui…

— Je désire que… (Posant la main sur le bas de sa blouse lâche, il la releva lentement, dévoilant les muscles dessinés de son ventre) tu me désires.

Oh, dieux, c'était le cas.

Et il le pensait vraiment. Plus elle l'observait, plus ses abdominaux se contractaient et se détendaient comme si lui aussi avait du mal à respirer.

Il descendit la main vers sa taille.

— Vois l'effet que tu as sur moi.

Il plaqua le tissu ample de son pantalon sur ses hanches et…

— Tu es *vighoureux*, souffla-t-elle. Oh… dieux, oui.

— Dis-moi que c'est une bonne chose.

— Ça l'est…

Elle observa la dure longueur emprisonnée qui distendait le devant du vêtement désormais serré. Si épaisse et lisse. Si grosse. La mécanique des rapports sexuels ne lui était pas inconnue, mais jusqu'à présent elle n'avait jamais été en mesure de comprendre pourquoi cela attirait une femelle. Mais à le regarder en cet instant ? Son pouls allait s'arrêter et son sang se figer si elle ne l'accueillait pas en elle.

— Veux-tu me toucher ? gronda-t-il.

— S'il te plaît… (Elle déglutit en dépit de sa gorge serrée.) Oh, oui…

— D'abord regarde-toi, *bambina*. Lève le bras et regarde-toi.

Elle baissa les yeux juste pour le contenter, afin qu'ils reprennent les choses…

Sa peau luisait de l'intérieur, comme si la chaleur et les sensations qu'il faisait naître en elle se manifestaient sous forme de lumière.

— J'ignore… ce que c'est…

— Je crois qu'en fait il s'agit de la solution. (Il s'assit à côté de ses pieds.) Dis-moi si tu sens ceci.

Il lui toucha doucement le bas de la jambe, posant la main sur son mollet…

— C'est chaud, dit-elle d'une voix étranglée. Ta main est chaude.

— Et là ?

— Oui… oui !

Quand il déplaça la main plus haut, sur sa cuisse, elle arracha furieusement les couvertures afin qu'il n'y ait plus aucun obstacle entre eux deux. Son cœur battait à tout rompre et…

Il posa la main sur son autre jambe.

Cette fois-ci, elle ne sentit… rien.

—Non, non… Touche-moi, touche-moi encore ! (Son ordre était sévère, son expression frénétique.) Touche-moi…

—Attends…

—Où est-elle passée… ? Recommence ! Par tout ce qui est sacré pour ton Dieu, recommence…

—Souffhrance. (Il attrapa ses mains qui remuaient follement.) Souffhrance, regarde-toi.

La lueur avait disparu. Sa peau, sa chair… étaient normales.

—Bon sang…

—Eh. Ma beauté. Eh ! Regarde-moi. (Son regard finit par croiser celui de Manny.) Prends une profonde inspiration et détends-toi… Allez, respire avec moi. C'est cela. C'est bien… Je vais le faire revenir pour toi…

Quand il se pencha vers elle, elle sentit la douce caresse de ses doigts sur son cou.

—Tu sens cela ?

—Oui…

L'impatience luttait avec l'effet de sa voix grave et de son toucher lent et caressant.

—Ferme les yeux…

—Mais…

—Ferme les yeux pour moi.

Quand elle s'exécuta, ses doigts disparurent… et furent remplacés par sa bouche. Ses lèvres effleurèrent sa gorge puis suçotèrent sa peau, et ce léger tiraillement fit jaillir une vague de chaleur entre ses jambes.

—Tu sens cela ? demanda-t-il d'une voix râpeuse.

—Dieux… oui…

—Alors laisse-moi continuer. (D'une pression subtile, il la repoussa contre les oreillers.) Ta peau est si douce…

Quand il se blottit contre elle, sa bouche émit un délicieux chuintement sous son oreille et ses doigts caressèrent sa clavicule… avant de descendre. En réaction, une étrange tiédeur languissante se mit à déborder de sa poitrine et à durcir ses tétons, et elle prit conscience de son corps tout entier… De chaque centimètre d'elle. Y compris ses jambes.

— Tu vois, *bambina*, c'est revenu… Regarde.

Ses paupières étaient lourdes lorsqu'elle les souleva mais, quand elle baissa les yeux, la vue de la lueur provoqua chez elle un immense soulagement, et la poussa à s'accrocher aux sensations qu'il faisait naître en elle.

— Donne-moi ta bouche, dit-il d'une voix rauque. Laisse-moi l'explorer.

Sa voix était gutturale, mais son baiser était doux et taquin, tiraillant ses lèvres et les caressant, avant qu'il se mette à la lécher. Puis elle sentit sa main sur l'extérieur de sa jambe.

— Je te sens, dit-elle contre sa bouche, les larmes lui montant aux yeux. Je te sens.

— J'en suis heureux. (Il recula un peu, le visage sérieux.) Je ne sais pas de quoi il s'agit ; je ne vais pas te mentir. Jane n'en est pas certaine non plus.

— Je m'en fiche. Je veux seulement récupérer mes jambes.

Il se tut un moment. Mais il hocha ensuite la tête, comme s'il lui faisait une promesse.

— Et je vais faire tout ce qui est en mon pouvoir pour te les rendre.

Son regard dériva jusqu'à ses seins et la réaction fut immédiate : à chaque inspiration, le tissu qui couvrait ses tétons semblait la caresser et la faire se sentir de plus en plus à l'étroit.

— Laisse-moi te faire du bien, Souffhrance. Et voyons où cela te mènera.

— Oui. (Elle prit le visage de son guérisseur dans ses mains et l'attira de nouveau vers sa bouche.) S'il te plaît.

Tout comme elle se serait nourrie d'une veine, elle tirait à présent sa vitalité de la chaleur de ses lèvres, de la pénétration de sa langue et de l'énergie qu'il faisait naître en elle.

Gémissant contre lui, elle était submergée par les sensations, comme le poids de son propre corps sur le lit, le sang qui circulait en elle, le besoin palpitant entre ses jambes et la douleur délicieuse dans ses seins.

— Guérisseur.

Elle haleta quand elle sentit sa main passer le long de sa cuisse.

Il recula et elle fut satisfaite de le voir aussi pantelant qu'elle.

— Souffhrance, j'aimerais faire quelque chose.

— Tout ce que tu veux.

Il sourit.

— Puis-je dénouer tes cheveux ?

Pour sûr, sa tresse était bien la dernière chose à laquelle elle songeait, mais l'expression de son guérisseur était si extasiée et intense qu'elle ne pouvait lui refuser cela… ni aucune autre partie d'elle-même, d'ailleurs.

— Mais bien entendu.

Ses doigts tremblaient très légèrement quand il s'empara de l'extrémité de sa natte.

— J'ai voulu faire cela dès l'instant où je t'ai vue la première fois.

Graduellement, centimètre par centimètre, il libéra les lourdes ondulations noires qu'elle ne laissait longues que par manque d'intérêt pour sa chevelure. Mais à en juger par la vénération avec laquelle il découvrait ses cheveux, elle commença à se demander si elle n'avait peut-être pas sous-estimé leur importance.

Quand il eut fini, il déploya ses cheveux sur le lit et se contenta de se rasseoir.

— Tu es… d'une beauté indescriptible.

Ne s'étant même jamais perçue comme féminine, et encore moins comme « jolie », elle fut étonnée d'entendre la révérence non seulement dans ses mots mais aussi dans sa voix.

— En vérité… tu me lies la langue, lui répéta-t-elle.

— Laisse-moi te trouver quelque chose d'autre à faire avec.

Quand il la rejoignit sur le lit et s'allongea à côté d'elle, elle se tourna vers ses pectoraux et son ventre ferme. Elle était grande comparée aux autres membres de son sexe et son corps avait conservé la puissance héritée de son géniteur au point qu'elle se sentait souvent gauche à côté des autres femelles : elle ne possédait pas la grâce élancée de l'Élue Layla ; en vérité, elle était bâtie pour le combat et non pour servir sur un plan spirituel ou sensuel.

Mais ici, avec son guérisseur, elle se sentait parfaitement proportionnée. Sans être aussi colossal que son frère jumeau, il était plus grand et plus large qu'elle, à tous les endroits qu'il fallait pour un mâle. Allongée ainsi avec lui dans la pièce obscure, avec leurs corps si proches l'un de l'autre et la température qui grimpait, elle n'était plus une chose qui ne devrait pas être, malformée en masse et en taille, mais un objet de désir et de passion.

— Tu souris, chuchota-t-il à côté de sa bouche.

— Ah bon ?

— Oui. Et j'adore cela.

Sur sa hanche, ses mains se glissèrent sous sa brassière d'hôpital et elle ressentit tout, la légère caresse de son petit doigt, la peau douce de sa paume, la chaleur que son contact laissait derrière lui tandis qu'il remontait lentement. Fermant les yeux, elle se cambra contre lui, parfaitement consciente qu'elle réclamait quelque chose, mais ignorant précisément quoi… tout en sachant qu'il allait le lui donner.

Oui, son guérisseur savait exactement de quoi elle avait besoin : sa main remonta sur sa cage thoracique et s'arrêta sous ses seins lourds et sensibles.

— Est-ce que ça va ? l'entendit-elle demander de très loin.

— Tout, haleta-t-elle. Tout pour sentir mes jambes.

Sauf que dès que ces mots eurent franchi ses lèvres, elle eut le sentiment que c'était moins sa paralysie qui la poussait à agir que le désir qu'elle ressentait pour lui et son sexe…

— Guérisseur !

Sentir son sein enveloppé d'une douce caresse fut un choc merveilleux et elle sursauta, tandis que ses cuisses s'écartaient et qu'elle enfonçait les talons dans le matelas qui les soutenait. Ce fut alors qu'il passa le pouce sur son téton, le frôlement envoyant une décharge de feu entre ses jambes.

Ses jambes s'agitèrent sur le lit, poussées par le nœud qui se formait à l'intérieur de son sexe.

— Je bouge, dit-elle d'une voix rauque, et presque après coup.

Ce qui lui semblait désormais important était de s'unir à lui et de le faire… venir… en elle.

— Je sais, *bambina*, avoua-t-il. Et je vais m'assurer que tu continues.

Chapitre 27

En centre-ville, Butch gara l'Escalade dans le parking souterrain du Commodore et prit l'ascenseur jusqu'au sommet de l'immeuble. Il ignorait parfaitement dans quoi il allait mettre les pieds en arrivant chez V., mais c'était de là que provenait le signal GPS, aussi était-ce là qu'il se rendait.

Dans la poche de sa veste en cuir, il avait toutes les clés de l'appartement privé de Viszs : la carte magnétique en plastique qui permettait d'entrer dans le parking ; la clé argentée qu'on utilisait dans l'ascenseur pour accéder au dernier étage ; celle en cuivre qui ouvrait les verrous sécurisés des portes.

Son cœur cognait quand le petit « ding » résonna et que l'ascenseur s'ouvrit en silence. « Accès illimité » prenait une toute nouvelle signification ce soir, et quand il sortit dans le couloir, il eut envie de boire un remontant. Sacrément envie.

Devant la porte, il sortit la clé en cuivre, mais toqua d'abord contre le battant. À plusieurs reprises.

Ce ne fut qu'une bonne minute plus tard qu'il prit conscience qu'on ne lui avait pas répondu.

Au diable les bonnes manières. Il tapa du poing.

— Viszs, hurla-t-il. Ouvre cette putain de porte ou j'entre !

Un… deux…

— Et puis merde.

Il enfonça la clé dans la serrure et souleva le pêne avant de se jeter l'épaule en avant contre la porte en métal et de l'ouvrir en grand.

Débarquant dans l'appartement, il entendit l'alarme biper doucement. Ce qui signifiait que V. n'était pas là.

— Qu'est-ce que… ?

Il tapa le code, referma la porte et verrouilla derrière lui. Il ne sentait pas d'effluves de cire chaude… ni d'odeur de sang… rien que de l'air propre et frais.

Il enclencha l'interrupteur et cligna des yeux à cause de la lumière aveuglante.

Eh bien, waouh… Il avait beaucoup de souvenirs ici : lui s'effondrant après que l'Oméga s'était insinué en lui et après sa sortie de quarantaine… V. qui perdait la tête et sautait de cette foutue terrasse…

Il s'approcha du mur des « équipements ». Un tas d'autres trucs avaient eu lieu ici aussi, dont certains qu'il ne pouvait même pas imaginer.

Tandis qu'il passait en revue l'étalage de métal et de cuir, le bruit de ses rangers résonnait jusqu'au plafond et son esprit rebondissait dans son crâne. Surtout quand il arriva à l'extrémité : dans le coin, une paire de menottes en fer était suspendue au plafond par des chaînes épaisses.

Si on y attachait quelqu'un, on pouvait le soulever et le laisser pendre comme un quartier de bœuf.

Tendant la main, il passa le doigt dans l'une d'entre elles. Il n'y avait pas de matelassage à l'intérieur. Mais des pointes. Des pointes émoussées qui agrippaient la chair comme des dents.

Se forçant à se reprendre, il déambula dans l'appartement, fouillant tous les coins et recoins… et découvrit une petite puce d'ordinateur sur le comptoir de la cuisine. C'était le genre de chose que personne, hormis V., n'aurait su retirer de son téléphone portable.

— Fils de pute.

Il n'y avait donc aucun moyen de savoir où…

Quand son téléphone sonna, il consulta l'écran. Dieu soit loué.

— Où es-tu, bordel ?

La voix de V. était tendue.

— J'ai besoin de toi ici. À l'angle de la 9e et de Broadway. Tout de suite.

— Va te faire voir. Pourquoi est-ce que ton GPS est dans ta cuisine ?

— Parce que c'est là où je me trouvais quand je l'ai retiré de mon téléphone.

— Qu'est-ce qui se passe, V., bordel ?

Butch resserra sa prise sur son portable et regretta qu'il n'existe pas une application permettant d'atteindre son correspondant via le téléphone et de lui foutre une baffe.

— Tu ne peux pas…

— Ramène ton cul ici, à l'angle de la 9e et de Broadway ; on a des emmerdes.

— Tu te moques de moi, c'est ça ? Tu t'arranges pour être introuvable et…

— Quelqu'un d'autre tue des éradiqueurs, flic. Et si c'est celui auquel je pense, nous avons des emmerdes.

Silence. Un grand moment.

— Pardon ? dit-il lentement.

— À l'angle de la 9e et de Broadway. Tout de suite. Et j'appelle les autres.

Butch raccrocha et se précipita vers la porte.

Laissant le 4 × 4 dans le parking, il ne mit que cinq minutes à courir jusqu'aux coordonnées indiquées sur la grille des rues de Caldwell. Et Butch sut qu'il se rapprochait parce qu'une odeur écœurante imprégnait l'air et que la résonance de leur ennemi le picotait au plus profond de son être.

Quand il tourna au coin d'un bâtiment trapu, il heurta un mur de *bhrume*, qu'il traversa pour découvrir de l'autre côté un effluve de tabac turc et une petite lueur orangée au fin fond d'une ruelle.

Il s'approcha de V. au pas de course, ne ralentissant que quand il arriva au niveau du premier corps. Ou… une partie du premier.

— Salut, demi-portion.

Lorsque Viszs ôta son gant, Butch eut un bref aperçu de jambes de cadavre et d'entrailles qui fuyaient.

— Miam.

— Coupé net, marmonna V. Comme dans du beurre.

Le frère avait tout à fait raison. C'était presque chirurgical.

Butch s'agenouilla et secoua la tête.

— Ça ne peut pas être le résultat de la politique de la Société des éradiqueurs. Ils n'abandonneraient jamais les corps en plein air comme cela.

Dieu sait que les tueurs changeaient fréquemment de chef, soit parce que l'Oméga en avait assez, soit à cause de luttes de pouvoir intestines. Mais l'ennemi était incité à cacher ses petites affaires aux humains tout autant que les vampires : il n'aurait donc en aucun cas laissé un tel bazar pour que la police de Caldwell le découvre.

Quand Butch sentit l'arrivée des autres frères, il se remit debout. Fhurie et Z. furent les premiers à sortir de nulle part. Puis suivirent Rhage et Tohr. Et Blay. C'était tout pour cette nuit : Vhengeance se battait souvent avec la Confrérie, mais ce soir il était dans la colonie *symphathe* en train de jouer au roi des damnés, et c'était nuit de repos pour Vhif, Xhex et John.

— Dis-moi que mes yeux me jouent des tours, dit Rhage d'un ton morne.

— Tes yeux fonctionnent parfaitement, oui. (V. écrasa sa cigarette sur la semelle de sa botte.) Je n'arrivais pas à y croire, moi non plus.

— Je le croyais mort.

— Qui donc ? demanda Butch en regardant les deux autres. De qui parlez-vous ?

— Par où commencer ? marmonna Hollywood tandis qu'il examinait un autre morceau d'éradiqueur. Vous savez, si j'avais un pieu, on pourrait faire du kebab d'éradiqueur.

— Il n'y a que toi pour penser à la bouffe dans un moment pareil, lâcha quelqu'un.

— C'est juste ce que j'en dis.

Si la conversation se poursuivit ensuite, Butch ne l'entendit pas, parce que son système d'alarme interne se mit soudain à retentir.

— Les gars… on va avoir de la compagnie.

Faisant demi-tour, il fit face à l'entrée de la ruelle. L'ennemi approchait. Rapidement.

— Combien ? demanda V.

— Au moins quatre, peut-être plus, répondit Butch tout en songeant qu'il n'y avait pas d'issue derrière eux. C'est peut-être un piège.

Dans le centre d'entraînement de la Confrérie, Manny accordait une attention toute particulière à sa patiente.

Alors qu'il malaxait le sein de Souffhrance avec sa main, elle ondulait sous lui, ses jambes remuant avec impatience sur le matelas, la tête rejetée en arrière, le corps luisant comme la lune par une nuit d'hiver sans nuages.

— Ne t'arrête pas, guérisseur, gémit-elle tandis qu'il décrivait des cercles sur son téton avec son pouce. Je sens… tout.

— Ne t'inquiète pas, je ne vais pas m'arrêter.

Oui, il n'allait certainement pas refréner cela dans l'immédiat, même s'ils n'allaient pas avoir de relations sexuelles. Mais pourtant…

— Guérisseur…, dit-elle contre ses lèvres. Encore, je t'en prie.

Glissant la langue dans sa bouche, il lui pinça très légèrement le téton.

— Laisse-moi te retirer cela, dit-il en posant l'autre main sur le bas de sa brassière d'hôpital. Je vais m'occuper de toi en bas.

Elle l'aida alors qu'il la déshabillait et retirait discrètement son cathéter. Quand elle fut absolument nue, il se retrouva un instant immobile, la bouche sèche à sa vue. Ses seins étaient parfaitement proportionnés, avec de petits tétons roses, et son long ventre plat menait à une fente glabre qui provoqua un bourdonnement dans sa tête.

— Guérisseur… ?

Comme il ne faisait que déglutir avec difficulté, elle prit le drap pour le tirer sur elle et recouvrir son corps.

— Non… (Il l'arrêta.) Excuse-moi. Il me faut juste une minute.

— Pour quoi faire ?

Jouir, en un mot. Contrairement à elle, il savait exactement vers quoi toute cette nudité menait : d'ici environ une minute et demie, il poserait sa bouche partout sur elle.

— Tu es incroyable… et tu n'as pas à avoir honte de quoi que ce soit.

Son corps était insensé, tout en muscles et en peau douce et pulpeuse ; pour lui, elle était la femme parfaite, sans exception. Seigneur, il n'avait jamais été aussi prêt à tout pour l'une de ces anorexiques cadavériques avec leurs faux seins durs comme du béton et leurs bras filiformes.

Souffhrance était merveilleuse et, à ses yeux, tout en elle était sexuel. Mais elle sortirait obligatoirement de cette expérience avec sa virginité intacte. Oui, elle voulait ce qu'il lui donnait, mais il n'était pas juste, compte tenu des circonstances, de lui prendre quelque chose qu'elle ne récupérerait jamais : dans sa recherche pour rendre à ses jambes leurs fonctionnalités, elle pouvait très bien aller plus loin qu'elle l'aurait fait s'il ne s'était agi que de sexe pour le plaisir.

Tout ce qui se passait entre eux avait un but.

Et il n'avait pas envie de s'attarder sur le fait que cela lui laissait une petite sensation de vide.

Manny se pencha vers elle.

— Donne-moi ta bouche, *bambina*. Laisse-moi l'explorer.

Quand elle fit ce qu'il lui demandait, il reposa la main sur son sein parfait.

— Chut… Du calme, lui dit-il quand elle sursauta et faillit tomber du lit.

Nom de Dieu, elle était comme un éclair enfermé dans une bouteille et, l'espace d'un instant, il imagina quelles sensations il éprouverait à chevaucher ces hanches qui ondulaient et à la prendre sauvagement.

Arrête tout de suite tes conneries, Manello, s'admonesta-t-il.

Se détachant de sa bouche, il descendit sur le côté de son cou et enfonça brièvement les dents dans sa clavicule – juste assez pour qu'elle le sente, pas assez pour lui faire mal. Quand elle plongea les mains dans ses cheveux, il sut à la force de sa prise et à la façon dont elle haletait qu'elle voulait qu'il suive exactement la direction qu'il prenait.

Posant la paume sur son mamelon, il tira la langue et la passa lentement sur la pointe rose. Décrivant des cercles sur son téton, il la regarda se mordre la lèvre inférieure, ses crocs tranchant la chair et faisant couler une goutte de sang rouge vif.

Sans en avoir conscience, il se redressa et s'empara de ce qui avait été répandu, le léchant et l'avalant…

Il ferma brusquement les yeux en le goûtant : riche et puissant, épais et fluide dans le fond de sa gorge. Sa bouche lui picota… puis ses entrailles.

— Non, dit-elle d'une voix gutturale. Tu ne dois pas faire cela.

Quand il se força à soulever les paupières, il la vit sortir la langue et lécher le peu de sang qu'il restait.

— Si, il le faut, s'entendit-il répondre.

Il lui en fallait plus. Tellement plus…

Elle lui posa un doigt sur les lèvres et secoua la tête.

— Non. Cela te rendrait fou.

Il allait devenir fou s'il n'en prenait pas une gorgée tout entière, voilà ce qui allait se passer. Son sang était un mélange de cocaïne et de whisky en intraveineuse : avec cette minuscule goutte, son corps était devenu celui de Superman, sa poitrine avait gonflé et tous ses muscles augmenté en puissance.

Comme si elle lisait dans ses pensées, elle adopta un ton ferme.

— Non, non… ce n'est pas prudent.

Elle avait probablement raison… Mais cela ne voulait pas dire qu'il ne retenterait pas sa chance, à supposer qu'il en ait une autre.

Il retourna à son téton, qu'il suça et lécha. Quand elle s'arc-bouta une nouvelle fois, il passa le bras sous elle et la souleva vers lui. Il ne pouvait penser qu'à aller entre ses jambes avec sa bouche… mais il n'était pas certain que cela passe bien. Il devait la garder dans ce délicieux état d'excitation, et non l'effrayer avec le genre de trucs que les hommes aiment faire à leurs femmes.

Il choisit de poser la main à l'endroit où ses lèvres désiraient être, glissant lentement la paume le long de sa cage thoracique et jusqu'à son ventre. Puis continuant plus bas, jusqu'aux hanches. Et encore plus bas, vers le haut de ses cuisses.

— Ouvre-toi, Souffhrance, lui dit-il, passant à l'autre téton et le suçotant. Ouvre-toi que je puisse te toucher.

Elle fit exactement ce qu'il avait demandé, et écarta ses jambes gracieuses.

— Fais-moi confiance, dit-il d'une voix rauque.

Et elle pouvait lui faire confiance. Il se sentait déjà assez mal que toutes ses premières fois se passent avec lui. Il n'allait pas violer les limites qu'il avait posées pour eux deux.

— Je te fais confiance, gémit-elle.

Dieu leur vienne en aide, se dit-il quand il glissa la main à la jonction…

— Putain… grogna-t-il.

Chaude et humide, douce comme de la soie. Impossible d'y résister.

Il tendit le bras, envoyant valser les draps, et son regard se figea sur sa main nichée si près de son sexe. Quand elle se cambra, l'une de ses jambes s'écarta.

— Guérisseur… grogna-t-elle. Je t'en prie… ne t'arrête pas.

Tu ignores ce que j'ai envie de te faire, se dit-il à lui-même.

— J'ai mal.

Manny serra les dents.

— Où ?

— Là où tu m'as touchée sans aller plus loin. Ne t'arrête pas, je t'en supplie.

Manny ouvrit la bouche pour respirer.

— Fais cette chose que tu veux me faire, guérisseur, gémit-elle. Quoi que ce soit. Je sais que tu te retiens.

Un grondement lui échappa et il alla si vite que seul un « non » prononcé par Souffhrance aurait pu l'arrêter. Et visiblement, ce mot ne faisait plus partie de son vocabulaire.

En un éclair, il se retrouva entre ses cuisses, l'écartant encore plus de ses mains, son sexe ouvert et mouillé face à son mâle besoin de dominer et de s'unir.

Il s'abandonna. Qu'il aille au diable, mais il se laissa aller et embrassa son sexe. Et cela n'eut rien de progressif ou de délicat ; il plongea dedans avec sa bouche, la suçant et la léchant tandis qu'elle criait et lui griffait les avant-bras.

Manny eut un violent orgasme. En dépit des nombreuses fois où il avait joui là-bas, dans le bureau. Le bourdonnement dans son sang, le goût sucré de son sexe et la façon dont elle remuait contre ses lèvres, se frottant à lui, réclamant encore plus… ce fut trop.

— Guérisseur… je suis… sur le point de… Je ne sais pas ce que je…

Il fit courir sa langue jusqu'en haut de son sexe puis reprit ses mouvements lents et minutieux.

— Reste avec moi, dit-il contre elle. Je vais te faire du bien.

Donnant de petits coups de langue, il posa l'une de ses mains en dessous et la caressa sans la pénétrer, lui donnant exactement ce qu'elle voulait, juste à la vitesse qui la fit lutter d'impatience. Mais elle allait apprendre que l'anticipation avant la jouissance était presque aussi agréable que l'orgasme qu'elle allait avoir.

Mon Dieu, elle était incroyable ; son corps dur s'arc-bouta, ses muscles se contractèrent, son menton fut à peine visible derrière ses seins parfaits quand elle rejeta la tête en arrière et fit tomber les oreillers du lit.

Il sut exactement quand la décharge parcourut son sexe. Elle haleta et empoigna le drap qui couvrait le matelas, le déchirant de ses ongles quand elle se raidit des pieds à la tête.

Il introduisit subrepticement sa langue.

Il n'eut qu'à la pénétrer un peu… et les pulsations subtiles qu'il ressentit lui donnèrent le vertige.

Quand il fut certain qu'elle avait été correctement finie, il recula… et faillit se mordre la lèvre jusqu'au sang. Elle était, oh, tellement prête pour lui, humide et lumineuse…

Brusquement, il s'écarta du lit et dut marcher pour se défaire de cette sensation. Il avait l'impression que son pénis avait gonflé pour prendre les dimensions de l'Empire State Building et que ses testicules étaient bleu marine… Ils avaient si désespérément envie de jouir qu'ils avaient leurs propres fanfare et feux d'artifice. Mais ce n'était pas tout. Quelque chose en lui rugissait parce qu'il n'était pas en elle… et cette impérieuse nécessité impliquait plus qu'une simple relation sexuelle. Il voulait la marquer d'une façon ou d'une autre, ce qui n'avait pas le moindre sens.

En état de manque, haletant, au bord de l'implosion, il finit par plaquer les mains sur le chambranle de la porte menant au couloir et à s'y appuyer jusqu'à ce que son front touche l'acier. D'une certaine façon, il espérait presque que quelqu'un fasse irruption dans la chambre et le mette KO.

— Guérisseur… Cela persiste…

L'espace d'un instant, il ferma les yeux. Il n'était pas certain de pouvoir traverser de nouveau cette situation avec elle si tôt. Cela l'avait presque tué de ne pas…

— Regarde-moi, dit-elle.

Il se força à relever la tête, jeta un coup d'œil par-dessus son épaule… et découvrit qu'elle ne parlait pas de sexe : elle était assise sur le bord du lit, les jambes pendant dans le vide et s'approchant petit à petit du sol, complètement illuminée de l'intérieur. Tout d'abord, il ne vit vraiment que ses seins, si pleins et si ronds, avec les tétons érigés à cause de l'air frais. Puis il prit conscience qu'elle faisait pivoter ses chevilles l'une après l'autre.

Bien, voyons… Il ne s'agissait pas de sexe mais de sa mobilité.

T'as compris, connard ? s'admonesta-t-il. Il était question de la faculté de marcher de Souffhrance : le sexe n'était rien d'autre qu'un médicament pour elle… et il ferait mieux de ne pas l'oublier. Il n'était pas question de lui ou de son pénis.

Manny vacilla vers elle, en espérant qu'elle ne remarque pas les traces de son orgasme. Mais il n'avait pas besoin de s'inquiéter. Elle avait les yeux rivés sur ses pieds, et affichait une concentration farouche.

— Tiens… (Il dut se racler la gorge.) Laisse-moi t'aider à te lever.

Chapitre 28

Les crocs de Viszs s'allongèrent quand un cercle de tueurs se forma autour de l'entrée de la ruelle. Ceux-là étaient des anciens, se dit-il. Au moins une demi-douzaine, et leurs collègues leur avaient clairement indiqué leur emplacement. Autrement, la *bhrume* leur aurait dissimulé le carnage.

Compte tenu de son humeur, il aurait dû être ravi de les accueillir.

Problème : l'agencement de la ruelle signifiait qu'il n'existait qu'une seule issue pour s'extraire de là – hormis foncer dans le tas d'ennemis – et c'était disparaître. D'ordinaire, cela n'aurait pas été un souci, puisque les combattants expérimentés pouvaient, même au cœur de la bataille, se calmer suffisamment pour se concentrer et se dématérialiser... mais il fallait être relativement indemne et on ne pouvait pas embarquer de camarades tombés en partant.

Donc Butch était niqué si les choses devenaient incontrôlables. En tant que métis, il était cloué au sol, littéralement, incapable de déplacer ses molécules pour se mettre en sécurité.

V. marmonna à voix basse :

— Joue pas les héros, flic. Laisse-nous gérer cela.

— Tu te fous de moi, c'est ça ? (Il lui jeta immédiatement un regard furieux et ferme.) Occupe-toi de tes fesses.

Impossible. Il n'allait pas perdre ses deux seuls points de repère la même nuit.

— Eh, les mecs, lança Hollywood à leurs ennemis. Vous allez rester plantés là ou bien on s'y met ?

Et ce fut le gong. Les éradiqueurs déferlèrent et affrontèrent la Confrérie face à face, poing à poing. Pour s'assurer d'avoir la tranquillité dont ils avaient besoin, V. doubla sa barrière visuelle, cette protection créant l'illusion que rien ne se passait au cas où des humains débarqueraient dans les parages.

Quand il commença à affronter l'ennemi, il garda un œil sur Butch. L'enfoiré se jeta naturellement dans la mêlée et saisit un initié grand et maigre à mains nues. Il adorait la bagarre et les têtes étaient son punching-ball favori, mais Viszs aurait vraiment préféré que ce salaud se mette à l'escrime ou, encore mieux, au lance-roquettes. Depuis un toit. Ainsi, il ne serait jamais au cœur du combat. Il détestait que le flic soit si proche, car qui savait ce qui risquait de sortir d'une poche ou quels dégâts pouvaient lui être infligés par un flingue ou une longue…

Le coup de pied surgit de nulle part, fendit l'air comme une enclume et frappa V. sur le côté du torse. Comme il reculait pour s'écraser contre le flanc de brique d'un bâtiment, ce qu'ils enseignaient à leurs apprentis quand ils en avaient lui revint en mémoire : règle numéro un au combat ? Faire toujours attention à son adversaire.

Après tout, on avait beau avoir le meilleur couteau du monde, si on était nul, on finissait par imiter une balle de ping-pong. Voire pire.

V. regonfla ses poumons d'une grande inspiration et se servit de l'afflux d'oxygène pour bondir en avant et attraper le second coup de pied de Rocky au niveau de la cheville. Néanmoins, l'éradiqueur était spectaculairement doué et effectua un retournement à la *Matrix* en utilisant la prise de V. comme point d'appui. La botte de combat atteignit V. en plein dans l'oreille, envoyant sa tête valser sur le côté en étirant tout un tas de muscles et de tendons au passage.

L'avantage était que la douleur lui rendait toujours sa concentration.

La gravité étant ce qu'elle est, le coup de Rocky marqua le sommet de sa courbe et, après cela, celui-ci retomba sur l'asphalte les mains en avant pour ne pas risquer d'atterrir la tête la première. Et à l'évidence, ce salopard s'attendait à ce que son adversaire lâche son pied, puisque le crâne de V. s'était transformé en boule à neige bourdonnante.

Eh non. Désolé, chéri.

En dépit des conséquences douloureuses du coup et du craquement, V. resserra sa prise sur ladite cheville et la tordit dans la direction opposée à la pirouette.

Crac!

Quelque chose se brisa ou se disloqua et, comme V. tenait fermement le pied et la cheville, il sut que ce devait probablement être le genou, le péroné ou le tibia.

Monsieur l'Acrobate laissa échapper un cri, mais V. n'en avait pas fini quand l'enfoiré s'effondra par terre. Sortant l'une de ses dagues noires, il trancha le muscle à l'arrière de la jambe, puis pensa à Butch. Remontant sur le corps qui se débattait, il empoigna les cheveux, tira dessus et dessina un joli petit collier à ce fils de pute avec sa lame.

Un léger étourdissement ne lui suffisait tout simplement pas pour ce soir.

Il pivota sur lui-même, son couteau dégoulinant à la main, et évalua les combats qui continuaient. Z. et Fhurie s'occupaient de deux éradiqueurs… Tohr tenait le sien… Rhage jouait avec l'un des ennemis… Où donc était Butch ?

Dans le coin, le flic avait jeté au sol un tueur et se penchait sur son visage. Ils se regardaient droit dans les yeux et la bouche ouverte et ensanglantée de l'éradiqueur s'ouvrait et se refermait lentement à la façon d'un poisson hors de l'eau, comme s'il savait que ce qui allait suivre ne serait pas une bonne nouvelle pour lui.

La bénédiction et la malédiction de Butch se mirent au travail quand il prit une inspiration profonde et régulière.

Le transfert commença par un filet de fumée noire d'encre qui passa de la bouche du tueur à celle de Butch, mais se transforma bientôt en rivière, tandis que l'essence de l'Oméga s'évacuait de l'un à l'autre avec une rapidité écœurante.

Quand ce serait fini, le tueur ne serait plus rien d'autre qu'un résidu de cendres. Et Butch allait être malade comme un chien et relativement inutile.

V. s'approcha au pas de course, tout en balançant une étoile de jet et en envoyant bouler un éradiqueur dans la zone de combat de Hollywood.

— Qu'est-ce que tu fous ? dit-il d'une voix mauvaise alors qu'il arrachait Butch au trottoir et le traînait hors de sa zone d'aspiration. Tu attends que ce soit fini, d'accord ?

Butch se roula en boule sur le côté et se mit à avoir des haut-le-cœur. Il était déjà à moitié contaminé : la puanteur de leur ennemi lui sortait des pores et son corps réagissait contre sa cargaison de poison. Il fallait le guérir ici et maintenant, mais V. n'allait pas courir le risque qu'ils…

Plus tard, il s'étonnerait d'avoir été pris de court à deux reprises en un seul combat.

Mais une telle introspection n'aurait pas lieu avant plusieurs heures, apparemment.

La batte de base-ball l'atteignit au genou et la chute qui s'ensuivit le balaya dans le pire sens du terme. Il atterrit durement et sa jambe se tordit sous son poids considérable selon un angle qui transforma sa hanche en une boule de douleur hurlante. Cela suggérait que le karma n'était pas qu'une simple question de vengeance, mais qu'il était également doté d'une réflexion indépendante : comme il venait de tomber à cause d'une blessure semblable à celle qu'il venait juste d'infliger, il se traita de tous les noms, de même que l'enfoiré qui frappait aussi bien que ce félon de Johnny Damon avec sa batte.

Il était temps de réfléchir en vitesse. Il était allongé sur le dos avec une jambe qui vrombissait comme un moteur en surrégime. Et cette batte pouvait infliger beaucoup de dégâts...

Butch surgit de nulle part en vacillant avec toute la grâce d'un bison blessé. La large carrure de cet enfoiré s'affala sur le tueur juste au moment où il levait sa batte au-dessus de son épaule et visait la tête de V. Tous deux heurtèrent le mur de briques et, après un instant d'immobilité – putain de merde, que ça avait dû faire mal –, l'éradiqueur redressa le torse et haleta.

Ce fut comme regarder des œufs glisser d'un buffet : les os du tueur se liquéfièrent et la chose s'effondra sur le trottoir, laissant Butch retomber en arrière, sa dague couverte de sang noir à la main.

Il avait étripé l'enfoiré.

— Tu... vas bien ? gronda le flic.

V. ne put que regarder son meilleur ami.

Tandis que les autres continuaient à se battre, tous deux se dévisagèrent sur fond de grognements, de chocs métalliques et de jurons inventifs. Ils auraient dû se dire quelque chose, pensa V. Mais il y avait tout simplement trop... à dire.

— Je veux que cela vienne de toi, lâcha V. J'en ai besoin.

Butch hocha la tête.

— Je sais.

— Quand ?

Le flic désigna du menton la jambe foutue de V.

— Fais-toi soigner d'abord. (Butch poussa un grognement et se remit sur pied.) Sur ce, je vais chercher l'Escalade.

— Sois prudent. Prends l'un des frères avec...

— Va te faire foutre. Et reste où tu es.

— Je n'irai nulle part avec ce genou, flic.

Butch s'éloigna, d'une démarche à peine meilleure que celle que V. aurait eue avec son membre disloqué. Tordant le cou, il observa les autres. Ils avaient le dessus... Lentement mais sûrement, le vent tournait en leur faveur.

Jusqu'à environ cinq minutes plus tard.

Quand sept tueurs supplémentaires se pointèrent dans la ruelle.

À l'évidence, la seconde vague avait également appelé des renforts, et il s'agissait de nouvelles recrues qui ne savaient pas bien comment gérer la *bhrume* : leurs camarades leur avaient clairement donné l'adresse, mais ils ne voyaient qu'une ruelle vide.

Cependant ils allaient rapidement surmonter leur surprise et franchir la barrière.

Se déplaçant aussi vite que possible, V. posa les mains sur le sol et se traîna jusqu'à une embrasure de porte. La douleur était si affreuse qu'il en perdit momentanément la vue, mais cela ne l'empêcha pas de retirer son gant et de le mettre dans sa veste.

Il espérait vraiment que Butch ne ferait pas demi-tour pour revenir se battre. Ils auraient besoin d'un moyen de transport dès que tout cela serait terminé.

Quand la nouvelle vague d'ennemis déferla, il laissa sa tête retomber sur sa poitrine et respira superficiellement, afin que sa cage thoracique remue à peine. Ses cheveux lui tombant sur le visage dissimulaient ses yeux et il fut en mesure d'observer au travers de ce voile noir l'attaque des tueurs. Compte tenu du nombre incroyable de nouveaux initiés, il savait que la Société avait dû recruter chez les psychopathes et les sociopathes de Manhattan : la réserve de Caldwell n'était tout simplement pas assez importante pour expliquer cette soudaine croissance de leurs forces.

Ce qui allait jouer en faveur de la Confrérie.

Et il avait raison.

Quatre éradiqueurs se dirigèrent droit vers le plus fort du combat, mais l'un d'entre eux, un bouledogue aux larges épaules et aux bras ballants comme ceux d'un gorille, s'approcha de V., probablement pour vérifier qu'il n'avait pas d'armes.

Viszs attendit patiemment, sans bouger, donnant une sacrée impression que son prochain arrêt serait un cercueil.

Même quand l'enfoiré se pencha, V. resta immobile… Il s'approcha un peu plus près… encore un peu… plus près…

— Surprise, connard, s'exclama-t-il.

Puis il saisit le poignet le plus proche et tira d'un coup sec.

Le tueur s'écroula comme une pile d'assiettes, en plein sur la jambe blessée de V. Mais cela n'avait pas d'importance : l'adrénaline était un sacré antalgique qui lui donna la force non seulement de résister à la douleur, mais également de maintenir le fils de pute à sa place.

Levant sa main lumineuse, Viszs approcha sa malédiction du visage de l'éradiqueur : inutile de le gifler ou de le frapper ; un simple contact suffisait. Et juste avant qu'elle ne le touche, sa proie écarquilla les yeux, la lumière rendant sa sclérotique fluorescente.

— Oui, ça va faire mal, gronda V.

Le grésillement et le cri furent aussi sonores l'un que l'autre, mais seul le premier persista. Le hurlement fut remplacé par une puanteur ressemblant à celle du fromage brûlé, qui s'éleva dans l'air avec une fumée cendreuse. Il fallut moins d'une seconde pour que sa main consume le visage du tueur, dévorant la chair et l'os, tandis que les jambes de l'enfoiré tressautaient et que ses bras battaient dans le vide.

Quand il se retrouva avec un cavalier sans tête, V. dégagea sa main et s'affaissa. Il aurait adoré retirer le poids de son genou à la ramasse, mais il n'en avait pas la force.

Sa dernière pensée, avant de s'évanouir, fut qu'il priait pour que ses potes en finissent rapidement. La *bhrume* n'allait pas s'attarder s'il n'était plus là pour l'entretenir… et cela voulait dire qu'ils seraient en train de se battre en public à grande échelle…

La lumière s'éteignit.

Chapitre 29

Assise sur le rebord du lit, Souffhrance fléchissait un pied puis l'autre, encore et encore, s'émerveillant du miracle de penser quelque chose et de voir ses membres répondre à son ordre.

— Tiens, enfile cela.

Levant les yeux, elle fut momentanément distraite par la vue de la bouche de son guérisseur. Elle n'arrivait pas à croire qu'ils avaient… qu'il avait… jusqu'à ce qu'elle…

Oui, une robe de chambre serait une bonne chose, se dit-elle.

— Je ne te laisserai pas tomber, dit-il tout en l'aidant à enfiler le vêtement. Tu peux parier ta vie là-dessus.

Elle le croyait.

— Merci.

— Aucun problème. (Il lui tendit le bras.) Bien… Allons-y.

Sauf que la gratitude qu'elle ressentait était tellement complexe qu'elle ne pouvait la laisser inexprimée.

— Pour tout cela, guérisseur. Pour tout.

Il lui sourit brièvement.

— Je suis ici pour que tu ailles mieux.

— C'est le cas.

Sur ce, elle se mit debout avec précaution.

La première chose qu'elle remarqua fut que le sol était froid… Puis elle transféra son poids et les choses se détraquèrent : ses muscles se contractèrent sous la charge et ses jambes plièrent comme des plumes cassées. Mais son guérisseur était là quand elle en avait besoin, et il passa un bras autour de sa taille pour la soutenir.

— Je suis debout, souffla-t-elle. Je me tiens… debout.

— Parfaitement.

Le bas de son corps n'était en rien semblable à ce qu'il avait été, ses cuisses et ses mollets tremblaient tant que ses genoux s'entrechoquaient. Mais elle était debout.

— Nous allons marcher à présent, dit-elle en serrant les dents alors que des élancements chauds et froids lui transperçaient les os.

— Peut-être qu'en y allant doucement…

— Aux toilettes, ordonna-t-elle. Où je me soulagerai sans aide.

L'indépendance était absolument vitale. Avoir droit à cette simple et profonde dignité de s'occuper des besoins de son corps lui semblait une manne céleste, la preuve évidente que les bénédictions, tout comme le temps, étaient relatives.

Sauf que, quand elle tenta de faire un pas, elle ne put soulever son pied.

— Déplace ton poids, lui dit son guérisseur tandis qu'il la contournait et s'installait derrière elle. Je m'occuperai du reste.

Quand il lui enserra la taille, elle fit ce qu'il lui avait demandé et sentit l'une de ses mains saisir l'arrière de sa cuisse et soulever sa jambe. Sans qu'il le lui dise, elle sut se pencher en avant et déplacer doucement son poids quand il plaça son genou dans la bonne position, limitant la torsion de l'articulation quand elle redressa la jambe.

Le miracle était purement mécanique, mais il n'en était pas moins réconfortant : elle marcha jusqu'aux toilettes.

Quand le but fut atteint, son guérisseur lui laissa de l'intimité et elle se servit de la barre fixée dans le mur pour s'aider.

Elle sourit tout du long. Ce qui était parfaitement ridicule.

Quand elle eut fini, elle se redressa à l'aide de la barre et entrebâilla la porte. Son guérisseur était juste derrière et elle tendit la main vers lui au moment même où il lui ouvrait les bras.

— Retour au lit, dit-il, et il s'agissait d'un ordre. Je vais t'examiner puis te trouver des béquilles.

Elle hocha la tête et ils retournèrent lentement au matelas. Elle était essoufflée en s'allongeant, mais plus que satisfaite. Elle pouvait améliorer cela. L'engourdissement, le froid et le fait de n'aller nulle part étaient une peine de mort.

Fermant les paupières, elle déglutit tout en respirant profondément alors qu'il relevait ses fonctions vitales avec efficacité.

— Ta pression sanguine est élevée, dit-il en mettant de côté l'objet semblable à une menotte qu'elle connaissait trop bien. Mais c'est peut-être à cause de ce que nous… euh, avons fait.

Il se racla la gorge. Chose qu'il semblait faire assez souvent.

— Voyons tes jambes. Je veux que tu te détendes et que tu fermes les yeux. Ne regarde pas, s'il te plaît.

Quand elle eut fait ce qu'il exigeait, il demanda :

— Est-ce que tu sens cela ?

Fronçant les sourcils, elle passa en revue les diverses sensations de son corps, la douceur du matelas, l'air frais sur son visage, le drap sur lequel reposait sa main.

Rien. Elle ne sentait…

Se redressant dans un éclair de panique, elle regarda ses jambes pour découvrir qu'il ne la touchait pas : il avait les bras le long du corps.

— Tu m'as piégée.

— Non. Je ne fais aucune supposition ; voilà ce que je fais.

Quand elle reprit sa position et referma les yeux, elle voulut pousser un juron, mais en même temps elle comprenait son point de vue.

— Et maintenant ?

Sous son genou, elle sentit une légère pression. Elle la sentait tout à fait clairement.

— Ta main… est sur ma jambe… (Elle entrouvrit une paupière et découvrit qu'elle avait raison.) Oui, tu es en train de me toucher là.

— Il y a une différence avec avant ?

Elle fronça les sourcils.

— C'est un peu… plus facile à ressentir.

— Voilà une amélioration positive.

Il palpa l'autre côté. Puis remonta presque jusqu'à sa hanche. Puis redescendit jusqu'au bout du pied. Puis recommença à l'intérieur de sa cuisse… à l'extérieur de son genou.

— Et maintenant ? demanda-t-il une dernière fois.

Dans l'obscurité, elle lutta pour sentir quelque chose.

— Je ne sens… rien en ce moment.

— Bien. Nous avons fini.

Quand elle rouvrit les yeux, elle le regarda et sentit un étrange froid la saisir. Quel était leur avenir ? s'interrogea-t-elle. Au-delà de cette période de séquestration pour sa convalescence ? Son immobilité simplifiait grandement les choses. Mais cela finirait si elle allait bien.

Voudrait-il alors d'elle ?

Souffhrance lui serra la main.

— Tu es une bénédiction pour moi.

— À cause de cela ? (Il secoua la tête.) C'est toi, *bambina*. Ton corps se guérit tout seul. C'est la seule explication. (Se penchant sur elle, il lissa ses cheveux dénoués et déposa un chaste baiser sur son front.) Tu as besoin de dormir à présent. Tu es épuisée.

— Tu ne t'en vas pas, n'est-ce pas ?

— Non. (Il jeta un coup d'œil à la chaise dont il s'était servi pour atteindre l'engin au plafond.) Je serai juste là.

— Ce lit… est assez large pour nous deux.

Comme il hésitait, elle eut l'impression que quelque chose avait changé pour lui. Et pourtant, il venait juste de la traiter avec une telle perfection érotique et son odeur s'était intensifiée, si bien qu'elle avait su qu'il était excité. Pourtant… il y avait désormais une légère distance entre eux.

— Joins-toi à moi ! demanda-t-elle. S'il te plaît…

Il s'assit sur le lit à côté d'elle et lui caressa lentement le bras, régulièrement… et la gentillesse qu'il lui témoignait la rendit nerveuse.

— Je ne pense pas que ce soit une bonne idée, murmura-t-il.

— Pourquoi donc ?

— Je pense que ce sera plus facile pour tout le monde si la manière dont nous te soignons reste entre toi et moi.

— Oh.

— Ton frère m'a amené ici parce qu'il ferait n'importe quoi pour que tu ailles mieux. Mais il existe une différence entre la théorie et la pratique. S'il vient et nous découvre ensemble dans le lit, nous ne ferons qu'ajouter un problème à la pile.

— Et si je te dis que je me moque de ce qu'il pense ?

— Je te demanderai d'y aller doucement avec lui. (Le guérisseur haussa les épaules.) Je vais être honnête avec toi. Je ne l'apprécie pas beaucoup, mais d'un autre côté, ton frère a dû te regarder souffrir.

Souffhrance prit une profonde inspiration et se dit : *Oh, si seulement ce n'était que la moitié du problème.*

— C'est ma faute.

— Tu n'as pas demandé à être blessée.

— Pas la blessure, la consternation de mon frère. Avant ton arrivée, je lui ai demandé une chose que je n'aurais pas dû, puis j'ai aggravé la situation avec… (Elle eut un geste d'impuissance.) Je suis une malédiction pour lui et sa compagne. En vérité, je suis une malédiction.

Qu'elle n'ait pas la moindre foi en la bienveillance du destin était peut-être compréhensible, mais ce qu'elle avait fait en demandant à Jane de l'aider était impardonnable. L'interlude avec son guérisseur avait été une révélation et une bénédiction au-delà de toute mesure, mais à présent elle ne pouvait que penser à son frère et à sa *shellane*… et aux répercussions de sa lâcheté égoïste.

Avec un juron, elle frissonna.

— Je dois parler à mon frère.

— Très bien. Je vais le chercher pour toi.

— S'il te plaît.

Son guérisseur se leva et se dirigea vers la sortie. La main sur la poignée de la porte, il s'arrêta.

— Je dois savoir une chose.

— Demande et je te dirai tout.

— Que s'est-il passé juste avant qu'on me ramène vers toi ? Pourquoi ton frère est-il venu me chercher ?

Aucune des deux phrases n'était une véritable question. Ce qui lui fit soupçonner qu'il devinait très bien les réponses.

— C'est entre lui et moi.

Le guérisseur plissa les yeux.

— Qu'as-tu fait ?

Elle poussa un soupir et tritura la couverture.

— Dis-moi, guérisseur, si tu n'avais plus le moindre espoir de te lever de ton lit et que tu ne pouvais pas mettre la main sur une arme, que ferais-tu ?

Il ferma les paupières un bref instant. Puis il ouvrit la porte.

— Je vais chercher ton frère tout de suite.

Abandonnée à ses regrets, Souffhrance résista au besoin de jurer, de jeter des choses, de hurler contre les murs. En cette nuit de résurrection, elle aurait dû être extatique, mais son guérisseur était distant, son frère révolté et elle craignait grandement pour l'avenir.

Mais cela ne dura pas longtemps.

Alors même que son esprit tourbillonnait, son épuisement physique l'emporta bientôt sur sa certitude, et elle fut aspirée dans un trou noir sans rêve qui la consuma corps et âme.

Sa dernière pensée, avant que tout devienne noir et qu'elle cesse d'avoir conscience du monde autour d'elle, fut qu'elle espérait pouvoir s'amender.

Et, d'une manière ou d'une autre, demeurer à jamais avec son guérisseur.

Dehors dans le couloir, Manny s'affala, le dos contre le mur de parpaings, et se passa la main sur le visage.

Il n'était pas idiot si bien que, tout au fond de lui, il soupçonnait ce qui s'était passé : seul le véritable goût du désespoir aurait poussé ce vampire dur à cuire à venir le chercher dans le monde humain. Mais Seigneur… Et si on ne l'avait pas trouvé à temps ? Et si son frère avait attendu ou…

— Bordel de merde !

S'écartant du mur d'une poussée, il entra dans la salle des fournitures et prit une nouvelle tenue chirurgicale, mettant celle qu'il avait portée dans le bac à linge sale après s'être changé. La salle d'examen fut son premier arrêt, mais Jane n'y était pas, aussi alla-t-il plus loin, jusqu'à ce bureau à la porte vitrée.

Personne.

De retour dans le couloir, il entendit le même battement rythmique qu'auparavant en provenance de la salle de musculation. Il jeta un coup d'œil à l'intérieur et aperçut un type avec une coupe en brosse qui courait ventre à terre sur un tapis de course. La sueur dégoulinait littéralement du mec, et son corps était tellement mince que c'en était presque douloureux à observer.

Manny ressortit. Inutile de demander quoi que ce soit à cet enfoiré.

— Est-ce que tu me cherches ?

Manny se tourna vers Jane.

— Jolie coordination. Souffhrance a besoin de voir son frère. Tu sais où il est ?

— Il est sorti se battre, mais il sera de retour juste avant l'aube. Quelque chose ne va pas ?

Il eut la tentation de répondre « À toi de me le dire », mais il se retint.

— C'est entre eux deux. Je ne sais pas grand-chose de plus, hormis qu'elle veut le voir.

Jane détourna les yeux.

— OK. Eh bien, je lui ferai passer le message. Comment va-t-elle ?

— Elle a marché.

Jane tourna brusquement la tête.

— Toute seule ?

— Avec seulement un peu d'aide. Tu aurais du matériel orthopédique ? Des béquilles, quelque chose de ce genre ?

— Viens avec moi.

Elle le mena dans un gymnase conçu pour une équipe de sport professionnelle et lui fit traverser une salle d'équipements. Mais il n'y avait ni ballons de basket ou de volley ni cordes là-dedans. Des centaines d'armes étaient suspendues à des portants : des couteaux, des étoiles de jet, des épées, des nunchakus.

— C'est un sacré cours de gym que vous donnez ici.

— C'est pour le programme d'entraînement.

— On prépare la génération suivante, hein ?

— C'était le cas, du moins jusqu'aux attaques.

Dépassant l'arsenal digne de Bruce Willis et Arnold Schwarzenegger réunis, elle poussa une porte sur laquelle était inscrit « Salle de physiothérapie » et le fit entrer dans une salle de rééducation bien aménagée avec tout ce dont un athlète professionnel avait besoin pour rester souple et rapide comme l'éclair.

— Les attaques ?

— La Société des éradiqueurs a massacré des dizaines de familles, répondit-elle, et ce qu'il restait de la population a fui Caldwell. Ils reviennent peu à peu, mais ces derniers temps ont été difficiles.

Manny fronça les sourcils.

— Qu'est-ce que la Société des éradiqueurs ?

— Les humains ne sont pas la véritable menace. (Elle ouvrit un placard et passa la main sur chaque béquille, canne et attelle.) Qu'est-ce que tu cherches ?

— C'est ce que ton homme combat chaque nuit ?

— Oui. C'est cela. À présent, de quoi penses-tu avoir besoin ?

Manny examina son profil et résolut l'équation.

— Elle t'a demandé de l'aider à se tuer. N'est-ce pas ?

Jane ferma les yeux.

— Manny… Ne le prends pas mal, mais je n'ai pas la force d'avoir cette conversation.

— C'était cela.

— En grande partie.

— Elle va mieux désormais, dit-il d'une voix rauque. Elle se remettra.

— Alors ça fonctionne. (Jane eut un petit sourire.) Les mains magiques et tout et tout.

Il se racla la gorge et résista à l'envie de s'enfuir comme un ado de quatorze ans qu'on aurait surpris en train de bécoter une fille.

— Oui. Je suppose. Euh, je pense que je vais prendre une paire d'orthèses pour les jambes et des béquilles ; cela devrait l'aider.

Tandis qu'il sortait le matériel, Jane garda les yeux rivés sur lui. Au point qu'il ne put s'empêcher de marmonner :

— Avant que tu poses la question, non.

Elle rit doucement.

— Je n'avais pas conscience d'avoir une question à poser.

— Je ne reste pas. Je vais la mettre debout et la faire marcher, puis je rentrerai.

— Je n'y avais pas songé, en fait. (Elle fronça les sourcils.) Mais tu pourrais rester, tu sais. C'est déjà arrivé avant. Avec moi, Butch et Beth. Et je pensais que tu l'appréciais.

— « Apprécier » est un mot faible, dit-il à voix basse.

— Alors ne fais pas le moindre projet avant que tout cela soit fini.

Il secoua la tête.

— J'ai une carrière qui va à vau-l'eau, incidemment à cause de tous ces allers et retours de souvenirs que vous avez infligés à mon cerveau. J'ai une mère qui ne m'apprécie pas tant que cela, mais qui se demanderait tout de même pourquoi elle ne reçoit plus de mes nouvelles pendant les grandes vacances. Et j'ai un cheval en mauvais état. Tu as l'intention de me dire que ton mec et ses potes seraient d'accord avec l'idée que j'aie un pied dans chaque univers ? Je ne pense pas. En outre, qu'est-ce que je pourrais bien faire, bordel ? La servir est un plaisir, je te l'assure, mais je ne voudrais pas en faire ma profession, ni qu'elle finisse avec quelqu'un comme moi.

— Quel est le problème avec toi ? (Jane croisa les bras sur sa poitrine.) Sans t'offenser, tu es un mec génial.

— Tu as bien esquivé les détails.

— On pourrait résoudre les choses.

— OK, disons que ce soit le cas. Puis réponds à cela : combien de temps vivent-ils ?

— Pardon ?

— Quelle est l'espérance de vie des vampires ?

— Cela dépend.

— En décennies ou en siècles ? (Comme elle ne répondait pas, il hocha la tête.) C'est exactement ce que je pensais ; j'en ai probablement encore pour… quoi, quarante ans ? Et je vais commencer à me ratatiner d'ici une dizaine d'années. J'ai déjà des douleurs tous les matins et un début d'arthrite dans chaque hanche. Il faut qu'elle tombe amoureuse d'un membre de son espèce, pas d'un humain qui deviendra un patient de gériatrie en un clin d'œil. (Il secoua de nouveau la tête.) L'amour peut tout conquérir, hormis la réalité, qui gagne chaque fois.

Le rire de Jane était désormais moins joyeux.

— Quelque part, je ne peux pas argumenter sur ce point.

Il jeta un coup d'œil aux orthèses.

— Merci pour ces trucs.

— De rien, répondit-elle lentement. Et je passerai le message à V.

— Bien.

De retour devant la chambre de Souffhrance, il entra silencieusement et s'arrêta sur le seuil. Elle était profondément endormie dans l'obscurité et la lueur avait disparu de sa peau. Se réveillerait-elle de nouveau paralysée ? Ou les progrès allaient-ils demeurer ?

Ils devraient découvrir la réponse.

Déposant les béquilles et les orthèses contre le mur, il s'approcha de la chaise au dossier raide à côté du lit et s'assit, croisant les jambes et tentant de trouver une position confortable. Il n'allait certainement pas dormir. Il voulait seulement la regarder…

— Rejoins-moi, dit-elle au beau milieu du silence. Je t'en prie. J'ai besoin de ta chaleur.

Alors qu'il demeurait à sa place, il comprit que cette histoire de rester assis n'avait pas grand-chose à voir avec son frère. C'était un moyen de lutter pour rester à distance d'elle chaque fois qu'il en avait la possibilité. Ils allaient certainement recommencer leurs attouchements, sans doute bientôt. Et il la lécherait pendant des heures s'il le fallait. Mais il ne pouvait se permettre de se perdre dans un fantasme qui ne les mènerait nulle part.

Ils venaient de deux univers différents.

Manny se pencha, posa la main sur la sienne et lui caressa le bras.

— Chut… Je suis là.

Quand elle tourna la tête dans sa direction, elle avait les yeux fermés et il eut l'impression qu'elle parlait dans son sommeil.

— Ne me quitte pas, guérisseur.

— Je m'appelle Manny, chuchota-t-il. Docteur… Manuel Manello.

Chapitre 30

Quand le coup de sifflet aigu résonna dans le vestibule de la demeure, Vhif sut que l'ordre strident émanait de John Matthew.

Dieu sait qu'il l'avait assez entendu au cours des trois dernières années.

S'arrêtant un pied posé sur la première marche de l'escalier, il épongea son visage en sueur avec son tee-shirt roulé en boule, puis reprit son équilibre en s'agrippant à l'énorme rampe ouvragée. Il avait la tête aussi légère et cotonneuse qu'un oreiller, après son entraînement, ce qui formait un contraste marqué avec le reste de son corps : il avait l'impression que ses jambes et ses fesses étaient aussi lourdes que cette satanée demeure…

Quand le sifflement retentit une seconde fois, il se dit : *Oh, oui, quelqu'un est en train de me parler.* Se retournant, il aperçut John Matthew dans l'encadrement ornementé de la porte de la salle à manger.

— *Qu'est-ce que tu t'es fait ?* signa celui-ci en désignant sa propre caboche.

Eh bien, voyez-vous cela, pensa Vhif. Par le passé, une telle question aurait porté sur bien plus qu'un changement de coiffure.

— On appelle cela une coupe.

— *Tu en es sûr ? Je suis presque certain qu'on appelle cela un gros bordel.*

Vhif passa la main sur la brosse qu'il s'était faite.

— Ce n'est pas bien grave.

— *Au moins tu sais que le postiche reste une option.* (John plissa ses yeux bleus.) *Et qu'est-ce que tu as fait de tout ton métal ?*

— Il est dans mon coffre à flingues.

— *Je ne parle pas de tes armes, mais des trucs sur ton visage.*

Vhif se contenta de secouer la tête et se détourna pour partir, n'ayant pas envie de discuter de tous les piercings qu'il avait retirés. Son cerveau était embrouillé et son corps épuisé, si courbatu et endolori à cause de ses courses quotidiennes…

Le sifflement retentit encore et manqua de lui faire lâcher un « Va te faire foutre » par-dessus son épaule. Mais il arrêta ses conneries, parce que cela lui ferait gagner du temps : John n'abandonnait jamais quand il était de cette humeur.

Jetant un regard en arrière, il grogna :

— Quoi encore ?

— *Il faut que tu manges plus. Que ce soit aux repas ou tout seul. Tu es en train de te transformer en squelette…*

— Je vais bien…

— *Alors soit tu recommences à bouffer, soit je fais verrouiller le gymnase sans te donner la clé. À toi de choisir. Et j'ai appelé Layla. Elle t'attend dans ta chambre.*

Vhif se retourna complètement. Mauvaise idée : cela transforma le vestibule en manège. Se raccrochant à la rampe, il lâcha :

— J'aurais pu m'en charger tout seul.

— *Mais tu n'allais pas le faire, alors je l'ai fait pour toi ; mis à part le massacre d'une dizaine d'éradiqueurs, ce sera ma bonne action de la semaine.*

— Si tu veux jouer les Mère Teresa, tu auras plus de chance en pratiquant tes conneries sur quelqu'un d'autre.

— *Désolé. C'est toi que j'ai choisi et tu ferais bien de te magner le cul… Il ne faudrait pas faire attendre la dame. Oh, et pendant que Xhex et moi étions dans la cuisine, j'ai demandé à Fritz de te préparer un repas et de te le monter. À plus tard.*

Quand John s'éloigna en direction de l'office du majordome, Vhif lança :

— J'ai pas envie qu'on me sauve, enculé ! Je peux m'occuper de moi-même.

John répondit en levant son majeur au-dessus de sa tête.

— Oh, putain de merde, marmonna Vhif.

Il ne voulait vraiment pas affronter Layla en ce moment.

Il n'avait rien contre l'Élue, mais l'idée de se retrouver dans un espace clos avec quelqu'un qui avait envie de relations sexuelles l'abattait. Ce qui était sacrément ironique. Jusqu'à présent, baiser n'avait pas seulement été une partie de sa vie ; cela le définissait entièrement. Mais depuis la semaine dernière, l'idée de coucher avec quelqu'un lui donnait la nausée.

Seigneur, si cela continuait, la dernière personne avec laquelle il aurait couché de toute sa vie serait un rouquin. Ah, ah : visiblement, la Vierge scribe avait un sens de l'humour vicieux.

Forçant le poids mort de son corps à gravir les marches, il était prêt à dire à Layla aussi poliment que possible qu'elle devait s'occuper de ses affaires…

Le vertige qui le frappa sur le premier palier l'arrêta net.

Au cours des sept dernières nuits, il s'était habitué à cette sensation de flottement continu qui allait de pair avec le fait qu'il courait autant et mangeait si peu, et il attendait avec impatience cet état de dissociation. Bordel, cela coûtait moins cher que de boire et ne disparaissait jamais… Tout du moins, pas avant qu'il mange.

Là, c'était différent. Il avait l'impression qu'on l'avait attaqué par-derrière et qu'on lui avait fauché les jambes, sauf que son champ de vision l'informait qu'il était toujours debout. Tout comme le fait que ses hanches soient appuyées contre la rampe…

Sans prévenir, l'un de ses genoux céda et il tomba comme un livre d'une étagère.

S'accrochant d'une main, il se hissa au niveau de cette satanée rambarde, jusqu'à se retrouver plié en deux dessus. Lançant un regard furieux à sa jambe, il lui donna quelques coups de pied et respira profondément, ordonnant à son corps de respecter le programme.

Mais cela n'arriva pas.

Au lieu de cela, il se mit à glisser lentement de sa position verticale et dut se retourner pour avoir seulement l'air de s'accroupir sur le tapis rouge sang. Apparemment, il ne parvenait plus à respirer… ou plutôt, il respirait mais cela n'avait aucun effet. *Bon… sang… Reprends-toi…*

Bordel de merde.

— Seigneur ? fit une voix au-dessus de lui.

Double bordel de merde.

Fermant les yeux, il se dit que l'apparition de Layla à ce moment précis était une démonstration vivante et en Technicolor de cette foutue loi de Murphy.

— Seigneur, puis-je vous aider ?

Après tout, il y avait peut-être un bon côté à cela : mieux valait elle que l'un des frères.

— Oui. Mon genou est HS. Je me suis blessé en courant.

Il leva les yeux tandis que l'Élue paraissait flotter jusqu'à lui, sa robe blanche formant un contraste saisissant avec la couleur soutenue du tapis et la lumière dorée vibrante des œuvres d'art du vestibule.

Se sentant comme un vrai crétin quand elle se pencha vers lui, il tenta de se redresser… sans y parvenir.

— Je, euh… je te préviens, je pèse une tonne.

Sa main gracieuse prit la sienne et il fut surpris de découvrir que ses doigts tremblaient quand il accepta son aide. Il fut également surpris qu'elle le remette debout du premier coup.

— Tu es forte, dit-il quand elle lui passa un bras autour de la taille et le souleva en position verticale.

— Nous allons marcher ensemble.

— Je suis désolé d'être en sueur.

— Cela ne me dérange pas.

Sur ce, ils se mirent en route. Lentement, ils gravirent les marches et traversèrent le couloir du premier étage, en boitillant devant toutes sortes de portes heureusement fermées : le bureau de Kolher ; la chambre de Tohrment ; celle de Blay… qu'il refusa de regarder ; celle de Saxton… qu'il ne défonça pas pour jeter son cousin par la fenêtre d'un coup de pied bien senti ; celle de John Matthew et Xhex.

— Je vais vous ouvrir, dit l'Élue quand ils s'arrêtèrent devant sa propre chambre.

Ils durent se tourner sur le côté pour franchir l'encadrement, à cause de la taille de Vhif, et il fut sacrément reconnaissant quand elle les enferma à l'intérieur et l'emmena jusqu'au lit. Personne n'avait besoin de savoir ce qui se passait et il y avait de bonnes chances pour que l'Élue gobe son excuse du « Je me suis seulement fait mal ».

L'idée était de s'asseoir bien droit. Sauf qu'à la seconde où elle le lâcha, il tomba sur le matelas et se fit l'effet d'être un paillasson. Examinant son corps jusqu'au bout de ses chaussures de course, il se demanda pourquoi il ne voyait pas la voiture qui s'était garée sur lui. Ce n'était vraiment pas une Smart. Plutôt un genre d'énorme 4 × 4.

Ou carrément un camion.

— Euh… Écoute, est-ce que tu peux fouiller dans mon manteau en cuir ? J'ai une barre de céréales dedans.

Brusquement, il y eut un bruit de métal s'entrechoquant avec de la porcelaine près de la porte, suivi d'une odeur de nourriture.

— Peut-être désirez-vous ce rôti de bœuf, seigneur ?

Son estomac se contracta comme un poing.

— Mon Dieu… non…

— Il y a du riz.

— Rien… qu'une de ces barres…

Un léger grincement lui fit soupçonner qu'elle approchait le plateau et, une seconde plus tard, il eut bien plus que la simple odeur du repas préparé par Fritz.

— Arrête… Arrête, putain… (Il se plia en deux et eut un haut-le-cœur au-dessus de la poubelle.) Pas… la nourriture…

— Vous avez besoin de manger, fut la réponse étonnamment résolue de l'Élue. Et je vais vous nourrir.

— N'essaie même pas…

— Là. (Au lieu de la viande ou du riz, elle lui présenta un petit morceau de pain.) Ouvrez la bouche. Vous avez besoin de nourriture, seigneur. C'est ce qu'a dit John Matthew.

Retombant sur les oreillers, il posa le bras sur ses yeux. Son cœur tressautait dans son sternum et, quelque part au fond de lui-même, il comprit qu'il risquait vraiment de se tuer s'il continuait ainsi.

Bizarrement, cette idée ne lui parut pas si mauvaise. Surtout quand il pensa au visage de Blay.

Si beau. Tellement, tellement beau. Cela paraissait idiot et efféminé de le qualifier de cette manière, mais il l'était. Ces satanées lèvres étaient le problème… Bien dessinées et pulpeuses. Ou peut-être s'agissait-il des yeux ? Tellement bleus.

Il avait embrassé cette bouche et avait adoré cela. Il avait vu ces yeux bleus devenir fous.

Il aurait pu être le premier – et le seul – pour Blay. Mais au lieu de cela ? Son cousin…

— Oh, mon Dieu… grogna-t-il.

— Seigneur. Mangez.

Trop à court d'énergie pour lutter, il fit ce qu'on lui demandait, ouvrant la bouche, mâchant de façon mécanique et avalant, la gorge sèche. Puis il recommença. Et encore.

Il s'avéra que les calories apaisèrent le séisme dans so
et, plus vite qu'il l'aurait cru possible, il se mit à att
de bon une nourriture un peu plus substantielle. Mai
ne fut suivi que d'un peu d'eau en bouteille, que Layla tin
tandis qu'il buvait à petites gorgées.

— Peut-être devrions-nous faire une pause, dit-il en repoussant un nouveau morceau de pain juste au cas où la nausée le reprendrait.

Roulant sur le flanc, il sentit les os de ses jambes s'entrechoquer et découvrit que son bras prenait une position différente sur sa poitrine ; il avait moins de pectoraux. Son short de sport bâillait également à la ceinture.

Il avait fait tous ces dégâts en à peine sept jours.

À ce rythme-là, il ne serait plus lui-même dans très peu de temps.

Merde, il n'était déjà plus lui-même. Comme John Matthew l'avait fait remarquer, il s'était non seulement rasé la tête, mais il avait retiré le piercing de son sourcil, de même que celui de sa lèvre inférieure ainsi que la dizaine d'autres fixés à ses oreilles. Envolés aussi, les anneaux de ses tétons. Il avait toujours son piercing à la langue et le truc plus bas, mais tout ce qui était visible avait disparu.

Il en avait marre de lui-même à tellement de niveaux. Il était écœuré et fatigué d'être volontairement le type bizarre. Il en avait ras le bol de sa réputation de catin.

Et il ne ressentait plus le désir de se rebeller contre un ramassis de cadavres. Bordel, il n'avait pas besoin qu'un psy lui explique ce qui l'avait formé : sa famille avait été impeccable, l'image même de la *glymera* conservatrice… et en retour ils avaient récupéré une putain bisexuelle, couverte de métal, avec une garde-robe gothique et un fétichisme pour les aiguilles. Mais quelle part de tout cela était lui et quelle part était une mutinerie due à ses yeux vairons ?

Qui était-il vraiment, putain ?

— Encore ? demanda Layla.

Là n'était pas la question.

Au moment où l'Élue s'approcha avec la baguette, Vhif décida d'arrêter les conneries. Ouvrant la bouche, il se laissa nourrir comme un oisillon et mangea ce satané truc. Et encore. Puis, comme si elle avait lu dans ses pensées, Layla lui mit une fourchette avec un morceau de bœuf sous le nez.

— Essayons ceci, seigneur… mais mâchez lentement.

Improbable. La faim prit le dessus et il se jeta sur la viande comme un T-Rex, mordant presque les couverts dans sa précipitation. Mais Layla suivit le rythme, lui donnant une autre bouchée aussi vite qu'il pouvait l'avaler.

— Attends… Arrête, marmonna-t-il, craignant de se mettre à vomir.

Il se rallongea sur le dos et posa une main sur sa poitrine. Quelques inspirations superficielles le sauvèrent. S'il respirait plus profondément, il allait se vomir dessus en Technicolor.

Le visage de Layla apparut dans son champ de vision.

— Seigneur… Nous devrions peut-être cesser.

Vhif plissa les yeux et la vit correctement pour la première fois depuis son arrivée.

Mon Dieu, c'était vraiment un canon, avec ses cheveux blond pâle remontés sur le sommet de sa tête et son visage étonnamment parfait. Avec ses lèvres rouges et des yeux verts lumineux même à la lueur de la lampe, elle représentait tout ce à quoi l'espèce accordait de la valeur en termes d'ADN ; il n'y avait pas le moindre défaut en vue.

Il tendit la main et effleura son chignon. Si doux. Pas besoin de laque ; c'était comme si les mèches savaient que leur boulot était d'encadrer ses traits et qu'elles étaient désireuses de faire de leur mieux.

— Seigneur ? demanda-t-elle, tendue.

Il savait ce qu'il y avait sous sa robe : ses seins étaient absolument splendides et son ventre parfaitement plat…

Ses hanches et son sexe doux comme de la soie entre ses cuisses étaient le genre de choses pour lesquelles un mâle nu se jetterait sur du verre pilé.

Il connaissait ces détails parce qu'il les avait tous vus, les avait beaucoup touchés et avait posé sa bouche à quelques endroits bien choisis.

Mais il ne l'avait pas prise. Il n'était pas allé très loin non plus. En tant que *courthisane*, elle avait reçu une éducation sexuelle mais, sans Primâle pour servir les Élues de cette façon, elle ne possédait que des connaissances théoriques et n'avait rien appris « sur le terrain » pour ainsi dire. Et pendant un moment, il avait été heureux de lui enseigner quelques trucs.

Sauf que cela ne lui avait pas semblé juste.

Enfin, elle avait paru croire que c'était juste, mais il y avait trop de choses dans son regard et trop peu dans son propre cœur pour qu'il continue.

— Allez-vous prendre ma veine, seigneur ? murmura-t-elle d'une voix rauque.

Il se contenta de la dévisager.

Elle entrouvrit ses lèvres rouges.

— Seigneur, allez-vous… me prendre ?

Fermant les paupières, il revit le visage de Blay… mais pas tel qu'il était à présent. Pas cet étranger froid que Vhif avait créé. L'ancien Blay, avec ses yeux bleus toujours braqués dans sa direction.

— Seigneur… Je suis là pour que vous me preniez. Toujours. Éternellement.

Quand il finit par regarder Layla une nouvelle fois, elle avait posé les doigts sur les pans de sa robe et les avait largement écartés, lui montrant son long cou élégant, les lignes de sa clavicule et son splendide décolleté.

— Seigneur... Je désire vous servir. (Repoussant un peu plus le tissu satiné, elle ne lui offrait pas seulement sa veine, mais son corps tout entier.) Prenez-moi...

Vhif lui immobilisa les mains quand elles se posèrent sur la ceinture.

— Arrête.

Elle baissa les yeux sur la couverture et sembla se changer en pierre. Du moins jusqu'à ce qu'elle s'arrache à sa prise et remette hâtivement sa robe en place.

— Vous prendrez mon poignet, dans ce cas. (Sa main trembla alors qu'elle remontait sa manche et dévoilait son bras.) Prenez à mon poignet ce dont vous avez si visiblement besoin.

Elle ne le regardait pas. Probablement parce qu'elle n'y arrivait pas.

Et pourtant elle était là... repoussée par un déshonneur qu'elle n'avait jamais mérité et qu'il n'avait jamais eu l'intention de faire tomber sur elle... mais s'offrant encore à lui, pas de façon pathétique, mais parce qu'elle avait été engendrée et élevée pour servir un but qui n'avait rien à voir avec ce qu'elle désirait, et tout à voir avec les attentes sociales... et qu'elle était déterminée à être à la hauteur. Même si on ne voulait pas d'elle pour ce qu'elle était.

Seigneur, il savait à quoi cela ressemblait.

— Layla...

— Ne vous excusez pas, seigneur. Cela me rabaisse.

Il lui prit le bras parce qu'il avait l'impression qu'elle était sur le point de se lever.

— Écoute, tout cela est ma faute. Je n'aurais jamais dû commencer les gestes sexuels avec toi...

— Et je vous dis : « Arrêtez. » (Son dos était rigide et sa voix stridente.) Lâchez-moi, s'il vous plaît.

Il fronça les sourcils.

— Merde... Tu as froid.

—Ah bon ?

—Oui. (Il passa la main le long de son bras.) As-tu besoin de te nourrir ? Layla ? Ohé ?

—Je suis allée de l'autre côté, au sanctuaire, donc non.

Cela, il pouvait l'accepter. Si une Élue était là-bas, elle existait sans exister, ses besoins en sang étaient suspendus, et apparemment assouvis : au cours des deux dernières années, Layla avait servi seule les frères qui ne pouvaient pas se nourrir sur leurs *shellane.* Elle était l'Élue dont chacun se servait.

Ce fut alors qu'il comprit.

—Attends, tu n'es jamais allée dans le nord ?

À présent que Fhurie avait libéré les Élues de leur existence rigide et confinée, la plupart d'entre elles avaient quitté le sanctuaire, où elles étaient restées coincées pendant une éternité, pour se rendre dans la grande maison des Adirondacks et découvrir les libertés de la vie de ce côté-ci du monde.

—Layla ?

—Non, je n'y vais plus.

—Pourquoi ?

—Je ne le peux pas. (Elle mit fin à la conversation d'un geste et tira de nouveau sur sa manche.) Seigneur ? Allez-vous prendre ma veine ?

—Pourquoi ne vas-tu plus là-bas ?

Elle finit par croiser son regard, franchement agacée. Ce qui fut, bizarrement, un soulagement. Son acceptation docile de tout le poussait à se demander si elle était intelligente. Mais à en juger par son expression actuelle, elle dissimulait beaucoup de choses sous sa robe… et il ne parlait pas seulement de son corps parfait.

—Layla. Réponds-moi. Pourquoi n'y vas-tu plus ?

—Je ne le peux pas.

—Et qui a dit cela ?

Vhif n'était pas très lié avec Fhurie, mais il connaissait assez bien le frère pour lui rapporter un problème.

— Qui t'en empêche ?

— Il ne s'agit pas d'une personne et ne vous inquiétez pas. (Elle désigna son poignet.) Servez-vous, afin d'être aussi fort qu'il vous est nécessaire, puis je vous laisserai en paix.

— Très bien, si tu veux jouer à ce petit jeu : qu'est-ce qui t'en empêche, alors ?

L'agacement réapparut sur le visage de l'Élue.

— Cela ne vous regarde pas.

— Je décide de ce qui me regarde.

Il n'aimait pas intimider les femelles, mais apparemment son côté gentleman avait quitté son lit poudré et découvert ses sous-vêtements en tas.

— Parle-moi.

Il était bien la dernière personne à pouvoir jouer la carte du « partager pour aider », mais ce fut pourtant ce qu'il fit en abattant son atout. Car le problème était qu'il ne supporterait pas que quelque chose fasse du mal à cette femelle.

— Très bien. (Elle leva les bras au ciel.) Si je m'attarde dans le nord, je ne peux plus fournir à tous le sang dont vous avez besoin. C'est pourquoi je me rends au sanctuaire pour me remettre en attendant que l'on me convoque de nouveau. Alors je reviens de ce côté pour vous servir mais je dois rentrer ensuite. Donc non, je ne peux plus aller dans les montagnes.

— Seigneur…

Quelle bande d'utilisateurs ils faisaient. Ils auraient dû prévoir ce problème… Fhurie aurait dû le faire. À moins que…

— As-tu parlé au Primâle ?

— Et à quel propos, exactement ? rétorqua-t-elle. Dites-moi, seigneur, seriez-vous pressé d'exposer vos défaites sur le champ de bataille à votre roi ?

— En quoi diable est-ce une défaite pour toi ? Tu permets à… combien… quatre d'entre nous de vivre ?

— Précisément. Et je vous sers tous de façon très restreinte.

Layla n'y tint plus et se dirigea vers la fenêtre. Alors qu'elle regardait dehors, il eut envie de la désirer : en cet instant, il aurait donné n'importe quoi pour ressentir à son égard ce qu'elle ressentait pour lui ; après tout, elle était tout ce que sa famille valorisait le plus, la femelle élevée à son plus haut niveau d'un point de vue social. Et elle le désirait lui.

Mais quand il regardait en lui-même, un autre se trouvait dans son cœur. Et rien ne changerait cela. Jamais… il le craignait.

— J'ignore qui ou ce que je suis exactement, dit Layla comme si elle se parlait à elle-même.

Eh bien, ils avaient tous les deux l'air d'avoir embarqué dans le même train qui ne menait nulle part à ce sujet.

— Tu ne le découvriras pas à moins de quitter ce sanctuaire.

— Impossible si je dois servir…

— Nous demanderons à quelqu'un d'autre. C'est aussi simple que cela.

Elle inspira un grand coup, puis dit :

— Mais bien entendu. Vous ferez selon votre souhait.

Vhif observa la ligne volontaire de son menton.

— Cela est censé t'aider.

Elle lui jeta un regard furieux par-dessus son épaule.

— Ce n'est pas le cas, car alors vous ne me laisserez rien. Ce sera votre choix, et c'est moi qui en supporterai les conséquences.

— C'est ta vie. Tu peux choisir.

— Nous ne parlerons plus de cela. (Elle leva les mains pour le dissuader de continuer.) Douce Vierge scribe, vous n'avez pas la moindre idée de ce que c'est que de désirer des choses que le destin a décidé de vous refuser.

Vhif laissa échapper un rire triste.

— Du diable si je ne le sais pas ! (Quand elle haussa les sourcils, il leva les yeux au ciel.) Toi et moi avons plus en commun que tu ne penses.

— Vous avez toute la liberté du monde. Que pourriez-vous désirer de plus ?

— Crois-moi.

— Eh bien, je vous désire et je ne peux pas vous avoir. Je ne l'ai pas choisi. Au moins, en vous servant, vous et les autres, j'ai une autre occupation que de pleurer la perte de ce dont j'ai rêvé.

Vhif prit une profonde inspiration, ne pouvant qu'admirer la femelle. Elle n'était pas en train de s'apitoyer sur son sort, là-bas, près de la fenêtre. Elle exposait les faits tels qu'elle les connaissait.

Merde, elle était réellement le type précis de *shellane* qu'il avait toujours voulu avoir. Même à l'époque où il baisait tout ce qui passait, au fond de son cœur, il s'était toujours vu avec une femelle sur le long terme. Une femme avec une lignée impeccable et beaucoup de classe… Le genre que ses parents n'auraient pas seulement approuvé, mais qui aurait pu les forcer à le respecter un peu pour s'être uni à elle.

C'était un rêve. Mais à présent qu'il se concrétisait… à présent qu'il se tenait à l'autre bout de sa chambre et le regardait dans les yeux… il désirait tout autre chose.

— J'aimerais ressentir une affection profonde pour toi, dit-il brutalement, répondant à la vérité par la vérité. Je ferais presque n'importe quoi pour ressentir ce qu'il faut pour toi. Tu es… la femelle de mes rêves. Tout ce que j'ai toujours voulu, mais que j'ai cru ne jamais avoir.

Elle écarquilla tellement les yeux qu'ils ressemblaient à deux lunes, magnifiques et resplendissantes.

— Alors pourquoi…

Il se passa la main sur le visage et se demanda ce qu'il était en train de déblatérer.

Ce qu'il était en train de foutre.

Quand il ôta la main, il resta quelque chose d'humide sur sa joue, une chose à laquelle il refusait de trop réfléchir.

— Je suis amoureux, dit-il d'une voix rauque. De quelqu'un d'autre. Voilà pourquoi.

Chapitre 31

Du vacarme dans le couloir. Des bruits de pas précipités… Un juron à voix basse… De temps à autre un bruit sourd. Tout ce boucan réveilla Manny, et il passa de profondément endormi à parfaitement conscient en une fraction de seconde, au moment où le bruyant défilé passa devant la chambre. Le tapage continua jusqu'à être brutalement étouffé, comme si on avait refermé une porte sur le spectacle. Quel qu'il soit.

Levant la tête du lit de Souffhrance, il regarda sa patiente. Elle était magnifique. Tout simplement magnifique. Et elle dormait calmement…

Le rai de lumière l'atteignit en pleine figure lorsque la porte s'ouvrit.

Jane parla d'une voix épuisée alors qu'elle se tenait dans l'entrebâillement, n'offrant qu'une silhouette noire à sa vue.

— J'ai besoin d'une seconde paire de mains. Tout de suite.

Inutile de le demander deux fois. Manny se précipita dans le couloir, le chirurgien en lui prêt à aller travailler sans poser de questions.

— Qu'est-ce qu'on a ?

Tout en avançant à grands pas, Jane passa une main sur sa tenue chirurgicale tachée de sang.

— Traumas multiples. Essentiellement à l'arme blanche. Une blessure par balle. Et on en amène un autre.

Ils débarquèrent dans la salle d'examen ensemble et, bon… sang… il y avait des hommes blessés partout : debout dans les coins, appuyés contre la table, penchés sur le comptoir, ou jurant tout en faisant les cent pas. L'infirmière, Elena ou Elaina, s'occupait de sortir les scalpels par dizaines et le fil de suture par mètres, et un vieil homme apportait de l'eau à tous sur un plateau d'argent.

— Je n'ai pas encore effectué le tri, annonça Jane. Ils sont trop nombreux.

— Tu as un stéthoscope et un tensiomètre en rab ?

Elle se dirigea vers un placard, ouvrit un tiroir et lui lança les deux objets.

— La tension sera bien plus basse que ce dont tu as l'habitude. De même pour la fréquence cardiaque.

Ce qui signifiait que, en tant que médecin, il n'aurait aucun moyen véritable d'estimer si les patients étaient en danger ou pas.

Il mit de côté les instruments.

— Toi et l'infirmière, occupez-vous d'évaluer leur état. Moi, je me chargerai des préparatifs.

— C'est probablement mieux, reconnut Jane.

Manny s'approcha de l'infirmière blonde qui s'affairait avec les fournitures.

— Je vais prendre le relais. Allez aider Jane à faire les relevés.

Elle lui fit un bref signe de tête et se mit immédiatement à prendre la tension et le rythme cardiaque d'un des patients.

Manny ouvrit les tiroirs et en sortit des kits chirurgicaux, qu'il aligna sur les plans de travail. Les antalgiques se trouvaient dans un placard en hauteur ; les seringues étaient rangées en dessous. Pendant qu'il fouillait partout, il fut impressionné par la qualité professionnelle du matériel : il ignorait comment Jane s'était débrouillée, mais tout était digne d'un grand hôpital.

Dix minutes plus tard, Jane, lui et l'infirmière se réunirent au centre de la pièce.

— Nous en avons deux en mauvais état, dit la première. Rhage et Fhurie perdent tous les deux beaucoup de sang, je crains que des artères aient été sectionnées, parce que ces blessures sont sacrément profondes. Z. et Tohr ont besoin de radios et je pense que Blaylock a une commotion cérébrale, de même qu'une méchante entaille au ventre.

Manny se dirigea vers l'évier et commença à se laver les mains.

— Allons-y.

Il jeta un coup d'œil autour de lui et désigna l'énorme fils de pute blond qui avait une mare de sang sous la botte gauche.

— Je vais m'occuper de lui.

— Très bien, je vais me charger de Fhurie. Ehlena, commence à prendre des clichés de ses fractures.

Étant donné qu'il s'agissait d'une situation de chirurgie militaire, Manny apporta ses fournitures jusqu'à son patient, qui était étendu sur le sol, pile à l'endroit où il s'était effondré un peu plus tôt. Le grand type était vêtu de cuir noir des pieds à la tête et il souffrait beaucoup, rejetant la tête en arrière et serrant les dents.

— Je vais vous opérer, dit Manny. Est-ce que ça vous pose un problème ?

— Pas si vous pouvez m'empêcher de saigner.

— Considérez que c'est fait. (Manny s'empara d'une paire de ciseaux.) Je vais découper votre jambe de pantalon et retirer la botte.

— La ranger, grogna le mec.

— Très bien. Quel que soit le nom que vous lui donnez, elle dégage.

Il ne défit pas les lacets mais coupa l'épaisse toile sur le devant de cette satanée chose, avant de l'ôter d'un pied de la taille d'une valise. Puis le pantalon en cuir fut facilement découpé sur le côté extérieur de la jambe jusqu'à la hanche, et s'ouvrit comme des jambières d'équitation.

— Qu'est-ce qu'on a, doc ?

— Cela ressemble à une dinde de Noël, mon ami.

— C'est si profond que cela ?

— Ouais. (Inutile de préciser qu'on apercevait l'os et que le sang coulait abondamment.) Je dois me relaver les mains. Je reviens tout de suite.

Après s'être servi du lavabo, Manny enfila des gants, se rassit par terre et tendit la main vers une bouteille de lidocaïne.

Le grand blond hémorragique l'arrêta.

— Ne vous inquiétez pas de la douleur, doc. Recousez-moi et soignez mes frères, ils en ont plus besoin que moi. Je m'en chargerais bien tout seul, mais Jane ne voudra pas me laisser faire.

Manny marqua un temps d'arrêt.

— Vous vous recoudriez tout seul ?

— Je l'ai fait pendant plus de décennies que vous n'avez vécu, doc.

Manny secoua la tête et marmonna à voix basse :

— Désolé, gros dur. Je ne vais pas courir le risque que tu sursautes juste au moment où je colmaterai ta fuite.

— Doc…

Manny pointa sa seringue droit sur le visage étonnamment beau de son patient.

— La ferme et allonge-toi. On devrait t'assommer pour cela, alors ne t'inquiète pas : tu auras plein d'autres occasions de retenir ton souffle et de jouer les héros.

Un autre silence s'ensuivit.

— OK, OK, doc. Ne vous foutez pas en rogne. Finissez-en avec moi… et allez les aider.

Difficile de ne pas éprouver de respect pour la loyauté de ce type.

Rapidement, Manny anesthésia la zone du mieux qu'il put, enfonçant l'aiguille dans la chair en décrivant un cercle précis. Seigneur, cela lui donnait l'impression d'être revenu à l'époque de la fac et, bizarrement, il se sentit vivant comme jamais lors des opérations qu'il avait réalisées ces derniers temps.

C'était… la réalité avec un volume sonore augmenté. Et merde, ce bruit lui plaisait.

S'emparant d'une pile de serviettes propres, il les coinça sous la jambe et désinfecta la blessure. Quand son patient siffla et se raidit, il dit :

— Du calme, mon grand. Je ne fais que la nettoyer.

— Aucun… souci…

Certainement pas, et Manny aurait souhaité pouvoir mieux contrôler la douleur, mais il n'avait pas le temps. Il avait des fractures multiples à traiter : le patient étant stabilisé, il devait donc passer à la suite.

Pendant que quelqu'un gémissait et qu'un autre chapelet de jurons résonnait sur sa gauche, Manny s'occupa d'une minuscule entaille dans l'artère ; puis il referma le muscle et passa au fascia et à la peau.

— Tu t'en sors à merveille, murmura-t-il quand il remarqua les poings serrés à en faire blanchir les articulations.

— Vous inquiétez pas pour moi.

— C'est vrai, c'est vrai… Tes frères. (Manny se tut une seconde.) Tu es quelqu'un de bien, tu sais.

— Des… foutaises… (Le combattant sourit, dévoilant ses crocs.) Je suis… parfait.

Puis le type ferma les yeux et se rallongea, en serrant si fort la mâchoire qu'il était surprenant qu'il arrive encore à déglutir.

Manny travailla le plus vite possible sans sacrifier la qualité. Et juste au moment où il essuyait sa ligne de soixante points de suture avec une compresse de gaze, il entendit Jane pousser un cri.

Tournant la tête, il marmonna :

— Bordel de merde.

Sur le seuil de la salle d'examen, le mari de Jane était dans les bras de Red Sox, et il avait l'air d'être passé sous une voiture : sa peau était terreuse, ses yeux révulsés et… nom de Dieu, sa botte – sa ranger – était dans le mauvais sens.

Manny appela l'infirmière.

— Pourriez-vous faire un bandage là-dessus ?

Jetant un coup d'œil à son patient du moment, il ajouta :

— Je dois aller voir…

— Allez-y. (Le type lui posa la main sur l'épaule.) Et merci, doc. Je ne l'oublierai pas.

En s'approchant du dernier arrivé, Manny ne put s'empêcher de se demander si cette grande gueule à bouc allait le laisser opérer. Parce que sa jambe avait l'air complètement détruite, même depuis l'autre bout de la pièce.

Viszs avait des pertes de conscience intermittentes au moment où Butch le fit entrer dans la salle d'examen. Les blessures de son genou et de sa hanche s'unissaient pour aller au-delà de la douleur, dans un autre territoire, et les sensations écrasantes sapaient sa force et sa réflexion.

Il n'était néanmoins pas le seul en mauvais état. Quand Butch chancela en passant la porte, il cogna la tête de V. contre le chambranle.

— Putain !

— Merde, désolé.

— C'est une goutte d'eau… dans l'océan, haleta V. tandis que ses tempes se mettaient à hurler, en harmonie avec une version *a capella* de *Welcome to the Jungle.*

Pour faire taire ce concert infernal, il ouvrit les yeux, dans l'espoir de trouver un dérivatif.

Jane se trouvait juste devant lui, une aiguille à suturer dans sa main gantée et couverte de sang, les cheveux retenus en arrière par un élastique.

— Pas elle, grogna-t-il. Pas… elle…

Les personnels de santé ne devaient jamais soigner leurs compagnons ; c'était la recette du désastre. Si son genou ou sa hanche étaient foutus de façon permanente, il ne voulait pas qu'elle ait cela sur la conscience. Dieu sait qu'ils avaient déjà assez de problèmes comme cela.

Manny se plaça devant sa *shellane*.

— Alors je suis ta seule option. Je t'en prie.

Viszs leva les yeux au ciel. Génial. Quel choix !

— Est-ce que tu consens ? demanda l'humain. À moins peut-être que tu préfères y réfléchir un moment, le temps que tes articulations guérissent comme celles d'un flamant rose. Ou le temps que ta jambe se gangrène et tombe toute seule.

— Eh bien... tu parles... d'un argument... de vente.

— Et la réponse est... ?

— Très bien. Oui.

— Mettez-le sur la table.

Butch fit attention en l'allongeant, mais même ainsi, V. manqua de leur vomir dessus à tous les deux quand son poids fut redistribué.

— Bordel de merde...

Au moment où le juron quittait ses lèvres, le visage du chirurgien apparut dans son champ de vision.

— Pour info, Manello, tu ne devrais pas... être aussi près de moi...

— Tu veux me cogner ? D'accord, mais attends que j'aie opéré ta jambe.

— Non, j'ai... la nausée.

Manello secoua la tête.

— J'ai besoin d'un antalgique par ici. Essayons avec du Demer...

— Pas de Demerol, dirent V. et Jane d'une seule voix.

V. tourna les yeux en direction de Jane. Elle avait traversé la pièce et était installée par terre, penchée au-dessus du ventre de Blaylock, suturant une entaille qui avait mauvaise allure. Ses mains étaient fermes et son travail absolument parfait, tout en elle était l'image même du professionnalisme. À l'exception des larmes qui coulaient sur son visage.

Avec un gémissement, il regarda la suspension au-dessus de lui.

— La morphine, c'est bon ? demanda Manello tout en découpant la manche du blouson de motard de V. Et ne prends pas la peine de jouer les durs. La dernière chose dont j'ai besoin, c'est que tu te tortilles dans tous les sens quand j'ouvrirai en bas.

Jane ne répondit pas cette fois-ci, aussi V. prit-il la parole.

— Ouais. C'est bon.

Une fois la seringue remplie, Butch s'interposa devant le chirurgien. Même diminué comme l'était le flic après avoir inhalé les éradiqueurs, il était mortellement sérieux quand il parla :

— Je n'ai pas besoin de te dire de ne pas baiser mon pote. Pas vrai ?

Le chirurgien le regarda par-dessus le petit flacon en verre et l'aiguille.

— Je n'ai pas le sexe en tête en ce moment, merci bien. Mais si c'était le cas, je t'assure que ce ne serait pas avec lui. Alors plutôt que de te soucier de la personne que je me tape, pourquoi tu ne nous ferais pas une faveur à tous en allant prendre une douche ? Tu empestes.

Butch cligna des yeux. Puis eut un petit sourire.

— Tu as des couilles.

— Et elles sont en acier. Et aussi grosses que des cloches d'église.

Avant de comprendre ce qui se passait, V. sentit qu'on lui frottait un truc froid à la saignée du coude ; puis il y eut une piqûre et, peu après, il fit un petit tour de manège, son corps se changeant en boule de coton, tout léger et vaporeux. De temps à autre, la douleur faisait une percée, déboulant de ses tripes et le frappant au cœur. Mais elle n'avait pas de lien avec la façon dont Manello traitait sa blessure : V. était incapable de détourner le regard de sa compagne qui soignait ses frères.

Malgré sa vision chancelante, il l'observa s'occuper de Blay puis de Tohrment. Il n'entendait pas ce qu'elle disait parce que son ouïe ne fonctionnait plus très bien, mais Blay était visiblement reconnaissant et Tohr parut se détendre par le seul effet de sa présence. De temps à autre, Manello lui demandait quelque chose, ou Ehlena l'arrêtait en posant une question, ou bien Tohr grimaçait et elle s'interrompait pour le calmer.

C'était là sa vie. Guérir, rechercher l'excellence, se dévouer continuellement à ses patients.

Son devoir envers eux la définissait, n'est-ce pas.

Et la voir ainsi en pleine action lui fit reconsidérer ce qui s'était passé entre elle et Souffhrance. Si sa sœur avait été déterminée à se suicider, Jane avait sans aucun doute essayé de l'en dissuader. Puis, quand il était devenu apparent qu'elle ne le pouvait pas…

Brusquement, comme si elle savait qu'il la regardait, Jane leva les yeux vers lui. Ils étaient si sombres qu'il distinguait à peine leur couleur, et elle perdit momentanément sa forme solide, comme s'il avait aspiré sa volonté de vivre.

Le visage du chirurgien s'interposa.

— Il te faut d'autres antidouleur ?

— Quoi ? demanda V., la langue lourde et sèche.

— Tu viens de grogner.

— Pas… à cause… du genou.

— Il n'y a pas que le genou.

— Quoi… ?

— Je crois que tu as la hanche disloquée. Je vais devoir retirer intégralement le pantalon.

— On s'en fout…

Alors que V. recommençait à observer Jane, il eut vaguement conscience des ciseaux qui remontaient des deux côtés de son pantalon, mais il sut exactement quand le chirurgien retira le cuir, car le gars laissa échapper un sifflement aigu… avant de se reprendre rapidement.

À coup sûr, cette réaction n'était pas due aux avertissements tatoués en langue ancienne.

— Désolé, doc, marmonna V., ne sachant pas vraiment pourquoi diable il s'excusait du bordel sous sa ceinture.

— Je, euh… je vais te couvrir. (L'humain s'éclipsa et revint avec une couverture qu'il posa sur la partie inférieure de l'abdomen de V.) Je dois seulement jeter un coup d'œil aux articulations.

— Vas-y…

Viszs reporta son regard sur Jane et il se demanda : *Si elle n'était pas morte et revenue, aurions-nous essayé d'avoir un enfant ?* Il doutait de pouvoir engendrer autre chose qu'un orgasme étant donné les dégâts infligés par son père. Et il n'avait jamais désiré d'enfant, et n'en désirait toujours pas.

Mais elle aurait été une excellente mère. Elle était douée dans tout ce qu'elle faisait.

Être en vie lui manquait-il ?

Pourquoi ne lui avait-il jamais posé la question ?

Le retour du visage du chirurgien dans son champ de vision interrompit ses réflexions.

— Ta hanche est luxée. Je vais devoir la remettre en place avant d'opérer le genou, parce que je suis inquiet pour la circulation sanguine. D'accord ?

— Répare-moi, c'est tout, gémit V. Quel qu'en soit le prix.

— Bien. J'ai mis le genou dans une attelle provisoire pour ce faire. (L'humain jeta un coup d'œil à Butch qui, ignorant sa suggestion de prendre une douche, s'était adossé contre le mur, cinquante centimètres plus loin.) J'ai besoin de ton aide. Personne d'autre n'a les mains libres.

Le flic réagit aussitôt : il rassembla ses forces et s'approcha.

— Que veux-tu que je fasse ?

—Maintiens son pelvis en place. (L'humain sauta sur la table en acier inoxydable au niveau des jambes de V. et s'accroupit pour éviter de se cogner la tête dans la suspension.) Ça va être une histoire de gros muscles, il n'y a aucune autre façon de faire. Je veux que tu me regardes et je te montrerai où poser les mains.

Butch suivit le programme, se rapprocha et tendit les bras.

—Où ?

—Ici. (V. ressentit une vague sensation de poids tiède des deux côtés de ses hanches.) Un peu plus vers l'extérieur... voilà. Bien.

Butch regarda V. par-dessus son épaule.

—Tu es prêt ?

Question stupide. Comme demander à quelqu'un s'il était prêt pour une collision frontale.

—Extatique, marmonna V.

—Contente-toi de me regarder.

Ce que fit V... Il distinguait les taches de vert dans les yeux noisette du flic, les contours de son nez cassé et l'ombre d'une barbe.

Quand l'humain lui empoigna le bas de la cuisse et la souleva, V. sursauta sur la table, tout en rejetant la tête en arrière et en serrant les mâchoires.

—Du calme, dit le flic. Regarde-moi.

Hum, oui. Il y avait douleur et DOULEUR. Ceci, c'était la DOULEUR.

Viszs lutta pour respirer tandis que ses connexions neuronales étaient saturées de signaux et que son corps explosait même si sa peau demeurait intacte.

—Dis-lui de respirer, lança quelqu'un.

Sans doute l'humain.

Ouais, cela n'allait pas arriver. Certainement pas.

—OK, à trois, je vais remettre l'articulation à sa place de force... Vous êtes prêts ?

V. ignorait parfaitement à qui le mec s'était adressé, mais s'il s'agissait de lui, il n'avait plus les moyens de répondre. Son cœur bondissait, ses poumons étaient en pierre, son cerveau ressemblait à Las Vegas la nuit et…

— Trois !

Viszs hurla.

La seule chose plus sonore fut le claquement que produisit sa hanche lorsqu'elle reprit sa place, en l'occurrence. Et la dernière chose qu'il vit avant de quitter l'Hôtel Conscience fut Jane qui tournait brusquement la tête vers lui, paniquée. Dans ses yeux, il lut de la terreur brute, comme si la pire chose qu'elle puisse imaginer était qu'il souffre…

Et ce fut alors qu'il sut qu'il l'aimait toujours.

Chapitre 32

À la demeure, dans la chambre de Vhif, il régnait un silence de catacombe, ce qui était classique quand on lâchait une bombe, qu'elle soit réelle ou métaphorique.

Seigneur Dieu, il n'arrivait pas à croire qu'il ait prononcé ces mots : même s'il n'y avait que Layla et lui dans la pièce, il avait l'impression d'être monté au sommet d'un immeuble dans le centre-ville de Caldwell et d'avoir hurlé dans un mégaphone.

— Votre ami, chuchota Layla. Blaylock.

Le cœur de Vhif se figea. Mais au bout d'un moment il se força à hocher la tête.

— Oui. C'est lui.

Il attendit du dégoût, une grimace ou même… une expression choquée. Vu d'où il venait, il était bien trop au fait de l'homophobie ; et Layla était une Élue, bon sang, ce qui donnait à toutes ces conneries réactionnaires de la *glymera* l'air d'être carrément éclairées.

Le magnifique regard de la femelle s'attarda sur son visage.

— Je crois que je le savais. J'ai vu de quelle façon il vous regarde.

Eh bien, ce n'était plus le cas à présent. Et…

— Cela ne t'ennuie pas ? Qu'il soit aussi un mâle ?

Il y eut un léger silence. Puis la réponse qu'elle lui donna le transforma curieusement :

— Pas le moins du monde. Pourquoi cela le devrait-il ?

Vhif dut détourner la tête. Parce qu'il redoutait ce qui brillait dans ses yeux.

— Merci.

— Pourquoi donc ?

Il ne put que hausser les épaules.

Qui aurait cru que l'acceptation serait bizarrement aussi douloureuse que tout le rejet qu'il avait éprouvé ?

— Je crois que tu ferais mieux d'y aller, dit-il d'une voix rauque.

— Pourquoi ?

Parce qu'il envisageait sérieusement de trouver un boulot d'arroseur automatique et qu'il ne voulait pas se changer en saule pleureur devant quelqu'un. Même elle.

— Seigneur, tout va bien. (Sa voix était parfaitement sérieuse.) Je ne vous juge pas sur le sexe de celui que vous aimez… mais sur la façon dont vous l'aimez.

— Alors tu devrais me haïr. (Bon Dieu, pourquoi sa bouche continuait-elle à parler ?) Parce que je lui ai brisé le cœur.

— Alors… il ignore vos sentiments ?

— Oui. (Vhif plissa les yeux dans sa direction.) Et il continuera, c'est clair ? Personne ne le sait.

Elle inclina la tête.

— Votre secret est en sécurité avec moi. Mais je sais bien de quelle façon il vous regarde. Vous devriez peut-être lui dire…

— Laisse-moi t'épargner une leçon que j'ai durement apprise. Il y a des fois où c'est trop tard. Il est heureux à présent, et il le mérite. Putain, je veux qu'il soit aimé, même si je ne fais que l'observer depuis le banc de touche.

— Mais qu'en est-il de vous ?

— Qu'en est-il de moi ? (Il fit mine de se passer une main dans les cheveux et se rendit compte qu'il les avait coupés.) Écoute, ça suffit… Je ne l'ai dit qu'à toi parce que j'ai besoin que tu saches que ces conneries entre nous n'ont rien à voir avec le fait que tu n'es pas assez bien ou assez attirante. Franchement ? J'en ai assez de coucher avec les gens. J'arrête. Cela ne me mène nulle part et… oui. J'en ai fini avec tout cela.

Quelle ironie. À présent qu'il n'était pas avec Blay, il était fidèle à cet enfoiré.

Layla s'approcha de lui et s'assit sur le lit, disposant ses jambes et lissant sa robe de ses mains pâles et élégantes.

— Je suis heureuse que vous me l'ayez dit.

— Tu sais… moi aussi. (Il tendit la main et prit la sienne.) Et j'ai une idée.

— Oh, vraiment ?

— Soyons amis. Toi et moi. Tu viens ici, je te nourris et on passe du temps ensemble. En tant qu'amis.

Le sourire de Layla était incroyablement triste.

— Je dois dire… J'ai toujours su que vous ne m'aimiez pas de cette façon si particulière. Vous m'avez touchée avec beaucoup de retenue et m'avez montré des choses qui m'ont captivée… mais derrière le flot de passion que je ressentais, je savais…

— Tu n'es pas non plus amoureuse de moi, Layla. Tout simplement. Tu as ressenti beaucoup de choses sur le plan physique et cela t'a fait croire que c'était émotionnel. Mais le problème, c'est que le corps a besoin de beaucoup moins que l'âme pour créer un lien.

Elle posa sa main libre sur son cœur.

— La piqûre est là.

— Parce que tu as le béguin pour moi. Cela disparaîtra. Surtout quand tu rencontreras le bon.

Seigneur, regardez-le. Voilà qu'il était passé de salope à moniteur de colonie de vacances en une semaine. Prochaine étape : une apparition dans une émission politique.

Il tendit l'avant-bras.

— Prends ma veine afin de rester plus longtemps de ce côté et de découvrir ce que tu veux faire de ta vie : pas ce que tu es censée être ou faire, mais ce que tu veux toi. Je t'aiderai, si je peux. Dieu sait que je suis versé dans l'art d'être perdu.

Il y eut un long silence. Puis elle posa son regard sur lui.

— Blaylock… ne sait pas ce qu'il perd.

Vhif secoua la tête d'un air morne.

— Oh, il en a parfaitement conscience. Crois-moi.

Nettoyer ne fut pas du gâteau.

Après que Jane eut tiré un seau et un balai à franges du placard de ménage, elle passa en revue les commandes qui seraient nécessaires pour que les fournitures retrouvent leur niveau : ils avaient utilisé une centaine de paquets de gaze ; le ratio d'aiguilles sur fil était une blague ; ils étaient à court de bandages…

Ouvrant la porte de la salle d'examen d'un coup de hanche, elle fit glisser le seau à l'aide du manche du balai et respira un grand coup. Il y avait du sang partout sur le sol, et aussi sur les murs. Des tampons de gaze blanche tachée de rouge étaient l'équivalent de moutons de poussière façon Freddy Krueger. Trois sacs à déchets biomédicaux étaient remplis au point de donner l'impression qu'ils nécessitaient un médicament anti-ballonnements.

Ainsi confrontée aux suites des soins et des opérations, elle comprit que si Manny ne s'était pas trouvé là avec elle, ils auraient pu perdre l'un des frères. Rhage, par exemple, aurait pu mourir de son hémorragie. Ou Tohr, parce que ce qui avait eu l'air d'une simple blessure à l'épaule s'était révélé être bien plus grave.

Manny avait fini par devoir l'opérer. Après avoir terminé son intervention sur Viszs.

Fermant les yeux, elle posa sa tête lourde sur l'extrémité pointue du balai. En tant que fantôme, elle ne s'épuisait plus de la même façon qu'autrefois : elle n'éprouvait plus de douleur ni de courbatures, ni non plus la sensation traînante que quelqu'un lui avait attaché du fil barbelé à chaque cheville. À présent c'était sa psyché qui fatiguait, au point qu'elle devait fermer les paupières et ne plus rien voir ni faire, comme si les circuits de contrôle de son cerveau avaient besoin d'être éteints et de refroidir.

Et elle dormait, alors. Et rêvait.

Ou pas… comme ce serait probablement le cas aujourd'hui. L'insomnie était toujours un problème de temps à autre…

— Tu vas devoir passer le balai, pour commencer.

Relevant la tête, elle tenta de sourire à Manny.

— Je crois que tu as raison.

— Et si tu me laissais m'en charger ?

Hors de question. Elle n'était pas pressée de s'enfermer dans la salle de réveil pour contempler le plafond. En outre, Manny devait se sentir aussi fatigué qu'elle.

— Depuis combien de temps n'as-tu pas mangé ? lui demanda-t-elle.

— Quelle heure est-il ?

Elle consulta sa montre.

— Une heure.

— De l'après-midi ?

— Oui.

— Environ douze heures, alors.

Il parut surpris de cette réponse.

Elle tendit la main vers le téléphone sur le bureau.

— J'appelle Fritz.

— Attends, tu n'as pas besoin de…

— Tu dois être sur le point de t'effondrer.

— En fait, je me sens en pleine forme.

Si ce n'était pas typiquement masculin. À moins que… Eh bien, merde, il avait l'air plein d'énergie plutôt que vidé.

Peu importe. Elle allait quand même le nourrir.

Passer commande ne prit pas plus d'une minute, et Fritz sembla ravi de cette demande. D'ordinaire, après le Dernier Repas, le majordome et son personnel se retiraient pour un bref repos avant de commencer le ménage quotidien, mais ils auraient préféré travailler.

— Où se trouve le placard avec le matériel de nettoyage ? demanda Manny.

— Dans le couloir. Sur ta gauche.

Pendant qu'elle remplissait le seau de Lysol et d'eau, il découvrit un balai, revint et se mit à l'ouvrage.

Tandis qu'ils travaillaient côte à côte, Viszs occupait toutes ses pensées. Pendant qu'elle prodiguait des soins aux frères dans la précipitation, beaucoup de tâches avaient requis toute sa concentration, mais à présent qu'elle passait les mèches souples de la serpillière d'avant en arrière sur le sol carrelé, c'était comme si toute l'angoisse qui s'était trouvée à l'arrière-plan dans son cerveau s'était libérée et débordait ses barrières mentales.

« Surtout pas elle… »

Elle l'entendait le répéter encore et encore, revoyait son visage cendreux et ses yeux glacés ainsi que la façon dont il l'avait écartée.

Étrange… L'éternité qu'on lui avait accordée lui avait toujours paru comme la plus grande des bénédictions. Jusqu'à ce qu'elle s'imagine sans l'homme qu'elle aimait.

C'était désormais une malédiction.

Où irait-elle ? Elle ne pourrait pas vraiment poursuivre son travail au complexe. Pas s'ils étaient à ce point étrangers l'un à l'autre. Ce serait trop dur pour tout le monde…

— Tiens.

Jane sursauta quand un mouchoir en papier fut secoué devant son visage. Le petit carré blanc pendait des doigts de

Manny, qui l'agita une nouvelle fois comme elle se contentait de regarder fixement l'objet.

— Tu pleures, l'entendit-elle dire.

Coinçant le manche de la serpillière dans le creux de son coude, elle prit ce qu'il lui offrait et fut surprise de découvrir qu'il avait raison : quand elle se tamponna les yeux et jeta un coup d'œil, le Kleenex était humide.

— Tu sais, insinua Manny, te voir dans cet état me fait regretter de ne pas l'avoir amputé de sa fichue jambe.

— Ce n'est qu'en partie sa faute.

— C'est ce que tu dis. J'ai le droit de regarder la situation selon le point de vue que je préfère.

Elle se tourna vers lui.

— Tu aurais un autre mouchoir ?

Il lui tendit une boîte et elle en tira quelques-uns. S'essuyer. Se moucher délicatement. S'essuyer. Elle paracheva sa crise de larmes par un… deux… trois rapides jets dans la poubelle.

— Merci de m'aider. (Quand elle releva la tête, il avait l'air furieux et elle ne put s'empêcher de sourire.) Cela m'a manqué.

— Qu'est-ce qui t'a manqué ?

— Cette expression agacée que tu arbores si souvent. Elle me rappelle le bon vieux temps. (Elle soutint son regard.) Est-ce que V. va s'en tirer ?

— Si je ne lui démonte pas la gueule parce qu'il déconne avec toi, oui.

— Quelle galanterie. (Et elle le pensait.) Tu as été incroyable ce soir.

Elle le pensait également.

Il déposa les Kleenex sur un comptoir.

— Toi aussi. Est-ce que cela arrive souvent ?

— Pas vraiment. Mais j'ai l'impression que cela pourrait changer.

Se remettant au travail, elle donna encore quelques coups de serpillière pour la forme, sans vraiment améliorer l'état du sol, se contentant d'étaler le sang. Au point où cela en était, elle aurait sans doute plus de chances de ravoir la pièce en la passant au jet d'eau.

Quelques minutes plus tard, on frappa à la porte et Fritz passa la tête dans l'entrebâillement.

— Votre repas est prêt. Où souhaitez-vous dîner ?

— Il le prendra dans le bureau, répondit Jane. Sur la table. (Elle jeta un coup d'œil à son ancien collègue.) Tu ferais mieux d'y aller avant que ça ne refroidisse.

Le regard que lui adressa Manny fut l'équivalent d'un doigt d'honneur, mais elle se contenta de lui répondre par un salut de la main.

— File. Puis va te reposer.

Sauf que personne ne disait quoi faire à Manny Manello.

— J'arrive tout de suite, dit-il au majordome.

Quand Fritz se fut éclipsé, son ancien chef mit les mains sur ses hanches. Et alors qu'elle se préparait à une dispute, il dit seulement :

— Où est ma mallette ?

Jane se mit à battre des paupières, et il haussa les épaules.

— Je ne vais pas te harceler pour que tu me parles.

— Alors tu as bien changé.

— C'est tout moi, ça. (Il désigna du menton le téléphone sur le bureau.) Je vais devoir écouter mes messages et je veux récupérer mon portable.

— Euh… D'accord, ta voiture doit se trouver dans le parking. Il suffit de descendre le couloir. Il est peut-être dans ta Porsche ?

— Merci.

— Est-ce que tu songes à partir ?

— Tout le temps. (Il se retourna et se dirigea vers la porte.) Je ne pense qu'à cela.

Eh bien… ils étaient deux, dans ce cas. Mais après tout, Jane n'avait jamais imaginé qu'elle ne serait plus là.

Ce qui était la preuve évidente qu'il n'était pas utile d'avoir beaucoup d'idées préconçues sur son avenir.

Chapitre 33

Traditionnellement, au sein de la *glymera*, quand on entrait dans la demeure d'un autre, il fallait déposer une carte de visite sur un plateau en argent tenu par le majordome *doggen* de l'hôte. La carte ne devait mentionner que le nom et la lignée de la personne, et son but était d'annoncer le visiteur, tout en rendant hommage aux mœurs sociales qui modelaient et définissaient les classes supérieures.

Néanmoins, quand on ne savait ni lire ni écrire… ou, surtout, quand on préférait des méthodes de communication plus instinctives et moins formelles…

Eh bien, dans ce cas-là, on abandonnait des cadavres dans une ruelle pour que son « hôte » les découvre.

Xcor se leva de la table à laquelle il était assis et prit sa tasse de café avec lui. Les autres dormaient en bas et il savait qu'il ferait bien de les rejoindre, mais il ne trouverait pas le repos. Pas aujourd'hui. Ni peut-être le jour suivant.

Abandonner ces éradiqueurs qui se tortillaient encore malgré leur découpage derrière eux était un risque calculé. Et si les humains les découvraient ? Problème. Cela en valait néanmoins la peine. Kolher et la Confrérie dirigeaient ce continent depuis trop longtemps, et pour quel résultat ? La Société des éradiqueurs persistait. La population vampire était éparpillée. Et ces humains arrogants, mous et irresponsables étaient partout.

Xcor s'arrêta dans le couloir du rez-de-chaussée et observa ses nouveaux quartiers. La maison qu'Affhres avait trouvée était effectivement appropriée. Bâtie en pierre, elle était ancienne et située dans les faubourgs, deux points appréciables qui convenaient très bien à leurs buts. À un moment de son existence, elle avait été un lieu de visite pour les touristes, mais cette époque était révolue, de même que sa distinction. Désormais, ce n'était plus qu'une enveloppe vidée de sa splendeur passée, mais qui répondait à toutes les exigences de Xcor : des murs épais, un toit solide et une surface intérieure assez grande pour héberger ses mâles.

Pourtant, ces derniers montaient rarement dans les pièces du rez-de-chaussée ou dans les sept chambres du premier étage. Même si d'épais rideaux étaient tirés devant chaque fenêtre, il fallait murer les innombrables panneaux de verre avant que les lieux soient vraiment assez sûrs pendant les heures diurnes.

Oui, tous logeaient au sous-sol, dans la cave.

C'était le retour au bon vieux temps, se dit-il, car le concept de quartiers individuels n'avait pris racine qu'à l'époque moderne. Autrefois, ils avaient mangé ensemble, baisé ensemble et pris du repos en groupe.

Ainsi que des soldats le devaient.

Il leur ordonnerait peut-être de rester sous terre. Ensemble.

Et pourtant il n'était pas là-dessous avec eux. Agité et troublé, prêt à partir en chasse mais n'ayant pas de proie pour l'instant, il déambulait d'une pièce vide à l'autre, soulevant la poussière en même temps que son désir de conquérir ce nouveau monde s'exaltait.

— Je les ai. Je les ai tous.

Xcor s'arrêta, prit une gorgée de café, puis se retourna.

— Tu t'es montré bien habile pour l'occasion.

Affhres entra dans ce qui avait autrefois été un salon assez imposant, mais qui n'était plus que froid et vide. Le combattant était toujours vêtu de cuir, mais il dégageait bizarrement une certaine élégance. Ce n'était pas surprenant.

Contrairement aux autres, son pedigree était aussi parfait que ses cheveux blonds et ses yeux bleu ciel. De même que son corps et son visage : aucun défaut ne résidait ni sur lui ni en lui.

Il faisait pourtant bien partie de la bande de salopards.

Quand le mâle se racla la gorge, Xcor sourit. Même après toutes ces années passées ensemble, Affhres était toujours mal à l'aise en sa présence. Charmant.

— Et… souffla Xcor.

— Il y a encore deux familles à Caldwell à l'heure actuelle. Ce qui reste des quatre autres lignées principales est dispersé dans ce qu'on appelle la Nouvelle-Angleterre. Il se peut donc que certains se trouvent à huit cents, voire plus de mille kilomètres d'ici.

— Avec combien d'entre elles as-tu des liens familiaux ?

Encore un raclement de gorge.

— Cinq.

— Cinq ? Cela remplirait assez rapidement ton agenda social… Tu as l'intention de te pointer pour effectuer quelques visites ?

— Tu sais que je ne peux pas.

— Oh… c'est vrai. (Xcor finit son café.) J'avais oublié qu'on t'avait dénoncé. Je suppose que tu vas devoir demeurer avec nous ici.

— Oui. En effet.

— Hum.

Xcor s'accorda un moment pour profiter du silence gêné.

Sauf qu'alors l'autre mâle se sentit obligé de le gâcher :

— Tu n'as pas la légitimité pour agir, dit Affhres. Nous n'appartenons pas à la *glymera*.

Xcor dévoila ses crocs en souriant.

— Tu te soucies beaucoup trop des règles, mon ami.

— Tu ne peux pas convoquer une réunion du Conseil. Tu n'as pas le rang nécessaire.

— C'est vrai. Mais leur présenter une raison de se rassembler, c'est une autre histoire. N'était-ce pas toi qui disais qu'il y avait des plaintes au sujet du roi à la suite des attaques ?

— En effet. Mais j'ai bien conscience de ce que tu cherches, et le but final est au mieux une trahison, au pire un suicide.

— Tu es vraiment étroit d'esprit, Affhres. En dépit de toute ton éducation pratique, tu manques de façon flagrante d'une vision d'ensemble.

— Tu ne peux pas destituer le roi… et tu ne penses certainement pas à essayer de le tuer.

— Le tuer ? (Xcor haussa un sourcil.) Je ne lui souhaite pas de dormir dans un cercueil. Pas du tout. Je lui souhaite au contraire une longue vie… afin qu'il puisse ruminer ses échecs.

Affhres secoua la tête.

— J'ignore pourquoi tu le hais autant.

— Je t'en prie. (Xcor leva les yeux au ciel.) Je n'ai rien contre lui à titre personnel. C'est son statut que je convoite, purement et simplement. Qu'il reste en vie pendant que je serai assis sur son trône ne fera qu'épicer mon plat.

— Parfois… j'ai peur que tu sois fou.

Xcor plissa les yeux.

— Je t'assure… que je ne suis ni furieux ni dément. Et tu devrais faire attention aux règles que tu transgresses avec des commentaires de ce genre.

Il était parfaitement capable de tuer son vieil ami. Aujourd'hui. Ce soir. Demain. Son père lui avait enseigné que les soldats étaient semblables à n'importe quelle arme. Et quand ils menaçaient d'avoir des ratés, ils devaient disparaître.

— Pardonne-moi. (Affhres s'inclina légèrement.) Ma dette envers toi demeure. De même que ma loyauté.

Quel crétin. Même si, en vérité, le fait que Xcor ait tué le mâle qui avait souillé la sœur d'Affhres se soit révélé un investissement de temps et de lame très intéressant, car il avait lié ce combattant tenace et franc à lui. Encore plus.

Affhres s'était vendu à Xcor pour qu'il se charge du travail. À l'époque, le mâle était trop raffiné pour commettre un meurtre de sa propre main, et il s'était donc insinué dans les ombres pour chercher ce qu'il n'aurait jamais invité à entrer dans sa demeure, même en passant par la porte de service. Il avait été choqué quand l'argent qu'il offrait avait été refusé, et s'était éloigné quand Xcor avait exposé ses exigences.

Un rapide retour au souvenir de l'état dans lequel on avait retrouvé sa sœur avait suffi à lui arracher une promesse.

Et l'entraînement qui en avait découlé avait fait des merveilles. Sous la tutelle de Xcor, Affhres s'était endurci au fil du temps, comme de l'acier forgé au feu. C'était désormais un tueur. Il était désormais utile pour autre chose que jouer les statues sociales dans les dîners et les bals.

C'était une telle honte que sa lignée n'ait pas vu sa transformation comme une amélioration, en dépit du fait que son père avait été un frère, bon sang. On aurait cru que la famille se serait montrée reconnaissante. Hélas, ils avaient renié le pauvre gars.

Cela donnait véritablement envie de pleurer à Xcor chaque fois qu'il y pensait.

— Tu leur écriras. (Xcor sourit de nouveau, ses crocs le démangeant, de même que son pénis.) Tu leur écriras à tous et tu annonceras notre arrivée. Tu souligneras leurs malheurs, leur rappelleras les enfants et les femelles fauchés cette nuit d'été. Tu leur remémoreras toutes les audiences manquées avec leur roi. Tu exprimeras l'indignation véritable que tu éprouves vis-à-vis de leur situation et tu le feras d'une façon qu'ils comprendront, parce que tu as autrefois été l'un des leurs. Puis nous attendrons… d'être convoqués.

Affhres s'inclina.

— Oui, mon *menheur*.

— Dans l'intervalle, nous traquerons des éradiqueurs et établirons le compte de nos assassinats. Afin que, quand ils nous demanderont des nouvelles de notre santé et de notre bien-être, nous puissions les informer que, même si des chevaux pur-sang font joli dans les écuries… on veut une meute de loups pour surveiller la porte de derrière.

La *glymera* n'était bonne à rien à tant de niveaux, mais elle était aussi prévisible qu'une montre de gousset ; c'était l'autopréservation qui la poussait à agir, toujours et encore.

— Mieux vaut que tu te reposes, ajouta Xcor d'une voix traînante. Ou es-tu déjà sur la piste d'un nouveau tueur humain ? (Comme il n'obtenait pas de réponse, il se renfrogna en comprenant la signification de ce manque de réaction.) Tu as un but qui va bien au-delà de ce qu'ont auparavant exigé nos heures de combat. Les humains morts sont un souci bien moindre que notre ennemi vivant.

— Oui.

Comprendre : « Non. »

— Ne t'attarde pas dans d'autres recherches qui desserviraient nos buts.

— T'ai-je jamais laissé tomber ?

— Il est toujours temps, mon vieil ami. (Xcor dévisagea le mâle entre ses paupières mi-closes.) Il est toujours temps que ta nature au grand cœur te fourre dans les ennuis. Et, de peur que tu ne sois pas d'accord, puis-je te rappeler dans quelles étranges situations tu t'es retrouvé au cours des deux derniers siècles ?

Affhres se raidit.

— Non. Ce n'est pas nécessaire. J'ai parfaitement conscience de ma position.

— Bien. (Xcor hocha la tête.) C'est plutôt important dans la vie. Continue.

Affhres s'inclina.

— Je te souhaite un bon repos, mon *menheur*.

Xcor regarda le mâle s'en aller et, quand il fut de nouveau seul, la brûlure dans son corps l'ennuya. Les besoins sexuels étaient une telle perte de temps, car ils ne tuaient ni ne nourrissaient, mais, à intervalles réguliers, son pénis et ses couilles réclamaient autre chose que des sessions de tiraillements brutaux.

Quand l'obscurité tomberait cette nuit, Affhres aurait autre chose à procurer à la bande de salopards et, cette fois-ci, Xcor allait être obligé d'en prendre son content.

Et ils auraient besoin de sang, également. De préférence non humain, mais s'ils devaient s'en contenter pour l'instant ?

Eh bien, ils n'auraient qu'à se débarrasser des corps, non ?

Chapitre 34

Au centre d'entraînement, Manny se réveilla sur le lit d'hôpital et non sur la chaise. Après un instant de confusion, des souvenirs vagues firent tout resurgir : après l'arrivée du majordome avec le repas, Manny avait mangé dans le bureau, ainsi que Jane lui avait dit de le faire ; et c'était là, non dans sa voiture, qu'il avait retrouvé son téléphone portable, son portefeuille, ses clés et sa mallette. La petite collection d'objets privés était en pleine vue, simplement posée sur une chaise, et l'absence de mesure de sécurité le surprit, étant donné que tout le reste était fermé à double tour ici.

Sauf que lorsqu'il avait rallumé son téléphone, il avait découvert que la carte SIM avait disparu.

Et il était prêt à parier qu'il lui faudrait une bombe atomique pour entrer ou sortir du garage sans leur permission. Ses clés étaient donc inutiles.

Quant à la mallette ? Elle ne recelait rien d'autre qu'une barre de céréales et de la paperasse qui n'avait strictement rien à avoir avec les bâtiments souterrains, les vampires ou Souffhrance.

Il supposait que le « à quoi bon s'emmerder » suffisait à expliquer que tout soit mis à sa portée.

Il avait été prêt à jeter l'éponge quand il s'était agi de relever ses messages vocaux, mais il avait ensuite fait une tentative et tendu la main vers le téléphone fixe à côté de son coude. Décrochant le combiné, il avait composé un numéro… et avait été très surpris d'obtenir une tonalité. Même si, franchement, quelles étaient les chances qu'on laisse quelqu'un sans surveillance ici ? Presque aucune.

Sauf un jour où quatre-vingt-dix pour cent d'entre eux avaient été blessés au combat et où les dix pour cent restants s'inquiétaient pour leurs frères.

En un rien de temps, Manny avait interrogé trois boîtes vocales : celle de son appartement, celle de son portable et celle de son bureau. La première contenait deux messages de sa mère. Rien de particulier : sa maison avait besoin de réparations et elle avait fait un bogey sur ce redoutable trou n° 9. Il n'y avait qu'un message sur le portable, de la part du vétérinaire, et il dut l'écouter à deux reprises. Quant au bureau… c'était aussi déprimant que les infos au sujet de Glory : il avait reçu sept messages de collègues dispersés dans tout le pays, ce qui était d'une normalité accablante. Ils souhaitaient qu'il vienne les voir pour des consultations, qu'il donne des conférences ou qu'il fasse de la place dans son programme de stage pour leurs enfants ou des amis de la famille.

La triste vérité était que ces demandes ordinaires étaient en retard sur l'avancée réelle de sa vie, un peu comme s'il avait pris un virage à gauche très serré et doublé tous ces pauvres crétins qui l'appelaient. Et il ignorait, une fois que ces vampires auraient de nouveau œuvré sur son cerveau, s'il lui resterait de quoi compter jusqu'à dix, et s'il pourrait même encore opérer un patient ou diriger un service de chirurgie. Impossible de savoir dans quel état il se retrouverait quand il sortirait de tout cela…

Le bruit d'une chasse d'eau le fit se redresser d'un bond.

Comme la porte de la salle de bains s'ouvrait, il aperçut la silhouette de Souffhrance éclairée par-derrière : sa brassière d'hôpital n'était plus qu'un voile transparent.

Doux… Jésus…

Son érection matinale se mit à palpiter et lui fit regretter de n'avoir pas dormi sur cette satanée chaise. Mais le souci était que, quand il était enfin venu la retrouver, il n'avait pas eu la force de refuser quand elle lui avait demandé de la rejoindre.

— Tu es réveillé, dit-elle d'une voix rauque.

— Et tu es debout. (Il sourit un peu.) Comment vont tes jambes ?

— Elles sont faibles. Mais elles fonctionnent. (Elle jeta un coup d'œil par-dessus son épaule.) J'aimerais me doucher…

Merde, vu la façon dont elle avait laissé sa phrase en suspens, elle cherchait de l'aide… et le cerveau de Manny passa directement à la case où tous deux n'étaient séparés que par du savon.

— Je crois qu'il y a un banc pour s'asseoir dans la cabine.

Il se leva de l'autre côté du lit pour pouvoir coincer son érection dans la ceinture de son pantalon.

S'approchant d'elle, il tenta de lui laisser autant de place que possible quand il se glissa dans la salle de bains.

— Oui, juste là.

Il tendit la main et ouvrit le robinet, puis tira le banc.

— Je vais installer ça…

Jetant un regard par-dessus son épaule, il se figea instantanément. Souffhrance avait défait les liens de sa blouse et laissait lentement, inexorablement… le devant… tomber de ses épaules.

Quand le jet d'eau toucha son bras et se mit à tremper une de ses manches, Manny déglutit avec difficulté, et se retrouva à vouloir crier quand la femelle rattrapa le haut de sa brassière avant qu'elle ne découvre ses seins.

Elle demeura ainsi, comme si elle attendait de voir ce qu'il allait dire et, lorsque leurs regards se croisèrent, son pénis était tellement tendu qu'il était étonnant qu'il n'ait pas encore déchiré le devant de son pantalon.

— Laisse-la tomber, *bambina*, s'entendit-il dire.

Ce qu'elle fit.

Bordel de merde, il n'avait jamais eu envie de vénérer la loi de la gravité auparavant, mais c'était désormais le cas : il éprouvait le besoin de se prosterner devant l'autel de Newton et de pleurer de gratitude pour la bénédiction qui faisait tout tomber sur le sol.

— Regarde-toi, gronda-t-il en observant les pointes roses se durcir.

Sans réflexion consciente ni avertissement, il tendit son bras mouillé et saisit Souffhrance, l'attirant contre sa bouche, la tenant avec force tandis qu'il lui suçait un téton et y passait la langue. Mais il n'eut pas à s'inquiéter de l'avoir offensée. Les mains de la femelle plongèrent dans ses cheveux et elle le berça contre elle pendant qu'il la suçotait, se cambrant jusqu'à ce qu'il la tienne complètement et qu'elle ne soit plus qu'une femelle prête à être dévorée.

La faisant changer de position, il éteignit la lumière et les emmena tous les deux sous le jet tiède de la douche. Au moment où le corps de Souffhrance s'illumina de l'intérieur, il se mit à genoux, rattrapant de sa langue l'eau chaude qui dégoulinait entre ses seins et coulait sur son ventre.

Quand elle tendit la main pour garder l'équilibre, il suivit le mouvement et la guida de façon à l'asseoir en toute sécurité sur le banc. S'arc-boutant, il posa la main sur sa nuque et l'embrassa profondément tandis qu'il s'emparait du savon et se préparait à s'assurer qu'elle soit très, très propre. Quand la langue de Souffhrance toucha la sienne, il était si absorbé par la sensation de ses tétons frôlant sa poitrine et de ses lèvres contre les siennes qu'il ne remarqua pas – ou ignora – que ses cheveux étaient plaqués à son crâne ou que sa tenue lui collait au corps comme du film alimentaire.

— Guérisseur… haleta-t-elle quand il se mit à lui savonner la peau.

La partie supérieure de son corps devint glissante et brûlante à mesure qu'il la frottait, depuis le cou jusqu'au bassin. Puis il s'occupa de ses jambes, commençant par ses pieds et ses chevilles délicates, puis remontant plus haut, vers ses mollets et l'arrière de ses genoux.

L'eau était tout autour d'eux, tombant entre eux, la rinçant aussitôt qu'il la couvrait de mousse, et son bruit quand elle heurtait le carrelage n'était couvert que par les gémissements de Souffhrance.

Ils ne faisaient que s'amplifier.

Lui suçant le cou, il lui écarta les genoux de plus en plus largement, s'insinuant entre eux.

— Je t'avais bien dit (il la mordilla) que tu apprécierais le bain.

En réponse, elle lui agrippa les épaules en lui enfonçant ses ongles dans la chair et cela le poussa à se demander s'il n'était pas temps de penser aux scores du base-ball, aux codes postaux… aux prix des voitures.

À Eleanor Roosevelt.

— Tu avais raison, guérisseur, répondit-elle, à bout de souffle. J'adore cela… mais tu es encore bien trop habillé.

Manny ferma les yeux et frissonna. Puis il reprit assez de contrôle sur lui-même pour parler.

— Non… Je suis bien ainsi. Contente-toi de rester assise et laisse-moi m'occuper de la situation.

Avant qu'elle puisse répondre, il unit sa bouche à la sienne et la repoussa contre le mur de sa poitrine. Pour l'empêcher de songer à le faire se déshabiller, il glissa ses deux mains à l'intérieur de ses cuisses et passa les doigts sur son sexe.

Quand il sentit à quel point elle était mouillée – et c'était le genre d'humidité qui n'avait rien à voir avec l'eau et tout à voir avec ce qu'il désirait sentir sur sa langue – il recula un peu et la regarda.

Bordel… de merde… Elle était tellement prête à l'accueillir. Et, mince, quelle troublante vision offrait-elle à son regard, ainsi penchée en arrière, les seins ruisselants d'eau, les lèvres entrouvertes et un peu gonflées par ses baisers, les jambes écartées.

— Vas-tu me prendre à présent ? gémit-elle tandis que ses yeux étincelaient et que ses crocs s'allongeaient.

— Oui…

Il lui saisit les genoux et se pencha, posant la bouche à l'endroit où son regard était posé. Au moment où elle poussa un cri, il fonça tête baissée, s'emparant de son sexe, la poussant dans ses retranchements, sans s'excuser de la désirer autant. Quand elle explosa, il insinua sa langue en elle et ressentit tout, les pulsations, la façon dont elle tressauta contre son menton et son nez, la pression de ses mains sur sa tête.

Aucune raison de s'arrêter là.

Avec elle, il avait une endurance sans fin et il savait que, tant qu'il garderait sa tenue chirurgicale, il serait en mesure de continuer ainsi avec elle… pour l'éternité.

Viszs se réveilla dans un lit qui n'était pas le sien, mais il ne lui fallut pas plus d'une nanoseconde pour savoir où il se trouvait : à la clinique. Dans l'une des salles de réveil.

Après s'être bien frotté les yeux, il regarda autour de lui. La lumière était allumée dans la salle de bains et la porte était entrouverte, il avait donc largement de quoi voir… et la première chose qu'il remarqua fut le sac de voyage posé par terre.

C'était l'un des siens. Précisément celui qu'il avait donné à Jane.

Mais elle n'était pas là. Pas dans cette chambre, tout du moins.

Lorsqu'il se redressa sur son séant, il eut l'impression d'avoir été victime d'un accident de voiture : des douleurs l'élançaient partout dans le corps comme s'il était une antenne et que chaque signal radio du monde transitait par son système nerveux. Avec un grognement, il changea de position afin que ses jambes pendent hors du lit… puis il dut faire une petite pause.

Quelques minutes plus tard, il n'avait plus qu'à pousser et prier : il souleva son poids du matelas et espéra…

Bingo. Ses jambes tenaient le coup.

Le côté opéré par Manello n'était pas tout à fait prêt à courir un marathon, mais quand V. arracha les bandages et fit quelques flexions, il ne put s'empêcher d'être impressionné. L'opération du genou avait presque déjà entièrement cicatrisé, rien ne demeurait mis à part une ligne rose pâle. Mais encore plus important, ce qui se trouvait en dessous était carrément magique : l'articulation était dans un état fantastique. Même avec la raideur persistante, il savait qu'elle fonctionnait à la perfection.

Sa hanche lui paraissait également comme neuve.

Ce fichu chirurgien humain était un faiseur de miracles.

En se rendant aux toilettes, son regard passa sur le sac de voyage. Des souvenirs de son trip sous morphine émergèrent, bien plus clairs que l'expérience réelle l'avait été. Mon Dieu, Jane était un médecin remarquable. Dans le train-train quotidien de la vie, ce n'était pas tant qu'il l'avait oublié, mais plutôt qu'il n'en avait pas fait l'expérience depuis longtemps. Elle faisait toujours le maximum pour ses patients. Toujours. Et ce n'était pas parce que ses frères étaient liés à lui qu'elle les traitait si bien. Cela n'avait rien à voir avec ses fesses : ces gens lui appartenaient dans ces moments-là. Elle aurait soigné des civils, des membres de la *glymera*… ou des humains exactement de la même manière.

Dans la salle de bains, il entra dans la cabine de douche et, mince, remplit tout l'espace à lui seul. En pensant à Jane et à sa sœur, il eut la terrible impression d'avoir trop simplifié la scène qu'il avait surprise la nuit de l'avant-veille. Il ne s'était pas arrêté un instant pour envisager qu'il existait peut-être d'autres relations à l'œuvre entre les deux femelles. Il n'avait été question que de lui et de sa sœur… absolument pas du lien médecin-patient.

Rectification. Il n'avait été question que de lui, pas de Souffhrance ni de ce qu'elle désirait faire de sa vie. Ni de ce que Jane avait fait ou pas pour sa patiente.

Debout tête baissée, tandis que l'eau lui frappait la nuque, il avait les yeux rivés sur la bouche d'évacuation à ses pieds.

Il n'était pas doué pour les excuses. Ou les discussions.

Mais ce n'était pas une mauviette non plus.

Dix minutes plus tard, il enfila une brassière d'hôpital et boita dans le couloir jusqu'au bureau. Si sa Jane était là-bas, il supposait qu'elle serait endormie derrière le bureau, vu le nombre de lits sans nul doute occupés par les frères qu'elle avait soignés.

Il ne savait toujours pas quoi lui dire au sujet du pantalon en cuir, mais il pouvait au moins faire une tentative au sujet de Souffhrance.

Sauf que le bureau était vide.

S'asseyant devant l'ordinateur, il mit moins de quinze secondes pour découvrir où était sa *shellane*. Quand il avait installé le système de sécurité dans la demeure, la Fosse et ce bâtiment, il avait placé des caméras dans chaque pièce, à l'exception de la suite de la Première Famille. Naturellement, cet équipement pouvait être facilement déconnecté en le débranchant et, ça alors, les chambres de ses frères apparaissaient toutes en noir sur l'écran.

Ce qui était une bonne chose. Il n'avait pas besoin de voir toutes ces parties de jambes en l'air.

Mais la chambre d'amis bleue, dans la grande maison, était toujours surveillée et, à la lueur de la lampe de chevet qu'on avait laissée allumée, il distingua la silhouette recroquevillée de sa compagne. Jane était morte aux yeux du monde, mais il était plus qu'évident qu'elle ne reposait pas en paix : elle avait les sourcils froncés comme si son cerveau essayait désespérément de s'accrocher au sommeil. À moins qu'elle rêve de choses qui l'agaçaient au lieu de lui faire plaisir.

Son premier instinct fut de débouler là-bas, mais en y réfléchissant il comprit que la chose la plus gentille à faire était de la laisser se reposer là où elle était. Manello et elle avaient travaillé plusieurs heures d'affilée, toute la matinée. En outre, il ne sortirait pas ce soir : Kolher avait mis tout le monde au repos compte tenu de toutes ces blessures.

Seigneur… cette Société des éradiqueurs. Il n'avait pas vu autant de tueurs depuis des années, et il ne pensait pas à la dizaine qui s'étaient pointés la nuit dernière. Au cours des deux dernières semaines, il était prêt à parier que l'Oméga avait transformé une centaine de ces enfoirés… et il lui semblait qu'ils étaient tous comme des cafards. Pour un que l'on apercevait, on en ratait dix.

C'était une bonne chose que les frères soient aussi dangereux. Et que Butch guérisse relativement facilement après avoir fait son numéro de Dhestructeur ; merde, Viszs avait même été en mesure de s'occuper du flic après l'opération. Non qu'il en ait conservé beaucoup de souvenirs, mais tout de même.

Submergé par tant d'émotions, il fouilla ses poches à la recherche de ses feuilles à rouler et de son tabac… et comprit qu'il portait une brassière d'hôpital : il n'avait donc pas de matos pour une clope.

Se lever de la chaise. Retourner dans le couloir. Aller vers l'endroit où il avait dormi.

La porte de la chambre de Souffhrance était fermée et il n'hésita pas avant de l'ouvrir. Il y avait de grandes chances que le chirurgien humain soit là avec elle, mais il était impossible que le type ne soit pas assoupi. Il avait bossé comme un fou.

Au moment où Viszs mit le pied à l'intérieur, il aurait probablement dû analyser l'odeur dans l'air plus clairement. Et il aurait peut-être dû faire un peu plus attention au fait que la douche coulait. Mais il fut tellement choqué de découvrir que le lit était vide… et que des attelles et des béquilles se trouvaient dans un coin.

Un patient était paralysé ? Il fallait un fauteuil roulant, pas un équipement pour faciliter la mobilité. Donc… arrivait-elle à marcher ?

— Souffhrance ?

Il haussa la voix.

— Souffhrance ?

En réponse, il obtint un gémissement. Un gémissement très grave et très satisfait…

Ce qui n'était pas le genre de chose que même la meilleure douche provoquait.

V. traversa la pièce comme une flèche et manqua de briser la porte quand il débarqua dans la salle de bains chaude et humide. Et bordel de merde, la scène devant ses yeux se révéla bien pire qu'il l'avait cru.

L'ironie, néanmoins, fut que ce qu'ils faisaient – oh, Seigneur, il n'arrivait même pas à mettre des mots sur ce qu'ils faisaient – sauva la vie du chirurgien : V. fut tellement horrifié qu'il dut détourner la tête et son numéro d'autruche l'empêcha de creuser un trou de la taille d'un tuyau d'égout dans le cou de Manello.

Tandis que Viszs ressortait en titubant, il entendit qu'on remuait dans la cabine de douche. Puis il se transforma en lavette absente : il se cogna dans le lit, se reprit, renversa une chaise, heurta un mur.

À ce rythme, il trouverait la sortie dans une semaine. Environ.

— Viszs…

Quand Souffhrance s'approcha de lui, il garda les yeux rivés au sol et se retrouva avec une vue imprenable sur les pieds nus de sa jumelle. Elle avait donc récupéré des sensations dans les jambes.

Youpi.

— Épargne-moi tes explications, s'il te plaît, lança-t-il avant de jeter un regard assassin à Manello. (L'enfoiré était trempé, il avait les cheveux plaqués sur la tête et ses vêtements lui collaient au corps.) Et ne va pas t'habituer à elle. Tu n'es ici que jusqu'à ce que je n'aie plus besoin de toi, et vu à quel point elle se sent mieux, ce ne sera plus pour très longtemps…

— Comment oses-tu… ? C'est à moi de choisir à qui je m'unis.

Il secoua la tête en direction de sa sœur.

— Alors choisis autre chose qu'un humain qui fait la moitié de ta taille et possède un quart de ta force. La vie ici-bas ne ressemble pas à celle dans les nuages, chérie, et la Société des éradiqueurs t'a collé une cible sur la poitrine au même titre que nous. Il est faible, il représente un risque pour notre sécurité et il doit retourner d'où il vient… et y rester.

Eh bien, si cela ne rendit pas sa jumelle furieuse… Son regard glacial devint atomique, et elle fronça les sourcils.

— Barre-toi.

— Demande-lui ce qu'il a fait toute la matinée, ordonna V. Attends, je vais te le dire. Il nous a recousus moi et la Confrérie parce que nous avons essayé de défendre nos femelles et notre espèce. Cet humain ? C'est un éradiqueur en devenir à mon avis, ni plus ni moins.

— Comment oses-tu ! Tu ne connais rien de lui.

V. se pencha vers elle.

— Toi non plus. C'est bien là le problème.

Avant que les choses deviennent vraiment hors de contrôle, il fit demi-tour pour partir, seulement pour les apercevoir tous les trois dans le miroir mural. Quel putain de tableau ils faisaient : sa sœur, nue et sans honte ; l'humain, mouillé et la mine soucieuse ; lui, le regard fou et prêt à tuer quelqu'un.

La rage monta si vite et si fort en lui qu'elle explosa avant même qu'il reconnaisse l'émotion.

Viszs fit deux pas en avant, renversa la tête en arrière et frappa son visage contre la glace, brisant le reflet une bonne fois pour toutes.

Alors que sa sœur hurlait et que le chirurgien criait, il les abandonna à eux-mêmes et s'éloigna.

Une fois dans le couloir, il sut précisément où il irait.

Lorsqu'il arriva dans le tunnel, il fut oh, affreusement conscient de ce qu'il était sur le point de faire.

À mesure qu'il avançait, le sang dégoulinait sur ses joues et son menton, avant de tomber en larmes rouges sur sa poitrine et ses abdos.

Il ne sentait absolument aucune douleur.

Mais avec un peu de chance, ce serait le cas. Très bientôt.

Chapitre 35

Quand Souffhrance se fut habillée, elle se précipita dans le couloir, mais son jumeau avait disparu.

Les traces de sang par terre lui apprirent néanmoins dans quelle direction il était parti, et elle suivit la piste le long du couloir jusque dans l'espace clos par un panneau de verre indiqué comme « Bureau ». À l'intérieur, les petites taches rouges dessinaient un chemin autour du bureau et disparaissaient sous une porte. Elle s'en approcha donc et l'ouvrit…

Ce n'était qu'un placard renfermant des fournitures, du papier et des instruments d'écriture.

Mais cela cachait quelque chose. C'était obligé. La piste des gouttelettes s'achevait devant un mur d'étagères.

À tâtons, elle chercha un levier ou une manette pour déplacer l'encadrement, tout en se remémorant la scène du bris de miroir. Elle avait ressenti tant de peur, non pour elle, mais pour Viszs et l'état dans lequel elle l'avait mis. Encore une fois.

Elle avait désiré avoir une relation avec son frère. Mais pas comme cela.

Elle n'avait jamais voulu de cette interaction toxique.

— Tu t'en sors ?

Elle regarda son guérisseur par-dessus son épaule. Debout sur le seuil du bureau, il était toujours mouillé mais ne dégoulinait plus, et il avait une serviette blanche enroulée autour du cou. Ses courts cheveux noirs étaient en bataille, comme s'il les avait frottés pour les sécher et les avait laissés ainsi.

— Je ne parviens pas à trouver le moyen de sortir.

Et c'était le cas à bien des niveaux.

Souffhrance resta longtemps à observer les piles de blocs jaunes et les boîtes de stylos précisément alignées ainsi que les rangées ordonnées de choses dont elle ne pouvait que deviner l'usage. Quand elle finit par abandonner et s'écarter, son guérisseur se tenait toujours sur le seuil et la dévisageait encore. Il avait les yeux assombris par l'émotion, les lèvres serrées… et, bizarrement, son expression lui fit se rendre compte à quel point il était habillé.

À quel point il avait toujours été habillé chaque fois qu'il s'était étendu avec elle.

Il ne l'avait pas laissée le toucher, non plus.

— Tu es d'accord avec mon frère, dit-elle d'une voix blanche. N'est-ce pas.

Ce n'était pas une question. Et elle ne fut pas surprise quand il hocha la tête.

— Ce n'est pas une relation à long terme, dit-il avec une gentillesse atroce. Pas pour toi.

— C'est donc pour cela que je n'ai pas eu le plaisir de ton sexe.

Il haussa brièvement les sourcils, comme si sa franchise le mettait mal à l'aise.

— Souffhrance… Cela ne peut pas marcher entre nous.

— D'après qui ? C'est à nous de choisir avec qui…

— J'ai une vie à retrouver.

Sentant sa respiration devenir difficile, elle comprit… à quel point c'était arrogant de sa part. Il ne lui était jamais venu à l'esprit qu'il avait un autre endroit où aller. Mais bon, ainsi que son frère l'avait souligné, à quel point le connaissait-elle ?

— J'ai une famille, poursuivit-il. Un boulot. Un cheval que je dois aller voir.

Souffhrance s'approcha de lui, la tête haute.

— Pourquoi pars-tu du principe que ce serait soit l'un, soit l'autre ? Et avant d'essayer, n'use pas ta salive à me dire que tu ne me désires pas. Je sais que c'est le cas : ton odeur ne ment pas.

Il se racla la gorge.

— Le sexe ne fait pas tout, Souffhrance. Et quand il s'agit de toi et moi, même cela n'a d'autre but que celui d'améliorer ta condition physique.

À ces mots, une nouvelle sueur froide parcourut l'échine de Souffhrance. Mais elle secoua ensuite la tête.

— Tu me désirais, guérisseur. Quand tu es revenu et que tu m'as vue sur ce lit, ton odeur n'avait rien à voir avec mon état, et tu serais un lâche de prétendre l'inverse. Dissimule-toi la vérité si tu le souhaites, guérisseur…

— Mon nom est Manny, l'interrompit-il. Manuel Manello. On m'a amené ici pour que je t'aide et, au cas où tu ne l'aurais pas remarqué, tu es sur pied. Donc j'ai réussi. Et maintenant ? J'attends simplement que les tiens endommagent une nouvelle fois mon cerveau et me laissent sans possibilité de distinguer la nuit du jour et les rêves de la réalité. C'est ton univers, pas le mien, et il n'y a qu'un seul choix.

Ils soutinrent mutuellement leurs regards et, à cet instant, si le bâtiment avait été en feu, elle n'aurait pas été capable de détourner les yeux… Pas plus, comprit-elle, que lui.

— Si cela pouvait marcher…, dit-elle d'une voix rauque. Si on te permettait d'aller et venir à ta guise, resterais-tu avec moi ?

— Souffhrance…

— Ma question est claire. Réponds-y. Tout de suite. (Quand il haussa les sourcils, elle n'aurait su dire s'il était excité ou dégoûté par son impétuosité, mais elle s'en fichait complètement à cet instant.) La vérité est ce qu'elle est, explicite ou non. Alors nous ferions mieux de tout déballer.

Il secoua lentement la tête.

— Ton frère ne pense pas…

— Que mon frère aille se faire foutre, rétorqua-t-elle. Dis-moi ce que toi tu penses.

Dans le silence tendu qui suivit, elle prit conscience de ce qu'elle venait de dire et eut envie de jurer une nouvelle fois. Baissant la tête, elle contempla le sol, non par soumission, mais par frustration. Les femelles de valeur n'employaient pas ce genre de langage et ne faisaient pas pression sur les gens pour obtenir un torchon, alors encore moins pour quelque chose comme cela.

Oui, une femelle convenable restait impassible alors que l'aîné des mâles de sa famille prenait les grandes décisions de sa vie, décidant de tout, depuis son lieu de résidence jusqu'à celui auquel elle devait s'unir.

Les explosions de colère. Le sexe. Les jurons. Encore un peu et elle exaucerait les vœux de Viszs parce que son guérisseur – c'est-à-dire Manuel – la trouverait si peu attirante qu'il supplierait qu'on l'emmène loin d'elle sans garder le moindre souvenir du temps passé ensemble.

Rentrerait-elle un jour dans les critères de perfection féminine à la Layla ?

Se massant les tempes, elle marmonna :

— Vous êtes tous les deux dans le vrai, mais pour de mauvaises raisons. Une relation entre toi et moi ne pourra jamais tenir, parce que je ne suis un bon parti pour aucun mâle.

— Quoi ?

Fatiguée de tout… de lui comme de son frère, d'elle-même, des femelles et des mâles en général… elle l'écarta d'un geste et se détourna.

— Tu dis qu'il s'agit de mon univers ? Tu te trompes complètement. Je ne suis pas plus d'ici que toi.

— De quoi diable parles-tu ?

Franchement, autant qu'il ait une vraie peinture des choses avant de partir. Et puis merde.

Elle le dévisagea par-dessus son épaule.

— Je suis la fille d'une déesse, Manuel. D'une déité. Cette lueur que tu fais naître en moi ? C'est son essence même en tant qu'entité. C'est ce qu'elle est. Quant à mon père ? Ce n'était rien d'autre qu'un salopard sadique qui m'a transmis le besoin de tuer ; c'était son « cadeau ». Et veux-tu savoir ce que j'en ai fait ? Veux-tu le savoir ? (Elle avait conscience que sa voix montait, mais était singulièrement peu disposée à se calmer.) Je l'ai tué, Manuel. Et pour ce crime contre ma lignée, pour cette injure faite aux normes de comportement des femelles, j'ai été emprisonnée et retenue pendant des siècles. Donc tu as parfaitement raison. Pars, et fais-le maintenant. C'est pour le mieux. Mais ne va pas croire que je m'adapte ici mieux que toi.

Avec un autre juron, elle passa devant lui et redescendit le couloir à grands pas, supposant que Manuel se retrouverait libéré dans très peu de temps…

— C'était à cause de ton frère. N'est-ce pas ?

Les mots calmes et prononcés à voix basse se répercutèrent dans le couloir nu, arrêtant non seulement ses pieds, mais aussi son cœur.

— J'ai vu dans quel état il est, dit Manuel d'une voix grave. Y a-t-il la moindre possibilité que ton père lui ait infligé cela ?

Souffhrance se retourna lentement. Debout au milieu du couloir, son guérisseur ne semblait ni choqué ni horrifié et ne manifestait rien d'autre qu'une intelligence à laquelle elle s'attendait de sa part.

— Pourquoi crois-tu cela ? demanda-t-elle d'une voix atone.

— Quand je l'ai opéré, j'ai vu les cicatrices, et il est très clair que quelqu'un a essayé de le castrer. En extrapolant ? À la suite de mes interactions limitées avec lui, je dirais qu'il est bien trop susceptible et agressif pour que quelqu'un puisse l'atteindre. Donc soit c'était un groupe, soit quelqu'un l'a attaqué quand il était vraiment, profondément vulnérable. Je pense que la seconde option est plus probable, parce que… eh bien, disons simplement que je serais surpris qu'il n'existe pas de parents maltraitants chez vous aussi.

Souffhrance déglutit avec difficulté et il lui fallut un long, long moment avant de retrouver sa voix.

— Notre père… l'a fait maintenir au sol. On a ordonné à un forgeron de le tatouer… puis de prendre une paire de pinces.

Manuel ferma brièvement les yeux.

— Je suis désolé. Je suis vraiment… sacrément désolé.

— Notre père a été sélectionné comme géniteur en raison de son agressivité et de sa cruauté, et mon frère lui a été confié à un très jeune âge, tandis que je suis restée là-haut, au sanctuaire, avec notre *mahmen*. Sans rien à faire pour passer le temps, j'ai observé ce qui arrivait ici-bas, sur terre, dans des bols de vision et… au fil des années dans le camp de guerre, j'ai vu mon frère se faire maltraiter. Je l'ai rapporté à ma mère encore et encore, mais elle a tenu à se conformer à l'accord qu'elle avait passé avec le Saigneur. (Elle serra fermement les poings.) Ce mâle, ce mâle maudit et sadique… Il était incapable d'engendrer des fils, mais elle lui en a promis un s'il acceptait de s'unir à elle. Trois ans après notre naissance, elle a abandonné Viszs à la cruauté de notre père tandis qu'elle faisait de son mieux pour me forcer à entrer dans un moule auquel je ne m'adapterai jamais. Puis il y a eu ce dernier épisode où Viszs a été… (Les larmes lui montèrent aux yeux.) Puis, plus rien d'autre ; je ne pouvais pas rester plus longtemps sans rien faire. Je suis descendue ici et… et j'ai abattu le Saigneur. Je l'ai maintenu au sol pendant que je le réduisais en cendres. Et je ne le regrette pas.

— Qui t'a mise en prison ?

— Ma mère. Mais l'emprisonnement n'était qu'en partie lié à ce meurtre. Parfois je crois que c'était davantage dû à son immense déception à mon sujet. (Elle s'essuya rapidement le visage et secoua sa main humide pour la sécher.) Mais j'ai assez parlé de cela. Je ne veux plus évoquer… tout cela. Pars, à présent… Je parlerai au roi et il te renverra chez toi. Adieu, Manuel.

Plutôt que d'attendre qu'il réponde, elle repartit une nouvelle fois…

— Oui, je te désire.

Souffhrance s'arrêta net, puis regarda par-dessus son épaule. Au bout d'un moment, elle dit :

— Tu es un guérisseur doué et tu as fait ton travail, comme tu l'as si bien souligné. Nous n'avons pas d'autre raison de discuter encore ensemble.

Quand elle reprit sa marche, le bruit des pas de Manny se rapprocha à toute vitesse et il l'attrapa pour la faire se retourner.

— Si je n'avais pas gardé mon pantalon, je n'aurais pu m'empêcher de te pénétrer.

— Vraiment ?

— Donne-moi ta main.

Sans regarder, elle la lui tendit.

— Pourquoi donc… ?

D'un geste rapide, il prit sa main et la plaqua entre ses jambes contre son long membre brûlant et dur.

— Tu as raison.

Il se frotta contre elle en remuant le bassin, poussa son érection contre la main de Souffhrance et se mit à respirer profondément.

— Même quand j'essayais de me convaincre du contraire, je savais que si je me déshabillais, tu ne resterais vierge qu'assez longtemps pour te retrouver sur le dos. Ce n'est pas romantique, mais c'est vraiment, totalement vrai, putain.

Au moment où elle entrouvrit les lèvres, le regard de Manny tomba sur sa bouche et il gronda :

— Tu peux sentir la vérité, pas vrai ? Elle est dans ta satanée main.

— Ne te soucies-tu donc pas de ce que j'ai fait… ?

— Tu veux dire, à ton père ? (Il interrompit son mouvement de friction.) Non. Pour être clair, je suis partisan de la loi du talion. Ton frère aurait pu facilement mourir de ces blessures ; je me fiche de savoir à quelle vitesse vous guérissez. Mais surtout, je suis prêt à parier que cet instant entre père et fils lui a mis la tête à l'envers pour le restant de sa vie… Donc non, ce que tu as fait ne me pose pas de problème.

Une justice de représailles, songea-t-elle alors qu'elle s'imprégnait de ses paroles.

Resserrant sa prise sur lui, elle reprit ce qu'il avait arrêté, délimitant les contours de son sexe tout en le caressant.

— Je suis heureuse que tu voies les choses sous cet angle.

Et n'était-ce pas la vérité à bien des niveaux ? Son érection était délicieuse, si dure et arrondie à l'extrémité. Elle avait envie de l'explorer ainsi qu'il l'avait fait avec elle… de ses doigts… sa bouche… sa langue…

Les yeux de Manuel se révulsèrent un bref instant tandis qu'il serrait les dents.

— Mais… ton frère a quand même raison.

— Ah tiens… (Elle se pencha et lui lécha les lèvres.) En es-tu certain ?

Elle recula, et il y eut un instant électrique quand leurs regards se croisèrent… puis, avec un grognement, il la fit tourner et la poussa contre le mur.

— Fais attention, gronda-t-il.

— Pourquoi ?

Elle lui effleura le cou de ses lèvres et lentement, inexorablement, passa un croc sur sa jugulaire.

— Oh… merde… (Avec un juron désespéré, il referma sa main sur la sienne, l'immobilisant au niveau de ses hanches, et essaya manifestement de reprendre ses esprits.) Écoute-moi. Si agréables que soient les choses entre nous… (Il déglutit difficilement.) Si agréables… Merde, écoute, ton frère sait ce qui se passe : je ne pourrais pas prendre correctement soin de toi et…

— Je peux prendre soin de moi-même.

Elle pressa sa bouche contre la sienne et sut qu'elle le tenait quand il se mit à onduler du bassin : il avait peut-être arrêté sa main, mais son corps faisait plus que prendre le relais sur le plan de la friction.

— Bordel de merde, grogna-t-il. Est-ce que tu veux que je jouisse ici même ?

— Oui. Je veux savoir à quoi cela ressemble.

Encore des baisers. Et même si c'était lui qui la serrait et la coinçait contre le mur, c'était elle l'agresseur.

Manuel recula mais seulement, sembla-t-il, au prix d'une intense lutte intérieure. Après avoir pris un certain nombre de profondes inspirations, il dit :

— Tu m'as demandé si je resterais si je le pouvais ? Bien sûr que oui. Tu es magnifique et sexy et j'ignore ce que ta mère ou quiconque d'autre a bien pu faire en te comparant à quelque chose ou à quelqu'un, mais rien ne t'arrive à la cheville… à aucun niveau.

En parlant, il était mortellement sérieux et absolument sincère… et l'acceptation qu'il lui offrait était aussi généreuse qu'unique : elle ne l'avait jamais obtenue de quiconque. Même son propre frère voulait l'empêcher de choisir son compagnon.

— Merci, chuchota-t-elle.

— Ce n'est pas un compliment. C'est simplement la vérité. (Manny lui embrassa doucement la bouche et prolongea le contact.) Mais Monsieur le Grand Méchant Bouc a tout de même raison, Souffhrance.

— Monsieur le Grand… Méchant… Bouc ?

— Désolé. Un petit surnom que j'ai inventé pour ton jumeau. (Il haussa les épaules.) Mais tout de même, je pense vraiment qu'il a ton intérêt à cœur, et que tu as besoin d'un autre que moi à long terme ; que je puisse rester ici ou pas n'est qu'une partie du problème.

— Pas à mes yeux.

— Alors tu dois voir les choses plus clairement. Je serai mort d'ici quatre décennies. Si j'ai de la chance. As-tu vraiment envie de me regarder vieillir ? Mourir ?

Elle dut fermer les yeux et détourner la tête en songeant à sa disparition.

— Dieux… non.

Dans le silence qui suivit, l'énergie entre eux changea, passant de totalement sexuelle… à une autre sorte de désir. Et comme s'il ressentait la même chose qu'elle, il l'attira contre son corps, la tenant serrée entre ses bras puissants.

— S'il y a une chose que j'ai apprise en tant que médecin, c'est que la biologie prévaut. Toi et moi pouvons prendre toutes les décisions que nous voulons, il nous est impossible de changer nos différences biologiques. Mon espérance de vie ne représente qu'une fraction de la tienne… au mieux. Nous aurons une fenêtre d'une dizaine d'années avant que je me retrouve au pays du Viagra.

— Qu'est-ce que c'est ?

— Un endroit très, très plat et aride, dit-il sèchement.

— Eh bien… j'irai là-bas avec toi, Manuel. (Elle recula afin de regarder ses magnifiques yeux bruns.) Où que ce soit.

Il y eut un instant de silence. Puis il sourit tristement.

— J'adore la façon dont tu prononces mon nom.

Poussant un soupir, elle posa la tête sur son épaule.

— Et j'adore le prononcer.

Debout là, contre lui, elle se demanda si ce n'était pas pour la toute dernière fois. Et cela lui fit penser à son frère. Elle s'inquiétait pour Viszs et devait lui parler, mais il avait choisi de la quitter sans lui donner un moyen de le retrouver.

Qu'il en soit ainsi. Vu comme les choses étaient difficiles, elle laisserait Viszs de côté pour l'instant… et se concentrerait sur le mâle qui était avec elle.

— J'ai quelque chose à te demander, dit-elle à son guérisseur… *Manuel*, se corrigea-t-elle.

— Dis-moi.

— Emmène-moi dans ton univers. Montre-moi… si ce n'est tout, du moins quelque chose.

Manuel se raidit.

— Je ne sais pas si c'est une super idée. Tu n'es sur pied que depuis une dizaine d'heures pour l'instant.

— Mais je me sens forte et je dispose de moyens pour assurer mon transport, en cas de problème.

Si les choses empiraient, elle pourrait tout simplement se dématérialiser et revenir au complexe : elle savait, grâce aux bols de vision, que son frère avait entouré les bâtiments de *bhrume*, et c'était un signal qu'elle pourrait facilement retrouver.

— Fais-moi confiance, je ne courrai aucun danger.

— Mais comment allons-nous sortir ensemble ?

Souffhrance s'écarta de son étreinte.

— Change-toi pendant que je m'occupe du reste. (Comme il semblait sur le point d'argumenter, elle secoua la tête.) Tu affirmes que la biologie gagne toujours ? Très bien. Mais je te le dis, nous disposons de cette nuit, pourquoi devrions-nous la gâcher ?

— Passer plus de temps ensemble… ne fera que rendre la séparation plus difficile.

Oh, que c'était douloureux.

— Tu as juré que tu m'accorderais une faveur. Je t'ai présenté ma requête. Ta parole ne te lie-t-elle donc pas ?

Il pinça les lèvres, mais inclina ensuite la tête.

— Très bien. Je vais me changer.

Alors qu'il retournait vers la chambre, elle repartit dans le bureau et décrocha le combiné du téléphone, ainsi que Jane et Ehlena lui avaient montré. Composer le numéro ne posa aucun problème, et le majordome *doggen* répondit à l'appel d'une voix joyeuse.

Il fallait que cela marche, se dit-elle. Il fallait absolument que cela marche.

En langue ancienne, elle déclara :

— *Je suis Souffhrance, sœur de sang du frère de la dague noire Viszs, fils du Saigneur. Je souhaiterais parler au roi, s'il m'en accorde la grâce.*

Chapitre 36

Quand Viszs déboula du tunnel dans la Fosse, il dut essuyer son visage ensanglanté de sa main afin de poursuivre sa route jusqu'aux chambres. Il supposait que c'était une bonne chose que le miroir se soit fissuré en grande partie, car cela signifiait qu'il ne devait avoir que quelques éclats fichés dans la chair… mais en vérité il s'en fichait complètement.

Quand il arriva devant la porte de Butch et Marissa, il frappa. Violemment.

— Donne-moi une minute.

Butch prit moins de temps que cela pour ouvrir, et il était toujours en train d'enfiler son peignoir quand il le fit.

— Qu'est-ce que…

Il n'alla pas plus loin.

— Seigneur… V. !

Par-dessus son épaule, Marissa s'assit dans leur lit, les joues rougies, ses longs cheveux blonds emmêlés, la couverture remontée et plaquée sur ses seins. Son expression de satisfaction somnolente laissa rapidement place au choc.

— J'aurais dû me contenter d'appeler. (V. fut impressionné par le calme de sa voix, et sentit le goût du cuivre à mesure qu'il parlait.) Mais je ne sais pas où est mon téléphone.

Au moment où il croisa le regard de son meilleur ami, il se fit l'impression d'être un diabétique ayant désespérément besoin d'insuline. Ou peut-être plus d'un héroïnomane se languissant d'une seringue. Quelle que soit la métaphore, il devait sortir de lui-même ou il allait perdre la tête et faire un truc d'une stupidité criminelle.

Comme sortir ses dagues et transformer ce chirurgien en viande hachée.

— Je les ai surpris ensemble, s'entendit-il dire. Mais ne t'inquiète pas. L'humain respire encore.

Puis il resta planté là, car la question qu'il était venu poser était aussi évidente que le sang sur son visage.

Butch jeta un coup d'œil derrière lui à sa *shellane*. Sans hésitation, elle hocha la tête, le regard triste, doux et si compréhensif que V. en fut momentanément touché, même dans son état d'engourdissement.

— Vas-y, dit-elle. Occupe-toi de lui. Je t'aime.

Butch lui fit un signe de tête et articula probablement un « Je t'aime » en réponse.

Ensuite il observa V. et marmonna d'un ton bourru :

— Va m'attendre dans la cour. Je vais prendre l'Escalade… et va chercher une serviette dans la salle de bains, tu veux ? Tu ressembles foutrement à Freddy Krueger.

Quand le flic se dirigea vers le placard et abandonna son peignoir pour s'habiller, V. regarda la *shellane* du mâle.

— Tout va bien, Viszs, dit-elle. Tout ira bien.

— Je ne le désire pas.

Mais il en avait besoin avant de devenir un danger pour lui-même et pour les autres.

— Je sais. Et je t'aime, toi aussi.

— *Tu es une bénédiction incommensurable*, déclara-t-il en langue ancienne.

Puis il s'inclina devant elle et se retourna.

Quand le monde reprit consistance un peu plus tard, V. se retrouva assis sur le siège passager de l'Escalade. Butch était au volant, et sa façon de jouer avec l'accélérateur signifiait qu'ils avaient déjà parcouru une bonne distance : les lumières du centre-ville de Caldwell n'étaient plus lointaines ; elles les entouraient à présent et scintillaient à travers le pare-brise et les vitres.

Le silence dans le 4 × 4 était aussi tendu qu'une main prête à tirer une dague et aussi dense qu'une brique. Et alors même qu'ils se rapprochaient de leur destination, V. éprouvait des difficultés à comprendre le but du voyage qu'ils faisaient. Mais il n'était pas question de faire demi-tour. Ni pour l'un ni pour l'autre.

La descente dans le parking du Commodore.

Le bruit d'un moteur qu'on coupe.

Puis ceux de deux portières qui s'ouvrent… et se referment.

Enfin la montée dans l'ascenseur. Qui ressembla au trajet entre le complexe et le Commodore : l'esprit de V. n'en conserva aucun souvenir.

Avant qu'il comprenne ce qui se passait, Butch utilisa la clé de cuivre pour pénétrer dans l'appartement-terrasse.

V. entra le premier et alluma d'un ordre mental les bougies noires sur les colonnes. À l'instant où les murs et le sol noirs furent éclairés, il passa de l'état de zombie à celui de remonté comme une horloge. Ses sens revinrent à la vie au point que le bruit de ses pas lui fit songer à un lâcher de bombes et que le claquement de la porte se refermant sur eux lui donna l'impression que l'immeuble s'effondrait sur lui-même.

Il ressentait chaque inspiration qu'il prenait comme une rafale de vent, chaque battement de son cœur comme un coup assené par un boxeur, chaque déglutition comme un engloutissement.

Était-ce ce que ses soumis avaient ressenti ? Ce frisson d'être trop vivant ?

Il s'arrêta à côté de sa table. Il n'avait pas de veste à enlever. Rien que sa brassière d'hôpital désormais ensanglantée.

Derrière lui, la présence de Butch lui paraissait aussi imposante qu'une montagne.

— Puis-je me servir de ton téléphone ? demanda V. d'une voix rauque.

— Tiens.

V. se retourna et rattrapa le BlackBerry qu'il lui lança dans sa main gantée. Faisant apparaître un texto vierge, il sélectionna « Doc Jane » dans le carnet d'adresses.

Ses doigts s'immobilisèrent à ce moment-là. Son cerveau était comme bloqué par le trop-plein d'émotions, les cris qu'il avait besoin de laisser échapper se mettant en travers de son chemin et transformant sa réserve naturelle en barreaux d'acier qui l'enfermaient à l'intérieur de lui-même.

Mais bon, c'était la raison de leur venue ici.

Poussant un juron à voix basse, il annula le texto vide.

Quand il voulut rendre le téléphone, Butch se trouvait près du lit et retirait l'une de ses nombreuses vestes de créateur en cuir. Pas de blouson de motard à clous pour le flic quand il était de repos : la veste lui arrivait aux hanches et était parfaitement ajustée à son large torse, et le cuir avait une consistance plus douce que le beurre, qui s'approchait presque de celle d'un nuage. V. savait cela parce qu'il l'avait eue entre les mains un certain nombre de fois.

Ce n'était pas un vêtement dans lequel Butch se battait.

Et il le retirait toujours pour de bonnes raisons.

Inutile de tacher de sang une chose pareille.

Pendant que V. déposait le téléphone sur le lit et reculait, Butch plia sa veste avec des gestes attentifs et précis et, quand il déposa le cuir, ce fut comme s'il installait un enfant sur la couverture noire. Puis, de ses doigts forts et épais, il remonta son pantalon noir à ceinture et lissa sa chemise de soie noire.

Silence.

Et pas un silence confortable.

Viszs contempla les panneaux de verre qui longeaient tout l'appartement et dévisagea le reflet de son meilleur ami.

Au bout d'un moment, le flic tourna la tête.

Leurs regards se croisèrent dans la vitre réfléchissante.

— Est-ce que tu vas garder ça ? demanda sombrement Butch.

Viszs posa la main sur le lacet dans sa nuque et tira sur le nœud qui retenait ensemble les deux moitiés de la brassière. Puis il fit de même au niveau du dos. Quand le tissu tomba, le flic le regarda toucher le sol depuis l'autre bout de la pièce.

— J'ai besoin d'un verre, putain, dit Butch.

Au bar, il se versa une dose de Lagavulin. Puis une autre. Pour finir, il repoussa le verre trapu, prit la bouteille et but à longs traits.

Viszs demeura à sa place, la bouche ouverte, le souffle court, concentré sur l'image de son meilleur ami.

Butch reposa la bouteille, mais s'y cramponna et inclina la tête en avant comme s'il avait fermé les yeux.

— Tu n'es pas obligé de le faire, dit V. d'une voix enrouée.

— Si… Il le faut.

Le flic leva la tête puis se retourna.

Quand il s'approcha enfin, il abandonna l'alcool sur le bar et s'arrêta quand il se retrouva derrière Viszs. Il était près… assez près pour que Viszs perçoive la chaleur de son corps.

À moins que le propre de sang de V. se soit mis à bouillir.

— Quelles sont les règles ? demanda le flic.

— Il n'y en a pas. (Viszs écarta les jambes et se prépara.) Fais ce que tu veux… mais tu dois me briser. Tu vas devoir me mettre en pièces.

Au complexe, Manny enfila une nouvelle tenue chirurgicale. Si les choses continuaient ainsi, il ne lui resterait plus qu'à acheter des actions de cette fichue entreprise textile. Ou celles d'un fabricant de machines à laver.

Dans le couloir, il s'adossa contre le mur en béton et regarda fixement ses baskets. Il estimait que ses semelles feraient mieux de ne pas s'enthousiasmer : il avait le sentiment que Souffhrance et lui n'allaient nulle part. En tout cas, pas ensemble.

La fille d'une divinité.

Et… il s'en fichait. En ce qui le concernait, elle aurait pu être le rejeton d'une autruche.

Il se frotta le visage, incapable de décider si le fait d'accepter si bien une nouvelle pareille était impressionnant ou terrifiant. Il aurait probablement été plus sain qu'il soit choqué, incrédule et en plein déni. Mais son cerveau s'était contenté d'en prendre acte, ce qui signifiait soit qu'il était devenu très flexible quant à ce qu'il considérait comme la « réalité », soit que sa matière grise était incapable d'apprendre.

C'était sans doute la première hypothèse qui était la bonne. Parce que tout bien considéré, il se sentait « dans le coup »… Merde, il se sentait mieux qu'il ne l'avait été depuis des siècles : en dépit du fait qu'il avait opéré dix heures d'affilée, et qu'il avait dormi sur une chaise pendant une partie de la nuit – ou de la journée, peu importe – sa combinaison corps-esprit était forte, en pleine santé et parfaitement aiguisée. Même quand il s'étirait, il n'y avait aucune raideur… ni craquements ou claquements. C'était comme s'il était parti en vacances pendant un mois et avait passé son temps à se faire masser et à pratiquer le yoga devant la mer.

Non qu'il ait jamais réalisé la posture du chien tête en bas.

Et, à ce sujet, une image franchement fabuleuse et profondément obscène de Souffhrance surgit dans son esprit. Quand son pénis leva la main pour qu'on l'appelle au tableau, il se dit que ce serait une excellente idée de ne pas l'emmener faire un tour de… disons sa chambre à coucher. En fait, compte tenu des récents événements qui avaient impliqué qu'il se mette à genoux… sa salle de bains était probablement interdite, elle aussi. Il devrait peut-être éviter toutes les salles carrelées ? Donc sa cuisine était infréquentable. Son entrée aussi…

Souffhrance bondit littéralement hors du bureau, et elle avait la mallette de Manny ainsi que ses autres affaires avec elle.

— Nous sommes libres !

Avec toute la grâce d'une athlète, elle courut jusqu'à lui, ses cheveux flottant derrière elle, d'une foulée aussi fluide que les ondulations noires autour de sa tête.

— Nous sommes libres ! Nous sommes libres !

Quand elle sauta dans ses bras, il l'attrapa et la fit tournoyer.

— Ils nous laissent partir ? demanda-t-il.

— Oui ! Nous avons l'autorisation de prendre ton automobile pour sortir d'ici. (Alors qu'elle lui tendait ses affaires, elle souriait si largement qu'on voyait ses crocs.) J'ai pensé que tu pourrais en avoir besoin. Et ton téléphone fonctionne à présent.

— Comment as-tu su qu'ils m'appartenaient ?

— Ils sentent ton odeur. Et Kolher m'a parlé de cette carte que mon jumeau avait retirée.

Au diable le téléphone. Le fait qu'elle reconnaisse son odeur l'excitait et lui rappelait exactement à quel point ils avaient été proches…

OK, il était temps d'arrêter de se passer le film en boucle.

Elle lui posa une main sur le visage.

— Tu sais quoi ?

— Quoi ?

— J'aime la façon dont tu me regardes, Manuel.

— Oh, vraiment ?

— Cela me fait songer au moment où ta bouche était sur la mienne.

Manny grogna et faillit perdre les pédales. Alors, pour empêcher la situation de déraper, il lui passa un bras autour de la taille.

— Viens. Partons tant qu'on en a l'occasion.

Le rire de Souffhrance était si insouciant que, bizarrement, il lui déchira la poitrine en deux et mit à nu le cœur qui battait derrière ses côtes. Et cela, ce fut avant qu'elle ne se penche pour lui embrasser la joue.

— Tu es excité.

Il lui jeta un coup d'œil.

— Et toi, tu joues avec le feu.

— J'aime avoir chaud.

Manny éclata de rire.

— Eh bien, ne t'inquiète pas, c'est exactement le cas.

Quand ils arrivèrent devant la porte coupe-feu, il posa la main sur la barre.

— Est-ce qu'elle va vraiment s'ouvrir ?

— Essaie pour le découvrir.

Il appuya… et, ça alors, le loquet se libéra et le lourd panneau de métal s'ouvrit largement.

Aucun vampire armé de revolvers et de machettes ne se précipita sur eux, aussi secoua-t-il la tête.

— Comment diable as-tu réussi une chose pareille ?

— Le roi n'était pas ravi. Mais je ne suis pas prisonnière ici, je suis majeure, et il n'y a aucune raison que je ne sois pas en mesure de quitter le complexe.

— Et à la fin de la soirée… que se passera-t-il ?

Alors que la joie de Souffhrance diminuait à ces mots, il se dit : *Hum, c'est ainsi qu'elle s'en est tirée.* Techniquement, elle l'escortait jusque chez lui… Il s'agissait donc de leurs adieux.

Il lui lissa les cheveux en arrière.

— C'est bon. Tout… va bien, *bambina*.

Elle parut avoir du mal à déglutir.

— Je ne devrais pas penser à l'avenir, et toi non plus. Il nous reste des heures et des heures à passer ensemble.

Des heures. Pas des jours, ni des semaines, ni des mois… ni des années. Des heures.

Mon Dieu, il ne se sentait absolument pas libre.

— Viens, dit-il en sortant et en lui prenant la main. Faisons en sorte que ce temps compte.

Sa voiture était garée dans l'ombre sur la droite et, quand il s'en approcha, il découvrit qu'elle n'était pas verrouillée. Mais bon, ce n'était pas comme si quelqu'un risquait de la voler.

Il ouvrit la portière côté passager.

— Laisse-moi t'aider à monter.

Lui prenant le bras comme un gentleman, il l'installa puis tira la ceinture de sécurité en travers de ses seins et l'attacha avec un « clic ».

Alors qu'elle parcourait du regard l'intérieur de la voiture tout en caressant les côtés du siège baquet, il comprit que ce devait être son premier trajet en voiture. Et n'était-ce pas génial ?

— Tu es déjà montée dans une de ces choses ? demanda-t-il.

— En vérité, non.

— Eh bien, je vais y aller doucement.

Elle lui prit la main tandis qu'il se redressait.

— Est-ce que ça va vite ?

Il rit un peu.

— C'est une Porsche. La vitesse est sa nature.

— Alors tu dois nous faire chevaucher le vent ! Ce sera comme quand je montais à cheval !

Manny prit une photographie mentale de la joie sauvage sur le visage de Souffhrance : elle rayonnait, pas au sens propre, mais simplement du bonheur de vivre.

Il se pencha et l'embrassa.

— Tu es si belle.

Elle lui prit le visage.

— Et je t'en remercie.

Oh, mais ce n'était pas lui. C'étaient la liberté, la santé et l'optimisme qui l'illuminaient… et elle ne méritait rien de moins de la vie.

— Il y a quelqu'un que j'aimerais te présenter, dit-il d'un seul coup.

Souffhrance lui sourit.

— Alors conduis, Manuel. Emmène-nous dans la nuit.

Après un moment passé à la dévisager… c'est ce qu'il fit.

Chapitre 37

Nu au milieu de son appartement, Viszs attendait quelque chose… n'importe quoi.

Au lieu de quoi Butch recula et disparut dans la cuisine. Abandonné à sa solitude, V. ferma les yeux et jura. C'était une mauvaise idée. On ne demandait pas à un bon garçon catholique de jouer avec le genre de jouet que V…

Le coup vint de derrière, rapide et assuré.

Ce fut un écrasement de son corps magnifiquement exécuté : deux bras énormes l'entourèrent au niveau de la poitrine et des hanches, puis il fut projeté contre le mur du fond, près de la table. Ce fut là que « l'écrasement » eut lieu : chaque centimètre carré de son être reçut l'impact. Mais il ne rebondit pas.

Il resta cloué contre le mur par la nuque et les fesses.

— Lève les bras !

Le grondement fut comme un flingue pointé à l'arrière de son crâne et V. lutta, pour s'exécuter, contre la pression qui coinçait ses deux bras devant sa poitrine. Le droit se libéra en premier, et à l'instant où son poignet se dégagea il fut saisi et passé de force dans une menotte. Il en fut de même pour le gauche tout aussi rapidement.

Mais bon, les flics étaient doués avec l'acier.

Il fut brièvement relâché, ce qui lui permit de reprendre de l'air. Puis le bruit de chaînons métalliques s'enroulant autour d'un treuil lui apprit dans quel sens allaient les choses : vers le haut.

Graduellement, son poids se déplaça de ses pieds aux articulations et aux muscles de ses bras. L'ascension s'arrêta juste avant que ses orteils ne quittent complètement le sol... puis il resta pendu là, tourné vers la fenêtre, l'air entrant et sortant de ses poumons tandis qu'il entendait Butch se déplacer derrière lui.

— Ouvre la bouche.

À cet ordre, V. ouvrit largement la mâchoire, faisant craquer ses articulations, étirant le coin de ses yeux et ravivant les coupures de son visage dans un concert d'élancements.

Le bâillon fut passé sur sa tête et trouva sa place pile au bon endroit, la boule se coinçant entre ses crocs et le forçant à ouvrir encore plus grand la bouche. D'un coup sec, le lien de cuir fut resserré derrière son crâne et la boucle fermée jusqu'à s'enfoncer dans son cuir chevelu.

C'était une disposition parfaite : la suspension et l'asphyxie due au bâillon firent leur effet, stimulant son adrénaline et poussant son corps à se tendre de diverses manières.

Un corset en fil barbelé suivit. L'engin ne passant pas au-dessus de ses épaules mais s'enroulant autour de son torse, les pointes de métal à l'intérieur des courroies de cuir s'enfoncèrent dans sa chair. Butch commença par appuyer sur la bride en travers du sternum, puis effectua une succession d'autres pressions sur la cage thoracique de V., son estomac et le haut de ses hanches, jusqu'à ce que des cercles concentriques de douleur fulgurante lui picotent la colonne vertébrale, irradiant en haut, vers les récepteurs de son cerveau, et en bas, vers son pénis dur comme du bois.

L'oxygène sifflait dans ses narines quand il y eut une brève accalmie sans contact, puis Butch fut de retour avec quatre courroies de caoutchouc. Pour un amateur, il avait d'excellents instincts : le bâillon-boule et les harnais de poitrine comportaient des anneaux d'acier inoxydable tous les centimètres, et visiblement le flic allait bien s'en servir.

Travaillant à un rythme régulier, Butch glissa des crochets dans les attaches du bâillon, puis tira sur les liens pour les fixer sur le devant et à l'arrière du corset.

Cela bloqua efficacement la tête de Viszs en position inclinée vers l'avant.

Puis Butch le fit tourner et lui offrit un petit voyage en manège. Dans son état d'engourdissement, V. ressentit une vraie confusion et il ne lui fallut pas longtemps avant de ne plus savoir avec certitude si c'était lui ou la pièce qui tournait : les choses passaient devant ses yeux l'une après l'autre, le bar, la porte de sortie, la table… Butch… le lit, le verre… puis de nouveau le bar, la porte, la table… et Butch…

Ce dernier s'était dirigé vers les fouets et les chaînes pendus au mur.

Le flic resta là, les yeux rivés sur Viszs.

Comme un train qui s'arrête dans une gare, la rotation ralentit de plus en plus, jusqu'à cesser complètement… et tous deux se retrouvèrent face à face.

— Tu as dit « Aucune règle », articula Butch, les dents serrées. Est-ce que c'est toujours ton état d'esprit ?

Dans l'impossibilité de hocher ou de secouer la tête, V. lui répondit du mieux qu'il put en fléchissant les genoux pour lever ses pieds.

— En es-tu sûr ?

Quand il répéta le mouvement, les yeux de Butch se mirent à scintiller à la lueur des bougies, comme s'ils s'embuaient de larmes.

— Très bien, dans ce cas, dit-il d'une voix rauque. Si c'est ainsi que ça doit se passer.

Butch s'essuya le visage, se tourna vers le mur, puis se dirigea vers la rangée de jouets. Quand il s'approcha des fouets, V. imagina les franges pointues lui déchiqueter le dos et les cuisses… mais le flic continua son examen. À côté venaient les chats à neuf queues, et V. les sentit lui lacérer la chair… mais Butch ne s'arrêta pas. Puis ce furent les pinces à téton et les menottes à pointes en acier que l'on pouvait refermer sur les chevilles, les avant-bras, la gorge…

Chaque fois qu'une section était dépassée, Viszs fronçait les sourcils, se demandant si le flic ne faisait pas que le tourmenter, et à quel point c'était peu impressionnant…

Mais Butch finit par s'arrêter. Et il tendit la main…

V. gémit et se mit à se débattre contre les liens qui le tenaient suspendu. Écarquillant les yeux, il fit de son mieux pour supplier, mais il lui était impossible de remuer la tête et il n'avait aucun moyen de parler.

— Tu as dit « Aucune limite », déclara Butch d'une voix étranglée. Alors c'est ainsi qu'on va le faire.

Les jambes de V. furent agitées de spasmes et ses poumons commencèrent à souffrir du manque d'oxygène.

Le masque que le flic avait choisi, fait de cuir cousu par un mince fil d'acier, ne comportait pas le moindre trou, ni pour les yeux, ni pour les oreilles, ni pour la bouche. La seule façon dont l'oxygène entrait était par l'intermédiaire de parties grillagées sur les côtés, qui se trouvaient assez loin derrière pour ne laisser passer aucune lumière… L'air circulerait au-dessus d'une peau surchauffée et paniquée avant d'atteindre la bouche et les poumons. L'accessoire était une chose que V. avait achetée mais dont il ne s'était jamais servi : il ne l'avait gardé que parce qu'il l'avait terrifié et que c'était une raison suffisante pour le posséder.

Être privé de la vue et de l'ouïe était une situation qui à coup sûr lui faisait perdre les pédales, et c'était précisément la raison pour laquelle Butch avait choisi ce masque. Il savait trop bien sur quels boutons appuyer : la douleur physique était une chose… mais la torture psychologique était bien pire.

Et donc bien plus efficace.

Butch marcha lentement derrière lui et disparut de sa vue. S'agitant furieusement, V. tenta de se repositionner face à lui, mais ses orteils ne parvenaient pas à trouver une bonne prise sur le sol, ce qui était un autre succès de la stratégie du flic. Lutter et se tortiller sans obtenir le moindre résultat ne firent qu'augmenter sa terreur.

D'un seul coup, ce fut la nuit noire.

Tressautant de façon incontrôlable, Viszs tenta de lutter, mais c'était une bataille perdue d'avance : d'un coup sec, le masque lui enserra le cou, solidement et étroitement.

L'hypoxie mentale se déclencha immédiatement. Il n'y avait pas d'oxygène, rien ne passait, rien…

Il sentit quelque chose sur sa jambe. Quelque chose de long et mince. Et froid.

Comme une lame.

Il devint parfaitement immobile. Au point que ses efforts antérieurs le firent se balancer d'avant en arrière sur les chaînes au-dessus de lui comme une statue suspendue par deux cordes de métal.

Les inspirations et les expirations de V. à l'intérieur de la cagoule lui rugissaient aux oreilles tandis qu'il se concentrait sur la sensation sous sa taille : le couteau se déplaçait lentement, inexorablement vers le haut et, à mesure qu'il avançait, se dirigeait vers l'intérieur de sa cuisse…

Dans son sillage, une traînée liquide naissait et coulait sur son genou.

Il ne sentait même pas la douleur de la coupure alors que la lame continuait sa route jusqu'à son sexe : les implications que cela entraînait furent comme un énorme coup de poing lancé sur son bouton d'autodestruction.

En un éclair, le passé et le présent se mêlèrent et l'adrénaline qui se déversait dans chacune de ses veines enflamma ce mélange explosif : il fut instantanément renvoyé à la nuit où les mâles de son père l'avaient maintenu au sol sur l'ordre du Saigneur. Les tatouages n'avaient pas été le pire.

Et voilà, cela recommençait. Mais pas avec des pinces, cette fois-ci.

Viszs cria dans le bâillon-boule… et continua de crier.

Il cria pour tout ce qu'il avait perdu… pour le demi-mâle qu'il était… pour Jane… pour ce qu'étaient ses parents et pour ce qu'il espérait pour sa sœur… pour ce qu'il avait forcé son meilleur ami à faire… Il cria et cria jusqu'à ne plus avoir de souffle, de conscience, plus rien.

Ni passé ni présent.

Même plus lui-même.

Et au milieu du chaos, de la façon la plus étrange, il fut libéré.

Butch sut à quel moment son meilleur ami s'évanouit. Ce ne fut pas seulement parce que les pieds ballants s'immobilisèrent alors, mais parce que toute la musculature se détendit brusquement. Il n'y avait plus de tension dans ces bras robustes et ces cuisses massives. Plus de respiration saccadée dans cette large poitrine. Plus de muscles contractés au niveau des épaules ou dans le bas du dos.

Butch éloigna immédiatement la cuillère qu'il avait prise dans la cuisine de la jambe de V. et arrêta également de verser l'eau tiède du verre qu'il avait pris au bar.

Les larmes dans ses yeux ne l'aidèrent pas à desserrer la cagoule et à l'ôter. Pas plus qu'elles ne facilitèrent les choses quand il fallut retirer l'installation qui immobilisait V. Et il lutta particulièrement avec le bâillon-boule.

Le corset fut une saloperie à dénouer mais, même s'il avait désespérément envie d'allonger V. par terre, il était largement plus facile de tout retirer quand il pouvait travailler à trois cent soixante degrés. Et bientôt, le frère se retrouva couvert de sang, mais sans entrave.

Contre le mur, Butch libéra le treuil et redescendit lentement l'immense corps inanimé de Viszs. Aucun signe ne montrait que celui-ci avait remarqué le changement d'altitude, et le sol n'entra en contact avec le corps que pour se dérober sous les jambes molles de V., dont les genoux plièrent tandis que le marbre s'élevait pour accueillir son postérieur et son torse.

Il y eut encore du sang quand Butch dégagea les menottes.

Seigneur, son ami était dans un sale état : les brides du bâillon avaient laissé des marques rouges sur ses joues ; les dégâts infligés par le corset étaient encore plus impressionnants ; et puis il y avait les poignets, qui étaient salement écorchés.

Et cela, c'était en sus de l'état du visage de V. avant même son arrivée ici, grâce à ce dans quoi ce dernier s'était cogné.

Pendant un moment, il ne put que lisser les cheveux d'un noir de jais de ses mains qui tremblaient comme s'il était atteint de troubles nerveux. Puis il examina le corps de son ami, les tatouages sous la ceinture, le sexe flasque… et les cicatrices.

Le Saigneur était une merde indicible pour avoir torturé son fils de cette manière. Et la Vierge scribe était une conne inutile d'avoir laissé cela arriver.

Et cela avait tué Butch de se servir de ce passé horrible pour briser complètement son ami.

Sauf qu'il n'avait pas voulu frapper V. physiquement ; ce n'était pas une mauviette, mais il n'avait pas les tripes pour ça. En outre, l'esprit était l'arme la plus puissante qu'on puisse avoir contre soi-même.

Néanmoins, les larmes avaient coulé quand il avait pris la cuillère et l'avait posée contre l'intérieur de cette jambe, parce qu'il avait su instantanément quelle extrapolation V. ferait. Et il avait bien eu conscience que l'eau tiède cimenterait pour de bon la division entre le présent et le passé.

Les cris avaient été étouffés par le bâillon et la cagoule... et pourtant cette absence de bruit avait transpercé les tympans de Butch comme rien d'autre n'aurait pu le faire.

Il lui faudrait un long, long moment avant de s'en remettre : chaque fois qu'il fermait les yeux, il ne voyait que le corps de son meilleur ami tressauter et se contracter.

Se frottant le visage, Butch se leva et se dirigea vers la salle de bains. Sur l'étagère du placard, il prit une pile de serviettes noires. Il en laissa certaines sèches, mais humidifia les autres avec de l'eau chaude dans le lavabo.

De retour à côté de Viszs par terre, il essuya le sang et la sueur froide du corps de son meilleur ami, le faisant rouler d'un côté à l'autre pour ne rien rater.

La toilette prit une bonne demi-heure. Et nécessita plusieurs allers et retours jusqu'au lavabo.

La session n'avait duré qu'une fraction de ce temps.

Quand il eut fini, il souleva l'énorme poids de V. dans ses bras et le porta jusqu'au lit, où il l'étendit, la tête posée sur les oreillers de satin noir. La toilette à l'éponge, en l'état, avait laissé la peau de V. couverte de chair de poule, aussi Butch transforma-t-il le frère en rouleau de printemps, lorsqu'il défit les draps et l'enveloppa dedans.

Le processus de guérison était déjà en cours, la chair qui avait été éraflée ou coupée se refermant et effaçant les traces de ce qui avait été infligé.

C'était une bonne chose.

Tandis qu'il s'écartait, une partie de Butch eut envie de grimper sur le lit et de tenir son frère dans ses bras. Mais il n'avait déjà pas fait cela pour lui-même... et en outre, s'il ne partait pas d'ici pour se soûler rapidement, il allait perdre la boule.

Quand il fut certain que V. était bien installé, il ramassa sa veste, qu'il avait poussée par terre...

Attendez, il restait les serviettes couvertes de sang et le bazar sous la poulie.

Avec des gestes rapides, il essuya le sol puis attrapa le tas de linge humide et pesant et l'emporta jusqu'au panier à linge sale dans la salle de bains, ce qui le poussa à se demander qui diable faisait le ménage ici. Peut-être s'agissait-il de Fritz… à moins que V. s'en charge lui-même.

De retour dans la pièce principale, il prit une seconde pour vérifier à nouveau que toute trace avait disparu, à l'exception du verre et de la cuillère… puis il s'approcha pour voir si V. était toujours endormi… ou dans cet état de semi-coma.

Il était complètement dans les pommes.

— Je vais te chercher ce dont tu as vraiment besoin, dit doucement Butch, en se demandant s'il allait un jour respirer de nouveau normalement ; sa poitrine lui semblait aussi comprimée que l'avait été celle de V. tout à l'heure. Accroche-toi, mec.

En allant vers la porte, il sortit son portable pour composer un numéro… et laissa tomber l'appareil.

Hum. Apparemment, ses mains tremblaient encore. Quelle surprise.

Quand il finit par appuyer sur « appel », il pria pour que le coup de fil…

— C'est fait, dit-il d'une voix rauque. Viens ici. Non, fais-moi confiance, il va avoir besoin de toi. C'était pour vous deux. Non… Ouais. Non, je pars à l'instant. Bien. OK.

Après avoir raccroché, il enferma V. à l'intérieur et appela l'ascenseur. Tandis qu'il patientait, il tenta d'enfiler sa veste et fut si maladroit avec le daim qu'il abandonna et la jeta sur son épaule. Quand les portes s'ouvrirent en tintant, il entra, appuya sur le bouton « P »… et descendit, encore et encore, tombant de façon contrôlée et sans heurt grâce à la petite boîte en métal de l'ascenseur.

Il envoya un texto à sa *shellane* au lieu de l'appeler pour deux raisons : il ne se fiait pas à sa voix et, à dire vrai, il n'était pas prêt à répondre aux questions qu'elle lui aurait inévitablement et à juste titre posées.

Tout va bien. Je rentre dormir à la maison. Je t'aime, bisous. B.

La réponse de Marissa fut si rapide qu'il était évident qu'elle avait son téléphone à portée de main et qu'elle attendait de ses nouvelles : *Je t'aime aussi. Je suis au Refuge mais je peux rentrer.*

L'ascenseur s'ouvrit et l'odeur douceâtre de l'essence lui apprit qu'il avait atteint sa destination. En se dirigeant vers l'Escalade, il répondit : *Non, je vais vraiment bien. Reste travailler, je serai là-bas quand tu auras fini.*

Il était en train de sortir ses clés quand le téléphone sonna. *OK, mais si tu as besoin de moi, tu es la priorité.*

Mon Dieu, quelle femelle de valeur c'était.

Pareil pour toi, bisous, répondit-il.

Coupant l'alarme du 4 × 4 et déverrouillant la portière conducteur, il monta et referma derrière lui.

Il était censé se mettre à conduire. Au lieu de cela, il posa le front sur le volant et prit une grande inspiration.

Avoir une bonne mémoire, c'était tellement surfait. Et il avait beau ne pas envier Manello et tous ses effacements, il aurait donné presque n'importe quoi pour se débarrasser des images dans sa tête.

Mais pas de V. Pas de leur… relation.

Il n'abandonnerait jamais le mâle. Jamais.

Chapitre 38

— Tiens, tu pourrais avoir envie d'un café.

Lorsque José De La Cruz eut posé le *venti Starbucks* sur le bureau de son partenaire, il se carra dans le siège en face de celui-ci.

Veck aurait dû avoir une tête de cadavre, étant donné qu'il portait les mêmes vêtements que quand il avait joué à *Mission impossible* sur le capot de cette voiture la nuit précédente. Mais bizarrement, ce fils de pute réussissait à avoir l'air en forme plutôt que nase.

José était donc prêt à parier que les six autres gobelets de café à moitié bus autour de son ordinateur avaient été apportés par les différentes dames du département.

— Merci, mec.

Quand Veck s'empara de la dernière offrande de liquide chaud et fumant, il ne lâcha pas l'écran des yeux : il était facile de deviner qu'il effectuait des recherches dans les dossiers de personnes disparues et sélectionnait les femmes âgées de dix-sept à trente ans.

— Qu'est-ce que tu fabriques ? demanda quand même José.

— Les personnes disparues. (Veck s'étira sur sa chaise.) Avez-vous remarqué le nombre de personnes entre dix-huit et vingt-quatre ans qui ont été enregistrées ces derniers temps ? Des hommes pour la plupart, pas des femmes.

— Oui. Le maire est en train de réunir un groupe d'investigation.

— Il y a aussi plein de filles, mais, bon sang, on dirait que c'est une épidémie.

Dehors dans le couloir, deux types en uniforme passèrent, et tous deux firent un signe de tête aux agents. Une fois les bruits de pas disparus, Veck se racla la gorge.

— Qu'a dit l'Inspection générale des services. (Ce n'était pas une question. Et les yeux bleu foncé restèrent rivés sur la base de données.) C'est pour ça que vous êtes venu, pas vrai ?

— Eh bien oui, et aussi pour t'apporter du café. Mais on dirait qu'on s'est déjà occupé de toi.

— L'accueil, en bas.

Ah oui. Les deux Kathy, Brittany dont le prénom s'orthographiait « Britnae » et Theresa. Toutes estimaient probablement que ce type était un héros.

José s'éclaircit la voix.

— Il s'avère que le photographe avait déjà une plainte à son encontre pour harcèlement parce qu'il a l'habitude de se pointer dans des endroits où il n'est pas le bienvenu. Lui et son avocat veulent seulement étouffer l'affaire, parce qu'une autre intrusion sur une scène de crime ne lui ferait vraiment pas de bien. L'IGS a pris les dépositions de tout le monde et, au bout du compte, ce n'est qu'une simple agression de ta part – sans circonstances aggravantes. De plus, le photographe a dit qu'il refuserait de coopérer avec le procureur contre toi si on en venait là. Sans doute parce qu'il pensait que ça l'aiderait.

Là, le mec jeta un coup d'œil par-dessus l'écran.

— Dieu soit loué.

— Ne te réjouis pas trop vite.

Veck plissa les yeux, mais pas parce qu'il s'inquiétait. Il savait exactement quel était le pépin.

Et pourtant il ne posa pas la question ; il se contenta d'attendre.

José jeta un coup d'œil autour de lui. À 22 heures, le bureau de la brigade criminelle était vide, même si les téléphones sonnaient encore et que de petits pépiements surgissaient çà et là, jusqu'à ce que la messagerie s'empare des correspondants. Dehors dans le couloir, l'équipe de ménage passait l'aspirateur, et le bourdonnement de multiples engins provenait des environs du laboratoire de la scientifique, situé assez loin de leur bureau.

Il n'y avait donc aucune raison de ne pas parler franchement.

José ferma quand même la porte principale. Revenant vers Veck, il se rassit et ramassa un trombone abandonné, avec lequel il traça une petite figure invisible sur le plateau en faux bois du bureau.

— Ils m'ont demandé ce que je pensais de toi. (Il se tapota la tempe avec le trombone.) Mentalement. Genre, à quel point tu te contrôles.

— Et vous avez répondu…

José haussa les épaules et demeura silencieux.

— Cet enfoiré prenait des photos d'un cadavre ! Pour en tirer prof…

José leva la main pour interrompre ses protestations.

— La question n'est pas là. Putain, on avait tous envie de le tabasser. Mais la question est… si je ne t'avais pas arrêté… jusqu'où serais-tu allé, Veck ?

Cela fit de nouveau froncer les sourcils de l'interpellé.

Puis la pièce devint très silencieuse. Mortellement silencieuse. Enfin, à l'exception des téléphones.

— Je sais que vous avez lu mon dossier, dit Veck.

— Oui.

— Ouais, eh bien, je ne suis pas mon père. (Les mots avaient été prononcés lentement et à voix basse.) Je n'ai même pas grandi avec ce type. Je le connaissais à peine et je ne lui ressemble en rien.

C'était un dossier à ranger dans la catégorie « Parfois, on n'a pas de bol ».

Thomas DelVecchio avait beaucoup d'éléments en sa faveur : il n'avait obtenu que des « A » dans sa spécialité de droit pénal… Avait été le premier de sa classe à l'académie de police… Ses trois années de patrouilles s'étaient déroulées sans anicroches. Et il était tellement beau qu'il n'achetait jamais son café.

Mais il était le fils d'un monstre.

Et c'était là, la racine du problème qu'ils affrontaient. En vertu de tout ce qui était droit et équitable, il n'était pas juste de passer les péchés du père autour du cou du fils. Et Veck avait raison : lors de ses évaluations psychologiques, il avait été déclaré aussi normal que n'importe qui.

José l'avait donc pris comme partenaire sans réfléchir à deux fois au problème de son paternel.

Cela avait changé la nuit précédente, et le problème était l'expression que le visage de Veck avait affichée quand il s'en était pris à ce photographe.

Si froide. Si calme. Sans plus d'affect que s'il avait ouvert une canette de soda.

Ayant travaillé à la criminelle pendant l'essentiel de sa vie d'adulte, José avait vu beaucoup de meurtriers. Il y avait ceux qui commettaient des crimes passionnels et qui perdaient les pédales à cause d'un mec ou d'une nana ; il y avait la catégorie des crétins, qui dans son esprit réunissait tous les auteurs de crimes liés à la drogue, l'alcool et la violence des gangs ; et puis il y avait les malades sadiques qu'il aurait fallu euthanasier comme des chiens enragés.

Toutes ces variétés de criminels causaient des tragédies inimaginables pour les familles de leurs victimes et la collectivité. Mais ce n'étaient pas ceux-là qui empêchaient José de dormir la nuit.

Le père de Veck avait assassiné vingt-huit personnes en dix-sept ans… et il ne s'agissait que des corps qu'on avait retrouvés. Le salopard était dans le couloir de la mort en ce moment même, à seulement deux cents kilomètres de là, à Somers, dans le Connecticut, et il était sur le point de recevoir une injection létale, en dépit du nombre d'appels que son avocat avait déposés. Mais le plus dégueulasse dans cette histoire, c'était que Thomas DelVecchio senior avait un fan-club international. Avec une centaine de milliers d'amis sur Facebook, des produits commerciaux à son nom sur CafePress et des chansons écrites en son hommage par des groupes de death metal : il était tristement célèbre.

Bordel de merde, Dieu lui en soit témoin, toutes ces conneries rendaient José dingue. Ces idiots qui idolâtraient l'enfoiré feraient bien de partager son travail pendant une semaine. Pour voir à quel point ils trouvaient les tueurs cool dans la vraie vie.

En l'état actuel des choses, il n'avait jamais rencontré DelVecchio senior en personne, mais il avait visionné plein de vidéos de ses auditions avec différents procureurs et brigades policières. En apparence, le type était parfaitement lucide et aussi calme qu'un professeur de yoga. Aimable, aussi. Peu importe qui se trouvait en face de lui ou ce qu'on disait pour l'énerver, il n'avait jamais tremblé, jamais craqué, jamais donné le sentiment que quoi que ce soit ait la moindre importance pour lui.

Sauf que José avait vu la vérité sur son visage, ainsi que quelques autres professionnels : de temps à autre, il avait une étincelle dans le regard qui poussait le policier à toucher sa croix. C'était le genre de lueur qu'un garçon de seize ans aurait pu avoir en voyant passer une caisse rouge vif ou une fille avec des fesses rondes et un tee-shirt au-dessus du nombril. Cela ressemblait à un reflet du soleil sur le tranchant d'une lame : un bref éclat de lumière et de plaisir.

Mais c'était tout ce qu'il avait laissé passer. Seules les preuves l'avaient condamné ; il n'avait jamais rien avoué.

Et cela, c'était le genre de meurtrier qui faisait contempler le plafond à José la nuit pendant que sa femme dormait à côté de lui. DelVecchio senior était assez intelligent pour garder le contrôle et couvrir ses traces. Il était indépendant et plein de ressources. Et il était aussi implacable qu'un changement de saison… C'était Halloween dans un univers parallèle inversé : au lieu d'un type normal avec un masque, c'était un démon caché derrière un beau visage amical.

Veck ressemblait beaucoup à son père.

— Avez-vous entendu ce que je viens de dire ?

Au son de la voix du gamin, José reprit ses esprits.

— Oui, j'ai entendu.

— Alors c'est fini, vous et moi ? demanda Veck d'un ton brusque. Vous allez me dire que vous ne voulez plus travailler avec moi ? En supposant que j'aie même encore un boulot ?

José recommença à dessiner des figures avec son trombone.

— L'Inspection des services va te donner un avertissement.

— Vraiment ?

— Je leur ai dit que ta tête était à la bonne place, l'informa José au bout d'un moment.

Veck se racla la gorge.

— Merci, vieux.

José continua à jouer avec le trombone et le petit raclement semblait anormalement bruyant.

— La pression dans ce boulot nous tue. (Sur ce, il regarda Veck droit dans les yeux.) Et cela ne va pas aller en s'améliorant.

Il y eut un silence. Puis son partenaire murmura :

— Vous ne croyez pas à ce que vous leur avez raconté, pas vrai ?

José haussa les épaules.

— Le temps nous le dira.

— Pourquoi diable avoir sauvé mon boulot, dans ce cas ?

— Je suppose que j'ai eu l'impression que tu devais avoir une chance de réparer tes torts, même si ce ne sont pas vraiment les tiens.

José garda pour lui le fait que ce n'était pas la première fois qu'il acceptait un partenaire qui devait résoudre des problèmes au travail, pour ainsi dire.

Oui, et regardez comment Butch O'Neal avait fini : disparu. Présumé mort. En dépit de tout ce que José avait cru entendre sur cet enregistrement du 911.

— Je ne suis pas mon père, inspecteur. Je vous le jure. Ce n'est pas parce que je suis resté professionnel quand j'ai frappé le type…

José se pencha en avant et plongea son regard dans celui du gamin.

— Comment sais-tu que c'est ce qui m'ennuie dans cette agression ? Comment sais-tu que c'est ton calme ?

Alors que Veck blêmissait, José recula. Au bout d'un moment, il secoua la tête.

— Cela ne signifie pas que tu es un tueur, fiston. Et le simple fait de redouter une chose ne signifie pas qu'elle soit vraie. Mais je pense que toi et moi devons être très clairs l'un envers l'autre. Comme je te l'ai dit, je ne pense pas qu'il soit juste qu'on te juge selon des critères différents à cause de ton paternel, mais si tu fais une autre crise de ce genre, et ce quel que soit le motif – comme par exemple des contraventions… (il désigna du menton le gobelet de *Starbucks*) un mauvais café, trop d'amidon sur ta chemise… ce satané photocopieur… – c'est terminé. Est-ce qu'on se comprend bien ? Je ne vais pas laisser quelqu'un de dangereux porter un insigne, ou un flingue.

Brusquement, Veck se remit à observer son écran. Dessus se trouvait le visage d'une jolie fille de dix-neuf ans qui avait disparu environ deux semaines plus tôt. On n'avait pas encore retrouvé de cadavre, mais José était prêt à parier qu'elle était morte à l'heure actuelle.

Après avoir hoché la tête, Veck prit son café et se renversa dans son siège.

— D'accord.

José relâcha son souffle et reposa le trombone à sa place, dans une petite boîte transparente au bord aimanté.

— Bien. Parce qu'il faut qu'on retrouve ce type avant qu'il tue quelqu'un d'autre.

Chapitre 39

Tandis qu'ils roulaient en direction du sud sur « l'autoroute du Nord » ainsi que Manuel l'appelait, Souffhrance dévorait des yeux le monde qui défilait autour d'elle. Tout était source de fascination : les longues lignes de voitures de chaque côté de la route, les vastes cieux noirs au-dessus d'eux, l'air frais et vivifiant qui s'engouffrait dans l'habitacle chaque fois qu'elle descendait sa vitre.

Soit environ toutes les cinq minutes. Elle adorait le changement de température ainsi créé : le passage du chaud au frais, et inversement… C'était tellement différent du sanctuaire où le climat était toujours uniforme. En outre, les grandes bouffées d'air qui lui arrivaient dans la figure lui emmêlaient les cheveux et la faisaient rire.

Et puis, bien entendu, chaque fois qu'elle le faisait, elle jetait un coup d'œil à Manuel et le découvrait en train de sourire.

— Tu ne m'as pas demandé où nous allions, dit-il quand elle eut une nouvelle fois remonté sa vitre.

En vérité, cela n'avait aucune importance. Elle était avec lui et ils étaient libres et seuls, et c'était plus qu'assez…

Efface sa mémoire. À la fin de la nuit, efface sa mémoire et reviens ici. Seule.

Souffhrance dissimula une grimace : Kolher, fils de Kolher, avait le genre de voix qui allait de pair avec le trône, la couronne et les dagues noires accrochées à sa poitrine. Et cette intonation royale n'était pas de la poudre aux yeux.

Il s'attendait à ce qu'on lui obéisse et Souffhrance ne se leurrait pas : le fait d'être la fille de la Vierge scribe ne signifiait pas qu'elle n'était pas sujette du roi. Tant qu'elle resterait ici-bas, elle vivrait dans son univers à lui et devrait se plier à ses règles.

Lorsque le roi avait prononcé ces mots atroces, elle avait fermé les yeux et, d'après le silence qui avait ensuite régné, elle avait rapidement compris que Manuel et elle n'iraient nulle part si elle ne donnait pas sa parole.

Et donc… elle l'avait fait.

— Veux-tu savoir où nous allons ? Ohé ? Souffhrance ?

Elle sursauta, puis se força à sourire.

— Je préfère avoir la surprise.

Il sourit plus largement.

— C'est même beaucoup plus amusant… Eh bien, comme je te l'ai dit, j'aimerais te présenter quelqu'un. (Son sourire fléchit légèrement.) Je pense qu'elle pourrait te plaire.

« Elle » ? Comme dans « femelle » ?

Lui plaire ?

À vrai dire, cela n'arriverait que si la femelle en question avait un visage chevalin et un gros derrière, se dit Souffhrance.

— C'est parfait.

— Voilà notre sortie.

Elle entendit un faible « clic, clic, clic », puis Manuel tourna le volant et leur fit quitter la large route via une rampe.

Quand ils s'arrêtèrent dans une file d'autres véhicules, elle aperçut très loin à l'horizon une ville gigantesque, au point qu'elle n'en crut pas ses yeux : d'immenses constructions dotées d'un nombre incalculable de lumières de la taille d'une tête d'épingle s'élevaient d'un sol recouvert de bâtiments plus petits, et l'endroit semblait grouiller de vie. Des lumières rouges et blanches serpentaient dans et autour de ses limites… Il s'agissait sans doute de centaines de voitures qui roulaient sur des routes semblables à celle qu'ils venaient d'emprunter.

— Tu as devant toi New York, lui apprit Manny.

— C'est… magnifique.

Il eut un léger rire.

— Certains quartiers le sont assurément. Et l'obscurité et la distance font un excellent travail de maquillage.

Souffhrance tendit la main et toucha la vitre transparente devant elle.

— Là-haut où j'ai langui, il n'y a pas de grandes perspectives. Aucune splendeur à voir. Rien qu'un ciel laiteux oppressant et les limites étouffantes de la forêt. Tout ceci est tellement merveilleux…

Un son discordant retentit derrière eux, puis un autre.

Manny jeta un regard furieux dans le petit miroir au-dessus de leurs têtes.

— Du calme, mon pote. J'y vais…

Alors qu'il accélérait, réduisant rapidement la distance avec la voiture de devant, elle se sentit mal de l'avoir distrait.

— Je suis désolée, murmura-t-elle. Je n'avais pas l'intention de poursuivre.

— Tu peux parler éternellement, je t'écouterai avec plaisir.

Eh bien, c'était bon à savoir.

— Je suis accoutumée à certaines des choses que je vois ici mais, pour l'essentiel, je découvre tout. Les bols de vision de l'autre côté n'offrent que des instantanés de ce qui se déroule sur terre, en se concentrant sur les gens et non sur les objets… à moins qu'une chose inanimée participe au destin d'une personne. Ainsi, nous n'avons accès qu'à la destinée, et pas aux progrès… de la vie, ni aux paysages. C'est… la raison pour laquelle j'ai voulu être libérée.

— Comment es-tu sortie ?

À quelle époque ? se demanda-t-elle.

— Eh bien, la première fois… j'ai compris que, quand ma mère accordait une audience aux gens d'en bas, il s'ouvrait un petit espace où la barrière entre les deux mondes était… comme une sorte de grillage. J'ai découvert que je pouvais déplacer mes molécules dans ces espaces minuscules ainsi créés, et c'est ainsi que j'ai procédé. (Elle fut happée par le passé, les souvenirs revenant à la vie et brûlant non seulement son esprit, mais aussi son âme.) Ma mère a été furieuse et elle est venue me trouver, exigeant que je revienne au sanctuaire… et je lui ai dit « non ». J'avais une mission et même elle n'aurait pu m'en faire dévier. (Souffhrance secoua la tête.) Après… avoir fait ce que je devais… j'ai pensé que j'allais simplement vivre ma vie, mais je n'avais pas anticipé certaines choses. Ici-bas, je dois me nourrir et… il existe d'autres problèmes.

Ses chaleurs, en particulier, même si elle n'allait pas lui expliquer de quelle façon sa période de fertilité l'avait surprise et désemparée. Cela lui avait fait un tel choc. Là-haut, les femelles de la Vierge scribe étaient prêtes à concevoir presque tout le temps, et les grands bouleversements hormonaux ne frappaient pas leurs corps. Une fois qu'elles descendaient, néanmoins, et passaient ici plus d'une journée, le cycle leur tombait dessus. Dieu merci, ce n'était qu'une fois par décennie… même si Souffhrance avait supposé à tort qu'elle aurait dix ans avant de devoir s'en soucier.

Malheureusement, il s'était avéré que les chaleurs se déclenchaient dix ans après que le cycle avait commencé à s'amorcer : les siennes avaient donc débuté moins d'un mois après son départ du sanctuaire.

Quand elle se remémora le besoin douloureux de s'unir qui l'avait laissée sans défense et désespérée, elle reporta son attention sur le visage de Manuel. La servirait-elle au moment de ses prochaines chaleurs ? S'occuperait-il de ses désirs violents et la comblerait-il avec son sexe ? Un humain était-il seulement capable de faire cela ?

— Mais tu as fini par y retourner ? demanda-t-il.

Elle s'éclaircit la voix.

— Oui. J'ai rencontré des… difficultés et ma mère est venue me trouver.

En vérité, la Vierge scribe avait été terrifiée à la pensée que des mâles en rut puissent s'en prendre à sa fille unique, qui avait déjà « gaspillé » tant de la vie qu'on lui avait accordée.

— Elle m'a dit qu'elle m'aiderait, mais uniquement de l'autre côté. J'ai accepté de l'accompagner, pensant que ce serait comme avant et que je retrouverais un moyen de m'échapper. Mais ce n'est pas ce qui est arrivé.

La main de Manny recouvrit la sienne.

— Mais tu es tirée d'affaire, à présent.

Était-ce le cas ? Le Roi aveugle cherchait à diriger son avenir, exactement comme sa mère l'avait fait avant lui. D'accord, ses raisons étaient moins égoïstes : après tout, il avait les frères, leurs *shellane* et un bébé sous son toit, qui méritaient largement sa protection. Sauf qu'elle craignait que Kolher partage les opinions de son frère sur les humains – à savoir qu'ils n'étaient que des éradiqueurs en devenir.

— Tu sais quoi ? demanda-t-elle.

— Quoi ?

— Je crois que je pourrais demeurer dans cette automobile avec toi pour l'éternité.

— C'est drôle… je ressens exactement la même chose.

Elle entendit un autre « clic, clic, clic », puis ils tournèrent à droite.

À mesure qu'ils avançaient, il y avait de moins en moins de voitures et de plus en plus de constructions, et elle comprit ce qu'il avait voulu dire en suggérant que la nuit embellissait le visage de la ville ; le quartier qu'ils traversaient était loin d'être splendide. Des vitres brisées formaient des carrés noirs dans les bâtiments comme des dents manquantes dans une bouche, et la crasse qui ternissait les flancs des entrepôts et des magasins ressemblait à des rides. Des traces de vérole infligées par la décrépitude, le hasard ou le vandalisme entachaient ce qui avait autrefois été à n'en pas douter des façades lisses. Les peintures neuves et brillantes s'étaient décolorées, l'éclat de la jeunesse s'était depuis longtemps envolé avec le passage des éléments et du temps.

Et oui, les humains avachis dans les ombres n'étaient pas en meilleur état. Portant des vêtements froissés couleur de trottoir ou d'asphalte, ils paraissaient accablés, comme si une barre invisible les forçait tous à s'agenouiller et à rester là.

— Ne t'inquiète pas, dit Manuel. Les portières sont verrouillées.

— Je n'ai pas peur. Je suis… attristée, étrangement.

— C'est un effet de la pauvreté urbaine.

Ils dépassèrent un autre abri pourri, à peine recouvert d'un toit, où se trouvaient deux humains qui partageaient un unique manteau. Elle n'aurait jamais cru qu'elle trouverait la moindre valeur à la perfection oppressante du sanctuaire. Mais sa mère avait peut-être créé ce havre pour protéger les Élues de ce genre de découvertes. De ce genre… d'existences.

Mais le quartier s'améliora bientôt légèrement. Et peu après, Manuel quitta la route en direction d'un parking longeant un long bâtiment neuf qui semblait couvrir une large parcelle de terrain. Tout autour, des lampes étaient fixées au bout de longs pieds en acier, et leurs bras tordus projetaient une lueur orangée sur la construction basse, les toits luisants des deux véhicules garés et les arbustes taillés qui bordaient les allées.

— Nous y voilà, dit-il en arrêtant leur voiture et en se tournant vers elle. Je vais te présenter comme ma collègue, d'accord ? Joue le jeu.

Elle sourit.

— Je vais m'y efforcer.

Ils sortirent ensemble et… oh, l'air qu'elle respira ! C'était un bouquet si complexe de bon et de mauvais, de métallique et de doux, de sale et de divin.

— J'adore ça, dit-elle. J'adore ça !

Elle écarta les bras et tourna sur elle-même, pivotant sur les bottes qu'elle avait enfilées juste avant de quitter le complexe. Quand elle arrêta sa pirouette et ramena les bras le long de son corps, elle découvrit qu'il la dévisageait et se mit à rire, embarrassée.

— Je suis désolée. Je…

— Viens ici, gronda-t-il, les paupières lourdes, le regard brûlant et possessif.

Immédiatement, elle sentit son sexe palpiter et son corps rougir. Et bizarrement, elle sut prendre tout son temps pour s'approcher de lui et le faire attendre, même si ce ne fut pas long.

— Tu as envie de moi, dit-elle d'une voix traînante quand ils se retrouvèrent face à face.

— Oui. Seigneur, oui. (Il lui enserra la taille et l'étreignit de toutes ses forces.) Donne-moi ta bouche.

Tout en faisant exactement ce qu'il lui avait demandé, elle enroula ses bras autour du cou de Manuel et se colla contre son corps dur. Le baiser exprima la possession des deux côtés et, quand il s'acheva, elle fut incapable de s'arrêter de sourire.

— J'aime quand tu me donnes des ordres, dit-elle. Cela me rappelle la douche, quand tu…

Il laissa échapper un grognement et l'interrompit en posant doucement une main sur sa bouche.

— Oui, je m'en souviens. Fais-moi confiance : je m'en souviens.

Souffhrance lui lécha la paume.

— Tu recommenceras. Ce soir.

— Je serai l'homme le plus heureux du monde.

— Oui. Et il en sera de même pour moi.

Il rit brièvement.

— Tu sais quoi ? Je vais devoir mettre une blouse.

Manuel rouvrit sa portière et se pencha dans la voiture. Quand il émergea de nouveau, il enfila une veste blanche avec son nom imprimé en cursives sur le revers. Et elle sut à la façon dont il maintenait les deux pans fermés qu'il essayait de dissimuler la réaction de son corps.

Quel dommage. Elle aimait le voir dans cet état, fier et dur.

— Viens. Entrons, dit-il en lui prenant la main.

Et à voix basse, il parut ajouter :

« Avant que je n'entre en toi... »

Il n'acheva pas sa phrase, et Souffhrance conserva le sourire qu'elle arborait.

En y regardant de plus près, la structure paraissait fortifiée comme pour soutenir un siège : elle comportait des barreaux discrets aux fenêtres et une haute clôture qui s'étendait au loin. Les portes dont ils se rapprochaient étaient également pourvues de barreaux, et Manuel n'essaya pas de tourner leurs poignées.

Il était logique de sécuriser le bâtiment, se dit-elle. Vu à quoi ressemblait la majeure partie de la ville.

Manuel appuya sur un bouton et une petite voix répondit immédiatement :

— Hôpital équin de Tricounty.

— Je suis le docteur Manuel Manello. (Il tourna la tête vers une caméra.) Je suis ici pour voir...

— Salut, doc. Entrez donc.

Il y eut une sonnerie, puis Manuel tint la porte ouverte à Souffhrance.

— Après toi, *bambina*.

L'intérieur dans lequel ils pénétrèrent était spacieux et très propre, avec un sol de pierre lisse et des rangées de sièges, comme si des gens passaient beaucoup de temps à patienter dans cette première salle. Sur les murs étaient encadrées des photos de chevaux et de bovins, et beaucoup de ces animaux portaient des rubans rouges et bleus à leur licou. À l'autre bout de la pièce, on apercevait un panneau de verre sur lequel était inscrit le mot « Accueil » en lettres d'or, et une multitude de portes... se succédaient le long d'un des murs : il y avait celles marquées d'un symbole masculin et d'un symbole féminin… et celles avec des écriteaux tels que « Directeur vétérinaire », « Comptabilité » ou « Direction du personnel ».

— Quel est cet endroit ? demanda-t-elle.

— Une bouée de sauvetage. Viens, nous allons par là.

Il poussa une double porte et se dirigea vers un mâle humain en uniforme assis derrière un bureau.

— Bonsoir, docteur Manello. (L'homme posa un journal en haut duquel était écrit *New York Post* en capitales d'imprimerie.) Ça fait un moment qu'on ne vous avait pas vu.

— Voici une de mes collègues, Sou… Sophie. Nous allons juste voir ma chérie.

L'humain concentra son attention sur le visage de Souffhrance. Puis il parut se reprendre.

— Euh… Elle est là où vous l'avez laissée. Le vétérinaire a passé beaucoup de temps avec elle aujourd'hui.

— Oui. Il a appelé. (Manuel tapota le bureau de ses articulations repliées.) À plus tard.

— Bien sûr, doc. Ravi de vous rencontrer… Sophie.

Souffhrance inclina la tête.

— C'est un plaisir de vous rencontrer également.

Il y eut un silence gêné quand elle se redressa. L'humain semblait absolument frappé par son apparence : il avait la bouche entrouverte et les yeux écarquillés… d'émerveillement.

— Du calme, mon grand, dit Manuel d'un air sombre. Tu peux recommencer à cligner des yeux quand tu veux… genre maintenant. Je t'assure. Vraiment.

Manuel se plaça entre eux deux et prit la main de Souffhrance, bloquant ainsi la vue et établissant son territoire sur elle. Et ce ne fut pas tout : son corps exhala une odeur épicée qui avertit l'autre homme que cette femelle qu'il admirait tant ne serait disponible qu'une fois Manuel mort et enterré.

Et cela donna à Souffhrance l'impression qu'un soleil lui embrasait la poitrine.

— Viens, Sou… Sophie.

Tandis qu'il la tirait par la main et qu'ils se remettaient en route, il ajouta dans un souffle :

— Avant que Machin se décroche la mâchoire à force d'être bouche bée.

Souffhrance fit un bond. Puis un autre.

Manuel lui jeta un coup d'œil.

— Ce pauvre agent de sécurité a failli vivre une expérience de mort imminente avec son badge enfoncé au fond de la gorge et tu es heureuse ?

Souffhrance lui embrassa rapidement la joue, sachant décrypter la fausse sévérité sur son beau visage.

— Tu m'apprécies.

Manuel leva les yeux au ciel et l'attira contre lui par le cou, pour lui rendre son baiser.

— Pfff.

— Pfff, imita-t-elle…

L'un des deux trébucha sur le pied de l'autre, difficile de dire qui, et ce fut Manuel qui les empêcha de tomber.

— Nous ferions mieux de faire attention, dit son mâle. Avant d'avoir besoin d'une réanimation

Elle lui donna un coup de coude.

— Sage extrapolation.

— Serais-tu en train de me corriger ?

Souffhrance regarda par-dessus l'épaule de Manuel. Puis lui claqua la fesse, d'un coup sec. Il poussa un glapissement et elle lui fit un clin d'œil.

— Oui. Absolument. C'est ce que je fais.

Baissant les paupières et la voix, elle se fit cabotine :

— Voudrais-tu que je recommence, Manuel ? Peut-être… de l'autre côté ?

Lorsqu'elle haussa les sourcils dans sa direction, il éclata de rire et le bruit résonna longtemps dans le couloir vide.

Puis, quand ils se heurtèrent de nouveau l'un l'autre, il la fit s'arrêter.

— Attends, il faut qu'on s'applique mieux que ça. (Il lui passa un bras autour des épaules, l'embrassa sur le front et se plaça à côté d'elle.) À trois, on lève le pied droit. Prête ? Un… deux… trois.

Au signal, ils tendirent tous deux la jambe droite, puis ce fut la gauche… et la droite… et la gauche…

Parfaitement en cadence.

Côte à côte.

Ils descendirent le couloir. Ensemble.

Jusque-là, Manny n'avait jamais eu conscience que sa vampire sexy pouvait avoir le sens de l'humour. Et cela ne faisait qu'ajouter à ses qualités.

Ah, diable, ce n'était pas seulement cela. C'était son étonnement, sa joie de vivre et cette impression qu'elle était prête à tout. Elle n'était absolument pas comme ces mondaines fragiles et délicates ou ces mannequins minces comme des bâtons avec lesquels il avait l'habitude de sortir.

— Souffhrance ?

— Oui ?

— Si je te disais que j'ai envie de gravir une montagne ce soir…

— Oh, j'adorerais ! J'adorerais voir un large panorama du haut de…

Bingo. Même si, Seigneur, il ne pouvait que s'étonner de la cruauté d'avoir enfin trouvé la femme parfaite… en quelqu'un qui lui était si fondamentalement opposé.

Quand ils arrivèrent devant une autre double porte qui menait à la partie clinique de l'hôpital équin, il ouvrit largement l'un des battants et, sans s'arrêter une seconde, ils se tournèrent sur le côté pour la franchir ensemble… et ce fut à ce moment précis que cela arriva.

Ce fut là qu'il tomba complètement amoureux d'elle.

C'était à cause de sa conversation joyeuse, de sa démarche sautillante et de ses yeux glacés qui brillaient comme du cristal. C'était à cause de son histoire passée qu'elle avait partagée avec lui, de la dignité dont elle faisait preuve et du fait que son physique s'opposait totalement à celui des femmes avec lesquelles il avait l'habitude de sortir… et qu'il ne supporterait plus désormais d'avoir en face de lui à un dîner. C'était à cause de la puissance de son corps, de l'acuité de son esprit et…

Seigneur… il n'avait même pas pensé au sexe.

Quelle ironie. Elle lui avait procuré les orgasmes de sa vie et ils ne figuraient même pas au sommet de sa liste « Je t'aime parce que ».

Il supposait qu'elle était simplement spectaculaire.

— Pour quelle raison souris-tu, Manuel ? demanda Souffhrance. Tu anticipes peut-être les futures attentions de ma main sur ton derrière ?

— Oui. C'est exactement cela.

Il l'attira contre lui pour un nouveau baiser, et tenta d'ignorer la douleur dans sa poitrine : inutile de gâcher le peu de temps dont ils disposaient en songeant aux adieux qui les attendaient. Ils viendraient bien assez tôt.

En outre, ils avaient presque atteint leur destination.

— Elle est là-bas, dit-il en tournant à gauche et en poussant la porte qui donnait sur la zone des stalles de convalescence.

À l'instant où la porte s'ouvrit, Souffhrance hésita un instant, fronçant les sourcils alors qu'on entendait des hennissements et des coups de sabot intermittents dans l'air qui sentait le foin.

— C'est tout au bout. (Manny la tira par la main.) Elle s'appelle Glory.

Glory était la dernière à gauche, mais à l'instant où il prononça son nom, elle étira son long cou élégant et sa tête parfaitement proportionnée émergea au-dessus de la porte de la stalle.

— Salut, ma jolie, dit-il.

En réponse, elle lui adressa un salut digne de ce nom, en remuant ses oreilles pointues et en soufflant de l'air par les naseaux.

— Dieux miséricordieux, murmura Souffhrance, qui lui lâcha la main pour le devancer.

Alors qu'elle s'approchait de la stalle, Glory rejeta la tête en arrière en faisant onduler sa crinière noire, et il eut une brusque vision de Souffhrance en train de se faire mordre.

— Fais attention, dit-il en se mettant à courir. Elle n'aime pas…

À l'instant même où Souffhrance posa la main sur le nez soyeux, Glory en demanda plus, poussant la paume, cherchant une caresse digne de ce nom.

— … les étrangers, acheva Manny sans conviction.

— Bonjour, très chère, murmura Souffhrance en se penchant par-dessus la stalle pour examiner le cheval de plus près. Tu es si belle… si grande et forte… (Ses mains blanches se posèrent sur le cou noir et le caressèrent lentement.) Pourquoi a-t-elle les jambes antérieures bandées ?

— Elle s'est cassé celle de droite. Gravement. Il y a environ une semaine.

— Puis-je entrer ?

— Euh…

Seigneur, il n'arrivait pas à y croire, mais Glory semblait être tout amour, roulant carrément des yeux quand on la gratta derrière les oreilles.

— Oui, je pense que ça ira.

Il défit le loquet de la porte et tous deux se glissèrent à l'intérieur. Et quand Glory fit un mouvement pour reculer, elle boitilla… sur ce qui avait été son bon côté.

Elle avait perdu tellement de poids que ses côtes apparaissaient comme des piquets de clôture sous sa robe.

Et il était prêt à parier que, une fois la nouveauté de ses visiteurs passée, son sursaut d'énergie disparaîtrait rapidement.

Le message vocal du médecin ne s'avérait que trop juste : elle lâchait prise. Cet os cassé guérissait, mais pas assez vite, et la redistribution du poids avait entraîné l'affaiblissement et la séparation des couches du sabot opposé.

Glory tendit le nez jusqu'à son torse et lui donna une légère poussée.

— Salut, ma belle.

— Elle est extraordinaire. (Souffhrance palpait la pouliche.) Tout simplement extraordinaire.

Et voilà qu'il avait un poids de plus sur la conscience : amener Souffhrance ici n'était peut-être pas un cadeau, mais un acte de cruauté. Pourquoi la présenter à un animal qui avait de grandes chances d'être…

Mon Dieu, il n'arrivait même pas à l'envisager.

— Tu n'es pas le seul à être territorial, lui dit-elle.

Manny jeta un coup d'œil de l'autre côté de la tête de Glory.

— Pardon ?

— Quand tu m'as dit que j'allais rencontrer une femelle, je… j'ai souhaité qu'elle ait une tête de cheval.

Il éclata de rire et caressa le front de l'animal.

— Eh bien c'est le cas, tant mieux.

— Que vas-tu faire d'elle ?

Alors qu'il tentait de formuler sa pensée en mots, il rassembla les crins qui tombaient juste au-dessus des yeux presque noirs de la pouliche.

— Ton absence de réponse est suffisante, dit tristement Souffhrance.

— J'ignore pourquoi je t'ai amenée ici. Je veux dire… (Il se racla la gorge.) En fait, je sais pourquoi, et c'est assez pathétique. Je n'ai que mon boulot… Glory est la seule chose qui existe en dehors. C'est personnel.

— Tu dois avoir le cœur brisé.

— Oui.

Brusquement, Manny regarda, par-dessus le dos de son cheval, la vampire aux cheveux noirs qui avait posé la joue contre le flanc de Glory.

— Je suis… totalement anéanti par cette perte.

Chapitre 40

Quelques instants après l'appel de Butch, Jane se solidifia sur la terrasse de l'appartement de V. Tandis que sa silhouette reprenait de la consistance, l'air nocturne lui ébouriffa les cheveux et humidifia ses yeux.

À moins qu'il ne s'agisse seulement de larmes.

Regardant à travers la fenêtre, elle vit tout bien trop clairement : la table, les lanières, les fouets et les… autres « jouets ».

Quand elle était venue ici avec Viszs auparavant, elle n'avait vu dans toute cette panoplie SM rien de plus qu'une toile de fond excitante et légèrement effrayante qui venait pimenter leurs incroyables relations sexuelles. Mais sa version du « jeu » était un chiot comparé au loup-garou de V.

Et elle voyait cela de façon si évidente à présent.

Quels accessoires Butch avait-il employés ? Dans quel état se trouvait son compagnon ? Y aurait-il beaucoup de sang… ?

Une minute. Où était V. ?

Traversant la vitre coulissante, elle…

Il n'y avait pas de sang par terre. Ou dégoulinant des instruments. Pas de crochets suspendus au plafond. Tout était exactement à la même place que lors de sa dernière visite, comme si rien ne s'était passé…

Elle entendit un grognement provenant de l'extérieur du cercle des bougies, et le bruit lui fit brusquement tourner la tête. Bien entendu. Le lit.

Scrutant le voile de ténèbres, ses yeux s'adaptèrent à la faible luminosité et elle le découvrit : enveloppé dans des draps de satin, étendu sur le dos, se tortillant de douleur... à moins qu'il soit endormi ?

— Viszs ? appela-t-elle doucement.

Avec un hurlement, il se réveilla instantanément, redressant le torse d'un coup, écarquillant les yeux. Immédiatement, elle remarqua que son visage était marqué de cicatrices qui s'estompaient... et qu'il y en avait d'autres également sur ses pectoraux et son abdomen. Mais ce fut l'expression qu'il arborait qui la bouleversa vraiment : il était terrifié.

Brusquement, il repoussa les couvertures de son corps dans un violent claquement de tissu. Baissant les yeux pour s'examiner, il se mit à transpirer sur la poitrine et les épaules, et sa peau émit une soudaine lueur quand il posa la main sur son sexe... comme s'il protégeait ce qu'il en restait.

Laissant retomber sa tête, il respira à grands coups. Inspiration. Expiration. Inspiration. Expiration...

Qui se transformèrent en sanglots.

Se recroquevillant sur lui-même en protégeant de ses mains le travail de boucher qu'on lui avait infligé si longtemps auparavant, il pleura à chaudes larmes, alors que sa réserve naturelle avait disparu, que sa maîtrise de lui-même s'était envolée, et que son intelligence n'était plus souveraine de son royaume mais simple sujette.

Il ne remarqua même pas que Jane se trouvait à côté de lui.

Cette dernière songea qu'elle ferait mieux de partir. Il n'aurait pas aimé qu'elle le voie dans cet état, même avant que tout se désagrège entre eux. Le mâle qu'elle connaissait, aimait et auquel elle était unie n'aurait souhaité aucun témoin de ce...

Difficile de dire ce qui attira l'attention de V... et plus tard elle se demanderait comment il avait saisi cet instant pour la regarder pile au moment où elle allait se dématérialiser.

Elle en fut immédiatement incapable : s'il avait été énervé par ce qui était arrivé avec Souffhrance, il allait désormais la détester ; il était strictement impossible de faire abstraction d'une telle invasion de son intimité.

— Butch m'a appelée, dit-elle brusquement. Il a cru que tu…

— Il m'a fait du mal… Mon père m'a fait du mal.

Les mots étaient si faibles et si bas qu'elle faillit ne pas les comprendre. Mais quand ce fut le cas, le cœur de Jane cessa de battre.

— Pourquoi ? demanda Viszs. Pourquoi m'a-t-il fait cela ? Pourquoi ma mère a-t-elle fait cela ? Je n'ai jamais demandé à être leur fils… et je n'aurais pas choisi de l'être si l'un d'eux me l'avait demandé… Pourquoi ?

Il avait les joues humides des larmes qui coulaient toujours de ses yeux de diamant, en un flot incessant qu'il ne remarquait pas et dont il semblait se ficher. Et elle avait l'impression qu'il faudrait un moment avant que la fuite s'arrête – comme si une artère interne avait été sectionnée et que c'était le sang même de son cœur qui se déversait hors de lui et le recouvrait.

— Je suis tellement désolée, dit-elle d'une voix rauque. Je ne connais aucune des réponses… mais je sais que tu ne méritais pas cela. Et… et que ce n'est pas ta faute.

Il ôta les mains de son sexe et l'examina. Un long moment passa avant qu'il ne parle et, quand il le fit, les mots furent lents et réfléchis… mais se dévidèrent en un flot aussi continu que ses larmes silencieuses.

— J'aimerais être entier. J'aurais aimé pouvoir te donner un enfant si tu l'avais désiré et si tu avais pu concevoir. J'aurais aimé pouvoir te dire que cela m'a tué quand tu as cru que j'avais couché avec quelqu'un d'autre. J'aurais souhaité passer l'année écoulée à me réveiller chaque nuit pour te dire que je t'aimais. J'aurais aimé m'être uni à toi dans les règles la nuit où tu m'es revenue d'entre les morts. J'aimerais… (Son regard brillant croisa alors le sien.) J'aimerais être moitié aussi fort que toi et j'aimerais te mériter. Et… c'est tout.

Très bien. D'accord. Voilà qu'ils pleuraient tous les deux, à présent.

— Je suis tellement désolée pour Souffhrance, dit-elle, la voix enrouée. J'ai voulu t'en parler, mais elle avait pris sa décision. J'ai essayé de travailler avec elle, vraiment, mais au final, j'ai seulement… je n'ai pas… je ne voulais pas que ce soit toi qui le fasses. J'aurais préféré vivre avec cet horrible poids sur la conscience pendant une éternité plutôt que tu sois obligé de tuer ta propre sœur. Ou qu'elle se soit fait plus de mal que ce qu'elle avait déjà subi.

— Je sais… Je le sais, maintenant.

— Et pour être honnête, le fait qu'elle soit désormais guérie me donne des sueurs froides à l'idée que nous ayons failli la perdre.

— Mais tout va bien. Elle est en pleine forme.

Jane s'essuya les yeux.

— Je pense qu'en ce qui concerne…

Elle jeta un coup d'œil au mur baigné par la lumière jaune des bougies qui n'arrivait en rien à adoucir les pointes acérées et les implications encore plus aiguës des accessoires qui étaient suspendus là.

— En ce qui concerne… tes pratiques… sexuelles, j'ai toujours redouté de ne pas te suffire.

— Putain… Non… Tu es tout pour moi.

Jane posa la main sur sa bouche afin de ne pas complètement craquer. Parce que c'était exactement ce qu'elle avait besoin d'entendre.

— Je n'ai même pas fait tatouer ton nom sur mon dos, dit V. Je trouvais que c'était stupide et une perte de temps… Mais comment peux-tu avoir le sentiment que nous sommes unis sans cela, surtout en sachant que chaque mâle du complexe a été marqué en l'honneur de sa *shellane* ?

Mon Dieu, elle n'avait jamais réfléchi à cela.

V. secoua la tête.

— Tu m'as donné toute latitude… de sortir avec Butch, de me battre avec mes frères et de faire mes conneries sur Internet. Que t'ai-je donné de mon côté ?

— Ma clinique, pour commencer. Je n'aurais pas pu la construire sans toi.

— C'est pas tout à fait un bouquet de roses.

— Ne sous-estime pas tes compétences de charpentier.

Il sourit un peu à ces mots. Puis redevint sérieux.

— Puis-je te dire une chose que j'ai pensée chaque fois que je me suis réveillé à ton côté ?

— Je t'en prie.

Viszs, celui qui avait toujours réponse à tout, parut muet. Mais alors il dit :

— Tu es la seule raison qui me fasse sortir du lit chaque nuit. Et tu es la seule raison qui me fasse attendre avec impatience de rentrer à la maison chaque matin. Ce n'est pas la guerre. Ni les frères. Ni même Butch. C'est… toi.

Oh, des mots si simples… mais si éloquents ! Seigneur, si éloquents !

— Me laisserais-tu te faire un câlin ? demanda-t-elle brusquement.

Son compagnon lui tendit les bras.

— Et si je te serrais contre moi, plutôt ?

Quand Jane se jeta contre lui, elle répliqua :

— Il n'est pas nécessaire que ce soit l'un ou l'autre.

Instantanément, elle reprit toute sa consistance sans le moindre effort, la magie chimique interne existant entre eux l'appelant à être là, ici et maintenant. Et lorsque Viszs enfouit le visage dans ses cheveux et se mit à frissonner comme s'il avait couru une longue distance et était enfin arrivé chez lui… elle sut exactement ce qu'il ressentait.

Quand sa *shellane* se jeta contre lui, V. eut l'impression qu'on l'avait ouvert en deux… puis recousu.

Seigneur, ce que Butch avait fait pour lui. Pour eux tous.

Le chemin que le flic avait emprunté était le bon. Il était atroce et terrible… mais c'était exactement celui qu'il fallait. Et à présent que V. enlaçait sa femelle, il fouillait du regard l'endroit où cela avait eu lieu. Tout avait été nettoyé… à l'exception de deux choses sur le sol, qui n'étaient pas à leur place habituelle : une cuillère et un verre à peine rempli de ce qui devait être de l'eau.

Tout n'avait été qu'illusion : rien ne l'avait réellement découpé. Et il était prêt à parier que Butch avait laissé ces deux objets bien en vue pour que, quand V. se réveillerait et jetterait un coup d'œil, il sache quels moyens on avait employés pour le pousser à bout.

Rétrospectivement, cela paraissait sacrément débile… Pas la séance avec le flic, mais le fait que V. n'ait jamais réellement réfléchi au Saigneur et à ces années passées dans le camp. La dernière fois que cette partie du passé avait resurgi, c'était quand il avait couché avec Jane la première fois… et ce uniquement parce qu'elle l'avait vu nu et qu'il avait dû lui expliquer.

Mon père ne voulait pas que je me reproduise.

C'était grosso modo tout ce qu'il avait dû lui dire. Ensuite, comme un cadavre plongé dans une eau stagnante, ce merdier était retombé pour se déposer sur le lit sablonneux de son être profond.

Avant Jane, il n'avait jamais eu de relations sexuelles sans garder son pantalon. Non par honte – du moins était-ce ce qu'il se répétait – mais parce qu'il n'avait tout simplement pas trouvé le moindre intérêt à aborder le sujet avec les mâles et les femelles anonymes avec lesquels il baisait.

Après Jane ? Les choses avaient été différentes. La nudité était plus que géniale, probablement parce que Jane avait gardé la tête froide quand il lui avait fait cette révélation. Et pourtant, en y réfléchissant aujourd'hui, il l'avait toujours tenue à distance, même quand elle était dans ses bras. Au contraire, il avait été plus proche de Butch, mais c'était une relation entre mâles, ce qui lui avait toujours semblé bizarrement moins menaçant qu'une relation entre mâle et femelle.

Sans doute un reliquat de ses problèmes avec sa mère : après ce que sa *mahmen* lui avait fait, il était tout simplement incapable de ressentir la même confiance envers les femelles qu'envers ses frères ou son meilleur ami.

Sauf que Jane ne l'avait jamais trahi. En réalité, elle avait même été prête à batailler contre sa propre conscience pour lui épargner de commettre l'acte indicible que sa jumelle exigeait.

— Tu n'es pas ma mère, dit-il dans les cheveux de sa *shellane*.

— Tu as parfaitement raison. (Jane recula et le regarda droit dans les yeux, comme à son habitude.) Je n'aurais jamais abandonné mon fils. Ou traité ma fille de cette manière.

V. prit une longue inspiration et, quand il relâcha l'oxygène de ses poumons, il eut l'impression d'expulser les mythes sur lesquels il avait forgé jusque-là non seulement son identité… mais également sa perception de Jane… et celle de leur union.

Il devait changer de façon de voir.

Pour eux. Pour lui-même. Pour Butch.

Seigneur, cette expression sur le visage du flic quand ce qui se passait ici avait viré bien au-delà du pathétique.

Donc oui, il était temps de cesser de recourir à des conneries externes pour réguler ses émotions. Le sexe extrême et la douleur lui avaient longtemps paru être d'excellentes solutions, mais en réalité ils n'avaient été que du fond de teint masquant un bouton : la laideur était demeurée en lui.

Il devait régler les saloperies de son moi intérieur pour ne plus avoir besoin que Butch ou quiconque d'autre le brise seulement pour qu'il puisse lâcher prise. De cette manière, les accessoires SM ne seraient plus là que pour prendre du plaisir avec Jane.

On aurait dit qu'il était enfin prêt à essayer la version psychiatrique du traitement anti-acné.

Si cela continuait, il allait se retrouver dans une pub télé où il déclarerait à la caméra : « Il ne faut qu'une petite touche de compréhension de soi… puis je rince avec la lotion "Définis-toi", et mon esprit et mes émotions sont propres et nets… »

Très bien, voilà qu'il perdait vraiment la boule.

Caressant les cheveux soyeux de Jane, il murmura :

— À propos… des objets que j'ai ici. Si tu es partante, je suis toujours prêt à jouer… si tu vois ce que je veux dire. Mais à partir de maintenant, ce n'est que pour s'amuser, et rien que toi et moi.

Diable, ils avaient eu beaucoup de relations sexuelles intenses, impliquant l'usage de cuir et autres bizarreries, et il en aurait toujours envie avec elle. Avec un peu d'espoir, elle ressentait la même chose…

— J'aime ce que nous faisons ici. (Elle sourit.) Cela m'excite.

Eh bien… voilà que son pénis durcissait.

— Moi aussi.

En lui retournant son sourire, il comprit quelle était l'ombre au tableau : cette résolution de tourner la page était belle et bonne, mais comment allait-il la tenir ? Demain soir il ne pourrait tout simplement plus se permettre de se réveiller et d'être le type qui déraillait.

Merde, il supposait qu'il allait comprendre comment faire. Pas vrai ?

Avec douceur, il caressa la joue de sa *shellane*.

— Je n'ai jamais été en couple avant toi. J'aurais dû savoir que nous irions dans le mur à un moment ou un autre.

— C'est ainsi que ça fonctionne.

Il pensa à ses frères et aux nombreuses fois où il y avait eu des brouilles, des bagarres et des disputes entre ces têtes de lard. Pourtant, ils avaient toujours résolu le problème – en général en se cognant mutuellement dessus de temps à autre. Ce qui était un truc de mecs.

À l'évidence, Jane et lui allaient faire pareil. Pas en s'échangeant des coups, bien sûr, mais en suivant les routes cahoteuses qui aboutissaient aux solutions. Après tout, c'était la vie… pas un conte de fées.

— Mais tu sais ce qu'il y a de mieux ? lui demanda sa Jane en lui passant les bras autour du cou.

— Je n'ai plus l'impression d'être mort parce que tu m'as quitté ?

— Eh bien, oui, ça aussi. (Elle inclina la tête et l'embrassa.) Trois mots : réconciliation sur l'oreiller.

Oh oui. Sauf que…

— Attends, ça ne fait pas plutôt quatre mots ? Tu n'as pas oublié l'article ?

— J'ai compté l'article dans ma tête. Mais je pense que ça fonctionne dans les deux cas ?

— À moins qu'on dise « loreiller » en un seul mot ?

— C'est aussi une possibilité. (Un silence.) Ai-je déjà mentionné que tu es le geek le plus sexy que j'aie jamais rencontré ?

— Ça me rappelle quelque chose. (Il pencha la tête et effleura sa bouche de la sienne.) Mais garde-le pour toi. J'ai une réputation de gros dur à protéger.

— Ton secret est en sécurité avec moi.

V. redevint sérieux.

— Je suis en sécurité avec toi.

Jane lui caressa le visage.

— Je ne peux pas te promettre que nous ne rencontrerons plus d'ornières, et je sais que nous ne serons pas toujours d'accord. Mais sur ce point, j'en suis persuadée : tu seras toujours en sécurité avec moi. Toujours.

Viszs l'attira à lui et posa la tête contre sa gorge. Il avait cru qu'il ne pourrait pas l'aimer plus qu'il l'avait fait après sa mort et son retour sous son adorable forme fantomatique. Mais il s'était trompé. L'amour, découvrait-il, était semblable aux dagues qu'il forgeait : quand on en tenait une nouvelle la première fois, elle resplendissait et la lame luisait sous la lumière. En l'empoignant, on était plein d'optimisme quant à ce qu'elle donnerait sur le terrain et on était impatient de l'essayer. Sauf que son maniement s'avérait généralement difficile les premières nuits, le temps qu'on s'habitue à l'arme et réciproquement.

Avec le temps, l'acier perdait de son brillant, la garde se teintait, et on l'éraflait peut-être une ou deux fois. Mais ce qu'on récupérait en retour vous sauvait la vie : une fois que la dague et son porteur se connaissaient, l'arme faisait tellement partie de vous qu'elle devenait comme une extension de votre bras. Elle vous protégeait et vous donnait les moyens de protéger vos frères ; elle vous donnait la confiance et le pouvoir de faire face à tout ce qui surgirait de la nuit ; et où que vous alliez, elle demeurait avec vous, juste sur votre cœur, toujours là quand vous en aviez besoin.

Il fallait pourtant garder la lame aiguisée. Et consolider la garde de temps en temps. Et vérifier l'équilibre général de la dague.

Étrange… Dès qu'il s'agissait d'armes, tous ces soins lui donnaient envie de répondre : « Ouais, normal. » Pourquoi n'avait-il pas pris conscience qu'il en allait de même pour les unions ?

Levant les yeux au ciel il se dit que mince, si les fabricants étaient prêts à créer une ligne de cartes de Saint-Valentin d'inspiration médiévale, du genre gothique avec du houx, il serait parfaitement indiqué pour en fournir le contenu.

Il ferma les yeux tout en savourant le plaisir de serrer Jane dans ses bras et fut presque content d'avoir pété les plombs, rien que pour en arriver là.

Enfin, il aurait choisi un chemin moins ardu s'il en avait existé un. Sauf qu'il n'était pas certain que les choses fonctionnent de cette manière. Il fallait mériter son bonheur.

— J'ai une question à te poser, dit-il doucement.

— Tout ce que tu veux.

Reculant légèrement, il lui caressa les cheveux de sa main gantée et il lui fallut un moment avant de se décider à parler :

— Est-ce que… tu me laisserais te faire l'amour ?

Alors qu'elle dévisageait Viszs et sentait le poids de son corps contre le sien, Jane comprit qu'elle ne le laisserait jamais partir. Jamais. Et elle comprit que s'ils arrivaient à surmonter les épreuves de cette dernière semaine, ils auraient acquis l'endurance que les bons mariages – ou les bonnes unions – requéraient.

— Oui, répondit-elle. Je t'en prie…

Son *hellren* l'avait prise tant de fois depuis qu'ils étaient ensemble : la nuit et le jour ; sous la douche et dans le lit ; habillée, déshabillée ou à moitié habillée ; rapidement et brutalement… brutalement et rapidement. Les aspects troubles de sa personnalité avaient toujours fait partie de l'excitation – cela, et son imprévisibilité. Elle ne savait jamais à quoi s'attendre : allait-il exiger qu'elle fasse certaines choses, ou bien prendrait-il le contrôle de son corps, ou encore lui demanderait-il de l'attacher pour qu'elle puisse faire ce qu'elle voulait de lui ?

Mais la constante était qu'il n'était jamais du genre à traîner.

À présent, il se contentait de lui caresser les cheveux, passant les doigts dans ses mèches et les replaçant derrière ses oreilles. Et il ne cessa pas de soutenir son regard quand il unit doucement leurs bouches. Effleurant et caressant, il lui lécha les lèvres mais, quand elle les ouvrit, ne plongea pas comme il le faisait toujours. Il ne fit que poursuivre le baiser… jusqu'à ce qu'elle se sente droguée par ses mouvements de succion et les tiraillements de la chair contre la chair.

D'ordinaire, le corps de Jane rugissait en réponse au sien. Mais désormais, une vague délicieuse la submergeait, apportant une excitation paisible qui était d'une certaine façon aussi profonde et bouleversante que la passion extrême qu'elle ressentait d'habitude.

Quand il changea de position, elle suivit son exemple, s'allongeant complètement sur le dos tandis qu'il se redressait et lui recouvrait le buste de son corps. Les baisers continuèrent et elle était tellement absorbée qu'elle ne remarqua pas qu'il avait glissé une main sous sa chemise. Sa paume tiède remonta paresseusement, ciblant ses seins… jusqu'à les trouver et les capturer. Pas de taquineries, ni de pinçons ni de petits tiraillements secs. Rien que son pouce qui caressa son téton, jusqu'à ce qu'elle se cambre et gémisse contre sa bouche.

Elle posa les mains sur les flancs de Viszs et… oh, Seigneur, elle sentit le relief des cicatrices qu'elle avait vues. Et elles étaient partout sur son torse…

Viszs lui prit les poignets et lui reposa les bras sur le lit.

— N'y pense pas.

— Que t'a-t-il fait… ?

— Chut.

Il reprit ses baisers et elle fut tentée de se débattre, mais les caresses submergèrent progressivement son cerveau de sensations.

C'était bel et bien fini, se répéta-t-elle. Et ce qui avait eu lieu les avait aidés à en arriver là.

Voilà tout ce qu'elle avait besoin de savoir.

La voix de Viszs, profonde et grave, lui chuchota quelque chose à l'oreille :

— J'ai envie de te retirer tes vêtements. Puis-je ?

— Je t'en prie… Oui… Mon Dieu, oui.

Le fait qu'il la déshabille faisait partie du plaisir, le moyen était aussi merveilleux que le but qui les réunissait peau contre peau. Et le dévoilement progressif de ce corps qu'il avait vu si souvent lui donna l'impression que c'était une nouveauté et un moment d'exception.

Ses seins se tendirent encore plus quand l'air frais les effleura et elle observa le visage de V. pendant qu'il la contemplait. Le désir était là, sauf qu'il y avait tellement plus… Du respect, de la gratitude… ainsi qu'une vulnérabilité qu'elle avait sentie, mais n'avait jamais clairement distinguée auparavant.

— Tu es tout ce dont j'ai besoin, dit-il en inclinant la tête.

Il fit courir ses mains partout : sur son ventre, ses hanches, entre ses cuisses.

Sur son sexe humide.

L'orgasme qu'il lui procura ressembla à une vague tiède et rayonnante qui parcourut son corps et l'emporta dans un nuage délicieux de plaisir. Et au milieu de cela, il monta sur elle et se glissa en elle. Il n'y eut pas de coups de boutoir, rien que cette vague encore, en elle et autour d'eux, tandis qu'il remuait et que son érection allait et venait.

Rien de rapide, mais seulement cet amour lent.

Pas d'urgence, mais tout le temps du monde.

Quand il finit par jouir, ce fut sur un dernier coup de reins, et elle jouit avec lui, tous deux étroitement enlacés, unis par leurs corps… et leurs âmes.

D'une roulade, il l'amena au-dessus de lui et elle resta étendue sur sa poitrine dure et musclée, en se sentant aussi langoureuse qu'une brise d'été et à peu près aussi légère. Elle flottait, elle avait chaud et…

— Ça va ? demanda Viszs en la regardant.

— Mieux que ça. (Elle étudia son visage.) J'ai l'impression d'avoir fait l'amour avec toi pour la toute première fois.

— Tant mieux. (Il l'embrassa.) C'était l'idée.

Posant la tête sur son cœur, elle regarda le mur derrière la table. Elle n'aurait jamais cru qu'elle serait un jour reconnaissante de voir un assortiment aussi terrifiant de « jouets », mais ce fut le cas. Au travers de la tempête… ils avaient trouvé le calme.

Autrefois séparés, ils étaient désormais de nouveau réunis.

Chapitre 41

À la demeure, Vhif faisait les cent pas dans sa chambre comme un rat cherchant à sortir de sa cage. Lui, cherchait à échapper à toutes ces putains de nuits pendant lesquelles Kolher les consignait tous à l'intérieur.

Bordel de merde.

Passant une nouvelle fois devant la porte ouverte de la salle de bains, il se dit que le fait que cette quarantaine soit logique l'agaçait encore plus : seuls, John, Xhex et lui étaient indemnes à l'heure actuelle. Tous les autres avaient participé à la bataille et s'étaient retrouvés tailladés, découpés ou rasés de près d'une façon ou d'une autre.

C'était l'hôpital général par ici.

Mais allons, ils auraient pu sortir tous les trois pour prendre leur revanche.

S'arrêtant devant la porte-fenêtre menant au balcon, il observa les jardins en bas parfaitement entretenus et sur le point de bourgeonner. Avec la lumière éteinte dans sa chambre, il distinguait nettement la piscine recouverte de sa bâche hivernale, semblable à une immense gaine. Et les arbres avaient encore pour la plupart leurs branches nues. Quant aux massifs de fleurs, ils n'étaient…

Blay a été blessé.

… encore que des carrés bien ordonnés de terre brune.

— Merde !

Passant la main sur ses cheveux désormais courts, il tenta d'endiguer la pression qu'il ressentait au centre de la poitrine.

D'après John, Blay avait été frappé à la tête et entaillé au ventre. La première blessure était sous surveillance ; la seconde avait été recousue par doc Jane. Aucune ne menaçait sa vie.

Parfait.

Dommage que son sternum n'y croie pas une seconde. Depuis que John Matthew lui avait appris la nouvelle, cette satanée douleur s'était installée, creusant en lui pour se nicher confortablement dans ses bronches.

Il était littéralement incapable de respirer.

Bon sang, s'il était un mâle mature – et vu la façon dont il gérait parfois les choses, c'était sérieusement discutable, pour ne pas dire carrément faux –, il sortirait dans le couloir, marcherait jusqu'à la chambre de Blay et frapperait à sa porte. Il passerait la tête à l'intérieur et verrait de ses propres yeux que le rouquin avait toujours un pouls et une intelligence intacte… puis vaquerait à ses activités nocturnes.

Mais voilà, il essayait de faire semblant de ne pas penser à lui tout en creusant un chemin dans le tapis.

Sur ce, il recommença ses allers et retours. Il aurait préféré se rendre à la salle de musculation et courir un peu, mais le fait que Blaylock se trouve ici, dans cette aile de la demeure, était comme une laisse qui le coinçait à proximité. Sans un but plus important pour l'éloigner, comme sortir se battre… ou… disons… un incendie dans la maison, il était visiblement incapable de se libérer.

Et quand il se retrouva une nouvelle fois devant la porte-fenêtre, il soupçonna la raison pour laquelle il s'arrêtait toujours là.

Il tenta de convaincre sa main de ne pas se poser sur la poignée.

Ce fut un échec.

Le loquet fut ouvert et l'air froid lui frappa le visage. Sortant pieds nus et en peignoir, il remarqua à peine l'ardoise gelée du sol ou la rafale qui remonta le long de ses jambes et le toucha aux testicules.

Plus loin, la porte-fenêtre de la chambre de Blay était éclairée. Ce qui était une bonne nouvelle : ils auraient sans doute tiré les rideaux avant d'avoir des relations sexuelles.

Il était probablement sans danger de jeter un regard à l'intérieur. Non… ?

En outre, Blay se remettait tout juste d'une blessure, ils ne pouvaient donc pas s'adonner à une partie de jambes en l'air là-dedans.

Se décidant à endosser le rôle de Vhif le Voyeur, il resta dans l'ombre et tenta de ne pas avoir l'impression de les harceler quand il se mit en marche sur la pointe des pieds. Lorsqu'il approcha de la fenêtre, il se prépara mentalement, se pencha et…

Prit une profonde inspiration de soulagement.

Blay était seul dans le lit, appuyé contre le dosseret, sa robe de chambre noire nouée à la taille, les chevilles croisées, les pieds couverts de chaussettes noires. Il avait les yeux fermés et la main posée juste au-dessus du ventre, comme s'il surveillait attentivement ce qui était probablement encore couvert de bandages.

Un mouvement de l'autre côté de la chambre fit ouvrir les paupières à Blay et attira son regard à l'opposé de la fenêtre. C'était Layla qui sortait de la salle de bains et s'avançait lentement vers lui. Tous deux échangèrent quelques mots ; à n'en pas douter, il la remerciait de l'avoir nourri et elle lui répondait que c'était un plaisir : sa présence ici n'était pas surprenante. Elle faisait des rondes dans la maison, et Vhif l'avait déjà croisée brièvement peu avant le Premier Repas… ou ce qui aurait été le Premier Repas si quiconque s'y était pointé.

Et quand elle quitta la chambre de Blay, Vhif attendit que Saxton entre. Nu. Avec une rose rouge entre les dents. Et un putain de ballotin de chocolats.

Et une érection qui donnerait l'air courtaud au Washington Monument.

Rien.

Seulement Blay qui laissa retomber sa tête et referma les paupières. Il paraissait profondément épuisé et, pour la première fois, plus vieux. Ce n'était plus le garçon qui venait de passer la transition. C'était un mâle robuste.

Un mâle… robuste… et incroyablement beau.

Dans sa tête, Vhif se vit ouvrir la porte-fenêtre et entrer dans la chambre. Blay jetterait un coup d'œil et tenterait de se redresser… mais Vhif lui ferait signe de se rallonger tout en s'approchant.

Il lui demanderait comment allait sa blessure. Et Blay écarterait sa robe de chambre pour la lui montrer.

Vhif tendrait la main et toucherait le bandage… puis il laisserait ses doigts s'éloigner de la gaze et du sparadrap pour atteindre la peau lisse et tiède du ventre de Blay. Celui-ci serait choqué mais, dans ce fantasme, il ne repousserait pas sa main… Il l'attirerait plus bas, plus bas que la blessure, jusqu'à ses hanches et son…

— Putain !

Vhif fit un bond en arrière, mais trop tard : Saxton avait surgi dans la chambre, s'était approché de la fenêtre et avait commencé à tirer les rideaux. Ce faisant, il avait aperçu le froussard dehors sur le balcon, qui jouait les caméras de surveillance.

Alors que Vhif faisait demi-tour et se précipitait vers sa chambre, il pensa : *N'ouvre pas la porte… N'ouvre pas la porte…*

— Vhif ?

Grillé.

S'immobilisant comme un voleur surpris avec un écran plasma sous le bras, il s'assura que son peignoir était bien fermé avant de se retourner. Merde. Saxton sortait et l'enfoiré était lui aussi en robe de chambre.

Eh bien, il supposait que c'était leur cas à tous. Même Layla en portait une.

Tandis que Vhif faisait face à son cousin, il prit conscience qu'ils n'avaient pas échangé plus d'un mot ou deux depuis l'emménagement de ce dernier.

— Je me demandais seulement comment il allait.

Inutile d'utiliser un prénom : l'identité de celui qu'il espionnait était franchement évidente.

— Blaylock dort pour l'instant.

— Il s'est nourri ?

Même si Vhif connaissait déjà la réponse.

— Oui.

Saxton referma la porte-fenêtre derrière lui, sans doute pour empêcher le froid d'entrer, et Vhif tenta d'ignorer que les pieds et les chevilles de son cousin étaient nus. Parce que cela signifiait qu'il y avait de grandes chances pour que le reste de sa personne le soit aussi.

— Euh, désolé de vous avoir dérangés, marmonna-t-il. Passez une bonne n…

— Tu aurais pu simplement frapper à la porte. Depuis le couloir, à l'intérieur.

Les mots avaient été prononcés avec une intonation aristocratique qui hérissa Vhif. Pas parce qu'il haïssait Saxton. Mais cela lui rappelait trop la famille qu'il avait perdue.

— Je ne voulais pas t'embêter. Ni lui. Enfin, je veux dire tous les deux.

Quand une rafale de vent frappa la maison, les cheveux blonds incroyablement épais et ondulés de Saxton ne furent même pas ébouriffés, comme si chaque partie de lui, jusqu'à ses cellules, était tout simplement trop posée et bien élevée pour être affectée par… quoi que ce soit.

— Vhif, tu n'aurais rien interrompu.

Menteur, pensa celui-ci.

— Tu étais là le premier, cousin, murmura Saxton. Si tu souhaites le voir ou être avec lui, je vous laisserai tous les deux.

Vhif cligna des yeux. Donc… ces deux-là avaient une relation ouverte ? Qu'est-ce que… ?

Ou attendez… Il venait peut-être tout simplement d'accomplir un travail de maître en convainquant non seulement Blay, mais aussi Saxton, qu'il ne voulait rien de sexuel avec son meilleur ami.

— Cousin, puis-je parler franchement ?

Vhif se racla la gorge.

— Ça dépend de ce que tu as à me dire.

— Je suis son amant, cousin…

— Waouh… (Il leva la main pour l'arrêter.) Cela ne me regarde pas…

— … pas l'amour de sa vie.

Vhif battit une nouvelle fois des paupières. Puis, l'espace d'une fraction de seconde, il fut aspiré dans un lieu où son cousin tirait gracieusement sa révérence et où Vhif prenait sans souci la place de ce fils de pute élégant. Sauf que peu importe… Il y avait un énorme pépin dans ce fantasme : Blay en avait fini avec lui.

Il avait tout fait pour obtenir ce résultat au fil des ans.

— Comprends-tu ce que je te dis, cousin ? (Saxton parlait toujours à voix basse, même si le vent soufflait et que la porte-fenêtre était fermée.) Est-ce que tu m'entends ?

D'accord, ce n'était pas le point où Vhif s'attendait à arriver ce soir… ni aucun autre soir. Putain de merde, il sentit soudain son corps lui démanger et il eut vaguement envie de dire à son cousin de dégager et d'aller s'épiler les sourcils ou une connerie du genre… Ou, mieux encore, de se casser d'ici.

Sauf qu'alors il repensa à ce à quoi ressemblait l'ancien Blay. Celui-ci avait enfin trouvé son rythme de vie et c'était d'une injustice criminelle d'en négocier la disparition, là, dans le noir.

Vhif secoua la tête.

— Ce n'est pas bien.

Pas pour Blay.

— Tu es un idiot.

— Non. J'en étais un avant.

— Permets-moi de ne pas être d'accord. (Saxton resserra les pans de son peignoir d'un geste élégant.) Si tu veux bien m'excuser, je ferais mieux de rentrer. Il fait froid dehors.

Eh bien, si ce n'était pas là la métaphore frappante de ce qu'il ressentait intérieurement…

— Ne lui en parle pas, dit Vhif d'une voix rauque. S'il te plaît.

Saxton plissa les yeux.

— Ton secret est trop bien gardé. Crois-moi.

Sur ce, il retourna dans la chambre de Blaylock, referma la porte avec un « clic », puis la lumière disparut tandis qu'on tirait les lourds rideaux.

Vhif se passa de nouveau la main dans les cheveux.

Une partie de lui aurait voulu débarquer dans la pièce et dire : « J'ai changé d'avis, cousin, maintenant dégage de là que je puisse… »

Dire à Blay ce qu'il avait avoué à Layla.

Mais Blay pouvait très bien être amoureux de Saxton, et Dieu sait qu'il avait déjà trop souvent baisé son meilleur ami.

Ou pas, en l'occurrence.

Quand il finit par rentrer dans sa chambre – seulement parce que c'était vraiment trop pathétique de rester dehors à regarder fixement la doublure des rideaux –, il prit conscience que sa vie avait toujours tourné autour de lui. Ce qu'il voulait. Ce dont il avait besoin. Ce qu'il devait avoir.

L'ancien Vhif se serait engouffré dans cette brèche au volant d'un minibus…

Grimaçant, il tenta de ne pas prendre cette phrase au pied de la lettre.

Mais le problème était que ce dicton ridicule et efféminé tombait juste : « quand on aime quelqu'un, on le libère. »

Dans sa chambre, il s'assit sur le lit. Regardant autour de lui, il vit les meubles qu'il n'avait pas achetés… et les décorations magnifiques mais anonymes qui ne lui correspondaient pas. Les seules choses qui lui appartenaient étaient les vêtements dans le placard, le rasoir dans la salle de bains et les baskets qu'il avait retirées en rentrant tout à l'heure.

C'était exactement comme chez ses parents.

Enfin, ici, les gens l'appréciaient sincèrement. Mais il n'avait pas vraiment de vie propre. C'était le protecteur de John. Le soldat de la Confrérie. Et…

Merde, à présent qu'il ne s'adonnait plus à son addiction au sexe, c'était la fin de la liste.

S'appuyant au dosseret, il croisa les pieds au niveau des chevilles et arrangea les plis de sa robe de chambre. La nuit allait s'étendre devant lui avec une horrible monotonie, comme s'il conduisait sans fin dans le désert… et il n'avait que des nuits semblables à attendre en perspective.

Des mois semblables.

Des années.

Il pensa à Layla et au conseil qu'il lui avait donné. Mince, tous deux en étaient exactement au même point, pas vrai ?

Fermant les yeux, il fut soulagé quand il commença à sombrer dans le sommeil. Mais il eut l'impression que la paix qu'il trouverait ne durerait pas longtemps.

Et il avait raison.

Chapitre 42

À l'hôpital équin de Tricounty, Manny demeura immobile tandis que Glory reniflait sa tenue chirurgicale, tout en sachant qu'il ferait sans doute mieux de la laisser. Mais il se sentait incapable de se séparer ou de séparer Souffhrance de la jument.

Le temps était compté pour sa Glory et cela le tuait. Mais il ne pouvait vraiment pas la laisser s'étioler ainsi, maigrir de jour en jour et demeurer invalide. Elle méritait bien mieux que cela.

— Tu l'aimes, dit doucement Souffhrance, caressant de sa main pâle le dos du pur-sang et descendant jusqu'à la hanche.

— Oui. Énormément.

— Elle a beaucoup de chance.

Non, elle était en train de mourir, et c'était une malédiction.

Il s'éclaircit la voix.

— Je crois que nous devrions…

— Docteur Manello ?

Manny se pencha en arrière et jeta un coup d'œil par-dessus la porte de la stalle.

— Oh, salut, doc. Comment allez-vous ?

Le vétérinaire en chef s'avançait vers eux et son smoking semblait aussi déplacé dans ce lieu qu'une fourche dans une loge d'Opéra.

— Ça va, et vous avez visiblement l'air d'aller bien. (Il remit son nœud papillon en place.) Le costume de pingouin, c'est parce que je rentre du Met. Mais il fallait que je m'arrête pour voir votre pouliche.

Manny se glissa hors de la stalle et lui tendit la main.

— Moi aussi.

Au moment où ils se serrèrent la main, le vétérinaire jeta un regard… et écarquilla les yeux quand il aperçut Souffhrance.

— Euh… bonsoir.

Quand Souffhrance lui fit un petit sourire, le bon docteur se mit à battre des paupières comme si le soleil venait de percer les nuages et l'éblouissait.

Très bien, Manny en avait vraiment sa claque des enfoirés qui la dévisageaient de cette manière.

Se mettant entre eux, il demanda :

— Est-ce qu'on ne pourrait pas la mettre en suspension ? Pour soulager une partie de la pression ?

— Nous l'avons fait deux heures par jour. (Tout en répondant, le vétérinaire se pencha sur le côté jusqu'à ce que Manny doive faire de même pour continuer à lui bloquer la vue.) Je ne veux pas courir le risque de lui causer des problèmes gastro-intestinaux ou respiratoires.

Fatigué de se pencher et désireux d'épargner à Souffhrance les inévitables conclusions de cette discussion, Manny prit l'homme par le bras et ils s'écartèrent.

— Quelle est la prochaine étape ?

Le véto se frotta les yeux, comme s'il voulait donner une seconde à son esprit pour se remettre.

— Pour être honnête, docteur Manello, la situation actuelle ne me fait pas bonne impression. L'autre sabot a une fourbure et, même si j'ai tout fait pour la traiter, ce n'est pas concluant.

— Il y a forcément une solution.

— Je suis tellement désolé.

— Combien de temps avant de savoir avec certitude… ?

— J'en suis sûr, à présent. (Le regard de l'homme était carrément sinistre.) C'est pour cela que je suis passé ce soir : j'espérais un miracle.

Eh bien, ils étaient deux.

— Et si je vous laissais un peu de temps avec elle ? dit le véto. Prenez-en autant que nécessaire.

Ce qui était l'expression d'un médecin pour « Faites-lui vos adieux ».

Le vétérinaire posa brièvement la main sur l'épaule de Manny, puis se retourna et s'éloigna. En chemin, il jeta un coup d'œil dans chaque stalle, observant ses patients, tapotant un museau çà et là.

Un mec bien. Un type minutieux.

Du genre à épuiser chaque piste avant de déposer les armes.

Manny inspira profondément et tenta de se répéter que Glory n'était pas un animal domestique. On n'adoptait pas un cheval de course comme animal domestique. Et elle méritait mieux que de souffrir dans une stalle étroite pendant qu'il rassemblait le courage de faire ce qui était juste pour elle.

Posant une main sur sa poitrine, il frotta sa croix au travers de sa tenue et ressentit un besoin urgent de se rendre à l'église…

Tout d'abord, il remarqua seulement que les ombres étaient devenues plus foncées sur le mur d'en face. Puis il se dit que quelqu'un avait peut-être allumé les lampes au-dessus de lui.

Finalement, il comprit que l'illumination provenait de la stalle de Glory.

Qu'est-ce… que…

Dérapant, il eut un mouvement de recul… avant de devoir reprendre son équilibre.

Souffhrance était à genoux dans la sciure duveteuse, les mains posées sur l'antérieur de son cheval, les yeux fermés, les sourcils froncés.

Et son corps luisait d'une lumière farouche et magnifique.

Au-dessus d'elle, Glory était immobile comme une statue, mais sa robe était parcourue de frissons et ses yeux révulsés. De petits hennissements plaintifs prenaient naissance dans sa gorge et s'échappaient par ses naseaux dilatés... comme si elle était submergée par une sensation de délivrance, un soulagement de sa douleur.

Ses jambes antérieures blessées luisaient doucement elles aussi.

Manny cessa de remuer, de respirer et de cligner des yeux. Il se contenta de serrer sa croix encore plus fort... et de prier que personne ne vienne interrompre la scène.

Il n'aurait su dire avec certitude combien de temps tous trois restèrent ainsi mais, finalement, il devint évident que Souffhrance se tendait sous l'effort : son corps se mit à vibrer et elle commença à respirer de façon irrégulière.

Manny se précipita dans la stalle et l'arracha à Glory. Il soutint son corps affaibli contre le sien, puis l'écarta au cas où le cheval prendrait peur ou ferait quelque chose d'imprévisible.

— Souffhrance ? Oh, mon Dieu...

Ses paupières frémirent.

— Est-ce que... je l'ai aidée ?

Manny lui caressa les cheveux tout en observant sa pouliche. Glory se tenait toujours à sa place : elle leva un sabot antérieur puis l'autre avant de recommencer avec le premier, comme si elle essayait de comprendre ce qui avait causé ce soudain soulagement. Puis elle se secoua... et se mit à grignoter le foin auquel elle n'avait pas touché jusque-là.

Pendant que le son merveilleux d'une mâchoire à l'œuvre sur de l'herbe sèche emplissait le silence, il regarda Souffhrance.

— Tu l'as aidée, dit-il d'une voix rauque. Je crois bien que oui.

Elle semblait avoir du mal à voir.

— Je ne voulais pas que tu la perdes.

Submergé par une gratitude qu'il n'avait pas assez de mots pour exprimer, Manny la serra contre son cœur et la garda ainsi un long moment. Il aurait voulu l'étreindre encore bien plus longtemps, mais elle n'avait pas l'air bien et Dieu seul sait qui d'autre avait pu remarquer l'étrange lueur. Il devait les faire sortir d'ici.

— Allons chez moi, dit-il. Tu pourras t'allonger.

Comme elle hochait la tête, il la souleva dans ses bras et, bon sang, elle s'y nicha parfaitement. Quand il referma la stalle derrière eux, il jeta un coup d'œil à Glory. Le cheval dévorait son foin comme s'il allait être en rupture de stock.

Bordel de merde… Cela avait-il réellement fonctionné ?

— Je reviendrai demain, lui dit-il avant de s'éloigner, revigoré par un espoir incandescent.

De retour au poste de l'agent de sécurité, il sourit au type en haussant les épaules.

— Elle a enchaîné les gardes à l'hôpital : elle est vidée.

L'homme se leva de son siège comme si la simple présence de Souffhrance, même évanouie, suffisait à attirer son attention.

— Vous feriez mieux de la ramener. Il faut prendre soin d'une femme pareille.

Ce n'était que trop vrai.

— C'est exactement mon intention.

Se déplaçant rapidement, il arriva à l'accueil et attendit que la sonnerie retentisse pour ouvrir la dernière porte. Avec un peu de chance, le vétérinaire en chef n'avait rien vu…

— Merci, Seigneur, marmonna Manny en entendant le signal et en poussant la porte de sa hanche.

Il ne perdit pas de temps à rejoindre la voiture, même si sortir ses clés avec Souffhrance dans les bras s'avéra compliqué. De même qu'ouvrir la portière passager. Mais il la déposa ensuite sur le siège, en se demandant tout du long si elle était malade. Merde, il n'avait aucun moyen d'entrer en contact avec quelqu'un de son monde.

Contournant la voiture et s'installant au volant, il se dit que putain, il allait tout simplement la ramener chez les vampires…

— Puis-je te demander quelque chose ? dit-elle en chuchotant.

— Tout ce que tu veux… Qu'est-ce que…

— Puis-je prendre ta veine un moment ? Je me sens… curieusement épuisée.

Bon, d'accord. En parlant de l'homme qui tombe à pic : il les enferma dans la voiture et s'arracha presque le bras pour le lui donner.

Les lèvres douces de Souffhrance trouvèrent l'intérieur de son poignet, mais elle ne le mordit pas tout de suite, comme si elle avait du mal à rassembler son énergie. Pourtant, elle finit par le faire et il sursauta, la douleur aiguë lui poignant le cœur et lui faisant légèrement tourner la tête. À moins que cela soit dû à l'excitation brutale et irrésistible qui non seulement toucha ses testicules et son pénis, mais parcourut également tout son corps.

Avec un grognement, il se mit à onduler des hanches dans le siège de la Porsche et laissa sa tête retomber en arrière. Seigneur, c'était tellement bon… Le rythme de succion qu'elle avait adopté aurait tout aussi bien pu être sur son érection et, même si cela aurait dû être douloureux, il ne ressentait que le plaisir, un plaisir cuisant et doux pour lequel il était sacrément certain d'être prêt à mourir.

Il se retrouva dans un état délicieux ; on aurait dit qu'ils étaient liés par les crocs de Souffhrance plantés dans sa chair depuis des siècles. Le temps n'avait plus de signification, pas plus que le fait qu'ils se trouvaient sur un parking, dans une voiture aux vitres transparentes.

Que le monde aille se faire foutre.

Plus rien n'existait que lui et elle ensemble.

Et cela, ce fut avant qu'elle n'ouvre ses yeux de diamant et le regarde fixement, non au visage mais au cou.

Une vampire… se dit-il. *Une superbe vampire.*

À moi.

Alors que cette pensée prenait forme dans son esprit, il agit en pilotage automatique, inclinant la tête, lui offrant sa jugulaire…

Il n'eut pas à le demander deux fois. D'un mouvement puissant, Souffhrance bondit et se jeta carrément de tout son poids sur lui, enfonçant les doigts dans ses cheveux et refermant la main sur sa nuque. Ainsi agrippé, il était parfaitement immobilisé, attendant qu'elle le prenne… comme un prédateur saisit une proie. Et à présent qu'elle le tenait, elle avait ralenti le mouvement, baissant les crocs sur sa peau pour lui frôler la gorge, et le faisant se raidir dans l'attente de la piqûre et de l'aspiration…

— Putain ! hurla-t-il quand elle le mordit. Oh… oui…

Il l'attrapa par les épaules, l'attirant encore plus près.

— Prends tout… Prends… Oh, mon Dieu… Oh, merde…

Quelque chose caressa son pénis. Et vu qu'il savait exactement où étaient posées ses mains, ce devaient être celles de Souffhrance. Changeant de position, devenant carrément avide, il lui accorda autant d'espace que possible… et elle remua, de haut en bas, le long de son érection tendue, alors qu'il l'aidait de ses hanches, répondant à ses caresses.

Le souffle de Manny résonnait dans la voiture tandis qu'il haletait, de même que ses gémissements : il ne fallut pas longtemps avant que ses testicules s'engourdissent et que l'extrémité de son pénis se tende contre la pression croissante.

— Je vais jouir, grogna-t-il. Tu ferais mieux d'arrêter si tu ne veux pas que je…

Sur ce, elle défit le nœud de ceinture de sa tenue chirurgicale et passa la main en dessous…

Manny vit des étoiles. À l'instant où il sentit la peau de Souffhrance contre la sienne, il eut un orgasme comme jamais auparavant : il rejeta brusquement la tête en arrière, enfonça les doigts dans ses épaules et ondula frénétiquement des hanches. Elle n'arrêta ni de boire ni de le caresser, si bien que, comme la fois précédente, il continua à jouir, le plaisir montant plus haut à chaque spasme qui traversait son érection.

Cela s'acheva bien trop tôt.

Mais bon, ils auraient pu continuer une décennie durant et il aurait quand même eu envie de plus.

Quand Souffhrance s'écarta de lui, elle se rassit et lécha les pointes acérées de ses crocs, sa langue rose contrastant avec la blancheur de l'émail. Mince… Cette superbe lueur était de retour sous sa peau, et lui donnait l'air de sortir d'un rêve.

Oh, attendez, elle en était un, vraiment.

— Ton sang est fort, dit-elle d'une voix rauque tandis qu'elle se penchait et lui léchait la gorge. Tellement fort.

— Ah bon ? marmonna-t-il.

Et encore, il n'était pas certain d'avoir parlé. Il n'avait peut-être fait que penser ces mots.

— Je sens sa puissance courir en moi.

Bon sang, il n'avait jamais été fan de 4 × 4 auparavant – ces engins étaient trop encombrants et se conduisaient comme des rochers tombant d'une falaise –, mais que n'aurait-il pas donné pour une banquette arrière pouvant accueillir plus qu'un sac de golf. Il aurait voulu pouvoir l'allonger et…

— J'en veux plus, murmura Souffhrance tout en le mordillant.

Eh bien, il était toujours dur comme du bois même s'il avait…

— J'ai envie de t'avoir dans ma bouche.

Manny rejeta la tête en arrière et grogna tandis que son pénis tressautait comme s'il était en train de courir. Mais il avait beau la désirer, il n'était pas certain qu'elle sache à quoi elle s'engageait. Même si l'idée de ses lèvres sur son…

Souffhrance baissa la tête vers ses genoux avant qu'il puisse trouver l'air pour parler, et sans préambule le suça immédiatement, l'attirant et le maintenant dans sa bouche chaude et humide.

— Putain ! Souffhrance !

Il l'agrippa de nouveau par les épaules, soi-disant pour la faire reculer… mais elle s'y refusa. Sans la moindre expérience, elle sut exactement comment le faire vibrer, allant et venant le long de son sexe avant d'en lécher la base. Puis elle l'explora avec une minutie qui lui apprit qu'elle appréciait cela autant que lui, ce qui était très excitant.

Sauf qu'alors il sentit ses crocs titiller son gland.

Il la releva brusquement, capturant sa bouche en un baiser passionné tout en lui tenant le visage alors qu'il commençait à se répandre sur ses mains. Mais cela ne dura pas. Elle lui échappa et retourna à sa tâche, le surprenant en plein orgasme, lapant ce que son corps semblait avoir en réserves infinies pour elle.

Quand les spasmes s'arrêtèrent, elle recula, le regarda… et se lécha lentement les lèvres.

Manny ferma les paupières à cette vue, son érection palpitant au point d'en être douloureuse.

— Tu vas m'emmener chez toi à présent, gronda-t-elle.

Ce n'était pas une requête. Et son ton suggérait qu'elle pensait exactement comme lui.

Cela aboutirait donc à une seule et unique chose.

Manny reprit ses esprits, puis rouvrit les yeux. Tendant la main, il lui toucha le visage et lui essuya la lèvre inférieure de son pouce.

— Je ne suis pas certain que nous devrions, *bambina*, dit-il d'une voix rauque.

Elle resserra sa prise sur son pénis et il se mit à gémir.

— Manuel… Je pense qu'il faut vraiment que nous allions là-bas.

— C'est pas… une bonne idée.

Elle recula encore et retira sa main, sa lueur s'estompant.

— Mais tu es excité. Même en ce moment.

Ah, tu crois ?

— Et c'est bien là le problème.

Il contempla son visage avant de baisser les yeux sur ses seins. Il avait si désespérément envie d'elle qu'il était tenté de lui déchirer sa tenue et de prendre sa virginité dans la voiture.

— Je ne serai pas capable de me retenir, Souffhrance. C'est à peine le cas à présent…

Elle ronronna de satisfaction et se lécha de nouveau les lèvres.

— J'aime quand tu perds le contrôle.

Oh, Seigneur, cela ne l'aidait vraiment pas.

— Je… (Il secoua la tête, songeant que c'était vraiment l'enfer : leur refuser ce plaisir à tous deux était affreusement douloureux.) Je pense que tu devrais effacer ma mémoire et t'en aller maintenant. Tant que je peux encore te laisser partir…

Le coup frappé à la vitre n'eut d'abord aucun sens. Ils étaient seuls sur le parking. Mais le mystère se résolut très vite :

— Sors de la voiture. Et file-moi ton sac.

La voix masculine fit tourner la tête à Manny vers la vitre… où il se retrouva nez à nez avec le canon d'une arme.

— Tu m'as entendu, mec. Sors de la bagnole ou je te bute.

Tout en repoussant Souffhrance vers le siège passager et hors de portée de tir, Manny lui dit doucement :

— Quand je sortirai, verrouille les portières. C'est juste ici.

Il posa la main sur le tableau de bord et tapota un bouton.

— Laisse-moi gérer ça. (Il avait environ quatre cents dollars en liquide dans son portefeuille et tout un tas de cartes de crédit.) Reste à l'intérieur.

— Manuel…

Il ne lui laissa pas l'occasion de protester : d'après lui, ce flingue détenait toutes les réponses et établissait toutes les règles.

Attrapant son portefeuille, il ouvrit lentement la portière, mais se leva et sortit rapidement ; et, quand il eut enfermé Souffhrance à l'intérieur, il attendit d'entendre les loquets se mettre en place.

Et il attendit encore.

Guettant désespérément le bruit indiquant que Souffhrance était aussi en sécurité que possible, il n'entendit qu'à moitié le type qui portait une cagoule aboyer :

— Ton portefeuille. Et dis à la pétasse de sortir de la voiture.

— Il y a quatre cents…

Le portefeuille disparut.

— Dis-lui de sortir ou je l'embarque avec moi. Et ta montre. Je veux ta montre.

Manny jeta un coup d'œil en direction de l'hôpital. Il y avait des fenêtres partout et cet agent de sécurité devait sans doute effectuer une ronde de temps à autre.

Peut-être que s'il traînait pour remettre les objets…

Le canon de l'arme fut pointé en plein sur son visage.

— Ta montre. Tout de suite.

Ce n'en était pas une de valeur : il n'opérait pas avec sa Piaget. Mais peu importe, l'enfoiré pouvait avoir cette saloperie. En outre, vu qu'il feignait d'avoir les mains qui tremblent, il supposa que cela ferait gagner…

Difficile de dire ce qui arriva ensuite, ni dans quel ordre.

Rétrospectivement, il comprit que Souffhrance avait dû commencer par ouvrir sa portière. Mais il lui sembla qu'à l'instant même où il entendit le bruit atroce de l'ouverture de la portière passager, elle se retrouva derrière le voleur.

Et l'autre chose bizarre fut que tant que Manny n'eut pas poussé de juron, le salopard ne parut pas comprendre qu'un troisième joueur venait d'entrer dans la partie. Sauf que c'était impossible : il l'avait forcément vue contourner la voiture, non ?

Enfin, quelle que soit la façon dont les choses se passèrent, Monsieur Cagoule finit par faire un bond de côté et menacer alternativement de son arme Souffhrance et Manny.

Ce match de tennis n'allait pas durer. Avec une logique implacable, Manny sut que le mec allait viser Souffhrance parce qu'elle était la plus faible de…

Quand le revolver fut de nouveau pointé vers elle, celle-ci… disparut. Et pas dans le sens où elle s'esquiva, se baissa ou s'enfuit à toutes jambes. Elle était là, occupant l'espace un moment, puis elle avait disparu l'instant suivant.

Elle reparut une fraction de seconde plus tard et saisit le poignet de l'homme alors que celui-ci faisait mine de pointer de nouveau son revolver sur le visage de Manny. Elle le désarma tout aussi vite : un, elle retourna l'arme d'une torsion du poignet ; deux, elle l'arracha à ce fils de pute ; trois, elle la jeta à Manny, qui la rattrapa.

Puis ce fut l'heure de la raclée.

Souffhrance fit pivoter le type, l'attrapa par la nuque et lui cogna la tête contre le capot de la Porsche. Quand elle eut fini son petit travail de peinture avec sa gueule, elle le redressa et empoigna son jean baggy. Le soulevant par les cheveux et ce qui était soit sa ceinture, soit son rectum, elle le balança… à environ dix mètres de là.

Superman ne volait pas aussi bien, et le voleur finit par heurter le mur de l'hôpital avec son front. Le bâtiment n'eut pas grand-chose à dire en réponse et, ça alors, le mec non plus. Il atterrit à plat ventre dans un massif de fleurs et resta là, immobile, les membres semblables à de la viande froide, voire pire.

Pas de tremblements. Pas de gémissements. Aucune tentative pour se relever.

— Ça va, Manuel ?

Manny tourna lentement la tête vers Souffhrance. Elle n'était même pas essoufflée.

— Nom de… Dieu, murmura-t-il.

Alors que les mots de Manuel étaient emportés par la brise, Souffhrance remit son tee-shirt large et son pantalon lâche en place. Puis elle se lissa les cheveux. Cela lui semblait être la seule chose à faire pour se rendre plus présentable après cette démonstration de violence.

Elle venait de ruiner d'un coup tous ses efforts pour tenter de se féminiser. Et pendant ce temps, Manuel se contentait de la dévisager.

— Tu n'as rien à ajouter ? demanda-t-elle à voix basse.

— Euh… (Manuel passa sa main libre dans ses cheveux.) Si. Euh… Laisse-moi vérifier s'il est vivant.

Souffhrance s'entoura de ses bras tandis qu'il s'approchait de l'humain. En vérité, elle se fichait un peu de l'état dans lequel elle avait mis le voleur. Sa priorité avait été de détourner cette arme mortelle du visage de Manuel, et elle avait accompli sa tâche. Ce qui était arrivé à leur agresseur était sans importance… mais elle ne connaissait visiblement pas les règles de cet univers. Ou les implications de ce qu'elle avait fait.

Manuel était à mi-chemin du massif quand la « victime » roula sur le dos avec un grognement. Il porta les mains à son visage et remonta la cagoule sur son front.

Manuel s'agenouilla à côté de lui.

— Je suis médecin. Combien de doigts suis-je en train de vous montrer ?

— Quoi… ?

— Combien de doigts ?

— Trois…

Manuel posa la main sur l'épaule de l'homme.

— Restez allongé. Vous avez reçu un sacré coup sur la tête. Ressentez-vous des démangeaisons ou un engourdissement dans les jambes ?

— Non. (Le type regarda fixement Manuel.) Pourquoi… est-ce que vous faites ça ?

Manuel balaya la question d'un geste de la main.

— On appelle ça la fac de médecine : ça crée un besoin compulsif de soigner les malades et les blessés, quelles que soient les circonstances. Je pense qu'il faut qu'on appelle une ambulance…

— Hors de question !

Souffhrance se dématérialisa, puis se rematérialisa à côté d'eux. Elle appréciait les bonnes intentions de Manuel, mais redoutait que le voleur ait une autre arme sur lui…

À l'instant où elle apparut derrière Manuel, l'homme au sol se recroquevilla d'horreur, avant de lever les bras en un geste de protection et d'esquisser un mouvement de recul.

Manuel jeta un coup d'œil par-dessus son épaule, et ce fut alors qu'elle s'aperçut qu'il n'était pas naïf. Il pointait le revolver sur l'humain.

— C'est bon, *bambina*. Je le tiens…

Avec des gestes saccadés, le voyou se remit sur pied et Manuel le suivit du canon du revolver tandis qu'il trébuchait et reprenait son équilibre en s'appuyant contre le bâtiment. À l'évidence, il se préparait à détaler.

— Nous gardons le flingue, lui annonça Manuel. Tu le comprends. Et inutile de te dire que tu as de la chance d'être en vie : il ne fallait pas agresser ma copine.

Quand l'humain s'enfuit dans l'ombre, Manuel se redressa.

— Il faut que je remette cette arme à la police.

Puis il se contenta d'observer Souffhrance.

— Tout va bien, Manuel. Je peux m'occuper du garde pour qu'il ne se souvienne plus de ma présence ici. Fais ton devoir.

Avec un hochement de tête, il sortit un petit appareil téléphonique, l'ouvrit et appuya sur quelques boutons. Le mettant à son oreille, il dit :

— Bonjour, je m'appelle Manuel Manello et j'ai été braqué à l'arme à feu dans mon véhicule. Je suis à l'hôpital…

Pendant qu'il parlait, elle regarda autour d'elle et se dit qu'elle ne voulait pas que leur soirée finisse de cette façon. Sauf que…

— Je dois y aller, dit-elle quand Manuel eut raccroché. Je ne peux pas… être ici si d'autres humains doivent arriver. Cela ne ferait que compliquer les choses.

Il baissa lentement son téléphone.

— OK… Très bien. (Il fronça les sourcils.) Euh, écoute… Si la police se présente, je dois me souvenir de ce qui vient de se passer ou bien… Merde, j'ai une arme à la main et je n'aurais aucune explication valable à leur fournir pour cela.

En effet, il semblait bien qu'ils soient piégés. Et, pour une fois, elle vit l'emprisonnement sous un jour favorable.

— Je veux que tu te souviennes de moi, dit-elle doucement.

— Ce n'est pas ce qui était prévu.

— Je sais.

Il secoua la tête.

— C'est toi qui importes le plus dans toute cette histoire. Donc il faut que tu prennes soin de toi et cela signifie effacer ma mé…

— Docteur Manello ! Docteur Manello… Vous allez bien ?

Souffhrance jeta un coup d'œil par-dessus son épaule. Le premier humain qu'ils avaient vu à l'accueil traversait la pelouse en courant, paniqué.

— Vas-y, lui ordonna Manuel. Et je trouverai quelque chose…

Tandis que l'agent de sécurité se précipitait à leur rencontre, Souffhrance fit face au nouvel arrivant.

— Je faisais ma ronde, dit ce dernier. Et quand je suis allé inspecter les bureaux à l'autre bout du bâtiment, je vous ai vus par la fenêtre ; j'ai couru aussi vite que possible !

— Nous allons bien, dit-elle au vigile. Mais pourriez-vous regarder quelque chose pour moi ?

— Bien entendu ! La police est prévenue ?

— Oui. (Elle posa le doigt juste sous son œil droit.) Regardez-moi, s'il vous plaît.

Il était déjà en train de la dévisager et cette attention supplémentaire ne fit que faciliter son travail ; elle n'eut qu'à se frayer un chemin jusqu'à son cerveau et y placer un cache mental sur tout ce qui avait trait à elle.

En ce qui concernait l'humain, son chirurgien était venu et reparti seul.

Elle maintint l'homme en état de transe et se tourna vers Manuel.

— Aucun souci à avoir. Il n'a plus que des souvenirs à court terme de la soirée, il s'en sortira sans problème.

Dans le lointain, une sirène retentit, aiguë et pressante.

— C'est la police, expliqua Manuel.

— Alors je dois y aller.

— Comment rentreras-tu ?

— De la même façon que je suis sortie de ta voiture.

Elle attendit qu'il tende la main dans sa direction… ou dise quelque chose… ou… Mais il se contenta de rester planté là, séparé d'elle par l'air nocturne froid et silencieux.

— Est-ce que tu vas leur mentir ? demanda-t-il. Et leur dire que tu as effacé mes souvenirs ?

— Je ne sais pas.

— Eh bien, au cas où tu devrais revenir pour ce faire, je suis au…

— Bonne nuit, Manuel. Prends soin de toi, je t'en prie.

Sur ce, elle leva la main et calmement, inexorablement, disparut.

Chapitre 43

En matière de tours de passe-passe, celui-ci était foutrement bizarre.

—Alors, qu'est-ce qu'il fabrique, ton pote ?

Karrie Ravisc, alias Kandy, dans les rues, se prostituait depuis environ neuf mois, alors elle avait connu beaucoup de situations merdiques. Mais ça…

L'homme immense à côté de la porte de la chambre du motel répondit à voix basse.

—Il arrive.

Karrie tira une autre bouffée de son joint et se dit que, eh bien, au moins celui qu'elle avait sous les yeux était sexy. Il l'avait aussi payée cinq cents dollars et l'avait installée dans cette chambre. Pourtant… quelque chose clochait.

Il avait un accent bizarre. Un regard bizarre. Des idées bizarres.

Mais il était très sexy.

Tandis qu'ils attendaient, elle était étendue à poil sur le lit, toutes lumières éteintes. Mais il ne faisait pas totalement noir. Le mec au portefeuille épais avait posé une grosse lampe torche carrée sur la commode de mauvaise qualité. Le rai de lumière était orienté de manière à éclairer son corps. Un peu comme si elle était sur scène. Ou comme si elle était une œuvre d'art.

Ce qui était moins barré que certaines des choses qu'elle avait déjà faites. Merde, si la prostitution ne vous poussait pas à croire que les hommes étaient des salopards vicieux et tarés alors rien d'autre ne vous en convaincrait : à côté des mecs banals qui trompaient leur femme et des types qui étaient branchés domination, on trouvait des enfoirés fétichistes du pied, ceux qui aimaient qu'on leur donne la fessée et les autres qui voulaient qu'on leur pisse dessus.

Terminant son verre, elle écrasa son mégot et se dit que ce genre de projecteur n'était peut-être pas si mal. Un abruti avait voulu manger des hamburgers sur son corps deux semaines plus tôt et cela avait été tout simplement dégoûtant…

Le cliquetis de la serrure la fit sursauter, et elle découvrit avec surprise que quelqu'un était arrivé à son insu, car c'était le bruit d'une porte qu'on verrouillait. De l'intérieur.

Et à présent un autre homme se tenait derrière le premier.

C'était une bonne chose que son mac soit dans la chambre juste à côté.

— Bonsoir, dit-elle en s'étirant de façon mécanique pour qu'ils la voient tous les deux.

Ses seins étaient faux, mais des faux réussis, son ventre était plat même si elle avait eu un gamin et elle n'était pas simplement rasée, mais épilée définitivement.

C'était grâce à tout cela qu'elle arrivait à faire payer ses tarifs.

Mince… Encore un grand, se dit-elle quand le deuxième homme s'avança jusqu'au pied du lit. En fait, ce mec était gigantesque. Un vrai mammouth. Et pas dans le sens « gras et flasque » : il avait les épaules si larges qu'on les aurait crues tracées à la règle et sa poitrine formait un triangle parfait au-dessus de ses hanches étroites. Elle ne distinguait pas son visage, vu que la lumière l'éclairait par-derrière, mais cela n'avait pas d'importance car le premier type s'allongea sur le lit à côté d'elle.

Merde… Elle se retrouva soudain excitée. C'était dû à leur taille, au risque induit par l'obscurité et à leur odeur. Seigneur… Ils avaient une odeur incroyable.

— Mets-toi sur le ventre, ordonna le deuxième.

Mon Dieu, cette voix. Le même accent étranger que le type qui avait organisé cela, mais bien plus marqué, et avec une nuance d'autorité.

— Tu veux vraiment voir mon cul ? demanda-t-elle d'une voix traînante en s'asseyant. (Prenant son bonnet E dans ses mains, elle souleva ses seins et les pressa l'un contre l'autre.) Parce que mon côté face est encore mieux.

Sur ce, elle remonta un sein et tira la langue, léchant son propre téton tandis que son regard passait d'un homme à l'autre.

— Sur le ventre.

OK, visiblement, il y avait une hiérarchie : le type étendu à côté d'elle arborait une érection formidable, mais il n'esquissait pas le moindre geste dans sa direction. Et Monsieur « Fais-le Tout de Suite » était le seul à parler.

— Si c'est comme ça que tu veux le faire.

Repoussant les oreillers du lit, elle fit tout un cinéma pour se retourner, tordant le buste de façon qu'un de ses seins soit encore visible. De son ongle laqué de noir, elle décrivit des cercles autour de la pointe, tout en se cambrant pour faire ressortir ses fesses…

Un grognement subtil se fraya un chemin dans l'air vicié et immobile de la chambre, et ce fut la réaction qu'elle attendait. Écartant les jambes, elle plia les genoux, et cambra une nouvelle fois les reins.

Elle savait exactement ce qu'elle montrait à celui qui se trouvait au bout du lit, et le grondement qu'il laissa échapper lui apprit qu'il appréciait ce qu'elle avait. Il était donc temps d'aller plus loin. Se retournant pour le regarder, elle introduisit son majeur dans sa bouche et se mit à le suçoter ; puis elle se pencha en avant et descendit son doigt jusqu'à son sexe et se caressa.

C'était soit l'herbe, soit… merde, un truc avec ces mecs… Elle était vraiment super excitée tout à coup. Au point de désirer ce qui était sur le point de se passer.

Quand il se pencha vers elle, celui qui dirigeait les opérations posa la main sur son entrejambe.

— Embrasse-la, ordonna-t-il.

Elle y était toute disposée, même si elle ne le permettait pas d'habitude. Tournant le visage vers l'autre, elle sentit sa bouche possédée par des lèvres douces et exigeantes… puis une langue la pénétra…

Juste au même moment de grandes mains lui saisirent les cuisses et les écartèrent plus largement.

Et d'autres mains se posèrent sur ses seins.

Elle avait beau être une professionnelle, son esprit partit en voyage, et toutes ses préoccupations habituelles quand elle faisait cela s'envolèrent… emportant avec elles des questions telles que « Où se trouvent les préservatifs ? » et « Quelles sont les règles du jeu ? »

Une boucle de ceinture. Une fermeture Éclair. Puis le bruit d'un pantalon qu'on retirait et le mouvement du matelas quand quelque chose de lourd monta dessus.

Elle se demanda vaguement si le pénis qu'on venait de libérer était aussi grand que le reste de l'homme derrière elle… Et si c'était le cas, elle se dit que mince elle aurait peut-être envie de leur accorder une deuxième passe gratuitement. À supposer qu'ils puissent continuer longtemps…

Un gland la pénétra d'une poussée tandis que des mains lui soulevaient les hanches du matelas, et elle se retrouva à quatre pattes. Mon Dieu, il était énorme… et elle se prépara mentalement à se faire défoncer tandis qu'une main remontait le long de sa colonne vertébrale et que des doigts ébouriffaient ses cheveux courts. Il allait lui tirer la tête en arrière, mais elle s'en fichait. Elle voulait seulement l'accueillir plus profondément en elle…

Sauf qu'il ne devint pas brutal et ne remua pas tout de suite. Au lieu de cela, il la caressa comme s'il aimait toucher sa chair, faisant courir sa main sur ses épaules, puis de nouveau autour de sa taille… et enfin plus bas, jusqu'à son sexe mouillé. Quand il la pénétra entièrement, ce fut d'une poussée sans heurts, et il lui laissa même une seconde pour s'accoutumer à sa largeur et à sa longueur.

Puis il lui empoigna les hanches et se mit à la baiser. Juste au moment où son ami se plaçait sous elle pour lui sucer les seins.

À mesure que la cadence s'intensifiait, ses tétons fouettaient la bouche de celui qui se trouvait en dessous au rythme des hanches qui frappaient ses fesses encore et encore. Plus vite. Plus fort. Plus vite…

— Baise-moi ! hurla-t-elle. Oh, putain, oui…

Brusquement, celui qui était allongé sur le matelas changea de position, la fit se déplacer et lui emplit la bouche avec le plus gros pénis qu'elle y ait jamais accueilli.

Elle eut carrément un orgasme.

S'ils continuaient ainsi, c'était elle qui allait leur laisser un pourboire.

Une fraction de seconde plus tard, l'homme derrière elle se retira et elle sentit un jet tiède sur son dos. Mais il n'avait pas fini. Il recommença l'instant suivant, aussi épais et raide que la première fois.

Celui qu'elle suçait gémissait, puis elle fut séparée de lui quand il lui releva la tête. Il jouit sur ses seins, des jets chauds enveloppant sa poitrine de cette odeur incroyable, tandis que l'autre sortait et éjaculait de nouveau sur son dos.

Puis le monde se mit à tournoyer et elle se retrouva sur le dos, tandis que le type au portefeuille prenait la place du chef dans son sexe et la remplissait tout aussi étroitement.

Ce fut elle qui tendit la main vers son ami impérieux et silencieux et attira son pénis dans sa bouche, le tirant de son rôle de spectateur pour le prendre en elle une nouvelle fois.

Il était si gros qu'elle dut ouvrir en grand la mâchoire pour le faire entrer, et il avait un goût remarquable, qui ne ressemblait à rien de ce qu'elle avait déjà connu. En le suçant tandis que son pote la baisait bien, elle ne pensait qu'à la sensation d'être remplie, d'être envahie par les pénis durs et épais qui ébranlaient son corps.

Dans son délire, elle tenta de voir le visage de l'homme auquel elle faisait une pipe, mais il tournait toujours le dos à la lampe torche, et cela ne fit que rendre les choses plus érotiques. C'était comme si elle suçait une ombre vivante. Merde, contrairement à l'autre, il n'émettait pas le moindre son, et il ne respirait même pas bruyamment. Mais il était à ce qu'il faisait, pour de bon, s'enfonçant dans sa bouche et se retirant, pour s'enfoncer de nouveau. Du moins jusqu'à ce qu'il sorte et empoigne son érection. Serrant ses seins l'un contre l'autre, elle lui présenta un sacré terrain d'atterrissage sur lequel jouir et, putain, même si c'était la troisième fois, il la recouvrit de sperme.

Jusqu'à ce que sa poitrine soit luisante, glissante et trempée.

L'instant d'après, elle avait les genoux au niveau des oreilles et celui qui avait le fric mit tout sur le tapis de la meilleure façon possible. Puis son patron fut de nouveau devant ses lèvres, les pressant, exigeant plus. Ce qu'elle fut parfaitement heureuse de lui accorder.

En les observant alors qu'ils se déplaçaient en harmonie, elle ressentit une peur passagère. Recroquevillée sous eux, elle eut l'impression qu'ils seraient capables de la briser en deux s'il leur en prenait l'envie.

Mais ils ne lui firent pas de mal.

Et le manège continua, tous deux échangeant leurs places encore et encore. Ils avaient visiblement fait souvent cela et, Seigneur, elle était prête à leur donner son numéro.

Enfin ce fut fini.

Aucun des deux ne dit quoi que ce soit. Ni à elle ni à l'autre, ce qui était étrange parce qu'à la fin de la plupart des trios auxquels elle avait participé, les deux idiots se congratulaient toujours. Pas ceux-là. Ils remballèrent leurs queues et… eh bien, ça alors, ils ressortirent leurs portefeuilles.

Alors qu'ils la dominaient de toute leur taille, elle fit courir ses mains sur sa bouche, son cou et ses seins. Elle était couverte de sperme à tellement d'endroits différents qu'elle n'arrivait plus à compter et elle adorait cela, étalant ce qu'ils avaient laissé sur sa peau, jouant avec parce qu'elle en avait envie, et non pour les exciter.

— Nous aimerions te donner cinq cents de plus, dit le premier à voix basse.

— Pour quoi ?

Ce murmure satisfait était-il vraiment le sien ?

— Ce sera agréable. Je te le promets.

— Est-ce que c'est pervers ?

— Très.

Elle se mit à rire et ondula des hanches.

— Alors je dis « oui ».

Quand le type sortit les billets de cent, elle se rendit compte qu'il en restait beaucoup dans son portefeuille ; et s'il s'était agi de quelqu'un d'autre, elle aurait peut-être prévenu son mac pour lui dire de le dévaliser dans le parking. Mais elle ne le ferait pas. En partie à cause de cette incroyable séance de sexe. Mais surtout parce que ces types tabasseraient probablement son patron à mort.

— Que voulez-vous que je fasse ? demanda-t-elle en prenant l'argent et en le serrant dans son poing.

— Écarte les jambes.

Elle n'hésita pas et ouvrit largement les cuisses.

Ils n'hésitèrent pas non plus et se penchèrent tous deux sur son sexe mouillé.

Nom de Dieu, ils allaient la lécher ? Rien que l'idée lui fit fermer les yeux et elle poussa un grognement…

— Aïe !

Elle se redressa, mais des mains la forcèrent à se rallonger sur le matelas.

La délicate succion qui suivit lui fit tourner la tête. Mais ce n'était pas au niveau de son sexe. C'était de chaque côté, à la jonction de ses jambes et de son bassin.

Une succion régulière… comme si on tétait.

Karrie poussa un soupir et s'abandonna. Elle avait le sentiment choquant qu'ils se nourrissaient d'elle d'une façon ou d'une autre, mais la sensation était incroyable, surtout quand quelque chose la pénétra. Il s'agissait peut-être de doigts… probablement.

Oui, absolument.

Quatre doigts l'emplissaient et deux mains différentes entraient et sortaient alternativement de son sexe tandis que deux bouches suçaient sa chair.

Elle jouit encore.

Et encore.

Et encore.

Au bout de Dieu seul sait combien de temps, ils la léchèrent à quelques reprises, aux endroits où ils l'avaient sucée, et non là où se trouvaient leurs mains.

Puis tout la lâcha, les bouches, les doigts et les corps.

Tous deux se redressèrent.

— Regarde-moi, ordonna le chef.

Elle avait les paupières si lourdes qu'elle dut lutter pour obéir. Et à l'instant où elle le fit, elle ressentit une douleur fulgurante aux tempes. Celle-ci ne dura néanmoins pas longtemps et ensuite… elle eut simplement l'impression d'être en train de flotter.

Ce qui fut la raison pour laquelle elle ne prêta guère attention au cri étouffé en provenance de la chambre voisine un peu plus tard : pas celle où se trouvait son mac, mais celle de l'autre côté.

Boum ! Un coup sourd. Une secousse…

Karrie commença à s'endormir à ce moment-là, d'un sommeil de plomb, tandis que les billets lui collaient aux doigts parce que le liquide séminal séchait.

Elle ne s'inquiétait plus de rien. En fait, elle se sentait incroyablement bien.

Merde… Avec qui avait-elle couché… ?

Au moment où Xcor sortit de la chambre de la prostituée, Affhres sur ses talons, il referma la porte et regarda à gauche et à droite. Le motel choisi par son soldat pour ce divertissement charnel se trouvait dans les faubourgs de la ville. Décrépit et pourri par endroits, le bâtiment de plain-pied avait été découpé en une cinquantaine de box semblables à de petits placards, avec le bureau d'accueil installé à l'extrémité gauche. Il avait demandé la dernière chambre à l'autre bout, par souci d'intimité, mais Affhres n'avait réussi qu'à louer la pièce voisine.

Mais, franchement, quels étaient les risques que celle-ci soit occupée ? Il n'y avait quasiment personne ici.

Passant en revue les places de parking devant eux, il aperçut une Mercedes noire qui tentait désespérément d'avoir l'air plus neuve qu'elle l'était en réalité… et un pick-up dont la plateforme était bâchée. Les deux autres voitures se trouvaient à l'autre bout, à proximité de l'accueil.

C'était idéal pour le genre d'activité à laquelle ils venaient de se livrer. Un lieu isolé. Peuplé de gens qui souhaitaient que personne ne se mêle de leurs affaires et prêts à rendre cette politesse aux autres. Et l'éclairage extérieur était défectueux : une seule des six ampoules au-dessus de la porte de leur chambre fonctionnait ; et, bon sang, on avait fracassé la lampe à côté de sa tête. Tout était donc plongé dans la pénombre et l'obscurité.

Lui et sa bande de salopards allaient devoir trouver des femelles de leur espèce pour couvrir leurs besoins en sang à long terme, mais cela viendrait. D'ici là ? Ils se nourriraient sur les semblables de celle qu'Affhres et lui venaient de baiser, et ils le feraient ici, dans cet endroit désert.

Ce dernier parla doucement.

— Satisfait ?

— Oui. Elle faisait bien l'affaire.

— J'en suis heureux…

Un effluve dans l'air les fit tous deux tourner la tête vers la dernière porte à côté de leur chambre. Quand Xcor inspira profondément pour avoir la confirmation de ce dont il n'avait saisi qu'une bouffée, l'odeur du sang humain tout frais fut une mauvaise surprise.

Contrairement à l'expression sur le visage d'Affhres, qui bien que n'étant pas une surprise lui parut tout aussi déplaisante.

— N'y pense même pas, articula Xcor. Affhres… Putain !

Le combattant s'était tourné vers la porte de la chambre voisine avec une expression furieuse, son agressivité sans nul doute exacerbée par le fait qu'il s'agissait du sang d'une femelle : la fertilité était flagrante dans l'air.

— Nous n'avons pas le temps pour cela, cracha Xcor.

En guise de réponse, Affhres défonça cette foutue porte d'un coup de pied.

Xcor poussa un juron, envisageant un moment de se dématérialiser loin de la scène ; il n'eut qu'à jeter un regard à l'intérieur pour être guéri de cette impulsion. La fibre ridiculement héroïque d'Affhres avait ouvert la voie à un vrai bordel. Au sens propre.

Une humaine était attachée au lit, avec quelque chose enfoncé dans la bouche. Elle était presque morte et trop proche du tombeau pour être sauvée. La pièce était couverte de son sang : il avait giclé sur le mur à côté d'elle, dégouliné sur le sol et imbibé le matelas. Les outils de celui qui avait commis ce carnage étaient posés sur la table de nuit : deux couteaux, du ruban adhésif épais, des ciseaux… et une demi-douzaine de pots transparents remplis d'un liquide incolore et dont les couvercles avaient été ôtés.

Des choses flottaient dans le…

Un claquement retentit dans la salle de bains. Comme si on avait ouvert et refermé un vasistas ou une fenêtre.

Au moment où Affhres se précipitait vers la petite pièce, Xcor tendit la main et saisit le mâle par le bras. En deux temps, trois mouvements, il défit la menotte en acier accrochée à son baudrier et la referma sur le poignet épais de son soldat. Tirant en arrière de tout son poids, il fit tournoyer le mâle comme un boulet à l'extrémité d'une chaîne. Il y eut un coup sourd sur le mur du fond quand le plâtre bon marché arrêta le pendule vampire.

— Lâche-moi !

Xcor le tira près de lui.

— Ce n'est pas ton problème.

Affhres donna un coup de poing dans le mur, écrasant la surface plane.

— Si ! Relâche-moi !

Xcor posa la main sur la nuque du mâle.

— Ce n'est pas ton univers !

Ils se mirent alors à se battre, luttant l'un contre l'autre et se cognant dans divers objets, générant plus de bruit qu'ils auraient dû. Et ils étaient presque sur le point de tomber sur le tapis ensanglanté quand un humain semblant dépourvu de cou et portant des lunettes de soleil de la taille de baies vitrées se glissa dans l'embrasure de la porte. Il jeta un regard au lit, un autre à Xcor et Affhres, puis marmonna quelque chose à voix basse avant de s'esquiver en se couvrant les yeux de ses avant-bras.

Une fraction de seconde plus tard, la porte de la chambre où ils avaient baisé fut ouverte et refermée… puis de nouveau ouverte et refermée. On entendit le cliquetis de talons aiguilles frappant le sol rapidement mais sans coordination, puis le claquement de deux portières de voiture.

Un moteur rugit et la Mercedes quitta le parking, sans doute avec la prostituée et son argent à bord.

Ce départ précipité ne fit que confirmer les suppositions de Xcor au sujet de la clientèle locale.

— Écoute-moi, dit-il à Affhres. Écoute-moi, espèce de stupide salopard : ce n'est pas ton problème. Mais si tu restes ici, ça va le devenir…

— Le tueur s'est échappé !

— Et nous aussi.

Le regard pâle d'Affhres se posa de nouveau sur le lit et le masque de colère glissa un court instant. Ce qui se trouvait en dessous arrêta même l'agressivité de Xcor. Il y avait tant de douleur. Mon Dieu, tant de douleur.

— Ce n'est pas ta sœur, chuchota Xcor. À présent, viens avec moi.

— Je ne peux pas… l'abandonner. (Il leva vers lui des yeux écarquillés et vitreux.) Tu ne peux pas exiger cela de moi.

Xcor pivota sur lui-même sans pour autant lâcher son soldat. Le meurtrier devait avoir laissé des traces de son passage là-dedans, quelque chose qu'ils pourraient…

Il traîna son combattant dans la salle de bains et découvrit sur la fenêtre au-dessus des toilettes la source d'une sinistre satisfaction. L'unique vitre épaisse en verre dépoli était intacte, mais une traînée d'un rouge brillant était visible sur le cadre de métal effilé.

C'était exactement le vestige dont ils avaient besoin.

Xcor tendit la main vers la fenêtre et passa deux doigts sur ce qui avait éraflé la chair de cet humain.

Le sang s'accrocha à sa peau, formant une goutte.

— Ouvre, ordonna-t-il.

Affhres ouvrit la bouche et suça les doigts, en fermant les yeux pour se concentrer tandis que de lointaines sirènes commençaient à retentir dans la nuit.

— Nous devons partir d'ici, déclara Xcor. Viens avec moi à présent et je t'accorderai une permission pour retrouver cet homme. D'accord ? Hoche la tête. (Quand Affhres obtempéra, il décida qu'il lui en fallait plus.) Jure-le-moi.

Affhres s'inclina.

— Je le jure.

Il défit la menotte… puis tous deux disparurent pile au moment où les lumières bleues des gyrophares annonçaient l'arrivée de la police humaine.

Xcor n'était pas enclin à la miséricorde, quelle que soit l'occasion. Mais si cela avait été le cas, il n'aurait offert aucune pitié à ce profanateur humain, qui était désormais la cible d'Affhres… et bientôt sa proie.

Chapitre 44

— Docteur Manello.

À l'appel de son nom, Manny reprit pied dans la réalité et découvrit que, oui, effectivement, il se trouvait toujours à Tricounty, sur la pelouse. C'était sacrément ironique que le vigile qui avait subi un nettoyage de cerveau soit pourtant celui qui avait les idées claires.

— Euh… oui. Pardon. Qu'est-ce que vous avez dit ?

— Vous allez bien ?

— Non, pas du tout.

— Eh bien, vous venez de vous faire agresser ; je n'arrive pas à croire à la façon dont vous vous êtes occupé de lui. Un instant il vous menaçait… la seconde d'après c'était vous qui teniez l'arme et il… volait dans les airs. Bien sûr que vous devez être secoué.

— Oui. C'est cela. Exactement.

Les flics se pointèrent deux secondes plus tard, puis ce fut une rafale de questions et de réponses. Et ce fut incroyable. L'agent de sécurité ne mentionna jamais Souffhrance. C'était comme si elle n'avait jamais été là.

Cela n'aurait pas dû être une découverte vu ce que Manny avait traversé non seulement avec elle, mais aussi avec Jane. Mais ce fut quand même un choc.

Il y avait tant de choses qu'il ne comprenait tout simplement pas : comment Souffhrance s'était évanouie dans l'air devant lui ; comment il n'y avait plus trace d'elle, tout du moins dans l'esprit du vigile, alors que celui-ci se souvenait parfaitement de Manny ; comment elle avait pu rester si calme et si maîtresse d'elle-même dans une situation mortelle.

En fait, cette dernière partie avait été remarquablement érotique. La voir écraser ce type avait été incroyablement excitant... Manny n'était pas sûr de comprendre ce que cela révélait à son sujet, mais cela avait été le cas.

Et elle allait mentir, songea-t-il. Dire aux autres vampires que sa mémoire avait été effacée. Affirmer qu'elle s'était occupée de la situation.

Souffhrance avait trouvé la solution qui fonctionnait : elle avait retrouvé l'usage de ses jambes, mais il conservait sa mémoire intacte, et personne n'en saurait rien, ni son frère ni les autres types de son espèce.

Oui, tout était réglé. Il n'avait plus qu'à passer le reste de sa vie à se languir d'une femelle qu'il n'aurait jamais dû rencontrer. Un vrai jeu d'enfant.

Une heure plus tard, il monta dans sa Porsche et retourna vers Caldwell. Alors qu'il conduisait, la voiture ne lui parut pas seulement vide mais abandonnée, et il se surprit à baisser et remonter sa vitre. Mais ce n'était plus pareil.

Elle ignorait où il habitait, se dit-il. Mais ce n'était pas un souci, pas vrai ? Elle ne reviendrait pas.

Seigneur, il était difficile de décider ce qui aurait été le plus dur : de longs adieux qui s'éternisaient durant lesquels il l'aurait regardée dans les yeux et se serait mordu la langue pour s'empêcher de trop parler ? Ou ce truc rapide, comme si on arrachait un pansement ?

Dans les deux cas, c'était à chier.

Parvenu au Commodore, il se rendit au sous-sol, se gara à sa place et sortit. Il appela l'ascenseur. Monta dans son appartement. Y entra. Laissa la porte se refermer.

Quand son portable se mit à sonner, il le sortit à tâtons de sa poche et, en découvrant le numéro, poussa un juron. C'était Goldberg, de l'hôpital.

Il répondit sans enthousiasme.

— Salut.

— Ah, tu réponds enfin, dit une voix soulagée. Comment vas-tu ?

Bien. Hors de question de s'aventurer sur ce terrain.

— Ça va.

Comme sa réponse était suivie d'un silence, il reprit :

— Et toi ?

— Je vais bien. Les choses…

Hôpital. Hôpital. Hôpital, hôpital, hôpitalh ôpit alhôp. Ital hôpit alhôpital…

Les mots entrèrent par une oreille, ressortirent par l'autre. Mais Manny s'affaira. Il se dirigea vers le bar dans la cuisine, sortit le Lagavulin et eut l'impression de recevoir un coup sur la tête quand il découvrit le peu qu'il restait dans la bouteille. Se penchant pour regarder dans le fond du placard, il sortit du Jack Daniel's qui était là depuis si longtemps que le bouchon en était poussiéreux.

Un peu plus tard, il raccrocha et se mit sérieusement à boire. D'abord le Lagavulin. Puis le Jack. Puis une bouteille de vin qui se trouvait dans le frigo. Et ce qu'il restait d'un pack de Corona, qui avait été abandonné dans l'arrière-cuisine et n'avait pas été rafraîchi.

Néanmoins, ses synapses ne firent pas la moindre différence entre la bière tiède et l'alcool super frais.

Au total, le festival de consommation lui prit une bonne heure. Peut-être plus. Et il fut sacrément efficace. Quand il saisit la dernière bouteille de bière et se dirigea vers la chambre, il marchait comme s'il se trouvait sur le pont de l'*Enterprise*, traînant les pieds à gauche puis à droite… avant de recommencer à tanguer sur lui-même. Et même s'il y voyait assez bien grâce aux lumières de la ville, il se cogna dans beaucoup de choses : par une sorte de fâcheux miracle, son mobilier s'était animé et paraissait déterminé à se mettre en travers de son chemin… Tout, depuis les fauteuils en cuir jusqu'à…

—Merde !

… la table basse.

Et le fait qu'il se frotte le tibia tout en continuant à avancer revenait à lui ajouter des patins à roulettes.

Quand il atteignit enfin sa chambre, il but une gorgée de Corona pour fêter ça et tituba jusqu'à la salle de bains. Il tourna le robinet. Retira ses vêtements. Se mit immédiatement sous le jet. Inutile d'attendre que l'eau chauffe ; il ne sentait rien de toute façon, et c'était le but recherché.

Il ne prit pas la peine de se sécher. Il se contenta de s'approcher du lit, le corps ruisselant, et finit sa bière en s'asseyant. Puis… rien du tout. Son taux d'alcoolémie avait déjà grimpé en flèche, mais il devait encore atteindre le seuil critique pour être assommé.

Mais dire qu'il était « conscient » était assez relatif. Même s'il était probablement éveillé, il était totalement déconnecté, et pas seulement à cause du ratio alcool/sang qu'il présentait. Il était intérieurement à sec, de façon très curieuse.

Se laissant tomber en arrière sur le matelas, il supposa qu'à présent que la situation de Souffhrance s'était résolue d'elle-même, il était temps de reprendre sa vie, ou tout du moins de faire une tentative dans ce sens le lendemain matin, quand la gueule de bois le réveillerait. Son esprit allait bien, il n'y avait donc aucune raison de ne pas retourner travailler et de s'efforcer de mettre de la distance entre cet interlude barré et le reste de sa vie normale.

Contemplant le plafond, il fut soulagé quand sa vision se troubla.

Jusqu'à ce qu'il comprenne qu'il était en train de pleurer.

—Espèce de chochotte.

S'essuyant les yeux, il décida qu'il n'allait certainement pas, absolument pas penser à Souffhrance. Sauf qu'il le fit, et ne changea pas de sujet. Seigneur, elle lui manquait déjà au point qu'il en avait mal.

— Bordel... de merde...

Brusquement, il releva la tête et son pénis se gonfla. Regardant à travers la baie vitrée coulissante qui donnait sur sa terrasse, il fouilla la nuit du regard avec un désespoir qui lui donna l'impression de devenir dingue.

Souffhrance...

Souffhrance... ?

Il lutta pour se lever du lit, mais son corps refusa de remuer, comme si son cerveau parlait dans une langue que ses bras et ses jambes étaient incapables de traduire. Puis la biture l'emporta, appuyant sur Ctrl+Alt+Suppr. et fermant son programme.

Mais sans le réinitialiser.

Une fois ses paupières closes, ce fut l'extinction des feux, peu importe la force avec laquelle il lutta contre la vague.

Dehors sur la terrasse, Souffhrance se tenait dans le vent froid. Ses cheveux voletaient autour d'elle et elle avait la chair de poule.

Elle avait disparu à la vue de Manuel. Mais elle ne l'avait pas quitté.

Même s'il s'était montré capable de prendre soin de lui, elle n'allait pas confier sa vie à quiconque ni à quoi que ce soit. En conséquence de quoi elle s'était enveloppée de *bhrume* et était restée sur la pelouse à l'hôpital équin, d'où elle l'avait observé parler à la police et au vigile. Puis, quand il était monté dans sa voiture, elle l'avait suivi, se dématérialisant de place en place, le pistant grâce à la faible quantité de son sang qu'il avait goûtée.

Son trajet de retour avait abouti dans les profondeurs d'une ville plus petite que celle qu'elle avait aperçue depuis la voiture, mais tout de même impressionnante, avec ses hauts immeubles, ses rues pavées et ses magnifiques ponts élancés qui enjambaient un large fleuve. Caldwell était effectivement ravissante la nuit.

Elle aurait sûrement apprécié le décor, si elle n'était pas venue ici pour un adieu invisible.

Quand Manuel s'était arrêté dans une sorte de complexe souterrain pour les véhicules, elle l'avait laissé seul. Son but avait été atteint quand il était arrivé à destination sans encombre, et elle avait donc su qu'elle devait partir.

Mais hélas, elle s'était attardée au niveau de la rue, toujours enveloppée de sa *bhrume*, observant le trafic des voitures et le passage des piétons sur les trottoirs. Une heure s'était écoulée. Puis une autre. Et pourtant elle n'avait toujours pas réussi à partir.

Cédant à l'élan de son cœur, elle s'était dématérialisée pour s'élever haut dans les airs… ciblant l'endroit où se trouvait Manuel, et venait de reprendre forme sur la terrasse à l'extérieur de sa demeure…

Elle le découvrit en train de quitter la cuisine pour traverser le salon. Visiblement chancelant, il ne cessait de se cogner dans des meubles, mais ce n'était probablement pas parce que la lumière était éteinte. C'était sans nul doute à cause de la boisson dans sa main.

Ou, plus précisément, de toutes les boissons qu'il avait prises en plus de celle-ci.

Dans la chambre, il arracha ses vêtements plus qu'il ne se dénuda, puis passa sous la douche. Quand il en émergea ruisselant, elle eut envie de pleurer. Cela lui paraissait si difficile d'admettre qu'à peine une journée s'était écoulée depuis le moment où elle l'avait vu dans cet état pour la première fois… même si elle avait cependant l'impression de pouvoir presque traverser le temps et toucher du doigt ces instants électriques où ils avaient été au bord de… Pas seulement dans le présent, mais aussi dans l'avenir.

Plus maintenant.

Là-bas dans la chambre, il s'assit sur le lit… puis tomba sur le matelas.

Quand il fit un geste pour s'essuyer les yeux, elle fut totalement abattue. Et son besoin d'aller vers lui fut tel…

— Souffhrance.

Avec un glapissement, elle se retourna. À l'autre bout de la terrasse, debout dans le vent… se trouvait son jumeau. Et à l'instant où elle posa le regard sur Viszs, elle sut que quelque chose avait changé en lui. Bien sûr, les coupures au visage qu'il s'était infligées en se frappant la tête contre le miroir étaient déjà en voie de guérison, mais ce n'était pas là la cause de sa transformation. Il était différent à l'intérieur : la tension, la colère et la froideur effrayante avaient disparu.

Tandis que le vent faisait voler ses mèches autour de sa tête, elle tenta rapidement de se reprendre et essuya les larmes qui lui étaient montées aux yeux.

— Comment as-tu su… que j'étais…

De sa main gantée, il pointa le ciel.

— Je possède un appartement dans cette résidence. Au sommet de l'immeuble. Jane et moi étions en train de partir quand j'ai senti ta présence ici.

Elle aurait dû le savoir. Exactement de la même manière qu'elle arrivait à sentir sa *bhrume*… il pouvait sentir et retrouver la sienne.

Elle aurait vraiment préféré qu'il passe simplement son chemin. La dernière chose dont elle avait besoin était d'une autre figure mâle d'« autorité » lui disant ce qu'elle devait faire. En outre, le roi avait déjà établi la loi. Ce n'était pas comme si les décrets de Kolher avaient besoin d'être défendus par des gens comme son frère.

Elle leva une main pour l'arrêter avant qu'il ne dise un mot sur Manuel.

— Je n'ai pas envie de t'entendre me répéter ce que notre roi m'a déjà dit. Et j'étais sur le point de partir.

— Est-ce que tu as effacé ses souvenirs ?

Elle leva le menton.

— Non, je ne l'ai pas fait. Il m'a emmenée faire un tour, puis il y a eu un… incident…

Le grognement que son frère poussa fut plus sonore que le vent.

— Que t'a-t-il…

— Pas lui. Dieux, pourrais-tu simplement… cesser de le haïr ? (En se frottant les tempes, elle se demanda si la tête de quelqu'un avait déjà réellement explosé, ou si tout le monde sur terre ressentait cela de temps à autre.) Nous avons été attaqués par un humain et, en le désarmant…

— L'humain ?

— Oui ; ce faisant, j'ai blessé l'homme et on a dû appeler la police…

— Tu as désarmé un humain ?

Souffhrance regarda son jumeau avec colère.

— C'est ce qu'on dit quand on retire un pistolet des mains de quelqu'un, non ?

Viszs plissa les yeux.

— Oui. En effet.

— Je ne pouvais pas effacer les souvenirs de Manuel parce qu'il aurait été incapable de répondre aux questions de la police. Et je suis ici… parce que je voulais être sûre qu'il était rentré sans encombre chez lui.

Dans le silence qui suivit, elle comprit qu'elle venait tout juste de s'acculer elle-même. En avouant qu'elle avait voulu protéger Manuel, elle venait de soutenir le point de vue de son jumeau quant au fait que le mâle qu'elle désirait était incapable de prendre soin d'elle. Oh, mais quelle importance. Vu qu'elle était prête à obéir au roi, il n'existait de toute façon pas d'avenir pour Manuel et elle.

Quand Viszs fit mine d'ouvrir la bouche, elle gémit et posa les mains sur ses oreilles.

— Si tu as la moindre compassion, laisse-moi faire mon deuil ici, seule. Je ne peux supporter d'écouter toutes les raisons pour lesquelles il me faut me séparer de lui : je les connais toutes. Je t'en prie. Va-t'en.

Fermant les yeux, elle se détourna et se mit à prier leur mère là-haut qu'il fasse ce qu'elle lui avait demandé…

La main qui se posa sur son épaule était pesante et chaude.

— Souffhrance. Souffhrance, regarde-moi.

N'ayant plus la moindre énergie pour lutter, elle baissa les bras et croisa son regard triste.

— Réponds à une question, dit son jumeau.

— Quoi ?

— Est-ce que tu aimes ce sal… lui. Est-ce que tu l'aimes ?

Souffhrance jeta un coup d'œil à l'humain sur le lit.

— Oui. Je suis amoureuse de lui. Et si tu essaies de m'en dissuader en arguant du fait que je n'ai pas encore assez vécu pour en juger, je te réponds… va te faire foutre. Je n'ai pas besoin de connaître le monde pour comprendre les désirs de mon cœur.

Il y eut un long silence.

— Qu'est-ce que Kolher a dit ?

— La même chose que ce que tu aurais dit. Que je devais m'effacer de sa mémoire et ne jamais, au grand jamais le revoir.

Comme son frère n'ajoutait rien, elle secoua la tête.

— Pourquoi es-tu encore ici, Viszs ? Es-tu en train de réfléchir aux arguments que tu pourrais invoquer pour me persuader de rentrer à la maison ? Laisse-moi t'épargner cet effort : quand l'aube arrivera, je rentrerai et je respecterai les règles, mais pas parce que c'est bien pour toi, pour le roi ou pour moi-même. C'est parce que c'est le plus sûr pour lui : il n'a pas besoin d'avoir des ennemis tels que toi et la Confrérie qui le tortureront uniquement à cause de ce que je ressens pour lui. Il sera donc fait exactement comme tu le souhaites. Sauf que (sur ce, elle lui jeta un regard furieux) je ne lui ôterai pas ses souvenirs. Son esprit est trop précieux pour qu'on le perde et il ne supporterait pas un autre effacement. Je garantirai sa sécurité en ne revenant jamais ici, mais je ne le condamnerai pas à une vie de démence. Cela n'arrivera pas : il n'a fait que m'aider. Il mérite mieux que d'être utilisé puis mis au rebut.

Souffhrance regarda de nouveau vers la vitre.

Et au bout d'un long moment de silence, elle supposa que son jumeau était parti. Aussi faillit-elle pousser un cri quand il se plaça devant elle et bloqua la vue qu'elle avait de Manuel.

— Tu es encore là, dit-elle hargneusement.

— Je réglerai ce problème pour toi.

Souffhrance grimaça, puis gronda :

— Ne songe même pas à le tuer…

— Avec Kolher. Je réglerai le problème. Je… (Viszs se gratta la tête.) Je trouverai quelque chose pour que tu puisses le garder.

Souffhrance cligna des yeux. Puis sentit qu'elle était bouche bée.

— Que… que viens-tu de dire ?

— Je connais Kolher depuis des années. Et techniquement, selon le droit ancien, je suis le chef de notre joyeuse petite famille ici-bas. J'irai le voir et lui dirai que j'approuve cette… union et que je pense que tu devrais avoir le droit de voir ce sal… ce type. Cet homme. Manello. (Il se racla la gorge.) Kolher est très soucieux de la sécurité, mais avec la *bhrume* autour du complexe… Manello serait incapable de nous retrouver s'il le désirait. En outre, il serait hypocrite de te refuser ce que d'autres frères ont fait de temps à autre. Putain, Audaszs a eu un gamin avec une humaine, et Kolher est désormais marié à cet enfant. En réalité, si on avait essayé de séparer notre roi de sa Beth quand il l'a rencontrée, il aurait tué quiconque en aurait seulement émis la suggestion. La Mary de Rhage ? Même chose. Et il devrait… en être de même pour toi. J'irais même parler à *mahmen* s'il le faut.

Souffhrance posa la main sur son cœur, qui battait à tout rompre.

— Je… ne comprends pas pourquoi tu… ferais cela…

Il jeta un coup d'œil par-dessus son épaule, examinant l'humain qu'elle aimait.

— Tu es ma sœur. Et c'est lui que tu veux. (Il haussa les épaules.) Et… eh bien, je suis tombé amoureux d'une humaine. Je suis tombé amoureux de ma Jane dans l'heure qui a suivi notre rencontre et… oui. Je ne suis rien sans elle. Si ce que tu ressens pour Manello n'est qu'à peine la moitié de ce que je ressens pour ma *shellane*, ta vie ne sera jamais complète sans lui…

Souffhrance l'étreignit si fort qu'elle faillit le jeter à terre.

— Oh… mon frère… !

Il l'enlaça à son tour et lui rendit son étreinte.

— Je suis désolé d'avoir été un tel connard.

— Tu as été… (Elle chercha un autre terme.) Oui, tu as été un vrai connard.

Il éclata d'un rire qui résonna dans sa poitrine.

— Tu vois ? Nous sommes d'accord sur quelque chose.

Se cramponnant à lui, elle reprit :

— Merci… merci…

Au bout d'un moment, il recula.

— Laisse-moi parler à Kolher avant d'aller trouver Manello, OK ? Je veux tout résoudre avant ; et oui, je rentre à la maison tout de suite. Jane est de garde à la clinique et la Confrérie est de repos ce soir, je devrais donc joindre le roi immédiatement. (Il y eut un silence.) Je ne veux qu'une seule chose en échange.

— Quoi ? Tout ce que tu veux. Dis-moi.

— Si tu prévois de traîner dans le coin jusqu'à l'aube, rentre à l'intérieur. On se les gèle dehors, vraiment. (Il recula d'un pas.) Vas-y… Va rejoindre ton… mâle… (Il se frotta les yeux et elle eut l'impression qu'il se rappelait la scène qu'il avait surprise quand elle était sous la douche avec son guérisseur.) Je reviendrai… Euh, j'appellerai… Est-ce que tu as un téléphone ? Tiens, prends le m… Merde, je ne l'ai pas.

— C'est bon, mon frère. Je serai de retour à l'aube.

— Bon, d'accord ; je le saurai d'ici là.

Elle le dévisagea.

— Je t'aime.

Voilà qu'il souriait. Largement, sans réserve. Il tendit la main pour lui effleurer le visage.

— Je t'aime aussi, petite sœur. À présent rentre dans l'appart et réchauffe-toi.

— D'accord. (Elle bondit et l'embrassa sur la joue.) D'accord !

Avec un signe de la main, elle se dématérialisa pour reparaître de l'autre côté de la vitre.

Oh, que l'intérieur était chaud en comparaison de la terrasse… À moins que cela soit dû à la vague de joie qui s'était répandue en elle. Quoi qu'il en soit, elle fit une pirouette avant de s'approcher du lit.

Manuel n'était pas seulement endormi, mais carrément dans les vapes. Mais elle s'en fichait. Grimpant sur le lit, elle s'allongea et passa un bras autour de lui. Immédiatement, il poussa un grognement et se tourna vers elle, l'attirant plus près, la serrant. Au moment où leurs corps se mêlèrent et où son érection lui frotta la hanche, elle jeta un regard vers la terrasse.

Inutile de jouer avec le feu devant Viszs mais, heureusement, il était parti.

Souriant dans l'obscurité, elle s'installa plus confortablement et caressa l'épaule de son mâle. Tout allait se résoudre et la clé en était la logique irrésistible que Viszs avait détaillée. En réalité, l'argument était si évident qu'elle ne parvenait pas à croire qu'elle n'y ait pas pensé elle-même.

Kolher ne l'apprécierait peut-être pas ; néanmoins, il allait accepter parce que les faits étaient les faits, et parce que c'était un roi juste qui avait prouvé à de multiples reprises qu'il n'était pas esclave des anciennes pratiques.

Tandis qu'elle s'installait, elle comprit qu'il n'y avait aucune chance qu'elle s'endorme et coure donc le risque d'être brûlée par le soleil : elle était elle-même incandescente, étendue sur le lit à côté de Manuel, et luisait si brillamment qu'elle projetait des ombres dans la pièce.

Pas de repos donc pour elle.

Elle souhaitait simplement jouir de cette sensation.

Pour toujours.

Chapitre 45

Viszs rentra en un clin d'œil et, après être passé voir Jane à la clinique, se dirigea vers la grande maison en passant par le tunnel. En débouchant dans le vestibule, il n'entendit qu'un silence retentissant qui le mit mal à l'aise.

C'était tellement calme.

Bien entendu, d'habitude, c'était parce qu'il était 2 heures du matin et que les frères étaient sortis se battre. Mais ce soir, tout le monde était coincé ici, sans doute en train d'avoir des relations sexuelles, de s'en remettre et/ou de s'y remettre.

« J'ai l'impression d'avoir fait l'amour avec toi pour la toute première fois. »

Lorsque la phrase de Jane lui revint en mémoire, il ignora s'il devait sourire ou se mettre un coup de pied aux fesses. Mais peu importe, c'était le meilleur des mondes pour lui, à partir de ce soir... Non qu'il sache avec certitude ce que cela signifiait, mais il était partant. Il était totalement partant.

Gravissant l'escalier monumental, il se dirigea vers le bureau de Kolher tout en fouillant dans des poches inexistantes. Il portait encore cette fichue brassière d'hôpital tachée de sang et n'avait pas le moindre cigare.

— Fils de pute.

— Seigneur ? Avez-vous besoin de quelque chose ?

S'arrêtant en haut des marches, il jeta un coup d'œil à Fritz, qui lustrait la balustrade, et fut à deux doigts d'embrasser le majordome à pleine bouche.

— Je n'ai plus de tabac. Ni de feuilles à rouler…

Le vieux *doggen* sourit si largement que les rides de son visage le firent ressembler à un shar-peï.

— J'en ai dans la réserve, en bas. Je reviens tout de suite. Allez-vous rencontrer le roi ?

— Oui.

— Je vous les apporterai là-bas… de même qu'une robe de chambre, peut-être ?

Il prononça la seconde partie de la phrase avec délicatesse.

— Merde, merci, Fritz. Tu me sauves la vie.

— Non, c'est vous, seigneur. (Il s'inclina.) Vous et la Confrérie qui nous sauvez chaque nuit.

Fritz s'éloigna précipitamment, descendant l'escalier d'une démarche plus allègre qu'on s'y serait attendu. Mais bon, il n'aimait rien tant que servir. Ce qui était très cool.

Bien. Il était temps de se mettre au boulot.

Se sentant comme un vrai rebut dans sa brassière, V. s'approcha des portes fermées du bureau de Kolher, ferma le poing et frappa.

La voix du roi lui parvint de l'autre côté des lourds panneaux de bois.

— Entrez.

V. poussa le battant.

— C'est moi.

— Comment va, mon frère ?

Tout au bout de la pièce colorée et efféminée, Kolher était installé derrière un bureau massif, assis sur le trône de son père. Par terre à côté de lui, couché dans un panier personnalisé d'un rouge royal, George leva la tête et remua ses oreilles triangulaires. Le golden retriever remua la queue en signe de bienvenue, mais ne quitta pas son maître.

Le roi et son chien-guide ne se séparaient jamais. Et pas seulement parce que Kolher avait besoin de son aide.

— Donc, V. (Kolher se renfonça dans le fauteuil sculpté et baissa la main pour caresser la tête de son chien.) Ton odeur est intéressante.

— En effet.

V. s'installa en face du roi, posa les mains sur ses cuisses et les pressa l'une contre l'autre afin de tenter d'oublier son envie de nicotine.

— Tu as laissé la porte ouverte.

— Fritz va m'apporter des clopes.

— Tu ne vas pas t'en griller une devant mon chien.

Merde.

— Euh…

Il avait oublié la nouvelle règle… et demander que le chien aille faire un tour dehors était impensable : après tout, Kolher avait peut-être perdu la vue, mais cet enfoiré était encore mortellement entraîné et V. avait eu assez de SM pour ce soir, merci bien.

Fritz entra juste au moment où le roi fronçait les sourcils.

— Seigneur, votre tabac, annonça joyeusement le majordome.

— Merci, mec.

V. prit les feuilles à rouler, le sachet de tabac… et le briquet que le *doggen* avait pensé à apporter. Ainsi que la robe de chambre.

Puis la porte fut refermée.

V. jeta un coup d'œil au chien. La grosse tête carrée de George était posée sur ses pattes avant, et ses aimables yeux marron paraissaient s'excuser de ce contretemps qui l'empêchait de s'en griller une. Il agita même la queue d'un air hésitant.

Viszs caressa le sachet de tabac turc comme un tocard pathétique.

— Ça t'ennuie si je m'en roule une ou deux ?

— Un coup de briquet et je t'enfonce dans le tapis.

— Compris. (V. aligna les objets sur le bureau.) Je suis venu te parler de Souffhrance.

— Comment va ta sœur ?

— Elle est… en grande forme. (Il entrouvrit le sachet, prit une inspiration et dut retenir un « hum ».) Ça a marché ; je ne sais pas très bien comment, mais elle est remise, pour de bon. Elle est sur pied, comme neuve.

Le roi se pencha en avant.

— Non… Sérieux ? Pour de bon ?

— À cent pour cent.

— C'est un miracle.

Nommé Manuel Manello, à l'évidence.

— On peut dire ça.

— Eh bien, c'est une putain de bonne nouvelle. Tu veux qu'on lui donne une chambre ici ? Fritz peut…

— C'est un peu plus compliqué que cela.

Comme Kolher fronçait de nouveau les sourcils, V. se dit que mince, même si le roi était totalement aveugle, il avait toujours l'air de se concentrer comme il l'avait toujours fait. Ce qui donnait l'impression qu'il avait votre front dans le viseur.

V. se mit à étaler les petits carrés blancs.

— C'est ce chirurgien humain.

— Oh… Putain, non. (Kolher releva ses lunettes de soleil sur son front et se frotta les yeux.) Ne me fous pas en rogne en m'annonçant qu'ils sortent ensemble.

V. demeura silencieux. Il prit le tabac et en distribua des pincées au-dessus de chaque carré.

— J'attends que tu me répondes que je me trompe. (Kolher laissa retomber ses lunettes.) J'attends toujours…

— Elle est amoureuse de lui.

— Et ça ne te dérange pas ?

— Bien sûr que si. Mais même si elle sortait avec un frère, je trouverais cet enfoiré pas assez bien pour elle. (Il prit l'un des papiers chargés de tabac et se mit à le rouler.) Donc… si c'est lui qu'elle veut, je dis : « Il faut vivre et laisser vivre. »

— V… Je sais par quel angle tu comptes attaquer et je ne peux le permettre.

Viszs s'interrompit alors qu'il léchait le papier et envisagea de mettre l'histoire de Beth sur le tapis. Mais le roi donnait déjà le sentiment qu'il avait mal au crâne.

— Tu ne peux le permettre ? N'importe quoi ! Rhage et Mary…

— Rhage a été flagellé, tu te rappelles ? Pour une bonne raison. En outre, les temps changent, V. La guerre s'intensifie, la Société des éradiqueurs recrute à tour de bras et, pour couronner le tout, il y a ces mauviettes découpées en morceaux que vous avez retrouvées en centre-ville la nuit dernière.

Bon sang de bonsoir, se dit V. *Ces tueurs massacrés…*

— De plus, je viens juste de recevoir cela. (Sans tourner la tête, Kolher tâtonna à gauche et saisit une page en braille.) Voilà la copie d'une lettre envoyée par mail à ce qu'il reste des Familles Fondatrices. Xcor a déménagé dans le coin avec sa bande, ce qui explique pourquoi vous avez découvert ces éradiqueurs dans un état pareil.

— Bordel… de merde. Je savais que c'était lui.

— Il nous tend un piège.

V. se raidit.

— Pourquoi ?

Kolher lui lança :

— Redescends sur terre ! Les gens ont perdu des branches entières de leurs familles. Ils ont fui leurs maisons, mais veulent y retourner. Pendant ce temps, le danger s'accroît à Caldwell au lieu de diminuer. On ne doit rien tenir pour acquis à l'heure actuelle.

Comprendre : il présumait que sa position sur le trône était instable. Quelles que soient ses actions politiques pour demeurer en place.

— Donc, ce n'est pas que je ne comprenne pas la situation de Souffhrance, reprit Kolher. Mais nous devons nous rassembler et faire profil bas. Ce n'est pas le moment d'en rajouter une couche avec les complications qu'entraînerait la présence d'un humain ici.

Le bureau fut silencieux un moment.

Tandis que V. passait en revue ses contre-arguments, il ramassa un autre carré, le roula serré, lécha la feuille et la colla.

— Il a aidé ma Jane la nuit dernière. Quand les frères et moi sommes rentrés après la bagarre dans cette ruelle, Manello s'est impliqué, et pas qu'un peu. C'est un chirurgien hors pair, et je suis bien placé pour le savoir. Il m'a opéré. Il est loin d'être inutile. (V. regarda par-dessus le bureau.) Si la guerre doit encore s'intensifier, un second chirurgien à la clinique ne serait pas de trop.

Kolher poussa un juron en français. Puis un autre en langue ancienne.

— Viszs…

— Jane est géniale, mais elle est seule. Et Manello possède des compétences techniques qu'elle n'a pas.

Kolher souleva une nouvelle fois ses lunettes et se frotta les yeux un bon coup.

— Es-tu en train de me dire que ce type aurait envie de vivre ici dans cette maison nuit et jour pour le restant de sa vie ? C'est beaucoup demander.

— Alors je le lui demanderai.

— Je n'aime pas cela.

Un long silence s'ensuivit. Qui apprit à V. qu'il progressait. Mais il savait bien qu'il valait mieux ne pas pousser son avantage pour l'instant.

— Je croyais que tu voulais tuer ce salaud, maugréa Kolher.

Comme si cela aurait constitué un objectif préférable.

Brusquement, l'image de Manello à genoux devant Souffhrance flamboya dans son esprit, au point de lui donner envie de s'emparer d'un stylo et de se crever les yeux.

— C'est toujours le cas, répondit-il d'un air morne. Mais… c'est lui qu'elle veut. Franchement, que puis-je y faire ?

Il y eut encore un long silence, durant lequel il fabriqua un tas satisfaisant de cigarettes prêtes à fumer.

Finalement, Kolher passa une main dans ses longs cheveux.

— Si elle veut le voir hors d'ici, ce ne sont pas mes oignons.

Viszs ouvrit la bouche pour argumenter, puis la referma. C'était mieux qu'un « non » définitif, et puis qui savait ce que l'avenir réservait : si V. avait pu évoluer au point d'accepter que, même après le Cauchemar de la Douche, Manello reste sur terre et en vie, tout pouvait arriver.

— Ça me convient. (Il referma le sachet de tabac.) Qu'est-ce qu'on va faire au sujet de Xcor ?

— Attendre que le Conseil convoque une assemblée à son sujet… ce qui devrait arriver dans les nuits à venir, sans le moindre doute. La *glymera* va avaler ses conneries, et nous aurons de vrais problèmes.

D'un ton sec, le roi ajouta :

— Contrairement à nos problèmes foireux.

— Tu veux que la Confrérie se retrouve ici pour une réunion ?

— Non. Laisse-leur passer le reste de la nuit tranquillement. Les emmerdes ne vont pas s'enfuir.

V. se leva, enfila le peignoir et ramassa son matériel de fumeur.

— Merci. Tu sais, pour Souffhrance.

— Ce n'est pas une faveur.

— Je lui transmettrai donc ce message positif.

Viszs était à mi-chemin de la porte quand Kolher ajouta :

— Elle va vouloir se battre.

V. se retourna.

— Pardon ?

— Ta sœur. (Kolher posa les coudes sur toute sa paperasse et se pencha, son visage cruel arborant une expression des plus sérieuses.) Tu dois te préparer au moment où elle demandera à sortir se battre.

Oh, merde, non.

— Je refuse d'écouter ça.

— Si. Je me suis entraîné avec elle. Elle est aussi dangereuse que toi et moi, et si tu crois qu'elle va se contenter de rôder dans cette maison pendant les six cents prochaines années, c'est que tu as le cerveau dérangé. Tôt ou tard, c'est ce dont elle aura envie.

Viszs ouvrit la bouche. Puis la referma.

Eh bien, il avait passé un sacré bon moment à apprécier la vie pendant environ… vingt-neuf minutes.

— Ne me dis pas que tu le permettras.

— Xhex se bat.

— C'est la sujette de Vhengeance. Pas la tienne. (Kolher fronça les sourcils pour la troisième fois.) Les critères sont différents.

— Primo, chaque personne sous ce toit fait partie de mes sujets. Et deuzio, le fait qu'elle soit ta sœur ne change strictement rien.

— Bien sûr (*que si*) que non.

— Hum, hum. Bien.

Viszs s'éclaircit la voix.

— Tu songes sérieusement à la laisser…

— Tu as vu à quoi je ressemblais après notre entraînement, non ? Et je ne lui laissais aucune marge de manœuvre, Viszs. Cette femelle sait ce qu'elle fait.

— Mais c'est… (*Ma sœur.*) Tu ne peux pas la laisser sortir.

— Pour l'instant, j'ai besoin de tous les combattants à ma disposition.

Viszs se planta une cigarette entre les lèvres.

— Je crois que je ferais mieux d'y aller.

— Bonne idée.

Dès qu'il fut dehors et eut refermé la porte, il alluma le briquet en or que Fritz lui avait donné et inhala comme un aspirateur.

Tout en réfléchissant à la prochaine étape, il se dit qu'il pouvait retourner au Commodore et apprendre la bonne nouvelle à sa sœur… mais il redoutait fortement ce qu'il risquait d'interrompre en se rematérialisant là-bas. En outre, il avait jusqu'à l'aube pour se convaincre que l'idée de mettre Souffhrance sur le terrain n'était pas une catastrophe.

Et puis il avait quelqu'un d'autre à voir.

Descendant l'escalier, il franchit le vestibule. Dehors, il traversa en vitesse la cour gravillonnée et entra dans la Fosse par l'épaisse porte principale.

Le décor familier du lieu, avec les canapés, l'écran plasma et le baby-foot, le détendit.

La vue de la bouteille vide de Lagavulin sur la table basse ? Pas vraiment.

— Butch ?

Pas de réponse. Il emprunta donc le couloir jusqu'à la chambre du flic. La porte était ouverte et à l'intérieur… il n'y avait que l'immense garde-robe de Butch et un lit vide et en désordre.

— Je suis là.

Fronçant les sourcils, V. fit machine arrière et passa la tête dans sa propre chambre. La lumière était éteinte, mais les appliques dans le couloir lui fournirent assez d'éclairage pour y voir quelque chose.

Butch était assis au bout du lit, dos à la porte, la tête basse, les épaules voûtées.

Viszs entra et referma derrière lui. Ni Jane ni Marissa n'allaient se pointer : elles étaient toutes les deux au travail. Mais Fritz et son équipe allaient probablement passer un coup de balai ici à un moment donné et le majordome, Dieu ait son âme, ne frappait jamais aux portes closes. Il vivait ici depuis trop longtemps.

— Salut, dit V. dans l'obscurité.

— Salut.

V. s'avança et contourna le pied du lit en se servant du mur pour se repérer. Posant les fesses sur le matelas, il s'assit à côté de son meilleur ami.

— Ça va, Jane et toi ? demanda le flic.

— Oui. Tout va bien. (*Quel euphémisme.*) Elle est arrivée pile au moment où je me réveillais.

— Je l'ai appelée.

— C'est ce que j'avais compris. (Viszs tourna la tête et lui jeta un coup d'œil, même si cela avait peu d'importance dans le noir total.) Merci pour ça…

— Je suis désolé, dit Butch d'une voix enrouée. Oh, mon Dieu, je suis tellement désolé…

Le soupir rauque qu'il laissa échapper était un sanglot à peine dissimulé.

Même s'il n'y voyait rien, V. passa un bras autour des épaules du flic. Attirant le mâle contre sa poitrine, il posa la tête sur celle de son pote.

— C'est bon, dit-il brusquement. Tout va bien. C'est bon… Tu as fait ce qu'il fallait…

D'une façon ou d'une autre, il finit par le faire se retourner si bien qu'ils se retrouvèrent allongés, le flic toujours serré dans ses bras.

Bizarrement, il repensa à la première nuit qu'ils avaient passée ensemble. C'était à des millions d'années de là, dans la demeure d'Audaszs à Caldwell. Deux lits jumeaux côte à côte à l'étage. Butch avait posé des questions sur ses tatouages. V. lui avait répondu de s'occuper de ses oignons.

Et voilà qu'ils étaient de nouveau dans le noir. Vu tout ce qui s'était passé depuis lors, il était presque incroyable qu'ils aient jamais été ces deux mâles qui s'étaient liés d'amitié en discutant des Red Sox.

— Ne me demande pas de recommencer un jour, dit le flic.

— Marché conclu.

— Mais bon. Si tu en as besoin… viens me voir.

V. brûlait de lui répondre quelque chose du genre « Plus jamais », mais c'étaient des conneries. Lui et le flic s'étaient baladés dans son asile psychiatrique trop souvent, et même s'il avait tourné la page… on ne savait jamais.

Il répéta donc la promesse qu'il s'était faite à lui-même quand il était avec Jane. À partir de dorénavant, il exprimerait ses angoisses. Même si cela le mettait mal à l'aise au point de hurler, cela valait mieux que sa stratégie de tout enfermer. C'était aussi plus sain.

— J'espère que ce ne sera pas nécessaire, murmura-t-il. Mais merci, mon pote.

— Encore une chose.

— Quoi ?

— Je crois qu'on sort ensemble maintenant. (Quand V. éclata de rire, le flic haussa les épaules.) Allez, quoi… je t'ai fait mettre à poil. Tu as porté un putain de corset. Et ne me lance pas sur le sujet de la toilette à l'éponge après la séance.

— Enfoiré.

— Jusqu'au bout.

Tandis que leurs rires s'éteignaient, V. ferma les yeux et déconnecta brièvement son cerveau. Avec la large poitrine de son meilleur ami contre la sienne et la certitude que Jane et lui étaient de nouveau réunis, rien ne manquait à son univers.

À présent, s'il pouvait seulement empêcher sa sœur de courir les rues et les ruelles la nuit… la vie serait drôlement parfaite.

Chapitre 46

Quand José De La Cruz arriva au motel Monroe, il lui parut évident que la seule chose neuve sur les lieux était le ruban délimitant la scène de crime qu'on avait déroulé à l'extrémité du bâtiment. Tout le reste était fané et fatigué, y compris les voitures garées devant l'accueil.

Dépassant la rangée de tacots, il roula jusqu'à la dernière chambre et gara sa voiture banalisée à la diagonale des voitures de patrouille.

Après avoir mis la berline au point mort, il tourna la tête vers le siège passager.

— Tu es prêt à y aller ?

Veck avait déjà posé la main sur la poignée de la portière.

— Oui, croyez-moi sur parole.

Quand les deux hommes sortirent de la voiture, les autres agents s'approchèrent et entourèrent Veck pour le congratuler. Au sein de l'unité, les gens estimaient que ce type était un héros à la suite de l'Incident du Paparazzi, et cette démonstration approbatrice ne fut en rien refroidie par le fait que Veck ne prenait pas au sérieux les bravos.

Gardant la tête froide, il remonta simplement son pantalon et sortit une cigarette. Après l'avoir allumée et pris une bouffée, il parla en soufflant la fumée.

— Comment ça se passe, ici ?

José laissa le gamin se mettre au courant et passa sous le ruban. La porte fracturée menant à la scène de crime avait été simplement repoussée, et il l'ouvrit d'un coup d'épaule.

— Merde, murmura-t-il.

L'air était saturé par l'odeur de sang frais… et de formol.

À ce moment-là, le flash du photographe se déclencha et le corps de la victime apparut en pleine lumière sur le lit, ainsi que les pots à échantillons sur la table de nuit. Et les couteaux.

Il ferma brièvement les yeux.

— Inspecteur ?

José jeta un coup d'œil à Veck par-dessus son épaule.

— Oui ?

— Nous avons l'immatriculation du pick-up. Illinois. Propriété d'un certain David Kroner. Le véhicule n'a pas été déclaré volé et devinez quoi… Kroner est un homme blanc âgé de trente-trois ans… célibataire… avec un handi… Bordel de merde ! (Le débit de Veck s'arrêta lorsqu'il arriva à côté du lit.) Seigneur…

Le flash se déclencha de nouveau et on entendit un crachotement électronique tandis que l'appareil photo se remettait de ses efforts.

José regarda le légiste.

— Depuis combien de temps est-elle morte ?

— Pas longtemps. Elle est encore tiède. Je vous donnerai une meilleure estimation quand j'en aurai fini ici.

— Merci.

José s'approcha de la commode minable et se servit d'un stylo pour déplacer un mince anneau d'or, une paire de boucles d'oreilles scintillantes et un bracelet rose et noir.

Le tatouage qui avait été découpé sur la peau de la victime et transféré dans un pot à échantillons à côté d'elle était rose et noir, lui aussi. Probablement ses couleurs préférées.

Autrefois.

Il continua à déambuler, cherchant des choses qui ne seraient pas à leur place, fouillant les corbeilles à papier et regardant furtivement dans la salle de bains.

On avait visiblement dérangé le tueur en pleine action. Quelqu'un avait entendu ou vu quelque chose et défoncé la porte, entraînant un départ précipité du tueur par la fenêtre du fond, au-dessus des toilettes.

L'appel passé aux urgences avait été effectué par un homme qui avait refusé de s'identifier. Il avait seulement dit qu'il y avait un cadavre dans la chambre du bout, point final. Il s'agissait bien de leur tueur. Les salopards comme lui ne s'arrêtaient pas à moins d'y être forcés, et ils n'abandonnaient pas de leur plein gré le genre de trophées qu'on trouvait sur la table de nuit et la commode.

Où es-tu allé ensuite ? se dit José en lui-même. *Où as-tu fui… ?*

Des brigades cynophiles fouillaient la forêt derrière le motel, mais José avait l'intuition que cela ne donnerait rien. À moins de deux cents mètres du motel se trouvait une rivière assez peu profonde pour traverser à gué : Veck et lui étaient passés sur le petit pont qui l'enjambait en arrivant.

— Il change de mode opératoire, dit Veck. (Quand José se retourna, il posa les mains sur les hanches et secoua la tête.) C'est la première fois qu'il œuvre dans un lieu public. Son travail est vraiment salissant, et potentiellement bruyant. Nous aurions découvert d'autres scènes de ce genre après son passage.

— Je suis d'accord.

— David Kroner est la réponse.

José haussa les épaules.

— Peut-être. À moins qu'il soit un cadavre de plus que nous sommes sur le point de retrouver.

— Personne n'a signalé sa disparition.

— Comme tu l'as dit, il est célibataire, non ? Il vit peut-être seul. Qui saurait qu'il a disparu ?

Sauf que, même en torpillant cette théorie, José avait résolu cette équation et abouti à une conclusion identique. Il était rare qu'un individu disparaisse sans manquer à personne : la famille, les amis, les collègues, le gardien de l'immeuble... Ce n'était pas impossible, mais très improbable.

La question était : où le tueur sévirait-il la prochaine fois ? Si ce salopard se comportait selon le profil habituel, il était probablement entré dans une phase d'aggravation de sa folie. Par le passé, on avait découvert des victimes à plusieurs mois d'intervalle, mais voilà qu'on en retrouvait deux en une semaine.

Donc, s'il creusait cette hypothèse, il savait que la prudence et la minutie qui avaient jusque-là protégé le tueur n'allaient plus être de mise, les schémas de pensée auxquels il s'était conformé se désagrégeant peu à peu face à cette pulsion frénétique. La bonne nouvelle était que ce relâchement le rendrait plus facile à attraper. La mauvaise était que la situation risquait bien d'empirer avant de s'améliorer.

Veck s'approcha de lui.

— Je vais examiner ce pick-up. Vous voulez venir ?

— Oui.

Dehors, l'air ne sentait pas le cuivre ni le formol, et José prit quelques profondes inspirations, tandis que Veck enfilait des gants et se mettait au travail. Naturellement, le véhicule était fermé à clé, mais cela ne l'arrêta pas. Il prit un pied-de-biche et força la portière conducteur comme un pro de l'effraction.

— Waouh, marmonna-t-il en reculant.

Il ne fallut pas longtemps pour que la puanteur atteigne José, qui toussa dans sa main. Les vapeurs de formol étaient encore plus fortes que dans la chambre, et elles s'accompagnaient aussi de l'odeur douceâtre et nauséabonde de la mort.

— Ça ne vient pas de la cabine. (Veck passa le faisceau de sa lampe de poche sur les sièges.) Ça vient de l'arrière.

Il y avait un cadenas sur la double porte, mais Veck se contenta d'aller jusqu'au coffre de la voiture banalisée et en revint avec une scie électrique.

On entendit un sifflement aigu… Un « ping ! »… Puis Veck entra.

— Oh… putain…

José secoua la tête tout en contournant la voiture pour voir ce qui avait fait jurer son partenaire.

Le faisceau de la lampe torche de Veck éclairait toute une collection de petits flacons contenant des choses qui flottaient ou avaient coulé au fond d'un liquide transparent. Les récipients étaient rangés dans un système de casiers fait sur mesure et accroché à la paroi gauche du véhicule. Celle de droite était réservée aux outils : les couteaux et les cordes, le gros ruban adhésif, les marteaux, les burins, les lames de rasoir, les scalpels et les écarteurs.

Bonjour, David Kroner : il était hautement improbable que le tueur ait installé ce truc dans la voiture de quelqu'un d'autre… et on pouvait parier que les trophées dans tous ces flacons comblaient les trous dans l'épiderme des victimes.

Leur meilleur espoir résidait dans les équipes cynophiles qui le pistaient dans les bois.

Autrement, ils allaient perdre une autre femme. José était prêt à parier sa maison là-dessus.

— Je vais me mettre en relation avec le FBI, dit-il. Il faut qu'ils viennent ici et voient ça.

Veck fouilla du regard l'intérieur de la camionnette.

— Je vais donner un coup de main aux mecs de la scientifique. J'aimerais qu'on fasse transporter ce véhicule au commissariat dès que possible afin que toutes les pièces à conviction soient correctement consignées.

José hocha la tête, sortit son téléphone portable et composa un numéro préenregistré. Lorsque la sonnerie retentit à l'autre bout de la ligne, il sut qu'une fois qu'il aurait raccroché avec le bureau régional des fédéraux, il allait devoir appeler sa femme. Il n'y avait aucune chance qu'il soit de retour à la maison pour le petit déjeuner.

Strictement aucune.

Chapitre 47

— Le soleil ! Oh, mon Dieu ! Vite, tu ferais mieux…
Manny se réveilla en plein vol : visiblement, il venait de tomber du lit, entraînant la couette et plusieurs oreillers dans sa chute, et tous atterrirent en même temps, ses pieds, l'édredon et les quatre oreillers.

Les rayons du soleil entraient à flots à travers la fenêtre, inondant sa chambre de lumière vive.

Souffhrance était là, lui soufflait son cerveau. Elle était là.

Regardant frénétiquement autour de lui, il se précipita dans la salle de bains. Vide. Il traversa le reste de l'appartement en courant. Vide.

Se frottant le cuir chevelu, il retourna vers le lit… et comprit, bordel de merde, qu'il avait encore tous ses souvenirs. D'elle. De Jane. De Monsieur le Grand Méchant Bouc. De l'opération et de… cet incroyable moment passé sous la douche. Et de Glory.

Que diable…

Il se pencha pour ramasser un oreiller et le porta à son nez. Oui, elle s'était vraiment allongée à côté de lui. Mais pourquoi était-elle venue ? Et, si c'était le cas, pourquoi ne lui avait-elle pas effacé la mémoire ?

Se rendant à grands pas dans l'entrée, il saisit son portable et… Sauf que ce n'était pas comme s'il était en mesure de l'appeler. Il n'avait pas son numéro.

Il resta planté là un moment. Puis se rappela qu'il avait convenu de retrouver Goldberg dans moins d'une heure.

Mal à l'aise et bizarrement paniqué sans pouvoir vraiment expliquer pourquoi, il enfila sa tenue de jogging et prit l'ascenseur. Dans le gymnase, il fit un signe de tête aux trois autres types qui soulevaient de la fonte ou faisaient des abdos et grimpa sur le tapis de course qu'il utilisait d'ordinaire.

Il avait oublié son fichu iPod, mais son esprit était en ébullition, aussi n'était-ce pas vraiment silencieux entre ses oreilles. Trouvant son rythme, il tenta de se souvenir de ce qui s'était passé après sa douche de la nuit précédente... mais il n'obtint rien. Pourtant, il n'avait pas la migraine. Ce qui semblait suggérer que son trou noir était naturel et uniquement dû à l'alcool.

Au cours de son entraînement, il dut accélérer la machine à plusieurs reprises : un abruti avait visiblement modifié les réglages de la machine et le tapis était lent. Et quand il atteignit la barre des huit kilomètres, il prit conscience qu'il n'avait pas la gueule de bois. Mais bon, il y avait peut-être tellement de choses qui bourdonnaient dans sa tête qu'il était trop distrait pour tenir compte d'une quelconque douleur.

Quand il descendit du tapis de course environ quinze minutes plus tard, il avait besoin d'une serviette et se dirigea vers la pile à côté de la sortie. L'un des culturistes arriva en même temps, mais recula avec déférence.

— Passez d'abord, dit-il en tendant les mains pour la lui donner.

— Merci.

Alors que Manny s'essuyait et se dirigeait vers la sortie, il marqua un temps d'arrêt quand il comprit que plus personne ne bougeait dans la salle : tout le monde ici avait cessé son activité et le dévisageait. Il vérifia rapidement son pantalon et eut la certitude de ne pas souffrir d'un désordre vestimentaire. Que se passait-il ?

Dans l'ascenseur, il s'étira les jambes et les bras et se dit que merde, il aurait pu continuer encore quinze... vingt kilomètres, facilement. Et en dépit de l'alcool, il avait apparemment eu une excellente nuit de sommeil parce qu'il se sentait parfaitement réveillé et plein d'énergie, mais ce devait être l'effet des endorphines. Même quand on craquait, la course à pied valait mieux que la caféine… ou la sobriété.

Il allait sans nul doute s'effondrer à un moment ou à un autre, mais il s'en inquiéterait quand l'épuisement le rattraperait.

Une demi-heure plus tard, il entra dans le *Starbucks* sur Everett Street où Goldberg et lui s'étaient rencontrés pour la première fois des années plus tôt – sauf que, bien entendu, à l'époque le petit café n'avait pas encore été repris par la chaîne. Goldberg était alors un étudiant de Columbia qui avait déposé sa candidature pour un stage à St. Francis et Manny faisait partie de l'équipe de recrutement réunie pour le ferrer : Goldberg était une star, déjà à l'époque, et Manny voulait édifier le service le plus solide du pays.

En faisant la queue pour commander son *venti latte*, il regarda autour de lui. L'endroit était bondé, mais Goldberg leur avait déjà trouvé une table près de la fenêtre. Ce n'était pas surprenant. Le chirurgien arrivait toujours en avance aux réunions : il était probablement là depuis quinze ou vingt minutes. Mais il ne cherchait pas Manny. Il contemplait le contenu de son gobelet en carton comme s'il tentait de remuer son cappuccino par la seule force de sa pensée.

Ah… Il avait donc un message.

— Manuel ? appela l'employé derrière le comptoir.

Manny prit sa commande et zigzagua entre les drogués à la caféine, les présentoirs de tasses et de CD et le tableau blanc triangulaire qui annonçait les spécialités du jour.

— Salut, dit-il en prenant le siège face à Goldberg.

Le chirurgien leva la tête. Et réagit à retardement.

— Euh… salut.

Manny but une gorgée de café et se renversa dans sa chaise, dont le dossier incurvé lui entra dans le dos.

— Comment ça va ?

— Je vais… bien. Mon Dieu, tu as l'air en pleine forme.

Manny passa la main sur sa mâchoire couverte d'une barbe de trois jours. Quel mensonge. Il n'avait pas pris la peine de se raser et il portait une polaire et un jean. Pas vraiment l'attirail d'un mannequin.

— Arrêtons les plaisanteries. (Manny sirota une autre gorgée de *latte*.) Qu'as-tu à m'annoncer ?

Goldberg regarda dans toutes les directions. Jusqu'à ce que Manny prenne pitié de lui.

— Ils veulent que je prenne un congé, c'est ça ?

Goldberg se racla la gorge.

— Le conseil d'administration de l'hôpital estime que cela vaudrait mieux pour… tout le monde.

— Ils t'ont demandé de me remplacer en attendant, non ?

Encore un raclement de gorge.

— Euh…

Manny reposa sa tasse.

— C'est bon. Ça va. Je suis content : tu vas faire un travail formidable.

— Je suis désolé… (Goldberg secoua la tête.) Je… Ça me paraît tellement injuste. Mais… tu pourras toujours revenir, tu sais. Plus tard. En outre, le repos t'a fait du bien. Je veux dire, tu as l'air…

— En pleine forme, l'interrompit sèchement Manny. Oui, oui.

C'est ce qu'on disait aux gens qu'on plaignait.

Tous deux burent leur café en silence un moment et Manny se demanda si l'autre pensait à la même chose que lui : Seigneur, comme la situation avait changé. Quand ils s'étaient vus pour la première fois ici, Goldberg était aussi nerveux qu'aujourd'hui, mais pour une raison très différente. Et qui aurait prédit que Manny se ferait saquer ? À l'époque, il visait le sommet et rien ne l'aurait arrêté… Rien ne l'avait arrêté.

Ce qui faisait de sa réaction à la demande du conseil d'administration une surprise. Il n'était pas vraiment en colère, en fait. Il se sentait… détaché en un sens, comme si cela arrivait à quelqu'un qu'il avait connu autrefois, mais avec qui il avait depuis longtemps perdu contact : oui, c'était important, mais… il s'en fichait.

— Eh bien…

La sonnerie de son téléphone l'interrompit. Et la façon dont il sursauta, comme si son pull avait pris feu, l'informa de ce qui comptait vraiment à ses yeux.

Mais ce n'était pas Souffhrance. C'était le vétérinaire.

— Je dois répondre, dit-il à Goldberg. Deux secondes. Oui, doc, comment va… (Manny fronça les sourcils.) Vraiment ? Hum, hum. Oui… oui… Hum, hum… (Un lent sourire s'étira sur son visage jusqu'à ce qu'il arbore probablement une expression rayonnante comme un phare.) Oui. Je sais, oui ! C'est un putain de miracle.

Quand il raccrocha, il regarda son collègue en face de lui. Goldberg avait haussé les sourcils.

— Une bonne nouvelle. Au sujet de mon cheval.

Le chirurgien haussa les sourcils encore plus.

— J'ignorais que tu en avais un.

— Elle s'appelle Glory. C'est un pur-sang.

— Oh. Waouh.

— Je suis fan de courses.

— Je ne savais pas.

— Non.

Et la conversation personnelle s'arrêta là. Ce qui donna à Manny une idée de l'importance de leurs discussions professionnelles. À l'hôpital, Goldberg et lui avaient passé des heures à parler des patients, des problèmes de personnel et de la gestion du service. À présent ? Ils n'avaient pas grand-chose à se dire.

Pourtant, il était assis en face d'un homme de valeur… qui serait probablement le prochain responsable du service de chirurgie de St. Francis. Le conseil d'administration allait mener des recherches dans tout le pays, bien entendu, mais on choisirait Goldberg parce que les autres chirurgiens, qui s'effarouchaient facilement et avaient besoin de stabilité, le connaissaient et lui faisaient confiance. Et ils avaient raison. Goldberg était techniquement brillant dans les cas d'urgence, efficace avec l'administration et d'un tempérament bien plus posé que Manny.

— Tu feras du super boulot, lui dit-il.

— Que… Oh. C'est seulement temporaire, jusqu'à ce que tu… tu sais, tu reviennes.

Il semblait y croire, ce qui prouvait sa gentillesse naturelle.

— Oui.

Manny changea de position sur sa chaise et, en recroisant les jambes, jeta un coup d'œil alentour… et aperçut trois filles de l'autre côté de la salle. Elles devaient sans doute avoir dans les dix-huit ans et, à l'instant où il croisa leurs regards, elles pouffèrent et baissèrent la tête comme si elles faisaient semblant de ne pas l'avoir dévisagé.

Ayant l'impression d'être de nouveau dans le gymnase, il vérifia sa tenue. Non. Il n'était toujours pas nu. Que diable…

Quand il releva la tête, l'une d'entre elles s'était levée et s'approchait.

— Salut. Ma copine te trouve canon.

Hum…

— Euh, merci.

— Voici son numéro…

— Oh, non… non. (Il saisit le morceau de papier qu'elle avait posé sur la table et la força à le reprendre.) Je suis flatté, mais…

— Elle a dix-huit ans.

— Et moi quarante-cinq.

À ces mots, la fille resta bouche bée.

— Impossible.

— Si. Tout à fait possible. (Il se passa une main dans les cheveux en se demandant quand il avait décidé de jouer à *Gossip Girl* ou une série du même genre.) Et j'ai une petite amie.

— Oh. (La fille sourit.) C'est cool, mais t'aurais pu te contenter de dire ça. Inutile de mentir en racontant que t'es un vieux blaireau.

Sur ce, elle s'éloigna d'un pas nonchalant et, quand elle se rassit, toutes firent la grimace. Puis il reçut quelques œillades.

Manny regarda Goldberg.

— Les gamines. Enfin, franchement.

— Hum. Oui.

OK, il était temps de mettre fin à ce malaise. Regardant par la fenêtre, Manny commença à préparer sa sortie…

Dans le verre, il aperçut le reflet de son visage. Les mêmes pommettes hautes. La même mâchoire carrée. Le même ensemble nez et lèvres. Les mêmes cheveux noirs. Mais il y avait quelque chose de différent.

Se penchant, il se dit que… ses yeux étaient…

— Eh, dit-il calmement. Je vais aux toilettes. Ça t'ennuierait de surveiller mon café avant qu'on parte ?

— Non, pas du tout. (Goldberg sourit d'un air soulagé, comme s'il était heureux d'avoir à la fois une opportunité de fuite et un boulot.) Prends ton temps.

Manny se leva et se rendit dans l'unique cabinet de toilette mixte. Après avoir frappé sans obtenir de réponse, il ouvrit la porte et alluma la lumière. Quand il se fut enfermé à l'intérieur et que la ventilation se fut mise en route, il s'approcha du miroir muni de son petit panneau « Les employés doivent se laver les mains ».

La lumière se trouvait juste au-dessus du lavabo devant lequel il se tenait. Donc, en vertu de ce qui était bon et juste, il aurait dû avoir l'air d'une merde, les yeux rendus caves par l'épuisement, avec des poches gonflées à ras bord, et la peau terreuse.

Mais ce n'était pas ce que montrait le miroir. Même avec ce néon pisseux qui l'éclairait du dessus, il avait l'air plus jeune de dix ans que dans son souvenir. Il resplendissait littéralement de santé, comme si on avait collé une ancienne version de sa tête sur son corps actuel.

Reculant d'un pas, il tendit les bras devant lui et fléchit les genoux, donnant une occasion à sa hanche de se manifester en hurlant. Ou à ses cuisses, puisqu'il avait couru à fond de train moins d'une heure plus tôt. Ou à son dos.

Il ne ressentit aucune douleur. Aucune raideur. Aucun inconfort.

Son corps piaffait d'impatience.

Il songea à ce que le vétérinaire en chef lui avait dit juste à l'instant au téléphone, d'une voix à la fois confuse et exaltée : « L'os s'est régénéré, et le sabot s'est guéri spontanément. C'est comme s'il n'y avait jamais eu de blessure. »

Nom de… Dieu. Et si Souffhrance avait fait usage de sa magie sur lui ? Pendant qu'ils étaient ensemble ? Sans qu'aucun d'eux en soit conscient, et si elle avait guéri le corps de Manuel d'un point de vue temporel… en reculant l'horloge non de quelques mois, mais d'une décennie ou plus ?

Manny saisit la croix à son cou.

Quand quelqu'un frappa à la porte, il tira la chasse puis fit couler de l'eau pour ne pas qu'on croie qu'il se livrait à une activité dégoûtante. Il ressortit, encore en proie à la stupéfaction, fit un signe de tête à la femme ronde qui voulait entrer et retourna voir Goldberg.

Il s'assit et dut essuyer ses mains moites sur son jean.

— J'ai une faveur à te demander, dit-il à son ancien collègue. C'est une chose que je ne demanderais à personne d'autre…

— Dis-moi. Tout ce que tu veux. Après tout ce que tu as fait pour moi…

— Je veux que tu me fasses un examen complet. Et que tu fasses des scans.

Goldberg hocha immédiatement la tête.

— Je n'allais pas le proposer, mais je trouve que c'est une bonne idée. Les migraines… les trous de mémoire. Il faut savoir s'il n'y a pas un… problème. (Il s'arrêta là, comme s'il craignait de déclencher une dispute ou de devenir morbide.) Même si, bon Dieu, je suis sérieux… je ne t'ai jamais vu meilleure mine.

Manny attrapa son *latte* et se mit debout, avec une impression d'urgence bourdonnante qui n'avait rien à voir avec la caféine.

— Allons-y. Si tu as le temps tout de suite ?

Goldberg le suivit.

— Pour toi, j'aurai toujours le temps.

Chapitre 48

De temps à autre, sa mort revenait en mémoire à Vhif. Cela lui arrivait en rêve. Pendant les rares moments où il était immobile et paisible. Et parfois, il avait l'impression que c'était dans le seul but de lui prendre la tête pour rigoler.

Il essayait toujours d'éviter l'association de vues, d'odeurs et de sons comme la peste, mais même s'il avait lancé un ordre d'éloignement à son tribunal intérieur, la partie adverse avait joué les chieuses et soulevé des objections… si bien que ces saloperies de souvenirs continuaient à se manifester.

Alors qu'il était allongé dans son lit, l'étendue brumeuse de son paysage mental qui n'était ni le sommeil ni l'éveil ressemblait à une ligne directe pour que cette nuit horrible l'appelle et, ça alors, il reçut un coup de fil, les souvenirs lui sonnant les cloches et le forçant à répondre.

Son propre frère avait fait partie de la garde d'honneur venue le passer à tabac, et le groupe de salopards en robes noires l'avait localisé sur le bas-côté de la route tandis qu'il quittait à pied la demeure familiale pour la dernière fois. Il portait ses maigres possessions sur son dos et n'avait pas la moindre idée de sa destination. Son père l'avait jeté dehors et il avait été rayé de l'arbre généalogique, donc… voilà. Il était déraciné. Déboussolé.

Tout ça à cause de ses yeux vairons.

La garde d'honneur était seulement censée le rouer de coups en raison de l'injure qu'il avait faite à sa lignée. Ils n'étaient pas censés le tuer. Mais la situation avait dérapé et, par un revirement surprenant, son frère avait tenté de l'empêcher.

Vhif se souvenait vraiment de ce moment-là. La voix de son frère disant aux autres d'arrêter.

Mais il était trop tard, et Vhif s'était envolé très loin, non seulement de la douleur, mais aussi de la terre elle-même… pour se retrouver dans un océan de brouillard blanc qui s'était écarté pour dévoiler une porte. Sans qu'on le lui dise, il avait su qu'il s'agissait de l'entrée de l'Estompe et, également, qu'une fois qu'il l'aurait ouverte, il y passerait.

Ce qui lui avait semblé être une excellente idée sur le moment. Rien à perdre, tout ça…

Et pourtant, il avait reculé au dernier moment. Pour une raison qu'il n'arrivait pas à se rappeler.

C'était le plus étrange… Car toute cette nuit était gravée dans son esprit, et c'était le seul morceau dont il ne se souvenait pas, en dépit de tous ses efforts.

Mais il se rappelait avoir réintégré brusquement son corps : pendant qu'il reprenait conscience, Blay lui faisait un massage cardiaque et ses lèvres posées sur les siennes lui avaient donné une raison de vivre…

Le coup frappé à sa porte le réveilla complètement, et il se redressa et alluma les lumières d'un ordre mental pour être certain de savoir où il se trouvait.

Voilà. Sa chambre. Tout seul.

Mais pas pour très longtemps.

Au moment où son regard encore un peu flou glissa lentement vers la porte, il sut qui se tenait de l'autre côté. Il sentit le parfum délicat qui s'insinuait à l'intérieur et comprit pourquoi Layla était venue. Merde, c'était peut-être la raison pour laquelle il n'avait pas réussi à dormir pour de bon : il s'attendait à ce qu'elle le réveille d'une minute à l'autre.

— Entre, dit-il doucement.

L'Élue se glissa dans la pièce en silence et, quand elle se tourna vers lui, elle avait une tête de déterrée tant elle semblait fatiguée et exténuée.

— Seigneur…

— Tu peux m'appeler Vhif, tu sais. Je veux dire, s'il te plaît.

— Merci. (Elle s'inclina et parut faire un effort pour se redresser.) Je me demandais si je pouvais profiter une nouvelle fois de votre aimable offre de… prendre votre veine. À dire vrai, je suis… épuisée et incapable de retourner au sanctuaire.

Quand il croisa son regard vert, quelque chose s'infiltra profondément dans son esprit, une sorte de… prise de conscience qui s'enracina et se mit à germer sur le thème de « Je le tiens presque, c'est sur le point de venir ».

Des yeux verts. Verts comme les grains de raisin, le jade ou les bourgeons printaniers.

— Pourquoi me regardez-vous ainsi ? demanda-t-elle en resserrant les pans de sa robe autour d'elle.

Des yeux verts… dans un visage qui…

L'Élue jeta un coup d'œil à la porte.

— Peut-être… devrais-je tout simplement y aller…

— Je suis désolé. (Se reprenant, il s'assura que les couvertures remontaient bien jusqu'à sa taille et lui fit signe d'approcher.) Je viens juste de me réveiller ; ne fais pas attention.

— Vous êtes sûr ?

— Absolument, viens ici. On est amis, tu te souviens ?

Il lui tendit la main et, quand elle se trouva à sa portée, prit la sienne et la tira pour qu'elle s'asseye.

— Seigneur ? Vous me dévisagez encore.

Vhif examina son visage, puis passa à son corps. Des yeux verts…

Alors quel était le problème avec ces yeux ? Ce n'était pas comme s'il les découvrait…

Des yeux verts…

Il ravala un juron. Bordel, c'était comme avoir une chanson dans la tête dont on se rappelait tout excepté les paroles.

— Seigneur ?

— Vhif. Dis-le, je t'en prie.

— Vhif.

Il sourit un peu.

— Tiens, prends ce dont tu as besoin.

Il leva le poignet et fut surpris de son extrême minceur, tandis qu'elle se penchait et ouvrait la bouche. Ses crocs étaient longs et très blancs, mais délicats. Pas comme les siens. Et sa morsure était aussi douce et féminine que le reste de sa personne.

Ce que son côté traditionaliste estimait tout à fait correct.

Tandis qu'elle se nourrissait, il observa ses cheveux blonds remontés en tresses compliquées, ses épaules élancées et ses jolies mains.

Des yeux verts.

— Bon Dieu ! (Comme elle faisait mine de reculer, il lui posa une main sur la nuque et la maintint contre son poignet.) C'est bon. J'ai une crampe au pied.

Ou plutôt au cerveau.

De frustration, il leva la tête et, au lieu de la cogner contre le mur, se frotta les yeux. Quand il les rouvrit, il regardait fixement la porte…

… par laquelle Layla venait d'entrer.

Immédiatement, il fut de nouveau aspiré dans le rêve. Mais il ne s'agissait pas de son passage à tabac ni de son frère. Il se vit debout à l'entrée de l'Estompe… devant les panneaux blancs… la main tendue, sur le point de saisir la poignée.

La réalité se déforma, se détendit et s'étira comme du caramel jusqu'à ce qu'il ne sache plus s'il était éveillé ou endormi… ou mort.

Un tourbillon fit son apparition au centre de la porte, comme si la matière dont elle était faite s'était liquéfiée pour prendre la consistance du lait. Et, surgie de l'œil de la tornade, une image se matérialisa et s'approcha, plus comme un bruit qui se répercuterait que comme une vision qui prendrait forme.

C'était le visage d'une jeune femelle.

Une jeune femelle avec des cheveux blonds, des traits fins… et des yeux vert pâle.

Elle le dévisageait, soutenant son regard aussi sûrement que si elle avait pris son visage entre ses jolies petites mains.

Puis elle battit des paupières. Et ses iris changèrent de couleur.

L'un devint vert et l'autre bleu. Tout comme les siens.

— Seigneur !

Tout d'abord, il ressentit une profonde confusion, se demandant pourquoi diable la jeune femelle l'avait appelé ainsi. Comment connaissait-elle son identité ?

— Vhif ! Laissez-moi refermer la plaie !

Il cligna des yeux. Et découvrit qu'il venait de se jeter en arrière contre la tête du lit et que, ce faisant, il avait arraché les crocs de Layla à sa chair et répandait du sang partout sur les draps.

— Laissez-moi…

Il repoussa l'Élue d'une bourrade et posa sa propre bouche sur la blessure. Tandis qu'il s'occupait de soigner sa plaie, il fut incapable de détacher son regard de Layla.

Il était bien trop facile de superposer les traits de la jeune femelle sur le visage de Layla et d'y découvrir quelque chose de bien plus profond qu'une simple ressemblance.

Alors que sa tête commençait à l'élancer, il prit une seconde pour se rappeler qu'il n'avait jamais été doué de prescience. Contrairement à V., il était incapable de voir l'avenir.

Layla se releva avec des gestes lents, comme si elle ne voulait pas l'effrayer.

— Faut-il que j'aille chercher Jane ? Ou peut-être vaudrait-il mieux que je parte ?

Vhif ouvrit la bouche… et découvrit que rien n'en sortait.

Waouh. Il n'avait jamais vécu d'accident de voiture, mais il imaginait que la terreur qui lui nouait les entrailles et qu'il ressentait en ce moment se manifestait probablement de la même façon que quand on voyait quelqu'un griller un stop et se précipiter sur votre portière passager : on triangulait la direction et la vitesse de l'autre par rapport à la sienne et on en venait à la conclusion que l'impact était imminent.

Même s'il ne parvenait pas à imaginer un univers dans lequel il mettrait Layla enceinte.

— J'ai vu l'avenir, dit-il d'une voix lointaine.

Layla porta les mains à sa gorge comme si elle étouffait.

— Est-il mauvais ?

— Ce n'est… pas possible. Du tout.

Il prit sa tête entre ses mains, et tout ce qu'il voyait dans l'obscurité était ce visage… qui était en partie celui de Layla et en partie le sien.

Oh, que Dieu… les sauve tous deux. Qu'il les sauve… tous.

— Seigneur ? Vous m'effrayez.

Eh bien, ils étaient deux…

Sauf que c'était impossible. Non ?

— Je vais y aller, dit-elle brusquement. Je vous remercie de votre don.

Il hocha la tête, incapable de la regarder.

— Je t'en prie.

Quand la porte se referma peu après, il frissonna, alors qu'une peur froide et vive s'insinuait dans son corps… et se dirigeait droit vers son âme.

C'était vraiment ironique, se dit-il. Ses parents n'avaient jamais voulu qu'il se reproduise et, ça alors, l'idée d'entuber Layla en lui donnant une fille anormale ou, pire encore, de poser ses yeux foireux sur une jeune femelle innocente lui faisait embrasser son vœu de célibat comme rien d'autre n'aurait pu le faire.

Et en fait, il devrait s'estimer heureux d'avoir eu cette vision. De tous les destins qu'il aurait pu voir, celui-ci était évitable à cent pour cent, pas vrai ?

Il ne coucherait tout simplement jamais avec Layla.

Jamais.

C'était donc impossible. Point barre.

Chapitre 49

Manny retourna à son appartement vers 18 heures. Au total, il avait passé huit heures à l'hôpital à se faire palper et ausculter par différentes personnes qu'il connaissait mieux que les membres de sa famille élargie.

Les résultats se trouvaient dans sa boîte mail personnelle, sur laquelle il avait fait suivre une copie de tous les documents relatifs à son dossier médical. Non qu'il ait la moindre intention d'ouvrir toutes les pièces jointes. Il connaissait les notes par cœur. Les résultats par cœur. Les radios et les scans par cœur.

Jetant ses clés sur le comptoir de la cuisine, il entrouvrit le frigo en souhaitant y trouver du jus d'orange pressé. Au lieu de cela… il aperçut des sachets de sauce soja du chinois d'en bas… une bouteille de ketchup… et une boîte de conservation ronde contenant les restes d'un dîner d'affaires qu'il avait eu deux semaines plus tôt.

Peu importe. Il n'avait pas si faim que cela.

Nerveux et agité, il évalua la luminosité dans le ciel : il faisait encore un peu jour à l'ouest.

Mais il n'aurait pas à attendre longtemps.

Souffhrance allait revenir le voir une fois le soleil couché. Il le sentait au fond de lui. Il ne savait toujours pas avec certitude pourquoi elle avait passé la nuit avec lui ni pourquoi il avait toujours ses souvenirs, mais il ne pouvait s'empêcher de se demander si elle n'allait pas finalement effacer sa mémoire dès son arrivée.

Il se rendit dans la chambre, où son premier geste fut de ramasser les oreillers sur le sol et de les remettre à leur place. Puis il lissa la couverture… et fut prêt à faire ses bagages. Il commença à sortir les vêtements de sa commode et les empila sur le lit fait.

Il n'avait plus rien à faire à St. Francis. Il avait démissionné au beau milieu de tous ces tests.

Il n'avait aucune raison de rester à Caldwell ; tout au contraire, il valait sans doute mieux qu'il quitte la ville.

Il n'avait aucune idée de l'endroit où il irait, mais il n'était pas nécessaire d'avoir une destination quand on quittait un lieu.

Des chaussettes. Des caleçons. Des polos. Des jeans. Des pantalons en toile.

L'un des avantages à posséder une garde-robe essentiellement constituée de tenues chirurgicales fournies par l'hôpital était qu'il n'avait pas grand-chose à emballer. Et Dieu sait qu'il avait assez de sacs de sport.

Dans le tiroir du bas de la commode, il sortit les deux seuls pulls qu'il possédait…

Un cadre photo était retourné en dessous, la petite béquille en carton bien à plat.

Manny tendit la main et ramassa l'objet. Il n'eut pas besoin de le retourner pour voir de qui il s'agissait. Il avait mémorisé le visage de l'homme de nombreuses années auparavant.

Et pourtant, lorsqu'il fit pivoter le cliché, il eut un choc à la vue de la photo de son père.

Un beau salaud. Très, très beau. Des cheveux noirs, exactement comme ceux de Manny. Des yeux profondément enfoncés, exactement comme ceux de Manny.

Et il refusa d'aller plus loin dans la récapitulation de leurs ressemblances. Comme toujours, quand il s'agissait des conneries en rapport avec son père, il se contenta de repousser le tout dans un coin de son cerveau et de poursuivre sa vie comme si de rien n'était.

Ce qui ce soir signifiait que le cadre atterrit dans le sac le plus proche, un point c'est tout…

Le coup frappé contre la baie vitrée arrivait trop tôt pour que ce soit elle, se dit-il.

Sauf qu'il jeta alors un coup d'œil au radio-réveil et découvrit que faire ses paquets lui avait pris une bonne heure.

Il regarda par-dessus son épaule, et son cœur se mit à battre la chamade quand il aperçut Souffhrance de l'autre côté de la vitre. Bon… sang… elle le bouleversait. Elle avait natté ses cheveux et portait une longue robe blanche nouée à la taille, et elle était… époustouflante.

S'approchant de la fenêtre coulissante, il l'ouvrit, et le souffle froid de la nuit le frappa au visage, lui remettant les idées en place.

Souriant largement, Souffhrance lui sauta dans les bras plus qu'elle n'entra, pressant son corps si plein contre le sien et passant ses bras si forts autour de son cou.

Il s'accorda le bonheur de la serrer dans ses bras une fraction de seconde… pour la dernière fois. Puis, même si cela le tuait, il la reposa et prétexta la nécessité de refermer la vitre à cause des rafales de vent qui entraient à l'intérieur pour s'écarter encore plus.

Quand il lui jeta un nouveau regard, la joie avait disparu de son visage et elle s'entourait de ses bras.

—J'ai compris que tu reviendrais, dit-il d'une voix rauque.

—Je… j'ai de bonnes nouvelles. (Souffhrance avisa les sacs de sport alignés sur le lit.) Que fais-tu ?

—Je dois m'en aller d'ici.

Alors qu'elle fermait brièvement les yeux, ne pas s'approcher d'elle pour la réconforter manqua presque de l'anéantir. Mais la situation était déjà assez difficile. La toucher une nouvelle fois le briserait.

— Je suis allé voir le médecin aujourd'hui, dit-il. J'ai passé l'après-midi à l'hôpital.

Elle pâlit.

— Es-tu malade ?

— Pas exactement. (Il arpenta la pièce et se retrouva devant la commode, dont il repoussa le tiroir du bas désormais vide.) Loin de là, en fait... Il apparaît que mon corps s'est en partie régénéré. (Il désigna ses jambes.) Depuis des années, je souffre d'arthrose à la hanche parce que j'ai fait trop de sport ; j'ai toujours su que je finirai par devoir la remplacer. Mais d'après les radios prises aujourd'hui, elle est en parfait état. On n'y a décelé ni arthrite ni inflammation. Elle est en aussi bon état que quand j'avais dix-huit ans.

Tandis qu'elle en restait bouche bée, il supposa qu'il ferait mieux de tout lui déballer. Relevant sa manche, il passa la main sur son avant-bras.

— J'avais des taches de rousseur ici à cause du soleil depuis deux décennies... Elles ne sont désormais plus là. (Il se pencha et remonta la jambe de son pantalon.) Quant à la périostite tibiale dont je souffrais de temps en temps, elle a disparu. Et ce en dépit du fait que j'ai couru dix kilomètres ce matin sans même y penser... et en moins de quarante-cinq minutes. Mes analyses de sang sont revenues sans le moindre problème de cholestérol, avec des valeurs hépatiques parfaites, un taux de fer et de plaquettes en plein dans la moyenne. (Il se tapota la tempe.) Et j'étais sur le point de devoir porter des lunettes, car je devais tendre les bras pour lire les menus et les magazines... sauf que je n'en ai plus besoin. Je suis capable de lire des petits caractères à cinq centimètres de mon nez. Et, crois-le ou non, ce n'est que le début d'une très longue liste d'améliorations.

Qu'on ne le lance pas sur le sujet des pattes-d'oie autour de ses yeux, du fait que le gris à ses tempes avait été remplacé par du brun foncé et que ses genoux ne lui faisaient plus mal.

— Et tu penses… (Souffhrance posa une main sur sa gorge.) Et tu penses que je suis la cause de tous ces changements ?

— Je sais que tu l'es. Qui d'autre sinon ?

Souffhrance secoua la tête.

— Je ne comprends pas pourquoi tu ne vois pas cela comme une bénédiction. Toutes les espèces ont toujours cherché la jeunesse éternelle…

— Ce n'est pas naturel ! (À ces mots, elle grimaça, mais il fallait qu'il continue.) Je suis médecin, Souffhrance. Je sais tout de la façon dont, normalement, les corps humains vieillissent et réagissent face aux blessures. Ceci… (il désigna son propre corps) n'est pas bien.

— C'est une régénération…

— Mais où cela va-t-il s'arrêter ? Est-ce que je vais être comme Benjamin Button et rajeunir jusqu'à redevenir un bébé ?

— C'est impossible, rétorqua-t-elle. J'ai été exposée à la lumière plus que toi et je ne reviens pas à l'état d'enfant.

— OK, très bien, alors partons du principe que cela n'arrivera pas… Que fais-tu des personnes de mon entourage ? (*Non que la liste soit très longue, mais quand même.*) Ma mère va me voir dans cet état et croira que j'ai fait de la chirurgie esthétique ; mais dans dix ans ? Elle n'en a que soixante-dix… Crois-moi, avant d'en avoir quatre-vingts ou quatre-vingt-dix, elle comprendra que son fils ne vieillit pas. Ou est-ce que je vais devoir l'abandonner ?

Manny se remit à marcher et, comme il se passait la main dans les cheveux, aurait juré qu'ils étaient plus épais.

— J'ai perdu mon boulot aujourd'hui, à cause de ce qui est arrivé la dernière fois qu'on a effacé mes souvenirs. Pendant cette semaine où j'ai été séparé de toi, j'avais le cerveau tellement retourné que je n'étais même plus en mesure de distinguer le jour de la nuit, et voilà tout ce qu'ils ont retenu de mes activités à l'hôpital durant cette période-là, parce que ce n'est pas comme si je pouvais leur expliquer ce qui s'est vraiment passé. (Il se tourna vers elle.) Mon problème, c'est qu'il s'agit du seul corps que je possède, du seul esprit, du seul… tout. Vous autres vampires avez foutu le bordel dans mon cerveau et j'ai failli perdre la boule: quelles en sont les conséquences? Je n'en connais que la cause… Quelle est l'amplitude des effets? Je n'en ai pas la moindre idée et cela me terrifie pour une putain de bonne raison.

Souffhrance fit passer l'extrémité de sa tresse par-dessus son épaule et la lissa tandis qu'elle baissait les yeux.

— Je suis… désolée.

— Ce n'est pas ta faute, Souffhrance, grogna-t-il en levant les mains. Et je ne veux pas te faire porter la responsabilité de tout cela, mais je…

— C'est ma faute. C'est moi la cause de tout cela.

— Souffhrance…

Alors qu'il faisait mine de s'approcher d'elle, elle leva à son tour les mains et recula.

— Non, ne m'approche pas.

— Souffhrance…

— Tu as raison. (Elle s'arrêta quand elle heurta la baie vitrée par laquelle elle était entrée.) Je suis dangereuse et destructrice.

Manny palpa sa croix au travers de sa chemise. En dépit de tout ce qu'il venait de dire, à cet instant précis, il aurait voulu pouvoir tout retirer et trouver un moyen d'arranger les choses entre eux.

— C'est un don, Souffhrance. (Après tout, elle-même et Glory avaient prouvé les avantages d'une exposition à court terme.) Cela t'aidera toi, ainsi que ta famille et ton peuple. Merde, avec ce que tu es capable de faire, tu vas mettre Jane au chômage.

— En effet.

— Souffhrance… regarde-moi. (Quand elle finit par lever les yeux vers lui, il eut envie de pleurer.) Je…

Sauf qu'il laissa sa phrase en suspens. La vérité, c'était qu'il l'aimait. Absolument et pour toujours. Mais il soupçonnait que c'était là la malédiction de toute leur histoire.

Il ne se remettrait jamais de son amour pour elle, et personne d'autre n'existerait à ses yeux.

Redressant les épaules, il se prépara.

— J'ai une chose à te demander.

— Quoi donc ? répondit-elle brusquement.

— N'efface pas mes souvenirs. Je ne parlerai à personne de toi ou des tiens, je le jure sur la tête de ma mère. Mais… laisse-moi tel que je suis actuellement quand tu partiras. Sans mon esprit, je n'ai strictement plus rien.

Souffhrance avait quitté le complexe avec l'impression de vivre un rêve éveillé. Son frère lui avait appris l'incroyable nouvelle dès qu'elle était rentrée juste avant l'aube, et elle avait passé la journée entière à osciller entre flotter sur un petit nuage et brûler d'impatience devant la lenteur à laquelle le temps s'écoulait.

Puis elle était venue ici.

Il était difficile d'imaginer que son cœur avait été si gonflé de joie à peine dix minutes plus tôt.

Mais il n'était pas dur de comprendre la position de Manuel. Et elle était surprise que ni l'un ni l'autre n'ait anticipé les implications plus larges de son… pouvoir de guérison. Ou quoi que ce soit.

Il était pourtant évident que cela l'affecterait.

Observant Manuel, elle trouva insupportable la tension qu'elle percevait à l'intérieur de lui : il s'inquiétait honnêtement et sincèrement de ce qu'il lui resterait si elle supprimait les souvenirs de leurs instants passés ensemble. Et pourquoi ne le ferait-il pas ? Il avait perdu son travail adoré à cause d'elle. Son corps et son esprit étaient en danger à cause d'elle.

Dieux, elle n'aurait jamais dû l'approcher.

Et c'était précisément la raison pour laquelle il était mal vu de se mêler aux humains.

— Ne t'inquiète pas, dit-elle d'une voix douce. Je ne mettrai pas en péril ton cerveau. J'en ai déjà fait plus qu'assez.

Comme il poussait un soupir de soulagement, elle sentit sa gorge se serrer.

Il la dévisagea un instant.

— Merci.

Elle s'inclina légèrement et, quand elle se redressa, fut choquée d'apercevoir ses magnifiques yeux acajou scintiller.

— Je veux me souvenir de toi, Souffhrance… Je veux me rappeler tout de toi. Tout. (Son regard triste et ardent parcourut le visage de Souffhrance.) La saveur et la sensation de ton corps. Le son de ton rire… et celui de tes halètements. Les moments que j'ai passés à ton côté… (Sa voix se fêla, et il se reprit en se raclant la gorge.) J'ai besoin que ces souvenirs me durent toute la vie.

Des larmes jaillirent et coulèrent le long des joues de Souffhrance alors que son cœur cessait de battre correctement.

— Tu vas me manquer, *bambina*. Chaque jour. Toujours.

Quand il ouvrit ses bras, elle s'y jeta et perdit tout son calme. Enveloppée par son corps puissant et fort, elle sanglota contre sa chemise en se cramponnant à lui aussi fermement qu'il la tenait.

Puis ils rompirent tous deux leur étreinte au même moment, comme s'ils n'avaient eu qu'un seul cœur. Et elle supposa que c'était le cas.

En effet, une partie d'elle-même désirait se battre, argumenter et tenter de lui faire voir les choses sous un angle différent. Mais elle ne savait pas avec certitude s'il en existait même un. Elle ne pouvait pas plus prédire l'avenir que lui, et elle n'en savait pas plus que lui sur les répercussions que risquaient d'avoir les changements dans son corps.

Il n'y avait plus rien à ajouter. Cette fin qui était arrivée à l'improviste était un coup terrible que rien ne pourrait adoucir : ni la parole, ni le toucher, ni même, elle le soupçonnait, le temps.

— Il faut que j'y aille à présent, dit-elle en reculant.

— Laisse-moi t'ouvrir la vitre…

Au moment où elle se dématérialisa hors de chez lui, elle prit conscience que c'étaient là les derniers mots qu'il lui adresserait jamais.

Il s'agissait de leurs adieux.

Manny regarda fixement l'endroit que Souffhrance venait d'occuper. Il ne restait plus rien d'elle ; elle s'était évaporée dans l'air aussi sûrement qu'un rai de lumière qu'on aurait éteint.

Disparue.

Son impulsion fut d'aller jusqu'au placard de l'entrée, d'en sortir sa batte de base-ball et de démolir les lieux. Simplement briser tous les miroirs, les vitres et la vaisselle… puis se mettre à jeter ses quelques meubles du haut du balcon. Après cela… il emmènerait peut-être sa Porsche sur l'autoroute, la ferait monter à cent cinquante à l'heure et se lancerait dans une course qui s'achèverait dans les piles d'un pont.

Pas de ceinture de sécurité dans ce scénario, à l'évidence.

Mais au final, il se contenta de s'asseoir sur le lit à côté des sacs de sport et de se prendre la tête dans les mains. Ce n'était pas une femmelette pour chialer comme s'il était à un enterrement. Pas du tout. Il était juste en train de couler sur ses baskets.

De manière virile. Franchement virile, putain.

Mais la façon dont il apparaissait aux spectateurs fantoches de son appartement vide avait aussi peu d'importance que sa fierté, son ego, son pénis et ses couilles… que tout.

Seigneur… ce n'était pas seulement triste.

Cette perte le dévastait.

Et il allait traîner sa souffrance avec lui pour le restant de sa vie.

Quelle ironie. Son prénom lui avait d'abord paru si étrange. À présent, il était parfaitement approprié.

Chapitre 50

Souffhrance ne retourna pas à la demeure ; elle n'avait aucune envie de voir quiconque habitant là-bas. Ni le roi, qui lui avait accordé une liberté dont il était apparu qu'elle n'avait pas besoin. Ni son jumeau, qui avait défendu sa cause. Et certainement pas les couples heureux, chanceux et bénis qui vivaient sous le toit royal.

Donc au lieu de se diriger vers le nord, elle reprit forme sur les rives du fleuve qui courait au pied des grands immeubles en verre du centre-ville. La brise était plus faible au niveau du sol et charriait le clapotis des vaguelettes qui léchaient les flancs rocheux du cours d'eau. Dans le lointain, la rumeur des véhicules qui passaient sur le dos légèrement incurvé des ponts et disparaissaient de l'autre côté lui faisait ressentir vivement l'étendue et la profondeur du paysage urbain.

Entourée d'humains, elle était totalement seule.

Mais c'était ce qu'elle avait réclamé. C'était la liberté qu'elle avait si chèrement souhaitée et recherchée avec avidité.

Au sanctuaire, rien ne changeait. Mais rien n'allait mal non plus.

Pourtant, elle choisirait quand même toujours cette épreuve cruelle plutôt que son ancien isolement engourdi.

Oh, Manuel…

— Salut, poupée.

Souffhrance regarda par-dessus son épaule. Un humain s'approchait d'elle, sortant visiblement de derrière l'un des piliers du pont. Il titubait et puait la sueur rance et la crasse.

Sans même lui accorder un signe de tête, Souffhrance se dématérialisa plus loin sur la rive du fleuve. Il n'y avait aucune raison de lui effacer les souvenirs. Il était peu probable qu'il se rappelle l'avoir vue. Et il était sans doute habitué aux hallucinations confuses induites par la drogue.

Comme elle contemplait la surface de l'eau, elle ne se sentit pas attirée par les profondeurs sombres. Elle n'allait pas se faire du mal à cause de cette histoire. Ce n'était pas une prison dans laquelle elle était retenue… et, en outre, elle ne choisirait plus la solution de facilité. Les pieds bien campés sur le sol, elle croisa les bras et se contenta d'exister à l'endroit où elle se tenait, le temps s'insinuant au travers du tamis de la réalité tandis que les étoiles tournoyaient au-dessus d'elle et changeaient de position…

Tout d'abord, l'odeur pénétra ses narines subrepticement, s'infiltrant au beau milieu d'un mélange de terre fraîche, de pierre humide et de pollution urbaine, si bien qu'initialement elle ne la distingua pas.

Mais ses cellules grises s'agitèrent bientôt en reconnaissant le fumet.

Instinctivement, sa tête tourna d'elle-même, pivotant au sommet de sa colonne vertébrale. Ses épaules suivirent le mouvement… puis ses hanches.

La senteur rance était celle de l'ennemi.

Un éradiqueur.

Lorsqu'elle se mit à courir, elle ressentit dans ses veines une agressivité qui n'était pas seulement liée à son chagrin et à sa frustration devant les épreuves que le destin lui avait réservées. Concentrée sur l'odeur, elle était animée par un profond héritage de violence et d'instinct protecteur, et sentait ses membres, sa main et ses crocs la démanger. Transformée par une détermination mortelle, elle n'était désormais ni mâle ni femelle, ni Élue, ni sœur, ni fille. Tandis qu'elle évitait les aspérités du terrain et gagnait des venelles et des rues, elle n'était plus qu'un soldat.

Elle tourna dans une ruelle à l'extrémité de laquelle elle découvrit les deux tueurs dont l'odeur l'avait attirée depuis le fleuve. Debout côte à côte, serrés autour de ce qu'elle identifia comme étant un téléphone. Il s'agissait de nouvelles recrues, aux cheveux sombres et au corps agité de tics nerveux.

Ils ne levèrent pas les yeux quand elle s'arrêta. Ce qui lui donna le temps de ramasser un disque en métal argenté sur lequel était écrit « Ford ». C'était une bonne arme, avec laquelle elle pourrait bloquer ou qu'elle pourrait lancer.

Un instant plus tard, le vent se leva et s'engouffra sous sa robe dont les pans se soulevèrent dans les airs. Le mouvement dut attirer leur attention, car ils se retournèrent.

Ils dégainèrent des couteaux. Et des sourires qui la mirent en rage.

Quels idiots, songea-t-elle. Penser qu'elle ne représenterait aucun danger parce que c'était une femelle.

La nonchalance avec laquelle ils s'approchèrent d'elle ne la perturba pas le moins du monde. En fait, elle allait profiter de la surprise qu'ils recevraient… et à laquelle ils finiraient par ne pas survivre.

— Qu'est-ce que tu fais ici, ma jolie ? demanda le plus grand des deux. Toute seule.

Je suis sur le point de te trancher la gorge avec ce que j'ai dans le dos. Après quoi, je te briserai les deux jambes, non par obligation, mais parce que le bruit me plaira. Puis je trouverai un objet en acier pour transpercer ta cage thoracique vide et te renvoyer à ton créateur. Ou bien je te laisserai peut-être te tordre sur le sol.

Souffhrance demeura silencieuse. Au lieu de parler, elle répartit son poids de façon équitable entre ses pieds bien positionnés et prit appui sur ses cuisses. Aucun des éradiqueurs ne parut remarquer son changement de posture ;

ils étaient trop occupés à venir vers elle et à frimer comme des paons. Et ils ne se séparèrent pas non plus pour la cerner. Pas plus que l'un d'entre eux ne l'attaqua de face pour que l'autre vienne par-derrière.

Ils demeurèrent devant elle... là où elle pouvait les atteindre.

Hélas, cela ne constituerait rien de plus qu'un bon échauffement. À moins que d'autres ennemis plus aguerris au combat se pointent peut-être pour la divertir...

Xcor pouvait sentir le changement qui animait ses salopards.

Tandis qu'ils parcouraient en formation les rues du centre-ville de Caldwell, l'énergie derrière lui était comme un bourdonnement d'agressivité. Aiguisée. Revigorée. Plus forte qu'elle n'avait été depuis une décennie.

Oui, venir ici avait été la meilleure décision qu'il ait jamais prise. Et pas seulement parce qu'Affhres et lui avaient bien baisé et bu un coup la nuit précédente. Ses mâles étaient comme des dagues nouvellement forgées : leurs instincts de meurtre étaient ravivés et étincelaient dans la lumière artificielle de la ville. Pas étonnant qu'il ne reste plus de tueurs dans l'Ancienne Contrée. Ils étaient tous ici, comme si la Société des éradiqueurs avait concentré tous ses efforts...

Xcor tourna la tête et ralentit.

L'odeur dans l'air fit s'allonger ses crocs et la puissance palpita dans son corps.

Nul besoin d'annoncer son changement de direction. Ses salopards le suivirent immédiatement, pistant comme lui l'âcreté douceâtre qui flottait sur les ailes des rafales nocturnes.

Lorsqu'ils tournèrent au coin d'une rue et en dévalèrent une autre, il pria qu'ils soient nombreux. Une dizaine. Une centaine. Deux cents. Il voulait être couvert du sang de leurs ennemis, être trempé de l'huile noire qui animait leur chair...

À l'orée de la ruelle, ses pieds se cimentèrent au sol plus qu'ils ne s'arrêtèrent.

En un clin d'œil, le passé resurgit, surmontant la distance des mois, des années et des siècles pour se rejouer dans le présent.

Au centre de la ruelle, une femelle vêtue d'une robe blanche gonflée par le vent luttait contre deux éradiqueurs. Elle les tenait à distance à coups de pied et de poing, tournoyant sur elle-même et sautant si vite qu'elle devait attendre qu'ils reviennent à la charge.

Avec ses formidables talents de guerrière, elle ne faisait que jouer avec eux. Et on avait la très nette impression qu'ils n'avaient pas encore compris qu'elle retenait ses coups.

Mortelle. Elle était mortelle et attendait seulement le moment de frapper le coup fatal.

Et Xcor sut exactement qui elle était.

— C'est…

Le reste de ses mots se bloqua dans sa gorge.

L'avoir cherchée pendant une éternité et s'être toujours vu refuser cette cible… uniquement pour la découvrir un soir par hasard dans une ville quelconque de l'autre côté d'un vaste océan… C'était manifestement un signe du destin.

Ils étaient censés se retrouver.

Ici. Ce soir.

— C'est elle qui a tué mon père. (Il tira son fauchon de son fourreau.) C'est la meurtrière de mon sang…

Quelqu'un lui agrippa la main et arrêta son bras.

— Pas ici.

Le fait qu'il ne s'agissait pas d'Affhres le sentimental fut la seule chose qui le retint. C'était Zypher.

— Capturons-la et ramenons-la à la maison. (Le guerrier eut un méchant rire, puis l'inflexion érotique dans sa voix se fit plus profonde.) Tu t'es soulagé, mais d'autres parmi nous exigent ce que tu as obtenu la nuit dernière. Après cela ? Nous pourrons lui enseigner les répercussions de la vengeance.

Zypher était celui qui, parmi eux, avait le plus de chances d'imaginer un plan semblable. Et même si l'idée de la massacrer immédiatement était très attirante, Xcor avait attendu trop longtemps pour ne pas savourer son trépas.

Tant d'années.

Trop d'années… jusqu'à ce qu'il abandonne l'espoir de la retrouver, ses rêves seuls maintenant en vie le souvenir de ce qui l'avait défini et lui avait donné sa place dans la vie.

Oui, se dit-il. *Il serait tout à fait approprié de faire cela à la façon du Saigneur. Pas de solution de facilité pour cette femelle.*

Xcor rengaina son fauchon juste au moment où la meurtrière cessa de jouer et s'attaqua plus sérieusement aux tueurs. Sans prévenir, elle bondit en avant et attrapa l'un des deux à la taille. Plongeant sous ses bras qui s'agitaient en tous sens, elle le projeta contre l'immeuble. Cela arriva si vite que le deuxième éradiqueur fut trop surpris – et visiblement pas assez entraîné – pour sauver son ami.

Mais même si numéro deux avait été plus de taille à l'affronter, il n'aurait pas eu la moindre chance. Pratiquement au moment où elle se jetait sur le premier, la femelle lança un enjoliveur, qui frappa le tueur au cou, tranchant profondément l'épiderme et le distrayant immédiatement de ses tentatives de s'emparer d'elle. Alors que de l'huile noire jaillissait et que ses genoux tremblaient, elle expédia le tueur qu'elle avait plaqué contre le mur de brique en lui assenant deux coups de poing dans le visage et un dans la pomme d'Adam. Puis elle le prit à bras-le-corps et l'abattit violemment sur son genou levé.

Le craquement de la colonne vertébrale se répercuta dans la nuit.

Et comme le son s'éteignait, elle se retourna pour affronter ceux qui l'avaient observée à l'œuvre. Ce qui n'était pas une surprise. Quelqu'un d'aussi doué qu'elle devait immédiatement avoir eu conscience de leur présence.

Inclinant la tête sur le côté, elle ne semblait pas alarmée… mais, après tout, pourquoi l'aurait-elle été ? Ils se tenaient dans l'ombre et appartenaient très clairement à son espèce : jusqu'à ce que Xcor se dévoile, elle n'aurait aucune idée du danger qu'elle courait.

— Bonsoir, femelle, dit-il d'une voix grave dans l'obscurité.

— Qui est là ? demanda-t-elle.

C'est le moment, songea-t-il en s'avançant dans un rai de lumière…

— Nous ne sommes pas seuls, murmura brusquement Affhres.

Xcor s'arrêta et ses yeux se plissèrent à la vue des sept tueurs qui venaient d'apparaître à l'autre bout de la ruelle.

Effectivement. Ils n'étaient pas du tout seuls.

Et plus tard, Xcor en viendrait à croire que l'arrivée de ces nouveaux éradiqueurs fut l'unique raison pour laquelle il réussit à capturer la femelle. Le front mouvant de leur ennemi requit toute l'attention de la femelle, mais avant qu'elle puisse se dématérialiser à un autre emplacement, Xcor l'avait attrapée.

En dépit de la façon dont son cœur battait, le besoin de vengeance lui procura la concentration nécessaire pour disperser ses molécules juste au moment où elle se retourna pour affronter l'escadron qui approchait. Il lui passa sa menotte d'acier autour du poignet en un clin d'œil et, quand elle pivota vers lui avec une expression de fureur brute sur le visage, il se rappela de quelle façon elle avait fait brûler son géniteur.

Ce qui le sauva fut un coup de feu tiré par un éradiqueur.

La détonation ne fut rien d'autre qu'une petite note, mais sa conséquence profita à Xcor de manière extraordinaire : alors même qu'elle levait sa main libre pour la poser sur lui, une de ses jambes se déroba et elle chuta au sol, la balle ayant clairement touché un point vital. Et dans son moment de faiblesse, Xcor la domina de toute sa hauteur ; il avait une occasion de la maîtriser. S'il ne la saisissait pas, il n'était pas certain de s'en tirer.

Passant l'autre menotte autour de son poignet libre, il s'empara de sa tresse et l'enroula autour de sa gorge. Tirant fermement sur la chevelure, il lui coupa la respiration tandis que ses soldats se précipitaient, les armes à la main.

Oh, elle se débattit beaucoup. Très vaillamment. Très puissamment.

Ce n'était qu'une femelle… mais en même temps tellement plus que cela. Elle était presque aussi forte que lui, et ce n'était pas son unique avantage. Même capturée et sur le point d'être asphyxiée, elle garda ses yeux pâles rivés aux siens, jusqu'à ce qu'il ait l'impression qu'elle pouvait atteindre son esprit et prendre le contrôle de ses pensées.

Mais il ne se laissa pas intimider. Tandis que les bruits du combat s'échappaient de la ruelle, il soutint le regard de diamant de l'assassin de son géniteur et ses larges bras resserrèrent encore et encore le nœud coulant autour de son cou.

Luttant pour respirer, elle haleta et se tortilla, remuant les lèvres.

Baissant l'oreille, il voulut entendre ce qu'elle avait à…

— Pourquoi… ?

Xcor eut un mouvement de recul à l'instant où elle abandonna le combat et où ses yeux stupéfiants se révulsèrent.

Sainte Vierge scribe, elle ne savait même pas qui il était.

Chapitre 51

En matière d'antre masculin, V. avait toujours estimé que la salle de billard dans la demeure de la Confrérie était exemplaire. Une télé à écran géant et son Dolby Surround. Des canapés assez rembourrés pour être qualifiés de lit. Une cheminée pour la chaleur avec des braises qui se consumaient joliment. Un bar doté d'un assortiment de toutes les boissons imaginables : alcools, sodas, cocktails, thés, cafés, bières.

Et une table de billard pour couronner le tout.

La seule « mauvaise » chose était quand même un point positif : la machine à pop-corn était un ajout récent, de même qu'un étrange champ de bataille. Rhage adorait jouer avec cette saleté mais, chaque fois qu'il le faisait, Fritz angoissait et voulait participer à l'action. Dans les deux cas, c'était cool. Les petits paniers en osier se remplissaient, puis celui des deux qui n'avait pas participé au chargement et à la distribution s'y mettait.

En attendant son prochain tour au billard, Viszs s'empara d'un carré de craie bleue et le passa sur l'extrémité de sa queue. De l'autre côté de la feutrine verte, Butch se pencha et se positionna alors que résonnait *Aston Martin Music* de Rick Ross.

— La sept dans le coin, annonça le flic.

— Tu vas y arriver, pas vrai ? (V. reposa la craie et secoua la tête en entendant un claquement, suivi d'une roulade et d'un bruit mat.) Salaud.

Butch lui jeta un coup d'œil, le visage rayonnant de satisfaction.

— C'est juste que je suis doué. Désolé, enfoiré.

Le flic prit une gorgée de Lagavulin et se replaça de l'autre côté de la table. Pendant qu'il jaugeait les boules, son sourire de petit malin était à sa place : en plein milieu du visage, dévoilant sa dent fêlée.

V. gardait un œil sur lui. Après avoir passé plusieurs heures ensemble, ils s'étaient séparés d'un air gêné et avaient pris leur douche chacun de son côté. Mais heureusement, l'eau chaude les avait tous les deux requinqués et, quand ils s'étaient de nouveau croisés dans la cuisine de la Fosse, les choses avaient repris leur cours habituel.

Et la situation était demeurée ainsi.

Non qu'il n'ait pas la tentation de lui demander si tout allait toujours bien. Environ toutes les cinq minutes. On aurait dit qu'ils venaient de mener une bataille ensemble et qu'ils arboraient des fractures de fatigue et des hématomes en voie de guérison pour le prouver. Mais V. faisait avec ce qu'il avait devant lui : son meilleur ami en train de lui botter le cul au billard.

— Et j'ai gagné, l'informa le flic lorsque la boule huit décrivit un cercle et tomba au fond du trou.

— Tu m'as battu.

— Oui. (Butch sourit et leva son verre.) Tu veux une revanche ?

— Tu penses bien que oui.

Le parfum de beurre fondu et la détonation des grains de maïs qui explosaient annoncèrent l'arrivée de Rhage… ou peut-être celle de Fritz ? Non, c'était Hollywood qui se tenait à côté de la machine avec sa Mary.

V. se pencha en arrière pour regarder à travers l'arcade, de l'autre côté du vestibule et dans la salle à manger, là où le majordome et son personnel mettaient la table pour le Dernier Repas.

— Merde, Rhage joue avec le feu, dit Butch tout en disposant les boules.

— J'accorde trente secondes à Fritz avant de… Le voilà.

— Je vais faire semblant de ne pas être là.

V. prit une gorgée de vodka.

— Pareil.

Tandis qu'ils s'occupaient de récupérer les boules, Fritz traversa le vestibule comme un missile cherchant une source de chaleur.

— Surveille tes fesses, Hollywood, OK ? marmonna V. quand Rhage s'approcha avec un panier de pop-corn moelleux.

— C'est bon pour lui. Il a besoin d'exercice… Fritz ! Comment ça va, mon pote ?

Tandis que Butch et V. levaient les yeux au ciel, Vhen entra, vêtu de vison, un bras passé autour des épaules d'Ehlena. L'enfoiré à crête était emmitouflé comme à son habitude et s'appuyait comme toujours sur sa canne, mais il arborait son sourire permanent de mâle lié, et sa *shellane* était radieuse à côté de lui.

— Les garçons, dit-il.

Il fut accueilli par divers grognements au moment où Z. et Bella arrivèrent avec Nalla, suivis de Fhurie et Cormia qui passaient la journée ici. Kolher et Beth étaient probablement toujours dans le bureau, soit en train d'étudier de la paperasse, soit en train de prendre du bon temps, après avoir installé brièvement George en haut des marches.

Quand John et Xhex descendirent avec Blay et Saxton, les seules personnes manquantes étaient Vhif et Tohrment, qui se trouvaient probablement dans la salle de musculation, et Marissa, qui était au Refuge.

Enfin, ces trois-là et sa chère Jane, qui était toujours à la clinique, occupée à remplacer les fournitures épuisées par l'autre nuit.

Oh, et bien entendu sa jumelle, qui était sans aucun doute… avec son chirurgien… à pousser des « Oh, oui ».

Avec toutes ces nouvelles arrivées dans la pièce, le bruit des voix graves se multiplia et explosa tandis que les gens se versaient à boire, se passaient le bébé de bras en bras et attrapaient des poignées de pop-corn. Pendant ce temps, Rhage et Fritz ouvraient un nouveau paquet de maïs. Et quelqu'un changeait les chaînes de la télé – probablement Vhen, qui n'était jamais satisfait de ce qui passait. Et une autre personne tisonnait le feu.

— Eh. Ça va toujours ? demanda doucement Butch.

V. dissimula sa surprise en prenant une cigarette dans la poche de son pantalon en cuir. Le flic avait parlé si bas qu'il était impossible que quelqu'un d'autre l'ait entendu, et c'était une bonne chose. Oui, il essayait de se défaire de son extrême réserve, mais il ne voulait pas qu'on sache jusqu'où Butch et lui étaient allés. C'était privé.

Allumant le briquet, il inhala.

— Ouais. Je vais super bien, pour de bon. (Puis il jeta un coup d'œil à son meilleur ami.) Et… toi ?

— Oui. Moi aussi.

— Cool.

— Cool.

Eh, regardez-le donc avoir des relations. Encore un peu et il obtiendrait une médaille.

Une accolade plus tard, Butch était de retour au jeu, alignant son premier coup alors que V. savourait la douce sensation d'échanger avec les autres comme un pro.

Il prenait une autre gorgée de son verre carré quand son regard bondit vers la porte en arcade de la pièce.

Jane hésita en jetant un coup d'œil à l'intérieur, et sa blouse blanche s'ouvrit alors qu'elle se penchait, comme si elle le cherchait.

Quand leurs regards se croisèrent, elle sourit un peu. Puis beaucoup.

Sa première impulsion fut de dissimuler son propre sourire derrière sa vodka. Mais il s'arrêta. Nouvel ordre mondial.

Allez, souris, espèce d'enfoiré, se dit-il.

Jane lui fit un petit signe et prit l'air détendu, ce qui était leur attitude habituelle quand ils étaient ensemble en public. Se détournant, elle se dirigea vers le bar pour se servir quelque chose.

— Attends un instant, flic, murmura V. en posant son verre et en appuyant sa queue contre la table.

Avec l'impression d'avoir quinze ans, il coinça sa cigarette entre ses dents et rentra son débardeur dans la ceinture de son pantalon en cuir. Un rapide passage de main dans les cheveux et il fut… eh bien, aussi présentable que possible.

Il s'approcha de Jane par-derrière pile au moment où elle entamait une conversation avec Mary… et quand sa *shellane* se retourna pour le saluer, elle parut un peu surprise qu'il soit venu la rejoindre.

— Salut, V.… Comment va… ?

Viszs se rapprocha, colla son corps contre le sien, puis il l'enlaça au niveau de la taille. La serrant de manière possessive, il la pencha lentement en arrière, jusqu'à ce qu'elle s'agrippe à ses épaules et que ses cheveux lui dégagent le visage.

Quand elle eut le souffle coupé, il lui dit exactement ce qu'il pensait :

— Tu m'as manqué.

Et sur ce, il posa sa bouche sur la sienne et l'embrassa de toutes ses forces, glissant une main jusqu'à sa hanche tout en insinuant sa langue dans sa bouche, et il continua encore, et encore…

Il avait vaguement conscience qu'il régnait un silence retentissant dans la pièce et que tout le monde les regardait fixement, lui et sa compagne. Mais il s'en foutait. C'était ce qu'il voulait faire et il le ferait devant tout le monde… y compris devant le chien du roi, en l'occurrence.

Parce que Kolher et Beth entrèrent en passant par le vestibule.

Alors que Viszs redressait lentement sa *shellane*, des hourras et des sifflets retentirent, et quelqu'un jeta une poignée de pop-corn comme s'il s'agissait de confettis.

— Pas mal ! s'exclama Hollywood.

Avant de jeter encore du pop-corn.

Viszs se racla la gorge.

— J'ai une annonce à faire.

Bien. OK, beaucoup d'yeux les observaient. Mais il allait ravaler sa tendance à s'éclipser.

Attirant sa Jane nerveuse et rougissante contre lui, il dit d'une voix forte et distincte :

— Nous allons nous unir. Dans les règles. Et j'espère que vous serez tous là et… Voilà, c'est tout.

Silence de mort.

Puis Kolher lâcha la poignée du harnais de George et se mit à applaudir. Fort et lentement.

— Il était temps, putain.

Ses frères, leurs *shellane* et tous les invités de la maison suivirent le mouvement, puis les combattants entonnèrent un chant qui monta jusqu'au toit et même plus, leurs voix vibrant dans l'air.

Quand il jeta un coup d'œil à Jane, elle rayonnait. Elle était littéralement rayonnante.

— J'aurais peut-être dû demander avant, murmura-t-il.

— Non. (Elle l'embrassa.) C'est parfait.

Viszs se mit à rire. Mince, si c'était ça vivre pleinement, il aurait abandonné sa routine coincée n'importe quand : ses frères se tenaient derrière lui, sa *shellane* était heureuse et… OK, il pouvait vivre sans pop-corn dans les cheveux, mais on s'en fichait.

Quelques minutes plus tard, Fritz apporta des flûtes de champagne et il y eut des détonations d'un genre différent lorsque les bouchons sautèrent, tandis que tout le monde parlait encore plus fort qu'avant.

Quand on lui fourra un verre dans la main, il chuchota à l'oreille de Jane :

— Le champagne m'excite.

— Vraiment… ?

Glissant une main le long de sa hanche… puis plus bas… il l'attira contre sa soudaine érection.

— Tu as déjà vu les toilettes dans l'entrée ?

— Je crois que nous avons été présen… Viszs !

Il cessa de lui mordiller le cou, mais continua d'onduler des hanches contre elle. Ce qui était un peu indécent, mais rien que les autres couples n'aient pas fait de temps à autre.

— Oui ? demanda-t-il d'une voix traînante.

Comme elle paraissait sans voix, il lui suçota la lèvre et gronda :

— Si tu te souviens, nous parlions des toilettes ? Je me disais que je pourrais vous représenter l'une à l'autre. Je ne sais pas si tu en as conscience, mais le comptoir du lavabo t'appelle.

— Et tu fais des merveilles avec les lavabos.

V. lui passa un croc sur la gorge.

— C'est vrai, ça.

Comme son érection commençait à palpiter, il prit la main de sa femelle…

L'horloge comtoise dans le coin se mit à carillonner, puis il entendit quatre coups graves. Ce qui le força à reculer un peu et à regarder sa montre, même s'il n'en avait pas besoin, parce que cette horloge était à l'heure depuis deux cents ans.

Quatre heures du matin ? Où diable était Souffhrance ?

Quand le besoin d'aller au Commodore et de ramener sa sœur s'empara de lui, il se rappela que, même si l'aube approchait à grands pas, elle disposait peut-être encore d'une heure. Et vu ce que Jane et lui étaient sur le point de faire derrière une porte close, il ne pouvait pas vraiment lui reprocher de faire durer chaque moment dont elle disposait avec son mâle, même s'il se refusait absolument à y penser.

— Tout va bien ? demanda Jane.

Revenant au programme, il baissa la tête.

— Ce sera le cas dès que je t'aurai fait monter sur ce lavabo.

Jane et lui passèrent quarante-cinq minutes au petit coin.

Quand ils sortirent, tout le monde était encore dans la salle de billard. On avait monté le volume de la musique et *I'm Not a Human Being* de Lil Wayne résonnait jusque sous le plafond du vestibule. Les *doggen* s'affairaient à faire circuler des petits-fours sur des plateaux d'argent, et Rhage faisait rire un groupe de personnes en racontant des blagues.

L'espace d'un instant, il eut l'impression d'être revenu au bon vieux temps.

Mais alors il n'aperçut pas sa sœur dans la foule. Et personne ne vint lui dire qu'elle était remontée dans la chambre d'amis qu'elle occupait.

— Je reviens tout de suite, dit-il à Jane.

Un rapide baiser et il s'éclipsa de la fête, traversa en glissant le vestibule et déboula dans la salle à manger déserte. Contournant la table dressée mais totalement vide, il sortit son portable de sa poche et appela le téléphone qu'il lui avait donné.

Pas de réponse.

Il réessaya. Pas de réponse. Puis une troisième fois. Toujours pas… de réponse, bordel !

Avec un juron, il composa le numéro de Manello et eut un frisson en songeant à ce qu'il risquait d'interrompre… mais ils avaient probablement tiré les rideaux et perdu toute notion du temps. Et il arrivait souvent qu'on égare son téléphone dans les draps, se dit-il en grimaçant.

Dring… dring… dring…

— Décroche, putain…

— Allô ?

Manello n'avait pas l'air bien. Comme s'il s'était fait tirer dessus. Ou était mortellement blessé.

— Où est ma sœur ?

Parce qu'il était impossible que le chirurgien soit dans cet état si elle se trouvait dans son lit.

Le silence n'était pas non plus une bonne nouvelle.

— Je l'ignore. Elle est partie il y a plusieurs heures.

— Plusieurs heures ?

— Que se passe-t-il ?

— Seigneur…

V. lui raccrocha au nez et rappela le téléphone de Souffhrance. Et encore.

Tournant la tête, il regarda le vestibule et la porte du hall d'entrée.

Avec un léger vrombissement, les volets en acier qui protégeaient la maison du soleil commencèrent à descendre.

Allez, Souffhrance… Rentre à la maison. Tout de suite. Tout… de suite…

Le léger contact de Jane le fit revenir à la réalité.

— Est-ce que tout va bien ? demanda-t-elle.

Son premier instinct fut de tout dissimuler en faisant une blague sur l'imitation que Rhage avait faite de *Jackass* en balançant des toilettes portables. Au lieu de quoi il se força à être franc avec sa compagne.

— Souffhrance… Il est possible qu'elle soit portée disparue.

Comme elle lâchait une exclamation d'effroi et tendait l'autre main, il eut vaguement envie de détaler. Mais il maintint ses pieds sur le tapis oriental.

— Elle est partie de chez Manello… (*il y a plusieurs heures*) euh, il y a plusieurs heures. Et à présent je suis en train de prier une mère que je méprise qu'elle franchisse cette porte.

Jane ne dit rien de plus, mais s'installa de façon à voir également le hall d'entrée et attendit avec lui.

En lui prenant la main, il comprit que c'était un soulagement de ne pas être seul alors que la fête battait son plein de l'autre côté… et que sa sœur ne rentrait toujours pas à la maison. Cette vision qu'il avait eue d'elle sur un cheval noir lancé au galop lui revint en mémoire dans le silence de la salle à manger. Ses cheveux noirs voletaient derrière elle, tout comme la crinière de l'étalon ondulait sous le vent, alors que tous deux se dirigeaient… Dieu seul savait où.

Était-ce allégorique ? se demanda-t-il. S'agissait-il simplement du désir de son frère qu'elle soit enfin libre… ?

Jane et lui se tenaient toujours côte à côte, regardant fixement une porte qui ne s'ouvrait pas, quand le soleil se leva officiellement vingt-deux minutes plus tard.

Faisant les cent pas dans son appartement, Manny était dingue. Complètement dingue. Il avait eu l'intention de quitter les lieux peu après Souffhrance, mais il s'était dégonflé et avait fini par passer la nuit entière à regarder fixement… la nuit.

Trop vide, putain.

Il s'était senti trop vide intérieurement pour bouger.

Quand le téléphone avait sonné à côté de lui, il avait consulté le numéro et était brièvement revenu à la vie. Un appel masqué. Ce devait être elle.

Et vu qu'il ruminait encore et encore ce qu'il lui avait dit, il lui avait fallu une seconde pour reprendre ses esprits après autant de temps passé à tourner en boucle. Le discours qu'il avait débité lui avait paru, sur le moment, si rationnel, raisonnable et avisé… jusqu'à ce qu'il se retrouve nez à nez avec un avenir plus que vide et au fond d'un trou noir.

Il avait répondu à l'appel sans s'attendre à une voix masculine. Encore moins au frère de Souffhrance.

Et encore moins au fait que l'enfoiré soit surpris que celle-ci ne se trouve pas chez lui.

Pendant que Manny tournait en rond, il gardait les yeux rivés sur le téléphone, désirant qu'il sonne de nouveau… désirant que cette saloperie sonne et fasse en sorte que Souffhrance lui dise qu'elle allait bien. Ou son frère. N'importe qui.

N'importe quel enculé.

Putain de merde, même Monsieur Météo pouvait l'appeler pour lui apprendre qu'elle allait bien.

Sauf que l'aube arriva bien trop tôt et que son téléphone demeura bien trop silencieux. Et comme un tocard, il accéda à la liste des derniers appels reçus et tenta de rappeler le « numéro masqué ». Comme il n'obtenait qu'une tonalité, il eut envie de balancer le portable à l'autre bout de la pièce, mais cela ne le mènerait à rien.

L'impuissance le détruisait. Elle le détruisait complètement.

Il aurait voulu sortir et… merde, retrouver Souffhrance si elle était perdue. Ou la ramener à la maison si elle était dehors toute seule. Ou…

Le téléphone sonna. Appel masqué.

— Merci, putain, dit-il en décrochant. Souffhrance…

— Non.

Manny ferma les yeux : son frère avait l'air mal en point.

— Où est-elle ?

— Nous l'ignorons. Et nous ne pouvons rien faire d'ici : nous sommes coincés à l'intérieur. (Le type souffla comme s'il était en train de fumer.) Qu'est-il arrivé avant son départ, putain ? Je croyais qu'elle passerait toute la nuit avec toi. C'est cool que vous deux… tu sais… mais pourquoi est-elle partie si tôt ?

— Je lui ai dit que cela n'allait pas marcher.

Long silence.

— Mais qu'est-ce que tu t'imagines ?

Visiblement, si le soleil n'avait pas brillé, le fils de pute serait venu frapper à la porte de Manny pour lui flanquer un sacré coup de pied au cul.

— Je croyais que cela te ferait plaisir.

— Oh, oui. Parfaitement : briser le cœur de ma sœur, bordel ! Je suis à fond pour. (Il exhala une nouvelle fois, comme s'il crachait de la fumée.) Elle est amoureuse de toi, connard.

Cela le coupa dans son élan. Mais il finit par reprendre ses esprits.

— Écoute, elle et moi…

À ce moment, il était censé expliquer les résultats de ses examens médicaux, dire à quel point cela lui foutait les jetons parce qu'il ignorait quelles en seraient les répercussions. Mais le problème était que, dans les heures qui avaient suivi le départ de Souffhrance, il en était venu à prendre conscience que, quelle que soit l'ampleur véritable de sa régénération, une chose plus fondamentale se nichait au fond de lui : il n'était qu'un sale petit pleurnichard. Sa dérobade était liée au fait qu'il se chiait dessus parce qu'il était vraiment tombé amoureux d'une femme… d'une femelle… peu importait. Oui, il pouvait recouvrir cela d'un énorme vernis de trucs métaphysiques qu'il ne comprenait pas et était incapable d'expliquer, mais ce n'était que du baratin. Car au cœur de tout, il aimait tellement Souffhrance qu'il ne se reconnaissait plus lui-même et c'était cela qui le terrifiait vraiment.

Il s'était défilé quand il en avait eu l'occasion.

Mais c'était fini, désormais.

— Elle et moi sommes amoureux, énonça-t-il clairement.

Et bon sang, il aurait dû avoir les couilles de le lui dire. Et de la prendre dans ses bras. Et de la garder.

— Donc, comme je l'ai dit, qu'est-ce que tu t'imagines, putain ?

— Excellente question.

— Nom de… Dieu.

— Écoute, explique-moi comment je peux vous aider : je peux sortir au grand jour et il n'est rien que je ne ferais pour la ramener. Rien ! (Stimulé par cette obsession, il se déplaça pour prendre ses clés.) Si elle n'est pas avec vous, où a-t-elle pu aller ? Qu'en est-il de cet endroit… le sanctuaire ?

— Cormia et Fhurie sont allés voir. *Nada*.

— Donc… (Il détestait la tournure que prenaient ses pensées.) Qu'en est-il de vos ennemis ? Où sont-ils pendant la journée ? Je vais y aller.

Un juron. D'autres exhalaisons de fumée. Puis le bruit d'un frottement métallique suivi d'une inspiration, comme si le type s'allumait une autre cigarette.

— Tu sais, tu ne devrais pas fumer, s'entendit dire Manny.

— Les vampires n'attrapent pas le cancer.

— Vraiment ?

— Oui. OK, voilà ce qu'on va faire. Nous n'avons pas de localisation spécifique pour la Société des éradiqueurs. Les tueurs ont tendance à s'intégrer à la population humaine en petits groupes, il est donc presque impossible de les retrouver sans provoquer de sérieux troubles. La seule chose… Va dans les ruelles du centre-ville près du fleuve. Elle a peut-être croisé des éradiqueurs, tu vas chercher des traces de combat. Il y aura de l'huile noire partout. Comme de l'huile de moteur. Et elle aura une odeur douceâtre, comme celle d'un cadavre d'animal mélangée à celle du talc pour bébé. C'est caractéristique. Commençons comme ça.

— Je dois pouvoir te joindre. Il faut que tu me donnes ton numéro.

— Je te l'enverrai par texto. As-tu un flingue ? Une arme quelconque ?

— Oui, j'en ai un.

Manny était déjà en train de sortir du placard le calibre .40 pour lequel il avait un permis. Il avait vécu dans cette ville pendant toute sa vie d'adulte et il arrivait que les choses dérapent ; il avait donc appris à se servir d'une arme à feu une vingtaine d'années plus tôt.

— Dis-moi que c'est plus gros qu'un 9 mm.

— Oui.

— Trouve un couteau. Il te faudra une lame en acier.

— Compris. (Il se dirigea vers la cuisine et sortit le plus grand et le plus tranchant en sa possession.) Autre chose ?

— Un lance-flammes. Un nunchaku. Des étoiles de jet. Un Uzi. Tu veux que je continue ?

Si seulement il avait possédé ce genre d'arsenal.

— Je vais la ramener, vampire. Tiens-le-toi pour dit : je vais la ramener. (Il prit son portefeuille et se dirigeait vers la porte quand la terreur l'arrêta.) Combien sont-ils ? Vos ennemis ?

— Une quantité infinie.

— Ce sont… des hommes ?

Un silence.

— Autrefois, oui. Avant d'être transformés, c'étaient des humains.

Un bruit s'échappa de la bouche de Manny… Un son qu'il était absolument certain de n'avoir jamais émis auparavant.

— Nan, elle peut s'en occuper au corps-à-corps, dit son frère d'une voix atone. Elle est vraiment coriace.

— Je ne pensais pas à ça. (Il dut se frotter les yeux.) Elle est vierge.

— Toujours… ? demanda l'autre au bout d'un moment.

— Oui. Cela ne me paraissait pas juste de… lui prendre ça.

Oh, mon Dieu, l'idée qu'elle puisse être blessée…

Il ne parvint même pas à finir la pensée dans sa tête.

Passant à l'action, il sortit de chez lui et appela l'ascenseur. Pendant qu'il attendait, il prit conscience que le silence régnait à l'autre bout de la ligne depuis un bon moment.

— Allô ? Tu es toujours là ?

— Oui. (La voix du jumeau de Souffhrance se fêla.) Oui, je suis toujours là.

Ils restèrent en communication tandis que Manny entrait dans l'ascenseur et appuyait sur « P ». Et le trajet entier jusqu'à sa voiture se passa sans qu'aucun des deux hommes ne prononce le moindre mot.

— Ils sont impuissants, finit par marmonner Viszs juste au moment où Manny montait dans sa Porsche. Ils ne peuvent pas baiser.

Eh bien, cela ne le fit pas se sentir mieux pour autant. Et d'après l'intonation du frère, il était dans le même état d'esprit que lui.

— Je te rappelle, dit Manny.

— Oui, mon pote. Complètement.

Chapitre 52

Quand Souffhrance reprit connaissance, elle n'ouvrit pas les yeux. Inutile de trahir le fait qu'elle avait conscience de son environnement.

Les sensations de son corps l'informèrent de sa situation : elle était debout, adossée contre un mur de pierre humide, et avait les bras écartés de chaque côté avec les poignets menottés. Ses chevilles étaient attachées et séparées de la même manière que ses bras et sa tête tombaient vers l'avant en une position très inconfortable.

Quand elle inspira, elle sentit l'odeur musquée de la terre, et entendit des voix masculines lui parvenir du côté gauche.

Des voix très graves. Empreintes d'une excitation bourdonnante, comme si un prix venait de tomber entre leurs griffes.

Ce prix, c'était elle.

Rassemblant ses forces, elle ne se faisait pas la moindre illusion sur ce qu'ils allaient lui faire. Bientôt. Et pendant qu'elle reprenait ses esprits, elle évita de songer à son cher Manuel… et à la façon dont, si ces mâles parvenaient à leurs fins, ils la souilleraient à de nombreuses reprises avant de l'assassiner, prenant ce qui aurait dû revenir de droit à son guérisseur…

Car elle avait la certitude que si elle pensait à lui, elle serait comme aspirée par un trou noir qui la piégerait et la laisserait sans défense.

Au lieu de cela, elle tira les fils de sa mémoire, mêlant les images des visages de ses ravisseurs et les connaissances qu'elle avait acquises grâce aux bols du sanctuaire.

Pourquoi ? se demanda-t-elle. Elle n'avait pas la moindre idée de la raison pour laquelle celui au bec-de-lièvre s'était jeté sur elle avec tant de haine…

— Je sais que tu es réveillée. (La voix était incroyablement basse, teintée d'un lourd accent, et se trouvait juste à côté de son oreille.) Ton souffle s'est modifié.

Relevant les paupières en même temps que la tête, elle posa les yeux sur le soldat. Il se tenait près d'elle dans l'ombre, afin qu'elle ne le distingue pas clairement.

Brusquement les autres voix se turent, et elle sentit de nombreux regards posés sur elle.

Ainsi, voilà donc ce que ressentait une proie.

— Je suis blessé que tu ne te rappelles rien de moi, femelle. (Sur ce, il leva une bougie près de son propre visage.) J'ai pensé à toi chaque nuit depuis notre première rencontre. Il y a deux cents ans de cela.

Elle plissa les yeux. Des cheveux noirs. Des yeux cruels bleu foncé. Et une déformation de la lèvre qui était visiblement de naissance.

— Souviens-toi de moi. (Ce n'était pas une question, mais un ordre.) Souviens-toi de moi !

Alors tout lui revint en mémoire. Le petit village au bord du vallon boisé. Là où elle avait tué son père. Il s'agissait de l'un des soldats du Saigneur. À n'en pas douter, ils l'étaient tous.

Oh, cela faisait vraiment d'elle une proie, se dit-elle. Et ils attendaient impatiemment de lui faire du mal avant de la tuer pour la punir de leur avoir arraché leur chef.

— Souviens-toi de moi !

— Tu es un soldat du Saigneur.

— Non ! aboya-t-il en plaçant son visage en face du sien. Je suis plus que cela.

Alors qu'elle fronçait les sourcils, il se contenta de reculer et se mit à faire les cent pas dans une zone restreinte, les poings serrés, la cire de la bougie qu'il tenait coulant sur ses doigts repliés.

Quand il se retourna pour lui faire face, il se contrôlait à peine.

— Je suis son fils. Son fils ! Tu m'as volé mon père…

— Impossible.

— … injustement… Quoi ?

Tandis que ses récriminations se muaient en silence, elle énonça clairement d'une voix forte :

— Il est impossible que tu sois son fils.

Quand il saisit pleinement le sens de ses paroles, la fureur aveugle qui se peignit sur son visage était la définition même de la haine et sa main trembla lorsqu'il la leva au niveau de son épaule.

Il la gifla si violemment qu'elle vit des étoiles.

Souffhrance redressa la tête et le regarda dans les yeux, car elle rejetait tout cela en bloc : cette croyance erronée. Ce groupe de mâles qui l'évaluaient. Cette ignorance criminelle.

Souffhrance soutint le regard de son ravisseur.

— Le Saigneur a engendré un seul et unique rejeton mâle…

— Viszs, de la Confrérie de la dague noire. (Un rire dur résonna dans la cave.) J'ai bien entendu les histoires de ses perversions…

— Mon frère n'est pas un pervers !

À ce moment-là, Souffhrance perdit le contrôle d'elle-même, la colère qui l'avait animée la nuit où elle avait tué son père revenant et prenant le dessus : Viszs était son sang et son sauveur en vertu de tout ce qu'il avait fait pour elle. Et elle ne laisserait personne lui manquer de respect, même si le défendre devait lui coûter la vie.

En un clin d'œil, elle se retrouva consumée par une énergie intérieure qui éclaira la cave où ils se trouvaient tous d'une lumière blanche étincelante.

Les menottes éclatèrent et tombèrent sur le sol de terre battue avec un bruit métallique.

Et le mâle devant elle sauta en arrière et se mit en position de combat, tandis que les autres empoignaient leurs armes. Mais elle n'allait pas attaquer, du moins pas physiquement.

— Écoutez-moi à présent, proclama-t-elle. Je suis née de la Vierge scribe. Je viens du sanctuaire des Élues. Par conséquent, quand je vous affirme que le Saigneur, mon père, n'a pas engendré d'autre enfant mâle, c'est un fait !

— C'est faux, souffla le mâle. Quant à toi… tu ne peux pas être née de la mère de l'espèce. Nul n'est né d'elle…

Souffhrance leva ses bras lumineux.

— Je suis ce que je suis. Nie-le à tes risques et périls.

Le teint du mâle perdit toute couleur et il y eut un long et intense affrontement visuel entre eux deux, tandis qu'on pointait des armes conventionnelles en direction de Souffhrance et qu'elle irradiait d'une fureur sacrée.

Puis la posture de combat du soldat en chef se détendit, il baissa les mains le long de ses flancs et redressa les cuisses.

— C'est impossible, dit-il d'une voix étouffée. Rien de tout cela…

Mâle idiot, songea-t-elle.

Levant le menton, elle annonça :

— Je suis la descendance engendrée par le Saigneur et la Vierge scribe. Et je te déclare aujourd'hui (elle avança vers lui) que j'ai tué mon père, et non le tien.

Levant la main, elle le gifla à son tour.

— Et n'insulte pas mon sang.

Lorsque la femelle le frappa, Xcor sentit sa tête pivoter sur le côté si vite et si loin qu'il recula l'épaule pour tenter de la garder attachée à sa colonne vertébrale. Du sang envahit immédiatement sa bouche et il le recracha par terre avant de se redresser.

En vérité, cette femelle devant lui était majestueuse dans sa fureur et sa détermination. Presque aussi grande que lui, elle le regardait droit dans les yeux, bien campée sur ses pieds, les poings serrés, prête à s'en servir contre lui et sa bande de salopards.

Ce n'était pas une femelle ordinaire. Et pas seulement à cause de la façon dont elle avait fait éclater ses menottes.

En fait, quand elle croisait son regard franchement, elle lui rappelait son père. Elle avait la volonté de fer du Saigneur, imprimée non seulement sur le visage, dans les yeux ou le corps, mais également dans son âme.

Oui, il avait le sentiment très net qu'ils pourraient tous lui tomber dessus et qu'elle affronterait chacun d'entre eux jusqu'à son dernier souffle.

Dieu sait qu'elle giflait comme un guerrier. Ce n'était pas une femelle à la poigne molle.

Mais…

— C'était mon père. Il me l'a dit.

— C'était un menteur. (À ces mots, elle ne cligna pas des yeux. Pas plus qu'elle ne détourna le regard ni ne baissa le menton.) J'ai vu dans les bols de vision les innombrables filles bâtardes qu'il a engendrées. Mais il n'y a eu qu'un seul et unique fils, et il s'agit de mon jumeau.

Xcor n'était pas prêt à entendre cela devant ses mâles.

Il leur jeta un coup d'œil. Même Affhres s'était armé, et sur chacun de leurs visages se lisait une rage impatiente. Un signe de sa part et ils se jetteraient sur la femelle, même si elle devait tous les incinérer.

— Laissez-nous, ordonna-t-il.

Sans surprise, ce fut Zypher qui commença à argumenter.

— Permets-nous de la tenir pendant que tu…

— Laissez-nous.

Il y eut un instant d'immobilité. Puis Xcor hurla :

— Laissez-nous !

En un éclair, ils décampèrent et disparurent par l'escalier qui menait à la maison obscurcie. Puis on referma la porte et des bruits de pas résonnèrent au-dessus d'eux tandis qu'ils tournaient en rond comme des animaux en cage.

Xcor reporta son attention sur la femelle.

Et pendant une éternité, il se contenta de la dévisager.

— Je t'ai cherchée pendant des siècles.

— Je n'étais pas sur terre. Jusqu'à maintenant.

Elle demeurait insoumise alors qu'il l'affrontait en privé. Totalement insoumise. Et pendant qu'il examinait son visage, il sentit un mouvement dans le champ glacé de son cœur.

— Pourquoi ? demanda-t-il d'une voix rauque. Pourquoi l'as-tu… tué ?

La femelle battit lentement des paupières comme si elle ne voulait pas montrer la moindre vulnérabilité et avait besoin d'un moment pour s'assurer qu'elle n'en trahirait aucune.

— Parce qu'il a blessé mon jumeau. Il… a torturé mon frère, et pour cette raison il devait mourir.

La légende était peut-être vraie, après tout, se dit Xcor.

En effet, comme la plupart des soldats, il connaissait depuis longtemps l'histoire racontant que le Saigneur aurait exigé qu'on cloue au sol son fils de sang, qu'on le tatoue… et qu'on le castre. La rumeur prétendait que la blessure n'aurait été que partielle, car Viszs aurait brûlé par magie les liens qui le retenaient et se serait échappé dans la nuit avant que l'ablation soit complète.

Xcor jeta un coup d'œil aux menottes qui étaient tombées des poignets de la femelle – éclatées sous l'effet du feu.

Levant ses propres mains, il regarda fixement sa chair. Qui n'avait jamais brillé.

— Il m'a dit que j'étais né d'une femelle qu'il était allé voir pour obtenir du sang. Il m'a dit… qu'elle n'avait pas voulu de moi à cause de mon… (Il toucha sa lèvre malformée, laissant sa phrase inachevée.) Il m'a emmené et… m'a appris à me battre. À son côté.

Xcor avait vaguement conscience que sa voix était enrouée, mais il s'en fichait. Il avait l'impression de se regarder dans un miroir et de voir un reflet de lui-même qu'il ne connaissait pas.

— Il m'a dit que j'étais son fils et m'a reconnu comme tel. Après sa mort, j'ai suivi ses traces, ainsi que le font les fils.

La femelle l'évalua du regard, puis secoua la tête.

— Et je te déclare qu'il a menti. Regarde-moi dans les yeux. Sache que je dis la vérité que tu aurais dû entendre il y a très longtemps. (Elle baissa la voix jusqu'à chuchoter.) Je connais bien la trahison du sang. Je connais cette douleur que tu ressens à présent. Ce n'est pas juste, ce fardeau que tu portes. Mais ne fonde pas ta vengeance sur une invention, je t'en supplie. Car je serai forcée de te tuer et, si je ne le fais pas, mon jumeau te traquera avec la Confrérie et te fera prier pour ta propre mort.

Xcor chercha en lui-même et découvrit quelque chose qu'il méprisait mais ne pouvait ignorer : il n'avait aucun souvenir de la salope qui l'avait mis au monde, mais il connaissait trop bien l'histoire sur la façon dont elle l'avait banni de la salle de naissance à cause de sa laideur.

Il avait désiré qu'on le reconnaisse. Et le Saigneur l'avait fait : ce mâle ne s'était jamais soucié de sa malformation physique. Il s'était seulement intéressé à des qualités que Xcor avait eues en abondance : la vitesse, l'endurance, l'agilité, la puissance… et une concentration meurtrière.

Xcor avait toujours supposé qu'il les tenait de son père.

— Il m'a donné un nom, s'entendit-il dire. Ma mère a refusé de le faire. Mais le Saigneur… m'a donné un nom.

— Je suis tellement désolée.

Et le plus étrange, c'est qu'il la croyait. Elle avait été prête à se battre jusqu'à la mort, mais paraissait désormais attristée.

Xcor s'écarta d'elle et se remit à faire les cent pas.

S'il n'était pas le fils du Saigneur, qui était-il ? Et sinon, resterait-il toujours à la tête de ses mâles ? Le suivraient-ils encore dans la bataille ?

— Je regarde l'avenir et je ne vois… rien, murmura-t-il.

— Je connais moi aussi ce sentiment.

Il s'arrêta et fit face à la femelle. Elle avait croisé les bras sur sa poitrine et regardait le mur devant elle plutôt que lui. Sur ses traits, il distingua le même vide qu'il ressentait dans sa propre poitrine.

Redressant les épaules, il s'adressa à elle.

— Je n'ai aucun problème à régler avec toi. Tes actions dirigées contre mon… (silence) le Saigneur… ont été entreprises pour des raisons valables et qui te sont propres.

En fait, ils avaient été poussés par la même loyauté à leur sang et le même esprit de vengeance qui avait animé sa propre quête pour la retrouver.

À la manière d'un guerrier, elle s'inclina au niveau de la taille, acceptant son changement d'attitude et l'embellie entre eux.

— Suis-je libre de partir ?

— Oui… mais il fait jour.

Quand elle regarda les couchettes et les lits de camp avec l'air de songer aux tentatives de viol qu'elle risquait peut-être de subir de la part des soldats, il glissa :

— Aucun mal ne t'adviendra entre ces murs. Je suis le chef et je… (Enfin, il avait été le chef.) Nous passerons la journée là-haut pour respecter ton intimité. Tu trouveras à manger et à boire sur la table là-bas.

Xcor faisait des concessions à la pudeur, non à cause des conneries sur la bienséance à adopter en ce qui concernait les Élues. Mais cette femelle était… quelque chose qu'il respectait : si quelqu'un était en mesure de comprendre l'importance de venger une insulte contre la famille, c'était bien lui. Et le Saigneur avait infligé des dégâts permanents au frère de celle-ci.

— À la tombée de la nuit, dit-il, nous te ferons sortir d'ici les yeux bandés, afin que tu ignores où nous séjournons. Mais tu seras relâchée sans qu'aucun mal ne te soit fait.

Lui tournant le dos, il se dirigea vers la seule couchette dépourvue de lit superposé. Se sentant complètement idiot, il n'en lissa pas moins la couverture rêche. Il n'y avait pas d'oreiller, aussi se baissa-t-il pour ramasser une pile de chemises propres lui appartenant.

— C'est ici que je dors ; tu peux t'en servir pour te reposer. Et au cas où tu craindrais pour ta sécurité ou ta vertu, il y a une arme posée par terre de chaque côté du lit. Mais ne t'inquiète pas. Tu verras arriver le coucher du soleil saine et sauve.

Il ne le jura pas formellement sur son honneur car, en vérité, il n'en avait pas. Et il ne regarda pas en arrière lorsqu'il commença à gravir les marches.

— Quel est ton nom ? demanda-t-elle.

— Ne le sais-tu pas déjà, Élue ?

— Je ne sais pas tout.

— En effet. (Il posa la main sur la rampe de bois brut.) Moi non plus. Bonne journée, Élue.

Tandis qu'il achevait de monter l'escalier, il eut l'impression d'avoir vieilli de plusieurs siècles depuis qu'il avait transporté au sous-sol le corps tiède et inanimé de la femelle.

Ouvrant l'épaisse porte en bois, il ignorait totalement dans quoi il allait mettre les pieds. Son statut désormais révélé, ses mâles pouvaient tout à fait décider de se réunir et de le rejeter…

Ils étaient tous là, en demi-cercle, Affhres et Zypher encadrant le groupe. Ils avaient leurs armes à la main, leurs visages arboraient une expression soucieuse… et ils attendaient qu'il parle.

Il referma la porte et s'adossa contre le battant. Ce n'était pas un lâche qui fuirait ses soldats ou ce qui s'était passé au-dessous, et il ne vit aucun intérêt à contredire ce qui avait été révélé si distinctement.

— La femelle a dit la vérité. Je n'ai pas de lien de sang avec celui que je croyais être mon géniteur. Qu'en dites-vous, tous ?

Ils ne prononcèrent pas un mot. Ne se regardèrent pas. Mais ils n'eurent aucune hésitation.

Comme un seul homme, ils mirent un genou en terre, plongeant sur le parquet et inclinant la tête. Affhres prit la parole :

— Nous sommes toujours sous tes ordres.

Face à cette réponse, Xcor se racla la gorge. Et recommença. Encore une fois. En langue ancienne, il déclara :

— *Aucun chef n'a dirigé des guerriers plus forts et d'une loyauté plus grande que ceux réunis devant moi.*

Affhres leva les yeux.

— Ce n'est pas le souvenir de ton père que nous avons servi toutes ces années.

Il y eut un grand cri d'acquiescement, ce qui valait mieux que n'importe quel serment formulé dans un style fleuri. Puis ils enfoncèrent leurs dagues dans les lattes de bois à leurs pieds, en serrant la garde dans leur poing pour indiquer qu'ils étaient et demeuraient sous ses ordres.

Et il aurait laissé les choses dans cet état, mais ses projets à long terme exigeaient qu'il leur fasse une déclaration supplémentaire.

— J'ai un dessein plus grand que de lutter parallèlement à la Confrérie, dit-il à voix basse, afin que la femelle au sous-sol n'entende rien. Mes ambitions me vaudront la peine de mort si d'autres le découvrent. Comprenez-vous mes paroles ?

— Le roi, chuchota quelqu'un.

— Oui. (Xcor regarda chacun d'entre eux dans les yeux.) Le roi.

Aucun ne détourna la tête ni ne se leva. Ils constituaient une solide unité de muscles, de force et de détermination mortelle.

— Si cela change quelque chose pour l'un d'entre vous, ordonna-t-il, qu'il me le dise maintenant et il partira à la tombée de la nuit, sans possibilité de revenir, mais sans risquer la peine de mort.

Affhres rompit les rangs en baissant la tête. Mais il n'alla pas plus loin. Il ne se leva pas pour s'en aller, et personne d'autre ne le fit.

— Bien, déclara Xcor.

— Qu'en est-il de la femelle ? demanda Zypher avec un sourire sinistre.

Xcor secoua la tête.

— Hors de question. Elle ne mérite aucun châtiment.

Le mâle haussa les sourcils.

— Bien. Je peux m'occuper d'elle à la place.

Oh, bon sang, il ressemblait vraiment trop à ce satané *Lhenihan*.

— Non. Tu ne la toucheras pas. C'est une Élue. (Cela attira leur attention, mais il n'allait pas leur faire de révélations supplémentaires. Il en avait eu assez pour aujourd'hui.) Et nous dormirons ici.

— C'est quoi ce bordel ? (Zypher se remit debout et les autres suivirent.) Si tu dis qu'elle est intouchable, je la laisserai tranquille, de même que les autres. Pourquoi… ?

— Parce que je l'ai décrété.

Pour enfoncer le clou, Xcor s'assit au pied de la porte, en s'adossant au panneau de bois. Il confierait sa vie sur le champ de bataille à ses soldats, mais la femelle en bas était belle et puissante, et ils n'étaient que des salauds en rut, tous autant qu'ils étaient.

Ils devraient lui passer sur le corps pour l'atteindre.

Après tout, c'était peut-être un salopard, mais il n'était pas complètement amoral et elle méritait une protection dont elle n'avait probablement pas besoin en échange de la bonne action qu'elle lui avait accordée.

Tuer le Saigneur ?

À présent, la situation prouvait que cela avait été une faveur faite à Xcor.

Parce que cela signifiait qu'il n'avait plus à infliger la mort à cet horrible enfoiré de ses propres mains.

Chapitre 53

Manny était au volant de sa voiture, les mains crispées, le regard braqué sur la route devant lui, quand il prit un virage serré… et déboucha exactement sur le genre de scène que Viszs lui avait décrit.

Il était temps, putain. Il lui avait bien fallu trois heures à tourner, un pâté de maisons après l'autre, pour découvrir ce satané truc.

Mais oui, c'était bien ce qu'il cherchait : sous le soleil de 10 heures qui s'insinuait entre les immeubles, une saloperie glissante et graisseuse luisait partout sur la chaussée, les murs en briques, la poubelle et ces fenêtres grillagées.

Appuyant sur le frein, il s'arrêta et mit la voiture au point mort.

À l'instant où il ouvrit la portière, il recula.

— Bordel de merde…

La puanteur était indescriptible. Probablement parce qu'elle lui avait transpercé les narines et éteint le cerveau, tant elle était atroce.

Mais il la reconnut. Le type avec la casquette des Red Sox avait empesté de cette manière la nuit où Manny avait opéré les vampires.

Levant son téléphone, il fit apparaître le numéro top-secret de Viszs et appuya sur « appel ». La ligne sonna une seule fois avant que le jumeau de Souffhrance réponde.

— J'ai trouvé l'endroit, annonça Manny. Tout ce que tu m'as décrit… Putain, l'odeur ! Très bien ? Oui. Compris. Je te rappelle bientôt.

Tandis qu'il raccrochait, une partie de lui-même perdait la boule, se disant que Souffhrance avait peut-être été impliquée dans ce qui était visiblement un bain de sang. Mais il garda la tête froide tout en cherchant quelque chose, n'importe quoi, qui pourrait lui apprendre ce qui s'était passé…

— Manny ?

— Putain de merde ! (Pivotant sur ses talons, il s'empara de sa croix ; à moins qu'il ne s'agisse de son cœur, pour que cette saleté ne s'échappe pas de son sternum.) Jane ?

La silhouette fantomatique de son ancien chef de service de traumatologie se solidifia devant ses yeux.

— Salut.

Sa première pensée fut : *Oh, mon Dieu, le soleil…* ce qui montrait à quel point sa vie avait changé.

— Attends ! Est-ce que tu supportes la lumière du jour… ?

— C'est bon. (Elle tendit la main et l'apaisa.) Je suis venue t'aider : V. m'a dit où tu étais.

Il lui pressa brièvement l'épaule.

— Je suis… sacrément content de te voir.

Jane le serra dans ses bras.

— Nous allons la retrouver. Je te le promets.

Oui, mais dans quel état serait-elle ?

Travaillant de concert, tous deux fouillèrent la ruelle, passant au peigne fin les parties dans l'ombre et les parties éclairées. Dieu merci, il était encore tôt et c'était une zone abandonnée de la ville, parce qu'il ne se sentait pas en mesure de gérer les complications si des gens – en particulier la police – se pointaient.

Au cours de la demi-heure suivante, Jane et lui examinèrent chaque centimètre carré de la venelle, mais ils ne découvrirent que les traces d'un usage de drogue, des ordures et un certain nombre de préservatifs qu'ils s'abstinrent de regarder de trop près.

— Rien, marmonna-t-il. Rien de rien.

Bien. Qu'importe. Il allait seulement continuer à avancer, à ratisser et à espérer…

Une vibration lui fit tourner la tête et l'amena à la benne à ordures.

— Quelque chose fait du bruit par ici, lança-t-il en s'agenouillant.

Mais vu leur chance, ce ne devait être rien de plus qu'un rat qui prenait son petit déjeuner.

Jane arriva pile au moment où il tendait la main sous la poubelle.

— Je crois… je crois qu'il s'agit d'un téléphone, grogna-t-il en écartant les doigts et en tâtonnant, dans l'espoir de trouver une prise. Je l'ai.

Reculant, il découvrit que, oui, il s'agissait bien d'un portable défoncé et que l'objet vibrait, ce qui expliquait le bruit. Malheureusement, l'appel bascula sur la messagerie au moment même où il essayait d'appuyer sur « décrocher » et l'appareil se verrouilla.

— Merde, ce truc noir d'encre est partout. (Il s'essuya la main sur le rebord de la benne.) Et le téléphone est protégé par un mot de passe.

— Il faut qu'on le rapporte à V. : il peut pirater n'importe quoi.

Manny se remit debout et la regarda.

— Je ne sais pas si j'ai le droit d'aller là-bas. (Il tenta de lui tendre le téléphone.) Tiens. Prends-le et je verrai si je peux découvrir d'autres sites comme celui-ci.

Même si, honnêtement, il avait l'impression d'avoir visité tout le centre-ville.

— Tu ne préférerais pas savoir ce qui se passe en direct ?

— Putain, si, mais…

— Et si V. découvre quelque chose, est-ce que tu ne préférerais pas partir t'en occuper avec l'équipement qui convient ?

— Eh bien, oui, mais…

— Tu n'as jamais entendu parler du dicton « mieux vaut agir d'abord et s'excuser ensuite » ? (Comme il levait un sourcil, elle haussa les épaules.) C'est ainsi que j'ai procédé avec toi à l'hôpital pendant des années.

Manny resserra la main sur le portable.

— Tu es sérieuse ?

— Je vais nous reconduire au complexe, et si quelqu'un a un problème, je m'en chargerai. Et puis-je suggérer que nous commencions par un arrêt chez toi pour prendre ce dont tu pourrais avoir besoin en cas de séjour prolongé ?

Il secoua lentement la tête.

— Si elle ne revient pas…

— Non ! Ne disons pas « si ». (Jane le regarda droit dans les yeux.) Quand elle rentrera à la maison, peu importe combien de temps ça prendra, tu seras là. V. m'a informé que tu avais quitté ton boulot – parce que Souffhrance le lui a dit. Et nous pourrons en parler plus tard…

— Il n'y a rien à dire. Le conseil d'administration de St. Francis m'a demandé de démissionner.

Jane déglutit avec difficulté.

— Oh, mon Dieu… Manny…

Seigneur, il n'arrivait pas à croire ce qui sortait de sa propre bouche :

— Ce n'est pas grave, Jane. Tant qu'elle rentre en bon état… C'est tout ce qui m'importe.

Elle désigna la voiture du menton.

— Alors pourquoi sommes-nous encore en train de parler ?

Très bonne question.

Ils coururent tous les deux vers la Porsche, attachèrent leurs ceintures et partirent avec Jane au volant.

Tandis qu'elle fonçait vers le Commodore, il se sentit transfiguré par la détermination : il avait déjà raté son coup une fois avec cette femme. Cela ne se reproduirait pas.

Jane se gara en double file devant le gratte-ciel pendant qu'il traversait le hall d'entrée au pas de course, montait par l'ascenseur et arrivait chez lui. À la vitesse de l'éclair, il s'empara de son ordinateur portable, du chargeur de son téléphone…

Le coffre-fort.

Se précipitant vers le placard de sa chambre, il composa la combinaison et déverrouilla la petite porte. Les gestes vifs, l'esprit concentré, il sortit son certificat de naissance, 7 000 dollars en liquide, deux montres Piaget en or et son passeport. Prenant un sac au hasard, il fourra le tout dedans, avec l'ordinateur et le chargeur. Puis il empoigna deux sacs supplémentaires qui débordaient de vêtements et dégagea de son appart.

Alors qu'il attendait l'ascenseur, il prit conscience qu'il quittait sa vie. Pour de bon. Qu'il finisse ou non avec Souffhrance, il ne reviendrait pas ici – et ce n'était pas une simple question d'adresse physique.

À l'instant même où il avait confié ses clés de voiture à Jane, pour la deuxième fois, il s'était retrouvé pris dans une tempête de neige métaphorique : il ignorait ce qu'il avait devant lui, mais il ne ferait pas demi-tour, et cela lui convenait.

De retour dans la rue, il jeta ses affaires dans le coffre et sur la banquette arrière.

—Allons-y.

Environ trente-cinq minutes plus tard, Manny était de nouveau sur le terrain brumeux de la montagne aux vampires.

Baissant le regard sur le portable presque détruit dans sa main, il pria Dieu que ce lien potentiel entre Souffhrance et lui les réunisse et lui donne une occasion de récupérer ce qu'il avait jeté…

— Bordel… de merde… (Devant eux, émergeant de l'étrange brouillard, un gigantesque tas de rochers les dominait, aussi haut que le mont Rushmore.) C'est une… putain de maison.

On aurait aussi pu dire « mausolée ».

— Les frères prennent la sécurité très au sérieux.

Jane arrêta la voiture devant une volée de marches digne d'une cathédrale.

— Soit cela, soit la belle-famille de quelqu'un possède une carrière de pierres, marmonna-t-il.

Ils sortirent en même temps de la voiture et, avant d'attraper ses sacs, il évalua les lieux. Le mur d'enceinte qui partait de chaque côté s'élevait à six mètres de hauteur, on apercevait des caméras pointées vers l'extérieur, de même que des barbelés. La demeure elle-même était énorme, s'étendait dans toutes les directions et donnait l'impression de faire quatre étages. Et en parlant de forteresse : toutes les fenêtres étaient couvertes de métal. Quant à la double porte d'entrée, on aurait dit qu'il fallait un tank pour la franchir.

De nombreuses voitures étaient garées dans la cour, et pour certaines d'entre elles, en d'autres circonstances, il aurait eu un sacré coup de cœur. Il y avait également une autre maison, bien plus petite, bâtie dans la même pierre que le château. La fontaine au centre était asséchée, mais il pouvait imaginer le bruit apaisant qu'elle devait faire quand l'eau coulait.

— Par ici, dit Jane en ouvrant le coffre et en sortant l'un de ses sacs.

— Je vais m'en occuper. (Il prit celui qu'elle avait attrapé, plus les deux autres.) Les dames d'abord.

Elle avait appelé son homme sur le chemin, aussi Manny était-il plutôt confiant dans l'idée que l'entourage de Souffhrance n'allait pas le tuer sur-le-champ. Mais qui pouvait l'assurer ?

C'était une bonne chose qu'il se fiche complètement de lui-même à l'heure actuelle.

Devant l'entrée monumentale, elle sonna et une serrure fut déverrouillée. Entrant avec elle, il se retrouva dans un hall sans fenêtre qui lui fit penser à une prison… Une prison très élégante et coûteuse, avec des lambris en bois sculptés et une agréable senteur de citron dans l'air.

Impossible pour eux de sortir d'ici, à moins qu'on les y autorise.

Jane parla à une caméra.

— C'est nous. Nous sommes…

L'autre porte fut immédiatement déverrouillée, et Manny dut cligner des yeux à plusieurs reprises lorsque le panneau s'ouvrit en grand. Le vestibule étincelant et coloré de l'autre côté ne ressemblait à rien de ce qu'il avait imaginé : majestueux et de toutes les teintes de l'arc-en-ciel, il était tout ce que l'extérieur fortifié n'était pas. Seigneur, on aurait dit qu'on s'était servi de toutes les sortes de marbres et de pierres décoratives concevables… Et bon sang, tout ce cristal et ces dorures à l'or fin…

Puis il entra et aperçut le plafond couvert d'une fresque trois étages au-dessus de lui… et un escalier qui donnait des airs d'escabeau à celui d'*Autant en emporte le vent*.

Au moment même où la porte se refermait derrière lui, le frère de Souffhrance sortit de ce qui ressemblait à une salle de billard, Red Sox à son côté. Le vampire s'avança vers eux en affichant une attitude toute professionnelle, tandis qu'il glissait une cigarette entre ses crocs et remontait son pantalon de cuir noir.

Il s'arrêta devant Manny, et tous deux se mesurèrent intensément du regard… au point qu'on pouvait se demander si tout ne serait pas fini avant d'avoir commencé, avec Manny dans le rôle du repas.

Sauf que le vampire lui tendit la main.

Bien sûr : le téléphone portable.

Manny lâcha ses sacs et sortit le BlackBerry de la poche de son manteau.

— Tiens. C'est…

Le type accepta ce qu'on lui offrait mais ne regarda pas l'objet. Il se contenta de le prendre dans sa main et lui tendit de nouveau l'autre.

Le geste était tellement simple – et sa signification très, très profonde.

Manny saisit la paume de la sienne, et aucun des deux ne prononça un mot. C'était inutile, parce que la communication était claire : chaque partie avait présenté ses respects et accepté ceux de l'autre.

Quand ils se lâchèrent la main, Manny demanda :

— Le téléphone ?

Pour le vampire, pirater l'objet ne fut l'affaire que d'un instant.

— Mince… tu es rapide, murmura Manny.

— Non. C'est celui que je lui ai donné. Je l'appelais toutes les heures à l'heure pile. Le GPS est foutu, autrement je t'aurais donné l'adresse où tu l'as retrouvé.

— Merde. (Manny se passa une main sur le visage.) Il n'y avait rien d'autre là-bas. Jane et moi avons ratissé la ruelle, et j'ai tourné dans le centre-ville pendant des heures. Qu'est-ce qu'on fait maintenant ?

— On attend. C'est tout ce qu'on peut faire tant qu'il fait jour. Mais à l'instant où la nuit sera tombée, la Confrérie s'arrachera d'ici pour accomplir sa vengeance. Nous la retrouverons, ne t'inquiète pas…

— Je vous accompagne, dit-il. Juste histoire que les choses soient claires entre nous.

Alors que le jumeau de Souffhrance se mettait à secouer la tête, Manny interrompit toutes les protestations et autres conneries raisonnables.

— Désolé. C'est peut-être ta sœur là-bas… mais c'est aussi la femme que j'aime. Et cela signifie que je vais participer à votre expédition commando.

À ces mots, celui avec la casquette de base-ball retira son couvre-chef et se passa une main dans les cheveux.

— De la merde en barre…

Manny se figea aussitôt, sans écouter le reste.

Ce visage… ce putain de visage.

Ce – nom de Dieu de – visage.

Manny s'était trompé sur l'endroit où il avait croisé ce type.

— Quoi ? demanda ce dernier, en baissant les yeux pour vérifier son habillement.

Manny avait vaguement conscience que le frère de Souffhrance fronçait les sourcils et que Jane avait l'air inquiète. Mais il était entièrement concentré sur l'autre homme. Il scruta ces yeux noisette, cette bouche et ce menton, tentant de découvrir quelque chose qui clochait, quelque chose qui n'était pas à la bonne place… quelque chose qui réfuterait l'équation qu'il était en train de résoudre.

La seule chose qui différait légèrement était le nez, mais c'était parce qu'il avait été cassé au moins une fois.

La vérité se trouvait dans les os.

Et le lien n'était pas l'hôpital, ni même la cathédrale St. Patrick… parce que, à bien y réfléchir, il avait vraiment vu cet homme, ce mâle… ce vampire ou qu'importe… à l'église auparavant.

— C'est quoi ce bordel ? marmonna Butch en regardant Viszs.

En guise d'explication, Manny se pencha et fouilla dans ses sacs. Alors qu'il cherchait ce qu'il avait emporté involontairement avec lui, il sut sans le moindre doute qu'il allait mettre la main dessus. Le destin avait aligné les dominos trop parfaitement pour que cet instant n'arrive pas.

Et oui, il le trouva.

Lorsque Manny se redressa, ses mains tremblaient tellement que la languette du cadre photo battait contre l'arrière.

Puisqu'il avait perdu la voix, il ne put que retourner le cadre et leur donner à tous trois l'occasion de regarder la photographie en noir et blanc.

Qui était le portrait craché du mâle appelé Butch.

— Voici mon père, dit Manny d'une voix rauque.

L'expression du type passa de « on s'en fout » au choc brutal. Il blêmit, et ses mains se mirent à trembler également quand il les tendit pour saisir avec précaution la vieille photographie.

Il ne prit pas la peine de nier quoi que ce soit. Il en était incapable.

Le frère de Souffhrance souffla un nuage de fumée à l'odeur délicieuse.

— Putain de merde.

Ce qui résumait plutôt bien les choses.

Manny jeta un coup d'œil à Jane, puis observa l'homme qui était peut-être bien son demi-frère.

— Est-ce que tu le reconnais ?

Quand celui-ci secoua lentement la tête, Manny glissa un regard au jumeau de Souffhrance.

— Est-ce que les humains et les vampires… ?

— Oui.

Reportant son regard sur un visage qui n'aurait pas dû lui être aussi familier, il se dit : *Merde, comment formuler cela ?*

— Alors tu es…

— Métis ? demanda le type. Oui. Ma mère était humaine.

— Fils de pute, souffla Manny.

Chapitre 54

Alors qu'il tenait la photo d'un homme qui indéniablement lui ressemblait trait pour trait, Butch pensa, de façon plutôt bizarre, aux panneaux de signalisation sur les autoroutes.

Ceux qui disaient des choses comme « Attention verglas »… ou « Chute de pierres »… ou temporairement « Protégez nos vies » avant d'arriver dans une zone de travaux. Mince, même ceux avec une silhouette de cerf bondissant ou avec une grosse flèche noire pointée vers la gauche ou la droite.

À cet instant précis, debout dans ce vestibule, il aurait volontiers apprécié un avertissement préalable lui indiquant que sa vie allait partir en sucette et dérailler.

Mais bon, une collision était une collision, et on ne pouvait la prévoir.

Levant les yeux de la photo, il les plongea dans ceux du chirurgien humain. Ils étaient marron foncé, de la couleur d'un bon vieux porto. Mais leur forme… Mon Dieu, pourquoi n'avait-il pas remarqué plus tôt à quel point ils étaient semblables aux siens ?

— Tu en es certain ? s'entendit-il demander. Que c'est ton père.

Sauf qu'il connaissait la réponse avant que l'autre hoche la tête.

— Qui… Comment… (Super, il aurait fait un excellent journaliste, hein.) Que…

Et voilà. Il ne manquait plus que « quand » et « où », et il serait capable d'animer un talk-show.

Mais le problème était qu'après s'être uni à Marissa et avoir passé la transition, il avait enfin trouvé la paix concernant les questions sur ses origines et son but dans la vie. Dans le monde humain, à l'inverse, il avait été séparé de tout le monde, courant parallèlement, mais sans jamais les croiser, à sa mère, ses sœurs et ses frères.

Et à son père, bien entendu.

Ou tout du moins le type qu'on lui avait présenté comme son paternel.

Il avait cru qu'en trouvant son vrai foyer et sa compagne ici, il avait achevé son intégration, qu'il avait atteint une réconciliation paisible avec tant d'événements douloureux.

Mais cette révélation foutait un nouveau coup de pied dans la fourmilière.

L'humain parla d'un ton grave.

— Il s'appelait Robert Bluff. Il était chirurgien à Columbia Press, à New York, quand ma mère travaillait là-bas en tant qu'infirmière…

— Ma mère aussi était infirmière. (Butch sentit sa bouche s'assécher.) Mais pas dans cet hôpital.

— Il a travaillé dans pas mal d'endroits, y compris… dans la région de Boston.

Il y eut un long silence, pendant lequel Butch goûta à la confusion glaçante d'une possible infidélité de sa mère.

— Quelqu'un veut boire un truc ? demanda V.

— Du Lag…

— Du Lagavulin…

Butch et le chirurgien se turent en même temps, tandis que Viszs levait les yeux au ciel.

— Pourquoi ne suis-je pas surpris.

Pendant que le frère se dirigeait vers le bar dans la salle de billard, Manello dit :

— Je ne l'ai jamais vraiment connu. Je l'ai croisé, quoi… une fois ? Je ne m'en souviens pas vraiment, pour être honnête.

V. joua les hôtesses de l'air et revint aussitôt avec l'alcool.

Butch prit une gorgée de son verre, Manello fit de même puis secoua la tête.

— Vous savez, je n'ai jamais aimé ce truc avant que…

— Quoi ?

— Avant que vous commenciez à me mettre la tête à l'envers. Je préférais le Jack. Mais l'an dernier… tout a changé.

Butch hocha la tête, même s'il n'avait pas suivi. Mince, il n'arrivait pas à détacher les yeux du portrait et, au bout d'un moment, il découvrit que, bizarrement, c'était un soulagement. La régression ancestrale avait prouvé qu'il était apparenté à Kolher, mais il n'avait jamais su, ni ne s'était jamais vraiment soucié de savoir de quelle manière exactement. Et pourtant c'était là. Devant lui.

Merde, c'était comme s'il avait eu une maladie pendant tout ce temps et que quelqu'un avait fini par mettre un nom dessus.

Vous avez une « autre-père-ite ». Ou plutôt une « bâtard-ose » ?

Tout prenait sens. Il avait toujours pensé que son père le détestait, et c'était peut-être là l'explication de cette haine. Même s'il était presque impossible d'imaginer sa mère pieuse et collet monté avoir une aventure, cette image racontait l'histoire d'au moins une nuit avec quelqu'un d'autre.

Sa première pensée fut qu'il devait aller voir sa mère et lui demander des détails – enfin, certains détails.

Mais quels seraient les résultats ? La démence sénile l'avait éloignée de la réalité et elle était désormais si atteinte qu'elle le reconnaissait à peine quand il passait la voir… ce qui était l'unique raison pour laquelle il pouvait encore lui rendre visite. Et ce n'était pas comme s'il pouvait questionner ses frères et sœurs. Ils l'avaient considéré comme perdu quand il avait disparu de leur orbite mais, en outre, il était peu probable qu'ils en sachent plus que lui.

— Est-il toujours en vie ? demanda Butch.

— Je ne sais pas trop. Je croyais qu'il était enterré au cimetière de la Pineraie. À présent, qui peut savoir ?

— Je peux le trouver. (Au moment où V. prit la parole, Butch et Manny se tournèrent tous deux vers le frère.) Un mot de vous et je le retrouverai, qu'il soit dans le monde vampire ou dans le monde humain.

— Trouver qui ?

La voix grave venait du haut des marches et tout le monde leva la tête tandis que les mots se répercutaient dans le vestibule. Kolher se tenait sur le palier du premier étage, George à son côté, et l'état d'esprit du roi était facile à deviner, même si ses yeux étaient cachés derrière ses lunettes de soleil : il était d'une humeur massacrante.

Mais il était difficile de savoir si c'était à cause de la présence de l'humain dans le vestibule ou parce qu'il avait un millier de problèmes sur le dos en ce moment.

Viszs prit la parole, ce qui fut une bonne chose, car Butch avait perdu la voix, de même que Manello, manifestement.

— On dirait que ce bon chirurgien pourrait être un parent à toi, seigneur.

Quand Manello eut un mouvement de recul, Butch pensa : *Bon sang.*

Encore un autre truc sur le feu.

Manny se frotta les tempes tandis que l'immense vampire aux cheveux longs descendait l'escalier, apparemment guidé par un chien jaune. Le type donnait l'impression d'être le propriétaire des lieux, et vu l'emploi du terme « seigneur », c'était probablement le cas.

— Est-ce que je t'ai bien entendu, V. ? demanda le mâle.

— Oui. Tu m'as bien entendu.

Et cela régla une autre question, parce que Manny se demandait lui aussi s'il n'avait pas des problèmes d'audition.

— Voici notre roi, annonça Viszs. Kolher, fils de Kolher. Voici Manello. Le docteur Manny Manello. Je ne crois pas que vous ayez été formellement présentés.

— Tu es celui de Souffhrance.

Aucune hésitation à ce sujet. Aucune hésitation sur la réponse, non plus :

— Oui. C'est moi.

Le grondement grave qui sortit de cette bouche cruelle était à la fois un rire et un juron.

— Et de quelle manière crois-tu que nous soyons apparentés ?

V. se racla la gorge et s'immisça dans la conversation.

— Il existe une ressemblance physique frappante entre le père de Manny et Butch. Je veux dire… Merde, on dirait une photo de mon pote.

Le roi fronça les sourcils. Puis son expression se détendit.

— Inutile de dire que je ne peux pas en juger.

Ainsi donc il était aveugle. Voilà qui expliquait le chien.

— Nous pourrions lui faire subir une régression ancestrale, suggéra Viszs.

— Oui, dit Butch. Faisons…

— Attendez une minute, cela ne risque-t-il pas de le tuer ? les interrompit Jane.

— Stop ! (Manny leva les mains pour les faire taire.) Attendez une minute, putain. Une quoi ancestrale ?

Viszs souffla de la fumée.

— C'est un procédé grâce auquel j'entre en toi et estime quelle quantité de sang vampire tu as dans les veines.

— Mais ça pourrait me tuer ?

Merde, le fait que Jane secouait la tête ne lui inspirait vraiment pas confiance.

— C'est le seul moyen d'en être sûr. Si tu es métis, ce n'est pas comme si nous pouvions aller au labo et analyser ton sang. Les métis sont différents.

Manny les regarda tour à tour : le roi, Viszs, Jane… et le type qui était peut-être son demi-frère. Seigneur, peut-être était-ce la raison pour laquelle il éprouvait des sentiments si différents pour Souffhrance : à la seconde où il l'avait vue, cela avait été comme si… une partie de lui-même s'était réveillée.

Cela expliquait peut-être aussi son tempérament explosif.

Et après avoir passé une vie entière à s'interroger sur son père et ses racines, il se dit… qu'il pourrait découvrir la vérité à présent.

Sauf que, alors qu'ils lui rendaient son regard, il se rappela son arrivée à l'hôpital la semaine précédente en croyant qu'il s'agissait du matin, seulement pour découvrir que c'était la nuit. Puis les conneries avec Souffhrance et les changements de son corps lui revinrent à l'esprit.

— Vous savez quoi ? dit-il. Je crois que je vais m'abstenir pour l'instant.

Quand Jane hocha la tête comme si elle était d'accord avec lui, il fut certain d'avoir pris la bonne direction.

En outre, cela les détournait du véritable problème.

— Souffhrance reviendra, d'une façon ou d'une autre, affirma-t-il. Et je ne me mettrai pas un flingue chargé dans la bouche avant de l'avoir revue, même s'il s'agit de déterminer si j'appartiens ou non à cet univers. Je sais qui est mon père et son reflet se tient juste devant moi, putain. Je n'ai pas besoin d'aller plus loin, à moins que Souffhrance ne pense autrement.

Mon Dieu… Sa mère, se dit-il brusquement. Était-elle au courant ?

Quand Viszs croisa les bras sur sa poitrine, Manny se prépara à une dispute.

— J'aime bien ta pomme, dit le frère. Vraiment.

Vu ce que l'enfoiré avait interrompu peu auparavant, c'était une surprise. Mais il s'adapterait.

— Bien, nous sommes d'accord. Si ma femme le souhaite, je le ferai. Mais sinon, je m'accommode très bien de ce que je suis.

— Ça me convient, annonça Kolher.

À ce moment, on n'entendit plus que le silence. Mais qu'y avait-il à ajouter ? L'ignorance de l'endroit où Souffhrance se trouvait – et son absence de cette maison – les accablait tous.

Manny ne s'était jamais senti aussi impuissant de sa vie.

— Pardon, dit son demi-frère, mais j'ai encore besoin d'un verre.

Pendant que Butch s'éloignait pour se rendre dans l'autre pièce, Manny l'observa disparaître sous une arcade ouvragée.

— Tu sais quoi ? Je vais te suivre, sur la gnôle.

— Sois le bienvenu chez moi, fit le roi d'un air soucieux. Le bar est par là.

Luttant contre l'envie de s'incliner, Manny hocha la tête.

— Merci, mec.

Quand le roi lui présenta son poing serré, il le frappa du sien puis fit un signe de tête à Jane et à son mari.

La pièce dans laquelle il pénétra ressemblait à la meilleure salle de réception d'un hippodrome qu'on ait jamais vue. Merde, ils avaient même une machine à pop-corn.

— Encore du Lag ? marmonna le type à l'autre bout.

Manny se retourna et se retrouva face à un putain de bar.

— Oui. S'il te plaît.

Il tendit son verre et le donna à l'homme. Puis, quand le bruit du scotch qu'on versait lui parut aussi sonore qu'un cri, il se dirigea vers une chaîne hi-fi qu'on aurait probablement pu utiliser pour sonoriser Madison Square Garden.

Appuyant sur les boutons, il mit en route un morceau de… gangsta rap.

Un rapide changement et il brancha la radio haute définition, à la recherche d'une station diffusant du metal.

Au moment où *Dead Memories* de Slipknot commença à résonner, il prit une profonde inspiration.

La tombée de la nuit. Il n'attendait que la tombée de la nuit.

— Tiens, lui dit le flic en lui remettant l'alcool. (Avec une grimace, il désigna du menton l'un des haut-parleurs.) Tu aimes ce truc ?

— Oui.

— Eh bien, sur ce point, on ne se ressemble pas.

Le jumeau de Souffhrance passa la tête dans la pièce.

— C'est quoi ce boucan ?

Comme si quelqu'un avait décidé de parler des langues étranges. Ou avait simplement mis du Justin Bieber.

Manny se contenta de secouer la tête.

— C'est de la musique.

— Si tu le dis.

Il leva les yeux au ciel et se replia dans un coin très sombre et dangereux de son esprit. Le fait qu'il ne puisse rien faire pour aider sa femme à l'heure actuelle lui donnait envie de blesser quelqu'un. Et le fait qu'il s'avère avoir du sang vampire était exactement le genre de révélation dont il n'avait pas besoin un jour pareil.

Seigneur, il se sentait au plus mal.

— Quelqu'un veut faire une partie de billard ? demanda-t-il d'une voix distante.

— Oh oui, putain.

— Totalement.

Jane entra et l'étreignit brièvement.

— Comptez sur moi.

Il supposait qu'il n'était pas le seul à souhaiter désespérément une distraction.

Chapitre 55

Assise sur une surface matelassée, les mains dans son giron, Souffhrance conjectura qu'elle se trouvait dans une voiture, car la subtile sensation de vibration était semblable à ce qu'elle avait ressenti quand elle avait voyagé à côté de Manuel dans sa Porsche. Elle n'était néanmoins pas en mesure de le confirmer de visu car, ainsi que l'avait annoncé le soldat du Saigneur, elle avait les yeux bandés. Mais elle sentait l'odeur du mâle en chef à côté d'elle, même s'il se tenait immobile, ce qui signifiait donc que quelqu'un d'autre pilotait le véhicule.

Il ne lui était rien arrivé dans l'intervalle de temps entre leur confrontation et le trajet actuel ; elle avait passé la journée assise sur le lit du meneur, les genoux remontés contre la poitrine et les deux pistolets posés à côté d'elle sur la couverture rêche. Pourtant nul ne l'avait ennuyée, aussi, au bout d'un moment, avait-elle cessé de sursauter à chaque bruit venant de l'étage et s'était-elle un peu détendue.

Penser à Manuel avait bientôt accaparé la majeure partie de son attention et elle avait joué et rejoué les scènes des trop courts moments passés ensemble jusqu'à ce que son cœur lui fasse mal. Mais avant qu'elle ne s'en rende compte, le chef était redescendu la voir et lui avait demandé si elle désirait un repas avant leur départ.

Non, elle n'avait pas faim.

Ensuite, il lui avait bandé les yeux avec un tissu d'un blanc immaculé, si propre et beau qu'elle n'avait pu s'empêcher de se demander où il l'avait trouvé. Puis il lui avait fermement pris le coude et lui avait fait gravir lentement les marches qu'on lui avait fait descendre auparavant, alors qu'elle était inconsciente.

Il était difficile de savoir depuis combien de temps exactement ils roulaient. Vingt minutes ? Peut-être une demi-heure ?

— Voilà, finit par annoncer le chef.

Sur son ordre, leur véhicule ralentit, puis s'arrêta et on déverrouilla une portière. Tandis que de l'air frais s'insinuait à l'intérieur, on lui prit de nouveau le coude et on l'aida à garder son équilibre tout en sortant. La portière fut refermée, puis on entendit un choc sourd, comme si quelqu'un avait tapé du poing sur la carrosserie.

La voiture repartit en crissant des pneus et en maculant sa robe de boue.

Puis elle se retrouva seule avec le meneur.

Il avait beau être silencieux, elle le sentit se déplacer derrière elle, et le tissu autour de sa tête fut dénoué. Quand il tomba, elle retint son souffle.

— J'ai pensé que si l'on devait te relâcher, ce devait être face à une vue digne de tes yeux pâles.

La ville de Caldwell tout entière se dévoilait en dessous d'eux dans toute sa splendeur : ses lumières clignotantes et le flot scintillant de son trafic automobile étaient un régal pour les yeux. En effet, ils se trouvaient sur le flanc d'une colline, et la ville s'étendait à leurs pieds, bordant les rives du fleuve.

— C'est magnifique, chuchota-t-elle en jetant un coup d'œil au soldat.

Alors qu'il se tenait près d'elle, il était renfermé au point de paraître absent, son bec-de-lièvre caché par l'ombre dans laquelle il s'était reculé.

— Porte-toi bien, Élue.

— Et toi… Je ne connais toujours pas ton nom.

— C'est vrai. (Il lui fit un léger signe de tête.) Bonne soirée.

Sur ce il disparut, se dématérialisant loin d'elle.

Au bout d'un moment, elle se retourna vers le panorama et se demanda où dans cette ville se trouvait l'immeuble de Manuel. C'était dans l'enchevêtrement de hauts gratte-ciel, donc d'après la position du pont, ce devait être… là.

Oui, là.

Levant les mains, elle traça un cercle invisible autour du bâtiment mince et élevé de verre et d'acier dans lequel elle était certaine qu'il vivait.

Alors que sa poitrine lui faisait mal et qu'elle avait le souffle coupé, elle s'attarda encore un moment, puis se dispersa vers le nord-est, en direction du complexe de la Confrérie. Elle ne ressentit aucun enthousiasme à effectuer ce trajet, uniquement motivé par l'obligation respectueuse d'informer son jumeau qu'elle était en vie et indemne.

Quand elle reprit forme sur les marches en pierre de la vaste demeure, elle s'approcha des doubles portes avec un étrange sentiment d'angoisse. Elle était heureuse d'être de retour dans ce qui lui tenait lieu de foyer, mais l'absence de son mâle assombrissait la joie qu'elle aurait dû éprouver à l'idée de retrouver les siens.

Une fois qu'elle eut sonné, la porte menant au hall d'entrée fut immédiatement déverrouillée et elle fut en mesure de sortir de la nuit…

La seconde porte intérieure fut ouverte encore plus vite par le majordome souriant.

— Madame ! s'exclama-t-il.

Quand elle pénétra dans le vestibule qui l'avait charmée dès l'instant où elle l'avait vu pour la première fois quelques jours plus tôt, elle distingua brièvement l'expression surprise de son jumeau, qui franchit d'un bond l'arcade qui menait à la salle de billard.

Mais elle ne fit que l'entrevoir.

Car une grande force poussa Viszs hors du chemin si violemment qu'il tomba à la renverse. Son verre lui échappa des mains et la boisson qu'il contenait gicla dans l'air.

Manuel se rua tête baissée dans le vestibule, avec sur le visage une expression d'incrédulité, de terreur et de soulagement mêlés.

Sauf qu'il était inconcevable qu'il soit en train de courir vers elle, inconcevable qu'il soit ici dans le…

Il la prit dans ses bras avant qu'elle puisse achever cette pensée et, oh dieux, il avait la même odeur, et cette senteur d'épices exotiques qui n'appartenait qu'à lui la submergea. Et il avait les épaules aussi larges que dans son souvenir. Et la taille aussi mince. Et son étreinte était tout aussi merveilleuse.

Son corps puissant trembla quand il la serra fort l'espace d'un instant, puis il recula comme s'il craignait de la blesser.

L'affolement se lisait dans son regard.

— Est-ce que tu vas bien ? Que puis-je faire pour toi ? As-tu besoin d'un médecin ? Es-tu blessée… ? Je pose trop de questions, désolé. Mon Dieu… que s'est-il passé ? Où es-tu allée ? Merde, il faut que je m'arrête…

En matière de retrouvailles romantiques, ce n'étaient peut-être pas les mots fleuris que certaines femelles auraient souhaité entendre, mais pour elle, ils voulaient tout dire.

— Pourquoi donc es-tu ici ? murmura-t-elle en posant les mains sur son visage.

— Parce que je t'aime.

À bien des niveaux, cela ne lui expliquait rien… et lui apprenait tout ce qu'elle avait besoin de savoir.

Brusquement, elle ôta ses mains.

— Mais qu'en est-il de ce que j'ai fait à ton corps… ?

— Je m'en fiche. Nous allons travailler là-dessus – comprendre comment cela fonctionne – mais j'avais tort pour toi et moi. Je me suis comporté comme une mauviette, comme un lâche, j'avais tort et je suis foutr… sacrément désolé. Merde. (Il secoua la tête.) Je dois arrêter de jurer. Oh, mon Dieu, ta robe…

Elle baissa les yeux et vit qu'elle était maculée du sang noir des éradiqueurs qu'elle avait tués, ainsi que de quelques gouttes rouges du sien.

— Je suis indemne et je vais bien, énonça-t-elle clairement. Et je t'aime…

L'interrompant, il l'embrassa solennellement sur la bouche.

— Répète-le. S'il te plaît.

— Je t'aime.

Quand il poussa un grognement et la serra dans ses bras, Souffhrance sentit dans son cœur un immense puits de chaleur et de gratitude et elle laissa l'émotion la porter contre Manuel. Et pendant qu'ils s'étreignaient, elle regarda par-dessus l'épaule de son mâle. Son frère se tenait debout à côté de sa *shellane*.

Croisant le regard de son jumeau, elle y lut toutes les questions et toutes les peurs.

— Je suis intacte, dit-elle à son mâle et à son frère.

— Que s'est-il passé ? demanda Manuel, la bouche contre ses cheveux. J'ai découvert ton téléphone fracassé.

— Tu me cherchais ?

— Bien sûr que oui. (Il recula de quelques centimètres.) Ton frère m'a appelé à l'aube.

D'un seul coup, elle fut entourée de monde, comme si un gong avait résonné et convoqué dans le vestibule tous les mâles et toutes les femelles de la maison. Sans nul doute le vacarme de son arrivée les avait fait venir et ils étaient jusque-là restés à distance par respect.

Il était évident qu'il y avait plus que deux esprits à rassurer.

Et cela lui donna l'impression de faire partie d'une famille.

— J'étais au bord du fleuve, dit-elle assez fort pour que tous l'entendent, quand j'ai capté l'odeur de l'ennemi. Attirée par elle, j'ai traversé les ruelles et suis tombée sur deux éradiqueurs. (Elle sentit Manuel se raidir et vit son frère faire de même.) C'était agréable de se battre…

À ces mots, elle hésita. Sauf que le roi hocha la tête. De même que la puissante femelle aux cheveux courts, comme si elle aussi participait à la guerre et connaissait à la fois cette impulsion et cette satisfaction. Néanmoins, les frères étaient clairement mal à l'aise.

Elle poursuivit :

— Un groupe de mâles – déterminés, bien armés, un véritable escadron de soldats – m'est à son tour tombé dessus. Leur meneur était très grand, avec des yeux noirs, des cheveux sombres et une… (elle posa la main sur sa bouche) difformité à la lèvre supérieure.

Les jurons fusèrent instantanément, et elle regretta de ne pas avoir été en mesure d'utiliser plus souvent les bols de vision de l'autre côté avant son départ. À l'évidence, le mâle qu'elle venait de décrire ne leur était pas inconnu et n'était pas le bienvenu dans son récit.

— Il s'est saisi de moi…

On n'entendit pas un mais deux grognements à ces mots, le premier venant de son jumeau et le second de Manuel. Et tandis qu'elle apaisait le mâle qui se tenait près d'elle, elle regarda son frère.

— Il se méprenait, en se figurant que j'avais infligé un désastre à sa lignée. Il croyait être le fils du Saigneur, et il avait assisté à toute la scène, la nuit où j'ai mis à mort notre géniteur. En vérité, il me cherchait pour se venger depuis des siècles.

Sur ce, elle s'arrêta, comprenant qu'elle venait juste d'admettre d'avoir commis un parricide. Mais nul dans l'assemblée ne parut choqué par cet aveu, ce qui en disait long, non seulement sur le genre de mâles et de femelles réunis là, mais aussi sur le salopard qu'avait été son père.

— J'ai détrompé le soldat de l'idée qui le poussait à agir.

Elle passa sous silence le fait qu'il l'avait frappée et fut heureuse que les hématomes sur son visage aient disparu. Quelque part, elle estimait que personne n'avait besoin d'être au courant.

— Et il m'a crue. Il ne m'a pas fait de mal ; en fait, il m'a protégée de ses mâles, et m'a donné son lit…

Manuel montra les dents comme s'il avait eu des crocs… et cela l'excita d'un coup.

— Seule, j'ai dormi seule. Il a gardé tous ses subordonnés à l'étage avec lui.

Elle apaisa encore Manuel, du moins jusqu'à ce qu'elle comprenne qu'il était totalement excité, à la manière d'un mâle poussé par le besoin de marquer sa femelle. Que c'était érotique.

— Euh… Il m'a bandé les yeux et m'a conduite jusqu'à un promontoire qui offrait un panorama de la ville. Puis il m'a laissée partir. C'est tout.

Kolher prit la parole.

— Il t'a enlevée et retenue contre ta volonté.

— Il croyait avoir une bonne raison de le faire. Il pensait que j'avais tué son père. Et dès que j'ai eu rectifié ce point, il s'est montré prêt à me relâcher, mais il faisait jour, je ne pouvais donc aller nulle part. Je vous aurais bien appelés, mais j'avais perdu mon téléphone et il ne semble pas qu'ils en aient eu en leur possession, car je n'en ai vu aucun. En fait, ils vivent à l'ancienne, tous ensemble et de façon modeste, dans une pièce en sous-sol éclairée à la bougie.

— Tu as une idée de l'endroit où ils demeurent ? demanda son jumeau.

— Pas la moindre. J'étais inconsciente quand ils… (Comme un grand cri de frayeur avait jailli de plusieurs gorges, elle secoua la tête.) Je me suis fait tirer dessus par un éradiqueur…

— Qu'est-ce que…

— Tu t'es fait quoi ?

— Un revolver…

— Tirer dessus par un…

— … blessée ?

Hum. Cette révélation n'arrangeait peut-être pas les choses.

Tandis que les frères parlaient tous ensemble, Manuel la prit dans ses bras et la souleva de terre, avec un masque de fureur pure sur le visage.

— C'est bon. On a fini. Je vais t'examiner. (Il jeta un coup d'œil à son frère.) Où puis-je l'emmener ?

— À l'étage. Prends à droite. La troisième porte donne sur une chambre d'amis. Je vais vous faire monter à manger et fais-moi savoir si tu as besoin de matériel médical.

— Compris.

Sur ce, le mâle de Souffhrance grimpa l'escalier en la tenant toujours dans ses bras.

C'était une bonne chose qu'elle ait globalement terminé son histoire : à en juger par l'angle du menton de Manuel, elle n'allait pas reparler de son épreuve avant un moment.

À moins de vouloir le plonger dans une rage profonde.

Vu son état actuel, il semblait que ce soldat ait du souci à se faire si jamais ces deux-là se croisaient un jour.

— Je suis tellement contente de te voir, dit-elle d'une voix enrouée. Je n'ai pensé qu'à toi pendant que j'étais…

Il ferma brièvement les yeux, comme s'il souffrait.

— Ils ne t'ont pas fait de mal ?

— Non.

Et ce fut alors qu'elle comprit ce qui l'inquiétait.

Posant une main sur son visage, elle dit :

— Il ne m'a pas touchée. Aucun d'entre eux ne m'a touchée.

Le corps puissant de Manuel fut parcouru d'un frisson si violent qu'il faillit trébucher. Mais son mâle se reprit rapidement… et poursuivit sa route.

Pendant que Viszs observait l'humain monter le grand escalier avec sa sœur, il prit conscience qu'il voyait l'avenir se dérouler devant ses yeux. Ils allaient trouver une solution tous les deux, et ce chirurgien aux goûts musicaux très discutables allait faire partie de la vie de Souffhrance… et de la sienne… pour toujours.

Brusquement, son esprit revint douze mois en arrière, le « rembobinage » s'arrêtant quand il arriva au moment du récit où il était allé dans le bureau du chirurgien pour effacer de son esprit les souvenirs de son propre passage à St. Francis.

Frère.

Il avait entendu le mot « frère » dans sa tête.

Sur le coup, il n'avait pas eu la moindre idée de sa signification parce que, voyons, comme si cela pouvait arriver un jour ?

Et pourtant voilà, la réalité était à la hauteur de l'une de ses visions.

Même si, pour être tout à fait exact, le mot aurait sans doute dû être « beau-frère ».

Sauf qu'il jeta alors un coup d'œil à Butch. Son meilleur ami avait également les yeux rivés sur le type.

Merde, il supposait que « frère » convenait bien. Ce qui était une bonne chose. Manello était le genre de mec qu'on appréciait d'avoir dans sa famille.

Comme si le roi lisait dans ses pensées, Kolher annonça :

— Le chirurgien peut rester. Aussi longtemps qu'il veut. Et il peut avoir des contacts avec sa famille humaine, s'il le souhaite. En tant que parent à moi, il est le bienvenu dans ma maison sans la moindre restriction.

Il y eut un brouhaha d'assentiment à ces mots : comme toujours quand il s'agissait de la Confrérie, les secrets ne le demeuraient jamais très longtemps, aussi tout le monde était-il déjà au courant du lien de parenté entre Manello, Butch et Kolher. Mince, ils avaient tous vu cette photo. Surtout V.

Même si V. avait fait un peu plus que cela. Le nom « Robert Bluff » s'était révélé être une coquille vide, pff. Et le mâle devait être un métis ; sinon, il n'aurait pas pu travailler dans un hôpital en journée. La question était de savoir s'il connaissait sa nature vampire, et si oui, dans quelle mesure… Et s'il était toujours en vie.

Quand Jane posa la tête contre son cœur, Viszs resserra son étreinte. Puis il se tourna vers Kolher.

— C'est Xcor, pas vrai ?

— Oui, répondit le roi. L'observation a été confirmée. Et ce n'est pas la dernière fois que nous entendrons parler de lui. Ce n'est que le début.

Ce n'était que trop vrai, se dit V. L'arrivée de cette bande de salopards n'était une bonne nouvelle pour personne, mais surtout pas pour Kolher.

— Messieurs, s'écria le roi, et mesdames, le Premier Repas refroidit.

Ce fut le signal du retour de chacun dans la salle à manger afin d'avaler pour de bon ce qu'on avait studieusement ignoré jusqu'à présent.

Souffhrance de retour à la maison saine et sauve, les appétits étaient de nouveau libres de s'exprimer… même si, Dieu lui en était témoin, il refusait de songer à ce que ce chirurgien et sa sœur étaient sans le moindre doute en train de fabriquer.

Alors qu'il poussait un grognement, Jane resserra son bras autour de sa taille.

— Est-ce que ça va ?

Il regarda sa *shellane.*

— Je ne pense pas que ma sœur soit assez âgée pour avoir des relations sexuelles.

— V., elle a le même âge que toi.

Il fronça les sourcils un instant. Était-ce vraiment le cas ? Ou était-il né en premier ?

Oui, il n'y avait qu'un seul endroit pour obtenir une réponse à cette question.

Merde, il n'avait pas pensé un instant à sa mère dans toute cette histoire. Et à présent qu'il le faisait… il n'avait absolument aucune envie ni aucun intérêt à se pointer là-haut pour annoncer que Souffhrance était en bonne santé, merci bien.

Non. Si la Vierge scribe voulait garder un œil sur ce que ses « enfants » faisaient, elle pouvait regarder dans ces satanés bols qu'elle aimait tant.

Il embrassa sa *shellane*.

— Je me fiche de ce que dit le calendrier ou l'ordre de naissance. C'est ma petite sœur et elle ne sera jamais assez âgée pour… euh, voilà.

Jane éclata de rire et se repositionna sous son bras.

— Tu es un mâle adorable.

— Nan.

— Si.

La conduisant dans la salle à manger puis jusqu'à la table, il lui tira galamment sa chaise avant de s'asseoir à sa gauche, afin qu'elle se trouve du côté de sa bonne main.

Pendant que les conversations allaient bon train, que les gens s'installaient devant leurs assiettes et que sa Jane riait à une blague de Rhage, Viszs regarda Butch et Marissa installés devant lui, qui se souriaient en se tenant la main.

Vous savez quoi ? se dit-il. La vie était franchement bien en ce moment même.

Vraiment.

Chapitre 56

À l'étage, Manny referma la porte d'un coup de pied derrière lui, puis déposa sa femme sur un lit qui faisait la taille d'un terrain de foot.

Inutile de verrouiller. Seul un idiot les dérangerait.

La faible lueur émanant des fenêtres dont les volets avaient été relevés lui procurait assez de lumière pour y voir clair et, bon sang, qu'il appréciait ce qu'il avait sous les yeux : sa femme, saine et sauve, étendue sur… Bon, d'accord, il ne s'agissait pas de leur lit, mais il allait y remédier avant le matin.

S'asseyant à côté d'elle, il tenta discrètement de dissimuler l'érection triomphante qu'il arborait depuis qu'il l'avait vue franchir la porte d'entrée. Et même s'ils devaient discuter de beaucoup de choses, il ne parvenait qu'à la contempler.

Sauf qu'alors le médecin en lui prit le dessus.

— Tu as été blessée ?

Elle souleva de ses mains ravissantes le bas de sa robe et, plus l'ourlet remontait, plus ses paupières se faisaient lourdes.

— Je pense que tu me trouveras guérie. Ce n'était qu'une éraflure là… en haut.

Il déglutit avec difficulté. Putain… Oui, elle était belle. La peau de sa cuisse était lisse comme de la porcelaine.

— Mais tu devrais peut-être m'examiner de plus près, dit-elle d'une voix traînante.

Il entrouvrit les lèvres, sentant ses poumons se contracter.

— Es-tu certaine que c'est bon… et qu'ils ne t'ont pas… fait de mal ?

Il ne s'en remettrait jamais.

Souffhrance s'assit et le regarda droit dans les yeux.

—Il t'appartient toujours de prendre ce qui t'a toujours été destiné.

Il ferma un instant les yeux. Puis il ne voulut pas qu'elle en tire de mauvaises conclusions.

—Non que cela me poserait un problème si tu n'étais plus… Je veux dire, ce n'est pas une question de décence… (Vingt dieux, il paraissait incapable de parler ce soir.) C'est juste que je ne supporte pas l'idée que tu sois blessée.

Le sourire qu'elle lui fit le rendit reconnaissant d'avoir un matelas sous les fesses. Car s'il s'était trouvé debout, il l'aurait assommé.

—Je suis désolé pour la nuit dernière, dit-il. J'ai fait une erreur.

Elle posa la main sur sa bouche.

—Nous sommes là où nous sommes à présent. C'est tout ce qui m'importe.

—Et je dois te dire quelque chose.

—Est-ce que tu vas me quitter ?

—Jamais.

—Bien. Alors commençons par goûter le plaisir d'être ensemble, puis nous parlerons. (Se redressant encore, elle remplaça ses doigts par sa bouche, l'embrassant profondément pendant un long moment.) Hum… Oui, c'est bien mieux que parler, je trouve.

—Es-tu certaine de vouloir…

Il n'alla pas plus loin, car la langue de Souffhrance le priva de ses pensées.

Avec un grondement, il grimpa sur le lit et se plaça au-dessus d'elle. Puis, croisant son regard, il baissa lentement son corps sur le sien… établissant le contact entre son érection et l'entrejambe de Souffhrance.

—Pas de retour en arrière si je t'embrasse maintenant.

Merde, sa voix était si gutturale qu'il était pratiquement en train de grogner. Mais il pensait ce qu'il disait. Une autre force le poussait à agir ; il n'était pas question de sexe, même si cela impliquait la mécanique de l'acte. En prenant sa virginité, il la marquerait d'une façon qu'il ne comprenait pas mais ne remettait pas en question.

— Je te veux ainsi, dit-elle. J'attends depuis des siècles ce que toi seul peux me donner.

Elle est à moi, pensa-t-il.

Avant de recommencer à l'embrasser, il se tourna sur le flanc et lui dénoua sa tresse. Étalant les ondulations noires sur le couvre-lit en satin, il passa les doigts dans les mèches.

Puis il s'arc-bouta contre son sexe, auquel il se frotta en effectuant plusieurs va-et-vient… tandis qu'il faisait glisser sa main jusque sous son sein pour empoigner le fragile tissu de sa robe.

Franchement, ce qu'il désirait faire le choquait.

— Je veux être nue devant toi, ordonna-t-elle. Fais-le, Manuel.

Cette satanée robe n'avait pas la moindre chance. Se redressant, il saisit les deux revers et la fendit sur tout le devant, déchirant nettement le matériau, dévoilant les seins de Souffhrance à son regard brûlant et à l'air frais. En réponse, elle se cambra et poussa un gémissement, et ce fut le signal : il se jeta sur ses tétons qui pointaient avec sa bouche et descendit jusqu'à son sexe avec les mains. Il parcourut tout son corps de ses doigts et de sa langue, l'amenant à l'orgasme en la suçant et en la caressant avec précaution et, quand sa jouissance rapide survint, il avala son cri.

Il voulait lui en donner plus – et il en avait tout à fait l'intention – mais son corps n'allait pas attendre. Il défit maladroitement son pantalon, débouclant sa ceinture et baissant la fermeture Éclair pour libérer son pénis.

Elle était prête à le recevoir, mouillée et offerte… et elle en mourait d'envie, à en juger par la façon dont elle remuait les jambes contre les siennes.

— Je vais y aller lentement, dit-il contre sa bouche.

— Je ne crains pas la douleur. Pas avec toi.

Merde, peut-être que dans ce cas les vampires fonctionnaient comme les humaines. Ce qui signifiait que la première fois ne serait pas facile pour sa femme.

— Chut, murmura-t-elle. Ne t'inquiète pas. Prends-moi.

Se baissant, il se positionna et… oh, putain… faillit jouir. Elle était brûlante, humide et…

Elle remua si vite qu'il n'aurait pu l'arrêter même s'il l'avait voulu. Elle tendit les bras et referma les mains sur ses fesses en enfonçant les ongles dans sa chair, puis…

Souffhrance avança les hanches en même temps qu'elle le tirait vers elle, et il la pénétra jusqu'à la garde, de façon parfaitement complète et irrémédiable. Comme il jurait, elle se raidit et poussa un sifflement sous son assaut… ce qui était trop injuste parce que, bordel de merde, elle était délicieuse. Mais il ne remuerait pas, pas avant qu'elle se soit remise de l'invasion.

Puis il prit conscience d'une chose.

Enroulant une main sur sa nuque, il attira les lèvres de Souffhrance contre sa gorge.

— Prends-moi.

Le son qu'elle émit le fit jouir en elle ; c'était bien trop érotique pour qu'il se retienne. Et tandis que son pénis tressautait, elle planta profondément les crocs dans sa veine.

Les choses devinrent sauvages. Elle bougea contre lui, son sexe étroit l'enserrant et le massant pendant qu'il jouissait une nouvelle fois… puis il se mit à aller et venir violemment. Ils furent tous deux emportés par le rythme fou dans un mouvement entêtant des corps qu'il savait qu'ils ressentiraient jusqu'au petit matin : il n'y avait là rien de civilisé ; c'était un mâle et une femelle réduits à l'expression de leurs instincts les plus primitifs.

Et c'était ce qu'il avait jamais eu de mieux.

Chapitre 57

Thomas DelVecchio savait exactement quelle serait la prochaine destination de son tueur.

Il n'y avait pas de doute dans son esprit. Alors même que l'inspecteur De La Cruz était rentré au commissariat, pour travailler avec les autres flics sur les théories et les pistes – qui étaient toutes assez bien pensées –, Veck savait où aller.

Et tandis qu'il approchait du parking du motel Monroe sur sa moto, dont il avait éteint les phares, il se dit que ce serait probablement une bonne idée d'appeler De La Cruz et de lui dire où il était.

Mais, au bout du compte, il laissa son téléphone à sa place, dans sa poche.

Arrêtant la BMW sous les arbres à droite du parking, il abaissa la béquille, enleva puis suspendit son casque au guidon. Son revolver se trouvait dans le holster sous son bras et il se répétait que l'arme resterait là si quelqu'un se pointait.

Il crut quasiment à son propre mensonge.

Néanmoins, la terrible vérité était qu'il était animé par une chose endormie en lui depuis très, très longtemps. De La Cruz avait raison de se méfier de lui en tant que coéquipier, et de se demander où les péchés du père s'arrêtaient et où commençaient ceux du fils.

Car Veck était un pécheur. Et il avait rejoint les forces de police pour tenter de purger cela de lui.

Il valait sans doute mieux exorciser ce truc. Parce que, parfois, il avait l'impression qu'un démon nichait à l'intérieur de lui, vraiment.

Pourtant il n'était pas ici pour tuer quelqu'un. Il était ici pour appréhender un tueur avant que cet enfoiré retourne au boulot.

Honnêtement.

Tout en approchant du motel, il resta dans l'ombre des arbres et concentra son attention sur la chambre où on avait découvert la dernière fille. Tout était dans l'état où la police de Caldwell l'avait laissé : le ruban qui délimitait la scène de crime décrivait toujours un triangle autour de la porte et d'une partie du trottoir juste devant, de même que sur le chambranle était apposé un scellé, qu'on ne pouvait théoriquement briser que de façon officielle. Il n'y avait pas de lumière à l'intérieur de la chambre ou dehors devant la porte. Personne autour.

S'installant derrière un arbre à feuilles persistantes au tronc épais, il se servit de ses mains gantées de noir pour tirer son bonnet de laine noire plus près de son col roulé assorti.

Il était très doué pour rester immobile au point de disparaître. Il était également très doué pour canaliser son énergie et la transformer en un calme total qui conservait ses forces tout en le maintenant en état d'alerte.

Sa proie allait venir. Ce fou meurtrier avait perdu tous ses trophées : sa collection était désormais entre les mains des autorités et la scientifique se hâtait de le relier à de multiples meurtres non résolus à travers tout le pays. Mais cet enfoiré de malade ne viendrait pas ici dans l'espoir d'en récupérer tout ou une partie. Le retour sur les lieux du crime aurait pour but de revisiter et de pleurer la perte de ce qu'il avait fait tant d'efforts pour acquérir.

Cela serait-il imprudent de sa part ? Totalement, mais après tout, cela faisait partie du cycle de l'escalade. Le tueur ne réfléchirait pas de façon claire et serait désespéré d'avoir tout perdu. Et Veck allait se cailler les miches pendant les prochaines nuits jusqu'à ce que l'individu fasse son apparition.

À mesure que le temps passait et qu'il attendait, et attendait encore… il se montrait aussi patient que n'importe quel bon harceleur. Même s'il prenait peu à peu conscience qu'il serait peut-être désastreux pour lui d'être ici tout seul. Avec un couteau planqué dans le creux de son dos. Et ce satané flingue…

Le craquement d'une brindille lui fit tourner les yeux vers la droite, mais pas la tête. Il ne bougea pas, son souffle ne changea pas, et il n'eut même pas un sursaut.

Et le type arriva. Un homme d'une petitesse surprenante se frayait un chemin avec précaution à travers la forêt de buissons denses. L'expression de son visage était quasiment religieuse alors qu'il s'approchait du côté du motel, mais ce n'était pas la seule chose qui permettait de l'identifier comme le tueur. Ses vêtements étaient couverts de sang séché, ainsi que ses chaussures. Il boitait, comme s'il était blessé à la jambe, et son visage était creusé de stries, infligées par des ongles.

Je te tiens, pensa Veck.

Et à présent qu'il observait le tueur… sa main descendait lentement jusqu'à ses hanches et passait dans son dos. Pour attraper son couteau.

Même s'il se répétait de laisser l'arme à sa place et de sortir ses menottes, il ne changea pas de mouvement. Il y avait toujours eu deux moitiés en lui, deux personnes sous la même peau et, dans des moments pareils, il avait l'impression de se regarder agir, aussi sûrement que s'il était le passager d'un taxi roulant dans une direction qui ne serait pas le résultat de sa propre volonté.

Il commença à se rapprocher de l'homme, le pistant aussi silencieusement qu'une ombre, réduisant la distance jusqu'à n'être plus qu'à un mètre cinquante de ce salopard. Le couteau avait trouvé son chemin jusqu'à la main de Veck, qui ne voulait vraiment pas le tenir, mais il était trop tard pour le rengainer. Trop tard pour changer de trajet. Trop tard pour écouter la voix qui lui disait que c'était un crime qui allait le faire atterrir en prison. L'autre partie de son être avait pris le dessus et il s'abandonnait, sur le point de tuer…

Le troisième homme surgit de nulle part.

Un homme gigantesque vêtu de cuir bondit sur le chemin du tueur, lui bloquant le passage. Et lorsque David Kroner sauta en arrière sous le coup de la frayeur, on entendit un sifflement s'insinuer dans l'air.

Mon Dieu, ce son n'avait même pas l'air humain. Et… s'agissait-il… de crocs ?

Qu'est-ce que… ?

L'attaque fut si brutale que le premier coup porté à la gorge du tueur en série lui arracha presque la tête. Et les choses continuèrent, le sang giclant si loin et si largement qu'il moucheta le lourd pantalon noir de Veck, ainsi que son col roulé et son bonnet.

Sauf que cela n'impliquait ni couteau ni dague.

Des dents. Le fils de pute était en train d'attaquer avec ses dents.

Veck tenta de reculer précipitamment, mais il heurta un arbre et l'impact l'envoya valser par terre bien plus près que nécessaire. Et il aurait dû se précipiter vers sa moto ou tout simplement s'enfuir, mais il était fasciné par le déchaînement de violence… et par la conviction que ce qu'il observait n'était sans doute pas humain.

Quand ce fut fini, le monstre laissa tomber sur le sol les restes massacrés du tueur en série… puis regarda Veck.

— Nom… de Dieu, souffla ce dernier.

Le visage avait une ossature très humanoïde, mais les crocs détonnaient dans l'ensemble, de même que la taille et l'expression vengeresse. Mon Dieu, du sang lui coulait même de la bouche.

— Regarde-moi dans les yeux, ordonna une voix accentuée.

Un gargouillis se fit entendre vers ce qui restait du tueur en série. Mais Veck ne tourna pas la tête. Il était envoûté par ces yeux incroyables… si bleus… si lumineux…

— Merde… murmura-t-il d'une voix étouffée, lorsqu'une soudaine migraine fit disparaître tout ce qu'il voyait ou entendait.

S'écroulant sur le côté, il se recroquevilla en position fœtale sous le coup de la douleur et demeura là.

Il battit des paupières.

Pourquoi était-il par terre ?

Il battit de nouveau des paupières.

Il sentait le sang. Mais pourquoi ?

Il battit des paupières. Encore.

Avec un grognement, il leva la tête et…

— Merde !

Sautant sur ses pieds sous le choc, il contempla le carnage devant lui.

— Oh… putain, jura-t-il.

Il l'avait fait. Il avait fini par tuer quelqu'un…

Sauf qu'alors il examina le couteau dans son poing. Il ne portait aucune trace de sang : ni sur la lame ni sur ses mains. Il y avait seulement des éclaboussures sur ses vêtements.

Regardant autour de lui, il n'avait pas la moindre idée de ce qui venait de se dérouler. Il se souvenait d'avoir conduit jusqu'ici… d'avoir garé sa moto… et d'avoir traqué l'homme qui était désormais en train d'agoniser sur le sol.

S'il était honnête avec lui-même, il avait eu l'intention de tuer. Tout du long. Mais à en juger par les preuves physiques, ce n'était pas lui.

Le problème était qu'il n'avait qu'un trou noir sans la moindre information.

Un gémissement du tueur en série lui fit tourner la tête à droite. L'homme tendait la main vers lui. Lui demandant en silence de l'aide, tandis qu'il répandait son sang partout. Comment se faisait-il qu'il soit toujours en vie ?

Les mains tremblantes, Veck s'empara de son portable et composa le 911.

— Oui, ici l'inspecteur DelVecchio, de la brigade criminelle de Caldwell. J'ai besoin d'une ambulance au motel Monroe tout de suite.

Une fois que le signalement fut effectué et que les secours furent en route, il retira d'un coup sec sa veste, la roula en boule et s'agenouilla à côté de l'homme. Pressant le vêtement contre les blessures de la gorge, il pria pour que cet enfoiré survive. Puis il ne put s'empêcher de se demander si c'était une bonne chose ou pas.

— Je ne t'ai pas tué, dit-il. Si ?

Oh, mon Dieu… Que diable s'était-il passé ici ?

Chapitre 58

— Il est venu te voir.

Depuis la position privilégiée que Blaylock occupait sur le lit, Saxton, fils de Tyhm, lui montrait son meilleur côté. Qui, non, n'était pas ses fesses. Le mâle était en train de se raser devant le miroir de la salle de bains et son profil parfait était baigné par la douce lumière au-dessus de lui.

Mon Dieu, c'était un mâle magnifique.

À bien des niveaux, cet amant qu'il avait pris représentait tout ce qu'il pouvait désirer.

— Qui ? demanda doucement Blay.

Le regard qui se détourna pour croiser le sien dans le miroir disait « Oh, je t'en prie ».

— Oh.

Afin d'esquiver toute nouvelle discussion sur ce sujet, Blay baissa la tête pour contempler le couvre-lit remonté jusqu'à sa poitrine dénudée. Il était nu sous le satin. Tout comme Saxton l'avait été jusqu'à ce qu'il enfile son peignoir.

— Il voulait savoir si tu allais bien, poursuivit Sax.

Vu qu'il avait déjà utilisé « Oh » en guise de réponse, Blay corsa les choses d'un :

— Vraiment ?

— C'était dehors, sur le balcon. Il n'a pas voulu entrer par crainte de nous déranger.

Étrange : quand il avait été sur le point de s'endormir après s'être fait recoudre le ventre, il s'était vaguement demandé ce que Saxton fabriquait dehors. Mais il souffrait tellement à ce moment-là qu'il pouvait difficilement penser à autre chose.

À présent, il sentait un terrible frisson le traverser.

Louée soit la Vierge scribe, cela faisait un moment qu'il n'avait pas éprouvé ce vieux picotement familier, même si le temps n'avait pas atténué la sensation. Et il ne pouvait se permettre de céder à l'impulsion qui le poussait à demander ce qui avait été dit. C'était un manque de respect à l'égard de Saxton, pour commencer. Et en outre, c'était inutile.

C'était une bonne chose qu'il dispose de munitions en grande quantité pour se taire : il n'avait qu'à penser à Vhif, les cheveux en bataille et l'odeur brouillée par un parfum d'homme, rentrant à la maison environ une semaine plus tôt d'une démarche arrogante qui exprimait la satisfaction sexuelle qu'il avait trouvée en route.

L'idée qu'il se soit jeté à la tête du mâle non pas une, mais deux fois… et se soit fait rembarrer ? Il ne supportait tout simplement pas d'y penser.

— Tu n'as pas envie de savoir ce qu'il a dit ? murmura Saxton tout en passant la lame aiguisée sur sa gorge, en évitant avec habileté la marque de morsure que Blay lui avait faite une demi-heure plus tôt.

Blay ferma les yeux et se demanda s'il parviendrait jamais à s'écarter de la réalité où Vhif baisait avec tout et n'importe qui hormis lui.

— Non ? s'étonna Saxton.

Quand le lit remua, Blay rouvrit les paupières. Saxton s'était approché pour s'asseoir sur le bord du matelas et se séchait la mâchoire et les joues avec une serviette rouge sang.

— Non ? répéta-t-il.

— Puis-je te demander une chose ? dit Blay. Et ce n'est pas le moment de déployer ton habituel charme sarcastique.

Instantanément, le visage de Saxton se fit sérieux.

— N'hésite pas.

Blay lissa le couvre-lit tiré sur sa poitrine. À plusieurs reprises.

— Est-ce que… je te plais ?

Du coin de l'œil, il vit Saxton avoir un mouvement de recul et se sentit sur le point de mourir de honte.

— Tu veux dire au lit ? demanda son amant.

Blay pinça les lèvres tout en hochant la tête et se dit qu'il devrait peut-être s'expliquer un peu mieux mais, en l'occurrence, il avait la bouche sèche.

— Pourquoi donc poses-tu la question ? interrogea Saxton d'une voix douce.

Eh bien, parce que quelque chose devait clocher chez lui.

Blay secoua la tête.

— Je ne sais pas.

Saxton plia la serviette et la mit de côté. Puis il posa le bras près de la hanche de Blay et se pencha jusqu'à ce qu'ils soient face à face.

— Oui. (Sur ce, il posa la bouche sur la gorge de Blay et se mit à la suçoter.) Toujours.

Blay passa la main sur la nuque du mâle pour caresser ses cheveux soyeux et bouclés à la base du cou.

— Merci, mon Dieu.

La familiarité du corps au-dessus du sien était une chose qu'il n'avait jamais connue auparavant, et cela lui convenait. Cela lui plaisait. Il connaissait chaque courbe et chaque creux de la poitrine, des hanches et des cuisses de Saxton. Il connaissait les points sensibles et les endroits où mordre, savait exactement comment agripper, remuer et s'arc-bouter pour faire jouir violemment le vampire.

Donc oui, il n'avait probablement pas besoin de demander.

Mais Vhif… Il avait l'impression que tout ce qui concernait ce mâle l'écorchait et le mettait à vif. Et il avait beau avoir appris à panser sa blessure à l'extérieur, celle-ci demeurait tout aussi grave et profonde qu'au moment où elle avait été infligée – quand il était devenu évident que le seul mâle qu'il désirait par-dessus tout n'allait jamais, au grand jamais coucher avec lui.

Saxton recula.

— Vhif n'arrive pas à gérer ses sentiments pour toi.

Blay éclata d'un rire dur.

— Ne parlons pas de lui.

— Pourquoi pas ? (Saxton tendit la main et passa le pouce sur la lèvre inférieure de Blay.) Il est ici avec nous, que nous en parlions ou non.

Blay songea à mentir, puis abandonna la lutte.

— J'en suis désolé.

— C'est bon ; je sais dans quoi j'ai mis les pieds. (Saxton glissa sa main libre sous le couvre-lit.) Et je sais ce que je veux.

Blay grogna quand la main de son amant caressa ce qui devint immédiatement une volumineuse érection. Et alors qu'il soulevait les hanches et écartait les jambes pour Saxton, il croisa le regard de celui-ci et aspira son pouce dans sa bouche.

C'était tellement mieux que d'embarquer sur les montagnes russes de ses sentiments pour Vhif : il était en terrain connu, et cela lui plaisait. Il était en sécurité ici. Personne ne le blesserait.

Et il avait trouvé là une profonde affinité sexuelle.

L'expression de Saxton était à la fois excitante et sérieuse quand il lâcha ce qu'il avait découvert, souleva les couvertures du corps de Blay et dénoua la ceinture de son propre peignoir.

C'était très bien, se dit Blay. C'était juste…

Tandis que la bouche de son amant se posait sur sa clavicule puis descendait lentement, Blay ferma les yeux… sauf que, au moment où il commençait à s'abandonner à ses sensations, ce ne fut pas Saxton qu'il vit.

— Attends, arrête…

Il s'assit et attira le mâle contre lui.

— C'est bon, dit calmement Saxton. Je sais où nous en sommes.

Blay sentit son cœur se fendiller. Mais Saxton se contenta de secouer la tête et reposa les lèvres sur sa poitrine.

Ils n'avaient jamais parlé d'amour, et cela lui fit prendre conscience qu'ils ne le feraient jamais, parce que Saxton était effectivement au clair sur le sujet : Blay était toujours amoureux de Vhif… et le serait probablement toujours.

— Pourquoi ? demanda-t-il à son amant.

— Parce que je veux t'avoir aussi longtemps que possible.

— Je ne vais nulle part.

Saxton secoua la tête en signe de dénégation contre le muscle abdominal contracté qu'il mordillait.

— Cesse de réfléchir, Blay. Commence à ressentir.

Quand il fit descendre sa bouche experte tout en bas, Blay poussa un sifflement et décida de suivre son conseil. Parce que c'était l'unique façon de survivre.

Quelque chose lui soufflait que ce n'était qu'une question de temps avant que Vhif vienne leur annoncer qu'il allait s'unir à Layla.

Il ignorait comment, mais il le savait. Ces deux-là sortaient ensemble depuis des semaines, et l'Élue était là encore la veille : il avait capté son odeur et senti son sang juste à côté.

Et alors que cette certitude aurait seulement pu lui servir d'exercice mental pour se déprimer au maximum, il avait l'impression que cela représentait beaucoup plus. C'était comme si le brouillard qui d'ordinaire obscurcissait les jours, les mois et les années à venir était devenu d'une minceur intolérable et que les ombres du destin se révélaient à lui.

Ce n'était qu'une question de temps.

Seigneur, cela le tuerait.

— Je suis content que tu sois là, gronda-t-il.

— Moi aussi, répondit tristement son amant, la bouche autour de son érection. Moi aussi.

Chapitre 59

Le soir suivant, Souffhrance faisait les cent pas dans la demeure de la Confrérie, entre la salle à manger et la salle de billard, sans discontinuer.

Son mâle avait quitté la maison au milieu de l'après-midi pour « régler des choses ». Et même s'il avait refusé de l'informer de quoi il s'agissait, elle avait beaucoup apprécié le sourire légèrement coquin qu'il lui avait adressé quand il l'avait bordée dans le lit, dont ils avaient fait bon usage pendant la nuit, avant de partir.

Elle n'avait pas fermé l'œil après cela. Pas du tout.

Elle avait beaucoup trop matière à être heureuse.

Et surprise.

S'arrêtant devant l'une des portes-fenêtres qui donnaient sur la cour intérieure, elle pensa à la photo qu'il lui avait montrée. Il était tellement évident qu'il était lié par le sang à Butch et, par conséquent, au roi. Mais ni Manuel ni elle ne voyait d'intérêt à tenter une régression. Non, elle était tout à fait d'accord avec lui sur ce point. Ils s'avaient l'un l'autre et, vu ce qu'ils avaient déjà surmonté, il n'y avait aucune raison de risquer une issue malheureuse.

En outre, l'information ne changerait rien : le roi avait ouvert sa maison à ce mâle même sans déclaration formelle de lien de parenté par le sang, et Manuel aurait l'autorisation d'avoir des contacts avec sa mère humaine. De plus, on avait décidé qu'il travaillerait ici, avec doc Jane, mais aussi avec Havers. Après tout, l'espèce avait besoin de plus de médecins compétents, et Manuel était exceptionnellement doué.

Quant à elle ? Elle irait se battre. Ni Manuel ni son frère n'était franchement enthousiaste à l'idée du danger qu'elle allait affronter, mais ils ne l'en empêcheraient pas. En fait, après qu'elle en eut longuement discuté avec Manuel, il avait paru accepter le fait que cela faisait partie de son identité. Son unique exigence avait été qu'elle prenne les meilleures armes… et son frère avait insisté pour s'occuper de les choisir.

Mince, ces deux-là semblaient bien s'entendre, qui aurait pu le prévoir ?

Se déplaçant vers la fenêtre suivante, elle scruta l'obscurité, guettant la lueur de phares.

Où était-il ? Où était-il…

Manuel comptait également discuter avec doc Jane des changements physiques qu'il avait vécus – des changements qui, étant donné la façon dont Souffhrance irradiait quand ils faisaient l'amour, risquaient probablement de se poursuivre. Il allait surveiller son corps et voir ce qui arrivait, et tous deux priaient pour qu'elle ne fasse que le conserver en bonne santé et perpétuellement jeune. Seul le temps leur dirait si c'était bien le cas.

Avec un juron, elle fit demi-tour, traversa le vestibule… et entra dans la salle à manger.

Arrivée à la troisième fenêtre, elle leva les yeux vers le ciel. Elle n'avait pas envie d'aller voir sa mère. Il aurait été merveilleux de partager son bonheur avec ceux qui l'avaient mise au monde. Mais son géniteur était mort, et sa *mahmen* ? Elle ne se fiait pas à la Vierge scribe et craignait qu'elle l'emprisonne de nouveau : Manuel était métis. Pas vraiment l'étalon pur-sang que sa mère aurait approuvé…

La paire d'yeux luisants gravissant la butte sur laquelle était construit le complexe fit galoper son cœur. Puis il y eut la musique : une énorme vibration qui fit trembler la vitre.

Souffhrance sortit en courant de la salle à manger et traversa à toute vitesse la représentation en mosaïque d'un pommier en fleur, puis le hall d'entrée, et déboucha dans la nuit obscure un instant plus tard…

Elle s'arrêta en dérapant en haut des marches.

Manuel n'était pas rentré seul. Derrière sa Porsche était garé une sorte de véhicule massif… en deux parties.

Son mâle sortit de la voiture.

— Salut, lança-t-il.

Il souriait jusqu'aux oreilles en s'approchant d'elle, lui mit les mains sur les hanches et l'attira contre sa poitrine.

— Tu m'as manqué, murmura-t-il contre sa bouche.

— Toi aussi. (Voilà qu'elle souriait, elle aussi.) Mais… qu'as-tu donc apporté ?

Le vieux majordome sortit du second véhicule.

— Seigneur, dois-je…

— Merci, Fritz, mais je m'en occuperai à présent.

Le majordome s'inclina profondément.

— Ce fut un plaisir de vous servir.

— Tu es le meilleur, mec.

Le *doggen* était rayonnant quand il rentra d'un pas dansant dans la maison. Puis son mâle se tourna vers elle.

— Reste ici.

Quand elle entendit un bruit comme si quelqu'un tapait du pied à l'intérieur du gros engin, elle fronça les sourcils.

— Bien entendu.

Après l'avoir une nouvelle fois embrassée, Manuel disparut au bout du mystérieux véhicule.

Des portes s'ouvrirent. Il y eut encore des coups de pied. Un craquement et un roulement, suivis d'un bruit de pas rythmé. Puis…

Le hennissement lui apprit ce qu'elle n'avait osé espérer. La magnifique pouliche de Manuel descendit une rampe en reculant et fut amenée jusqu'à elle.

Souffhrance porta les mains à sa bouche tandis que ses yeux s'embuaient de larmes. Le cheval marchait avec grâce, sa robe brillante scintillant sous la lumière qui se déversait de la maison, sa force et sa vitalité revenues.

—Que… Pourquoi est-elle ici ? demanda Souffhrance d'une voix rauque.

—Les humains donnent à leurs fiancées quelque chose en gage d'amour. (Manuel eut un large sourire.) J'ai pensé que Glory vaudrait mieux que n'importe quel diamant. Elle a plus d'importance pour moi… et, je l'espère, pour toi aussi.

Comme elle ne répliquait rien du tout, il lui tendit la longe en cuir accrochée à la bride.

—Je te la donne.

À ces mots, Glory hennit bruyamment et caracola comme si elle acceptait son changement de propriétaire.

Souffhrance s'essuya les yeux et se jeta dans les bras de Manuel, l'embrassant passionnément.

—Je n'ai pas de mots.

Puis elle accepta la longe tandis que Manuel se rengorgeait, fier comme un paon.

Prenant une profonde inspiration, elle…

Avant d'avoir conscience de bouger, Souffhrance s'élança dans les airs et atterrit sur le dos de Glory comme si elles étaient ensemble depuis des années et non quelques minutes.

Et le cheval n'eut besoin de rien, ni coup de talon ni permission : Glory bondit en avant et, enfonçant ses sabots dans les graviers, partit à toute allure.

Souffhrance enroula les doigts dans la longue crinière noire et s'équilibra à la perfection sur le dos puissant qui se contractait sous elle. Le vent dans le visage, elle riait de pure exaltation quand elles partirent dans un grand élan de joie et de liberté. Oui… oui ! Un millier de « oui » !

S'emparer de la nuit.

Avoir la liberté de bouger.

Avoir un amour qui l'attendait.

C'était plus qu'être simplement en vie. C'était vivre.

À côté de sa remorque à cheval, Manny, fou de joie, regarda ses femelles partir ensemble. Elles étaient parfaitement assorties, car taillées dans la même étoffe, et toutes deux étaient guéries, fortes et traversaient l'obscurité à un galop que la plupart des voitures auraient eu du mal à suivre.

Bon. Il pleurait peut-être un peu. Mais il s'en foutait. C'était une nuit incroyable pour…

— Je l'ai vu.

— Et merde… (Il saisit sa croix et se retourna.) Est-ce que tu t'approches toujours des gens en catimini ?

Le frère de Souffhrance ne répondit pas… Peut-être en était-il incapable. Le vampire avait les yeux rivés sur sa sœur et son cheval au galop, et il paraissait aussi ému que Manny.

— Je croyais que c'était un étalon, pourtant. (Viszs secoua la tête.) Mais oui, c'est bien ce que j'ai vu… Souffhrance sur un pur-sang noir, les cheveux au vent. Mais je ne pensais pas qu'il s'agissait de l'avenir…

Manny se tourna en direction de ses femelles, qui étaient arrivées près du mur d'enceinte tout au fond et décrivaient une large volte pour revenir vers la maison.

— Je l'aime tellement, s'entendit-il dire. C'est mon cœur, là-bas. C'est ma femme.

— Je te crois.

Comme si un accord puissant s'était tissé entre eux, Manny eut le sentiment d'être chez lui à bien des égards ; mais il refusa de s'appesantir dessus, de peur que ces fragiles bénédictions ne tombent en miettes.

Un instant plus tard, il jeta un coup d'œil à Viszs.

— Ça t'ennuie si je te demande un truc ?

— Vas-y.

— Qu'est-ce que tu as foutu avec ma voiture ?

— Quoi, tu parles de la musique ?

— Où est-ce que mes…

— Trucs sont partis ? (Le regard de diamant croisa le sien.) Si tu vis ici, tu vas devoir te mettre à écouter mes morceaux, d'accord ?

Manny secoua la tête.

— Tu me fais marcher.

— Tu veux dire que t'as pas aimé les chansons ?

— On s'en fout.

Après s'être offusqué, Manny admit :

— D'accord, c'était pas complètement de la merde.

Le rire de Viszs était un tout petit peu trop triomphant.

— Je le savais.

— Alors c'était quoi ?

— Voilà qu'il veut des noms. (Le vampire sortit une cigarette et l'alluma.) Voyons… *Cinderella's Man* d'Eminem. *I'm Not a Human* de Lil Wayne. De Tupac…

La liste continua, et Manny en écouta l'essentiel tandis qu'il se remettait à observer sa femme sur son cheval, tout en frottant son lourd crucifix en or.

Souffhrance et lui étaient réunis… Butch et lui se rendraient à l'église ensemble à minuit… Et Viszs ne l'avait pas poignardé. En outre, si sa mémoire était bonne, le jumeau de Souffhrance conduisait cette Escalade noire là-bas, et cela signifiait que sa vengeance comporterait une sacrée dose de Black Veil Brides, Bullet For My Valentine et Avenged Sevenfold injectée dans le système audio du 4 × 4.

Cette seule pensée le fit sourire.

Dans l'ensemble ?

Il avait l'impression d'avoir gagné au loto. Dans les cinquante États. En même temps.

Ils étaient tous chanceux à ce point.

Lexique des termes et des noms propres

Abhîme **:** enfer.
Ahstrux nohtrum **:** garde personnel du roi ayant le droit de tuer, nommé à son poste par le roi.
Brhume **:** dissimulation d'un certain environnement physique, création d'un champ d'illusion.
Chaleurs : période de fertilité des vampires femelles, d'une durée moyenne de deux jours, accompagnée d'intenses pulsions sexuelles. En règle générale, les chaleurs surviennent environ cinq ans après la transition d'un vampire femelle, puis une fois tous les dix ans. Tous les vampires mâles sont réceptifs à des degrés différents s'ils se trouvent à proximité d'un vampire femelle pendant cette période qui peut s'avérer dangereuse, caractérisée par des conflits et des combats entre des mâles rivaux, surtout si le vampire femelle n'a pas de compagnon attitré.
Chaste : vierge.
Chrih **:** symbole d'une mort honorable dans la langue ancienne.
Cohmbat : conflit entre deux mâles revendiquant les faveurs d'une même femelle.
Confrérie de la dague noire : organisation de guerriers vampires très entraînés chargés de protéger leur espèce de la Société des éradiqueurs. Des unions sélectives au sein de l'espèce ont conféré aux membres de la Confrérie une force

physique et mentale hors du commun, ainsi que des capacités de guérison rapide. Pour la plupart, les membres de cette confrérie n'ont aucun lien de parenté et sont admis dans la Confrérie par cooptation. Agressifs, indépendants et secrets par nature, ils vivent à l'écart des civils et n'entretiennent que peu de contacts avec les membres des autres castes, sauf quand ils doivent se nourrir. Ils font l'objet de nombreuses légendes et d'une vénération dans la société des vampires. Seules des blessures très graves – balle ou coup de pieu dans le cœur, par exemple – peuvent leur ôter la vie.

Courthisane **:** Élue formée dans le domaine des arts du plaisir et de la chair.

Doggen **:** dans le monde des vampires, membre de la caste des serviteurs. Les *doggen* obéissent à des pratiques anciennes et suivent un code d'habillement et de conduite extrêmement formel. Ils peuvent s'exposer à la lumière du jour, mais vieillissent relativement vite. Leur espérance de vie est d'environ cinq cents ans.

Élues : vampires femelles élevées au service de la Vierge scribe. Elles sont considérées comme des membres de l'aristocratie, mais leur orientation est cependant plus spirituelle que temporelle. Elles ont peu, si ce n'est aucune interaction avec les mâles, mais peuvent s'accoupler à des guerriers à la solde de la Vierge scribe pour assurer leur descendance. Elles possèdent des capacités de divination. Par le passé, elles avaient pour mission de satisfaire les besoins en sang des membres célibataires de la Confrérie, mais cette pratique est tombée en désuétude au sein de l'organisation.

Éradiqueur : être humain dépourvu d'âme, membre de la Société des éradiqueurs, dont la mission consiste à exterminer les vampires. Seul un coup de poignard en pleine poitrine permet de les tuer ; sinon, ils sont intemporels. Ils n'ont nul besoin de s'alimenter ni de boire et sont impuissants. Avec le temps, leurs cheveux, leur peau et leurs iris perdent leur pigmentation : les éradiqueurs blondissent, pâlissent et leurs yeux s'éclaircissent. Ils dégagent une odeur de talc pour bébé. Initiés au sein de la Société par l'Oméga, les éradiqueurs conservent dans une jarre de céramique leur cœur après que celui-ci leur a été ôté.

Esclave de sang : vampire mâle ou femelle assujetti à un autre vampire pour ses besoins en sang. Tombée en désuétude, cette pratique n'a cependant pas été proscrite.

L'Estompe : dimension intemporelle où les morts retrouvent leurs êtres chers et passent l'éternité.

***Ghardien* :** tuteur d'un individu. Les *ghardiens* exercent différents degrés de tutelle, la plus puissante étant celle qui s'applique à une femme *rehcluse* : le *ghardien* est alors nommé *gharrant*.

***Gharrant* :** protecteur d'une femelle *rehcluse*.

***Glymera* :** noyau social de l'aristocratie, équivalant vaguement au beau monde de la Régence anglaise.

***Granhmen* :** grand-mère.

***Hellren* :** vampire mâle en couple avec un vampire femelle. Les vampires mâles peuvent avoir plusieurs compagnes.

***Honoris* :** rite accordé par un offenseur permettant à un offensé de laver son honneur. Lorsqu'il est accepté, l'offensé choisit l'arme et frappe l'offenseur, qui se présente à lui désarmé.

***Intendhante* :** Élue au service personnel de la Vierge scribe.

***Jumheau exhilé* :** le jumeau maléfique ou maudit, celui né en second.

***Leelane* :** terme affectueux signifiant « tendre aimé(e) ».

***Lewlhen* :** « cadeau » en langue ancienne.

***Lhenihan* :** fauve mythique connu pour ses prouesses sexuelles. En argot actuel, fait référence à un mâle à la taille et l'endurance sexuelle surnaturelles.

***Lhige* :** marque de respect utilisée par une soumise sexuelle à l'égard de son maître.

Lys **:** instrument de torture utilisé pour énucléer.
Mahmen **:** « maman ». Terme utilisé aussi bien pour désigner une personne que comme marque d'affection.
Menheur **:** personnage puissant et influent.
Mharcheur **:** un individu qui est mort et est revenu de l'Estompe pour reprendre sa place parmi les vivants. Les *mharcheurs* inspirent le plus grand respect et sont révérés pour leur expérience.
Nalla ou ***nallum*** **:** être aimé.
Oméga : force mystique et malveillante cherchant à exterminer l'espèce des vampires par rancune contre la Vierge scribe. Existe dans une dimension intemporelle et jouit de pouvoirs extrêmement puissants, mais pas du pouvoir de création.
Première famille : roi et reine des vampires, ainsi que leur descendance éventuelle.
Prétrans : jeune vampire avant sa transition.
Princeps **:** rang le plus élevé de l'aristocratie vampire, après les membres de la Première famille ou les Élues de la Vierge scribe. Le titre est héréditaire et ne peut être conféré.
Pyrocante **:** point faible d'un individu ; son talon d'Achille. Il peut s'agir d'une faiblesse interne, une addiction par exemple, ou externe, comme un(e) amant(e).
Rahlman **:** sauveur.
Rehclusion **:** statut conféré par le roi à une femelle issue de l'aristocratie à la suite d'une demande formulée par la famille de cette dernière. La femelle est alors placée sous la seule responsabilité de son *ghardien*, généralement le mâle le plus âgé de la famille. Le *ghardien* est alors légalement en mesure de décider de tous les aspects de la vie de la *rehcluse*, pouvant notamment limiter comme bon lui semble ses interactions avec le monde extérieur.
Revhanche : acte de vengeance à mort, généralement assuré par un mâle amoureux.

***Shellane* :** vampire femelle compagne d'un vampire mâle. En règle générale, les vampires femelles n'ont qu'un seul compagnon, en raison du caractère extrêmement possessif des vampires mâles.

Société des éradiqueurs : organisation de tueurs à la solde de l'Oméga, dont l'objectif est d'éradiquer les vampires en tant qu'espèce.

***Symphathe* :** désigne certains individus, appartenant à l'espèce des vampires, qui, entre autres, ont la capacité et le besoin de manipuler les émotions d'autrui (afin d'alimenter un échange énergétique). Ils ont de tout temps fait l'objet de discriminations et parfois même de véritables chasses à l'homme. Ils sont aujourd'hui en voie d'extinction.

***Tahly* :** terme d'affection dont la traduction approximative serait « chérie ».

Le Tombeau : caveau sacré de la Confrérie de la dague noire. Utilisé comme lieu de cérémonie et comme lieu de stockage des jarres de céramique des éradiqueurs. Dans le Tombeau se déroulent diverses cérémonies, dont les initiations, les enterrements et les mesures disciplinaires prises à l'encontre des membres de la Confrérie. L'accès au Tombeau est réservé aux frères, à la Vierge scribe et aux futurs initiés.

***Trahyner* :** terme d'affection et de respect utilisé entre mâles. « Ami cher ».

Transition : moment critique de la vie d'un vampire mâle ou femelle lorsqu'il devient adulte. Passé cet événement, le vampire doit boire le sang d'une personne du sexe opposé pour survivre et ne peut plus s'exposer à la lumière du jour. La transition survient généralement vers l'âge de vingt-cinq ans. Certains vampires n'y survivent pas, notamment les mâles. Avant leur transition, les vampires n'ont aucune force physique, n'ont pas atteint la maturité sexuelle et sont incapables de se dématérialiser.

Vampire : membre d'une espèce distincte de celle d'*Homo sapiens*. Pour vivre, les vampires doivent boire le sang du sexe opposé. Le sang humain leur permet de survivre, bien que la force ainsi conférée soit de courte durée. Après leur transition, qui survient vers l'âge de vingt-cinq ans, les vampires ne peuvent plus s'exposer à la lumière du jour et doivent s'abreuver de sang à intervalles réguliers. Ils ne sont pas capables de transformer les êtres humains en vampires après morsure ou transmission de sang, mais, dans certains cas rares, peuvent se reproduire avec des humains. Ils peuvent se dématérialiser à volonté, à condition toutefois de faire preuve de calme et de concentration ; ils ne peuvent pendant cette opération transporter avec eux d'objets lourds. Ils ont la faculté d'effacer les souvenirs récents des êtres humains. Certains vampires possèdent la faculté de lire dans les pensées. Leur espérance de vie est d'environ mille ans, ou plus dans certains cas.

Vierge scribe : force mystique œuvrant comme conseiller du roi, gardienne des archives vampires et pourvoyeuse de privilèges. Existe dans une dimension intemporelle. Ses pouvoirs sont immenses. Capable d'un unique acte de création, auquel elle recourut pour conférer aux vampires leur existence.

***Vhigoureux* :** terme relatif à la puissance des organes génitaux masculins. Littéralement : « digne de pénétrer une femelle ».

Achevé d'imprimer en novembre 2016
Par CPI France
N° d'impression : 3020087
Dépôt légal : juillet 2013
Imprimé en France
81120957-2